Für Larissa, ohne dich wäre ich verloren.
(Wirklich. Jedes verdammte Mal.)

---

*What wisdom we learn as our minds?*
*They do burn all the ties to naivety and youth.*
*As adults we'll grow and maturity shows*
*all the terrifying rarity of truth.*
*As you turn to your mind and*
*your thoughts they rewind*
*to old happenings and things that are done.*
*You can't find what's passed,*
*make that happiness last*
*seeing from those eyes what you've become.*
*– Bastille –*

# PLAYLIST

HAUNT – BASTILLE
LOSING MY RELIGION – FUTURE ROYALTY
THE CHAIN – LEXXI SAAL, NOCTURN
SAIL – AWOLNATION
THE DEVIL WITHIN – DIGITAL DAGGERS
BREATH – EX MAKINA
UNDER MY SKIN – CLAUDIA KANE
MONSTER – WALKING ON CARS
BAD THINGS – MEIKO
WORLD GONE MAD – BASTILLE
DEMONS – IMAGINE DRAGONS
RESCUE ME – JAMES GILLESPIE
SAVE ME FROM THE MONSTER IN MY HEAD – WELSHLY ARMS
BACK TO YOU – LOST FREQUENCIES, ELLEY DUHÉ, X AMBASSADORS
THE CURRENTS – BASTILLE
X – WELSHLY ARMS
LIFTED – NAUGHTY BOY, EMELI SANDÉ
QUESTIONS – LOST FREQUENCIES, JAMES ARTHUR
SALTY SWEET – MS MR
FOUR WALLS (THE BALLAD OF PERRY SMITH) – BASTILLE
REMIND ME – BASTILLE
WHEN WE WERE KIDS – WALKING ON CARS
OBLIVION – BASTILLE
BAD DECISIONS – BASTILLE
NEED SOMEBODY – SAINT CHAOS
SANCTUARY – WELSHLY ARMS
BETTER DAYS – SAINT CHAOS
GIVE ME THE FUTURE – BASTILLE
WINNER – WALGROVE
EXPERIENCE – LUDOVICO EINAUDI

# PROLOG

## JASPER

BE-MY-DATE-BALL, ANFANG DEZEMBER IN WATERBURY, CONNECTICUT

Mit dem Zeigefinger schiebe ich den Ärmel des Jacketts ein Stück nach oben, um einen Blick auf die Uhr zu werfen. *Neun, acht, sieben, sechs*, zähle ich die Sekunden herunter. *Eins …*

*Showtime.*

In dem Augenblick, als ich aus der dunklen Ecke des Ballsaals trete und durch die Seitentür verschwinde, schießt das Adrenalin wie Starkstrom durch meine Adern und verursacht eine latente Übelkeit in meiner Magengegend. Irgendwo einzubrechen, steht bei mir nicht unbedingt auf der Tagesordnung. Dennoch werde ich es durchziehen.

Den Grundriss des Hauptgebäudes kann ich inzwischen im Schlaf aufzeichnen. Durch das Treppenhaus gelange ich eine Etage tiefer und biege nach rechts ab. Gedämpft dringt Musik aus dem Saal über mir durch die Wände. Der Maskenball ist in vollem Gange. Einen Doppelgänger zu haben, erweist sich in diesem Augenblick als äußerst nützlich. Als ich vor wenigen Monaten in Cincinnati bei einer Veranstaltung von *Anderson Real Estate* über Cameron gestolpert bin, war es, als hätte ich das Puzzleteil gefunden, das mir für mein Vorhaben gefehlt hat.

Habe ich seinen finanziellen Engpass zu meinem Vorteil genutzt? Ja, das streite ich auch gar nicht ab. Habe ich diesbezüglich ein schlechtes Gewissen? Nein, nicht einmal ansatzweise. Der Deal, den ich ihm angeboten habe, ist fair. Allein deswegen, da ich noch ein anständiges Sümmchen obendrauf gelegt habe, als ich herausgefunden habe, wofür er das Geld wirklich benötigt. Nicht weil ich gerne den Samariter spiele, sondern weil er einen Nerv in mir getroffen hat. Falsche Schuld ist ein Parasit, den man nur loswird, indem man den eigenen Verstand anständig durchspült und eine neue Perspektive schafft.

Das Leben ist eine endlose Situation-Aktion-Reaktion-Gleichung. In Camerons Fall sieht sie wie folgt aus: Er hat rebelliert – seine Eltern haben überreagiert – zwei Menschen sind tot. Nichts davon lässt sich ungeschehen machen. Dem gegenüber stehen Geldprobleme, Angst und Schuld. Das sind keine Konstanten, sie lassen sich verändern. Streicht man die Variablen, schafft man eine neue Ausgangssituation und das Spiel beginnt von vorn. Genau das habe ich getan. Ich habe ein wenig an den Parametern gedreht, die Camerons Leben beeinflussen. Weil ich ihn brauche, damit der Plan funktioniert. Über meine Methoden lässt sich streiten, aber sie sind äußerst effektiv.

Während ich durch die spärlich beleuchteten Gänge des Waterbury College schleiche, geht mir der Arsch auf Grundeis. Dabei sollte sich inzwischen so etwas wie Routine eingestellt haben. Immerhin bin ich in den vergangenen Monaten mehr als nur einmal nachts durch die alten Gemäuer und die unterirdischen Gänge geschlichen und habe alles ausgespäht. Habe einen Plan B geschmiedet, nachdem Aspen meinen ursprünglichen vereitelt hat. Cameron war das perfekte Trojanische Pferd und sie hat dafür gesorgt, dass es vom Spielfeld genommen wurde.

Ich gebe zu, mein Ego ist nach wie vor angekratzt, weil mich jemand eliminiert und mir den virtuellen Mittelfinger gezeigt hat, indem die Person meine Backdoor unbrauchbar gemacht hat, wodurch mir der Zugang zum Server verwehrt blieb. Aber das eigentliche Problem ist, dass ich dadurch keine Möglichkeit mehr habe, von außerhalb zu agieren, und mir die Zeit davonrennt. Statt also entspannt mit einer Tasse Tee vor meinem Laptop zu sitzen, bin ich gezwungen, mir die benötigten Daten direkt zu beschaffen. Konkret bedeutet das, ich breche in das Büro der Collegeleitung ein. Das ist auch für mich eine Premiere. Normalerweise greife ich nicht auf physische Methoden zurück, sondern bin der Schatten, dessen Existenz verborgen bleibt. Unbemerkt rein und unbemerkt wieder raus. Das Risiko, auf frischer Tat ertappt zu werden, hätte ich gerne vermieden.

Cameron gibt mir das nötige Alibi, indem er an dem heutigen Event teilnimmt und die Gelegenheit nutzt, um Aspen zurückzuerobern. Wir haben heute Abend beide eine Mission, die in ihrem Grundgedanken nicht unterschiedlicher sein könnte, dennoch profitieren wir voneinander.

Mit zittrigen Fingern ziehe ich die Handschuhe aus der Innentasche meines Smokings und streife sie über. Die vergangenen Wochen habe ich damit verbracht, mir Wissen über das Knacken von Schlössern anzueignen. Im Traum hätte ich nicht gedacht, dass ich diese Fähigkeit einmal beherrschen müsste. Ein Kinderspiel hingegen war es, die Überwachungskameras auszutricksen und eine Zeitschleife einzubauen.

Bevor ich auf die verschlossene Tür zugehe, die sich am Ende des Ganges befindet, blicke ich mich ein letztes Mal um. Der Flur ist leer. Dann atme ich tief durch, hole das Werkzeug aus meiner Hosentasche und mache mich an die Arbeit. Nur wenige Sekunden später springt die Tür mit einem leisen Klicken auf. Im Grunde ist es recht simpel, ein Schloss zu knacken. Es gleicht einem Computerprogramm. Hat man erst mal die Schwachstelle gefunden, kommt man auch rein. Und es gibt immer eine.

Ich schlüpfe in den Raum. So weit, so gut. Es dauert einen Moment, bis sich meine Augen an die Dunkelheit gewöhnt haben und ich schemenhaft die Umrisse der Einrichtung erkenne. Mein Ziel ist der Computer. Mit wenigen Schritten durchquere ich das Büro und ziehe die Vorhänge zu, dann stelle ich die Taschenlampe an meinem Smartphone an und fahre den Rechner hoch.

Passwort. Damit habe ich gerechnet. Auf dem Schreibtisch suche ich danach. Die meisten Menschen sind in dieser Hinsicht extrem naiv. Entweder schreiben sie es auf und platzieren es an Stellen, die leicht zugänglich sind, oder sie wählen eine Kombination, die man mit etwas Recherche knackt. Geburtstag. Haustier. Name rückwärts. Der Klassiker: eine Zahlenfolge wie 12345sex. Möglicherweise noch ein Sonderzeichen davor, zum Beispiel # oder @, weil man das aus dem täglichen Gebrauch kennt. Ich bräuchte wahrscheinlich nicht länger als drei Minuten, um es auf die altmodische Art herauszufinden. Allerdings kann ich mir die Mühe sparen, denn es klebt mit Tesafilm unter der Tastatur. Idiot.

*walls5664.* Das ist viel zu einfach. Auf den gegenteiligen Fall wäre ich auch vorbereitet gewesen. Auf meinem Handy befindet sich eine Software zum Entschlüsseln von Passwörtern.

Erneut werfe ich einen Blick auf die Uhr. Fünf Minuten, dann springen die Überwachungskameras auf Echtzeit um. Ich öffne das Studierendenverzeichnis und klicke die Akten an, auf die ich es abgesehen habe. Aus der hinteren Hosentasche hole ich den Stick, um sie darauf zu speichern, dann widme ich mich meinem nächsten Ziel.

*Walls, du Trottel.* Ehrlich, irgendwer sollte den Kerl mal über Cybersicherheit aufklären. Erstaunlich, dass Waterbury von außen eine digitale Festung und von innen das reinste Schlaraffenland für Hacker ist. Es ist fast schon beleidigend, wie leicht er es mir macht. Er hat ernsthaft seine Zugangsdaten beim Controlling hinterlegt.

Über die Suchfunktion gebe ich den Firmennamen ein. Bingo! Hier ist es, Camerons Ticket, um am Waterbury College zu bleiben. Ich halte meine Versprechen. Glücklicherweise verfügen Arschlöcher wie Walls über ausreichend Überheblichkeit, zu glauben, mit Macht und Geld ließe sich alles regeln. In diesem Fall soll er das auch. Jedenfalls so lange, bis ich die Zulassungspapiere für Cam habe. Danach breche ich ihm und allen anderen mit dem größten Vergnügen das Genick und lasse sie gemeinsam in der Hölle schmoren.

Ungeduldig sehe ich auf die Uhr. Noch knapp zwei Minuten. Allmählich werde ich nervös. Das Blut rauscht in meinen Ohren, während ich die Finanzberichte des Colleges ebenfalls auf den Stick ziehe. Immer wieder huscht mein Blick zur Tür. Die Loading-Anzeige bewegt sich in Zeitlupe von links nach rechts. Die Sekunden auf meiner Uhr hingegen scheinen doppelt so schnell herunterzuzählen.

Als die Übertragung abgeschlossen ist, atme ich einmal tief durch. Anschließend fahre ich den Computer herunter, ziehe die Vorhänge wieder auf und schleiche zum Ausgang. Bevor ich das Büro verlasse, lausche ich durch die Tür. Stille. Also dann, nichts wie weg hier.

Noch eine Minute.

Ich haste den Flur entlang und biege nach rechts in Richtung Ausgang ab. Das Vibrieren an meinem Handgelenk informiert mich in dem Augenblick darüber, dass die Zeit abgelaufen ist, als ich durch die Sicherheitstür schlüpfe.

Geschafft!

# FÜNF JAHRE UND VIER MONATE ZUVOR

## JASPER, 15 JAHRE ALT

Mit starrer Miene sehe ich auf meine Schuhspitzen, während die Vorsitzende des Gremiums die Entscheidung vorliest. Mein Dad sitzt hinter mir, neben ihm meine Mom. Quentin atmet erleichtert aus, als feststeht, dass ich nicht der Schule verwiesen werde.

Zufrieden klopft er mir auf die Schulter. »Da hast du wohl noch mal Glück gehabt«, sagt er und steht von seinem Stuhl auf, sobald die vier Menschen, die gerade über meinen Verbleib an der Wycliffe School entschieden haben, mit einem kurzen Nicken den Raum verlassen.

Glück? Ich bin mir ziemlich sicher, dass es weniger damit zu tun hat. Das, was ich getan habe, ist in meinen Augen kein Unrecht gewesen. Allerdings haben das einige Leute anders gesehen. Nur deswegen sitze ich in einem Saal, der nach Bohnerwachs und eingestaubtem Holz riecht.

»Danke, Quentin, das war gute Arbeit.«

Bei dem Klang der Stimme meines Dads zucke ich zusammen.

»Wenn Sie mich entschuldigen, ich habe noch einen Termin und bin etwas spät dran.«

»Natürlich. Vielen Dank.«

Der Anwalt bedenkt mich mit einem freundlichen Lächeln. »Auf Wiedersehen, Jasper. Grüß Maxwell von mir.« Quentin arbeitet für meinen Großvater und ist der Bitte nachgekommen, seinem Enkel aus der Patsche zu helfen. Mal wieder.

»Werde ich«, antworte ich verhalten und sehe ihm nach, als er den schmalen Gang zwischen den Sitzreihen entlanggeht und schließlich durch die massive Eichenholztür verschwindet.

»War es das wert?«, richtet mein Dad das Wort schroff an mich.

Ich hatte gehofft, er würde nicht hier auftauchen. Aber ich hätte es besser wissen müssen. Elijah Anderson lässt keine Gelegenheit für eine Standpauke aus. Selbst dann nicht, wenn er dafür stundenlang in einem Flieger von Boston nach London sitzt. Es ist jetzt ein bisschen mehr als fünf Jahre her, dass meine Eltern sich in die Staaten abgesetzt haben und ich in ein Internat verfrachtet wurde. Natürlich nur zu meinem Besten. Vor drei Jahren war ich bereits von der Stowe School geflogen, weil ich mich meines Hobbys bedient hatte, um einem Lehrer eins auszuwischen.

Ich sehe zu Mom, die zaghaft lächelt und mich im nächsten Moment fest in die Arme nimmt. Das macht sie immer. Sie hat mich nicht hier zurückgelassen, weil sie es wollte, sondern weil man Elijah nicht widerspricht. Sie liebt mich, das sagt sie jedes Mal. Und ich glaube ihr. Weil ich es in ihrem Blick erkenne, wenn sie sich von mir verabschiedet. Aber ich bemerke auch die Angst, die sie überkommt, sobald mein Dad seine Macht demonstriert. So wie in diesem Augenblick, als er auf mich herabsieht, als hätte ich nicht eine Sekunde seiner Aufmerksamkeit verdient.

Mit ausdrucksloser Miene stehe ich von dem Stuhl auf und stelle mich vor ihn. Inzwischen befinden wir uns größentechnisch auf Augenhöhe, aber gewachsen fühle ich mich ihm dennoch nicht. Er hat diese Art von Autorität, deren Arroganz Übelkeit in mir hervorruft. Anders lässt es sich nicht beschreiben.

»War es das wert, Jasper?«, wiederholt er.

»Was hätte ich deiner Meinung nach sonst tun sollen?«, erwidere ich mit fester Stimme.

»Du hast einem Mitschüler die Nase gebrochen und einem anderen den Arm ausgekugelt«, erinnert er mich.

»Sie haben es verdient.« Der Dritte ist mit einem blauen Auge davongekommen, weil er sich aus dem Staub gemacht hat, bevor ich ihn zu packen bekam.

»Hast du eine Ahnung, wie viel Geld mich dein unüberlegtes Handeln kosten wird?«

Vermutlich schickt er einen fetten Scheck an alle Beteiligten, damit sie die Füße stillhalten, und spendiert der Schule eine neue

Bibliothek oder so was in der Art. Ein Luxus, den sich nicht jeder leisten kann, der mir aber in der Vergangenheit mehrfach den Arsch gerettet hat. Oder mich in den Käfig steckte, aus dem ich seit Jahren versuche auszubrechen. Vergebens. Was nützt der goldene Löffel, wenn er so groß ist, dass er dich erstickt?

»Hätte ich zusehen sollen, wie sie Noah verprügeln?«

Noah Gibson ist im Jahrgang über mir. Einige mögen ihn nicht, weil er nicht in ihre Vorstellung von *cool* passt. Bis vor zwei Jahren habe ich mir kaum Gedanken über ihn gemacht. Er war einfach nur ein Typ. Ich bin nicht unbedingt das, was man als kontaktfreudig bezeichnen kann. Am liebsten bin ich für mich allein. Außerhalb des Cricketteams habe ich kaum Kontakt zu den anderen Kids.

Noah hat sich eines Nachmittags zu mir an den Tisch gesetzt, als ich in der Bibliothek eine Runde Schach gegen mich selbst gespielt habe. Von da an haben wir hin und wieder eine Partie bestritten, wenn wir uns zufällig über den Weg gelaufen sind. Wir hatten also nie viel miteinander zu tun. Das änderte sich, als ich mitangesehen habe, wie ihn zwei Jungs in die Mangel genommen haben. Das war das erste Mal, dass ich dazwischengegangen bin. Und es sollte nicht das letzte Mal gewesen sein, dass wir mit einer blutigen Nase im Büro der Rektorin saßen. Mit jeder Tracht Prügel, die wir eingesteckt haben, sind wir mehr zu einer Einheit zusammengewachsen. Inzwischen ist Noah mein bester Freund und wir teilen uns ein Zimmer im Internat.

»Der Junge ist nicht dein Problem, also hör auf, seine für ihn lösen zu wollen.«

Nein, ist er nicht, aber ich würde immer wieder die Schuld auf mich nehmen, um seinen Kopf aus der Schlinge zu ziehen. Weil man bei mir eher ein Auge zudrückt. Weil mein Dad eben ist, wer er ist. Nicht ich habe Connor die Nase gebrochen, es war Noah. Und ich habe ihm das Versprechen abgenommen, die Klappe zu halten.

Ich erinnere mich noch, dass es an dem Tag geregnet hat und ich gerade vom Crickettraining kam. Für Oktober war es erstaunlich warm. Vom Sportplatz bis zum Wohnheim braucht man höchstens fünf Minuten. Es lag bereits in Sichtweite, als ich Gebrüll aus Richtung der Gewächshäuser hörte. Zwar konnte ich die Stimmen nicht zuordnen, aber es klang nicht nach einer amüsanten Unterhaltung. Also beschloss ich herauszufinden, was da los ist, und sah Noah auf dem Boden liegen. Bedeckt mit Blumenerde. Einer der drei Typen war gerade dabei, einen Sack über Noahs Gesicht auszukippen.

Plötzlich war ich wieder zehn Jahre alt. Ich musste in Stowe so viel einstecken. Weil ich kleiner als die Jungs in meinem Alter war. Weil ich Bücher mochte statt Sport. Weil ich lieber Schach als Minecraft spielte. Im Grunde war egal, was ich tat oder wofür ich mich interessierte. Sie hassten mich, weil ich war, wie ich war. Noah so zu sehen, war wie ein Déjà-vu. Mit dem Unterschied, dass ich inzwischen wusste, wie man sich wehrt.

»Ich schicke dich nicht auf die besten Schulen des Landes, damit du dich wie ein unterprivilegierter Teenager prügelst, weil dir die Rangordnung nicht gefällt.«

Damit meint er, dass Noah finanziell betrachtet auf der Stufe unter mir steht und meine Aufmerksamkeit nicht wert ist. Ich frage mich, wie renommiert sind diese Schulen, wenn sie zulassen, dass solche Dinge auf der Tagesordnung stehen?

»Also ist es okay, wenn drei Jungs einen Schwächeren demütigen, verprügeln und dazu zwingen, ihre Hausaufgaben zu machen, weil das Vermögen ihrer Familien größer ist? Ist das die Lektion, die jeder fürs Leben lernen muss, damit er in der Gesellschaft besteht?«

# 1.

## ABBIE

ANFANG JANUAR IN DEN HAMPTONS

»Was hat Aspen gesagt, wann sie hier sind?«, fragt Dion und sieht von ihrem Smartphone auf. Es war Aspens Idee, das Wochenende, bevor das College wieder beginnt, gemeinsam zu verbringen. Sie hat es ›gegenseitiges Beschnuppern‹ genannt. Und ich würde lügen, würde ich behaupten, nicht vor Neugier zu platzen.

»Sie müssten jeden Moment hier auftauchen«, antworte ich, nachdem ich einen Blick auf die Uhr geworfen habe.

»Mmh«, murmelt sie missmutig.

»Gib ihnen wenigstens eine Chance.«

Dion war außer sich, als Aspen uns letzte Woche bei einem Videocall von dem Rollentausch zwischen Jasper und Cameron erzählt hat. Unsere Freundin hatte von Anfang an den richtigen Riecher. Aber weder Dion noch ich haben wirklich geglaubt, es wäre an ihrer Theorie etwas dran. Vielmehr haben wir angenommen, Aspen hätte sich in wilden Spekulationen über Jasper Anderson verrannt. Als er plötzlich aus Waterbury verschwand, hat sie uns die Story aufgetischt, er sei nach einem Streit abgetaucht. In Wahrheit hatte Cameron die Flucht ergriffen, weil er befürchtete, sie würde ihn auffliegen lassen, nachdem sie herausgefunden hatte, wer er ist. Mein Gefühl sagt, das ist nur die halbe Geschichte. Warum genau die beiden die Rollen getauscht haben, dazu hüllt sie sich in Schweigen. Das sei etwas, das nur Cameron und Jasper beantworten sollten. Möglicherweise werden wir es nie erfahren, wenn selbst Aspen ein riesiges Geheimnis aus den Details macht.

»Das kann ich nicht versprechen. Ich bin immer noch angefressen, dass unsere Freundin erst Wochen später mit der Wahrheit rausgerückt ist«, antwortet Dion schnippisch.

»Ich verstehe dich, ich hätte mir ebenfalls gewünscht, dass sie uns mehr vertraut. Aber ich verstehe auch, warum sie es für sich behalten hat«, versuche ich sie milde zu stimmen.

»Tust du das? Also ich nicht.«

»Was hättest du getan, hätte sie es uns erzählt, als sie es herausgefunden hat?«

»Ich hätte ihr gesagt, sie soll den Typen zum Teufel jagen.«

»Genau, und ich hätte aller Wahrscheinlichkeit nach in einem Anflug von Panik die Polizei informiert, dass ein falscher Jasper Anderson auf dem Campus sein Unwesen treibt, um nicht als Mitwisserin verhaftet zu werden, sollte die Sache schiefgehen.«

»Ja, das wäre im Rahmen des Möglichen. Du hättest dir vor Angst in die Hose gemacht.« Ein kurzes Lachen entfährt Dion. »Dennoch, die beiden haben alle an der Nase herumgeführt«, schiebt sie hinterher und sieht mich ernst an.

»Im Grunde haben sie damit niemandem geschadet.«

»Das macht es nicht besser.«

Das Einzige, was Dion wirklich daran stört, ist, dass Aspen es geschafft hat, etwas vor ihr zu verbergen. Normalerweise entgeht ihr nämlich nichts.

»Ich meine, was stimmt mit dem Typen nicht, dass er einen Doppelgänger losschickt, weil er keinen Bock hat, selbst das College zu besuchen?«

Das ist lediglich Dions Annahme.

»Wir wissen nicht, ob das tatsächlich der Grund für den Rollentausch gewesen ist«, verteidige ich Jasper, obwohl ich ihn nicht kenne.

»Komm schon, Abbs, du glaubst doch nicht wirklich, dass der Kerl Leichen im Keller hat? Du guckst eindeutig zu viele True-Crime-Dokus.«

»Nein, ich sage nur, dass wir die Wahrheit nicht kennen.« Selbst wenn Dion recht haben sollte, steht es uns nicht zu, darüber zu urteilen.

»Er hatte sicher seinen Heidenspaß an der Nummer und hält uns für Volltrottelinnen, weil wir nichts gecheckt haben. Ich schwöre dir, er ist ein verwöhnter Snob in Blümchenhemden, der glaubt, die Welt tanzt nach seiner Pfeife.«

Dann hätte er tatsächlich etwas mit Dion gemeinsam. Ich liebe meine Freundin, aber sie ist der Inbegriff von verwöhnt und oberflächlich. Sie genießt es, im Mittelpunkt zu stehen, und kann nur schwer akzeptieren, wenn es einmal nicht so ist.

»Dion«, ermahne ich sie, weil sie sich gerade unnötig hineinsteigert.

»Wenigstens hat das Karma direkt zurückgeschlagen.«

»Du wirst ungerecht.«

»Warum? Was kann ich dafür, dass in dieser Familie anscheinend alle kriminelle Ambitionen haben? Am liebsten würde ich Grant Taylor die Info stecken, damit er den Gossip auf seinem Blog teilen kann. Ach was, ich würde es mit dem größten Vergnügen selbst herumerzählen.«

»Versprich mir, dass du es nicht tun wirst«, fordere ich streng. »Lern die beiden kennen. Es besteht immerhin die Chance, dass du dich irrst.«

Dion hebt eine ihrer perfekt geschwungenen Augenbrauen und sieht mich dabei an, als hätte ich sie beleidigt. »Sweetheart, habe ich mich je geirrt?«

Nein, nicht dass ich wüsste. Dion verfügt über eine beachtliche Menschenkenntnis.

»Bitte, Dion«, versuche ich erneut sie zu bremsen.

»Ist ja gut, ich halte den Mund. Aber nur, weil Aspen einen davon liebt und er in Mitleidenschaft gezogen würde.«

»Sein Name ist Cameron.«

»Ich weiß, wie er heißt, aber solange ich ihn nicht ausstehen kann, kommt mir sein Name nicht über die Lippen.«

Bevor ich antworten kann, fällt die Eingangstür ins Schloss.

»Boah, ist das kalt draußen«, erklingt Aspens Stimme aus dem Flur, kurz darauf erscheint sie im Wohnzimmer und reibt ihre Hände aneinander. Man könnte meinen, sie wäre gerade von einem Trip aus der Arktis zurückgekehrt, so dick ist sie eingepackt.

»Hey.« Sie lächelt uns breit an.

Dion springt vom Sofa auf und überbrückt die Distanz zu ihr. »Ich bin immer noch sauer auf dich«, sagt sie, gleichzeitig schließt sie unsere Freundin in die Arme. Sobald Dion Aspen freigibt, kommt sie auf mich zu und drückt mich fest.

»Hey, ich habe dich vermisst.« Das habe ich wirklich.

»Ich dich auch«, sagt sie und küsst mich auf die Wange.

»Und wo sind unsere Ehrengäste?«, fragt Dion genervt.

»Laden gerade das Gepäck aus.«

Erneut fällt die Tür ins Schloss. Mit jeder Sekunde, die verstreicht, steigt meine Anspannung. Zeitgleich wächst die Neugier. Wie gebannt sehe ich in Richtung Flur, aus dem gedämpfte Geräusche zu hören sind.

Zuerst betritt ein Kerl mit zwei Koffern in den Händen das Wohnzimmer. Zögerlich stellt er sie ab und lächelt verhalten. Dann nimmt er die Mütze vom Kopf und stopft sie in die Tasche seiner dicken Daunenjacke, bevor er sie öffnet. Ein schlichter weißer Hoodie kommt zum Vorschein. Dunkle Jeans. Schwarze Chucks.

Er sieht ein bisschen anders aus, als ich ihn im Gedächtnis habe. Seine Haare sind lockig und hängen ihm wild in die Stirn. An den Seiten sind sie deutlich kürzer. Aber das Gesicht ist dasselbe. Das ist der eindeutig der Kerl, der sich als Jasper Anderson ausgegeben hat. Allerdings trägt er eine Brille und seine Augen sind blau statt braun.

»Hi, ich bin Cameron.« In seiner Stimme schwingt eine gewaltige Portion Unsicherheit mit.

Ich schiele zu Dion, die ihn abschätzig mustert. Bevor die Situation unangenehm wird, nähere ich mich Cameron und reiche ihm die Hand. »Hi, ich bin Abbie, freut mich, dich kennenzulernen.« Meine Worte fühlen sich seltsam an, da wir uns bereits in Waterbury begegnet sind, und doch ist er mir völlig fremd.

»Mich auch«, erwidert er. Sein Lächeln wirkt jetzt um einiges sicherer. In seinem Blick liegt Erleichterung. In diesem Moment weiß ich, dass ich ihn mögen werde. Seine Ausstrahlung ist ehrlich, falls man das so beschreiben kann.

»Hey, Dion, richtig?« Er streckt ihr dir Hand entgegen, die sie ignoriert.

»Willkommen in den Hamptons.«

Mir entgeht der erhabene Ton ihm gegenüber nicht. Sofort habe ich Mitleid mit Cameron. Dion ist eine Wölfin im Schafspelz. Sie kann zuckersüß sein und dir gleichzeitig das Gefühl geben, dass du ihre Aufmerksamkeit nicht wert bist. Und Cameron scheint es zu bemerken, denn sein Lächeln verrutscht minimal.

Hoffentlich endet dieses Wochenende nicht in einem Desaster. Zum jetzigen Zeitpunkt würde ich es keinesfalls ausschließen.

Cameron stellt sich neben Aspen. Ich kann sehen, wie er einmal tief durchatmet und sich entspannt, als Aspens Finger sich zwischen seine schieben. Anschließend küsst sie ihn auf die Wange. So als wolle sie ihm damit sagen, dass sie stolz auf ihn ist und er das Schlimmste überstanden hat. Ganz automatisch muss ich beim Anblick der beiden schmunzeln.

Als wenig später eine weitere Person durch die Tür kommt, erstirbt mein Lächeln. Was zum …

Schlagartig verändert sich die Atmosphäre. Nicht nur, dass es sich anfühlt, als wäre das Wohnzimmer geschrumpft, nein, zusätzlich hat jemand die Heizung abgedreht. Anders lässt es sich nämlich nicht erklären, warum ich plötzlich fröstle und die Strickjacke enger um meinen Körper wickle.

Ungläubig sehe ich zwischen Cameron und dem echten Jasper hin und her.

Regungslos steht er nur wenige Schritte von uns entfernt mitten im Raum. Als wüsste er, dass man sich erst an seinen Anblick gewöhnen muss. Genau das geschieht in den nächsten Sekunden, während ich versuche, das Bild in meinem Kopf zusammenzupuzzeln. Ich suche nach Gemeinsamkeiten, aber vor allem nach Unterschieden zwischen den beiden. Jasper hat die dunklen Haare ordentlich frisiert, ein glatt rasiertes Kinn, braune Augen, eine gerade Nase, schmale Lippen. Mein Blick wandert von seinem Gesicht zu der Kleidung. Geöffneter dunkelblauer Mantel, darunter ein geblümtes Hemd, grüne Chinohose, dunkle Slipper und ein roter Schal, der locker um seinen Hals hängt. Diese Version ist mir durchaus vertraut. Was ihm aber fehlt, ist der weiche Ausdruck im Gesicht, den Cameron hat.

Seine Miene wirkt abgeklärt, arrogant, undurchdringlich. Und zu meinem Leidwesen ist dieses diabolische Grinsen höllisch attraktiv.

Ich weiß nicht, was ich erwartet habe, aber das ist es nicht. Aspen meinte zwar, sie hätten sich ihre Ähnlichkeit für den Rollentausch zunutze gemacht. Aber wie ähnlich *ähnlich* tatsächlich ist, wird mir jetzt erst klar. Die eine Hand tief in der Manteltasche vergraben und in der anderen eine Reisetasche, macht Jasper keine Anstalten, sich uns zu nähern oder uns gar zu begrüßen. Stattdessen sieht er mich einen Moment etwas zu intensiv an. Mit seinem Blick jagt er mir einen Schauer über den Rücken und die Hitze ins Gesicht. Seine Mundwinkel zucken kurz, als er bemerkt, wie ich rot anlaufe. Dann mustert er Dion.

»Ich nehme an, ich muss mich nicht vorstellen? Allen Anwesenden sollte klar sein, wer ich bin.« Dafür, dass seine Worte nur so vor Überheblichkeit triefen, ist seine Stimmfarbe erstaunlich weich.

»Wow, ein reizendes Kerlchen hast du uns da mitgebracht. Ich befürchte, er überlebt das Wochenende nur, wenn ich mir mehr als ein Glas Pinot gönne«, zischt Dion, macht auf dem Absatz kehrt und verschwindet in die Küche.

Ich sehe wieder zu Jasper, der von ihrem Abgang nicht sonderlich beeindruckt wirkt. Unsere Blicke treffen sich erneut und er verzieht die Lippen zu einem selbstgefälligen Lächeln. Dion könnte wie immer recht haben.

Aspen klatscht zweimal in die Hände, um die Aufmerksamkeit aller auf sich zu ziehen. »Okay, vielleicht packen wir erst einmal aus.« Im nächsten Moment wendet sie sich an mich. »Welche Zimmer hat Dion für uns vorgesehen?«

»Du hast dasselbe wie immer und das rechts daneben ist ebenfalls vorbereitet«, antworte ich. Die Schlafzimmer habe ich direkt heute Morgen nach unserer Ankunft hergerichtet, als Dion die Einkäufe verstaut hat.

»Super. Vielen Dank.« Sie hat ihren Satz kaum beendet, da schiebt sie Jasper auf die Treppe zu, die ins Obergeschoss führt. »Kannst du dich wenigstens ein bisschen bemühen und nicht direkt deinen ganzen Charme versprühen?«, höre ich sie leise zu ihm sagen.

»Es widerstrebt mir, einen falschen Eindruck zu erwecken«, antwortet Jasper deutlich lauter.

Cameron schnappt sich den Koffer und sieht mich im Vorbeigehen entschuldigend an. Verwirrt blicke ich den dreien hinterher, während sie die Stufen nach oben steigen. Wow, das war seltsam. Und unerwartet.

»Ich kann ihn nicht ausstehen, und das liegt diesmal nicht an seinem abscheulichen Modegeschmack«, sagt Dion plötzlich neben mir.

Ich würde ihr gerne widersprechen, aber ich kann es nicht. Von der sympathischen Sorte ist Jasper nicht gerade.

»Das wird schon.« Versuche ich uns beide zu ermutigen, ihm eine Chance zu geben.

»Der kann mich mal! Das ist mein Haus. Er kann von Glück reden, dass ich ihn nicht direkt vor die Tür setze.«

Daran habe ich keinen Zweifel. Das Ferienhaus gehört ihrer Familie und sollte Jasper sie provozieren, wird sie von ihrem Hausrecht Gebrauch machen. In den vergangenen Jahren haben wir drei hier immer die erste Januarwoche gemeinsam verbracht. Dion und ich lieben es hier. Aspen kann die Hamptons nicht ausstehen, dennoch kommt sie jedes Mal mit.

»Was meinst du, wollen wir in die Skihalle und lassen die anderen derweil in Ruhe ankommen? Anschließend machen wir uns einen netten Abend und lernen sie besser kennen.«

Dion seufzt. »Das kann ja heiter werden. Nur damit das klar ist: Ich tue das alles nur für Aspen. Aber ja, eine Runde Skifahren, um den Frust rauszulassen, klingt großartig.«

Nachdem ich Aspen Bescheid gegeben habe, dass ich Dion vorerst aus der Schusslinie nehme und versuche, sie zu zähmen, ziehe ich mich um. Zehn Minuten später stehe ich startklar mit den Skiern in der Hand vor der Tür und warte auf Dion. Nach wenigen Augenblicken kommt sie durch die Tür.

»Bereit?«

»So was von. Ich habe uns ein Shuttle organisiert, damit wir schneller auf der Piste sind.«

Kaum hat sie es ausgesprochen, da kommt unser Taxi um die Ecke.

* * *

Als wir nach zwei Stunden Skihalle durchgefroren, aber zufrieden zurück sind, liegt ein köstlicher Duft in der Luft. Während Dion direkt den Weg unter die heiße Dusche anstrebt, werfe ich einen Blick in die Küche. Cameron steht am Herd.

»Du kochst?«, frage ich erstaunt.

Hastig dreht er sich zu mir um. »Ähm … ja … Aspen glaubt, ein voller Magen bricht vielleicht das Eis.« Er wirkt tatsächlich etwas verlegen.

»Ich würde sagen, das hängt davon ab, wie es schmeckt«, erwidere ich scherzhaft und sehe neugierig in den Topf. Cameron nimmt einen Löffel aus der Schublade und hält ihn mir entgegen. »Du kannst gerne probieren und sagen, ob ich vorsichtshalber die Nummer vom Lieferdienst raussuchen soll.« Das Grinsen, das in diesem Augenblick auf seinen Lippen erscheint, verrät, dass er von seinem Können überzeugt ist.

Ich tauche den Löffel in die Suppe, puste zweimal leicht, bevor ich sie koste.

»Mmh … das ist gut. Es schmeckt fantastisch. Kürbis?«

»Ja, ein Rezept meiner Grandma. Also kein Lieferservice?«

»Nein, den werden wir nicht brauchen. Wenn du Dion weichklopfen willst, mach ein bisschen Zimt dran.«

»Ich hasse Zimt.«

Ein Lachen entfährt mir, weil er enttäuscht klingt. »Du hast die Wahl – zufriedene Geschmacksnerven oder eine handzahme Dion.« Ich öffne den Gewürzschrank und reiche ihm die Zimtdose.

»Danke.«

»Gerne. Wir profitieren alle von einer friedlichen Dion.«

»Ich meine … danke, dass du so nett zu mir bist … trotz allem.«

»Jeder verdient eine Chance, oder?«

Statt zu antworten, grinst er und streut eine Prise Zimt ins Essen.

Ich bin schon fast wieder zur Tür hinaus, als ich mich noch einmal zu Cameron umdrehe. »Ist er immer so?«

»Du meinst Jasper?«

»Ja.«

»Jap.«

Irgendwie habe ich mit dieser Antwort gerechnet, und doch hätte ich nicht erwartet, dass er genau das sagt. Ich dachte, er würde ein gutes Wort für seinen Freund einlegen.

Cameron stellt den Herd ab und wendet sich mir zu. »Es gibt genau zwei Dinge, die man über Jasper wissen muss. Erstens: Versuch gar nicht erst, aus ihm schlau zu werden, denn er wird nicht zulassen, dass du ihn verstehst. Weil er nie so handelt, wie du es erwartest. Zweitens: Wenn er auf deiner Seite steht, gehört dir seine Loyalität. Machst du ihn dir zum Feind, geh in Deckung.«

»Das klingt wie eine Warnung«, sage ich und lache, weil Cam mich auf den Arm nimmt. Tut er doch, oder?

»Jasper lässt sich mit Apfelkuchen bestechen«, antwortet er und zwinkert mir zu.

»Danke für den Tipp. Du kannst nicht zufällig auch backen?«, frage ich hoffnungsvoll.

»Nein, da muss ich leider passen. Meine Fähigkeiten beschränken sich ausschließlich aufs Kochen.«

»Schade.«

»Kannst du den anderen Bescheid geben, dass in fünfzehn Minuten das Essen auf dem Tisch steht?«

»Klar.«

»Danke.«

Ich glaube, es ist unmöglich, Cameron nicht zu mögen. Bei mir hat er mit wenigen Sätzen schon die volle Sympathiepunktzahl abgeräumt.

Zuerst klopfe ich an Dions Tür, bekomme aber keine Antwort. Da mein Zimmer genau neben ihrem liegt, ziehe ich mich schnell um, bevor ich den Flur entlang zu Aspen gehe. Ich kann hören, wie sie mit Dion diskutiert. Weil ich nicht vorhabe mich in die Unterhaltung einzumischen und Aspen eher zu Dion durchdringt, wenn ich nicht dabei bin, beschließe ich, das Glück eine Tür weiter herauszufordern. Zu meiner Überraschung steht sie einen Spaltbreit offen, dennoch klopfe ich an.

Nichts.

Einen Moment zögere ich, bevor ich die Tür vorsichtig aufschiebe, um nachzusehen, ob er da ist.

Von Jasper fehlt jede Spur. Wo könnte er sein? Viele Möglichkeiten bietet das Haus nicht. Es verfügt lediglich über Wohnzimmer, Küche und vier Schlafzimmer, die je ein angrenzendes Bad besitzen.

»Kann ich dir irgendwie helfen?«

Erschrocken fahre ich herum und mache instinktiv einen Schritt zurück und somit in den Raum hinein, weil Jasper plötzlich viel zu dicht vor mir steht. Statt etwas zu sagen, starre ich ihn an. Sein Gesicht ist gerötet, die dunklen Haare hängen ihm in die Stirn.

»Verblüffend, oder?«

»Was meinst du?«, frage ich irritiert.

»Die Ähnlichkeit zu Cameron. Darüber hast du vorhin nachgedacht.«

Ein paar Sekunden mustere ich ihn. »Dein Gesicht wirkt ernster, kantiger, und die Lippen sind schmaler«, rutscht es mir heraus, was ihm ein winziges Lächeln entlockt.

»Da hat jemand aber genau hingesehen.« Und als hätte er das Recht dazu, lässt er seinen Blick langsam über mich gleiten.

»Ich bin Abbie«, stelle ich mich vor, weil er mir vorhin keine Gelegenheit dazu gegeben hat. Gleichzeitig versuche ich mir nicht anmerken zu lassen, dass mich die Art, wie er mich ansieht, aus dem Konzept bringt. Dass Jasper attraktiv ist, lässt sich nicht leugnen, nur seine Persönlichkeit lässt bisher zu wünschen übrig.

»Jasper«, antwortet er knapp, obwohl es überflüssig ist.

Und dann passiert das, was immer geschieht, wenn ich nervös werde: Ich plappere einfach drauflos.

»Cool, dich kennenzulernen.«

Darauf erwidert er nichts.

»Aspen hat dir von mir erzählt, oder?«, hake ich nach, weil er mich mit einer absolut nichtssagenden Miene ansieht.

»Ja.«

Mein Blick folgt Jasper, als er an mir vorbei zum Bett geht. Er öffnet die Tasche und nimmt frische Kleidung heraus. Da er mir den

Rücken zugedreht hat, betrachte ich ihn genauer. Warum trägt er Sportkleidung? Ohne auf meine Anwesenheit Rücksicht zu nehmen, zieht er den grauen Hoodie aus. Ein langärmliges Shirt kommt zum Vorschein. Eng schmiegt es sich an seinen durchtrainierten Oberkörper.

»Bist du aus einem bestimmten Grund hier?«

»Cameron hat gekocht«, sage ich schnell, um meine Anwesenheit zu erklären, damit er nicht denkt, ich wollte herumschnüffeln.

Kommentarlos setzt er sich auf die Bettkante, beugt sich vor und öffnet die Schuhe. Er hebt den Kopf und sieht mich an.

»Ist sonst noch irgendwas?«

»Warst du joggen?«, rutscht es mir heraus. Ich bin wirklich eine Meisterin im unüberlegten Plappern.

»Ja.«

»Bei den Temperaturen?« Natürlich bei den Temperaturen. Welch dumme Frage. Er wird sich nicht weggebeamt haben, um bei Sonnenschein eine Runde durch den Park zu drehen.

»Ja«, beantwortet er tatsächlich meine Frage. Jasper richtet sich zu seiner vollen Größe auf und blickt abwartend auf mich herab. Mit den zerzausten Haaren und der Sportkleidung sieht er zugänglicher aus. Vielleicht sogar freundlich. Vorhin hatte er etwas Unnahbares an sich. *Kleider machen Leute*, schießt es mir durch den Kopf.

»Abbie!«

Bei der Erwähnung meines Namens zucke ich zusammen und reiße meinen Blick von seiner breiten Brust los. »Mmh?«

»Wenn du keinen Striptease sehen willst oder auf eine gemeinsame Dusche abzielst, solltest du jetzt gehen, denn es ist mir egal, ob du dich im Raum befindest, während ich mich ausziehe.«

Wie von selbst wandert mein Blick zum angrenzenden Badezimmer und wieder zu ihm zurück. Ich warte darauf, dass er grinst oder irgendwas anderes tut, das verrät, dass er es nicht ernst meint. Nichts dergleichen. Nicht einmal ein winziges Zucken seiner Mundwinkel. In seinen dunklen Augen blitzt etwas auf, das ich nicht deuten kann, aber meine Neugier weckt. Würde ich bleiben, ließe er wirklich die

Hüllen fallen? Und will ich die Antwort darauf tatsächlich herausfinden? Vielleicht …

Ähm, nein.

Als meine Wangen heiß werden, sehe ich über die Schulter zur Tür, durch die ich gekommen bin. »Okay, du hast zehn Minuten.«

»Wofür genau?«, fragt er und ich schwöre, einen Funken Belustigung herauszuhören. Weil meine Worte durchaus auch anders zu verstehen sind, als ich beabsichtigt habe.

»Dann gibt es Essen.«

So beherrscht wie möglich verlasse ich das Zimmer, weil ich ihm den Triumph nicht gönne, dass er mich nervös macht. Dabei bin ich mir sicher, dass er es ohnehin bemerkt hat.

# 2.

## JASPER

Sie hat mir zehn Minuten gegeben. Ich brauche elf, um geduscht und mit frischer Kleidung die Küche zu betreten. Dennoch bin ich zu früh. Cam ist gerade dabei, den Tisch zu decken. Unaufgefordert gehe ich ihm zur Hand.

»Und, hast du die Gegend ausgespäht?«

»Wenn du damit meinst, ob ich laufen war, dann ja.«

»Bei den Temperaturen würden mich keine zehn Pferde vor die Tür bekommen.«

»Die bekommen dich auch bei Plusgraden nicht von der Couch hoch«, merke ich an, dass seine Motivation in dem Punkt deutlich nachgelassen hat.

Cam brummt etwas Unverständliches vor sich hin.

»Wo sind die drei Damen, die uns den Abend versüßen?«, frage ich gedehnt, während ich die Gläser auf dem Tisch abstelle.

Mit den Fingern zeichnet er Anführungszeichen in die Luft. »Machen sich noch frisch.«

»Sie führen also ein Gespräch über uns. Interessant. Was glaubst du, wie wir dabei wegkommen?« Im Grunde ist es mir völlig egal, was Aspens Freundinnen von mir denken. Warum ich mich von ihr zu der Aktion habe überreden lassen, ist mir schleierhaft. Den Sinn dahinter verstehe ich durchaus. Wenn man eine Bindung zu jemandem hat, erhöht das die Wahrscheinlichkeit, dass derjenige Geheimnisse für einen bewahrt. Ein gemeinsames Wochenende in den Hamptons hätte ich dafür dennoch nicht gebraucht. Meine Methode, damit die beiden den Mund halten, wäre eine andere gewesen. Aber ich mag Aspen, also gebe ich dem Quatsch hier widerwillig eine Chance.

Cameron bleibt mir eine Antwort schuldig, weil sich in diesem Augenblick Stimmengewirr aus dem Flur nähert. Solange noch freie

Platzwahl herrscht, setze ich mich an den Tisch. Cam tritt nervös von einem Fuß auf den anderen.

»Entspann dich«, sage ich leise.

Aspen kommt als Erste in die Küche, gefolgt von einer mürrisch guckenden Dion. Abbie sieht flüchtig in meine Richtung, während mein Blick ihr folgt. Die Anspannung, die herrscht, ist greifbar. Das verspricht ein anstrengender Abend zu werden. Würde ich Cam damit nicht in den Rücken fallen, würde ich aufstehen und die Veranstaltung ohne mich stattfinden lassen. Aber ihm ist es wichtig, dass Aspens Freundinnen ihn akzeptieren, und mir ist Cam wichtig, also reiße ich mich zusammen. Hoffentlich zieht sich der Blödsinn nicht unnötig in die Länge.

Dion setzt sich auf die Stirnseite und somit auf den Stuhl, der am weitesten von mir entfernt ist. Die Abneigung, die sie für mich empfindet, ist nicht zu übersehen. Meine Anwesenheit im Ferienhaus ihrer Familie duldet sie nur, weil Aspen sie darum gebeten hat. Cam wählt den Platz mir gegenüber, Aspen den neben ihm. Somit bleibt Abbie nur der Stuhl an meiner Seite.

»Was möchtet ihr trinken?«, fragt Cam und macht Anstalten aufzustehen.

»Wir sind durchaus in der Lage, uns selbst zu bedienen.«

Verwundert sieht er mich an. Mit einem Nicken gebe ich ihm zu verstehen, dass er sich wieder hinsetzen soll. Mir gefällt der Gedanke nicht, dass ausgerechnet er den Kellner spielt. Weil ich genau weiß, warum er in die Rolle schlüpft. Cam denkt, dies wäre sein Platz in der Hierarchie. Und ich hasse es, dass er nach wie vor glaubt, er würde weit unter den hier Anwesenden stehen. Demonstrativ greife ich nach der Wasserflasche und schenke erst Cam und dann mir etwas ein. Als ich die Flasche wieder abstellen will, hält mir Aspen ihr Glas entgegen.

»Wenn du einmal dabei bist.« Zuckersüß lächelt sie mich an. Damit wurde ich gerade zum Kellner degradiert. Aber das ist mir tausendmal lieber, als wäre es Cam.

»Sehr gern«, antworte ich und fülle ihr Glas, anschließend sehe ich herausfordernd zu Dion, die wortlos nach dem Pinot greift. Ihre

Aussage war demzufolge kein Scherz. Sie wird versuchen, sich mich erträglich zu trinken. Diese Art von Humor macht sie beinahe sympathisch.

Ich wende mich Abbie zu, die mächtig verkrampft wirkt, meinem Blick aber dennoch standhält. Dunkelbraune Augen mit einem aufrichtigen Funkeln, umrahmt von tiefschwarzen Wimpern mit einem Schwung, der ihnen etwas Verträumtes verleiht. Aber es ist dieser braungrüne schmetterlingsähnliche Fleck in ihrer linken Iris, der mich für den Bruchteil einer Sekunde aus dem Konzept bringt. Weil er dort nicht hingehört. Wie ein Fehler in der Matrix. Gleichzeitig fasziniert mich dieses kleine Detail in seiner Perfektion. Heterochromie. Zu gerne würde ich mich ihr entgegenbeugen und einen genaueren Blick darauf werfen.

Abbie blinzelt, als sie bemerkt, was ich gerade entdeckt habe. Abrupt beendet sie unseren Blickkontakt, nimmt mir die Flasche aus der Hand und schenkt sich selbst ein.

»Ich sterbe vor Hunger«, sagt Aspen und beginnt die Suppe auf den Tellern zu verteilen.

Die nächsten Minuten herrscht unangenehmes Schweigen, was nicht verwunderlich ist, wenn man Menschen gemeinsam an einen Tisch setzt, die nicht mehr gemeinsam haben als das Geheimnis, das sie zusammengebracht hat.

»Das schmeckt wirklich toll«, lobt Abbie und lächelt Cameron an. Die Sorte Mensch ist sie also. Nett, höflich, zuvorkommend und hübsch. Sie versprüht eine Unschuld, die in mir den Wunsch weckt, das brave Mädchen herauszufordern, um herauszufinden, ob da noch etwas anderes in ihr lauert. Dennoch steht sie auf meiner Annäherungsblacklist. Weil Aspen mir die Hölle heißmachen würde. Sie mag mich. Aber nicht so sehr, dass sie mir es verzeihen würde, sollte ich ihre Freundin ohne aufrichtige Absichten flachlegen.

»Danke.« Als Cameron zurücklächelt, unterdrücke ich ein Augenrollen. Meine Zeit könnte ich für Besseres nutzen.

»Cameron, ist da etwa Zimt drin?«

Cam setzt sich augenblicklich aufrechter hin, als ausgerechnet Dion das Wort an ihn richtet.

»Ja, ich mag Zimt.«

Er kann ihn nicht ausstehen. Mehr als einmal hat er erwähnt, dass er Granny Els Apfelkuchen nur ihr zuliebe isst und den darübergestreuten Zimt heimlich herunterkratzt. Mein erster Impuls ist, ihm für seine Lüge einen Tritt gegen das Schienbein zu verpassen.

»Immerhin hat dein Freund Geschmack und kann kochen.« Zumindest bringt ihm das Geflunker ein paar Sympathiepunkte ein, die ich ihm gönne. Dion Carmichael auf seiner Seite zu haben, schadet nicht. Die Frau ist mindestens so giftig, wie sie schön ist. Allerdings weckt nichts an ihr meine Neugier. Sie ist nicht mein Typ. Und das liegt nicht an ihrem Aussehen, sondern an den Werten, die sie auslebt. Wir könnten nicht unterschiedlicher sein.

Aus dem Augenwinkel sehe ich zu Abbie. Hier würden wir schon eher ins Geschäft kommen.

Sie nackt auf mir wäre durchaus etwas, das mich reizt. Sehr sogar. Erneut schlage ich mir den Gedanken aus dem Kopf, den ich vorhin bereits einmal hatte, als sie überraschend im Gästezimmer stand.

Am Ende ist es Aspen, die eine Unterhaltung beginnt, indem sie ihre Freundinnen nach deren Ausflug in die Skihalle fragt. Wann habe ich mich zuletzt in einer Unterhaltung befunden, die sich so unangenehm anfühlt, obwohl sie sich nicht um mich dreht? Alles wirkt erzwungen und ich gebe zu, ich bin genervt. Cam und ich tauschen immer wieder Blicke aus, ohne uns in das Gespräch einzubringen. Er schweigt, weil er unsicher ist, und ich, weil ich schlichtweg nicht an einem Gespräch interessiert bin.

Gedanklich klinke ich mich aus der Konversation aus. Mir entgeht allerdings nicht, dass Abbie mir immer wieder einen Blick von der Seite zuwirft, was ich geflissentlich ignoriere. Jedenfalls so lange, bis sie das Gespräch auf Camerons Zeit in Waterbury lenkt. Geschickt weicht er Fragen zu den Gründen aus. Weder seine finanzielle Notlage noch meine Absichten erhalten Raum, stattdessen erzählt er, wie es für ihn gewesen ist, ich zu sein. Wie sehr er mich für den Sportkurs und *Modernes Schauspiel* gehasst hat.

Weder hatte ich die Kurse nach meinen Interessen ausgewählt noch um Cam zu ärgern. Die Kurse standen bereits fest, bevor ich

Cam begegnet bin. Ich hatte mich in die Fächer eingeschrieben, die den wenigsten Aufwand bedeuten und die meiste Freizeit garantieren würden, um meinen Plan zu finalisieren. Die klassischen Natur- oder Geisteswissenschaften hätten beispielsweise eine doppelte Stundenzahl bedeutet. Auch bei der Anzahl der zu belegenen Kurse habe ich auf das Minimum gesetzt. Im Grunde hatte Cam einen entspannten Alltag. Nur er allein hat es kompliziert gemacht, als er plötzlich auf mehr als die fünfzigtausend Dollar scharf war.

Mein Blick wandert zu Aspen, die Cam verliebt ansieht, als er einen Arm auf der Stuhllehne hinter ihr ablegt und mit den Fingerspitzen immer wieder ihren Oberarm auf und ab fährt. Vielleicht ist mein Plan nicht ganz aufgegangen, aber mit dem Ergebnis bin ich durchaus zufrieden. Zumindest mit dem, was ich gerade vor Augen habe. Tatsächlich empfinde ich so etwas wie Stolz, wenn ich die beiden ansehe. Nein, wie ein Verlierer fühle ich mich keineswegs.

»Was hast du eigentlich getrieben, als Cameron für dich in Waterbury war?«

Schlagartig herrscht Ruhe am Tisch und alle Augenpaare sind auf mich gerichtet, als Abbie mich in die Unterhaltung miteinbezieht. Die Suppe ist inzwischen kalt und ich habe kaum was gegessen. Kürbis ist nicht mein Fall. Ich schiebe den Teller ein Stück von mir, bevor ich mich Abbie zuwende.

»Ich hatte privat ein paar Differenzen, die ich klären musste«, antworte ich kühl. Cam verschluckt sich an seinem Wasser.

»Was für welche?«, hakt sie nach. Ihre Augen weiten sich, als ich missbilligend eine Braue hochziehe. »Du musst nicht antworten, wenn das zu persönlich ist«, rudert sie kurzerhand zurück.

So ganz werde ich noch nicht schlau aus ihr. Während ihre Freundin Dion ein offenes Buch ist, passt bei Abbie vieles nicht zusammen. Auf der einen Seite strahlt sie Zurückhaltung aus und auf der anderen plappert sie ungehalten drauflos. So wie vorhin. Ich mache sie nervös. Stellt sich nur die Frage, welche Art von Nervosität ich in ihr auslöse. In mir weckt sie den Spieler und es wäre ein Leichtes zu gewinnen. Bevor ich mich auf das Abenteuer hier eingelassen habe, habe ich beide durchleuchtet. Wenn Aspen davon wüsste, würde sie mir den Hals umdrehen, aber sie hat es mir nicht untersagt. Ein Wort von ihr und ich hätte den Laptop nicht aufgeklappt.

»Wenn ihr mich entschuldigt, ich bin kein Fan von erzwungenen Unterhaltungen.«

Dion stößt laut den Atem aus. Sie mag weder Cam noch mich und daran wird sich auch nichts ändern, solange Dion nicht von dem Podest herabsteigt, auf das sie ihre Eltern gestellt haben. Was sie hier versucht, wird niemals funktionieren. Ich weiß das und sie weiß es ebenfalls.

Weil ich es hier keine Sekunde länger aushalte, stehe ich auf. Ein letztes Mal schaue ich zu Abbie, die mich ansieht, als hätte ich ihr eine Ohrfeige verpasst. Hat sie meine Antwort verletzt? Die Worte waren an Dion gerichtet. Abbie habe ich bei meiner kurzen Ansprache nicht einmal angesehen.

Als sie kaum merklich trotzig das Kinn in die Höhe reckt, kenne ich die Antwort. Und sie stört mich mehr, als ich für möglich gehalten hätte.

Bevor ich die Küche verlasse, räume ich meinen Teller in die Spülmaschine. Das Glas Wasser nehme ich mit.

Nach meinem Abgang schicke ich Cam eine kurze Nachricht, dass er nicht mehr mit mir rechnen soll und wir uns zum Frühstück sehen. Er antwortet mit einem einfachen *Okay* und verlangt keine weitere Erklärung. Weil er genau weiß, wie wenig Lust ich auf dieses Wochenende habe.

* * *

Es ist zwei Uhr morgens, als ich das Buch beiseitelege. Meine Kehle fühlt sich trocken an, also stehe ich auf, um mir aus der Küche etwas zu trinken zu holen.

Als ich in den Flur trete, lausche ich kurz, ob von unten Geräusche zu hören sind, aber es herrscht absolute Stille. Einen Moment sehe ich den dunklen Flur hinunter, dann gehe ich auf die Treppe zu. Das automatische Licht schaltet sich ein, bevor ich den Fuß auf die erste Stufe setze. Mein Weg führt mich direkt in die Küche. Jemand hat die Beleuchtung an der Abzugshaube angelassen, was dafür sorgt, dass der Raum im Halbdunkel liegt.

Ich nehme die Flasche Wasser aus dem Kühlschrank, fülle mein Glas und trinke es in einem Zug aus. Anschließend stelle ich es in die Spüle. Anstatt direkt wieder nach oben zu gehen, öffne ich das Tiefkühlfach. Zufrieden grinse ich, als ich die Eisbecher von Ben & Jerry's entdecke. Ich inspiziere die Sorten. *Apple-y Ever After.* Irgendwer in diesem Haus teilt eindeutig meinen Geschmack.

Ohne zu zögern, nehme ich den Becher heraus und ziehe eine Schublade nach der anderen auf. Sobald ich einen Löffel gefunden habe, öffne ich die Packung und lehne mich gegen die Arbeitsfläche der Kücheninsel. Immer wieder wandert der Löffel voll Eiscreme in meinen Mund. Das Fatale an dem Zeug: Hat man erst mal angefangen, kann man nicht mehr aufhören. Die Wahrscheinlichkeit, dass ich morgen früh Ersatz auftreiben muss, liegt bei hundert Prozent.

Nach wenigen Minuten habe ich das erste Drittel verdrückt. Der Löffel steckt ein weiteres Mal im Becher, als ein Geräusch meine Aufmerksamkeit erregt.

Ich sehe in Richtung Tür. Keine zwei Atemzüge später taucht Abbie in meinem Blickfeld auf und schaltet das Deckenlicht ein. Sie trägt einen gepunkteten Schlafanzug, der sie um einiges jünger wirken lässt. Die Haare, die ihr eigentlich bis knapp unter das Kinn reichen, hat sie achtlos zu einem Knoten zusammengebunden. Einzelne Strähnen hängen heraus.

Zielstrebig geht sie zum Kühlschrank und öffnet genau wie ich zuvor das Tiefkühlfach. Sie wühlt darin herum und seufzt laut, als sie nicht findet, wonach sie sucht. Mit etwas zu viel Schwung schließt sie es wieder. Ignoriert sie mich absichtlich oder hat sie nicht bemerkt, dass sie nicht allein im Raum ist? Kurz sehe ich auf den Becher in meiner Hand und dann erneut zu Abbie. Wie hoch ist die Wahrscheinlichkeit, dass sie danach gesucht hat?

Sie dreht sich um und gibt einen schrillen Laut von sich.

»Herrje, hast du mich erschreckt. Kannst du dich nicht bemerkbar machen?« Währenddessen legt sie eine Hand auf ihr Herz und lenkt damit meine Aufmerksamkeit für einen winzigen Augenblick auf ihre Brüste. Sofort sehe ich ihr wieder ins Gesicht, als in meinem Verstand die Information ankommt, dass sie unter dem Trägertop keinen BH trägt.

»Ich wollte dich nicht bei deinem Beutezug stören«, antworte ich und grinse sie an.

Ihr Blick bleibt an dem Becher in meiner Hand hängen.

»Wie ich sehe, bin ich zu spät.« Sie atmet einmal tief durch und sieht mich dabei sehnsüchtig an. Nicht mich, die Eiscreme, um genau zu sein. Da ich kein egoistischer Mensch bin, strecke ich den Arm nach der Besteckschublade aus, ziehe sie auf und nehme einen weiteren Löffel heraus. Als ich ihn ihr entgegenhalte, beäugt sie mich misstrauisch.

»Ich beiße nicht.«

»Sicher?«

»Okay, wenn du mich darum bittest, vielleicht schon.«

In ihrem Blick flackert etwas auf, das ich nicht klar deuten kann. Neugier oder Vorsicht. Vielleicht beides zu gleichen Teilen. *Lass es,* ermahne ich mich selbst.

Es dauert ein paar Sekunden, bis sie die Distanz zwischen uns überbrückt und sich den Löffel schnappt. Sie stellt sich neben mich und ich halte ihr den Becher entgegen. Zu meiner Verwunderung nimmt sie ihn mir nicht ab, sondern lässt lediglich den Löffel in die Eiscreme wandern. Schweigend teilen wir uns das Eis. Und mit jeder Portion, die in unseren Mündern landet, fühlt es sich an, als würde sich der Abstand zwischen uns verringern. Nicht körperlich. Es ist die Barriere in meinem Kopf, die sich zunehmend auflöst, je leerer der Becher wird. Was fatal ist, weil es meine Konzentration stört.

Aus dem Augenwinkel sehe ich sie an und frage mich, was genau hier gerade passiert. Nach meinem Abgang beim Abendessen hätte ich erwartet, dass sie einen Bogen um mich macht. Entweder lässt sie sich nicht so einfach in die Flucht schlagen oder sie war extrem scharf auf die Eiscreme und nimmt mich notgedrungen als Gesellschaft in Kauf.

»Das, was ich vorhin gesagt habe, habe ich nicht so gemeint«, beende ich die Stille zwischen uns.

»Doch hast du«, widerspricht sie mir, und damit hat sie recht. Weil die Worte nie unüberlegt meinen Mund verlassen.

»Erwischt.«

»Die Situation ist für uns alle seltsam. Aber du kannst nicht erwarten, dass niemand Fragen hat.«

»Wenn ich nicht erwarten darf, dass niemand Fragen stellt, warum erwartet ihr dann, von mir Antworten zu erhalten?« Denn genau so ist es. Nur deswegen haben sie dem gemeinsamen Wochenende zugestimmt. Aber weder Cameron noch ich haben ihnen Schaden zugefügt. Und ich sehe mich auch nicht in der Pflicht, ihre Neugier zu stillen. Es wäre ein Kinderspiel, mir eine glaubhafte Story aus den Fingern zu ziehen, warum Cameron meinen Platz eingenommen hat. Die Wahrheit ist, mir ist egal, was eine Dion Carmichael oder Abbie Westing denken.

»Bist du deswegen so miesepeterig, weil du denkst, wir fesseln dich an einen Stuhl und kitzeln die Wahrheit aus dir heraus?« Ihr Lachen trifft mich völlig unvorbereitet, genau wie die Berührung, als ihr Arm meinen streift. Nicht länger als für den Bruchteil einer Sekunde, aber lange genug, damit ich von ihr abrücke, um den Abstand zwischen uns zu vergrößern.

»Ich bin nicht kitzlig, ihr werdet euch also etwas anderes überlegen müssen«, sage ich. Nur mit Mühe kann ich mir ein Grinsen verkneifen, als ich es mir bildlich vorstelle.

»Wie stehen meine Chancen, wenn ich zu unserer nächsten Unterhaltung einen Apfelkuchen mitbringe?«, fragt sie amüsiert.

Skeptisch sehe ich sie an. »Wie kommst du darauf?«

Sie klopft mit dem Löffel zweimal leicht auf den Becher. »Du hast Appel-Pie-Geschmack gewählt.«

Ungläubig ziehe ich eine Augenbraue hoch. Die Antwort nehme ich ihr nicht ab.

»Vielleicht hat Cameron mir einen kleinen Tipp gegeben.«

»Hat er das?« Ich sollte ihm einen Maulkorb verpassen, wenn er sich zu einer Plaudertasche entwickelt.

»Er meinte, du würdest dich damit eventuell bestechen lassen, ein bisschen netter zu sein.«

Als meine Mundwinkel verdächtig zucken, lächelt sie siegessicher. »Es stimmt also.« Das begeisterte Funkeln in ihren Augen trifft bei mir eindeutig einen Nerv, der gefährlich für meine Selbstbeherrschung ist. Sie blinzelt verlegen, weil ich sie unbeirrt ansehe. Mir jedes Detail in ihrem Gesicht einpräge. Hohe Wangenknochen, Stupsnase, vereinzelte Sommersprossen. Mein Blick fixiert ihren Mund. Als sie es bemerkt, presst sie die vollen Lippen aufeinander, als würde sie ihre Worte gerne zurücknehmen. Zu spät, meine Gedanken sind bereits ein Szenario weiter.

Die Wahrheit ist, sie braucht ganz gewiss keinen Apfelkuchen, um mich davon zu überzeugen, etwas netter zu ihr zu sein. Sie müsste mich nur darum bitten.

Im nächsten Moment stoße ich mich von der Arbeitsfläche ab und positioniere mich vor ihr.

»Wie nett hättest du mich denn gerne?«, fordere ich sie heraus, als sie zu mir aufsieht.

Sie schluckt sichtlich.

Diese Art von nett. Dachte ich mir.

Ich stelle den Becher auf der Kücheninsel ab, bevor ich die Hände rechts und links von ihr auf der Arbeitsplatte platziere und Abbie somit zwischen meinen Armen gefangen nehme. Ungeniert sehe ich sie an. Warte darauf, dass sie das Weite sucht. Was sie nicht tut. Die Vernunft, die mir vorhin noch entgegengebrüllt hat, dass es eine bescheuerte Idee ist, mich ihr zu nähern, hat sich zu einem erstickten Wimmern entwickelt. Denn wäre es anders, würde ich nicht die Lücke zwischen uns schließen, bis ich ihren Körper an meinem spüre. Und nicht nur das. Meine Lippen streifen ihr Ohrläppchen.

Sie erstarrt. Sofort halte ich inne und rücke von ihr ab, weil ich das als unausgesprochenes, aber klares Nein deute.

»Nicht *so* nett«, presst sie hervor, schlüpft unter meinem Arm hindurch und verlässt die Küche, ohne sich noch einmal nach mir umzusehen.

# 3.

## ABBIE

ENDE JANUAR IN WATERBURY, CONNECTICUT

»Was ziehst du denn für ein Gesicht?«

Kurz sehe ich zu Dion, die neben mir auf der Rückbank sitzt, dann blicke ich wieder aus dem Fenster.

»Ich ziehe kein Gesicht, ich denke nach.« Im Grunde mache ich seit Tagen nichts anderes.

»Und worüber?«, hakt sie nach.

»Keine Ahnung«, lüge ich, denn ich weiß es sehr wohl. Es gibt genau zwei Dinge, die abwechselnd meine Gedanken beherrschen.

Die Tatsache, dass letzte Wochen Ermittlungsbeamte vor unserer Tür standen, um die Verstrickungen im Fall *Anderson Real Estate* zu überprüfen. Sie nannten es eine Routineuntersuchung, weil die Andersons in den vergangenen Jahren viel Geld in die Stiftung meiner Mom haben fließen lassen. Während unser Haus auf den Kopf gestellt wurde, hat ein anderer Trupp die Räumlichkeiten der Stiftung umgekrempelt. Meine Mom rief mich aus dem Büro an und sagte, ich solle mir keine Sorgen machen. Die Beamten machen nur ihren Job. Hilflos sah ich dabei zu, wie sie sich durch unsere privaten Sachen gewühlt haben. Auf der Suche nach was? Meine Mom ist nicht mal dazu in der Lage, im Halteverbot zu parken, und dann soll sie an Geldwäsche in Millionenhöhe beteiligt sein? Das ist absurd. Gleichzeitig fühlt es sich wie ein Albtraum an, weil unser Schicksal in den Händen anderer liegt. Menschen, denen ich zuvor noch nie begegnet bin.

Bisher sind die Anschuldigungen nicht an die Öffentlichkeit durchgesickert, aber wir leben in Manhattan. Es ist nur eine Frage der Zeit, bis sich die Presse daran aufhängt und Gönner ihre Zahlungen einstellen. Um die Sache aus den Medien herauszuhalten, genießen die Andersons zu viel Aufmerksamkeit. Und dann wird es richtig übel.

Man könnte also sagen, Jasper und ich sitzen plötzlich im selben Boot und müssen hoffen, dass es nicht sinkt. Ich kann mir vorstellen, wie er sich fühlt. Seit dem Ausflug in die Hamptons denke ich immer wieder über Jasper nach. Er ist vorzeitig abgereist und ich frage mich, ob unsere nächtliche Begegnung in der Küche der Auslöser dafür war, dass er bereits vor dem Frühstück verschwunden war. Oder ob es etwas mit seiner Familie zu tun hatte? Er hat vermutlich noch viel größere Sorgen als ich. Das Gesicht seines Dads ziert seit Wochen die Titelseiten.

»Okay, das check ich nicht. Du zerbrichst dir über etwas den Kopf und weißt nicht, wo deine Gedanken ständig sind?«

»Ja, genau so ist es«, erhalte ich meine Lüge aufrecht. Dion ist die falsche Person für eine Unterhaltung über Jasper. Sie kann ihn nicht ausstehen und würde mir sagen, dass er keinen einzigen meiner Gedanken wert ist. Der Apfel fällt nicht weit vom Stamm, hat sie nach seiner Abreise gesagt, und wir können froh sein, dass er sich aus dem Staub gemacht hat. Mit so jemandem wollen wir nichts zu tun haben.

*Wir.* Nicht sie. In dem Punkt kann sie unmöglich für uns beide sprechen, denn ich teile ihre Meinung nicht. Ich würde gerne mit jemandem reden, der meine Angst versteht und sie möglicherweise nachempfinden kann, weil er in derselben Situation steckt. Vielleicht hat Dion recht, vielleicht auch nicht. Aber es beschäftigt mich, ob ich ihn vergrault habe, weil ich ihn einfach habe stehen lassen. Hätte ich geahnt, dass nur wenig später ein Klingeln an der Tür mein Leben völlig auf den Kopf stellen würde, hätte ich Jasper festgehalten, um Antworten auf all meine Fragen zu bekommen. Cameron meinte zwar, es habe nichts mit uns zu tun gehabt. Jasper habe die Angewohnheit, zu verschwinden und aufzutauchen, wie es ihm beliebt. Aber was, wenn das nicht stimmt?

»Hat dir schon mal jemand gesagt, dass du seltsam bist?«

Meint sie das ernst?

»Ja, du. Seit dem Kindergarten höre ich von dir nichts anderes«, blaffe ich sie an und fühle mich sofort mies. »Sorry, ich wollte dich nicht anmotzen«, rudere ich zurück. Ich kann Dions skeptischen Blick auf mir spüren, aber sie würde nicht verstehen, was mir durch den Kopf geht.

»Du weißt, wenn ich ›seltsam‹ sage, ist es lieb gemeint.«

Ist das so? Es fühlt sich selten nach einem Kompliment an. Aber so ist Dion einfach. Sie nimmt kein Blatt vor den Mund, trifft oft den falschen Ton und kommt stets damit durch. Manchmal frage ich mich, warum ausgerechnet wir beide befreundet sind. Wir haben absolut nichts gemeinsam. Das Einzige, was uns verbindet, ist die Freundschaft zu Aspen.

Okay, das stimmt nicht, ich liebe Dion. Gerade bin ich gefrustet, weil sich meine Gedanken nicht einfach in Luft auflösen, und lasse es an ihr aus. Aber es gibt durchaus Momente, in denen ich meine Freundin gerne auf den Mond schießen würde. Das sind jene, in denen sie mir mitteilt, dass ich langweilig, zu introvertiert und – nicht zu vergessen – seltsam bin. Das Tragische daran ist, sie hat recht. Ich bin Mae Whitman in ihrer Filmrolle als *Designated Ugly Fat Friend*. Kurz: *DUFF*. Wobei ich eher die *DUTF* bin. *Designated Ugly Tiny Friend*. Ja, das passt.

Seufzend reiße ich mich von der vorbeiziehenden Landschaft los und sehe nach vorn. Liams Blick trifft auf meinen, als er in den Rückspiegel sieht. Ein zaghaftes Lächeln erscheint auf den Lippen des Chauffeurs der Carmichaels.

»Was, glaubst du, steckt hinter Aspens kryptischer Äußerung, sie habe ›eine Überraschung für uns‹?«, fragt Dion und sieht von ihrem Handy auf.

»Woher soll ich das wissen?« Aspen hat heute Morgen eine Nachricht in den Gruppenchat geschrieben und uns dann damit vertröstet, dass wir uns im Bungalow treffen.

»Du bist doch sonst immer so kreativ im Aufstellen von wilden Theorien.«

»Ja, und jedes Mal hältst du mich für übergeschnappt, also kann ich sie auch für mich behalten.«

»Herrje, du hast ja eine Laune«, antwortet sie genervt und widmet sich wieder dem Smartphone in ihrer Hand.

»Sorry, ich habe es nicht so gemeint«, glätte ich die Wogen, weil meine Freundin nicht schuld an dem Chaos ist, in das ich hineingeraten bin. In einem Anflug von Panik habe ich mich letzte Woche um einen Studienplatz an der NYU beworben. Eine Vorsichtsmaßnahme, sollte der Ernstfall eintreten und wir in erhebliche finanzielle Schwierigkeiten geraten. Die Kosten für die NYU liegen im Vergleich zu denen für Waterbury bei einem Drittel.

Ich habe auch über einen Nebenjob nachgedacht, aber in Waterbury werden keine Aushilfsjobs an Studierende vergeben. In der Regel haben die es auch nicht nötig, sich etwas dazuzuverdienen. Jedenfalls war das bei einem Telefonat die Aussage einer Cafébesitzerin im Stadtzentrum, das sich ein paar Meilen vom Campus entfernt befindet. Man vergebe offene Stellen lieber an Einheimische, die das Geld tatsächlich brauchen. Dann habe ich es in Betracht gezogen, mir innerhalb des Colleges einen Job zu suchen. Aber ich habe im internen Portal nichts gefunden, das darauf hinweist, dass es so etwas wie eine Jobbörse für Studierende gibt. Lerngruppen und Hobbygemeinschaften hingegen finden sich im Überfluss. Es gibt eine Gruppe für ehrenamtliche Tätigkeiten. Keine Ahnung, was im Detail sie tun, aber ehrenamtlich heißt unbezahlt.

Bei meiner Recherche habe ich mich zum ersten Mal gefragt, wer die Menschen sind, die hier arbeiten. Ich kann mir kaum vorstellen, dass die Stellen öffentlich ausgeschrieben werden. Jedenfalls habe ich dazu ebenfalls nichts gefunden. Erstaunlich, dass ich mir darüber vorher noch nie Gedanken gemacht habe. Woher kommt das Personal in der Mensa, im Supermarkt, im Café oder im Luxus-Beauty-Fitness-Tempel? Gibt es dafür so eine Art Rekruten-Programm, das man vorher durchlaufen muss? Oder gibt es ein Codewort, das man bei der Jobvermittlung sagen muss, damit man eine Liste mit offenen Stellen auf dem Campus bekommt?

Darüber zerbreche ich mir seit Tagen den Kopf. Egal wie ich es drehe, am Ende lande ich bei der These, dass ich innerhalb von Waterbury keinen Cent verdiene. Ich könnte maximal an den Wochenenden oder während der Ferien in Manhattan arbeiten. Es ist wirklich kompliziert, an Geld zu kommen. So gerne ich meine

Mom entlasten möchte, ich habe keine Ahnung, wie ich es anstellen soll.

Außer ich verlasse Waterbury. New York bietet eindeutig die bessere Ausgangslage fürs Geldsparen und -verdienen.

Dion und Aspen habe ich nichts von meinem Plan und meinen Sorgen erzählt. Dion würde sagen, wenn ich den Teufel an die Wand male, soll ich mich anschließend nicht wundern, wenn er höchstpersönlich vor der Tür steht. Aspen würde ihren Sparstrumpf opfern, um mir und meiner Mom zu helfen. Und dann wäre da noch der klitzekleine Umstand, dass die beiden nur meinetwegen hier sind, damit wir nicht voneinander getrennt studieren. Weil wir schon immer ein Dreiergespann sind. Aspens erste Wahl wäre die NYU gewesen. Dion war es im Grunde egal, Hauptsache, es verschafft ihr noch etwas unbeschwerte Zeit, bevor uns der Ernst des Lebens einholt. Ich habe das Gefühl, ich stecke bereits mittendrin.

Dion schnipst mit den Fingern vor meinem Gesicht herum, weil ich ihr nicht zugehört habe.

Fragend sehe ich sie an. »Entschuldige, was hast du gesagt?«

»Deine Aufmerksamkeitsspanne ist in letzter Zeit auf weniger als das absolute Minimum gesunken, oder? Henry schmeißt heute Abend eine verspätete Happy-New-Year-Party.«

»Hmm«, erwidere ich demotiviert, weil ich ahne, nicht drum herumzukommen.

»Henry schwört, es ist die Party des Jahres und sie könnte unser Leben verändern. Ich möchte keine Ausreden hören, du kommst mit.«

Volltreffer, ich habe es gewusst.

»Warum? Du haust doch ohnehin nach zehn Minuten mit Henry ab und ich stehe alleine in der Ecke herum.« Die Party des Jahres? Sind das nicht angeblich all seine illegalen Partys, die er auf dem Campus veranstaltet? Ich kann mir beim besten Willen nicht vorstellen, dass dies ein Abend wird, der in die Geschichte eingeht.

»Du könntest dich zur Abwechslung unter die Leute mischen. Wer weiß, vielleicht ist der Richtige ja heute Abend dabei.«

»Weil ich auch so gut darin bin, wildfremde Menschen anzusprechen«, antworte ich sarkastisch. Small Talk ist keine meiner Stärken. Wenn ich nervös bin, rede ich zusammenhangloses Zeug und häufig ergreift mein Gegenüber mit einer lausigen Entschuldigung die Flucht.

»Ernsthaft, Abbs, wenn du dich verkriechst, lernst du nie jemanden kennen und verliebst dich«, sagt Dion, ohne von ihrem Handy aufzusehen, weil sie damit beschäftigt ist, sich durch Instagram-Storys zu klicken. Das macht sie so schnell, dass ich mich frage, ob sie sich auch nur eine einzige genau ansieht oder das Ganze sie im Grunde langweilt und es pure Gewohnheit ist. Und ich hasse diesen Spitznamen, weil sie ihn immer dann einsetzt, wenn sie mich weichklopfen will.

»Dazu müsste ich erst einmal wissen, was mein Typ ist, damit ich keine großflächige Feldstudie betreiben muss. Oder die Nadel im Heuhaufen suche.« Denn ich weiß es wirklich nicht.

»Ich sag dir, was dein Typ ist.«

»Ach ja? Jetzt bin ich aber gespannt«, erwidere ich sarkastisch. Bisher hatte ich weniger Glück in Sachen Liebe. Und ich befürchte, das lag eher an mir und weniger an den Jungs, die ich gedatet habe. Die waren nett, aber das wars auch schon. Der Funke wollte einfach nicht überspringen.

»Seth aus *O.C., California*. Leicht nerdig, humorvoll, loyal und irgendwie unscheinbar.«

»Wow, ich sollte mich selbst daten, denn deine Beschreibung passt perfekt auf mich«, spotte ich, weil ich nun so richtig frustriert bin.

»Jetzt, da du es sagst«, stimmt Dion lachend zu. »Mal im Ernst, da draußen gibt es eine Menge hübsche Jungs.«

»Nur scheinen die sich nie dort zu befinden, wo ich mich aufhalte.«

»Du hast selbst gesagt, dass du auf dem College Er-«

»Ich weiß, was ich gesagt habe, du musst es nicht wiederholen«, platzt es aus mir heraus. Mein Ausbruch sorgt dafür, dass Dion ihr Handy in den Schoß fallen lässt und mich entgeistert ansieht. Was erwartet sie für eine Reaktion, wenn sie mir ständig unter die Nase reibt, ich müsste meine Komfortzone verlassen, um jemanden kennenzulernen? Vielleicht muss sich auch einfach nur jemand zu mir gesellen und wir machen es uns gemeinsam in der Wir-sind-langweilig-Blase gemütlich. Es gibt kein Gesetz, das besagt, dass man seine Persönlichkeit anpassen muss, um die Liebe zu finden.

»Sorry, es tut mir leid, ich wollte dich nicht anmotzen. Wann steigt die Party?«, lenke ich ein. Mal wieder. Dion kann furchtbar nachtragend sein. Der Weg des geringsten Widerstandes sorgt für die nötige Harmonie innerhalb der Gruppe. Etwas, das Aspen und ich sehr früh erkannt haben. Was nicht bedeutet, dass wir Dion grundsätzlich recht geben oder wie ein rohes Ei behandeln. Es bedeutet nur, dass wir es uns gut überlegen, bevor wir uns in eine Diskussion mit ihr begeben.

»Um acht.«

Ich sehe auf die Uhr.

Wie schnell kann man sich eine Magenverstimmung einfangen? Reichen vier Stunden?

Mein Blick huscht zu Liam, der erneut in den Rückspiegel sieht und die Stirn nachdenklich in Falten gelegt hat.

Die nächste halbe Stunde verbringe ich damit, gedankenverloren aus dem Fenster zu starren, während Dion mit Henry telefoniert. Sie legt erst auf, als wir vor dem Bungalow auf dem Gelände des Waterbury College zum Stehen kommen. Aspens gelber Porsche parkt in der Einfahrt.

»Dann auf in ein neues Semester«, sagt Dion, als Liam ihr die Tür öffnet.

Ich atme einmal tief durch, bevor ich aussteige. Leider kann ich nicht behaupten, mich über meine Rückkehr zu freuen. Und das liegt nicht an der Sache, die gerade in New York passiert, sondern daran, dass ich mir das College anders vorgestellt habe. Der Effekt, den ich mir erhofft hatte, ist bisher ausgeblieben. Dabei weiß ich nicht einmal genau, woran es liegt. Aber es fühlt sich nicht nach der Freiheit an, die ich erwartet habe. Vielleicht ist es mir deswegen so leichtgefallen, die Bewerbung für die NYU abzuschicken.

Liam ist bereits dabei, unser Gepäck aus dem Kofferraum zu holen, als ich um den Wagen herumgehe, um es selbst zu übernehmen. Ich mag es nicht, dass er mich behandelt, als wäre er für mich ebenso zuständig wie für Dion.

»Danke.«

»Abbie, wo bleibst du denn?«, ruft Dion, die ihren Koffer bereits die letzten Meter bis zur Tür hinter sich herzieht.

»Ich komm ja schon«, erwidere ich und verabschiede mich von Liam. Etwas, das sie nicht für nötig hält.

Als ich den Bungalow betrete, stolpere ich beinahe über ein Paar Schuhe und Dions Koffer.

»Aspen?«, höre ich Dion rufen.

»In der Küche«, antwortet sie.

»Abbie, warum trödelst du heute denn ständig herum?«, nörgelt Dion, weil ich nicht schnell genug bin.

»Vielleicht hast du es heute verdammt eilig«, erwidere ich laut, bringe mein Gepäck in mein Zimmer und folge ihr anschließend in die Küche.

»Hey, da seid ihr ja endlich.« Aspen kommt mit schnellen Schritten auf uns zu und schließt uns fest in die Arme.

»Dion hat eine halbe Stunde nach ihrer neuen Tasche von Dior gesucht, nur um dann festzustellen, dass sie sie bereits in ihren Koffer gepackt hatte«, erkläre ich unsere Verspätung.

»Versace«, korrigiert sie mich.

»Es ist so schön, euch zu sehen«, sagt Aspen.

»Also, worüber willst du so dringend mit uns reden?«, fragt Dion ungeduldig.

»Vielleicht setzen wir uns erst mal hin.«

»Du bist schwanger. Ich habe es geahnt«, platzt Dion heraus.

»Nein. Herrje, wie kommst du denn auf so was?«

»Weil du ein riesiges Geheimnis daraus machst und die Neuigkeiten als Überraschung tarnst«, erklärt Dion.

»Ich schwöre, ich bin nicht schwanger, aber ich habe tatsächlich ein paar Neuigkeiten.« Sie macht eine kurze Pause. Dion und ich tauschen fragende Blicke aus. »Können wir diese Unterhaltung bitte nicht im Stehen führen?«, fragt Aspen und drängt uns zum Sofa.

»Du machst mir ein wenig Angst«, sage ich.

»Also dann, raus mit der Sprache«, motiviert Dion sie zum Reden, sobald wir sitzen.

Aspen holt einmal tief Luft. Ganz automatisch tue ich es ihr gleich. »Cameron hat einen Studienplatz am Waterbury College bekommen.«

»Was?«, entfährt es Dion und mir wie aus einem Mund.

»Er hat vor zwei Wochen spontan eine Zusage erhalten.«

»Warte, du hast ihn mit nach Waterbury gebracht? Das ist ein Scherz, oder?«, fragt Dion entsetzt.

»Warum, weil Cameron nicht über den richtigen Stammbaum oder die finanziellen Mittel verfügt?«, verteidigt Aspen ihren Freund.

»Nein, weil er nicht plötzlich vorgeben kann, Cameron zu sein, wenn er letztes Semester den floralen Hemdträger verkörpert hat«, erklärt Dion nun deutlich ruhiger.

»Er hatte kaum Kontakt zu anderen.«

»Er hat Kurse besucht.«

»Abbie?« Aspen sieht mich Hilfe suchend an.

»Was will er hier?«, frage ich im selben Atemzug, obwohl es überflüssig ist.

»Architektur studieren. Er nimmt an dem Förderprogramm teil, das das College gestartet hat, um sein Image zu retten.«

»Das Programm gibt es wirklich? Ich habe es für ein Gerücht gehalten.« Da Walls wegen seiner Beteiligung an der Geldwäsche beurlaubt wurde, hat Professorin Simmons die kommissarische Leitung übernommen. Und anscheinend nutzt sie die Gelegenheit, um frischen Wind ans College zu bringen.

»Ab sofort wird hier also Champagner mit Prosecco gemischt und gehofft, dass niemand davon Kopfschmerzen bekommt? Großartig«, seufzt Dion.

»Dion hat recht, wie habt ihr euch das vorgestellt? Ihr werdet das irgendwie erklären müssen. Auch wenn das College gerade andere Sorgen hat, wird die Ähnlichkeit zu Jasper nicht unentdeckt bleiben.« Was die beiden vorhaben, ist verrückt. Auch wenn ich verstehe, dass Aspen Cameron in ihrer Nähe haben will, ist es riskant. Und noch eine Frage drängt sich mir auf, die ich allerdings für mich behalte: Wenn Cameron hier ist, ist es Jasper dann auch?

»Wir haben sicherheitshalber an Cams Optik geschraubt, damit man ihn nicht mehr für Jasper hält.«

»Habt ihr ihm die Haare blau gefärbt, einen Nasenring verpasst und ihn in Punk-Klamotten gesteckt?«, spottet Dion.

»So ähnlich.« Aspen lacht leise.

»Das wird niemals funktionieren«, merkt Dion an.

»Doch, das wird es«, erwidert Aspen überzeugt.

Für einen Moment herrscht Stille im Wohnzimmer, bis Dion das Wort ergreift. »Ich weiß ja nicht, wie es euch geht, aber ich könnte auf die Neuigkeiten ein Gläschen zur Nervenberuhigung vertragen. Das Alkoholverbot ist ein Witz, wenn man bedenkt, dass der Sohn der Collegeleitung das Zeug in seinem Keller bunkert.«

»Ich habe mir den Trick von Abbies Grandma abgeschaut und den Alkohol in Apfelsaftflaschen getarnt. Ich dachte, nach der Offenbarung werdet ihr was brauchen.«

»Warum stehst du hier noch rum, hol das Zeug.«

Sobald Aspen außer Hörweite ist, wendet sich Dion mir zu. »Miss Ich-habe-immer-eine-Theorie, hast du was geahnt?«

Ich schüttle den Kopf, weil ich nicht den Hauch einer Ahnung hatte. Und ich bete, dass es nicht schiefgehen wird.

Kurz darauf taucht Aspen mit zwei Flaschen auf und stellt eine davon auf dem Couchtisch ab. Die andere schraubt sie auf, nimmt einen Schluck daraus und reicht sie Dion, die angewidert das Gesicht verzieht.

»Ich hole Gläser«, sage ich und springe vom Sofa auf.

»Manche Dinge ändern sich also nie«, stöhnt Dion.

Wenn man gemeinsam unter einem Dach lebt, entdeckt man ganz andere Seiten an den Menschen, die man liebt. Dion ist eine schreckliche Diva, die regelmäßig für Drama sorgt und das College nicht ernst nimmt. Und Aspen hat ein paar Angewohnheiten, die mich in den Wahnsinn treiben. Sie benutzt praktisch nie Gläser, ihre Schuhe stehen immer mitten im Flur und überhaupt ist sie total chaotisch.

»Sorry. Cam stört es nicht, wenn ich aus der Flasche trinke.«

»Natürlich stört ihn das nicht, weil ihr ohnehin Körperflüssigkeiten miteinander austauscht. Wenn sich unsere jetzt vermischen, nachdem ihr vorhin rumgemacht habt, wäre das, als hätte ich ihn geküsst.« Dion macht ein würgendes Geräusch, während ich über ihre Aussage nachdenke.

»Wow, was für eine Herleitung.« Aspen lacht erneut.

»Wisst ihr, was das Tragische an dieser ganzen Doppelgänger-Story ist?« Ich reiche Dion ein Glas. »Es ist Gossip de luxe. Damit würde ich auf den Olymp des Klatsches klettern und Grant Taylor verdrängen.«

»Dion!«, sagen Aspen und ich synchron.

»Keine Angst, ich halte die Klappe. Aber es wäre so gut.« Kopfschüttelnd nimmt Dion mir eins der Gläser ab, füllt es und trinkt es in einem Zug aus. »Das Zeug ist das perfekte Warm-up für die Party.« Mit einem zufriedenen Lächeln schenkt sie sich nach.

»Party?«

»Henry schmeißt eine Happy-New-Year-Party. Angeblich ist sie etwas Besonderes«, kläre ich Aspen auf.

»Ich werde Cam fragen, ob er Lust hat.«

»Genau deswegen habe ich keinen Freund.«

»Du bist mit Henry zusammen«, erinnert Aspen Dion, dass sie nicht so ungebunden ist, wie sie vorgibt zu sein. Die Einzige, die frei wie der Wind ist, bin ich.

*Wie schnell werde ich wohl das fünfte Rad am Wagen sein?*

# DREI JAHRE UND ACHT MONATE ZUVOR

## JASPER, 17 JAHRE ALT

Die Dämmerung hat bereits eingesetzt, als ich mit meinen Teamkollegen den Platz verlasse.

»Du hast sie niedergemetzelt«, johlt Oliver.

»Nein, wir haben sie niedergemetzelt«, erwidere ich.

»Jeder weiß, dass du die Spiele für uns gewinnst. Ohne dich wären wir nur mittelmäßig.«

»Jeder Spieler ist nur so gut, wie das Team hinter ihm. Allein gewinnt man keine Spiele«, widerspreche ich Conrad. Ich kann es nicht ausstehen, wenn man mich auf einen Thron setzt, der uns allen gebührt. So funktioniert Cricket nicht, es ist ein Mannschaftssport. Und doch bin ich der Einzige aus dem Team, der es zu den Profis schaffen könnte.

»Anderson, dein Vater will dich sprechen«, brüllt der Coach unserer Gruppe entgegen.

Ich entdecke ihn neben der Eingangstür der Sporthalle. Elijah Anderson verzieht wie immer keine Miene, als sich unsere Blicke treffen. Wie ein Fels steht er im schwarzen Anzug in der Abenddämmerung. Dieses Schauspiel verleiht ihm etwas Bedrohliches. Und genau das ist die Wirkung, die er erzielen will. Es funktioniert.

Ganz automatisch lässt meine Körperspannung nach und verwandelt mich in ein zusammengesunkenes Häufchen Elend, das den Kopf einzieht. Der Kerl, der auf dem Spielfeld seine Gegner niederringt, ist nur noch ein Schatten. Jeder hat einen Endgegner, der sich nicht bezwingen lässt. Meiner steht in wenigen Sekunden vor mir, weil ich es niemals schaffen werde, ihn zu besiegen oder vor ihm davonzulaufen.

Wenn mein Vater sich die Mühe macht, persönlich hier aufzutauchen, dann bleibt mir nur eine Möglichkeit: in Deckung gehen und abwarten, bis der Sturm vorüber ist. In den vergangenen Jahren gab es keine Begegnung zwischen uns, die freudige Emotionen hervorrief. In der Regel bleibt nichts als Wut und Enttäuschung übrig, sobald sich unsere Wege wieder trennen. Und Erleichterung. Sehr viel Erleichterung. Ich kann in seiner Nähe nicht atmen. Weil er jeden erstickt, der sich seinem Willen nicht beugt.

»Dad«, sage ich nahezu tonlos.

»Was soll der Unfug, Jasper?«, erwidert er streng und zieht ein Stück Papier aus der Innentasche seines Jacketts.

Deswegen ist er also hier. Vor wenigen Wochen hat mich ein Club ins Visier genommen und inzwischen meine Eltern darüber informiert.

»Es ist kein Unfug! Es ist, was ich will.«

»Du erwartest hoffentlich nicht, dass ich diesem Hirngespinst zustimme? Denn das werde ich nicht. Du wirst an das Waterbury College gehen.« Um seinen Worten mehr Nachdruck zu verleihen, zerreißt er das Dokument vor meinen Augen und lässt es zu Boden fallen. Ich kann nicht verhindern, dass ich bei dem Anblick zusammenzucke. »Muss ich dich daran erinnern, wer deine Ausbildung bezahlt und zu welchem Zweck.« Das ist keine Frage, sondern vielmehr eine Erinnerung, dass ich ohne ihn nichts bin. Aber ich wäre lieber ein Nichts, das sich mit Aushilfsjobs über Wasser hält, als nach seiner Pfeife zu tanzen.

»Ich werde in ein paar Monaten achtzehn.«

»Und dann? Schwingst du den Schläger für weniger als fünfzigtausend im Jahr? Sei nicht albern«, spottet er. Für Elijah ist das nicht mehr als Taschengeld. Allein die Schule plus Internat kosten ihn jährlich über dreißigtausend.

»Was wäre so schlimm daran?«

»Du bist ein Anderson!«

»Ist das so? In den vergangenen Jahren habe ich davon wenig mitbekommen.«

Seine Miene verfinstert sich, während er die Hände zu Fäusten ballt. Manchmal ertappe ich mich bei dem Gedanken, wie weit ich es treiben muss, bis er zuschlägt. Würde das etwas ändern? Nein. Die Wahrheit ist, er braucht mir keine Ohrfeige zu verpassen, um mir Schmerzen zuzufügen. Der gezielte Einsatz von Worten ist ebenso effektiv wie ein Faustschlag.

»Dein Platz ist der an meiner Seite.«

»Danke, ich verzichte. Wenn du mich jetzt entschuldigst, das Team wartet auf mich«, beende ich die Unterhaltung und gehe auf den bereitstehenden Bus zu.

# 4.

## JASPER

Wenn ich etwas nicht ausstehen kann, dann Unpünktlichkeit. Es demonstriert Belanglosigkeit. Als wäre das, was zum Zeitpunkt X auf dich wartet, unwichtig. Natürlich mag es Umstände geben, die eine Verzögerung unumgänglich machen, aber es nervt mich trotzdem. Ich persönlich nehme Verabredungen ernst genug, um mögliche Zwischenfälle einzuplanen. Was häufig zur Folge hat, dass ich viel zu früh dran bin. Und genau deswegen sitze ich seit geschlagenen zwei Stunden in dem uns zugewiesenen Bungalow Nr. 86 des Waterbury College und warte auf Cameron.

Um meine Ungeduld zu stillen, nehme ich den Laptop vom Couchtisch und klappe ihn auf. »Na, wo steckst du, Freund?«

Gerade als ich ihn tracken will, höre ich, wie sich die Eingangstür öffnet und wenige Augenblicke danach wieder ins Schloss fällt. Ich sehe auf die Uhr. Er ist zweiundzwanzig Minuten zu spät.

Mit einem leisen Seufzen stelle ich den Laptop zurück und stehe vom Sofa auf.

»Muss ich dir die Definition von Pünktlichkeit erörtern?«

»Hey, ich freu mich auch, dich zu sehen.« Cam grinst und ich habe wirklich Mühe, es nicht zu erwidern, sondern ihn stattdessen mit starrer Miene anzusehen. Wann immer ich Cameron ins Gesicht blicke, ist es, als stünde ich der freundlichen Seite meiner Persönlichkeit gegenüber, die mir in den vergangenen Jahren abhandengekommen ist. An seinen neuen Look muss ich mich allerdings erst noch gewöhnen.

Vor zwei Tagen hat er mir ein Foto mit folgenden Worten geschickt: *Ich denke, das sollte reichen, damit dir deine hässliche Visage wieder allein gehört.* Er hat ernsthaft seine Haare auf wenige Millimeter gekürzt und seine untere Gesichtshälfte ziert nun ein Bartschatten, der eindeutig älter als drei Tage ist, aber nicht den Eindruck erweckt, als wäre Cameron Monate verschollen gewesen. Das Einzige, was nicht fremd an ihm wirkt, sind die Brille und die blauen Augen. Aber es stimmt, er hat sich viel Mühe gegeben, die Ähnlichkeit zu mir auf ein Minimum zu reduzieren.

»Lässt du mich rein?«

Statt zu antworten, trete ich einen Schritt zur Seite, um nicht länger den Garderobenbereich zu blockieren. »Ist das alles, was du dabeihast?« Ein einziger Koffer. Als würde er in Waterbury zwei Wochen Urlaub machen.

»Mehr brauche ich nicht.« Nachdem er die Schuhe ausgezogen und seine Jacke aufgehängt hat, wendet er sich mir zu. »Du guckst, als hätte ich das Ende der Welt prophezeit.«

»Ja, fühlt sich auch so an. Brauchst du Geld?«, frage ich und mustere erneut sein abgetragenes Schuhwerk.

»Hä? Wie kommst du darauf?«

»Deine Schuhe.« Mit einer Kopfbewegung deute ich auf die Stelle, wo er sie ausgezogen hat.

»Das sind Chucks, die müssen so aussehen.«

»Ist das so?«, hake ich nach und hebe dabei misstrauisch eine Augenbraue.

»Ja, so sehen Schuhe aus, die Geschichten zu erzählen haben. Deine auf Hochglanz polierten Treter haben keinen Charakter.«

»Du bist zu faul, sie zu putzen«, schlussfolgere ich.

»Ja, das auch. Hast du Kaffee gekocht?«

»Nein, ich wusste nicht, wie sehr du dich verspätest«, teile ich einen Seitenhieb aus.

»Wir standen im Stau«, rechtfertigt er sich knapp und geht durch den schmalen Flur direkt in die Küche.

»Wo hast du Aspen gelassen?«, frage ich ihn, weil ich angenommen habe, sie würden gemeinsam hier auftauchen.

»Überbringt ihren Freundinnen die Neuigkeiten meiner Anwesenheit am College.«

»Hoffen wir, dass die beiden so loyal sind, wie Aspen behauptet.«

»Hältst du das Ganze hier wirklich für eine gute Idee?«

»Willst du hier sein?«

»Ja, aber vielleicht sollten wir die Wahrheit sagen, bevor es jemand herausfindet und wir beide vom College fliegen.«

»Gnade vor Recht. Interessanter Ansatz. Nur dass mein Hobby nicht Briefmarkensammeln ist.«

»Und das, obwohl du wie ein leidenschaftlicher Briefmarkensammler aussiehst«, erwidert er amüsiert.

»Was glaubst du, wie viele Jahre fährt man für die Wahrheit ein?«, antworte ich scherzhaft.

»Okay, du hast recht, sorgen wir einfach dafür, dass niemand in den Knast befördert wird.«

»Danke.«

Cam zieht sein Handy aus der Hosentasche, nachdem es in einem nervigen Ton piept, und verzieht das Gesicht.

»Probleme?«

»Bock auf eine Party?«

»Nicht unbedingt.«

»Aspen hat gerade geschrieben, ihre Freundinnen wollen später zu Henry Walls' Party gehen und sie möchte wissen, ob wir mitkommen.«

»Ah, die Einführung unter die Rich Kids, wie reizend. Muss ich gratulieren?«

»Hör auf so spöttisch zu sein, du gehörst selbst zu den Rich Kids«, ermahnt er mich und entlockt mir damit wenigstens ein schiefes Grinsen.

»Falls du es noch nicht bemerkt hast, hat meine Familie gerade einen riesigen Skandal am Hals und eingefrorene Konten«, antworte ich bemüht ernst.

»Einen Skandal, den du ausgelöst hast.« Cam füllt Kaffeebohnen in den Vollautomaten. Um ihm behilflich zu sein, hole ich eine Tasse aus dem Schrank und reiche sie ihm.

»Wer will sich schon in Details verlieren?«

»Du nicht, die behältst du grundsätzlich für dich.«

»Wissen kann gefährlich sein.«

»Du traust mir immer noch nicht?«

»Es ist irrelevant, ob ich dir vertraue oder nicht. Man macht sich für Menschen angreifbar, wenn sie Dinge über einen wissen. Das ist alles.«

»Ist das dein Ernst? Ich weiß, dass du dich ins College gehackt und Daten gestohlen hast.«

»Wirklich?! Kannst du das beweisen?«

»Was?«

In aller Seelenruhe setze ich Teewasser auf und nehme eine weitere Tasse aus dem Hängeschrank. »Im Augenblick sieht es nämlich folgendermaßen aus: Du hast dich unter meinem Namen ins College geschlichen. Die IP-Adresse, mit der in *Be My Date* eingegriffen wurde, lässt sich zu dem netten Städtchen Bellbrook zurückverfolgen. Du wurdest am Tag, als die Daten verschwunden sind, von unzähligen Leuten im selben Gebäude gesehen. Und auf wundersame Weise hast du kurz danach eine Zulassung für Waterbury bekommen. So wie ich das sehe, deutet alles auf dich hin.«

Cam hat bei meinen Worten eindeutig an Farbe in seinem Gesicht verloren. »Du hast mich bezahlt!«, antwortet er angefressen.

»Auch das kannst du nicht beweisen. Die Einzahlung auf deinem Konto lässt sich mit wenigen Klicks *Anderson Real Estate* zuordnen. Man könnte also annehmen, du hast den alten Herrn erpresst. Immerhin steckte deine Familie in einer finanziellen Krise. Und da *Anderson Real Estate* mein Erbe ist … Ich hätte also nichts davon.«

»Du hast gesagt, es sei deine Kohle.« Jetzt klingt er tatsächlich ein bisschen panisch.

»Ist es auch, aber ich war so frei, dafür zu sorgen, dass es sich nicht zu mir zurückverfolgen lässt. Das Geld stammt aus einem Treuhandfonds, den der Anwalt meines verstorbenen Großvaters verwaltet. Über die Jahre habe ich für Notfälle einiges auf die Seite gepackt. Offiziell darf ich über eine derart hohe Summe nicht frei verfügen. Zu meinem Leidwesen kann ich erst mit einundzwanzig allein entscheiden, wofür ich es ausgebe.«

»Wow, du hast echt an alles gedacht und den perfekten Sündenbock geschaffen.«

»Nein, ich demonstriere dir gerade, wie gefährlich Wissen in den falschen Händen sein kann.«

»Ich habe es kapiert, du hast mich in der Hand. Wenn ich nicht nach deiner Pfeife tanze, bin ich am Arsch.«

Der Teekessel gibt ein pfeifendes Geräusch von sich. Ich nehme ihn vom Herd und gieße etwas heißes Wasser in die Tasse. »Ich verstehe nicht, warum du so aufgebracht bist.«

»Vielleicht, weil ich angenommen habe, wir wären Freunde. Also, warum bin ich wirklich hier?«

»Du bist hier, weil du es willst«, stelle ich klar.

»Oder ich bin hier, weil du mich für etwas brauchst!«

»Du wirst ungerecht.«

»Natürlich, weil ich mich von dir benutzt fühle«, motzt er mich an. Ich nehme es ihm nicht übel. Treibt man Menschen in die Enge, reagieren sie viel zu emotional. Sie verlieren die Kontrolle und begehen Fehler.

»Entspann dich, Cam. Du bist nicht Teil eines Plans oder ein Sündenbock. Genieß deine Zeit hier.«

»Aber du verfolgst einen Plan. Deswegen bist du hier, habe ich recht?«

In erster Linie bin ich hier, um ein Auge auf ihn zu haben. Es gibt Fehler, die macht man kein zweites Mal. Sobald ich mir sicher bin, dass er ohne mich klarkommt, bin ich weg. Aber davon hat er keine Ahnung, weil ich ihn diesbezüglich nicht eingeweiht habe.

Statt zu antworten, führe ich die Tasse Tee an meine Lippen. »Ich denke, ich werde doch auf die Party gehen.«

»Was?«

»Die Party, von der du eben gesprochen hast.«

»Du wechselst einfach so das Thema?«

»Nein, ich beende dieses Thema, bevor du dich in Theorien verrennst, die nicht stimmen.«

Cameron mustert mich misstrauisch.

»Ich habe noch was zu erledigen, aber solltest du mich begleiten wollen, in einer Stunde breche ich auf.«

»Ich werde darüber nachdenken.«

* * *

Am Ende gehe ich allein auf die Party. Aber ich habe auch nichts anderes erwartet und es ist mir sogar ganz recht.

Das Haus von Walls befindet sich auf einem abgelegenen Teil des Campus, der nur fußläufig zu erreichen ist. Als ich an dem alten Herrenhaus ankomme, ist die Party bereits in vollem Gange. Ich stecke das Handy weg und schiebe die Hände in die Hosentaschen, als ich auf den Eingang zugehe. Die Tür steht offen und von drinnen dröhnt Musik hinaus ins Freie.

In dem Moment, als ich den Flur betrete, bin ich von Menschen umgeben, die sich an mir vorbeidrängen. Eins haben Cam und ich gemeinsam: Wir können Partys nicht ausstehen. Diese Art von Unterhaltung ist nicht mein Fall. Ich mag es nicht, wenn Leute sich zusammenpferchen, als hätte man sie in einen Käfig gesteckt. Es ist nahezu unmöglich, ungewollten Körperkontakt zu verhindern. Je später der Abend und je höher der Alkoholkonsum, umso primitiver und plumper werden die Verhaltensweisen und Annäherungsversuche.

Zielsicher kämpfe ich mich zur Küche durch. Woher ich weiß, wo sie sich befindet? Ich war schon einmal hier.

»Hey, Jasper, was willst du trinken?«, brüllt ein Typ über die Menge hinweg.

Es dauert einen Augenblick, bis ich begreife, dass er mich meint, und ich ihn zuordnen kann. William Sullivan. Großartig. Das Schwierigste in den vergangenen Wochen war, mir selbst den britischen Akzent abzutrainieren. Besser gesagt, ihn wenigstens auf ein Minimum zu reduzieren, weil Cameron munter Freundschaften geknüpft hat, als er sich für mich ausgegeben hat. Glücklicherweise ist die Musik laut genug, um Worte zu verschlucken. Also tue ich so, als hätte ich William nicht gehört, und wende mich ab. Allerdings komme ich nicht sehr weit, denn in dem Moment, als ich aus dem Raum trete, spüre ich, wie sich eine Hand auf meine Schulter legt. Sie fühlt sich bleischwer an.

Ich drehe mich zu ihm um und bringe den nötigen Abstand zwischen uns.

»Jasper, haust du etwa vor mir ab?«

»War zu voll«, weiche ich seiner Frage aus. Ich würde ihm ungern sagen, dass genau das meine Absicht war. Jemanden anzulügen, ist der letzte Ausweg. Es gibt genügend Methoden, um es zu vermeiden und dennoch die Wahrheit für sich zu behalten.

»Ja, Henry hat echt jeden eingeladen, den er auftreiben konnte. So voll war es noch nie. Hier, ich habe dir ein Bier mitgebracht.« William hält mir einen Becher entgegen.

»Danke.« Noch etwas, das Cam und ich gemeinsam haben. Wir trinken beide keinen Alkohol. Dennoch nehme ich William den Becher ab und stoße pseudomäßig mit ihm an. Einfach, weil Cameron es aus Höflichkeit tun würde. Wer hätte gedacht, dass ich sein Verhalten adaptieren muss, um als ich selbst durchzugehen?

»Wie waren deine Ferien?« Will scheint keinen Verdacht zu schöpfen. An einer Unterhaltung mit ihm bin ich dennoch nicht interessiert.

»Entschuldige, ich muss pinkeln«, sage ich, lasse ihn stehen und steuere auf die Terrassentür zu, um aus dem stickigen Dunst herauszukommen. Den Becher stelle ich unangetastet im Vorbeigehen auf einer Kommode ab. Zu meiner Überraschung ist es auf der Terrasse leer. Vermutlich, weil drinnen gerade der Bär steppt, wie man so schön sagt, und es hier draußen arschkalt ist. Ich atme die saubere Nachtluft ein und blende die Geräuschkulisse für einen Moment lang aus, als ich mein Handy aus der Tasche ziehe, um nachzusehen, wie weit das Programm ist. Ein ungesichertes WLAN-Netzwerk ist das reinste Schlaraffenland.

»Bin gleich zurück. Ich brauche frische Luft.«

Ich reiße meinen Blick vom Display los. Eine Brünette stolpert auf mich zu. Rasch verstaue ich das Handy in der Hosentasche, nur um sie im nächsten Augenblick aufzufangen.

»Hoppla«, entfährt es mir, was sie zum Kichern bringt. »Kannst du allein stehen?«, frage ich genervt, weil ich vermute, dass sie betrunken ist. Hoffentlich kotzt sie mir nicht auf die Schuhe.

»Ich kann es nicht garantieren, schließlich bin ich gerade über meine eigenen Füße gestolpert und dir in die Arme gefallen«, erklärt sie erstaunlich klar, aber vergnügt. Vage kommt mir ihr Tonfall bekannt vor. Glücklicherweise ist sie nicht betrunken, sondern einfach nur tollpatschig.

»Okay, dann befördern wir dich mal wieder in die Senkrechte«, sage ich amüsiert. Sobald sie steht, lasse ich sie los und trete einen Schritt zurück, um sie anzusehen. Einen winzigen Moment bringt es mich aus dem Konzept, als ich sie erkenne. Mein Verstand hat mir beim Klang ihrer Stimme also doch keinen Streich gespielt.

»Danke«, sagt sie und hebt langsam den Blick.

Drei … zwei … eins …

»Oh, hey!«, entfährt es ihr, als sie realisiert, wer vor ihr steht.

»Hallo, Abbie.«

»Wie gehts?«, fragt sie und wirkt nun deutlich angespannter als vor wenigen Augenblicken.

»Gut und selbst?« Unsere Begegnung in den Hamptons ist jetzt drei Wochen her, aber gerade fühlt es sich an, als würden wir genau dort ansetzen.

Ein Schmunzeln erscheint auf meinen Lippen, als ihr ein Seufzen entfährt.

»Die Schuhe bringen mich um«, gesteht sie.

»Warum trägst du sie dann?«

»Weil Dion sagt, das erhöht meine Chancen.«

»Chancen worauf, dir den Hals zu brechen?« Genau wie sie werfe ich einen Blick auf ihre High Heels.

»Die Wahrscheinlichkeit ist auf jeden Fall höher als –« Mittendrin bricht sie ab, als wäre das, was sie gerade im Begriff war zu sagen, nicht für meine Ohren bestimmt. Schade, der Rest des Satzes hätte mich durchaus interessiert.

Ich sehe ihr wieder ins Gesicht.

»Weil ich die *DUFF* bin, nur mit TF statt Doppel-F«, plappert sie, um von dem abzulenken, was sie eigentlich sagen wollte.

»Die was?«, frage ich verwundert. Jetzt hat sie mich. Meine Aufmerksamkeit gehört ganz ihr.

»Sag bloß, du kennst den Film nicht?« Ihre Gesichtszüge entspannen sich etwas.

»Ich schaue eher selten Filme«, antworte ich ehrlich.

»Was guckst du dir denn dann an?« Sie sieht mich mit so offenem Blick an, dass ich für einen winzigen Moment befürchte, mich darin zu verlieren. Verdammt!

»Reportagen.« Ich fixiere einen willkürlichen Punkt an der Hauswand hinter ihr, um unseren Augenkontakt für eine Weile zu unterbrechen. Weil mir die Richtung, die mein Gemütszustand gerade einschlägt, widerstrebt.

»Über was?«, hakt sie nach.

»Du bist ziemlich neugierig.«

»Eigentlich versuche ich nur mich vor der Party zu drücken und warte darauf, dass ich nach Hause gehen kann.«

»Warum gehst du nicht einfach jetzt, wenn es dir hier nicht gefällt?« Ich sehe ihr wieder ins Gesicht.

»Weil es statistisch gesehen unvernünftig ist, im Dunkeln allein in einem waldähnlichen Gebiet unterwegs zu sein. Also gedulde ich mich, bis Dion genug hat. Unser Freundinnen-Kodex besagt, wir kommen zusammen und wir gehen zusammen.«

»Klingt vernünftig«, merke ich an und kann mir ein weiteres Schmunzeln nicht verkneifen, als Abbie erneut leise seufzt. Sie will wirklich nicht hier sein. Keine Ahnung, worauf diese Unterhaltung hinausläuft, aber ich bin neugierig und muss ebenfalls warten, bis ich von hier verschwinden kann.

Das Programm hat erst dreißig Prozent erreicht. Eine nervige Verzögerung, wenn sich zu viele im selben Netzwerk herumtreiben. Aber die Daten der Gäste, die gerade via Pipeline in meine Richtung fließen, sind eine nette Entschädigung dafür, dass ich meine Zeit auf der Party verschwende. Wobei ich mir gerade nicht ganz sicher bin, ob das wirklich der Fall ist. Denn je genauer ich die Frau vor mir anblicke, desto mehr gefällt mir, was ich sehe. Was nicht unbedingt zu meinem Vorteil ist. Weil Abbie Westing Komplikationen bedeuten könnte, die ich gerade nicht gebrauchen kann.

»Was hältst du davon, ich leiste dir Gesellschaft, bis du deine Zeit abgesessen hast?« *Man fällt weniger auf, wenn man sich nicht allein auf einer solchen Veranstaltung herumtreibt.*

Mein Verstand lacht gerade über die Rechtfertigung, die ich ihm aufzutischen versuche. Und er hat recht. Ich bin ein Meister darin, unsichtbar zu sein, wenn ich es darauf anlege. Dafür brauche ich keine Begleitung, die als Ablenkungsmanöver dient.

Verwundert sieht sie mich an. »Wenn du den langweiligsten Abend aller Zeiten verbringen willst, dann bin ich das perfekte Date«, sagt sie. »Also, nicht Date, sondern … du weißt, was ich meine, oder?«

»Nein, eigentlich nicht«, widerspreche ich. Um zu verstehen, worauf sie hinauswill, müsste ich wissen, wie Abbie Westing tickt. Und das weiß ich beim besten Willen nicht. Aber ich ziehe gerade ernsthaft in Betracht, es herauszufinden.

»Vielleicht gehe ich doch einfach nach Hause und fordere mein Schicksal heraus, bevor ich mich endgültig vor dir blamiere.« Ein unsicheres Lächeln erscheint auf ihren Lippen, das ich unbeabsichtigt erwidere.

»Bisher fühle ich mich sehr gut unterhalten«, gebe ich zu. Denn ich langweile mich ganz und gar nicht in ihrer Gesellschaft.

# 5.

## ABBIE

Es ist seltsam, ihm erneut gegenüberzustehen. Weil es sich anfühlt, als würde ich ihn kennen und irgendwie auch nicht.

Ich will ihn gerade fragen, warum er so plötzlich aus den Hamptons abgereist ist, als die Musik im Inneren des Hauses verstummt.

»Da hat wohl endlich jemand den Stecker der Soundanlage gezogen«, stellt Jasper fest und sieht zur Terrassentür. Mein Blick folgt seinem.

»Was ist da los?«, frage ich, als sich die Leute im Wohnzimmer scharen.

»Wir könnten nachsehen?«

Ohne meine Antwort abzuwarten, geht Jasper auf die Tür zu, hält sie auf und lässt mir den Vortritt. Warme Luft und Stimmengewirr schlagen mir entgegen. Mir ist gar nicht aufgefallen, wie kühl es auf der Terrasse ist. Für Ende Januar ist es dennoch erstaunlich mild.

»Wenn ich um eure Aufmerksamkeit bitten darf«, ertönt Henrys Stimme. Suchend schaue ich mich nach ihm um und entdecke ihn auf dem Couchtisch stehend.

Die Geräuschkulisse um uns herum verklingt. Schlagartig herrscht eine Stille, die in mir ein beklemmendes Gefühl hervorruft. Irgendwas passiert hier gleich. Und wenn ich in die Gesichter der Menschen im Raum blicke, scheint jeder außer mir zu wissen, was auf uns zukommt. *Bitte lass es kein albernes Partyspiel sein.* Ich hasse diese Art von Unterhaltung, denn ich bin extrem mies in solchen Dingen. Und Dion wird mich überreden, daran teilzunehmen. Das macht sie immer und ich gebe jedes Mal nach.

»Es ist wieder so weit, ein neues Jahr hat begonnen und ihr erhaltet die Chance, die Herrschaft über den Campus zu erlangen. Zu eurem Leidwesen müsst ihr auch in diesem Jahr gegen mich antreten –«

Ein Raunen geht durch die Menge.

»Wovon redet er da?«

Bevor Jasper darauf antworten kann, fährt Henry mit seiner Rede fort.

»Jaja, ich weiß. Nach drei Jahren wäre es an der Zeit für eine neue Führungsspitze. Aber was soll ich sagen, völlig unerwartet bin ich durch die Abschlussprüfung gefallen und mein Aufenthalt in Waterbury wird dadurch verlängert –«

»Komm zum Punkt, Walls«, brüllt jemand dazwischen.

»Sei nicht so ungeduldig, Perez!«, erwidert Henry.

»Wir verteilen nun die Zugänge zum Spiel.« Easton klettert zu Henry auf den Tisch, reißt feierlich die Arme in die Höhe und präsentiert eine dunkle Box, als wäre sie eine Trophäe. Applaus ertönt.

Was zum Teufel …

»Die meisten von euch wissen, wie es läuft, weil sie in den vergangenen Jahren bereits teilgenommen haben. Für die Neuen erkläre ich kurz den Ablauf.«

Easton hüpft wieder vom Tisch und verschwindet in der Menge.

»Es ist simpel: In den Umschlägen befindet sich ein Code, der bringt euch zur App. Nach erfolgreicher Registrierung und Zahlung der Teilnahmegebühr von dreihundert Dollar wird euch der Zugang zu *Secret Enemy* gewährt. Erfüllt die erste Aufgabe heute bis Mitternacht, um eine Runde weiterzukommen. Die Ergebnisse erhaltet ihr nächsten Sonntag. Aufgabe zwei lässt sich dann ab null Uhr für die darauffolgende Woche abrufen. Anschließend erhaltet ihr pro Woche eine Quest. Insgesamt gibt es sechs Aufgaben. Sobald ihr eine freigeschaltet habt, bleiben euch vierundzwanzig Stunden, um sie abzuschließen. Wer bis dahin nicht abliefert, fliegt aus dem Game. Mit jeder Runde erhöht sich der Schwierigkeitsgrad. Aussteigen könnt ihr jederzeit über den Exit-Button. Im März küren wir bei einer angemessenen Party den Gewinner oder die Gewinnerin dieses Jahres. Zusätzlich zu Ruhm und Ehre winken fünfundzwanzigtausend Dollar Siegesprämie.«

Hat Henry gerade wirklich gesagt, man kann einen Batzen Geld gewinnen? Fünfundzwanzigtausend sind vielleicht kein Vermögen, aber ich könnte damit meiner Mom etwas unter die Arme greifen. Allerdings müsste ich dreihundert Dollar investieren.

Kurz überlege ich, wie viel Geld sich auf meinem Konto befindet. Genügend für eine Teilnahme. Aber wenn ich verliere, bin ich dreihundert Dollar los. Wenn ich wiederum gewinne –

»Na, schöne Frau, bist du dabei?«

Ich sehe Easton an, der mir auffordernd eine Schachtel entgegenhält. Unschlüssig betrachte ich die Box, danach sehe ich erst Easton, dann Jasper an, der mich eindringlich mustert. Ich richte meinen Blick wieder auf die Umschläge.

»Also? Ich habe nicht den ganzen Abend Zeit«, drängelt Easton.

Einen Versuch ist es wert. Ich atme tief durch, bevor ich einen der dunkelblauen Umschläge aus der Box nehme. Weil das hier meine beste Chance ist, schnell an viel Geld zu kommen.

»Was ist mit dir, verträgst du ein bisschen Action oder bist du eine Pussy?«, fordert Easton in seiner typisch charmanten Art Jasper heraus und mustert ihn abschätzig.

Dieser verkneift sich sichtlich ein Grinsen und greift kommentarlos nach einem Kuvert.

»Viel Erfolg.« Easton setzt seine Runde fort. Einen Moment sehe ich ihm hinterher, bis sein dunkler Haarschopf von der Menge verschluckt wird.

Ich wende mich wieder Jasper zu. Seine Miene ist nachdenklich, während er mich mustert. Lange und intensiver, als es angemessen ist, und ich lasse es über mich ergehen. Erwidere seinen Blick und versuche herauszufinden, was er gerade denkt. Vergebens. Seine Miene verrät absolut nichts. Sekunden vergehen, in denen wir einander ansehen. Plötzlich erscheint ein düsteres Funkeln in seinen braunen Augen, von dem ich mir nicht sicher bin, ob es mir gilt. Ein Schauer läuft mir über den Rücken und es beginnt in meinen Ohren zu rauschen, als mein Puls in die Höhe schießt.

»Haben alle einen Umschlag erhalten?«, unterbricht Henry unsere stumme Unterhaltung. Erneut geht ein Raunen durch das Wohnzimmer des alten Herrenhauses. Im Gegensatz zu den anderen Studierenden wohnt Henry nicht in einem der Bungalows, sondern im ehemaligen Haus seiner Familie, das sich etwas abgeschieden vom Campus befindet. Seine Eltern haben ihren Wohnsitz verlegt, seit Henry das College besucht, um ihm Freiraum zu lassen. Jetzt wohnt er allein in dem alten Herrenhaus. Und er wird nicht müde, immer wieder zu betonen, dass er eine Sonderstellung genießt.

Die Walls leiten in der vierten Generation das College. Als hätten sie ein Erbrecht auf den Posten. Und so wie es aussieht, folgt Henry der Familientradition. Wenn stimmt, was er sagt, ist er dank des Spiels ohnehin bereits King of the Campus. Mich wundert, dass Dion nie ein Wort darüber verloren hat. Das ist Gossip nach ihrem Geschmack. Ein Haufen Studierender, die um einen imaginären Thron kämpfen, um sich als College-Adel bezeichnen zu können.

Schon bei unserem Eintreffen habe ich mich gewundert, dass sich auf der Party viel mehr Menschen tummeln als auf den Partys, die hier für gewöhnlich stattfinden. Aber jetzt wird mir einiges klar. Der Andrang liegt einzig und allein an der Krone, die alle haben wollen. Stellt sich nur die Frage, warum? Ich habe beim besten Willen keine andere Erklärung, als dass es um Spaß geht, der den Collegealltag aufpeppt. Oder hat man davon irgendwelche Vorteile? Das Preisgeld wird es nicht sein, weil die kleine Finanzspritze niemand nötig hat. Niemand außer mir. Denn möglicherweise kann ich demnächst fünfundzwanzigtausend Dollar gut gebrauchen.

Entschlossen, mir die Siegesprämie zu sichern, straffe ich die Schultern. Auch wenn das bedeutet, aus meiner Komfortzone auszubrechen. *Bye-bye langweilige Abbie, hello Action-Abbie.*

Über meinen albernen Gedanken muss ich tatsächlich lachen, was zur Folge hat, dass Jasper mich verwirrt ansieht.

»Okay, dann los«, sage ich eher zu mir selbst, um keinen Rückzieher zu machen, und reiße das Kuvert auf.

»Du willst um den College-Thron spielen?«, fragt Jasper skeptisch.

»Angst vor etwas frischem Wind in der Hierarchie?«, antworte ich scherzhaft und grinse ihn an.

»Nein, ganz und gar nicht.« Wieder dieses düstere Funkeln, und noch etwas anderes erkenne ich in seiner Miene. Missbilligung.

»Aber?«, hake ich nach, weil ich aus seinem Ton eines heraushöre.

»Nichts aber«, rudert er nach kurzem Zögern zurück, öffnet den Briefumschlag in einer fließenden Bewegung und damit deutlich eleganter als ich zuvor.

»Es ist ein QR-Code«, stelle ich überrascht fest. Ich drehe die Karte herum. Die Rückseite ist leer.

Jasper hält bereits sein Handy über das Papier, um den Code zu scannen. Ich zögere und sehe stattdessen abwartend auf sein Display. Keine Sekunde später erscheint eine Loading-Anzeige, die besagt, dass die App heruntergeladen wird, bevor eine Registrierkarte aufploppt. Er tippt seine Studierenden-ID ein und legt ein Passwort fest. Als er auf *Bestätigen* klickt, halte ich die Luft an. Die Aufforderung zur Zahlung der Teilnahmegebühr erscheint. Jasper klickt auf den Button *Zahlung abschließen*. Er hat nicht einen Augenblick gezögert und einfach dreihundert Dollar via PayPal rübergeschoben.

»Sieht harmlos aus, oder?«

Ich rücke näher an Jasper heran, um einen genaueren Blick auf sein Display werfen zu können. »Ja, sieht ungefährlich aus. Aber Clowns wirken ebenfalls harmlos, und trotzdem werden sie gerne in Horrorfilmen eingesetzt«, merke ich an, dass es durchaus Tarnung sein könnte.

Ein Fenster ploppt auf und bittet ihn, einen Nickname einzugeben. Er hebt das Handy etwas höher, sodass ich nicht erkennen kann, welcher es ist. Dann lässt er es wieder sinken und zeigt mir diesmal freiwillig den Bildschirm.

»Keine Horrorclowns.« Er klingt amüsiert.

Ein Glücksrad dreht sich langsam, während es in bunten Farben blinkt.

»Nein, keine Horrorclowns«, wiederhole ich seine Worte.

»Hör zu, Abbie, niemand kann dich zu einer Teilnahme zwingen. Es ist deine Entscheidung. Du musst nichts beweisen. Wenn du nicht spielen willst, ist das in Ordnung.« Wie auf Knopfdruck wird der herausfordernde Ausdruck in seinen tiefbraunen Augen weicher.

»Wie kommst du darauf, dass ich jemandem etwas beweisen will? Vielleicht sind Partyspiele genau mein Ding?«, flunkere ich, aber so, wie er eine Augenbraue hochzieht, weiß er, dass ich damit nichts am Hut habe.

Mich lockt nur das Preisgeld und deswegen werde ich es durchziehen. Ihm würde es sicher ebenfalls nicht schaden, denn ich könnte mir vorstellen, dass seine Familie in noch viel größeren finanziellen Schwierigkeiten steckt. Hat er deswegen keine Sekunde gezögert? Vielleicht sollten wir teilen, falls einer von uns gewinnt? Oder Jasper lacht mich bei dem Vorschlag aus, weil sein Vater einer der reichsten Männer des Landes ist und für den Notfall statt eines löcherigen Sparstrumpfs einen Keller voller Geld besitzt. Denkbar wäre es. Ich würde ihn gerne danach fragen, aber –

»Wenn du möchtest, bringe ich dich nach Hause und du erzählst deiner Freundin, du seist längst weg gewesen, bevor die Umschläge ausgeteilt wurden«, schlägt er vor und unterbricht damit meinen Gedankengang.

Täusche ich mich oder will er mich davon abhalten teilzunehmen? Wenn ja, warum?

»Ich meine es ernst, wenn du immer noch von hier verschwinden willst, lass uns gehen.«

Ich weiß nicht, was dafür sorgt, dass mein Herz zwei, vielleicht auch drei Schläge überspringt und heftig gegen meinen Brustkorb poltert. Dass Jasper mir einen Ausweg anbietet, obwohl ich ihn nicht darum gebeten habe? Der sanfte Ton in seiner ohnehin schon weichen Stimme oder die Art, wie er mich ansieht? Am Ende ist es eine Mischung aus allem, das dafür sorgt, dass ich mich auf dieses ungewisse Abenteuer einlasse. Und damit meine ich nicht *Secret Enemy*, sondern Jasper Anderson.

Ich halte seinen Blick fest. Versinke in dem dunklen Braun. So lange, bis er ausweichend den Kopf senkt und konzentriert auf das Display sieht.

Leise räuspere ich mich, weil ich befürchte, meine Stimme könnte versagen. »Danke für das Angebot, aber nein. Ich bin gewillt, den Thron zu besteigen und mit dem Preisgeld rauszumarschieren«, teile ich ihm meine Entscheidung mit. Im selben Atemzug krame ich das Handy aus der winzigen zimtfarbenen Handtasche und scanne ohne weitere Verzögerung den QR-Code. Keine drei Minuten später habe ich mich erfolgreich unter dem Nickname *BlackbirdShadow* registriert und mein Konto um dreihundert Dollar erleichtert.

»Und jetzt drehen wir am Rad, oder was?«, frage ich und sehe ihn abwartend an.

»Auf das Spiel bezogen?« Er lacht leise.

Ich verdrehe die Augen, weil er seine helle Freude daran zu haben scheint, mich aufzuziehen.

»Packt die Umschläge bitte zurück in die Schachtel«, ertönt wie aus dem Nichts eine weibliche Stimme, die mir durchaus bekannt ist.

Ich sehe zu Trinity Burns, die mich mit einem abschätzigen Blick mustert und dann Jasper ins Visier nimmt. Ein hinreißendes Lächeln erscheint auf ihren vollen Lippen, das ihm nicht einmal ein Zucken seiner Mundwinkel entlockt. Trinity ist hübsch und bisher habe ich noch nie erlebt, dass ein Typ immun gegen sie ist. Jasper hingegen scheint unbeeindruckt von ihrer äußerlichen Attraktivität zu sein.

»Hey, und du bist?«, fragt sie zuckersüß.

Ich wende mich ab, weil ich möglicherweise ein Störfaktor bin, der Jasper daran hindert, mit ihr ins Gespräch zu kommen.

»Mit ihr hier«, antwortet er kühl.

Mein Kopf schnellt in seine Richtung, als er ohne Vorwarnung einen Arm um meine Schultern legt. Blinzelnd sehe ich ihn an, während er mir den Umschlag und die Karte mit dem QR-Code aus der Hand nimmt und in die Box legt.

»Wirklich?«

Aus dem Augenwinkel schiele ich zu Trinity, die ungläubig zwischen Jasper und mir hin- und hersieht, als könnte sie nicht glauben, dass sich jemand wie Jasper für mich interessiert. Jemand, der sich auf der Attraktivitätsskala mit ihr auf Augenhöhe befindet, während ich mich drei Stufen darunter tummle.

»Du entschuldigst uns«, sagt Jasper, setzt sich in Bewegung, ohne von mir abzulassen, und zwingt mich somit, ihm zu folgen.

»Was war das gerade?«, frage ich verwundert und bleibe nach wenigen Schritten stehen. Jaspers Arm rutscht von meinen Schultern, als er Abstand zwischen uns bringt.

»Was genau?«, will er wissen, als verstünde er nicht, worauf ich anspiele.

»Wir sind nicht zusammen hier«, rutscht es mir heraus, aber ich würde wirklich gerne erfahren, warum er das Trinity gegenüber behauptet.

»Wenn ich mich recht erinnere, habe ich dir meine Gesellschaft zugesichert.«

»Meinetwegen hättest du dir die Gelegenheit nicht entgehen lassen müssen«, erwidere ich zögerlich, weil ich nicht möchte, dass er sich mir gegenüber zu etwas verpflichtet fühlt. Aber der Gedanke, er könnte seine Meinung ändern und Trinity nachjagen, gefällt mir genauso wenig.

»Glaub mir, sie ist keine Gelegenheit, die mich reizt.« Ein Schmunzeln umspielt seine Lippen, aber in seinem Blick blitzt etwas auf, bei dem mir die Hitze in die Wangen schießt. Weil er mich ansieht, als wäre ich besagte Gelegenheit, die er sich keinesfalls entgehen lässt. In den Hamptons hat er mich genau mit diesem Verlangen angesehen und ich hielt es für ein Spiel. Aber was, wenn es keines ist? Wenn ich mich geirrt habe und er weniger berechnend ist, als ich angenommen habe?

Ich öffne den Mund, um etwas zu sagen, schließe ihn jedoch wieder, als die Worte, die mir gerade in den Sinn gekommen sind, nicht meine Lippen verlassen. *Welche reizt dich dann?*

Für den Bruchteil einer Sekunde weiten sich seine Augen, als wüsste er genau, was ich denke.

»Okay, Leute, da das hier immer noch eine Party ist, habt Spaß, und viel Erfolg dabei, mich vom Thron zu schubsen«, brüllt Henry lachend und lässt damit die Blase, in der Jasper und ich uns befinden, platzen. »Nicht, dass ihr eine Chance hättet, aber versuchen könnt ihr es ja wenigstens.«

Wow, ich wusste, dass er über ein ausgeprägtes Ego verfügt. Wie groß es tatsächlich ist, beweist die Arroganz, mit der er vom Tisch aus auf das Fußvolk herabsieht.

Die Musik wird wieder eingeschaltet und schlagartig kommt Bewegung in die Studierenden. Ich sehe zu Jasper. Der feurige Ausdruck in seinen Augen ist erloschen und für einen kurzen Moment wünschte ich, es wäre nicht so. Ich habe keine Ahnung, woher dieser Gedanke kommt. Wir kennen uns kaum, und doch versetzt er etwas in mir in Schwingung, das mich eher auf ihn zu- statt von ihm wegtreibt.

»Du drehst zuerst«, fordere ich Jasper auf, mit dem Spiel zu beginnen, und erinnere uns daran, was wir vorhatten, bevor es seltsam zwischen uns wurde.

»Was bin ich, das Versuchskaninchen?«, erwidert er amüsiert.

»Ich halte nichts von Tierversuchen. Aber ich bin ein höflicher Mensch und überlasse dir gerne den Vortritt«, antworte ich, als wäre der Hauch von Verlangen, der noch immer zwischen uns in der Luft liegt, nicht der Rede wert. So ist es doch, oder?

Statt zu antworten, tippt er das Glücksrad an. Es legt an Tempo zu, bis es wieder langsamer wird und schließlich stoppt. Eine Nachricht erscheint auf dem Display.

> **Willkommen, 13gamer11.**
> **Hier kommt deine erste Aufgabe.**
> **Stecke dir zwei Erdnussflips in die Nase. Öffne 📷, knipse ein Foto und lade es über ❀ in der App mit folgenden Worten hoch: Flip Flip Hurray, ich bin ein Wal(nuss)ross. Markiere die Aufgabe auf dem Dashboard anschließend als abgeschlossen. Sobald die Erfüllung von den Admins überprüft und bestätigt wurde, erhältst du deine Punktzahl und einen weiteren Dreh am Rad.**
> **Viel Erfolg!**

Jasper lacht.

»Was?«

»Vergiss es«, antwortet er.

»Warum, bist du etwa allergisch gegen Erdnüsse?«

»Nein, aber ich mache mich nicht öffentlich zum Trottel.«

»Und jetzt?«

»Wirst du alleine um den Thron zocken müssen.« Sein Zeigefinger schwebt bereits über dem Exit-Button.

»Warte!«

»Worauf?«

»Ich denke nach«, rutscht es mir heraus. *Ich denke nach?* Worüber denn? Das ergibt überhaupt keinen Sinn.

»Siehst du dabei immer so angestrengt aus?«

»Hör auf mich aufzuziehen.«

»Okay, sag Bescheid, sobald du fertig mit Denken bist. Ich organisiere mir in der Zeit einen Drink.«

Als er einen Schritt nach vorne macht, packe ich ihn am Arm und halte ihn auf. Verwundert sieht er mich an, dann heftet sich sein Blick auf die Stelle, an der meine Finger sich um sein Handgelenk schließen. Haut auf Haut. Sofort ziehe ich die Hand zurück.

»Denk nicht mal dran, dich aus dem Staub zu machen. Gekniffen wird nicht.« Was zur Hölle rede ich da?

Ein selbstgefälliges Grinsen erscheint auf seinen Lippen, das eindeutig verrät, was er denkt. Ich entscheide nicht, was er zu tun oder zu lassen hat. Und damit hat er absolut recht. Es ist eher so, dass ich nicht will, dass er geht und ich alleine zurückbleibe, um an dem Spiel teilzunehmen. Mein Gefühl sagt, dass ein Spielpartner beim Erfüllen nützlich sein könnte. Und Jasper ist vielleicht nicht die schlechteste Wahl. Er wirkt abgebrüht und wie jemand, der über den nötigen Ehrgeiz verfügt. Und wenn ich ihm verrate, dass ich das Geld brauche, hilft er mir möglicherweise sogar freiwillig. Eine Überlegung wäre es wert.

»Oder bist du doch eine Pussy?«, fordere ich ihn scherzhaft heraus, indem ich Easton imitiere.

Für einen Moment schließt er die Augen und atmet einmal tief durch. »Okay, unter einer Bedingung. Wir ziehen das Spiel gemeinsam durch.«

»Abgemacht«, sage ich zu schnell und viel zu euphorisch, weil er meiner Idee zustimmt, bevor ich sie ihm unterbreiten konnte.

»Gut, dann machen wir uns zum Affen.«

»Du meinst zum Walnussross«, verbessere ich ihn und muss lachen. Seine Mundwinkel zucken nicht einmal amüsiert. Dabei ist die Aufgabe durchaus witzig und weniger waghalsig, als ich befürchtet habe. Immerhin heißt das Spiel *Secret Enemy.*

»Hast du zufällig Erdnussflips in der Handtasche?«, will er wissen.

»Nein, aber in der Küche habe ich vorhin Schalen mit Knabberzeug gesehen.«

»Ich nehme an, wir gehen jetzt direkt dahin und ziehen den Unsinn durch?«

»Ja, genau das werden wir tun. Partner in crime. Sechs Aufgaben in sechs Wochen klingt machbar.« Ich sehe auf die Uhr. »Bis Mitternacht haben wir noch sechzehn Minuten und dreiunddreißig Sekunden.«

»Wow. Exakt so habe ich mir den Abend vorgestellt. Ich stecke mir wie ein Fünfjähriger Essen in die Nase und lasse die Welt daran teilhaben.«

»Klingt nach jeder Menge Spaß, wenn du mich fragst.«

Diesmal bin ich es, die keine Antwort abwartet und sich direkt in Bewegung setzt. Es dauert knapp vier Minuten, bis wir uns zur Küche durchgeschlagen haben. Offensichtlich ist Jasper nicht der Einzige, der die Aufgabe erspielt hat, denn es herrscht reger Andrang auf die Erdnussflips.

»Bereit?« Jasper hält mir eine Schüssel entgegen. Ich atme einmal kurz durch, dann greife ich hinein.

»Ja, aber wir müssen uns vor eine weiße Wand stellen.«

»Warum?«

»Weil laut Hausordnung das Verbreiten von Bildmaterial, das die Räumlichkeiten oder Studierende zeigt, untersagt ist.«

»Du kennst die Hausordnung des Colleges?«

»Natürlich.«

Amüsiert zieht er eine Augenbraue hoch und sieht sich anschließend in der Küche um. »Was hältst du von da drüben?«

Ich folge seinem Blick. »Wenn wir kurz das Stillleben abhängen, sollte es gehen.«

»Na dann, los.«

Jasper schnappt sich das Gemälde und stellt es auf den Boden.

Sobald wir uns vor der Wand platziert haben, stecke ich mir die Erdnussflips in die Nase.

»Du siehst albern aus.« Ein verschmitztes Lächeln liegt auf seinen Lippen.

Erneut greife ich in die Schüssel und mache einen Schritt auf ihn zu. »Brauchst du Hilfe?« O Gott, ich klinge, als hätte ich einen fiesen Schnupfen.

Er stellt die Schale auf den Küchentisch, bevor er mir die beiden Flips abnimmt und sie sich mit einem Kopfschütteln in die Nase steckt. Ohne es zu beabsichtigen, lache ich los. Einer der Erdnussflips flutscht aus meinem Nasenloch, prallt gegen seinen sonnengelben Pulli mit Argyle-Muster und fällt schließlich zu Boden.

»Sorry«, sage ich, beuge mich herab und hebe ihn auf. Ich puste möglichen Schmutz von dem Flip und platziere ihn erneut in meinem Nasenloch.

Jasper zückt sein Handy und stellt sich dicht neben mich. Mein Blick schweift durch den Raum. Ein Typ mit blonden Locken macht einen Handstand. Zwei andere halten ihn an den Beinen fest, während er versucht einen Becher leer zu trinken. In der Ecke neben dem Kühlschrank steht Ruby aus meinem Spanischkurs. Auf ihrer Stirn prangt eine Zahlenkombination. Vermutlich mit Lippenstift geschrieben, denn der Farbton ähnelt dem auf ihrem Mund. Sie schießt ein Selfie und zeigt es der Person neben sich.

»Abbie?«

Ich bin schon wieder abgelenkt. Ein Grund, warum mich viele *seltsam* finden, ist, dass meine Gedanken ständig abschweifen. Dion sagt, ich hätte eine Aufmerksamkeitsspanne von fünf Sekunden. Wenn man also etwas Wichtiges mit mir besprechen will, muss man sich beeilen oder es in Etappen verpacken.

*Los, Abbs, konzentrier dich!*, höre ich Dions Stimme in meinem Kopf. Ich fixiere Jaspers Gesicht und er lässt es zu. Ein Wimpernschlag. Noch einer. Und zwei weitere. Für die nächsten Sekunden verliere ich mich in dem warmen Braun seiner Augen. Ganz automatisch beschleunigt sich mein Puls. Ein warmes Kribbeln breitet sich in meinem Körper aus.

»Ich will wirklich nicht drängeln, aber die Dinger reizen die Schleimhäute«, reißt Jasper mich aus meinem tranceähnlichen Zustand.

Ich blinzle hektisch. Verdammt, ich habe ihn angestarrt.

»Kann losgehen, versprochen«, versichere ich ihm, dass ich jetzt bereit bin. Wieder rückt er an mich heran, geht in die Knie, bis wir gemeinsam auf das Display passen. Dann knipst er ein Foto.

»So, das hätten wir.« Wenige Augenblicke später markiert er die Aufgabe als abgeschlossen. »Du bist dran.« Grinsend steckt er sein Handy weg.

»Hoffentlich muss ich keinen Kopfstand machen, so wie der Typ da drüben. Ich beherrsche gerade so die Rolle vorwärts.«

Als Jasper mich fragend ansieht, deute ich mit einer Kopfbewegung in die Richtung, wo der Kerl noch immer versucht einen Becher vollständig auszutrinken.

Mit zittrigen Fingern tippe ich das Rad an, damit es eine Aufgabe für mich ausspuckt. Gespannt sehe ich auf das Display, drehe es aber so, dass Jasper keinen Blick darauf werfen kann.

**Willkommen, BlackbirdShadow!**
**Hier kommt die erste Aufgabe.**
**Küsse eine Person, die ein gelbes Kleidungsstück trägt. Öffne , knipse ein Foto und lade es über in der App hoch. Markiere die Aufgabe als abgeschlossen. Sobald die Erfüllung von den Admins überprüft und bestätigt wurde, erhältst du deine Punktzahl und einen weiteren Dreh am Rad.**
**Viel Erfolg!**

»Das war so klar«, entfährt es mir. Jemand Fremdes küssen ist mit Abstand das Letzte, was ich tun will. Jetzt würde ich doch die Kopfstandnummer bevorzugen.

»Was genau?«

Ich drehe das Display, damit Jasper die Aufgabe lesen kann. Er lacht leise.

»Das ist nicht lustig«, zische ich.

»Doch, irgendwie schon.«

»Was mache ich jetzt?«, frage ich und lasse meinen Blick durch den Raum schweifen. Dunkelblau, Moosgrün, Pink, Bordeauxrot, aber weit und breit kein Gelb in Sicht.

»Du küsst jemanden, um die Aufgabe abzuschließen, sonst wirds nichts mit auf den Thron klettern.«

»Du bist nicht sehr hilfreich.«

»Soll ich wen für dich organisieren?«

Wie bitte?

»In vier Minuten lässt sich sicher jemand für zwangloses Lippenaufeinanderpressen auftreiben.«

Ich würde ihm wirklich gerne das selbstgefällige Grinsen aus dem Gesicht wischen, auch wenn er recht hat. Dennoch werde ich nicht losrennen und meine Lippen auf die eines zufälligen anderen drücken. Davon mal abgesehen, hätte ich die Aufgabe damit auch nicht erfüllt. Ich meine, wer trägt im Winter Gelb? Niemand! Niemand, außer …

Auf gar keinen Fall.

Mein Blick heftet sich auf Jaspers Brust, die in Sonnengelb erstrahlt, dann sehe ich ihm kurz ins Gesicht und wieder auf seinen Pulli. Er bemerkt es, zupft mit den Fingern an dem Wollstoff herum, als müsste er erst mal selbst nachsehen, was meine Aufmerksamkeit erregt hat. Jaspers Lippen teilen sich.

»Nein«, platze ich heraus, bevor er es aussprechen kann.

»Was nein?« Das herausfordernde Funkeln in seinen Augen verrät, dass er genau weiß, dass ich weiß, worüber er gerade nachgedacht hat.

»Vergiss es!«

»Gekniffen wird nicht. Wir ziehen den Quatsch gemeinsam durch«, erinnert er mich.

»Ganz sicher nicht.« Diese Aufgabe werde ich keinesfalls ausgerechnet mit Jasper abhaken.

Erneut suche ich den Raum nach einer Möglichkeit ab. Warum unbedingt Gelb? Bei Schwarz hätte ich freie Auswahl.

Und genau deswegen ist es Gelb. Alles andere wäre zu einfach.

»Es ist nur ein Kuss«, erwähnt Jasper beinahe beiläufig. Für ihn ist es das vielleicht, für mich ganz gewiss nicht.

»Kann ich noch mal drehen, um eine anständige Aufgabe zu bekommen?«, frage ich und ignoriere bewusst sein Angebot.

»Ich fürchte, nicht.«

»Großartig. Ausgerechnet ich erwische eine Kussaufgabe und du erweist dich als geeigneter Kandidat. Das ist wirklich ein schlechter Scherz«, rutscht es mir spöttisch heraus.

Herrje, so habe ich es gar nicht gemeint. Aber Jasper scheint es genau so verstanden zu haben, denn der Ausdruck in seinem Gesicht wirkt verärgert. Oder gekränkt. Ich bin mir nicht ganz sicher. Dabei meinte ich eigentlich, dass es wirklich unklug ist, jemanden zu küssen, der dazu imstande ist, mit einem einzigen Blick ein flächendeckendes Kribbeln in mir auszulösen. Weil er mich ansieht, als wäre ich die Gelegenheit seines Lebens.

»Du hast noch drei Minuten, um nach einer Alternative Ausschau zu halten«, sagt er kühl. In diesem Augenblick würde ich meine Worte gerne zurücknehmen. Aber was sage ich ihm stattdessen? Dass ich ihn zu attraktiv finde, um ihn zu küssen? Das ergibt noch viel weniger Sinn. Wenn ich mich richtig erinnere, hat Trinity Burns einen hellgelben Minirock an, oder zählt der Farbton eher zu Beige? Egal. Wir sind nicht unbedingt auf einer Wellenlänge. Sie würde mich auslachen, würde ich sie um Hilfe bitten. Und nachdem Jasper sie meinetwegen hat abblitzen lassen, stehe ich vermutlich ohnehin auf ihrer ganz persönlichen Schwarzen Liste.

»Augenscheinlich bist du der Einzige, der Gelb trägt. Das ist eine Sommerfarbe. Wir haben Winter. Modisch ist das, was du anhast, ein Fehltritt.« Was rede ich da schon wieder?

»Da hinten steht ein Typ, der trägt einen Pullover mit einem riesigen Minion drauf«, korrigiert Jasper meine Annahme, er wäre meine einzige Option.

»Wo?«, frage ich aus einem Impuls heraus und weniger aus ernstem Interesse.

»Da drüben. Er küsst gerade im Akkord. Könnte sein, dass er bis

Mitternacht nicht alle schafft, weil er sich bei den Damen sichtlich Mühe gibt.«

Ich folge Jaspers Blick. »Igitt. Ich werde niemanden küssen, der bereits fünf vor mir geküsst hat.« Das ist ekelhaft.

»Hey, darf ich dich küssen, um meine Aufgabe zu erfüllen?«, unterbricht uns eine glockenklare Stimme.

Ich sehe zu der Person, die Jasper angesprochen hat. Jasper schaut nicht einmal in ihre Richtung, weil sein Blick auf mir ruht. Gott, der Kerl ist ein Magnet für überdurchschnittlich schöne Frauen. Egal wohin meine Gedanken bezüglich Jasper zuvor gewandert sind, in dieser Sekunde gehen sie in Flammen auf. Niemals. Ich bin eher die Notlösung als eine Gelegenheit.

»Nein, versuch es bei dem Typ dahinten«, lässt er sie zu meiner Überraschung genau wie Trinity abblitzen.

Sie seufzt hörbar. Ein Kerl in dem Minion-Pullover wäre auch nicht unbedingt meine erste Wahl. Der Kerl vor mir sollte es allerdings noch viel weniger sein.

»Okay, lass uns das hier abkürzen. Option eins: Du steigst aus dem Spiel aus. Option zwei: Wir ziehen die Nummer gemeinsam durch!«

»Ich werde dich nicht küssen.« Meine Worte sollten deutlich überzeugter klingen.

»Ich würde mich aber von dir küssen lassen.«

Meint er das ernst? Es gibt eine Million Gründe, warum es eine bescheuerte Idee ist, ausgerechnet Jasper Anderson zu küssen. Ob nun für ein Spiel oder mitten in der Nacht in einer Küche, ist da völlig egal. Ein Kuss verändert immer etwas. Und da ich mir sicher bin, dass sich unsere Wege durch Aspen und Cameron zwangsläufig auch in Zukunft kreuzen werden, könnte es kompliziert werden. Auf der anderen Seite will ich unbedingt die fünfundzwanzigtausend Dollar. Schließlich habe ich gerade dreihundert Dollar investiert, die ich sicher nicht erstattet bekomme, wenn ich den Exit-Button drücke.

Mein Blick huscht zwischen Jasper und dem Kerl im Minion-Pullover hin und her. Wenn ich nicht wegen eines unbedeutenden Kusses ausscheiden will, muss ich einen von beiden wählen. Ein Seufzen entfährt mir.

Jasper nimmt mir das Handy aus der Hand und plötzlich habe ich das Gefühl, seine Gegenwart überdeutlich zu spüren. Hat er gerade den Abstand zwischen uns verringert?

»Lass uns keine große Sache daraus machen«, sagt er sanft, bevor ich eine federleichte Berührung an meiner Wange wahrnehme. »Kurz und schmerzlos.« Dann streichen seine Fingerspitzen meinen Kiefer entlang. »Wir werden nie ein Wort darüber verlieren.«

Er meint das wirklich ernst. Kann ich bei so selbstlosem Einsatz überhaupt ablehnen? Ich sollte es definitiv.

*Denk an das Preisgeld*, rufe ich mir das Ziel ins Gedächtnis.

»Versprochen?«, frage ich entgegen jeder Vernunft.

»Versprochen«, versichert er todernst, als würden wir gerade einen Pakt schließen.

»Okay«, flüstere ich und verzichte auf weitere Überlegungen, warum ich das keinesfalls tun sollte. Es ist ein bedeutungsloses Lippenaufeinanderpressen. Keine große Sache. Warum fühle ich mich dann, als hätte ich unfreiwillig Bekanntschaft mit einem defekten Stromkabel gemacht?

Seine Finger wandern von meiner Wange zu meinem Nacken und ziehen mich sanft näher zu ihm heran, während er mir entgegenkommt, bis sein Gesicht vor mir verschwimmt. Kaum merklich streifen seine Lippen meine. Auch wenn ich nichts erkenne, starre ich ihn an, als er mit dem Mund leichten Druck ausübt.

*Okay, das reicht, wir können jetzt aufhören. In der Aufgabe steht nicht, wie genau der Kuss ausgeführt werden muss.*

Statt uns voneinander zu lösen, verharren wir einen winzigen Augenblick in dieser Position. Und dann passiert, womit ich niemals gerechnet hätte – wir küssen uns. Nicht platonisch, wie es für die Aufgabe ausreichen würde, sondern so, wie man jemanden küsst, weil man es will.

Mit der Zungenspitze streicht er über meine Unterlippe. Wie von selbst öffnet sich mein Mund, gewährt ihm Einlass. Mir fallen die Lider zu und ich höre gänzlich auf darüber nachzudenken, was alles gegen diese Annäherung spricht. Weil da auf einmal nur noch Jasper ist. Seine Finger auf meiner Haut. Seine Lippen auf meinen.

Zaghaft lockt er mich mit der Zunge, um den Kuss zu vertiefen. Im nächsten Moment liegen meine Hände an Jaspers Taille, krallen sich in den Kaschmirpullover und ziehen ihn gleichzeitig näher zu mir heran. Jasper schmeckt nach Schwarztee und Zitrone. Seine Lippen sind warm und weich. Für ein paar endlose Sekunden verliere ich mich in unserem Kuss, der sich verboten anfühlt und gleichwohl einen Schwall an Emotionen in mir freisetzt, die sich überhaupt nicht falsch anfühlen. Dennoch oder gerade deswegen zwinge ich mich, dem Ganzen ein Ende zu setzen.

Blinzelnd sehe ich ihn an und auch er mustert mich intensiv. Dann räuspert er sich und tritt einen Schritt zurück.

»Und, war doch gar nicht so schlimm, oder?«, fragt er kratzig und ringt sich zu einem Lächeln durch.

»War okay«, presse ich hervor und erwidere es. *Es war okay?* Es war mehr als das.

Ein, zwei Sekunden starren wir einander an. Meine Gedanken haben sich zu einem wirren Haufen verknotet und ich verspüre das Bedürfnis, mir von Jasper beim Entwirren helfen zu lassen.

»Hier.« Er reicht mir mein Handy. Ich werfe einen Blick auf das Display, dann schlucke ich. Er hat ein Foto gemacht. Und es sieht nicht so verkrampft aus, wie es sollte, wenn man jemanden küsst, weil ein Spiel das verlangt.

»Danke«, sage ich.

»Willst du es nicht hochladen?«, fragt er irritiert.

»Hmm?« Das Foto hat meine volle Aufmerksamkeit.

»Lass dein Opfer nicht umsonst gewesen sein«, fügt er scherzhaft hinzu.

Um ehrlich zu sein, fühle ich mich nicht, als hätte ich ein Opfer erbracht. Vielleicht etwas verwirrt, aber sicher nicht geschädigt. Ich würde mich eher als Nutznießerin des Ganzen betrachten.

»Abbie?«, reißt Jasper mich zum wiederholten Mal aus meinen Gedanken. »Die Uhr tickt.«

»Hochladen … richtig.«

Kurz vor Ablauf beende ich die Aufgabe, gleichzeitig atme ich einmal tief durch, nur um direkt wieder den Atem anzuhalten – wir haben uns geküsst!

»Abbs!«, ertönt Dions Stimme. Ohne Jasper Beachtung zu schenken, schiebt sie sich zwischen uns. Ich bin mir nicht einmal sicher, dass sie ihn überhaupt bemerkt hat. »Bitte, sag, dass du nicht gekniffen hast?«

Ich schüttle den Kopf. Ein stolzer Ausdruck zeigt sich in ihrem Gesicht, bevor sie breit grinst.

»Hast du von dem Spiel gewusst?« Natürlich hat sie das.

»Du wärst nicht mit zur Party gekommen, wenn ich dir davon erzählt hätte.«

»Du bist ein hinterhältiges Miststück, weißt du das?«

Hätte ich davon gewusst, hätte ich keinen Fuß vor die Tür gesetzt. Und noch etwas wäre nicht passiert – ich hätte nicht die Chance auf fünfundzwanzigtausend Dollar oder Jasper geküsst. Bei der Erinnerung daran, wie seine Lippen mit meinen verschmelzen, überschlägt sich mein Herz beinahe. Ich habe es geahnt, Küsse verändern Dinge. Egal in welcher Form. Es ist niemals nur ein Lippenaufeinanderpressen.

Ich sehe zu Jasper, aber er ist verschwunden. Als wäre all das nicht passiert. Da ich trotz High Heels zur Kategorie Winzling zähle, stelle ich mich auf die Zehenspitzen und suche den Raum nach ihm ab – nichts. Wie kann sich jemand nur so schnell in Luft auflösen? Einen Augenblick lang frage ich mich, ob ich mir unsere Begegnung nur eingebildet habe.

Habe ich nicht, denn ich kann den Schwarztee noch immer auf meinen Lippen schmecken.

# DREI JAHRE UND SECHS MONATE ZUVOR

## JASPER, 17 JAHRE ALT

Der letzte Spieltag, bevor die Sommerpause eingeläutet wird. Es hätte nicht besser laufen können. Man startet entspannter in die Ferien, wenn man als Sieger vom Platz geht.

»Jasper, wir machen im Wohnheim noch eine Abschlusssause, bist du dabei?«, ruft Finn aus der vordersten Reihe des Busses. Ich sitze hinten. Nicht weil man die coolen Kids dort findet, sondern weil ich es nicht ausstehen kann, wenn ich nicht sehe, was in meinem Rücken passiert. Der Feind schleicht sich gerne von hinten an. Conrad behauptet, ich sei paranoid – ich nenne es vorsichtig. Vielleicht auch von der Vergangenheit geprägt.

Mein Dad gehört zu den Menschen, die sich dir nähern, ohne dass du sie kommen siehst. Er ist wie ein Schatten, der aus dem Nichts auftaucht und sich vors Licht schiebt. Plötzlich spürst du die Kälte und dieses Gefühl in deiner Brust, das dir die Luft abschnürt. Zum Glück ist der Spuk bald vorbei. Dann entscheide ich über meine Zukunft und benötige für nichts mehr seine Erlaubnis. Ich will Profispieler werden und nicht an einem Schreibtisch sitzen und Bauprojekte betreuen. Nichts könnte mich weniger interessieren, als Luxusbauten in Regionen zu errichten, in denen Menschen alles brauchen, nur keinen unnötigen Luxus.

Ben verpasst mir einen Stoß mit dem Ellenbogen. »Und, bist du dabei?«

»Klar. Kann ich noch jemanden mitbringen?«

»Den Nerd?«

»Sein Name ist Noah.« Ich kann es nicht leiden, wenn sie ihn Nerd nennen. Ich bin nicht weniger einer. Was uns unterscheidet, ist, dass mir Jason Tell vor fünf Jahren in Stowe einen Cricketschläger in die Hand gedrückt hat, nachdem eine Gruppe Mitschüler mich zum wiederholten Mal verprügelt hatte. *Wenn du hier überleben willst, spiel Cricket.* Ich fragte ihn, wie Sport mir helfen solle, während ich mir heulend das Blut von der Unterlippe wischte. Seine Antwort hat sich mir ins Gedächtnis gebrannt. *Sie quälen dich, weil du anders bist. Andersartigkeit macht vielen Angst und lässt sie schlimme Dinge tun. Aber niemand provoziert jemanden, der einen Schläger in der Hand hält und damit umzugehen weiß.*

Er hat recht.

»Ehrlich, ich check nicht, warum du mit Gibson befreundet bist. Der Typ ist langweilig.«

»Warum bin ich mit dir befreundet? Du bist unausstehlich und trägst zu enge Jeans«, spiele ich den Ball zurück. Was macht ihn als Freund geeigneter als Noah? Eine Frage, die ich mir häufig stelle. Ich mag den Sport, aber ebenso Technik und Bücher. Warum darf ich nicht Freunde aus beiden Bereichen haben? Warum muss ich mich seiner Meinung nach für eine Seite entscheiden?

»Weil ich cool bin und er ein Trottel.«

»Das liegt im Auge des Betrachters. Ich komme mit Noah oder gar nicht.« Ben weiß, dass ich die Party wirklich sausen lassen würde.

»Okay, dann bring ihn halt mit«, lenkt er ein.

»Würde es dir etwas ausmachen, netter zu ihm zu sein?« Grundsätzlich ist Ben okay. Nur sein Mundwerk gleicht einem Maschinengewehr mit Selbstauslöser.

»Boah, Anderson, musst du so ein anständiger Kerl sein, der die Welt zu einem besseren Ort machen will? Das nervt.«

»Was ist verkehrt daran?«

# 6.

## JASPER

Ich habe exakt drei Stunden und sieben Minuten geschlafen. Jedenfalls behauptet das meine Smartwatch. Und ich denke, sie sagt die Wahrheit, denn ich fühle mich genauso. Nachdem ich schweißgebadet hochgeschreckt bin, versuche ich erst gar nicht wieder einzuschlafen. Es würde ohnehin nicht funktionieren. Das tut es nie. Mein Schlafdefizit ist inzwischen gigantisch. Mehr als vier Stunden sind selten drin. Ich hatte gehofft, mich daran zu gewöhnen. Fehlanzeige. Es gibt Tage, da wirkt es sich massiv auf meine Konzentration aus, was extrem nervig ist. Denn wer nicht konzentriert ist, macht Fehler. Und die kann ich mir nicht leisten.

»Morgen. Du bist schon wach?«, stellt Cameron überrascht fest. Er wirkt deutlich ausgeschlafener als ich.

»Du doch auch«, antworte ich.

»Wie war die Party?«

»Anders als erwartet.« Das war sie wirklich.

»Im Sinne von gut oder schlecht?«, hakt er nach.

»Das wird sich zeigen.« Ich greife nach der Teetasse und trete einen Schritt beiseite, damit ich nicht länger die Kaffeemaschine blockiere. Cameron nimmt eine Tasse aus dem Küchenschrank, dann füllt er Wasser und Kaffeepulver in die Maschine. Filterkaffee. Das Zeug kommt direkt aus der Hölle. Seine erste Amtshandlung nach seiner Ankunft war offensichtlich, den Vollautomaten auszurangieren. Denn als ich von der Party zurückgekommen bin, stand die knallrote Kaffeemaschine dort, wo zuvor der Vollautomat stand. Ich erinnere mich, dass wir bei meinen Besuchen im vergangenen Semester die ein oder andere Kaffee-Diskussion geführt haben. Sein Argument: Die Plörre sei nicht stark genug. Meinen Einwand, dass dies lediglich an den Einstellungen des Gerätes liege, hat er ignoriert. Jetzt hat er seine Drohung wahr gemacht und ein billiges Teil von Walmart in die Designerküche gestellt. Das Ding ist nicht nur optisch eine Zumutung für jeden, der etwas Stil im Leib hat, sondern obendrein laut.

»Warum trägst du Sportkleidung?«, will er wissen, obwohl es offensichtlich ist.

»Was glaubst du denn?«

Argwöhnisch mustert er mich. Cameron ist ein offenes Buch. Wirklich. Um ihn zu durchschauen, bedarf es keinerlei Mühe meinerseits. Er glaubt, ich würde ihm gleich offenbaren, dass es an der Zeit ist, den Festtagsspeck abzutrainieren. »Es ist Sonntag.«

»Ich weiß.«

»Noch mal – es ist Sonntag.« Sein Blick wandert zur Mikrowelle. »Kurz nach acht«, liest er die Uhrzeit von der Anzeige ab.

»Mir ist nicht bekannt, dass es Sperrzeiten für die Ausübung von sportlichen Aktivitäten gibt«, antworte ich lässig, trinke meinen Tee aus und stelle die Tasse anschließend in die Spülmaschine. Dann sehe ich ihn herausfordernd an.

Cameron atmet tief durch. »Wirst du mich zwingen?«

»Habe ich das bisher je getan?«

»Keine Ahnung, wie würdest du es nennen, wenn du in einen Sportkurs gesteckt wirst und der Coach dich für ein Cricket-Wunderkind hält?«

»Ich habe nie verlangt, dass du diesen Kurs bestehst.«

»Ja, aber spätestens in diesem Semester wird Porter feststellen, dass ich im Vergleich zu dir ein ausgelatschter Turnschuh bin.«

»Um sie auszulatschen, hattest du sie zu selten an.«

»Deine Ruhe hätte ich gerne. Wirklich. Hast du nicht wenigstens ein bisschen Angst, jemand könnte dahinterkommen? Der Coach verfügt über militärischen Scharfsinn. Der weiß, dass du die Runde abgekürzt hast, obwohl du extra als Vorletzter ins Ziel kommst«, gibt er zu bedenken.

»Porter weiß das, weil er auf dem Gelände um den Sportplatz Kameras hat anbringen lassen. Das ist nicht scharfsinnig, sondern die Konsequenz dessen, dass ihn vor dir bereits andere an der Nase herumgeführt haben und so dumm waren, damit herumzuprahlen.«

»Trotzdem, er wird bemerken, dass dein Leistungsniveau weit über meinem liegt.«

Ja, da hat er recht. Cameron ist deutlich unsportlicher, als ich angenommen habe. Wir waren genau einmal zusammen laufen, als ich ihn in Bellbrook besucht habe. Er meinte, er würde es gerne beibehalten, nachdem er sich in Waterbury durch den Sportkurs gequält hat. Vierzig Minuten lang hat er neben mir über das Tempo geflucht. Danach wollte er keine weitere Runde mit mir durch das beschauliche Örtchen drehen, in dem er aufgewachsen ist.

»Wird er nicht, weil niemand von uns beiden in diesem Semester den Kurs besuchen wird.«

»Was? Ich habe mich völlig umsonst abgemüht?«

»Nichts ist umsonst, manches lässt sich lediglich nicht über einen Wert definieren.«

»Warum habe ich immer das Gefühl, dass das, was du eigentlich sagst, irgendwo zwischen den Zeilen versteckt ist?« Er stellt die Kaffeemaschine aus und grinst mich anschließend zufrieden an.

»Ich geh jetzt laufen, bevor es auf dem Campus zu voll wird.« Einen Moment sehen wir einander an und ich bin mir sicher, dass er mir etwas sagen will und es sich verkneift.

»Viel Spaß und halt dich vom Golfplatz fern, einige überschätzen ihre Fähigkeiten maßlos und befördern den Ball beim Abschuss übers Ziel hinaus«, sagt er stattdessen, beendet unseren Blickkontakt und geht auf das Sofa zu. Im nächsten Moment greift er nach der Fernbedienung und legt seine Füße auf dem Couchtisch ab. Mit Cameron für die nächsten Wochen unter einem Dach zu leben, könnte eine Herausforderung werden. Er hat einige Angewohnheiten, die meine Geduld auf die Probe stellen.

»Abschlag«, korrigiere ich ihn.

»Wie?«, hakt er nach und sieht mich irritiert über seine Schulter hinweg an.

»Es heißt Abschlag, nicht Abschuss. Und könntest du bitte die Füße vom Tisch nehmen?«

»Natürlich hast du Ahnung von Golf. Bist du darin auch ein Wunderkind? Schläger ist Schläger, oder?«

»Nimm einfach die Füße vom Tisch«, sage ich eine Spur zu bestimmt, allerdings wegen des Themas, das er anspricht. Normalerweise merkt man mir nicht an, dass ich ausweiche. Ich bin sehr gut darin, es nebensächlich erscheinen zu lassen. Als hätte dieser Teil meiner Vergangenheit keine Bedeutung. Wenn du Menschen die eigenen Schwachstellen offenbarst, wird es immer jemanden geben, der sie zu seinem Vorteil nutzt und dich manipuliert, um sich über dich zu stellen.

Bevor Cameron stutzig wird oder ich in Versuchung gerate, mich für meinen Ton zu entschuldigen, setze ich mich in Bewegung. Ich brauche dringend etwas frische Luft, um meine Konzentration in Gang zu bekommen.

In dem Moment, als ich aus dem warmen Inneren des Bungalows trete, schlägt mir die eisige Januarluft entgegen. Sofort ziehe ich den Reißverschluss meiner Trainingsjacke zu. Mein Blick schweift über den Gebäudekomplex vor mir. Ich kann dieses idyllische Flair, das die Bungalowsiedlung ausstrahlt, nicht ausstehen. Es gleicht purer Doppelmoral, etwas von außen wie einen gemütlichen Mittelstandsvorort wirken zu lassen und innen Massen an unnötigem Luxus zu präsentieren. Wie authentisch ist es, wenn in der Einfahrt eines solide aussehenden Backsteinflachbaus ein neongrüner Ferrari steht? Gar nicht.

Der Kerl, der in diesem Augenblick aus besagtem Luxuswagen steigt, hebt grüßend die Hand, als er mich bemerkt. Ich erwidere es halbherzig und setze anschließend die In-Ear-Kopfhörer ein. Danach wähle ich über die Smartwatch die Playlist aus, die ich täglich zum Laufen höre. Mit dem Einsetzen der Takte zu *Oblivion* von Bastille trotte ich in gemäßigtem Tempo los. Die Musik habe ich entsprechend meiner Laufgewohnheit zusammengestellt. Die ersten vier Songs sind eher langsam und dienen dem Aufwärmen.

Ich biege nach rechts ab. Für einen Moment sehe ich an der rotbraunen Fassade des Bibliotheksgebäudes empor. Efeubewachsen. Geschichtsträchtig. Goldene Buchstaben, die darauf hinweisen, dass dieses Bauwerk älter als das College selbst ist. Ein Überbleibsel aus der Zeit, als sich innerhalb der Mauern ein Kloster statt der Elite der Gesellschaft verborgen hat. In knapp hundertfünfzig Jahren, seit Gründung des Waterbury College, hat sich auf dem Gelände so einiges verändert. Wo einst eine Kapelle stand, befindet sich nun ein ultramodernes Fitnesscenter. Die Stallungen wurden durch einen Komplex aus Supermarkt, Café, Restaurants und der Mensa ersetzt. Statt Pferdemist gibt es also nun kulinarische Vielfalt, abgestimmt auf die Studierenden. Bei dem stolzen Sümmchen, das die Upperclass für den Spaß hier abdrücken muss, wäre alles andere auch eine Schmach.

Als die Musik zu *Sail* von Awolnation wechselt, beschleunige ich. Mit Song fünf nimmt der Rhythmus deutlich zu und mit ihm mein Lauftempo. Es folgen achtzehn Minuten und sechsunddreißig Sekunden, um mir den Kopf freizupusten, während meine Beine von den Bässen getragen werden. Das ist die Phase des Laufens, in der ein Automatismus übernimmt. Man setzt einen Fuß vor den anderen und hat das Gefühl, die Strecke könnte endlos sein, man würde sie problemlos bezwingen. Alles um einen herum verschwimmt gemeinsam mit den Gedanken zu einem weißen Nebel. Wird zu einem luftleeren Raum. Und für diese wenigen Minuten gibt es nur dich. Nichts, was dein Hirn zermartert. Keine unbeantworteten Fragen. Keine Suche nach dem Warum. Keine Wut. Weil es nicht in deiner Macht liegt, den Lauf der Zeit zu verändern. Dinge ungeschehen zu machen. Egal wie sehr du es versuchst.

Entscheidungen haben Konsequenzen. Taten fordern Opfer. Kontrolle ist eine Illusion. Niemand besitzt sie wahrhaftig. Man kann lediglich über genügend Arroganz verfügen, um es sich einzureden. Über all das denke ich in den verbleibenden tausendeinhundertzweiundachtzig Minuten und vierundzwanzig Sekunden des Tages nach.

Ich lasse das Hallenbad hinter mir, ohne ihm die geringste Beachtung zu schenken. Muss ich auch nicht, weil ich jeden Winkel des Campus kenne. Nicht nur das, was offensichtlich ist, sondern vor allem das, was verborgen liegt.

*Experience* von Ludovico Einaudi sorgt dafür, dass ich allmählich langsamer, innerlich ruhiger werde. Klassische Musik ist das Einzige, das mich klarsehen lässt und verhindert, mich in diesen vielen Gängen meines Verstandes zu verirren. Song zehn holt mich von dem

Trip herunter, bevor ich überpace und mir meine Muskeln später mit Schmerzen danken, dass ich die Grenze ignoriere.

Ich kenne jede verdammte Grenze meines Bewusstseins, was allerdings nicht bedeutet, dass ich sie nicht immer wieder zu überlisten versuche. Es ist, als würdest du gegen dich selbst eine Partie Schach spielen. Du kennst jeden Zug, egal wie sehr du dir einredest, dass du auf den Teil deines Hirns nicht achtest. Am Ende landest du bei einem unbefriedigenden Unentschieden und beginnst das Spiel von vorn. Immer wieder. Bis in die Unendlichkeit. Es treibt dich in den Wahnsinn, weil du es nicht schaffst, als Sieger hervorzugehen.

Sobald der wohltuende Nebel in meinem Kopf seine Rauschwirkung verliert, beginnt mein Verstand auf Hochtouren zu arbeiten. Ich bin einfach nicht dazu in der Lage, ihn davon abzuhalten. Und ich habe es mehr als einmal versucht. Nahezu zwanghaft lotet er alle Szenarien aus, die sich im nächsten Augenblick zutragen könnten, und zeitgleich selektiert er Gefahren und sucht nach Lösungen. Wüsste ich es nicht besser, würde ich sagen, ich bin ein Computerprogramm, entwickelt von einem Masochisten, der es liebt, sich selbst zu quälen. Aber vielleicht ist es genau das, was mich antreibt. Das verantwortlich dafür ist, dass mein Betriebssystem nicht abstürzt und mich jeden Morgen aufstehen lässt. Dass ich einen Plan verfolge. Die Frage, was anschließend kommt, ist wie eine Spam-Meldung, die regelmäßig aufploppt.

*Was bleibt von dir übrig, wenn du am Ziel bist?*

Ich habe keine Ahnung und ehrlich gesagt ist es mir egal. Über meine Zukunft habe ich aufgehört nachzudenken, als das, worauf ich jahrelang hingearbeitet habe, innerhalb weniger Augenblicke zu Staub zerfallen ist.

Ich schlucke das Gefühl herunter, das sich an die Oberfläche kämpfen will. Das ist nicht der richtige Moment, um im Selbstmitleid zu baden oder verlorenen Träumen nachzujagen. Träumer sind nur so lange Träumer, bis sie jemand zum Aufwachen zwingt. Und genau das ist passiert.

Als ich aufsehe, bin ich kurz irritiert. Bungalow 27 liegt in meinem unmittelbaren Sichtfeld. Das Bungalowviertel auf der anderen

Seite des Campus war nicht mein Ziel. Dennoch bin ich versehentlich hier gelandet.

Nein, bin ich nicht. Ich weiß genau, was mich hierhergeführt hat. Die Komplikation, die sich ergeben hat und für die mein Hirn seit gestern Abend eine Lösung sucht.

Ich sehe zu dem Fenster, hinter dem Abbies Zimmer liegt. Die Vorhänge sind zugezogen. Vermutlich schläft sie noch. Das Bett steht direkt gegenüber. Daneben ein weißer Nachtschrank, auf dem sich ein eingerahmtes Foto befindet, das sie mit ihren Eltern zeigt. Da war sie höchstens dreizehn. Ich tippe, dass es eine der letzten Aufnahmen mit ihrem Dad ist, bevor er verstorben ist. Links neben der Tür steht ein Bücherregal, in dem sich kaum Bücher befinden, sondern eine Sammlung von Schneekugeln, die man in jedem Souvenirshop kaufen kann. Auf dem untersten Regalboden stehen drei Schachteln. Keine Ahnung, was sich darin befindet. Ich habe nicht nachgesehen, als ich mich am Halloween-Wochenende im Bungalow der drei Freundinnen umgesehen habe.

Abbie Westing hat zu dem Zeitpunkt nicht meine Aufmerksamkeit erregt. Aspen war es, für die ich mich interessiert habe. Ihre Freundin hat erst in den Hamptons meine Neugier geweckt. Eine, die gänzlich in die falsche Richtung geht und meine Konzentration stört, sollte ich sie nicht stillen. Dass sie mir gestern auf der Party wortwörtlich in die Arme gefallen ist, hat das Ganze nicht unbedingt besser gemacht. Und sie zu küssen, war mit Abstand das Dümmste, was ich hätte tun können. Eine Ablenkung dieser Art kann ich im Augenblick nicht gebrauchen. Aber noch viel weniger wollte ich, dass sie am Ende den Typ im Minion-Pullover küsst und ich dabei zusehen muss, wie er das bekommt, was ich mir seit drei Wochen versuche aus dem Kopf zu schlagen. Und es macht mich wahnsinnig, dass ich keine Ahnung habe, welchen Nerv sie in mir trifft, der die Vernunft in den Stand-by-Modus schickt. Wüsste ich es, würde ich die Verbindung kappen.

»Jasper?«

Mist! Ich beende die Dehnübung und drehe mich zu Aspen um.

»Hey.«

»Was machst du hier?«

»Joggen«, sage ich betont gleichgültig. Im Grunde ist es nicht gelogen. Denn genau das habe ich getan, bevor ich auf wundersame Weise vor ihrer Haustür gestrandet bin.

»Es ist Sonntag.«

»Du klingst schon wie Cameron. Es ist beängstigend, dass ihr unabhängig voneinander das Gleiche sagt.«

Als sie lacht, entlockt sie mir damit ein Lächeln. Aspen Hill gab es im Cameron-Paket dazu, als er sich in sie verliebt und deswegen beinahe meinen Plan geschreddert hat. Aber, und das überrascht mich selbst, ich kann ihn verstehen. Dass er sich in Aspen verknallen würde, war abzusehen. Weil sie genau hinsieht, anstatt einen oberflächlichen Blick auf die Dinge zu werfen. Und bei Cameron hat sie Schicht für Schicht freigelegt, bis er gar keine andere Wahl hatte, als seinen Widerstand aufzugeben.

»Ich bin mir ziemlich sicher, dass du vor nichts Angst hast«, erwidert sie und mustert mich einen Moment. »Außer vor dir selbst.«

»Warum siehst du aus, als würdest du einen Schneesturm erwarten?«, ignoriere ich ihre Aussage. Sie hat absolut keine Ahnung, wie es in mir aussieht. Niemand weiß das. Nicht einmal ich selbst. Denn wäre es so, wäre es um einiges leichter, hinter gewisse Dinge einen Haken zu setzen.

»Weil es arschkalt ist.« Offensichtlich, denn sie trägt eine Daunenjacke und eine bunte Strickmütze. Der Wollschal bedeckt die Hälfte ihres Gesichts. »Willst du mit reinkommen und dich aufwärmen?« Wenn Aspen mich so ansieht, fällt es mir wirklich schwer, ihr einen Wunsch abzuschlagen. »Möglicherweise habe ich deinen Lieblingstee von Granny El mitgebracht.«

Ohne es zu wollen, schleicht sich erneut ein Lächeln auf meine Lippen. Es passiert zwangsläufig, wenn ich an Cams Grandma denke. Die alte Dame hat einen unvergleichlichen Charme, dem man nicht widerstehen kann. Außerdem backt sie den besten Apfelkuchen, den ich je gegessen habe. Und Eleanor Monroe liebt Tee.

»Da kann ich wohl schlecht Nein sagen«, gebe ich nach.

»Nein, kannst du nicht. Also los, bevor meine Füße abfrieren.«

Mit einem mulmigen Gefühl folge ich ihr die wenigen Meter bis zur Eingangstür.

»Wo kommst du überhaupt so früh her?«, frage ich sie, als sie die Tür aufschließt und mir ein warmer Luftstoß entgegenschlägt.

»Vom Bäcker. Ich habe Dion und Abbie versprochen, dass wir zusammen frühstücken, nachdem ich gestern die Party habe sausen lassen.«

Ich bin mir sicher, Cam war der Grund dafür. Partys und er sind ein schwieriges Thema. Er hat nie mit mir über den Abend geredet, der sein Leben verändert hat. Aber das muss er auch nicht. Bevor ich ihn nach Waterbury geschickt habe, habe ich meine Hausaufgaben gemacht. Es ist nicht schwer, einen Menschen zu einer gläsernen Figur zu machen. Nahezu jeder hinterlässt digitale Spuren, denen Leute wie ich einfach nur folgen müssen.

Einen Moment zögere ich, bevor ich den Bungalow betrete. Gedanklich gehe ich die möglichen Szenarien durch, die sich in den nächsten Minuten ereignen könnten.

Option eins: Ich komme hier wieder raus, bevor ihre Freundinnen aufwachen.

Option zwei: Ich schaffe es nicht, ergebe mich dem missbilligenden Blick ihrer Freundin Dion, weil sie mir nicht über den Weg traut.

Dass es so ist, war spätestens bei dem Treffen in den Hamptons klar. Ich passe nicht in das Idealbild der Leute, die sie in ihrer Nähe duldet. Nicht, dass ich scharf darauf wäre, aber sie könnte mit ihrem einnehmenden Wesen für unnötige Spannungen sorgen.

Und dann hätten wir noch Abbie, die aller Wahrscheinlichkeit nach die halbe Nacht damit verbracht hat, über das nachzudenken, was gestern Abend geschehen ist. Ihr Verstand funktioniert auf ähnliche Weise wie meiner. Sie analysiert Verhaltensweisen. Spielt Möglichkeiten durch. Wägt Konsequenzen ab. Bevor sie sich von mir küssen ließ, wusste sie bereits, dass hinter der nächsten Ecke Schwierigkeiten lauern würden. Und sie hatte recht. Warum sie es dennoch zuließ, schreibe ich ihrem Stolz zu. Sie wollte beweisen, nicht langweilig zu sein. Etwas, das sie absolut nicht nötig hat. Niemand sollte sich zu Dingen hinreißen lassen, um anderen irgendwas zu demonstrieren.

Man muss kein Genie sein, um Abbie zu durchschauen, aber irgendwas versteckt sich in ihr, das ich nicht zu fassen bekomme. Und ich bin verdammt gut darin, Menschen wie einen Quellcode zu lesen, der ihren Aufbau erklärt. Dennoch, so richtig schlau werde ich aus Abbie nicht und das macht mich verrückt. Weil Hacker erst aufgeben, wenn sie das System geknackt haben. Es ist wie ein Zwang. Wer aufgibt, verliert, und ich hasse es zu verlieren. Also werde ich früher oder später das tun, was ich lassen sollte. Ich werde Abbie Westing zu meinem nächsten Hack machen. Weil ich einfach nicht widerstehen kann. Weil mir über den Teil meines Verstandes wahrhaftig die Kontrolle fehlt und ich ein Opfer meiner eigenen Neugier bin.

Ich folge Aspen durch den Flur in Richtung Küche. Mein Blick bleibt nicht länger an Abbies Zimmertür hängen, als man für einen Mausklick benötigt, aber dennoch lange genug, dass sich mein Gedankenfaden wie um eine Spule aufwickelt.

Abbie denkt über Dinge nach, die für viele völlig irrelevant sind. Zum Beispiel: *Wie nennen sich die Enden von Schnürsenkeln?* oder *Wie wahrscheinlich es ist, von einem Hai gebissen zu werden?* Mein Highlight: *Wonach riecht Sommerregen?* Die Antwort ist weniger romantisch, als man vermutet. Der Geruch kommt aus dem Chemiebaukasten der Natur. Pflanzenausdünstungen, Steinstaub, Streptomyzeten und Luftfeuchtigkeit vermischen sich. Lediglich die Erinnerungen, die wir mit einem warmen Sommerregen verbinden, machen ihn zu etwas Besonderem. Oder auch nicht.

Wenn es regnet, denke ich zwangsläufig an den siebzehnten Juli und alles, was mich hierhergeführt hat.

Was die Sache mit dem Hai betrifft, hier liegt die Wahrscheinlichkeit bei eins zu 3,7 Millionen. Es ist realistischer, bei einem Feuerwerk zu verunglücken.

Abbie sieht sich True-Crime-Dokus an und hat ein Abo für Hörbücher, Duftkerzen und ihr wöchentliches Horoskop. Jedenfalls sind das die Antworten, die mir ihr Google-Suchverlauf und ein Blick in ihre Kontobewegungen gegeben haben.

Erwähnte ich bereits, wie leicht die meisten es Menschen wie mir machen?

# 7.

## ABBIE

Ein Lachen, das eindeutig nicht zu meinem wirren Traum gehört, reißt mich aus dem Schlaf. Für einen Augenblick glaube ich, es mir nur eingebildet zu haben, bis dieses Geräusch erneut gedämpft durch meine geschlossene Zimmertür dringt.

Ich hangle das Handy vom Nachtschrank. Neun Uhr. Nach dem gestrigen Abend eindeutig zu früh. Ich lege das Smartphone zurück, drehe mich auf die Seite und ziehe mir die Decke über den Kopf. Es dauert nicht länger als zwei Minuten, bis die Neugier darüber, was sich draußen abspielt, gewinnt. Mit einem lauten Seufzen klettere ich aus dem Bett. Dann fällt mir ein, dass ich mit Dion und Aspen zum Frühstück verabredet bin. Allerdings ist es unwahrscheinlich, dass Dion bereits wach ist. Sie ist Langschläferin.

Unentschlossen lausche ich an der Tür, bevor ich sie öffne. Ein seltsames Gefühl macht sich in meiner Magengegend breit, als ich in den Flur hinaustrete, ohne zu wissen, woher es kommt. Es ist einfach da. Aber es sorgt dafür, dass ich zögere, bevor ich den Wohnbereich betrete.

»Oh, hey, haben wir dich geweckt?«

In dem Moment, in dem ich in die Richtung sehe, aus der Aspens Stimme kommt, dreht sich die Person um, die mit dem Rücken zu mir am Esstisch sitzt. Unsere Blicke treffen sich. Mein Puls nimmt augenblicklich an Fahrt auf. Jasper hingegen wirkt gänzlich unbeeindruckt von meiner Anwesenheit. Seine Miene verrät rein gar nichts. Kein Anflug von Nervosität, Unbehagen … Freude. Absolut nichts.

»Ja, mehr als fünf Stunden Schlaf wären toll gewesen«, sage ich und gähne zur Verdeutlichung.

»War es noch nett gestern?« Jetzt zeigt Jasper doch eine Reaktion, denn sein linker Mundwinkel zuckt, als würde er sich ein Grinsen verkneifen.

»Du warst auch auf der Party?«, fragt Aspen überrascht, während ich wie angewurzelt im Türrahmen stehe. Weil ich keine Ahnung habe, ob ich mich zu ihnen an den Tisch setzen oder das Weite suchen soll.

»Nur kurz. Dabei sind wir uns über den Weg gelaufen«, antwortet Jasper fast schon gelangweilt. Als wäre unsere Begegnung bedeutungslos gewesen. Vielleicht war sie das auch. Nur fühlt es sich nicht danach an. Vielmehr habe ich die Vermutung, dass wir mit dem Kuss den ersten Dominostein angestoßen haben und nun einer nach dem anderen fallen wird.

»Du scheinst dich ja von deiner besten Seite gezeigt zu haben, wenn Abbie guckt, als wärst du aus der Hölle gestiegen.«

Für einen Wimpernschlag presst er die Lippen aufeinander. Lippen, die gestern auf meinen lagen. Ich sollte dringend damit aufhören, diesen Moment immer wieder gedanklich durchzuspielen. Aber ich kann nicht verhindern, dass genau das passiert und die Erinnerung daran ein Kribbeln hinterlässt.

Sein Blick heftet sich auf meinen Mund und ich bin mir sicher, dass er gerade dieselben Bilder in seinem Kopf sieht wie ich. In der nächsten Sekunde fixiert er mein Gesicht. Skepsis. Neugier. Missfallen. In seinen braunen Augen liegen so viele Gefühle, dass sie beinahe greifbar sind, würde ich die Hand danach ausstrecken.

Als ich auf ihn zugehe, steht er auf.

»Ich muss los. Danke für den Tee. Wir sehen uns, kleine Hill.«

Bevor sie ihm antworten kann, tritt er vom Tisch zurück und kommt geradewegs auf mich zu. Einen winzigen Moment hält er in der Bewegung inne, als er auf meiner Höhe ist. Ich halte seinem Blick stand. Mein Herz rast. Er beugt sich zu mir herunter, bis seine Lippen viel zu nah an meinem Ohr sind und ich seinen Atem auf meiner Haut spüre.

»Hübscher Pyjama. Ich mag Punkte«, flüstert er amüsiert und richtet sich wieder kerzengerade auf. Ich sehe an mir herab. Es dauert einen Augenblick, bis ich die Anspielung verstehe. Es ist derselbe Schlafanzug, den ich in den Hamptons trug, als wir uns einen Eisbecher geteilt haben.

»Danke.« Ich versuche mir nicht anmerken zu lassen, wie sehr mich diese Situation gerade verwirrt, scheitere allerdings, weil ich ihm nachsehe, während er im Flur verschwindet. Erst als die Tür ins Schloss fällt, drehe ich mich zu Aspen um.

Wissend grinst sie mich an. »Spuck es aus! Was habe ich gestern Abend verpasst?«

»Was wollte er hier?«, stelle ich eine Gegenfrage und setze mich zu ihr an den Tisch. Und zwar auf den Platz, auf dem Jasper zuvor gesessen hat. Weil ich immer dort sitze. Ich betrachte die halb volle Teetasse und schmecke den Schwarztee wie eine verbotene Frucht auf meinen Lippen. Arr!

»Wer war hier?«, ertönt im denkbar ungünstigsten Augenblick Dions verschlafene Stimme.

»Niemand«, rutscht es mir eher heraus, als dass die Antwort bewusst meinen Mund verlässt. Dion hat das unschlagbare Talent, immer dann aufzutauchen, wenn man sie am wenigsten gebrauchen kann. An ihrer hochgezogenen rechten Augenbraue erkenne ich, dass das hier so richtig unangenehm werden wird.

»Soso, Niemand. Warum läufst du dann rot an?«, zieht sie mich mit leicht spöttischem Ton auf.

Ich sehe zu Aspen, die pantomimisch ihre Lippen versiegelt, ohne dass Dion es sieht.

»Ich weiß genau, was du hinter meinem Rücken veranstaltest, Darling.« Noch so etwas, das unsere Freundin erstklassig beherrscht: Ihr entgeht nichts. Fast nichts. Sobald Henry in der Nähe ist, kommt man unbemerkt an ihr vorbei. Was sie natürlich niemals zugeben würde, weil das zwischen den beiden ja ganz unverbindlich ist.

Ähnlich wie Jasper zuvor fixiert Dion mich mit ihrem Blick. Bei ihr ist es allerdings um einiges effektiver. Wir kennen uns seit dem Kindergarten. Mich in die Knie zu zwingen, um an Informationen zu kommen, hat sie über Jahre perfektioniert. Sie wird nicht lockerlassen.

»Jasper«, weihe ich sie ein.

»Und was wollte er hier?«

»Ich war gerade dabei, das herauszufinden, bevor du um die Ecke gekommen bist«, antworte ich ungewohnt schnippisch.

»Abbs, du klingst schon wieder so gereizt.« In einer anmutigen Bewegung sieht sie über ihre Schulter zu Aspen. »Weißt du, was mit unserer Freundin los ist? Sie benimmt sich anders als gewöhnlich«, fragt sie, als würde ich mich nicht mit den beiden in einem Raum befinden.

»Findest du?«, hakt Aspen nach und lässt sich tatsächlich auf diese Unterhaltung ein.

»Ja, sie ist zickig. Abbie ist nie zickig.«

Ernsthaft?

»Hallo, ich bin immer noch hier«, werfe ich ein.

Dion sieht wieder zu mir. »Stimmt, dann kannst du meine Fragen ja beantworten. Zum Beispiel, mit wem du gestern auf der Party rumgeknutscht hast? Versuch gar nicht es abzustreiten, Paula hat euch gesehen.«

Paula Stuart, Henrys beste Freundin, steht Dion in Sachen Tratsch in nichts nach. Die beiden ergänzen sich großartig. Ich mag sie nicht besonders, was hauptsächlich an ihrer oberflächlichen Art liegt. Aber ich würde sagen, die Antipathie beruht auf Gegenseitigkeit, denn sie sieht mich stets angewidert an.

Dion zieht ihr Smartphone aus der Tasche ihres champagnerfarbenen Morgenmantels. »Außerdem gibt es das hier!« Demonstrativ hält sie mir das Display vor die Nase.

Habe ich wirklich gehofft, ihr diese Sache unterschlagen zu können? Wie naiv von mir zu glauben, dass ihr genau das am gestrigen Abend entgangen sein könnte. Es ist Dion. Die Gossip-Queen der Upperclass.

Glücklicherweise wurde das Foto aus einem Winkel geschossen, aus dem man Jasper eher erahnen als erkennen kann. Wenn man nicht weiß, dass er es ist, könnte es jeder auf der Party gewesen sein.

»Zeig mal her!« Aspen hat ihre Worte kaum ausgesprochen, da entreißt sie Dion das Beweisstück.

Oh, oh! Wenn Aspen die Augenbrauen derart zusammenzieht, bedeutet das, sie hat Lunte gerochen.

Sie streckt den Arm aus, um das Foto aus der Distanz zu betrachten. Dann verringert sie den Abstand wieder. »Warte … hä?«

Ich würde ihr gern das Handy wegnehmen und es in den Mixer stecken. Aber es wäre sinnlos. Hat Aspen erst mal Witterung aufgenommen, ist es nur eine Frage der Zeit, bis sie dahinterkommt.

»Ist das …«

Gedanklich zähle ich die Sekunden, die sie braucht, um das Rätsel zu lösen. Drei … vier …

Aspen legt das Handy auf dem Tisch ab und zoomt mithilfe von Daumen und Zeigefinger unsere Gesichter heran.

Sieben … acht …

»Ist das Jasper?«

Game over.

Ihr Kopf schnellt in meine Richtung. Verwirrt sieht sie mich an. »Du hast Jasper geküsst?«

»Er hat mich geküsst«, platze ich heraus.

»Du hast den floralen Hemdträger geküsst?«, fragt Dion entsetzt. Wow, sie ist aufrichtig schockiert.

»Doch nicht freiwillig«, erkläre ich knapp.

»Was, Jasper hat dich dazu gezwungen?« Jetzt klingt Aspen ein wenig panisch. Sie versteht eindeutig etwas falsch.

»Herrje, natürlich nicht. Wie kommst du denn darauf?«

»Weil du gerade gesagt hast, du hättest ihn nicht freiwillig geküsst«, wiederholt sie meine Worte.

»Das war wegen diesem bescheuerten Spiel.«

»Spiel?« Jetzt ist sie gänzlich verwirrt. Ich sehe zu Dion, die sich mit einem frisch gepressten Glas Orangensaft zu uns an den Tisch setzt.

»Könntest du es ihr vielleicht erklären? Immerhin hast du mich in die Sache hineingezogen, als du mich dazu überredet hast, auf Henrys Party zu gehen«, wende ich mich Hilfe suchend an sie. Um diese Unterhaltung komme ich ohnehin nicht herum. Die beiden werden mich nicht ohne eine Erklärung aus dem Raum marschieren lassen.

Abwartend sieht Aspen zu Dion, die ein leises Seufzen von sich gibt.

»Jedes Jahr im Januar wird unter den Studierenden *Secret Enemy* gespielt.«

»Es gibt ein Spiel, das *Secret Enemy* heißt?«

»Es ist nicht das, was du jetzt denkst. Der Name ist ein Überbleibsel aus den Anfängen des Spiels.«

»Wie lange gibt es das denn schon?«, frage ich. Bisher habe ich mir keinerlei Gedanken zu den Hintergründen gemacht, sondern mich lediglich mit der Höhe des Preisgeldes beschäftigt. Aber Dion scheint mehr darüber zu wissen.

»Laut Henry seit den Fünfzigern. Damals lief es allerdings ganz anders ab. Es war Teil eines Aufnahmerituals für eine Studierendenverbindung. Sie haben Briefe verschickt und behauptet, dein Geheimnis zu enthüllen, wenn du die gestellten Aufgaben nicht erfüllst. In Wirklichkeit war es ein Test, wie weit man geht, um seine Geheimnisse zu wahren. Hat man sich bewährt, erhielt man die Chance, in die ominöse Verbindung aufgenommen zu werden. Die Anforderungen waren wohl teilweise sehr heftig. Angeblich ist Ende der Achtziger ein Studierender dabei verunglückt. Daraufhin wurden in Waterbury Studierendenverbindungen verboten. Das Spiel existiert allerdings nach wie vor. Inzwischen geht das Ganze deutlich ungefährlicher vonstatten und dient ausschließlich der Unterhaltung.«

»Und deine Aufgabe war es, Jasper zu küssen?«, fragt Aspen ungläubig, während sie mich mustert.

»Nein, ich sollte eine Person küssen, die ein gelbes Kleidungsstück trägt. Er war die einzige Option.«

»War er das?«, hakt Dion nach.

»Ich hatte die Wahl zwischen einem Typen in einem Minion-Pullover und Jasper. Er stand zufällig neben mir.« Das ist zwar nicht die vollständige Version der Geschehnisse, aber irgendwie ist es so abgelaufen. Jasper hat sich selbst angeboten. Okay, das ist gemein. Es war eher so, dass er die Erfüllung der Aufgabe unkompliziert gemacht hat, indem er sich zur Verfügung gestellt hat. Gut, das klingt auch nicht unbedingt besser.

»Er stand zufällig neben dir?«, fragt Aspen ungläubig.

»Ja«, bestätige ich.

»Und er hat sich einfach so von dir küssen lassen?« Aspen will auf etwas hinaus, aber ich kann ihr nicht folgen.

»Er hat mich geküsst«, wiederhole ich. Keine Ahnung, warum mir dieses Detail des Hergangs so wichtig ist. Vielleicht, weil ich nicht durch die Gegend renne und meine Lippen auf die anderer Leute presse und weil es mir unangenehm ist, meine Freundinnen könnten das annehmen. Was Quatsch ist. Die beiden kennen mich. Ich bin die anständige Abbie, die in ihrer Komfortzone feststeckt.

»Aber es war deine Aufgabe, nicht seine?«, lässt Aspen nicht locker. Was übersehe ich?

»Spielt das eine Rolle?«

»Es ist … na ja … es ist Jasper.«

»Was genau willst du uns damit sagen?«, fragt Dion, bevor ich es kann. Aber ich bin nicht weniger an der Antwort interessiert.

»Ihr habt ihn kennengelernt. Jasper ist nicht unbedingt der Typ, der selbstlos handelt. Wenn er dir bei der Erfüllung der Aufgabe geholfen hat, dann aus einem bestimmten Grund.«

Ja, weil das unser Deal ist. Wir ziehen das Spiel gemeinsam durch. Nicht mehr und nicht weniger. Jedenfalls ist das gestern Abend der Stand gewesen, inzwischen dürfte das hinfällig sein. So wie er mich eben angesehen hat, sind wir alles, nur nicht *partner in crime*.

»Ich ahne, worauf der florale Hemdträger scharf gewesen ist.«

Bei Dions Kommentar kann ich mir ein Augenrollen nicht verkneifen. Darauf war Jasper ganz gewiss nicht aus.

»Vielleicht wollte er einfach nur nett sein«, gebe ich zu bedenken und verteidige damit seine ehrenwerten Absichten.

»Ja, das wird es sein«, erwidert Aspen.

Aus irgendeinem Grund nehme ich ihr das Lächeln nicht ab. Das Gefühl von Skepsis macht sich rasend schnell in meiner Brust breit. Irgendwas stimmt hier doch nicht.

»Okay, lasst uns frühstücken und dabei erklärt ihr mir, wie genau dieses Spiel abläuft.«

Mein Misstrauen verstärkt sich, als Aspen von ihrem Stuhl aufspringt und regelrecht in Richtung Kühlschrank flüchtet.

Ich stehe ebenfalls von meinem Platz auf, um Aspen beim Tischdecken behilflich zu sein, während Dion sich ihrem Smartphone widmet.

»Was hattest du eigentlich für eine Aufgabe?«, frage ich Dion, als ich wenige Augenblicke später drei Teller auf den Tisch stelle.

»Ich musste die erste Strophe der Nationalhymne fehlerfrei rückwärts aufsagen.«

»Wirklich? Kennst du die überhaupt?«, ziehe ich sie auf.

»Sehr witzig. Nicht nur zickig, sondern seit Neustem auch ein Spaßvogel«, spottet sie.

»Seid nett zueinander«, ermahnt uns Aspen scherzhaft.

»Aber um deine Frage ernsthaft zu beantworten: Nach Henrys Spezialbowle ist vorwärts schon eine Herausforderung. Er war so nett und hat sie für mich aufgeschrieben. Ich habe sie unauffällig abgelesen, während er gefilmt hat.«

»Was kann man denn bei dem Spiel gewinnen?«, fragt Aspen.

»Ruhm, Ehre«, antwortet Dion. *Und fünfundzwanzigtausend Dollar,* füge ich stumm hinzu. Für Dion spielt das Geld keine Rolle, ihre Familie hat genug davon. Es wundert mich also nicht, dass sie dieses Detail unerwähnt lässt.

Aspen sieht mich fragend an.

»Du kannst dir den Campusthron unter den Nagel reißen. So wie Henry die vergangenen Jahre. Macht ihn das eigentlich unantastbar?« Meine Frage richtet sich an Dion. Das Preisgeld lasse ich bewusst unter den Tisch fallen. Weil wir nie über Geld reden. Sie würden misstrauisch werden, würde ich es ansprechen. Eigentlich will ich nur nicht, dass sie sich ebenfalls Sorgen machen. Es reicht, wenn sich eine von uns über meine Zukunft den Kopf zerbricht.

»Sei nicht albern. Natürlich verschafft ihm das keine Vorteile. Ich meine, sein Dad hat bis vor wenigen Wochen das College geleitet und Henry ist trotzdem durch die Abschlussprüfung in Psychologie gefallen.«

Ja, es ist wirklich beruhigend zu wissen, dass er dahingehend keine Sonderbehandlung genießt.

»Und wer veranstaltet *Secret Enemy*?«, fragt Aspen.

»Das ist das wohl bestgehütete Geheimnis des Waterbury College. Aus Henry war in dem Punkt nichts herauszubekommen. Und ich habe so meine Methoden, alles aus ihm herauszuquetschen. Ich bin mir sicher, er hat keine Ahnung. Er konnte mir nur sagen, dass die Spielausrichtung an den Gewinner des Vorjahres weitergereicht wird, weswegen er die Party veranstaltet und die Einladungen verteilt. Seine Aufgabe besteht ausschließlich darin, den Gastgeber zu spielen. Nachdem er das erste Mal gewonnen hat, stand wohl zum Ende des Semesters ein Paket auf dem Esstisch. Darin befanden sich die Umschläge und Anweisungen zum Spiel. Seit ein paar Jahren steckt *Secret Enemy* in einer App, die nur während des Zeitraums des Spiels aktiv ist. Tja, das wars, mehr weiß ich nicht.«

»Eine App? Darf ich mal sehen?« Aspens Neugier ist geweckt.

»Klar.« Dion tippt auf das Icon. *Secret Enemy* öffnet sich. Dann reicht sie ihr Smartphone Aspen.

»Was passiert, wenn ich auf das Glücksrad tippe?«

»Damit erspielst du deine Aufgaben.«

»Warum funktioniert es nicht?«, fragt sie, als nichts geschieht.

»Die nächste Aufgabe lässt sich erst nächsten Sonntag freischalten. Dann bleiben einem vierundzwanzig Stunden, um sie zu erfüllen. Je nach Aufgabe und wie schnell sie gemeistert wird, erhält man eine Punktzahl.«

Ich rücke mit dem Stuhl näher an Aspen heran, denn jetzt hat Dion auch meine Neugier geweckt. Henry hat sich gestern eher vage geäußert. Er ist einfach davon ausgegangen, jeder wüsste, worum es sich bei dem Game handelt. Wusste Jasper davon? Wenn ja, woher? War er deswegen auf der Party? Wie zufällig war unsere Begegnung? Warum ist er so schnell verschwunden?

Die Fragen ploppen wie Mikrowellenpopcorn in meinem Kopf auf.

»Cool, es gibt eine Galerie«, sagt Aspen begeistert und unterbricht damit mein Gedankenpopcorn. Sie tippt auf das Symbol, das Ähnlichkeit mit einem Bilderrahmen aufweist. Es dauert einen winzigen Moment, bis sich eine ganze Reihe an Fotos und Videos öffnet.

Was, es gibt eine öffentliche Fotogalerie? Das bedeutet … jeder kann sehen, welche Aufgabe man erfüllt hat. Ich hatte angenommen, es bliebe geheim. Wozu ein Nickname, wenn man nur auf einen Button klicken muss, um alles zu enthüllen?

Munter scrollt sie sich durch das Beweismaterial.

»Hat Jasper sich ernsthaft Erdnussflips in die Nase gesteckt?« Aspen lacht.

Ich betrachte das Foto von uns beiden eingehend. Das war, kurz bevor wir uns geküsst haben. Nervös knete ich meine Finger unter dem Tisch. Wie viele haben das Bild gesehen? Lässt es sich löschen? Mir wird flau im Magen.

»Ist das Will aus unserem Wirtschaftskurs?«

»Ja, das ist William Sullivan jr., der nur mit seinen Boxershorts und einem Seidenschal bekleidet auf dem Küchentresen steht und Edgar Allan Poe rezitiert.«

»Wow, das Sixpack hätte ich ihm gar nicht zugetraut«, merkt Aspen an, bevor sie weiterscrollt. Unser Kussfoto, diesmal im perfekten Winkel, taucht auf dem Display auf. Was als Nächstes geschieht, ist mehr ein Reflex als eine durchdachte Handlung, denn ich schnappe mir das Smartphone und werfe es mit einer schwungvollen Bewegung in Richtung Sofa. Es grenzt an ein Wunder, dass es nicht im Flatscreen landet.

»Bist du übergeschnappt? Das ist meins!«, entfährt es Dion. Aspen hingegen lacht.

Erschrocken reiße ich die Augen auf. Herrjemine.

»Entschuldige«, sage ich und springe hastig vom Stuhl auf, um Dions Handy aufzuheben. Glücklicherweise hat es keinerlei Kratzer davongetragen. Ein Hoch auf den Flokatiteppich, auf dem es gelandet ist. Mit schuldbewusster Miene gebe ich es ihr zurück. Sie dreht es, um es nach Schäden abzusuchen, und seufzt erleichtert, als sie feststellt, dass es intakt ist.

»Mach das nie wieder, sonst befördere ich deine Schneekugelsammlung auf den Sperrmüll.« Das Schmunzeln auf ihren Lippen nimmt ihren Worten die Schärfe.

»Kommt nicht wieder vor. Keine Ahnung, was da gerade in mich gefahren ist.«

»Du meinst wohl eher, wer! Auf dem Foto wirkt es nicht, als hätte es euch viel Überwindung gekostet«, sagt Dion streng.

Dass ich ausgerechnet Jasper geküsst habe, kommt einem Hochverrat gleich. Weil *wir* Jasper nicht ausstehen können. Nicht sie.

»Ihr seht süß zusammen aus«, merkt Aspen an.

»Können wir bitte nicht Jasper und mich thematisieren?«

»Also ich hätte da durchaus ein paar Fragen, Sweetheart«, zischt Dion.

Die Sache geht ihr wirklich gegen den Strich. Und auch wenn es sich nicht so gut anfühlen sollte, genieße ich es, mich ihr widersetzt zu haben, indem ich ausgerechnet den Feind geküsst habe. Irgendwie jedenfalls. Jasper ist nicht wirklich der Feind, aber so hat mein Handeln deutlich mehr Gewicht.

»Verdammt, die Eier!« In dem Augenblick, als Aspen wie von der Tarantel gestochen aufspringt, steigt mir ein beißender Geruch in die Nase.

# 8.

## JASPER

Tag 6 in Waterbury. Es ist kurz vor drei und ich sitze auf einer der Bänke im Park. Bei den Temperaturen sind kaum Studierende auf dem Collegegelände unterwegs. Was wirklich angenehm ist. Ich mag die Stille, ohne dass es wirklich still ist. Es ist menschenstill.

Ich ziehe das Smartphone aus der Tasche, um Cam eine Nachricht zu schicken, dass ich den Einkauf bereits erledigt habe und diesmal auch an den Cranberrysaft, Cornflakes und Toilettenpapier gedacht habe, als das Geräusch von Schritten meine Aufmerksamkeit erweckt. Ich hebe den Kopf. Die Kapuze seiner Jacke tief ins Gesicht gezogen, läuft *er* an mir vorbei. Er nimmt nicht einmal Notiz von mir. Versucht sich möglichst unauffällig zu geben, was ihm nicht gelingt und deshalb meine Neugier weckt.

Ich gebe ihm etwas Vorsprung, dann folge ich ihm. Als er sich auf eine Parkbank setzt, schlage ich eine andere Richtung ein, bevor er mich entdeckt. Aber ich entferne mich nur so weit, dass ich ihn immer noch im Blick habe. Leider kann ich auf die Entfernung, und weil er den Kopf gesenkt hält, sein Gesicht nicht erkennen.

Aus der entgegengesetzten Richtung kommt jemand mit schnellen Schritten über den Rasen gelaufen. Ebenfalls die Kapuze tief ins Gesicht gezogen, die Hände in den Taschen vergraben. Es ist offensichtlich, dass sein Ziel die Parkbank ist. Aber es ist auch nicht zu übersehen, wie nervös er ist.

Mit dem Smartphone mache ich ein Video von den beiden. Halte fest, wie Drogen und Geld den Besitzer wechseln. Nachdem die Übergabe abgeschlossen ist, trennen sich ihre Wege genauso schnell, wie sie sich gekreuzt haben.

Ich hefte mich an die Fersen des Kerls, dem ich zuvor schon gefolgt bin. Er biegt zum Hauptgebäude ab und läuft dann auf das Café zu. Prompt beschleunige ich meine Schritte und betrete nur einen Augenblick nach ihm das Gebäude. Ich lasse einem Pärchen, das gerade durch die Tür kommt, den Vortritt und reihe mich in der Schlange hinter ihnen ein. Nachdem er ein paar Worte mit der Bedienung gewechselt hat, marschiert er davon. Bevor mein Blick ihm folgen kann, lenkt die Blondine hinter dem Tresen meine Aufmerksamkeit auf sich.

»Hey, was bekommst du?«

»Einen schwarzen Tee, bitte«, gebe ich meine Bestellung auf. Flüchtig werfe ich einen Blick über die Schulter. Verdammt, wo ist er hin? Er muss die Jacke ausgezogen haben. Und damit könnte er nun jeder in diesem Raum sein.

»Hey, ist der Tee zu Hause aus?«, ertönt Camerons Stimme rechts von mir.

Ich wende mich ihm zu. »So ähnlich.«

»Bekommst du auch was?«, fragt die Bedienung Cam.

»Einen Kaffee, schwarz, zum Mitnehmen.«

Erneut sehe ich mich um. *Du kannst dich nicht in Luft aufgelöst haben und ich werde dich finden.*

»Mach zum Hiertrinken draus«, sage ich zu Cam, drücke ihm zehn Dollar in die Hand und gehe auf einen der freien Tische zu, der mir die beste Sicht ermöglicht. Mein Blick wandert von einem Tisch zum nächsten. Über der Rückenlehne der Stühle hängen überwiegend schwarze Jacken. So werde ich ihn nicht ausfindig machen.

Drei Tische rechts von mir sitzt eine kleine Gruppe, die meine Aufmerksamkeit erregt. Einer davon ist der Typ, der auf der Party die QR-Codes ausgeteilt hat. Die Blondine neben ihm sagt mir aus Gründen auch etwas. Mit dem Rücken zu mir sitzt ein Kerl mit dunklen Haaren und rotem Pullover. Über seiner Stuhllehne hängt eine schwarze Jacke. Mein Instinkt flüstert mir zu, ich bin ziemlich nah dran.

Ich sehe zu dem Kerl, der neben ihm sitzt und gerade einen braunen Umschlag von ihm entgegennimmt, den er in seinem Rucksack verschwinden lässt. Für einen kurzen Moment erhasche ich einen Blick auf sein Gesicht, als er über seine Schulter sieht. Henry Walls. Natürlich, wer auch sonst.

»Will ich wissen, warum du so selbstgefällig grinst?«, fragt Cam, als er das Tablett auf dem Tisch abstellt.

»Nein«, antworte ich und nehme mir den Tee.

Cameron setzt sich mir gegenüber. »Was hast du heute getrieben? Du warst bereits vor dem Frühstück weg.«

»Ich hatte was zu erledigen.«

»Und was?«

»Wo hast du Aspen gelassen?«, ignoriere ich seine Frage.

»Verbringt den restlichen Tag mit ihren Freundinnen, damit sie sich nicht von ihr vernachlässigt fühlen.«

»Verstehe.«

»Wenn du also nichts anderes geplant hast, könnten wir einen Männerabend machen«, schlägt er vor.

Als Reaktion ziehe ich eine Augenbraue hoch.

»Du sprühst richtig vor Begeisterung.«

»Okay, rein hypothetisch, wie würde so ein Männerabend bei uns beiden denn ablaufen? Unsere Interessen sind doch recht unterschiedlich.« Cam und ich verbringen nicht auf diese Art Zeit miteinander. Wir gehen weder gemeinsam in eine Kneipe noch zu einer Sportveranstaltung oder was auch immer Männer zusammen tun. Unsere Beziehung basiert auf Unterhaltungen und der Tatsache, dass wir jetzt unter einem Dach leben.

»Wir könnten eine Runde Schach spielen. Ich habe das Brett auf deinem Schreibtisch stehen sehen.«

»Du warst in meinem Zimmer?«

»Ja, vorhin. Ich habe nachgesehen, ob du da bist.«

»Wenn du an eine Tür klopfst und keine Antwort erhältst, gibt es dafür zwei Möglichkeiten. Entweder die Person hat wenig Interesse an einer Begegnung oder sie ist nicht da. In beiden Fällen solltest du ihre Privatsphäre respektieren und nicht einfach reinmarschieren«, sage ich schroff.

»Sorry, ich wollte deine Privatsphäre nicht verletzen. Vielmehr habe ich mir Sorgen gemacht und wollte wissen, ob bei dir alles okay ist«, erwidert er beschwichtigend. Dass es ihm leidtut, macht es nicht besser.

»Wie kommst du darauf, dass man sich um mich sorgen muss?«

»Weil du seit unserer Ankunft in Waterbury noch unausstehlicher als gewöhnlich bist.«

»Mit mir ist alles in Ordnung.«

»Also falls du jemanden für eine Partie brauchst und nicht nur gegen dich selbst spielen willst, ich war in der Highschool im Schachclub und bin ein ernst zu nehmender Gegner.«

»Ich spiele nicht gegen mich selbst«, stelle ich klar.

»Verarschst du mich gerade?« Ungläubig sieht er mich an.

»Was du auf dem Spielbrett gesehen hast, ist der Spielstand einer Partie von vor über einem Jahr, die nicht beendet ist.« Seit achtzehn Monaten und sechs Tagen, um genau zu sein. So lange ist es her, dass Noah mir per Kurznachricht seinen letzten Zug mitgeteilt hat.

»Warte, du spielst seit einer Ewigkeit gegen jemanden eine Schachpartie?« Die Fragezeichen in seinen Augen sind unübersehbar, aber ich bin nicht gewillt näher darauf einzugehen.

»Kennst du die Rothaarige?«, frage ich und deute mit dem Kinn in Richtung des Tisches, an dem eine Gruppe sitzt, die mich nicht im Geringsten interessiert.

»Weichst du mir absichtlich aus?«, will er wissen. Dennoch sieht er über seine Schulter. »Welche von den beiden meinst du?«, hakt er nach.

Keine von beiden. »Die in der grünen Bluse.«

»Nein, aber wir könnten heimlich ein Foto machen und ich frage Aspen, ob sie Dion ausquetscht. Sie wird es wissen. Sie kennt vermutlich jeden hier.«

Sein Ernst? Würde sie mich tatsächlich interessieren, würde ich rübergehen und sie ansprechen.

»Nicht nötig. Ist auch nicht so wichtig.«

»Warum fragst du dann überhaupt?«

»Um deinen Fragen auszuweichen«, antworte ich und grinse.

Für die nächsten fünf Minuten schweigt Cam und starrt gedankenverloren in seine Kaffeetasse, während ich den Tee austrinke.

Drei Tische weiter kommt Bewegung in die Gruppe, als sie sich allmählich auflöst. Das ist mein Zeichen.

»Können wir los?«

»Ja«, erwidert Cam angepisst. Ich verstehe ihn, aber es ändert nichts daran, dass ich ihm nicht alles erzählen kann und ihn nur so nah an mich heranlasse, wie es für mich erträglich ist.

Statt den direkten Weg einzuschlagen, gehe ich an dem Tisch vorbei und sehe den Kerl im roten Pullover an. Für den Bruchteil einer Sekunde treffen sich unsere Blicke. Gerade so lange, dass ich mir sein Gesicht einprägen kann, und doch so kurz, dass er nicht ahnt, dass unsere Begegnung keine zufällige ist.

»Wie laufen deine Kurse?«, frage ich Cam, als wir auf dem Weg zum Bungalow sind. Eine seiner positiven Eigenschaften ist, dass er nie lange schmollt oder nachtragend ist. Egal, wie oft ich ihn vor den Kopf stoße, er wendet sich nicht von mir ab. Manchmal frage ich mich, warum er es nicht einfach tut. Was er in mir sieht, das ich selbst nicht sehe.

Die nächste Viertelstunde erzählt er von seinem Architekturprojekt, das er in diesem Semester umsetzen muss, und dass der Professor in Geschichte so monoton spricht, dass er nur mit Mühe nicht beim Zuhören wegnickt. Als er mich nach meinen Kursen fragt, weiche ich ihm erneut aus. Weil ich keine Ahnung habe. Dazu müsste ich sie besuchen, was ich nicht tue, weil mich nichts weniger interessieren könnte, als mit vielen Menschen in einem stickigen Raum zu sitzen. Also lenke ich unsere Unterhaltung auf seine Pläne für das bevorstehende Wochenende und bin tatsächlich überrascht, als er mir mitteilt, er werde mit Aspen nach Manhattan fahren, um ihre Mom kennenzulernen.

»Dann wird es jetzt also so richtig ernst«, scherze ich.

»Warum, weil Aspen mir ihre Mom vorstellen will?«

»Aspen stellt dir nicht ihre Mom vor, du wirst in die Gesellschaft eingeführt. Du bekommst ein gratis Upgrade in die Upperclass.«

»Das klingt, als müsste ich Angst haben«, spottet er.

Ich schließe die Tür zum Bungalow auf und lasse ihm den Vortritt.

»Du solltest dir in jedem Fall etwas Anständiges anziehen«, sage ich, als er aus seinen ramponierten Chucks schlüpft.

»Vielleicht leihe ich mir einen deiner Rautenpullis.«

»Es heißt Argyle-Sweater.«

»Ich weiß, aber Rautenpulli klingt witziger. Da du kein Interesse an einem Spieleabend hast, wie siehts mit einem Film aus? Ich bereite uns ein paar Snacks zu und wir hängen auf dem Sofa ab?«

»Der Männerabend ist also nicht vom Tisch?« Meine Mundwinkel zucken, als ich mir ein Schmunzeln verkneife.

»Nein, ich geh dir so lange auf den Sack, bis du endlich den Stock aus deinem Spießerarsch ziehst.«

»Du solltest noch etwas an deinem Vokabular arbeiten, bevor du auf Mrs Hill triffst.«

»Ich werde es in Erwägung ziehen«, imitiert er meinen Tonfall und bringt mich damit zum Lachen.

»Gut, du hast gewonnen. Aber ich suche den Film aus.«

»Geht klar.«

»Ich muss vorher noch etwas erledigen. Gib mir dreißig Minuten«, sage ich und verschwinde in meinem Zimmer. Mein Blick fällt auf das Schachbrett. Ein paar Sekunden starre ich auf die Spielfiguren und warte, dass sich der schwarze Springer meinen weißen schnappt. Monate habe ich damit verbracht zu überlegen, welchen Zug Noah machen würde. Ob er den Läufer opfern würde, um die Dame zu schützen. Ja, genau das würde er tun und sich damit selbst schachmatt setzen.

Für einen Moment schließe ich die Augen, atme tief durch, zähle bis zehn. Als ich sie wieder öffne, stehen die Figuren immer noch auf ihren Positionen. Ich nehme den Laptop vom Schreibtisch und setze mich auf das Bett.

Das Waterbury College verfügt über eine interne Kommunikationsplattform, die ähnlich wie Instagram aufgebaut ist. Nur dass sie nicht öffentlich zugänglich ist. Aber im Grunde findet man dort alles, was man über jemanden wissen muss. Alle Studierenden besitzen einen eigenen Account, den man mit Informationen über sich füttern kann. Standardmäßig sind allerdings folgende Informationen hinterlegt: die Bungalowbelegung, der Kursplan und eine Kontaktmailadresse. Zusätzlich kann man eine Liste mit Freunden erstellen, damit auch jeder weiß, in welchen Kreisen man sich bewegt. Veranstaltungen planen. Lerngruppen organisieren. Interessengemeinschaften bilden. Alles, was einem den Alltag am Waterbury College angenehmer gestaltet.

Ich rufe das Profil von Walls auf, öffne seine Kontaktliste und überfliege sie.

»Na, wen haben wir denn da«, murmle ich leise, als das Gesicht, nach dem ich gesucht habe, auf dem Bildschirm auftaucht. Ich klicke auf *Info*. Bungalow Nr. 6. Mit dem Handy mache ich ein Foto vom Kursplan, damit ich weiß, wann die beste Zeit ist, um sich ungestört umzusehen. Idealerweise würde ich das Wochenende wählen, weil da die meisten Studierenden den Campus verlassen, aber ich habe meiner Mom ein Mutter-Sohn-Wochenende versprochen, um sie von dem Drama abzulenken, das ich ausgelöst habe. Eine Wellnessfarm ist zwar nicht unbedingt das, was mir vorschwebt, aber wenn sie das glücklich macht, bin ich dabei. Außerdem bin ich wirklich froh, für ein paar Tage von hier zu verschwinden. Nach nicht mal einer Woche habe ich schon die Schnauze voll von diesem Ort. Aber ich habe auch nichts anderes erwartet.

Ich klappe den Laptop zu und stehe vom Bett auf. Aus dem immer noch unausgepackten Koffer nehme ich mir bequeme Kleidung und gehe ins Bad, um mir vor dem Filmabend mit Cam noch eine Dusche zu gönnen.

Als ich das Wohnzimmer betrete, finde ich Cameron in der Küche vor, wo er Sandwiches schmiert. Ich öffne den Kühlschrank, nehme den Cranberrysaft und die Rhabarberschorle heraus. Beides bringe ich ins Wohnzimmer und stelle es auf dem Couchtisch ab.

»Kann ich dir bei irgendwas helfen?«, frage ich und nehme zwei Gläser aus dem Hängeschrank.

»Nein, aber du kannst das hier schon mitnehmen und einen Film aussuchen«, sagt er und drückt mir eine Schüssel mit Chips in die Hand.

Sobald ich auf dem Sofa sitze und nach der Fernbedienung greife, sehe ich zu Cam. »Wonach steht dir der Sinn?«

»Alles, nur keine Reportage«, ruft er aus der Küche.

»Sollte ich hinbekommen«, erwidere ich und öffne Netflix.

Cameron stellt den Teller mit den Sandwiches auf dem Tisch ab und sieht zum Fernseher. »Du hast zehn Minuten. Ich geh schnell duschen und zieh mich um.«

Während ich durch die Auswahl zappe, wandern meine Gedanken zu Abbie und unserem Aufeinandertreffen nach der Party. Ich habe mich wie ein Arsch benommen. Absichtlich. Damit sie mich zukünftig meidet und mir nicht zum Opfer fällt. Es ist besser, als die Person gehasst zu werden, die man ist, als für die Person gemocht zu werden, die man nicht ist. Oder eben nicht mehr. Von der man auch nicht weiß, ob sie je wieder das Steuer übernimmt. So weit die Theorie. In der Praxis habe ich mir ihre Telefonnummer besorgt.

Ich hole mein Handy aus der Tasche meiner Trainingshose, öffne ihren Kontakt, tippe eine Nachricht und lösche sie wieder. Auch das habe ich in den vergangenen Tagen immer wieder getan. Besser wäre es, die Sache einfach auf sich beruhen zu lassen. Gäbe es da nicht das kleine Problem, dass der Teil meines Bewusstseins, der neugierig auf Abbie ist, nicht von ihr für ein Arschloch gehalten werden will. Und seit unserer ersten Begegnung setzt sich dieser Teil immer wieder gegen meinen Verstand durch. Das macht mich wahnsinnig. Weil er unkontrollierbar ist. So wie jetzt, denn ich tippe erneut eine Nachricht und diesmal schicke ich sie auch ab.

**Ich: Wenn ich mich das nächste Mal wie ein Arsch benehme, verpass mir einen Tritt gegen das Schienbein. J.**

»Ist das deine Filmauswahl?«, fragt Cam hinter mir amüsiert, bevor er sich über die Rückenlehne hinweg auf das Sofa schwingt. Ich sehe zum Fernseher. *The Lord of the Rings.* Nein, das ist ganz sicher nicht meine erste Wahl. Das Repertoire an Filmen, die ich gesehen habe, beschränkt sich auf ein Minimum. Die meisten sind älter als ich selbst.

Über die Suchfunktion gebe ich *Days of Thunder* ein, um nachzusehen, ob er abrufbar ist. Und ich habe Glück.

»Ist der gut?«, fragt Cam ungläubig und greift in die Schüssel mit den Kartoffelchips.

»Ein Klassiker.«

Bevor ich den Film starte, sehe ich nach, ob Abbie geantwortet hat.

**Abbie: Rechts, links oder beidseitig?**

**Ich: Die Entscheidung überlasse ich dir.**

Ein Grinsen schleicht sich auf meine Lippen, als ich das Handy ausschalte und auf der Sofalehne ablege, dann greife ich nach einem der Sandwiches.

# 9.

## ABBIE

»Könntest du dich etwas beeilen?«, drängelt Dion.

»Pass lieber auf, dass niemand kommt«, weise ich sie an.

»Hier ist weit und breit keine Menschenseele.«

Die erste Woche am College ist wie im Flug vergangen. Ich hatte das Gefühl, von einer Vorlesung zur nächsten zu jagen. Dion und Aspen habe ich eher sporadisch als regelmäßig gesehen, aber ich erinnere mich, dass es im letzten Semester ganz ähnlich war. Es dauert seine Zeit, bis man eine Routine entwickelt und nicht mehr glaubt, ziellos durch die Gegend zu rennen, nicht wissend, wo einem der Kopf steht.

Das Wochenende habe ich in Manhattan verbracht. Samstagabend fand ich meine Mom weinend auf dem Sofa vor. Ich würde ihr gerne helfen, aber ich habe keine Ahnung, wie. Meinen Vorschlag, vorerst in Manhattan zu bleiben, hat sie abgelehnt und gesagt, ich solle mich auf das College konzentrieren. Also bin ich am Sonntag mit Dion zurück nach Waterbury gefahren. Einfach weiterzumachen, fühlt sich an, als würde ich vor der Realität fliehen.

Nachdem wir wieder in Waterbury waren, hat Dion Punkt Mitternacht an meine Zimmertür geklopft und wir haben gemeinsam nachgesehen, welche Aufgabe uns diesmal erwartet. In der App ist eine kleine Taube über das Display geflattert und hat lediglich verkündet, dass wir in der nächsten Runde die Top fünfzig erreichen müssen, um im Spiel zu bleiben. Also nicht sonderlich spektakulär. Ich hatte irgendwie mit etwas mehr Tamtam gerechnet.

Einen Moment habe ich sogar darüber nachgedacht, Jasper zu schreiben, ob unsere Abmachung, *Secret Enemy* gemeinsam durchzuziehen, noch Bestand hat, habe am Ende aber gekniffen. So richtig weiß ich nicht, was ich von ihm halten soll. Ich glaube, Jasper ist jemand, an den man sich vorsichtig herantasten muss, weil man sonst Gefahr läuft, dass das Gehirn einen Kurzschluss erleidet. Weil man permanent damit beschäftigt ist, ihn verstehen zu wollen. Vermutlich hat Cameron recht und es ist unmöglich, aus ihm schlau zu werden, weil er nie so handelt, wie man es von ihm erwartet. Das Letzte, was ich erwartet habe, war nämlich, dass er sich meine Telefonnummer besorgt und sich für seinen Auftritt letzten Sonntag entschuldigt.

Da der Montag bei uns tagsüber komplett mit Kursen verplant war, haben wir das Erfüllen meiner Aufgabe auf den späten Abend verschoben. Den ganzen Tag über war ich hibbelig und wäre beinahe vor Aufregung geplatzt.

Dion sollte spontan eine zweiminütige Lobeshymne auf sich selbst halten. Möglichst vor Publikum. Was Dion nicht besonders schwergefallen ist, weil sie ein Selbstbewusstsein besitzt, das weit über die Vorstellungskraft normal Sterblicher hinausgeht. Um ihre Showeinlage richtig in Szene zu setzen, hat sie sich einen hautengen burgunderroten Jumpsuit angezogen und das Ganze mit einem mit Strasssteinen besetzten Blazer gekrönt. Sie hätte genauso gut zu der Premiere eines Films gehen können, in dem sie die Hauptrolle spielt.

Professor Henson fielen fast die Augen heraus, als Dion sich während der Vorlesung erhoben und kurz um die Aufmerksamkeit der Anwesenden gebeten hat. Mich hatte sie dazu auserkoren, das Spektakel auf Video festzuhalten. Ich hatte meine Skepsis bezüglich der Hausordnung geäußert, aber Dion war überzeugt, dass die beim Erfüllen der Aufgaben getrost ignoriert werden kann. Und möglicherweise hat sie recht. Die Aufgaben wären sicher andere, müsste man befürchten, vom College ausgeschlossen zu werden. Immerhin ist das Spiel so was wie eine Tradition unter den Studierenden.

»Gib mir mal die Federboa«, sage ich und beuge mich zu ihr hinunter. Diesmal habe ich eine Quest erwischt, die ich, ohne zu zögern, erfülle. Eine der Statuen im Park in ein buntes Kunstwerk zu verwandeln, ist eine witzige Angelegenheit. Ich habe mir die Adam-und-Eva-Skulptur ausgesucht und beschlossen, sie einzukleiden.

»Wickel sie um Adams Prachtstück«, schlägt Dion vor, als ich sie gerade um seinen Hals hängen will.

»Dafür ist es zu kurz«, erwidere ich sachlich, was Dion zum Lachen bringt.

»Da wir gerade irgendwie beim Thema sind – küsst der florale Hemdträger so schlecht, wie er sich benimmt?«

Ihre Frage kommt so unerwartet, dass ich mit dem Fuß vom Sockel der Statue abrutsche und im nächsten Augenblick Halt suchend die Arme um Adams Taille schlinge.

»Du weißt hoffentlich, wie das jetzt aus meiner Perspektive aussieht. Noch etwas tiefer und Adam grinst selig.« Sie ist wirklich unmöglich.

»Haha, sehr witzig«, maule ich und richte mich wieder auf. Dann wickle ich die pinke Federboa um den Hals meiner neuen Bekanntschaft.

»Beantwortest du jetzt meine Frage?«

»Nein.« Das werde ich ganz sicher nicht. »Wenn du es unbedingt wissen willst, musst du es wohl selbst herausfinden.«

Ein würgendes Geräusch ertönt hinter mir. »Danke, ich verzichte. Er gehört ganz dir.«

»Wie selbstlos von dir, mir Jasper zu überlassen«, spotte ich. Es war so klar, dass sie mich mit dem Kuss aufziehen wird. Dabei weiß sie genau, wie er zustande gekommen ist und dass er rein gar nichts zu bedeuten hat.

*Ist das wirklich so?*, fragt die zweifelnde Stimme in meinem Kopf. Für *bedeutungslos* sind wir uns möglicherweise doch etwas zu nahe gekommen.

»Ha, ich wusste es!«

Was auch immer sie glaubt zu wissen, sie irrt sich. Ich weiß es ja nicht einmal selbst.

»Du wusstest was?«, frage ich und sehe erneut über meine Schulter zu ihr.

»Du bist an ihm interessiert.«

»Nein, bin ich nicht«, widerspreche ich. Jasper ist attraktiv, aber das wars auch schon. Okay, vielleicht küsst er ganz passabel und macht mich nervös, sobald er mich ansieht. Letzteres würde ich darauf schieben, dass ich ihn schlichtweg nicht einschätzen kann, und nicht darauf, dass er mein Herz höherschlagen lässt. Aber die Art, wie er mich ansieht … Okay, Schluss damit!

»Doch!«

»Er ist nicht mein Typ. Denn laut deiner Aussage steh ich auf nerdig, humorvoll, loyal und irgendwie unscheinbar.«

»Dann würdest du auf Cameron abfahren.«

»Cameron ist Aspens Freund.«

»Sag bloß, er gefällt dir?«

»Himmel, nein! Ich habe weder Interesse an dem einen noch an dem anderen.« Wenn ich eins mit Sicherheit sagen kann, dann dass Cameron meinen Puls nicht zum Rasen bringt. Jasper hingegen … Argh, es ist zum Verrücktwerden.

Erneut strecke ich ihr die Hand entgegen. »Gib mir den Sonnenhut.«

»Vielleicht habe ich mich geirrt«, sagt sie nachdenklich, während ich nach dem Accessoire für Evas Kopf greife.

»Womit?«

»Möglicherweise stehst du auf Bad Boys.« Sie provoziert mich absichtlich, allerdings weiß ich nicht, worauf sie eigentlich hinauswill. Sie kann Jasper nicht ausstehen, also wird sie mich sicher nicht mit ihm verkuppeln wollen.

»Ja, du hast mich erwischt. Mein Traummann trägt ausschließlich Schwarz, ist mit Tattoos übersät, raucht, trinkt und leidet an einer selbstzerstörerischen Persönlichkeit. Ach ja – und fährt einen schwarzen Mustang mit getönten Scheiben«, erwidere ich trocken und gebe damit die Klischeekiste der Roman-Bad-Boys zum Besten.

»Weißt du, wer einen schwarzen Mustang fährt?«

»Nein, aber du wirst es mir sicher gleich verraten.« Ich habe so eine Ahnung. Warum habe ich nicht gesagt, dass er eine Harley besitzt?

»Der florale Hemdträger. Soll ich die anderen Kriterien für dich überprüfen?«

In diesem Moment würde ich sie gerne mit der Federboa erdrosseln.

»Nein.« Wenn ich es nicht besser wüsste, würde ich sagen, sie steht selbst auf ihn und checkt gerade den Freundinnen-Kodex ab. Denn der besagt, wenn sich zwei für denselben Kerl interessieren, bekommt ihn keine. Nicht, dass das je vorgekommen wäre, aber sollte es eintreten, sind wir vorbereitet. Aber bevor Dion sich auf Jasper einlässt, friert die Hölle zu.

Mit einem Satz hüpfe ich von dem Sockel und betrachte mein Werk. Eva trägt nun eins von Dions ausgemusterten Shirts, auf das ich vorhin mit Filzstiften einen Regenbogen gemalt habe, und einen hellblauen Wickelrock. Adam hingegen trägt nicht mehr als die pinke Federboa.

Ich bücke mich und hole die zweite Taschenlampe aus dem Rucksack. Die andere nehme ich Dion aus der Hand. Beide platziere ich so, dass sie die Statue von unten anstrahlen.

»Bist du dann bald fertig? Es wird allmählich kalt.«

»Ich habe dir doch gesagt, du sollst warme Kleidung anziehen.«

»Ja, Mom.«

Auf einmal dringt ein Geräusch an meine Ohren.

»Hast du das auch gehört?« Panisch sehe ich mich um.

»Nee, was denn?« Dion blickt sich ebenfalls um.

»Ich glaube, da kommt jemand.«

»Bist du sicher?«

Mein Puls schießt in die Höhe, als ich entfernt Stimmen wahrnehme, die sich uns nähern. Die Campuspolizei? Keine Ahnung, aber ich bin auch nicht scharf darauf, es herauszufinden.

»Scheiße, du hast recht, da kommt jemand.« Dion schnappt sich den Rucksack.

»Warte, ich brauche noch ein Foto.« Mein Herz pocht so heftig in meiner Brust, dass es wehtut. Ich versuche das Handy so ruhig wie möglich zu halten, als ich die Statue fotografiere. Aber meine Finger zittern zu sehr und das Bild ist verschwommen.

»Jetzt mach schon!« Dion klingt tatsächlich nervös. Dabei ist sie doch diejenige, die gerne Grenzen austestet.

*Du schaffst das. Konzentrier dich und knips ein brauchbares Foto.*

Der zweite Versuch ist zwar nicht perfekt, aber man erkennt immerhin Adam und Eva in ihrem neuen Gewand.

»Okay, ich habs. Lass uns abhauen.« Ich hole schnell noch die Taschenlampen und drücke eine davon Dion in die Hand. Dann eilen wir davon.

Als der Supermarkt in Sichtweite kommt, bleibe ich abrupt stehen, weil mir in diesem Augenblick einfällt, was ich vergessen habe.

»Was ist los?«, will Dion wissen.

»Ich muss das Foto noch in der App hochladen«, sage ich und krame das Handy aus der Jackentasche. Ich öffne *Secret Enemy,* lade das Bild in die Galerie und markiere die Aufgabe als abgeschlossen. »Geschafft!«

Wir setzen unseren Heimweg fort.

Dass ich es tatsächlich geschafft habe, fühlt sich an wie ein Endorphinrausch. Als wäre ich beflügelt und würde den Weg zurück zum Bungalow auf Wolken schweben. Ich bin viel zu aufgekratzt, um jetzt einfach ins Bett zu gehen. Allerdings hat Dion wenig Interesse, meinen Erfolg mit mir zu feiern, denn sie gähnt, kaum dass wir zur Tür herein sind.

»Die Queen braucht ihren Schönheitsschlaf.«

»Gute Nacht. Und danke für deine Hilfe.«

Dion nimmt mich in den Arm und küsst mich auf die Wange. »Eine für alle, alle für eine. So war es immer und so wird es immer sein. Gute Nacht, Abbs.« Für einen Augenblick lächeln wir einander an, bevor sie den Flur entlang zu ihrem Zimmer geht.

»Übrigens bin ich stolz auf dich, dass du die Sache durchziehst und endlich deine Komfortzone verlässt«, sagt sie und verschwindet durch die Tür.

Ja, da hat sie nicht ganz unrecht. Im Traum hätte ich nicht damit gerechnet, einmal solche Dinge zu tun. Jemanden zu küssen, den ich kaum kenne, oder eine Statue zu verschandeln. Wenn meine Mom das wüsste, sie würde Schnappatmung bekommen.

Mit einem breiten Grinsen gehe ich ins Bad, um noch schnell zu duschen und mir die Zähne zu putzen. Zwanzig Minuten später liege ich hellwach im Bett und starre die Decke an. Ich verspüre das Bedürfnis, jemandem von meinem Abenteuer zu erzählen. Aspen ist bei Cameron und vermutlich anderweitig beschäftigt. Dion war live dabei.

Ich rolle mich auf die Seite und krame mein Handy aus dem Rucksack, den ich neben dem Bett abgestellt habe. Dann öffne ich Jaspers Kontakt, schließe ihn wieder, öffne ihn erneut. Mir ist bewusst, dass ich es lassen sollte, dennoch schicke ich ihm eine Nachricht. Irgendwie stecken wir ja gemeinsam in der Sache drin. Jedenfalls ist das meine Ausrede, als mein Verstand fragt, was ich hier gerade tue.

Ich: Aufgabe 2 ☑ habe ich so was von gerockt.

Ungeduldig warte ich. Vermutlich ist er längst im Land der Träume. Ich sehe auf die Uhr. Es ist kurz nach Mitternacht.

Fünf Minuten später hat er immer noch nicht geantwortet. Da ich unmöglich schlafen kann, hole ich die Kopfhörer aus dem Schubfach des Nachtschrankes, um mein Hörbuch weiterzuhören. Normalerweise bin ich kein großer Fan von Liebesromanen, aber das Buch wurde auf TikTok gehypt und hat meine Neugier geweckt. Und es fing direkt spannend an. Jonah rettet Enya vor dem Ertrinken. Sofort haben die beiden eine Verbindung zueinander. Die Geschichte von Enya und Jonah ist wie eine salzige Meeresbrise, die dich mit seinen Wellen an die Küste Kaliforniens trägt – und dir auf dem Weg nach Hause die Sterne zeigt. So steht es jedenfalls in der Beschreibung.

Bisher kann ich da nur zustimmen. Es ist wie ein Sog, der mich mitzieht. Weil ich unbedingt wissen will, wie es weitergeht und ob die beiden endlich zueinanderfinden oder ob alles in einem großen Desaster mit Herzschmerz endet. Im Augenblick würde ich sagen, die Chancen auf ein Happy End liegen bei sechzig Prozent. Also bin ich guter Hoffnung, dass die beiden es hinbekommen.

Ich öffne *Secret Enemy* und scrolle durch die Fotogalerie, bis ich das Bild von mir und Jasper finde, auf dem wir uns küssen. Ich starre es an, während Jonah gerade mit Enya auf Tuchfühlung geht. Ohne es zu wollen, wechseln die Hauptcharaktere in meiner Vorstellung die Optik. Abbie und Jasper. Es ist nicht mehr die Stimme der Sprecherin, es ist meine, die ihre Sehnsüchte äußert und sich nach Jasper verzehrt. Das Bild zeigt ihn und mich, wie wir am Strand unter dem Sternenhimmel tanzen. Wie er seine Arme von hinten um mich schlingt und uns beide im Takt der Wellen wiegt. Küsse auf meiner salzigen Haut. Mein Körper, der sich gegen seinen drängt, um mehr von ihm zu fühlen. Es sind Jaspers Hände, die nach dem Saum meines Kleides tasten und es nach oben ziehen.

Okay, was passiert hier gerade? Warum beginnt mein Herz zu rasen und es pocht zwischen meinen Beinen? Es fühlt sich unanständig an, mich einer Fantasie mit Jasper hinzugeben, aber genau das ist es, was in den nächsten Minuten passiert, während mein Körper auf das reagiert, was in dem Hörbuch gerade geschieht.

Meine Hand wandert unter den Bund der Pyjamahose. Tiefer. Berührt die Stelle, die immer heftiger pulsiert. Ich lasse die Finger kreisen, übe mehr Druck aus. Ein Stöhnen verlässt meine Kehle, als sich der Orgasmus ankündigt. Um ihn hinauszuzögern, halte ich einen winzigen Augenblick inne. Lausche den Worten. Streichle mich selbst, bis mein Körper sich nach Erlösung sehnt. Mein Atem kommt stoßweise. Ich drücke den Rücken durch. Dränge meine Mitte gegen meine Finger. Stelle mir vor, dass es Jaspers sind. Mein Körper bebt, zittert, verkrampft und entspannt sich, als er von den Wellen der Lust davongetragen und schließlich zurückgespült wird, bis ich wieder im Hier und Jetzt ankomme.

Das Handy in meiner Hand vibriert. Erschrocken zucke ich zusammen, nur um im nächsten Moment zu erstarren, als ich eine Nachricht von Jasper entdecke. Hastig nehme ich die Kopfhörer ab und lege sie auf den Nachtschrank.

**Jasper: Klingt, als wäre das der Höhepunkt deines Tages gewesen.**

Das Handy gleitet mir aus den Fingern und fällt auf die Matratze, als ich mich panisch im Raum umsehe. Wohl wissend, dass ich alleine im Zimmer bin und Jasper nicht jeden Augenblick aus dem Kleiderschrank springt, um mir zu der kleinen Showeinlage zu gratulieren.

Und wenn doch?

Ich schiebe es auf das Erlebnis, das ich gerade hatte, dass mein Verstand irrationale Szenarien fabriziert. Denn ich klettere tatsächlich aus dem Bett und tapse auf etwas wackeligen Beinen zum Schrank, um nachzusehen. Nachdem ich mich versichert habe, dass ich mutterseelenallein bin, atme ich erleichtert auf.

Aus mir unerklärlichen Gründen beginne ich zu lachen. Es ist nicht so, als hätte ich mich in der Vergangenheit nicht der ein oder anderen Fantasie hingegeben, nur hatte die bisher nie das Gesicht einer Person, die ich kenne. Daran ist nur Dion schuld, die mir den Floh ins Ohr gesetzt hat, ich könnte auf Jasper stehen. Vermutlich werde ich ihn nie wieder ansehen können, ohne dabei tiefrot anzulaufen.

Ich krieche zurück ins Bett, nehme das Handy zur Hand und lese seine Nachricht erneut. Jetzt, wo sich mein Verstand nicht mehr wie Wackelpudding anfühlt, weiß ich, dass sich seine Antwort auf meinen Text zuvor bezieht. Völlig harmlos. Dennoch spüre ich, wie meine Wangen glühen, als ich zu tippen beginne.

**Ich: Ich hatte sehr viel Spaß dabei.**
**Ich: Was ist mit dir?**

Es dauert nur wenige Sekunden, bis sein Name auf dem Display erscheint.

**Jasper: Worauf genau bezieht sich deine Frage?**

**Ich: Auf deine Aufgabe.**

**Jasper: Habe nicht nachgesehen.**

**Ich: Warum nicht?**

**Jasper: War beschäftigt.**

**Ich: Womit?**

Jasper: Wenn ich dir das verrate, muss ich dich zum Schweigen bringen.

Ich: Haha, sehr lustig.

Jasper: Man sagt mir einiges nach, amüsant zu sein, gehört nicht dazu.

Ja, das wundert mich nicht. Alles an ihm wirkt überheblich. Seine nicht vorhandene Mimik hat etwas Beängstigendes. Aber irgendwie nehme ich ihm die Show nicht ab. Und genau das ist es, was mich neugierig macht. Was die Frage formt: Wer bist du wirklich?

Ich: Du könntest die Aufgabe jetzt abrufen.

Jasper: Warum sollte ich das tun?

Ich: Bist du überhaupt nicht neugierig?

Jasper: Beherrschung ist eine meiner Stärken.

Ich: Das kann ich von mir nicht behaupten.

Diesmal dauert es ein paar Minuten, bis er antwortet und geschickt die Richtung ändert.

Jasper: Was war deine Aufgabe?

Als Antwort schicke ich ihm das Foto, das ich vorhin gemacht habe.

Jasper: Okay, ich verstehe, was du mit »Ich hatte eine Menge Spaß dabei« gemeint hast.

Ich: 😁

Jasper: Will ich wissen, warum Adam nackt ist, während Eva Haute Couture trägt?

Ich: Seine Größe war leider aus.

Jasper: Ich hätte ihm den gelben Pulli geliehen. Möglicherweise hätte Eva dann der Frucht widerstanden. 😏

Bei der Nachricht taucht ganz automatisch das Bild von ihm und mir auf der Party vor meinem inneren Auge auf. Seine Lippen auf meinen. Der Geschmack von Earl Grey. Und wie er ohne ein Wort verschwand. Aber auch unsere Vereinbarung kommt mir in den Sinn.

Ich: Wir wollten nie wieder darüber reden. Schon vergessen?

Jasper: Worüber genau?

Ich: Du weißt genau, was ich meine!

Jasper: Ich rede von Mode, und du?

Ich: Natürlich 🙄

Jasper: Aber wir können auch gerne darüber reden, woran du gerade gedacht hast. 😉

Herrje, was genau wird das hier? Flirtet er mit mir? Nein, ganz sicher nicht. Warum fühlt es sich dann so an? Und warum beginnt mein Herz wild zu klopfen? O Gott, Dion hat recht. Oder es besteht jedenfalls die Möglichkeit. Stehe ich auf Jasper? Nein … vielleicht … ich habe keine Ahnung. Aber nach der Sache, die sich eben zugetragen hat, kann ich es nicht hundertprozentig ausschließen. Automatisch wandern meine Gedanken wenige Minuten zurück.

Ich: Oder du öffnest die App, drehst am Rad und verrätst mir, was deine Aufgabe ist.

Diesmal lenke ich unsere Unterhaltung um.

Jasper: Du bist ziemlich hartnäckig.

Ich: Das ist meine Geheimwaffe.

Das stimmt nicht. Ich gehöre nicht zu der hartnäckigen Sorte. Also was genau veranstalte ich hier? Warum beende ich die Unterhaltung nicht einfach?

Weil sich mit Jasper alles leicht anfühlt, sogar das Schreiben von Textnachrichten. Für gewöhnlich denke ich nämlich über jedes Wort dreimal nach. Bei ihm nicht. Weil ich nicht das Gefühl habe, überhaupt etwas Falsches sagen zu können. Das klingt verrückt, oder?

Jasper: Wirst du lockerlassen?

Ja. Aber meine Antwort fällt anders aus.

Ich: Nein. Weil ich befürchte, du könntest doch eine Pussy sein 😝

Jasper: Es ist mitten in der Nacht. Es ist unwahrscheinlich, dass ich sie von der Couch aus erledigen kann.

Ich: Dir bleiben 24 Stunden.

Jasper: Okay.

Ich: Okay was?

Jasper: Ich sehe unter der Bedingung nach, dass wir den Blödsinn zusammen durchziehen.

Ich: Warum?

Jasper: Weil ich kein Interesse an dem Quatsch habe und versucht bin, den Exit-Button zu drücken, weil ich meine Freizeit spannender gestalten kann.

Ich: Okay. Partner in crime.

Jasper: Klingt nach jeder Menge Spaß.

Warum kommen die Worte in ihrer Bedeutung völlig falsch bei mir an? Ein Kribbeln breitet sich in meiner Magengegend aus. Aufregung gepaart mit Anspannung. Dass unsere Unterhaltung hierauf hinausläuft, hätte ich nicht erwartet. Aber ich verspüre auch nicht den Drang zurückzurudern.

Jasper: Bereit für die Aufgabe?

Ich: Mach es nicht so spannend!

Jasper: Werde zur größten Versuchung. Hülle dich in Schokolade. Finde eine Person, die dem Sündengeschmack erliegt. Lass sie von dir kosten.

Ich: Was???

Jasper: Bevorzugst du dunkle oder weiße Schokolade? Ich glaube, ich hätte Vollmilch da.

Ich: Was???

**Jasper: Wann bist du hier? Dann bereite ich schon mal das Dessert vor.**

**Jasper: Wo genau willst du es ablecken?**

Meine Wangen explodieren jeden Augenblick, so heiß fühlen sie sich an. Das kann unmöglich wahr sein. Was ist das bitte für eine bescheuerte Aufgabe? Und dann setzt bei mir die Erkenntnis ein.

**Ich: Führst du mich gerade an der Nase herum?**

**Jasper: Ja.**

**Ich: Gute Nacht, Jasper *gago* Anderson.**

**Jasper: Hast du mich gerade Arschloch genannt?**

**Ich: Du sprichst Tagalog?**

**Jasper: Nein, ich habe geraten.**

**Jasper: Träum was Nettes, Abbie.**

Was für ein … Mir fällt tatsächlich nicht das passende Wort für Jasper ein. *Gago* ist noch geschmeichelt.

Ich schließe den Chat und lege das Handy zu den Kopfhörern auf den Nachtschrank. Ich stehe so was von nicht auf ihn. Mit einem Ruck drehe ich mich auf die Seite und reiße die Decke mit mir. Doch dann schleicht sich ein verräterisches Grinsen auf meine Lippen, das sich in ein leises Lachen verwandelt.

# 10.

## JASPER

Es ist kurz vor sieben, als ich den Bungalow betrete und direkt den Weg ins Badezimmer einschlage, um den Dreck von mir zu waschen. Eigentlich hatte ich nicht vor, erneut eine Aufgabe freizuschalten. Ich brauchte nur den Zugang zur App. Allein deswegen war ich auf der Party. Aber gestern hat Abbie mich gelockt und ich habe den Köder geschluckt. Ich konnte einfach nicht widerstehen. Weil ich ein Spieler bin. War ich schon immer. Fordert man mich heraus, nehme ich es mit einem Schmunzeln an. Es ist wie eine Sucht, meine Überlegenheit beweisen zu wollen.

Deshalb habe ich den Morgen damit verbracht, die achtzehn Löcher auf dem Golfplatz mit Sand zuzuschütten. Glücklicherweise ließ sich die Quest einigermaßen mit meiner morgendlichen Laufeinheit verbinden. Ich kann es nicht ausstehen, wenn Dinge meine Routine stören.

Nachdem ich geduscht und frische Kleidung angezogen habe, nehme ich den Laptop vom Schreibtisch und gehe in die Küche, um mir ein Käsesandwich zu schmieren.

»Deine Augenringe nehmen langsam beängstigende Ausmaße an«, sagt Cam, als er sich eine halbe Stunde später zu mir an den Esstisch setzt.

»Ich schlafe hier nicht besonders gut«, antworte ich und trinke einen Schluck des inzwischen kalten Tees. Es ist Tag elf in Waterbury und ich habe bereits das Gefühl, seit Wochen hier festzusitzen.

»Ja, habe ich schon bemerkt. Willst du darüber reden?«

»Über Schlafstörungen?«, frage ich ihn, klappe den Laptop zu und schiebe ihn beiseite.

»Darüber, was der Grund dafür ist.« Cam kippt Cornflakes in eine Schale und gibt Massen an Milch dazu.

»Möchtest du denn über den Auslöser für deine sprechen?«

»Hier geht es gerade nicht um mich.«

»Okay. Nein. Ich will nicht darüber reden.«

»Es ist dieser Ort«, ignoriert er meine Aussage.

»Wie kommst du darauf?« Cam hat heute einen hartnäckigen Ausdruck im Gesicht. Er wird nicht lockerlassen.

»Weil ich das Gefühl habe, dass du nicht hier sein willst. Und ich frage mich, warum du es dennoch bist.«

»Weil ich es muss«, antworte ich.

»Wer zwingt dich denn dazu?«

»Das ist eine lange Geschichte.«

»Wie gut, dass ich gerade nichts vorhabe, da meine Vorlesung erst in zwei Stunden beginnt.«

Ich stehe vom Stuhl auf. »Meine nicht«, erwidere ich kühl und ignoriere Camerons enttäuschte Miene. Ich hasse mich inzwischen dafür, ihn immer auf Abstand zu halten. Aber ich kann nicht wieder dorthin zurück – an den Ausgangspunkt, der mich hierhergeführt hat. Noah.

Ich räume mein Geschirr ab, anschließend nehme ich den Laptop vom Tisch, dann gehe ich zur Tür und sehe über die Schulter zu Cam. Unsere Blicke treffen sich.

»Du weißt, dass Freundschaft so nicht funktioniert, oder?«

Ja. Aber vor allem weiß ich, wo sie dich hinführen kann, wenn man sie dir entreißt.

»Es ist keine Einbahnstraße, Jasper. Wenn du mich brauchst, bin ich da.«

Ja, auch das weiß ich. Cameron würde, ohne zu zögern, mit mir gemeinsam in die eine Richtung rennen, obwohl er die andere einschlagen sollte.

»Ich werde es dich wissen lassen, wenn ich deine Hilfe benötige«, sage ich und verlasse die Küche. Laut Kursplan muss ich in fünfundzwanzig Minuten in Psychologie sitzen. Ein gut besuchter Kurs. Genau wie Mathematik und Literatur. Deswegen ist meine Wahl auf die Fächer gefallen. Dort fällt es am wenigsten auf, wenn man nicht anwesend ist. Bisher habe ich keine einzige Vorlesung besucht und mich anderweitig beschäftigt.

Ich stelle den Laptop auf das Bett und ziehe das Handy vom Ladekabel ab, bevor ich die aktuellen Nachrichten zum Fall Anderson öffne. Noch so etwas, das sich inzwischen zu einer Art Zwang entwickelt hat: immer genau wissen zu wollen, was die Presse über Elijah ausgräbt. Das zufriedene Gefühl, das sich bei jeder weiteren Schlagzeile in mir ausbreitet, macht mir allerdings zunehmend Sorgen. Weil sich mein Gemütszustand in einer Art Abhängigkeitszustand befindet. Elijah fallen zu sehen, kommt einem Rausch gleich. Und ich weiß, wie gefährlich dieser Zustand sein kann, sobald man die Kontrolle darüber verliert.

Ich werfe einen Blick in die heutige *New York Times.*

Was zur Hölle …

Ich betrachte das Foto und lese die Schlagzeile.

Badrig-Westing-Stiftung von Behörden ins Visier genommen. Bereits vor zwei Wochen rückte die Stiftung unter der Leitung von Lynn Westing in den Fokus der Ermittlungen im Geldwäschevorwurf gegen Anderson Real Estate. Wie nun bekannt wurde, habe das Unternehmen in den vergangenen Jahren Beträge in Millionenhöhe an die Stiftung gezahlt. Jetzt wird genau geprüft, woher das Geld stammt.

Mit jedem Wort, das ich lese, wird die Luft im Raum dünner und der Druck in meiner Brust stärker, bis ich mich von dem Artikel losreiße.

»Fuck!« Das Handy kracht mit einem dumpfen Knall gegen die Wand und fällt anschließend zu Boden. »So eine verfluchte Scheiße!«

Wie konnte mir das entgehen? Oder war es mir schlichtweg egal? Weil die Stiftung der Westings nichts weiter als ein Name auf der Liste war? Leider kann ich mich nicht damit herausreden, dass ich keine Ahnung hatte, wer die Westings sind. Nachdem Cameron mich gefragt hat, ob ich wüsste, wer Aspen Hill sei, habe ich meine Hausaufgaben gemacht. Nicht aus Neugier, sondern um mich abzusichern. Dabei bin ich natürlich über Abbie Westing gestolpert.

Monate später ziert der Name Westing die Titelseite der *New York Times* und das geht allein auf meine Kappe.

Prompt meldet sich mein Gewissen. Dass Abbies Familie in den Fokus der Ermittlungen gerät, habe ich weder gewollt noch geahnt. Obwohl das auch nicht ganz der Wahrheit entspricht. Zu dem Zeitpunkt, als ich die Bombe, an der ich über ein Jahr gebastelt habe, hochgehen ließ, war es mir egal, wie groß der Einschlag am Ende tatsächlich sein und wen sie mit sich reißen würde. Es waren nur Zahlen, keine Menschen. Jetzt habe ich ein Gesicht vor Augen, und zwar das von Abbie. Und das fühlt sich so richtig beschissen an.

Ich werfe einen Blick auf die Uhr. Abbies Physikvorlesung ist in dreißig Minuten vorbei. Sollte sie überhaupt hingegangen sein. Denn ich gehe davon aus, dass die aktuellen Schlagzeilen nicht an ihr vorbeigegangen sind. Wenn stimmt, was in dem Artikel steht, haben die Ermittlungsbeamten den Westings bereits vor zwei Wochen einen Besuch abgestattet. Es grenzt an ein Wunder, dass die Presse erst jetzt davon Wind bekommen hat. Immerhin ist *Anderson Real Estate* das Topthema in den Medien. Was mir ein Gefühl der Genugtuung verschafft, entwickelt sich für Abbie höchstwahrscheinlich zu einem wahr gewordenen Albtraum.

Auch wenn ich noch keine Idee habe, wie ich das Chaos in Ordnung bringe, ist Abbie Westing gerade zu meiner obersten Priorität geworden.

Ich hebe das Handy auf. Das Display hat den Aufprall nicht unbeschadet überlebt, aber es funktioniert noch.

Im Wohnzimmer läuft der Fernseher, als ich mein Zimmer verlasse. Keine Ahnung, ob Cameron mitbekommen hat, dass etwas gegen die Wand gekracht ist, aber ich vermute, nicht, sonst hätte er sich sicher bereits bemerkbar gemacht und gefragt, ob alles okay ist. Außerdem entspricht die Filmlautstärke, die in den Flur hallt, der eines Kinosaals.

Erneut sehe ich auf die Uhr, dann ziehe ich die Schuhe an und nehme den Mantel vom Haken, um Abbie abzufangen.

Zwanzig Minuten später sitze ich auf einer der Bänke, die um den Springbrunnen aufgestellt wurden, damit man die geheuchelte

Idylle in vollem Maße genießen kann. Mein Blick ist auf den Ausgang des Laborgebäudes gerichtet, in dem Abbies Physikvorlesung jeden Augenblick zu Ende sein sollte. Die Gruppe, die kurz darauf ins Freie tritt, ist überschaubar. Ich versuche Abbie unter ihnen auszumachen. Sie ist eine der Letzten.

Sofort komme ich auf die Füße und folge ihr. Sie läuft am Hauptgebäude vorbei, lässt das Café hinter sich und schlägt den Weg zur Mensa ein. Entweder ist sie eine Einzelgängerin oder sie kapselt sich bewusst ab, denn sie hält großzügig Abstand zu der Gruppe vor ihr. Sie zögert einen Moment, bevor sie die Stufen hochgeht und die Tür zur Cafeteria öffnet. Ich haste ihr hinterher. Das Geräusch von klapperndem Geschirr gemischt mit unzähligen Stimmen schlägt mir entgegen, als ich aus dem Vorraum in den großen Saal trete. Ich bin wirklich kein Fan von Menschenmengen und Alltagslärm.

Kurz denke ich darüber nach, einfach draußen vor der Tür zu warten, bis Abbie die Mensa wieder verlässt, und so zu tun, als würde ich gerade hineingehen wollen, damit unsere Begegnung zufällig wirkt. Den Gedanken verwerfe ich, als sie abrupt stehen bleibt. Dann bemerke ich, was sie innehalten lässt. Köpfe, die sich erst in ihre Richtung drehen und schließlich zusammengesteckt werden, um zu tuscheln. Ich stehe höchstens zwei Schritte hinter Abbie und ziehe somit unfreiwillig ebenfalls Aufmerksamkeit auf mich. In England aufzuwachsen, ist, als würde man im Exil leben. Bist du in der Upperclass nicht präsent, interessiert sich niemand für dich. Außer du steigst wie ein Phönix aus der Asche auf, während deiner Familie ein Skandal anhaftet, dann weiß plötzlich nahezu jeder, wer du bist.

Gebannt verfolge ich das Schauspiel, das sich vor meinen Augen abspielt. Abbie lässt die Schultern sinken und ich beschließe, mich bemerkbar zu machen. Genau in diesem Augenblick dreht Abbie sich um, den Blick starr auf den Boden gerichtet, und macht einen hastigen Satz nach vorn, als wolle sie davonstürmen. Für eine Nanosekunde denke ich darüber nach, ihr auszuweichen, um den Zusammenstoß zu verhindern. Bewusst entscheide ich mich dagegen und lasse sie direkt in mich hineinlaufen, um sie aufzufangen.

Ihr Körper prallt gegen meinen. Erschrocken weicht sie zurück und starrt mir ins Gesicht. Wut, Verzweiflung und Tränen schimmern in ihren Augen. Das ist meine Schuld. Kommentarlos lege ich meine Hände auf ihre Schultern, ziehe sie zu mir heran, bevor ich meine Arme um sie schließe und Abbie festhalte. Es ist mir herzlich egal, wie das für Außenstehende wirkt und was sie in mein Handeln hineininterpretieren. Weil mich gerade nur die Frau interessiert, die meine Umarmung zaghaft erwidert.

Meine Finger vergraben sich in ihren Haaren und drücken ihre Wange sanft gegen meine Brust. Ihre Umarmung wird fester, sicherer. Bin ich ein Heuchler, weil ausgerechnet ich ihr Trost spenden will? Ja. Aber das ist nicht der Grund, warum sich in meinem Inneren etwas zusammenzieht, sondern weil Abbie so perfekt in meine Arme passt, dass ich sie damit beschützen kann. Und genau das will ich. Ich will sie vor dieser abgefuckten Welt und vor allem vor den Blicken abschirmen, denen sie gerade ausgeliefert ist.

Welch bittersüße Doppelmoral, oder? Ich, der Kerl, der das Desaster verursacht hat, will sich nun als ihr Retter aufspielen. Das ist absurd, hält mich aber dennoch nicht davon ab, es wenigstens zu versuchen.

»Lass uns von hier verschwinden«, sage ich leise und warte auf eine Reaktion. Sie löst sich von mir und ich gebe sie frei. Unsere Blicke treffen sich, dann nickt sie.

Gemeinsam verlassen wir die Mensa. Schweigend läuft sie neben mir her, ohne unser Ziel zu kennen. Sie folgt mir, weil sie mir vertraut. Das macht es noch viel schlimmer.

»Danke«, unterbricht sie die Stille zwischen uns.

Dafür lande ich in der Hölle. »Gehts wieder?«

»Ja, ich denke schon. Ich war nicht darauf vorbereitet, angestarrt zu werden.«

»Tut mir leid, dass deine Familie in die Sache mit reingezogen wird.« *Heuchler!* Aber immerhin bemühe ich mich gar nicht erst, so zu tun, als wüsste ich nicht, was sie so aus der Fassung gebracht hat. Ich will es auch gar nicht aus ihrem Mund hören. Das macht es weniger real und einfacher, die Tatsache zu ignorieren, dass ich, was auch immer ich hiermit bezwecke, sein lassen sollte.

»Muss es nicht. Du kannst doch nichts dafür.« Ihr Tonfall ist so sanft, fast schon mitleidig.

Damit sichere ich mir im Fegefeuer einen Logenplatz neben Elijah Anderson. Dachte ich wirklich, auch nur einen Funken besser zu sein als er? Woher habe ich nur die Arroganz genommen? In meinen Adern fließt sein Blut und das Arschloch steckt in meiner Genetik.

Weil ich darauf nichts antworten kann, das keine Lüge wäre, hülle ich mich in Schweigen. Stattdessen denke ich die nächsten Sekunden darüber nach, Abbie die Wahrheit zu sagen und meine Beteiligung an der Sache zuzugeben. Der einzige Grund, warum ich nicht über meinen Schatten springe, ist, weil ich sie zu wenig kenne, um ihre Reaktion vorherzusehen. Das, und weil ich nicht will, dass sie mich für den Mistkerl hält, der ich bin.

»Darf ich dich etwas fragen?«

»Das Thema trifft mich nicht auf derselben Ebene wie dich«, antworte ich und äußere mich damit mehr als vage.

»Woher weißt du, was ich dich fragen wollte?«, will sie verblüfft wissen.

»Weil es die Frage wäre, die ich dir stellen würde, wären unsere Rollen vertauscht. Die Art, wie ich damit umgehe, ist eine gänzlich andere, als es die deine sein wird. Du besitzt eine emotionale Bindung zu dem Thema, ich nicht.« Die Worte verlassen meinen Mund, als hätte ich ihr eine rationale Analyse der Sachlage mitgeteilt. Aber es ist immerhin die Wahrheit. Während Abbie hofft, dass sich alles zum Guten wendet, hoffe ich auf das Gegenteil. Jedenfalls in Bezug auf Elijah.

»Was meinst du damit?«

»Das Verhältnis zu meiner Familie ist schwierig.«

»Was bedeutet schwierig?«, hakt sie vorsichtig nach. Und ich hasse es, dass sie mich mit Samthandschuhen anfasst, obwohl ich einen kräftigen Schlag mitten ins Gesicht verdiene.

»Dass der Kontakt sehr sporadisch ist. Ich bin alleine in England aufgewachsen, während ihr Leben in den Staaten seinen Lauf genommen hat«, hangle ich mich an der Wahrheit entlang. Was nicht fair ist, weil ich immer noch ihren mitleidigen Blick auf mir spüre.

Der Teufel reibt sich bereits die Hände, weil ich mit jedem Wort, das meine Lippen verlässt, eine Stufe der Höllenleiter hinabsteige.

Wir biegen nach links in den Bungalowkomplex ab. Als ich Abbie aus der Mensa manövriert habe, habe ich mir keine Gedanken darüber gemacht, was danach passieren würde. Ich bin einfach losgelaufen, ohne Ziel, weg von den neugierigen Blicken. Hätten wir zweistellige Plusgrade, würde ich mit ihr einen ausgiebigen Spaziergang machen, um ihre trüben Gedanken zu vertreiben. Jedenfalls funktioniert die Methode bei mir, wenn die Wolke, die über mir schwebt, tiefgrau und tonnenschwer ist. Stattdessen mache ich wohl das Dümmste, was ich tun könnte. Denn keine zwei Minuten später stehen wir vor Bungalow Nr. 86.

Wenn wir den neutralen Boden verlassen, verändert sich automatisch die Ebene, auf der wir uns bewegen. Eine Türschwelle trennt die beiden Welten, in denen wir agieren. Übertreten wir sie, verschwimmen die höfliche Distanzebene und die zerbrechliche Gefühlsebene miteinander. Denn auf der einen Seite befindet sich jemand, der dich in sein Leben lässt, und auf der anderen Seite jemand, der diese Einladung annimmt. Alles basiert auf Vertrauen und der Hoffnung, nicht enttäuscht zu werden. Gerät das wacklige Konstrukt, das man erschafft, aus dem Gleichgewicht, endet es für gewöhnlich schmerzhaft. Bedenkt man unsere Ausgangssituation, lässt sich das Ergebnis bereits erahnen.

Und genau deswegen zögere ich, sehe zu Abbie, die mich nicht weniger unsicher anblickt. Was wohl gerade in ihrem Kopf vor sich geht? Was glaubt sie, was ich mit ihr vorhabe? Vor zehn Minuten habe ich sie noch in den Armen gehalten und die Ebenen bereits unwiderruflich vermischt. Damit habe ich ihr ein Signal gesendet, in welche Richtung wir uns bewegen. Weil man sich niemandem auf die Art nähert, wenn man keine Verbindung fühlt. Wobei ich mir nicht sicher bin, wie genau diese aussieht. Mein Antrieb war mein schlechtes Gewissen. Doch, ist das wirklich alles?

Über die Frage muss ich nicht ernsthaft nachdenken. Die Antwort kenne ich bereits, seit ich sie auf der Party geküsst habe. Ich bin nicht nur neugierig, wer Abbie Westing ist. In meinem Kopf spielen sich regelmäßig ganz andere Dinge ab. Und nichts davon sollte ich wollen.

Dennoch schließe ich die Tür zum Bungalow auf und lasse Abbie den Vortritt. Kein Zögern. Stattdessen schenkt sie mir ein aufrichtiges Lächeln und wagt den Schritt über die Schwelle des Teufels.

# 11.

## ABBIE

Ist es verrückt, dass es sich nicht falsch anfühlt, in Jaspers Nähe zu sein? Dass in seinen Armen das Ungewisse weniger beängstigend zu sein scheint? Oder dass ich das Gefühl habe, nicht allein tapfer sein zu müssen?

Mit den heutigen Schlagzeilen hat sich der ohnehin schon wacklige Boden unter meinen Füßen in eine Kraterlandschaft verwandelt. Es ist das eine, zu wissen, was einen erwartet, und etwas völlig anderes, wenn genau das eintritt.

Jasper zieht seinen Mantel aus und streckt mir auffordernd die Hand entgegen. Ich schäle mich aus meiner Jacke und reiche sie ihm, damit er sie aufhängen kann. Dann folge ich ihm durch den Flur. Die Aufteilung des Bungalows entspricht unserem, nur dass er zwei statt drei Schlafzimmer hat. Als wir an den Türen vorbeigehen, frage ich mich, welches sein Zimmer ist und wie es darin wohl aussieht.

Mein Blick heftet sich an Jaspers Rücken. Mein erster Impuls ist: unpersönlich. Er wirkt nicht wie jemand, der Wände farbig streicht oder Bilder aufhängt. In meinem Kopf formt sich das Bild eines steril wirkenden Zimmers mit zugezogenen Vorhängen und nur mit dem Nötigsten eingerichtet. Jasper spiegelt den Charme eines klassischen Film noir wider. Schattenbehaftet. Kontrastreich. Düster. Elegant. Aber vor allem zieht er mich in seinen Bann.

»Hast du Hunger?« Zum ersten Mal glaube ich, Unsicherheit in seiner Stimme zu hören.

»Was hast du denn im Angebot?«, frage ich, obwohl mir der Appetit nach dem Besuch in der Mensa vergangen ist.

Er durchquert den Wohnbereich, geht in die Küche, öffnet den Kühlschrank, sieht hinein und schließt ihn wieder.

»Ja, also … Ich befürchte, du hast die Wahl zwischen Cornflakes und bunten Frühstücksflocken. Einkaufen steht erst für heute Nachmittag auf der To-do-Liste«, sagt er beinahe entschuldigend.

»Dann Frühstücksflocken.« Ich klettere auf einen der Barhocker und sehe Jasper dabei zu, wie er eine Schüssel aus dem Hängeschrank nimmt.

»Ausgezeichnete Wahl.« Er greift nach der Packung, die vermutlich noch von heute Morgen auf der Arbeitsfläche steht, und kippt etwas von ihrem Inhalt in die Schale. »Tee, Kaffee, Wasser oder Rhabarberschorle. Ich würde dir auch Cranberrysaft anbieten, aber Cam hat die Angewohnheit, aus der Flasche zu trinken.«

»Da hat er etwas mit Aspen gemeinsam, für sie sind Gläser auch ein Fremdwort.«

Erneut öffnet er den Kühlschrank und nimmt einen Getränkepack heraus, öffnet ihn und gießt die Milch über die Flocken. Abwartend sieht er mich an.

»Rhabarberschorle, bitte«, beantworte ich seine Frage.

Ein Grinsen schleicht sich auf seine Lippen. War das die richtige Antwort? Ich habe noch nie Rhabarberschorle getrunken. Meine Wahl ist nur deshalb darauf gefallen, weil ich ihm keine Umstände machen will und pures Wasser nicht zu meinen Favoriten zählt. Aber wenn ihm die Getränkewahl ein Lächeln entlockt, bin ich zufrieden.

Bevor er den Kühlschrank wieder schließt, nimmt er eine Flasche heraus. Anschließend holt er zwei Gläser und füllt sie. Er stellt die Schüssel Frühstücksflocken und ein Glas Rhabarberschorle vor mir auf dem Bartresen ab. Unsere Blicke treffen sich, halten einander fest. *Und jetzt?* Die Frage schwebt unausgesprochen über uns.

Jasper räuspert sich. »Löffel«, sagt er und wendet sich ab. Im ersten Moment weiß ich nicht, was er mir damit sagen will, bis er eine Schublade aufzieht und mir kurz darauf einen Löffel entgegenhält. Meine Finger streifen seine, als ich nach dem Besteck greife. Schlagartig beschleunigt sich mein Puls. Eine winzige Berührung und mein Herz gerät aus dem Takt. Nein, es überschlägt sich, weil er mich wissend anlächelt.

»Hast du schon mit deiner Mom gesprochen?«

Seine Frage trifft mich völlig unvorbereitet, dabei haben die Ereignisse, auf die er anspielt, mich auf diesen Barhocker geführt. Als ich heute Morgen die Küche betreten habe, stand Dion überdeutlich ins Gesicht geschrieben, dass irgendwas nicht stimmt. Wortlos hat sie mich in den Arm genommen. Was sich bei Jasper nach ›Komm her, ich beschütze dich‹ angefühlt hat, wirkte bei Dion wie ein ›Es tut mir leid‹. Auf meine Frage, was los sei, hat sie ihr Handy gezückt und es mir unter die Nase gehalten.

»Ja, heute Morgen ganz kurz, bevor ich zu Physik bin.«

»Kommt sie klar?«, will er wissen.

Ein Kloß bildet sich in meinem Hals, weil in seiner Stimme Sorge mitschwingt.

»Sie versucht sich nicht anmerken zu lassen, dass sie die Sache mitnimmt.«

Er nickt und mustert mich intensiv. »Wenn man Menschen seine verletzliche Seite zeigt, ist das der Punkt, an dem sie ansetzen werden, um einen kleinzukriegen.« Seine Mundwinkel verziehen sich zu einem aufmunternden Lächeln, während ich mich frage, ob er da aus eigener Erfahrung spricht und das der Grund ist, warum er so unnahbar scheint.

»Krone richten und weitermachen – das hat Dion auch gesagt. Habe ich versucht. Aber du hast ja gesehen, wie ich gescheitert bin.« Für einen Augenblick wusste ich nicht, ob ich weinen oder schreien sollte. Aber was ich weiß: Ich bin wütend. Wütend auf die Presse, die bei ihrer Berichterstattung keinerlei Rücksicht auf das Lebenswerk meiner Mom nimmt. Die das Andenken an meinen Dad in den Dreck zieht und den Namen Westing beschmutzt. Anschuldigungen streut, die an den Haaren herbeigezogen sind. Ich bin wütend auf die Andersons, die uns in ihre Angelegenheiten mit hineinziehen. Auch wenn das unfair ist, weil Jaspers Familie sicher nicht mit dem Finger auf uns gezeigt hat, um von sich selbst abzulenken. Meine Mom und Mrs Anderson kennen sich seit Jahren. Sie sind zwar nicht eng miteinander befreundet, aber schätzen einander sehr.

»Du bist nicht gescheitert, du hast menschlich reagiert, weil deine Gefühlswelt aus dem Gleichgewicht geraten ist. Das ist nichts Ungewöhnliches in Extremsituationen.«

Gott, wie kann man nur so sachlich argumentieren?

Jasper führt das Glas an seine Lippen.

»Etwas, das dir nicht passiert, hm?«, erwidere ich und kann mir ein Grinsen nicht verkneifen. Vielleicht kann er mir ein paar Tipps geben, wie man unnahbar wird.

Er hält in der Bewegung inne und sieht mich über den Rand des Glases hinweg an. Ich bemerke, wie er tief einatmet, bevor er die Rhabarberschorle abstellt.

»Ich bin niemand, an dem du dich orientieren solltest«, antwortet er, als wüsste er wieder einmal genau, was ich denke.

»Was schlägst du stattdessen vor?«

»Dass du immer dann, wenn das Grau dich zu verschlucken droht, mit bunten Farben dagegenhältst.«

»Was meinst du damit?«, hake ich nach, weil ich aus seinen Worten nicht schlau werde.

»Was tust du, wenn du einen miesen Tag hattest, um dich besser zu fühlen?«

Ich denke über seine Frage nach. Heute Morgen hätte ich mich am liebsten in meinem Zimmer verkrochen, aber was würde das bringen? Es ändert die Situation nicht. Früher oder später müsste ich wieder vor die Tür gehen.

Das letzte Mal haben wir die Schlagzeilen beherrscht, als mein Dad verstorben und Mom die Krebsstiftung zum Andenken an ihn gegründet hat. Die Westings sind das, was man als skandalfrei bezeichnen kann. Bei Aspens und Dions Familien sieht das anders aus. Zuletzt sorgte die Trennung der Hills mächtig für Medienrummel, weil die Affären Robert Hills auf öffentliches Interesse stießen. Hauptsächlich, weil einige Frauen kaum älter als Aspen waren. Die Carmichaels sorgten im letzten Herbst für einen Aufschrei, weil Dions Mom keinen Hehl daraus macht, dass sie echten statt Kunstpelz bevorzugt. Tierschützer schlugen über Wochen vor der Firmenzentrale der Carmichaels ihr Lager auf.

Dion entlocken Skandale höchstens ein Schmunzeln, denn für sie sind sie morgen bereits Schnee von gestern. Für mich fühlt es sich wie ein Albtraum an. Zu meiner Physikvorlesung bin ich nur gegangen, weil Dion meinte: Krone richten und weitermachen. Und tatsächlich war es weniger schlimm, als ich befürchtet hatte. Kaum jemand hat von mir Notiz genommen. Vermutlich, weil die Neuigkeiten sich noch nicht flächendeckend herumgesprochen haben oder für wenig Interesse sorgen. Dachte ich jedenfalls. Denn zwei Stunden später war es, als hätte jemand in der Mensa einen Scheinwerfer auf mich gerichtet. Die Blicke. Das Getuschel. Plötzlich begann der Saal um mich herum zu schrumpfen und mir die Luft abzuschnüren. Und dann war da wie aus dem Nichts Jasper. Wie ein Rettungsschirm hat er mich aufgefangen, bevor ich auf den Boden krachen konnte.

Zufall? Wohl eher nicht. Mein Gefühl sagt, Jasper überlässt nichts dem Zufall.

»Abbie?«

»Hmm?« Mein innerer Monolog hat wieder einmal meine Aufmerksamkeit von der Wirklichkeit abgekapselt. Dion hat recht. Fünf Sekunden, mehr hat mein Gegenüber nicht. Ich sollte Jasper einen Orden für seine Geduld verleihen.

»Was würdest du tun?«, wiederholt er seine Frage.

»Das hier wäre eindeutig ein Dirty-Dancing-Moment«, antworte ich ehrlich und seufze leise.

»Und das bedeutet genau was?«

»Ein Dirty-Dancing-Moment bedeutet, wir ziehen Schlafanzüge an, kuscheln uns aufs Sofa und schauen den Film, während wir Süßkram verputzen. Danach ist uns zwar schlecht, aber die Welt ist ein bisschen schöner. Später schlafen wir zufrieden auf der Couch ein.«

Ja, das wäre, was wir tun würden.

Das ist der Moment, in dem mir bewusst wird, wie meine Worte für ihn klingen müssen. Vorsichtig hebe ich den Blick, um nachzusehen, ob Jasper mich missverstanden hat. Hat er. Denn er mustert mich mit zusammengezogenen Augenbrauen. So intensiv, dass mir die Hitze in die Wangen steigt.

# 12.

## JASPER

*Lass es! Denk nicht einmal darüber nach. Lass es!*

»Okay.« Großartig! Ignorier die Sprossen der Höllenleiter und spring einfach direkt. Eine fantastische Idee.

»Okay?«, fragt sie verwirrt.

Meine Chance, zurückzurudern, und ich sollte sie ergreifen, statt mich noch tiefer zu verstricken. Allerdings bringt Abbie mich grundsätzlich dazu, dass ich entgegen meinem Verstand handle.

»Dann machen wir das«, sage ich, gehe um den Küchentresen herum und stelle mich neben sie.

Blinzelnd sieht sie mich an. »Mit ›wir‹ meinte ich nicht du und ich«, stellt sie rasch klar. Davon bin ich auch nicht ausgegangen. »Also, das würden Aspen, Dion und ich tun«, fügt sie hinzu.

»Da weder die eine noch die andere anwesend ist, stelle ich mich gerne zur Verfügung. Außer ich erfülle deine Ansprüche nicht, dann rufe ich Aspen an?«, biete ich ihr an und hasse diesen kleinen miesen Verräter, der hinter seiner Ecke hervorlugt und hofft, dass er genau das tut. Abbies Ansprüchen genügen. Ich bin nicht scharf auf den Film, aber ich möchte, dass sie sich besser fühlt.

Ein paar Sekunden sieht sie mich ungläubig an. Als ihre Mundwinkel zucken, befürchte ich, sie könnte über meinen Vorschlag lachen. Aber dann lächelt sie dankbar und in ihren braunen Augen liegt dieses Glitzern, das meinen Untergang prophezeit. Weil es dafür sorgt, dass ich alles dafür tun würde, damit es nie wieder verschwindet. Und dieses Bedürfnis hat absolut nichts mit meinem schlechten Gewissen zu tun. Fuck!

»Bin ich eine schlechte Freundin, wenn ich froh bin, dass keine der beiden hier ist, weil ich ihre Nähe gerade nicht ertrage?«, fragt sie leise. Irgendwas sagt mir, dass es nicht nur in diesem Moment so ist, sondern möglicherweise mehr hinter ihren Worten steckt.

»Ich denke, es ist normal, dass Freundschaften einem hin und wieder zu viel sind und man von Zeit zu Zeit ausbricht, um durchzuatmen.« So geht es mir mit Cameron. Es gibt Tage, da habe ich das Gefühl, durch ihn etwas zurückzubekommen, und dann folgen die Tage, an denen er mich erstickt.

»Also wenn du deinen Vorschlag ernst meinst, dann würde ich mit dir gerne ein bisschen Farbe ins Grau mischen.«

»Na, dann los«, sage ich, umfasse ihr Handgelenk und ziehe sie vom Barhocker. Für einen winzigen Augenblick will ich sie erneut in die Arme nehmen, als sie zu mir aufsieht. Aber diesmal, um sie zu küssen und herauszufinden, wie zwanglos unser Lippenaufeinanderpressen auf der Party tatsächlich gewesen ist.

Wie konnte ich mich nur in diese Situation manövrieren? Habe ich ernsthaft geglaubt, meine Neugier kontrollieren zu können? Wow, wann habe ich mich zuletzt selbst derart überschätzt?

Als sie das Kinn etwas höher reckt und mir damit weiter entgegenkommt, kann ich gerade so verhindern, dass sich mein Verstand in den Stand-by-Modus verabschiedet und dem Verlangen die Führung überlässt. Stattdessen lege ich eine Hand zwischen ihre Schulterblätter und schiebe sie in Richtung Couch.

Ich greife nach der Fernbedienung und suche den Film raus. Abbie sitzt auf dem Sofa und grinst in sich hinein. Zum ersten Mal frage ich mich, ob sie spürt, dass ich mich von ihr angezogen fühle, weil ich es nicht so gut verstecke, wie ich annehme.

»Eine Frage habe ich noch. Müssen wir die Sache mit den Schlafanzügen durchziehen?« Wenn sie Ja sagt, wirds schwierig. Ich besitze nämlich keinen, weil ich grundsätzlich auf dem Sofa einschlafe, und sollte ich mal in einem Bett landen, dann aus anderen Gründen. Ich müsste entweder improvisieren oder nackt neben ihr auf dem Sofa sitzen. Okay, nicht nackt. Auf keinen Fall nackt. Falscher Gedankengang.

»Hast du einen mit Punkten im Schrank? Die mag ich am liebsten«, zieht sie mich auf. Da sie augenscheinlich schon wieder zum Scherzen aufgelegt ist, geht es ihr wohl besser. Oder sie überspielt gerade ihre eigentlichen Gefühle.

Neugierig mustere ich sie. Ich bin mir nicht sicher. Es könnte beides sein. Diese Art von Emotionen zu unterdrücken, beherrschen wir zweifelsohne beide.

»Keine Punkte, keine Streifen, nicht mal Schlafanzüge im Allgemeinen.« Vielsagend grinse ich sie an.

Sie blinzelt hektisch. Den Wink hat sie verstanden. Ich konnte mir den kleinen Seitenhieb einfach nicht verkneifen.

»Dann behalten wir wohl lieber unsere Klamotten an.«

Mir ist klar, wie sie das meint, aber bei mir treffen ihre Worte eindeutig den falschen Nerv. Denn in meinen Ohren klingt es, als hätte sie nichts gegen das Gegenteil einzuwenden.

»Ich versuche mal herauszufinden, wo Cameron seinen Zuckervorrat versteckt hat«, sage ich und lenke das Ganze in eine Richtung, die kein Kopfkino verursacht.

Fünf Minuten später habe ich eine Packung Jelly Beans, zwei Tafeln Schokolade und Mikrowellenpopcorn zutage gefördert. Nachdem ich alles auf den Tisch gestellt habe, hole ich noch unsere Gläser und die Schale mit den Frühstücksflocken.

»Bereit?«, frage ich, sobald ich ebenfalls auf dem Sofa Platz genommen habe. Darauf bedacht, den Abstand zwischen uns so groß wie möglich zu halten, um eine Annäherung zu verhindern. Je kleiner die Lücke, desto höher die Wahrscheinlichkeit, dass man näher zusammenrückt. Jedenfalls dann, wenn man sich voneinander angezogen fühlt. Und ich schätze, bei uns ist genau das der Fall. Wie bei zwei Magneten. Ist eine gewisse Distanz zwischen ihnen gegeben, passiert absolut nichts. Verringert man den Abstand, kann man die Schwelle der Anziehung spüren. Lässt man sie los, krachen sie unweigerlich aufeinander und man hat Mühe, sie wieder voneinander zu lösen.

»Ja, kann losgehen.« Abbie greift nach den Jelly Beans und reißt sie auf, während ich auf *Play* drücke.

Statt zum Fernseher zu sehen, beobachte ich aus dem Augenwinkel, wie ein Jelly Bean nach dem anderen in Abbies Mund verschwindet. Als sie es bemerkt, hält sie mir die Tüte entgegen.

Ich schüttle den Kopf. »Süß trifft nicht meinen Geschmack.« Süß in jeglicher Form steht nicht sehr weit oben auf meiner Favoritenliste. Ich bevorzuge weder süße Frauen noch süßes Essen oder süße TV-Unterhaltung.

»Wirklich? Ich erinnere mich, dass du dich über meine Eiscreme hergemacht hast«, erwidert sie und grinst.

Okay, außer es handelt sich um Eiscreme.

Mein Blick heftet sich auf ihren Mund, als ein grünes Jelly Bean zwischen ihren Lippen verschwindet. Möglicherweise entwickle ich gerade eine neue Vorliebe, denn ich würde gerne mit dem Jelly Bean tauschen.

»Jeder macht mal eine Ausnahme. Aber grundsätzlich bevorzuge ich andere Dinge.« In Anbetracht dessen, in welche Richtung meine Gedanken gewandert sind, klingt das mehr als doppeldeutig. Abbie Westing fällt definitiv in die Kategorie Ausnahme. Denn was auch immer hier gerade läuft, entspricht nicht dem, was ich normalerweise mit einer Frau tue, wenn ich mit ihr alleine bin.

»Die da wären?«, fragt sie beiläufig, bringt mich damit aber tatsächlich aus dem Konzept.

»Wollten wir nicht den Film ansehen?«, weiche ich ihrer Frage aus, bevor ich etwas Unüberlegtes sage. Zum Beispiel, dass ich es gerade bevorzugen würde, sie mit meinem Mund zum Schweigen zu bringen.

Abbie wendet sich mir zu, verändert ihre Position in den Schneidersitz. »Also eigentlich läuft es folgendermaßen ab: Wir unterhalten uns, während der Film läuft, und verdrücken Unmengen von dem Zeug, das du offenbar nicht magst.«

»Und warum läuft der Film dann überhaupt, wenn er nicht angesehen wird?« Die Logik erschließt sich mir nicht.

»Weil wir damit bunte Momente verbinden und wir uns an das Gefühl erinnern, wie es war, ihn mit dreizehn das erste Mal zu sehen. Jede von uns war gerade in einer schwierigen Phase. Dieser Film hat uns da durchgeholfen. Über die Jahre ist es zu einer Art Ritual geworden. Geht es einer von uns schlecht, schalten wir *Dirty Dancing* ein und streiten darüber, ob er romantisch ist.«

»Und?«

»Und was?« Ich spiegle ihre Sitzposition wider, damit wir uns gegenübersitzen und einander besser ansehen können.

»Auf welcher Seite argumentierst du – romantisch oder überzogene Floskeln mit kitschiger Musik unterlegt?«

Meine Frage entlockt ihr ein Lachen, das in mir den Wunsch weckt, sie immer wieder zum Lachen zu bringen. »Ganz klar romantisch.«

»Dachte ich mir.« Aber ich hätte mir die andere Seite gewünscht, weil wir dann höchstwahrscheinlich mehr auf einer Wellenlänge wären, was …

*Denk nicht mal darüber nach.*

»Ja, ich bin ein hoffnungsloser Fall. Was ist mit dir?«

»Was soll mit mir sein?« Können wir das Thema wechseln?

»Romantiker oder Realist?«

»Realist«, antworte ich, ohne darüber nachdenken zu müssen. Romantische Ambitionen sucht man bei mir vergebens. Ich komme nicht in Stimmung, wenn jemand Kerzen anzündet, Rosenblätter streut und mir ins Ohr säuselt, was er fühlt. Mich macht es an, wenn man mir ziemlich direkt sagt, was man von mir will und vor allem wie. Also definitiv nicht süß und ganz klar nicht dieselbe Wellenlänge. Denn an Abbie schreit alles nach großem Gefühlszauber. Außerdem gibt es immer noch das klitzekleine Problem, dass wir nur hier sitzen, weil ich es so richtig verbockt habe.

Abbie mustert mich und scheint dabei über irgendwas nachzudenken. Sie ist abgelenkt und ich wüsste zu gern, wo sie gerade mit ihren Gedanken ist. Ich stupse ihr mit der Fußspitze gegen das Schienbein.

»Reportagen sind auch eher realistisch als romantisch«, sagt sie schnell und befördert ein weiteres Jelly Bean in ihren Mund, dann legt sie die Tüte zurück auf den Tisch und nimmt sich die Schüssel mit dem Popcorn.

Dahin sind also ihre Gedanken gewandert. Zu unserer Unterhaltung auf der Party. Sind sie auch noch ein Stück weitergewandert, dahin, wo meine seit diesem Abend immer wieder landen?

Ja, denn ihr Blick heftet sich gerade sehnsüchtig auf meine Lippen. Verdammt!

*Komm schon, Abbie, lass das! Denn ich werde dich nicht davon abhalten, solltest du dich trauen, mich herauszufordern.*

»Vor allem sind sie informativ«, antworte ich und fixiere ihr Gesicht.

»Und was genau interessiert dich?«

*Im Augenblick du.* Keine Ahnung, was sie mit mir anstellt, aber mein Blick verhakt sich mit ihrem. Selbst wenn ich wollte, ich könnte mich nicht abwenden. Viel zu sehr bin ich von der Imperfektion in ihrer linken Iris fasziniert. Dieser braungrüne schmetterlingsähnliche Fleck hat mich bereits in den Hamptons in seinen Bann gezogen. Ein hübscher kleiner Fehler in der Matrix.

»Heterochromie«, rutscht es mir heraus.

Abbie blinzelt und senkt ihren Blick. Fixiert den Inhalt der Schüssel in ihren Händen. Dafür würde ich mir gern selbst eine Ohrfeige verpassen. Denn diese Reaktion hat sie auch gezeigt, als ich beim letzten Mal zu genau hingesehen habe.

Ich ändere meine Sitzposition und rutsche näher an sie heran. Dass das hier eine dumme Idee ist, weiß ich, aber mein Verstand hat sich schon vor zwanzig Minuten in den Ruhemodus begeben und der Neugier das Steuer überlassen. Mit jedem Pulsschlag wächst sie weiter an. Die Filmgeräusche verschwimmen zu einem Rauschen in weiter Ferne. All meine Sinne polen sich gerade auf Abbie.

Ich nehme ihr das Popcorn ab und stelle es auf den Couchtisch. Als ich mich ihr wieder zuwende, stößt mein Oberschenkel gegen ihre Knie. Magnete, die sich aufeinander zubewegen, denn ich kann diesen Sog in jeder Faser meines Körpers spüren. Und ich bin mir durchaus bewusst, dass es nicht fair ist, als ich meine Finger unter ihr Kinn lege und es anhebe, damit sie mich ansieht. Aber einen Platz in der Hölle habe ich mir bereits gesichert, kommt es da wirklich noch darauf an, wie lang die Liste der Fehltritte ist, die mich dorthin befördert? Sicher nicht.

»Mich interessiert Unvollkommenheit. Weil ich wissen will, wie sie zustande kommt, wenn alle nach Perfektion streben. Ich bin nahezu besessen davon, den Dingen auf den Grund zu gehen. Und dieses kleine Detail fasziniert mich obendrein.« Das ist die Wahrheit und ich habe keine Ahnung, ob sie mich versteht oder für durchgeknallt hält.

Ein zaghaftes Lächeln erscheint auf ihren Lippen und ich unterdrücke den Impuls, mit dem Daumen darüberzustreichen. Herauszufinden, wie es sich anfühlt.

»Normalerweise sagen die Leute so was wie ›Wow, das ist abgefahren. Es irritiert mich. Sieht schräg aus. Kann man dagegen was machen? Ist das eine Krankheit?‹ Das Wort *Freak* habe ich auch schon gehört«, plappert sie nervös drauflos.

Ich würde sie zu gerne davon abhalten, sich selbst zu bewerten, indem ich meine Lippen auf ihre drücke. Denn genau das ist es, was sie tut. Sie sieht ihre Andersartigkeit als Makel an. Das Problem ist nicht sie, sondern Menschen, die damit nicht umgehen können und ihre Unsicherheit auf andere projizieren.

Ich lehne mich etwas vor, öffne den Mund, um etwas zu sagen, schließe ihn wieder. ›Scheiß drauf, was andere sagen‹ ist nicht das, was sie hören will. Aber ich bekomme meine Gedanken auch nicht zu einer charmant klingenden Antwort zusammengefasst.

»Anderssein ist eine besonders schöne Form von Richtigsein«, versuche ich es dennoch und zwinkere ihr zu. Ergibt das Sinn? Ich denke, das trifft es ganz gut.

Das Lächeln auf ihren Lippen wird breiter. »Deine Superkraft ist eindeutig, Dinge zu sagen, damit man sich besser fühlt.«

Einige würden ihr da ganz klar widersprechen. Normalerweise bin ich der Grund, warum man sich schlecht fühlt. Was sie wüsste, hätte ich ihr meine Beteiligung an ihrem Dilemma gebeichtet. Die Chance habe ich in dem Moment verstreichen lassen, als ich sie in meine Arme genommen und mich dazu entschieden habe, ein Heuchler zu sein.

»Das war etwas Nettes. Du solltest lächeln, statt das Gesicht zu verziehen«, sagt Abbie und verpasst mir mit der Faust einen leichten Hieb gegen die Schulter.

Ich umfasse ihr Kinn fester und ziehe sie näher zu mir heran. »Warum schlägst du mich dann?«

»Das war eine lieb gemeinte Geste«, erwidert sie und grinst.

»Wirklich? Darunter stell ich mir etwas anderes vor.«

Sollte ich sie zu diesem Spiel herausfordern? Nein. Doch ich hoffe mindestens so sehr, dass sie sich darauf einlässt, wie ich hoffe, dass sie es nicht tut.

Unsere Blicke verschmelzen miteinander, gleichzeitig löst sich der Abstand, der meine Lippen von ihren trennt, immer mehr in Luft auf. Der Duft ihres Parfüms gemischt mit Popcorn steigt mir in die Nase. Blumig und süß. Nicht mein Geschmack. Und doch atme ich ihn tief ein, damit er sich in meine Festplatte brennt und sich jederzeit abrufen lässt.

»Was zum Beispiel?«

Der Ton ihrer Stimme hat etwas Lockendes, aber es schwingt auch eine gehörige Portion Unsicherheit mit. Wäre das nicht der Fall, würde ich ihr sagen, dass sie für eine lieb gemeinte Geste vor mir auf die Knie sinken müsste, während ich die Hose öffne. Solche Fantasien sind mehr als unangebracht, aber es wäre die ehrlichste Antwort, die heute meinen Mund verlassen würde.

»Das musst du schon selbst herausfinden.« Mein Ton ist nicht weniger lockend und so wie sich ihre Augen weiten, ist die Botschaft, die ich ihr nicht hätte senden sollen, angekommen. Denn, sind wir ehrlich, wie wird das hier enden? Genau. In einem Drama, das niemand braucht und das sich ganz leicht vermeiden ließe, hätte ich mich unter Kontrolle.

Ein Räuspern lässt uns wie zwei ertappte Teenager aufschrecken. Schlagartig hat sich der Abstand zwischen uns vervielfacht.

»Komm ich ungelegen? Dann verzieh ich mich wieder.«

Abbie sieht zu Cam, während mein Blick nach wie vor auf ihr ruht. Ihre Wangen färben sich tiefrot.

»Ich geh dann mal«, sagt sie, springt hastig vom Sofa auf und ergreift regelrecht die Flucht.

Shit! So sollte das nicht laufen. Okay, die Richtung, die wir gerade eingeschlagen haben, sollte es ebenfalls nicht sein. Aber … fuck … Zum ersten Mal habe ich keine Ahnung, welches Ziel ich verfolge. Die Dinge, die ich will, liegen extrem weit auseinander und ich stehe genau dazwischen. Wenn ich sie gehen lasse, hätte ich ein Problem weniger. Wenn ich sie aufhalte, komme ich aus der Nummer nicht mehr raus.

Cam und ich sehen einander an. Er irritiert, ich unschlüssig. Mit dem Kopf deutet er zum Flur, in dem Abbie gerade verschwunden ist. Als hätte er mir die Entscheidung abgenommen, stehe ich vom Sofa auf und eile ihr hinterher.

»Alles okay?«, frage ich.

Abbie zuckt zusammen, während sie ihre Schuhe anzieht. Sie hat nicht damit gerechnet, dass ich ihr nachlaufe. Aber im Grunde hatte ich gar keine andere Wahl. Auch ohne Cam würde ich jetzt hier stehen. Weil ich sie immer noch beschützen will. Und eigentlich sollte ich damit bei mir anfangen, statt sie in meinen Mist mit hineinzuziehen.

Ein Seufzen entweicht ihr, bevor sie mich ansieht. »Ja. Danke für die Ablenkung.«

Ich nehme ihre Jacke vom Haken und halte sie so, damit sie einfach hineinschlüpfen kann. Etwas länger als unbedingt nötig bleibe ich dicht hinter ihr stehen und sie rückt auch nicht ab. Nachdem ich einmal tief durchatme, um meinen Verstand aus dem Dämmerschlaf zu holen, greife ich nach meinem Mantel. »Ich bringe dich nach Hause.«

»Nein, nicht nötig.«

Normalerweise würde ich darauf bestehen, aber ihre Worte haben einen flehenden Unterton. Sie will nicht, dass ich sie begleite. Weil sie verwirrt ist und eine Weile mit ihren Gedanken allein sein muss. Und ich kann es verstehen. Ein Zustand, den ich nur allzu gut kenne.

»Okay.«

Ein dankbares Lächeln.

»Wenn du jemanden brauchst, um bunte Momente zu schaffen – du hast meine Nummer.« Was rede ich da für einen Bullshit?

Ein nachdenklicher Blick.

»Ich meine es ernst. Ruf an.« Wow, zählt das schon zu *Ich bettle sie an, sich von mir helfen zu lassen, damit ich mich selbst weniger dafür hasse, dass das hier meine Schuld ist*?

Ein hoffnungsvolles Blinzeln, bevor sie durch die Tür verschwindet.

Ich sehe ihr so lange nach, bis sie um die Ecke biegt. Als ich das Wohnzimmer wieder betrete, hat sich Cam nicht vom Fleck bewegt. Seine Lippen teilen sich.

»Ich will nicht darüber reden«, lasse ich ihn gar nicht erst zu Wort kommen, nehme die Fernbedienung vom Couchtisch und schalte den Fernseher aus. Ich starre auf den schwarzen Bildschirm. Das wars. Man drückt einen Knopf und alles ist vorbei. Am Ende bleibt ein schwarzes Nichts übrig. Keine Ahnung, welche Schraube sich in meinem Kopf gelockert hat, aber es fühlt sich an, als würde mein Verstand mächtig durchgeschüttelt. In diesem Augenblick realisiere ich, dass ich am Ende verlieren werde, ohne exakt definieren zu können, was genau eigentlich auf dem Spiel steht.

»Aber –«, setzt Cameron an.

»Nicht jetzt, Cam«, unterbreche ich ihn barsch und verschwinde zurück in den Flur, nehme erneut den Mantel vom Haken und ziehe die Schuhe an. Dann verlasse ich den Bungalow und folge Abbie. Nur um sicherzugehen, dass sie klarkommt, und mit genügend Abstand, damit sie mich nicht bemerkt. Weil ich einfach nicht anders kann, als auf sie aufzupassen.

# 13.

## ABBIE

Mit einem hat Dion recht: Eine Schlagzeile ist nur so lange in aller Munde, bis eine neue auftaucht. Zum Beispiel, dass das New York Police Department gehackt wurde und für zwei Tage das Drei-Affen-Motiv über ihre Computerbildschirme lief. Oder wer in diesem Jahr für die Oscars nominiert wird. Das war weitaus spannender, als darüber zu berichten, dass die Stiftung meiner Mom nicht in die Geldwäsche involviert ist und die Ermittlungen in der Sache mittlerweile abgeschlossen sind.

Um unseren Namen reinzuwaschen, gab es nur einen winzigen Artikel in der heutigen Sonntagszeitung. Versteckt im Mittelteil und nicht mehr als zehn Zeilen lang. Das wars. Kein ›Es tut uns leid‹ oder ›Zur Entschädigung schalten wir eine Gratis-Werbeanzeige mit der besten Platzierung für die Sichtbarkeit‹. Die Sache hallt nach. Der Richtigstellung war ein Witz. Aber Bad News verkaufen sich besser als Good News.

Am Wochenende habe ich ein Telefonat meiner Mom belauscht. Sie hat mit Miss Stanley darüber gesprochen, dass einige große Geldgeber durch die Sache weggebrochen sind und damit ein Loch in die Stiftungskasse reißen. Sie hat keine Ahnung, wie sie es so schnell stopfen soll. Es ist genau das eingetreten, was ich befürchtet habe. Wie tief wird das finanzielle Loch schlussendlich werden? Wird sich Moms Lebenswerk davon erholen? Es ist einfach nicht fair, dass eine einzige Anschuldigung reicht, um jahrelange Arbeit in Schutt und Asche zu legen.

Ich sehe auf die Uhr. Dion müsste jeden Moment zur Tür hereinkommen, also klappe ich den Laptop zu, um mich um das Abendessen zu kümmern. Das Sportprogramm ist das Einzige, was sie hier am College kontinuierlich durchzieht. Würde sie dafür Credits erhalten, sie würde mit Bravour bestehen. Im vergangenen Semester habe ich sie ein paarmal ins Fitnessstudio begleitet, bis mich die Motivation verlassen hat. Sport und ich sind nicht kompatibel.

Als mein Handy auf dem Nachtschrank vibriert, zucke ich zusammen. Für einen winzigen Augenblick ertappe ich mich dabei, dass ich hoffe, dass die Nachricht von Jasper ist. Wir haben einen bunten Moment geschaffen, wie Jasper es nennen würde. Und ich hätte wirklich nichts gegen weitere. Mein Problem ist, dass sich seitdem meine Gedanken im Kreis drehen. Und zwar um die Frage, worauf das mit ihm am Ende hinausläuft. Worauf ich möchte, dass es hinausläuft. Was ich weiß, ist, ich würde ihn gerne kennenlernen. Was ich nicht weiß, ist, ob es eine gute Idee ist, sich an Jasper heranzuwagen. Er hat etwas an sich, das zur Vorsicht aufruft. Außerdem ist da immer noch die Sache, dass ich mich auf einen Platz an der NYU beworben habe, und wenn ich eine Zusage bekomme, ist dieses mein letztes Semester am Waterbury College. Diese Art von Gefühlschaos würde ich um unser beider willen gerne vermeiden.

Ich nehme das Handy zur Hand, um nachzusehen, von wem die Nachricht ist. Ein kurzer Anflug von Enttäuschung überkommt mich, weil es meine Mom ist, die fragt, ob wir gut in Waterbury angekommen sind. Was erwarte ich, dass Jasper mir nachläuft? Ja, vielleicht. Was absurd ist, weil ich diejenige bin, die seine Nachricht von Freitag ignoriert. Dabei hat er mich lediglich gefragt, ob ich klarkomme. Wenn jemand den ersten Schritt machen sollte, dann ich.

Bevor Mom sich Sorgen macht, tippe ich eine Antwort. Das Handy stecke ich danach in die Gesäßtasche meiner Jeans, dann gehe ich in die Küche, um den geplanten Glasnudelsalat zuzubereiten.

Gerade als ich Sojasprossen hinzugebe, fällt die Eingangstür laut ins Schloss.

»Abbie?«

»In der Küche.«

»Du glaubst nicht, was ich gerade erfahren habe.«

Oh, oh, Gossip-Alarm.

Dion stürmt regelrecht in den Raum und lässt ihre Sporttasche fallen. Jedes Mal frage ich mich, wie sie nach zwei Stunden Sport aussehen kann, als hätte sie sich nicht angestrengt. Ich habe mich nach unseren gemeinsamen Besuchen im Fitnessstudio grundsätzlich so gefühlt, als könnte ich mich für die nächsten drei Tage nicht bewegen.

Als sie nicht direkt mit den Neuigkeiten herausrückt, um genügend Spannung aufzubauen, sehe ich zu ihr auf, während ich den fertigen Salat vermenge.

»Na los, was ist der neuste Gossip?«

»Paula wurde am Freitag vom College suspendiert«, sagt sie und lässt bewusst die Details weg. Dion liebt es, wenn man Gossip zelebriert. Daher gibt es die Informationen häppchenweise.

»Welche Paula jetzt genau?«, frage ich und gehe eher unbeeindruckt von den News zum Küchenschrank, um Schüsselchen und Gabeln zu holen.

»Paula Stuart.«

»Und warum wurde sie suspendiert?«

»Sie hat was mit Erickson.«

Überrascht reiße ich die Augen auf. »Meinem Matheprof?«

»Jup. Die beiden treiben es munter auf dem Dozentenpult.«

»Wow.« Zum Glück ist es nicht Professor Henson. Der ist schätzungsweise doppelt so alt wie Erickson. Aber ich kann Paula verstehen, unattraktiv ist Letzterer nicht.

»Das hätte ich Paula gar nicht zugetraut, aber stille Wasser sind tief und dreckig«, merkt Dion an.

»Man kann sich eben nicht aussuchen, in wen man sich verliebt. Findest du es fair, wenn man für Gefühle suspendiert wird?« Grundsätzlich würde ich sagen, nein, aber in Waterbury ist das höchstwahrscheinlich eine Todsünde. Gab es dazu einen Absatz in der Hausordnung? Nicht, dass ich wüsste. Ich werde später nachsehen.

»Gott, sie ist doch nicht in ihn verliebt.«

»Ist sie nicht?«, frage ich überrascht.

»Nein, sie hat sich über Erickson Zugang zu den Prüfungsaufgaben verschafft und sie an die Studierenden vertickt«, erklärt Dion.

»Oh!« Mehr fällt mir dazu wirklich nicht ein.

»Und das ist noch nicht alles, sie hat ein richtiges Netzwerk aufgebaut. Du sagst ihr das Thema deiner Hausarbeit, sie besorgt jemanden, der sie für dich schreibt.«

»Oh!«, wiederhole ich.

»Wirklich schade, dass sie aufgeflogen ist. Von ihrem Dienstleistungsangebot hätte ich gerne Gebrauch gemacht.«

»Dion!«, ermahne ich sie.

»Was? Minimal-Maximal-Prinzip. Henson wäre begeistert, wie ich die Theorie in der Praxis anwende«, grinst sie.

»Und wie ist die Sache rausgekommen?«

»Keine Ahnung. Vielleicht war jemand mit seiner erschummelten Note unzufrieden.«

»Oder es hat mit dem Spiel zu tun«, mutmaße ich.

»*Secret Enemy?*«

Ich nicke, dann gebe ich etwas Salat in die Schüsseln und reiche eine an Dion.

»Quatsch. Wie kommst du denn darauf?« Sie setzt sich an den Küchentisch.

»Findest du es nicht seltsam, dass die Sache ausgerechnet jetzt rauskommt?«

»Da ist sie wieder, die Verschwörungstheoretikerin.«

Genervt verdrehe ich die Augen, weil sie mich nicht ernst nimmt. Ich setze mich auf den Platz ihr gegenüber und schenke uns beiden je ein Glas Wasser ein. Skeptisch betrachtet Dion den Inhalt. Die Zitronenscheibe fehlt. Also steht sie auf und geht in die Küche.

»Also gut, Abbs. Wie sieht deine Theorie aus?«, fragt sie ohne Spott, als würde sie ernsthaft interessieren, was ich darüber denke.

»Du hast doch erzählt, dass das Spiel früher die Geheimnisse der Teilnehmenden enthüllt hat. Was, wenn das immer noch so ist? Hat Paula *Secret Enemy* gespielt?«

»Das weiß ich gar nicht, aber ich glaube schon. Henry hat mehrfach betont, dass alles nur zum Spaß dient.«

»Und wenn nicht?«

»Dann hoffen wir, dass niemand weiß, dass du mit zwölf eine Packung Haarfarbe im Supermarkt geklaut hast«, erwidert sie belustigt.

»Haha. Die Leichen in deinem Keller sind spannender als meine«, schieße ich zurück.

»Im Ernst, Abbs, warum sollte das Spiel Paula an den Pranger stellen? Das ergibt überhaupt keinen Sinn. *Secret Enemy* wird jedes Jahr gespielt. Um die Geheimnisse der High Society auszuplaudern, reicht jemand wie Grant Taylor, um den Gossip unter die Leute zu bringen.« Die Zitronenscheibe fällt mit einem platschenden Ton in das Glas und sorgt dafür, dass Wasser auf den Tisch spritzt, während Dion sich wieder hinsetzt.

»Ja, du hast sicher recht und es ist nur ein Zufall.«

»Wann genau sollte die Runde ausgewertet sein?«, fragt Dion und nimmt das Handy vom Tisch.

»Heute im Laufe des Tages.«

»Warte, ich sehe mal nach.« Dion öffnet die App. »Ah, die Ergebnisse sind schon online. Ich bin auf Platz fünf«, sagt sie und hält mir das Ranking unter die Nase. Auf der Eins steht *PinkPanther.* Meinen Namen kann ich auf den ersten Blick nicht entdecken. Neugierig nehme ich mein Handy zur Hand und öffne ebenfalls *Secret Enemy*. Die kleine Brieftaube flattert über den Bildschirm. Ich tippe sie an und die Papierrolle in ihrem Schnabel öffnet sich.

**Glückwunsch, BlackbirdShadow, du bist weiterhin im Spiel.**
**Dein aktueller Punktestand beträgt 5187. Damit befindest du dich auf Platz 34 im Gesamtranking. Aber gib Obacht. Die darauffolgende Spielrunde erreichen nur die 25 besten Teilnehmenden.**
**Im Laufe des Spiels müssen alle Enemys eingesetzt werden. Du findest sie unter 🎭.**
**Viel Erfolg!**

»Und?«, fragt Dion.

»Platz vierunddreißig«, antworte ich und seufze.

»Dann spielen wir wohl weiterhin mit um den Thron.«

»Ja, sieht ganz so aus. Hoffen wir, die nächste Aufgabe bringt mehr Punkte, sonst fliege ich raus.« Dann wars das mit dem Preisgeld und der kleinen Finanzspritze für meine Mom. Ich werde mir also für die nächste Runde etwas einfallen lassen müssen, um im Ranking hochzuklettern. Im besten Fall bis an die Spitze.

»Hast du eine Ahnung, was es mit diesen Enemys auf sich hat?«, frage ich Dion.

Das Masken-Symbol ist mir bisher nicht aufgefallen. War es von Anfang an da oder ist es jetzt erst aufgetaucht? Und was sind Enemys? Hat Henry sie auf der Party erwähnt?

»Sie erhöhen den Schwierigkeitsgrad.«

»Verstehe.«

Ich tippe das Icon an.

**Folgende Enemys stehen dir zur Verfügung. Sie können nur vor einer Spielrunde ausgewählt werden, nicht währenddessen.**

**Halbiere die erspielten Punkte der aktuellen Runde.**

**Verkürze das Zeitlimit für die nächste Aufgabe auf acht Stunden.**

**Erhalte eine weitere Aufgabe für die verbleibende Zeit der aktuellen Spielrunde.**

**Setze die Enemys ein, um bis zum Ende im Spiel zu bleiben und den Sieg einzustreichen.**

»Wo bist du schon wieder mit deinen Gedanken?«

»Ich tüftle an einer Strategie.« Das ist nicht gelogen, gleichzeitig überlege ich, wie mein Masterplan für die Sache mit Jasper aussieht. Ignoriere ich ihn weiterhin oder mache ich einen Schritt auf ihn zu, ohne zu wissen, worauf genau ich mich zubewege?

Die Entscheidung vertage ich auf morgen, wenn ich ausgiebig darüber nachgedacht habe. Im Augenblick muss ich mich auf *Secret*

*Enemy* konzentrieren, weil es immer noch die beste Möglichkeit ist, an Geld zu kommen, das meine Mom dringend braucht.

Ich schließe die Enemys und tippe das Siegerpodest-Icon direkt daneben an. Die Top Ten der Teilnehmenden öffnet sich. Das ist definitiv neu, denn nach der ersten Runde gab es kein Ranking, sondern lediglich die Information, ob man noch im Spiel ist.

| | |
|---|---|
| 🥇 PinkPanther | 6421 Punkte |
| 🥈 KingHenryDerErste | 6401 Punkte |
| 🥉 Winner275 | 6387 Punkte |
| 4. LeopoltF | 6115 Punkte |
| 5. QueenD!on | 5967 Punkte |
| 6. WSJr | 5954 Punkte |
| 7. 13gamer11 | 5922 Punkte |
| 8. SexDrugs&Dollars | 5817 Punkte |
| 9. Beautyangel | 5799 Punkte |
| 10. !GoodGirl! | 5796 Punkte |

Jasper hat seine Aufgabe also doch erfüllt, und das augenscheinlich ganz gut, denn er ist auf Platz sieben. Es juckt mir in den Fingern, ihn zu fragen, was seine Aufgabe war, aber dann fällt mir ein, dass ich das nicht muss. Ein Blick in die Fotogalerie reicht, also tippe ich sie an. Die Aufnahmen sind nach Erstellungsdatum sortiert. Lange muss ich nicht suchen, weil er einer der Letzten gewesen ist.

Echt jetzt? Er musste die Löcher auf dem Golfplatz mit Sand füllen? Dafür hat er so viele Punkte bekommen, dass er unter den Top

Ten ist? Kunst wird eindeutig unterbewertet, wenn ich damit nur auf Platz vierunddreißig gelandet bin.

Ich scrolle weiter und stoße auf ein Video von Paula. Aus Neugier öffne ich es. Es ist ein Zeitraffer und zeigt sie, wie sie in der Abenddämmerung ein riesiges Blumenbild mit verschiedenfarbiger Sprühfarbe auf das Tennisfeld sprayt. Am Ende hält sie grinsend eine der Dosen in die Kamera und deutet auf den Hinweis – wasserlöslich. Immerhin. Ich frage mich, wie die Aufgabenstellung dazu lautete.

Mein Blick fällt auf den Namen, der unter dem Video steht. *PinkPanther.* Ganz automatisch setzt sich mein Gedankenkarussell erneut in Gang. Hat jemand absichtlich die Führende des Spiels unschädlich gemacht? War das Ranking bereits online, als Paulas Nebengewerbe öffentlich wurde? Alles nur ein Zufall oder steckt mehr dahinter?

# 14.

## JASPER

»Seit wann bist du zurück?«, ertönt Cams Stimme wie ein Störgeräusch hinter mir. Ich war völlig vertieft in den Dokumentarfilm und habe nicht bemerkt, wie er den Raum betreten hat.

»Habe mich vor zwei Stunden reingeschlichen, wollte euch nicht stören. Es klang, als wärt ihr beschäftigt«, antworte ich und grinse ihn an.

»Und, hattest du deinen Spaß?«, fragt er und erwidert mein Grinsen, weil ich vage angedeutet habe, warum ich über das Wochenende einen Abstecher nach Boston mache.

»Ja und nein.« Mein Vorhaben, mir Abbie aus dem Kopf zu vögeln, ist gescheitert. Ehrlich, ich habe mich nach einer Runde unverbindlichem Sex noch nie so mies gefühlt. Was sich in den vergangenen Monaten zu einem netten Zeitvertreib ohne Verpflichtungen entwickelt hat, hat plötzlich einen bitteren Beigeschmack. Was absurd ist, weil ich weder in einer Beziehung stecke noch etwas in der Art anstrebe. Also, woher kommt das schlechte Gewissen? Abbie hat nicht auf meine Nachricht geantwortet und ich bin ihr keine Rechenschaft schuldig, mit wem ich es in meiner Freizeit treibe. Vermutlich ist genau das der Punkt. Denn ich will, dass sie meine Nachrichten beantwortet, mir sagt, wie es ihr geht, was sie beschäftigt und … verdammt … ich will sie und nicht irgendeine andere Frau nackt unter mir haben.

»Was siehst du dir da an?«, reißt Cam mich aus meinen Gedanken. Aber immerhin kenne ich jetzt mein Problem. Stellt sich nur die Frage, wie die Lösung dafür aussieht.

»*The Social Dilemma*«, antworte ich und drücke auf Pause.

Über die Schulter sehe ich zu Cam, der gerade die Flasche Cranberrysaft aus dem Küchenschrank herausnimmt.

»Worum geht es in dem Film?«

»Hauptsächlich um Data Mining.«

Cam hält kurz in der Bewegung inne, den Flaschenhals an den Lippen. »Data was?«, nuschelt er, bevor er sich einen großen Schluck des Saftes gönnt. Normalerweise kann ich es nicht ausstehen, wenn jemand direkt aus der Flasche trinkt. In diesem Fall ist es mir egal, weil ich das Zeug nicht mag.

»Ganz grob: Data Mining beschäftigt sich mit der Auswertung großer Datenbestände, um Querverbindungen und Trends zu erkennen.«

»Und wozu?«

Cam kann sich eher weniger für die Dinge begeistern, die mein Interesse wecken. Ich weiß es zu schätzen, dass er wenigstens versucht Neugier vorzutäuschen.

»Auf Social Media bezogen und für dich ganz einfach erklärt: Wie stößt man Nutzer in die Abhängigkeit, manipuliert ihre Psyche, steuert das Kaufverhalten der User oder macht sie zu Daten-Zombies. Es ist erstaunlich, wie bereitwillig Menschen die Welt an ihrem Gemütszustand, ihrer Familie, ihren Interessen, Bekanntschaften und besuchten Orten teilhaben lassen. Noch erstaunlicher ist, dass sie ihre persönlichen Daten überall dort eintippen, wo es von ihnen verlangt wird. Und sei es nur, um einen Rabattcode für etwas zu erhalten.

Es ist alles so herrlich unkompliziert. Zwei Klicks und du bist so transparent wie Klarsichtfolie. Wie oft liest jemand das Kleingedruckte? Wer weiß überhaupt, was mit seinen Daten passiert oder wer sie am Ende für sich nutzt? Oder, und das ist das Interessanteste an diesem Social-Media-Kram – wie schafft man es, dass Menschen nahezu blind einer Meinung folgen, ohne Dinge zu hinterfragen? Sich aufstacheln lassen und in der Anonymität zu Monstern werden, die Cybermobbing nur als das ansehen, was es ist, sobald es sie selbst betrifft?

Im Grunde bietet es die Möglichkeit, eine völlig neue Realität zu erschaffen. Ein Second Life sozusagen. Du kannst sein, wer immer du willst, und deinen Wert innerhalb der Community anhand von Zahlen bestimmen. Und genau diese Zahlen beeinflussen die Psyche und kontrollieren dich früher oder später. Sinkt deine Reichweite, zweifelst du an dir selbst. Du fragst dich, ob du etwas falsch machst, unsympathisch bist oder sich schlichtweg niemand für dich interessiert. Du beginnst dich für Inaktivität zu entschuldigen, gelobst Besserung. Verbringst noch mehr Zeit vor dem Bildschirm.

Bevor du es bemerkst, bist du ein Zombie der Maschinerie und empfänglich für alles, was der Algorithmus in deine Timeline schiebt. Werbung. Content. Trends. Nichts landet dort zufällig. Weil deine Daten ausgespült werden, damit andere sie sich zunutze machen können, um ein Vermögen einzusacken. Gleichzeitig ist der Algorithmus dein größter Feind, den du weder verstehst noch bezwingen kannst. Er bringt dich dazu, sich ihm anzupassen, dein Verhalten und Gewohnheiten zu ändern, wenn du nicht in der Versenkung verschwinden und plötzlich ein Niemand sein willst. Es ist faszinierend, wie Likes und Followerzahlen Menschen manipulieren. Wie sie jemanden zwingen, präsent zu sein und dem fiktiven Leben so viel Raum in der Wirklichkeit zu gestatten.«

»Ich glaube, ich kann dir nicht ganz folgen.«

»Wundert mich nicht. Weißt du überhaupt, wie man das Internet bedient?«, ziehe ich ihn auf. Cam ist gegen Internetsucht völlig immun. Das Einzige, was er besitzt, ist ein Netflix-Abo. Er hat weder einen Social-Media-Account noch Shopping- oder Gaming-Apps auf dem Smartphone. Diese Dinge reizen ihn schlichtweg nicht. Mich hingegen schon, aber ich habe einen völlig anderen Blickwinkel als die breite Masse. Meine Faszination richtet sich auf das, was sich dahinter versteckt. Das, was nicht offensichtlich ist, und das, wozu es fähig ist.

»Was ist das Internet?«, erwidert Cameron todernst. Dann lacht er. »Also ist der Film gut.« Das ist keine Frage, sondern eine Schlussfolgerung.

»Nein, nicht besonders. Er beleuchtet nicht das, was das eigentliche Problem an der Sache ist.«

»Und was ist das Problem?«

»Dass niemand gewillt ist, tatsächlich eine Lösung zu finden, um diese Menschen weniger fremdzusteuern, weil es ein Milliardengeschäft für viele Unternehmen ist, die eine Menge Geld investieren, damit alle die Füße stillhalten. Es ist nicht die Politik, die unsere Welt regiert, es ist die Wirtschaft. Aber das ist nur meine ganz persönliche Meinung, viele würden mir in diesem Punkt widersprechen und die Politik als das Dach unserer Gesellschaft bezeichnen.«

»Interessanter Ansatz, Anderson. Du solltest unbedingt *Das Genie von morgen* besuchen. Professor Hensons eingestaubte Ansichten zur Weltwirtschaft würden dir gefallen.«

»Meine Interessen liegen in anderen Bereichen.« Vielsagend grinse ich ihn an.

»Ja, und ich frage mich noch immer, woher du das alles kannst. Das ist nichts, was man in der Highschool lernt. Oder stand das in deiner überteuerten Privatschule auf dem Stundenplan?«

In den letzten Monaten hat er immer wieder diese Frage gestellt. Allerdings stand mir bisher nie der Sinn danach, es ihm zu erklären. Was hauptsächlich daran liegt, dass ich ungern über Dinge rede, die in der Vergangenheit liegen. Denn sobald man seinen Verstand zurückkehren lässt, spuckt er nicht nur die schönen Sachen aus, sondern auch Dinge, an die man ungern zurückdenkt. Aber da Cam bei dieser Frage extrem hartnäckig ist, ist es wohl an der Zeit, diesen Teil der Geschichte einfach abzuhaken.

»Mein Grandpa hatte ein Faible für Technik. Für Computer, um genau zu sein. Ich saß bereits vor einem Bildschirm, bevor ich richtig laufen konnte.«

»Also war dein Grandpa ebenfalls ein Hacker?«

»Nein, er hat Computerspiele entwickelt und ich durfte sie als Kind testen. Je älter ich wurde, desto mehr habe ich mich dafür interessiert, wie es im Inneren dieser Spiele aussieht. Ich verstehe Dinge gerne, anstatt sie ausschließlich zu nutzen. Also habe ich einen Teil der Ferien bei meinem Grandpa verbracht, um ihm über die Schulter zu schauen und ihn mit Fragen zu löchern. Den anderen Teil habe ich im Trainingslager und im Sommercamp für Nerds verbracht. In meiner Freizeit habe ich Massen an Fachliteratur verschlungen, auch wenn ich nur einen Bruchteil davon wirklich verstanden habe. So bin ich zum Programmieren gekommen. *Learning by doing* mit freundlicher Unterstützung meines Grandpas und der Leute in seiner Firma. An der Stowe saß ich bereits als Mittelstufler im IT-Kurs der Oberstufe. Jedenfalls bis sie mich rausgeworfen haben, weil ihnen meine außerschulischen Aktivitäten missfallen haben.«

»Du hast die Geschichtsnoten der kompletten Schule aufpoliert, indem du dich in den Computer der Rektorin gehackt hast«, erinnert er mich. Die Info hat ihm Jason Tell gegeben. Er hat glücklicherweise im letzten Semester seinen Abschluss gemacht. Ich würde hier ungern auf alte Bekannte treffen. Auch wenn Jason ein anständiger Kerl ist, möchte ich die Vergangenheit ruhen statt aufleben lassen.

»Mr Rosewood war ein perverser Narzisst, der es geliebt hat, Schülerinnen in den Ausschnitt zu gaffen und an den Hintern zu fassen. Ich empfand das nur als fair.«

Cam sieht mich mit großen Augen an.

»Ein Hack ist nichts anderes, als eine Lösung für ein Problem zu finden. Mr Rosewoods Bewertungsmaßstab war ein Problem und ich habe es gelöst.«

»Aus deinem Mund klingt dieses Hobby, als wäre es völlig harmlos.«

»Wau Holland sagte einmal: ›Ein Hacker ist jemand, der versucht einen Weg zu finden, wie man mit einer Kaffeemaschine Toast zubereiten kann.‹ Also ja, im Grunde ist es harmlos.«

»Du hast dich ins College gehackt und nicht versucht dir ein Frühstück zuzubereiten.«

»Was ich dir damit sagen will, ist, dass es in jeder Branche schwarze Schafe gibt. Dieses Können ist nur in den falschen Händen gefährlich. In den richtigen hingegen dient es dazu, Dinge zu verbessern, zu schützen oder zu revolutionieren. Und falls es dich beruhigt: Ich habe keine Ambitionen, meine Fähigkeiten für kriminelle Aktivitäten zu nutzen.«

»Ich weiß, ich wiederhole mich, aber du hast dich ins College gehackt.«

»Du kannst mir unmöglich vorwerfen, dass ich einen Geldwäscheskandal aufgedeckt habe. Und genau genommen bin ich ins

Büro der Leitung eingestiegen und habe die Daten auf einen Stick gezogen. Das hat nichts mit Hacken zu tun.«

»So viel zu ›nicht kriminell‹«, spottet er, dann sieht er mich nachdenklich an. »Ich meine, man hört ja ständig von irgendwelchen Hackerangriffen. Du könntest sonst was mit deinen Fähigkeiten anrichten. Letzte Woche haben Hacker das NYPD lahmgelegt.«

Ich verkneife mir ein Grinsen. »Die Betonung liegt auf dem Wörtchen *könnte*. Das unterscheidet die guten von den bösen Jungs.«

Cameron mustert mich ungläubig von der Seite.

»Ich musste improvisieren. Deine Freundin hat mich sabotiert«, rechtfertige ich mich.

»Hat sie dir je verraten, wie sie es angestellt hat?«

»Nein, dir?«

»Nope, sie schweigt wie ein Grab.«

»Aspen ist loyal, das weiß ich zu schätzen.«

»Du willst also nicht wissen, wer ihr dabei geholfen hat?«

Statt zu antworten, verziehe ich meine Lippen zu einem Schmunzeln.

»Du weißt es längst?«, schlussfolgert Cam erstaunt.

»Ich habe nie behauptet, es nicht zu wissen.«

»Und du sagst kein Wort?«

»Du hast mich nie danach gefragt.«

»Echt jetzt?«

»Es war William Sullivan. Ich gebe zu, die Auflösung hat mich ebenfalls überrascht.«

»William Du-kannst-mich-auch-Will-nennen ist ein Hacker?«

»Nein, er ist höchstens ein talentiertes Scriptkiddie.«

»Ein was?«

»Ein Scriptkiddie ist jemand, der Quellcodes zusammenpuzzelt, ohne wirklich Ahnung davon zu haben.«

Cam sieht mich an, als hätte ich gerade ein Kaninchen aus dem Hut gezaubert.

»Stell dir vor, du hast zwei Gebäude und jemand drückt dem Maurer die Baupläne dazu in die Hand, damit er sie nachbaut. Allerdings besteht die Aufgabe darin, dass die untere Etage aus Gebäude

A und die obere aus Gebäude B besteht. Der Maurer hat nun beide Baupläne vor sich und legt sie übereinander. Augenscheinlich passen die Ebenen aufeinander. Was ein Scriptkiddie nicht sieht, ist, dass die Statik das Bauwerk nicht tragen wird.«

»Also hat Will dein Programm zum Einstürzen gebracht?«

»Vereinfacht: Will hat den Algorithmus mit einem festen Ergebnis versehen, was wiederum dafür gesorgt hat, dass er die Backdoor gekillt hat, weil die an ein *No Match* gebunden war, das es demzufolge nicht gegeben hat.«

»Okay, so weit komme ich mit. Aber warum hat Will Aspen geholfen? Ich kann mich nicht erinnern, dass die beiden im vergangenen Semester etwas miteinander zu tun hatten. Das wüsste ich, ich saß im Wirtschaftskurs neben ihm.«

»Ja, die Frage habe ich mir auch gestellt. Vor allem, weil Aspen meinte, sie hatte Hilfe von außerhalb des Colleges. Allerdings habe ich ihr das nicht ganz abgenommen. Immerhin hatte ich es selbst nicht an der Firewall des zentralen Servers vorbeigeschafft und musste meine Strategie ändern. Nachdem du aus Waterbury abgehauen bist, habe ich hier etwas herumgeschnüffelt.«

»Warte, du bist nicht abgereist?«

»Nein, nicht sofort. Ich hatte noch einiges zu erledigen, das sich nur vor Ort umsetzen ließ«, äußere ich vage.

»Und wie bist du auf Will gekommen?«, will Cam wissen.

»Wo sucht man einen Hacker als Erstes? Im Informatikkurs. Die Liste der Teilnehmenden ist überschaubar. Es ist wirklich erstaunlich, wie wenige sich für diesen Fachbereich interessieren. Abbie besucht den Informatikkurs. Erst habe ich vermutet, sie wäre es gewesen. Dann habe ich sie ein paarmal mit Sullivan gesehen. Seiner Familie gehört ein Cybersicherheitsunternehmen, da findet sich jemand mit den entsprechenden Fähigkeiten, um Chaos zu verursachen.«

»Ich dachte, sie hätten eine Fitnessstudiokette?«

»Ja, das auch. Die Sullivans sind eine große Familie mit vielen verschiedenen Standbeinen. Worauf ich allerdings hinauswill: William arbeitet in seiner Freizeit an einer Fitness-App für seinen Bruder, der im Übrigen das Studio hier auf dem Campus leitet. Jedenfalls habe ich mich in seinem Bungalow umgesehen. Netterweise hat er Notizen zu meinem Programm an seine Pinnwand geheftet. Jemand sollte ihm beibringen, wie man seine Spuren verwischt.«

»Ja, aber was hatte Will denn davon, den Mädels zu helfen?« Cam wirkt sichtlich verwirrt.

»Das ist die große Preisfrage. Das Rätsel habe ich nicht gelöst. Vielleicht steht er auf Abbie. Vielleicht wollte er Amor spielen. Vielleicht hat ihn die Herausforderung gereizt. Oder er ist einfach nur ein netter Kerl, der Leuten hilft, wenn sie ihn darum bitten. Um ehrlich zu sein, ist mir inzwischen auch egal, was ihn dazu bewogen hat. Ich bin mir ziemlich sicher, er wollte niemandem schaden und hat keine Ahnung, was sich zusätzlich in dem Programm versteckt hat. Für so brillant halte ich ihn nicht.«

»Das klingt so verrückt, dass es stimmen könnte. Dann habt Will und du was gemeinsam. Er steht auf Sport und Technik. Ihr solltet beste Freunde werden«, zieht Cam mich auf.

»Ja, unbedingt, dann bin ich dich Nervensäge los, die nie weiß, wovon ich rede«, schieße ich zurück.

Die Stimmung im Raum kippt ohne Vorwarnung. Cam mustert mich neugierig, aber auch abschätzig.

»Liegt dir etwas auf dem Herzen?«

»Also, du und Abbie …«

»Worauf genau willst du hinaus?«, frage ich nach, als er nicht weiterspricht, sondern mich ansieht, als müsste ich selbst auf die Lösung kommen.

»Ich versuche nur herauszufinden, was genau da zwischen euch läuft.«

»Du warst bei der Unterhaltung mit Aspen anwesend. Ich werde mich nicht wiederholen.« Am Abend, nachdem der Name Westing in Zusammenhang mit der Geldwäsche in den Medien aufgetaucht ist, kam Aspen in den Bungalow gestürmt und hat mir die Hölle heißgemacht. Seitdem herrscht Funkstille zwischen uns. Ich nehme es ihr nicht übel, weil ich ganz ähnlich reagiert hätte. Obwohl, nein, hätte ich nicht. Weil ich weniger emotional bin und stattdessen rational handle. Aber in einem hat sie recht: Ich muss das irgendwie in

Ordnung bringen. Auch wenn der Verdacht gegen die Westings sich inzwischen nicht bestätigt hat, zieht so was immer Konsequenzen nach sich. Aktuell versuche ich allerdings noch herauszufinden, wie ich den Westings effizient, aber unauffällig unter die Arme greifen kann, um den Schaden einzugrenzen.

»Ja, ich dachte bloß, vielleicht hast du Aspen auch nur das erzählt, was sie hören wollte.«

Ich habe Aspen gesagt, dass ich mich darum kümmern werde. Nicht mehr und nicht weniger. »Erwecke ich den Anschein, mich den Erwartungen anderer anzupassen?«

»Nein, aber …« Er verstummt mitten im Satz.

»Aber was?«, fordere ich Cam auf, seinen Gedanken laut auszusprechen.

»Für mich sah es letzten Dienstag nach mehr aus als Ich-biete-ihr-eine-platonische-Schulter-zum-Anlehnen.«

Da Aspen diesen Teil des Nachmittags bei unserer Unterhaltung nicht angesprochen hat, haben wohl weder Cam noch Abbie ihr davon erzählt. Viel zu erzählen gibt es da auch nicht. Wir haben einen Film angesehen. Wie zwei Menschen, die eine freundschaftliche Beziehung zueinander pflegen.

Okay, vergessen wir das. Cam hat recht. Für platonisch waren wir uns zu nah und meine Fantasien zu unangemessen.

Cameron fixiert mein Gesicht, während er die neuen Informationen in seine Gedanken einfließen lässt und einen weiteren Faden spinnt. Genau deswegen habe ich Abbies Beteiligung an *Be My Date* bisher für mich behalten. Diese Art von Spekulation sorgt für unnötige Spannungen. Und weil es im Grunde völlig irrelevant ist.

»Oder du rächst dich an ihr, weil sie Will angeheuert und dir damit die Tour vermasselt hat«, mutmaßt er.

»Menschen neigen dazu, Dinge in Situationen hineinzuinterpretieren, um für sich eine logische Erklärung herzuleiten. Genau auf diese Weise entstehen Gerüchte und Verschwörungstheorien.« Abbie ist kein Ziel meiner Rachegelüste. Im Gegenteil, ich bin fast ein bisschen von ihrem Einsatz, Aspen und Cam zu verkuppeln, beeindruckt.

»Kannst du vielleicht ein einziges Mal geradeheraus auf eine Frage antworten?«

Warum ist er plötzlich angepisst? »Du hast keine gestellt.«

»Was?«

»Wenn du Antworten auf Fragen möchtest, solltest du deine Worte dementsprechend formulieren.«

Genervt stößt er die Luft aus und rollt mit den Augen. »Okay, interessierst du dich für Abbie?«

»Wenn du damit meinst, ob ich Interesse daran habe, die Sache geradezubiegen, dann ja. Wenn du damit meinst, ob ich mich an Abbie für einen verpatzten Hack rächen will, dann lautet die Antwort nein.«

»Eigentlich meine ich es genauso, wie ich es gesagt habe. Ich bin vielleicht nicht so clever wie du, aber ich habe Augen im Kopf. Mir ist nicht entgangen, wie du sie ansiehst.«

»Du willst wissen, ob ich beabsichtige, sie flachzulegen.«

»So hätte ich es jetzt nicht gesagt, aber ja.«

»Einen Teil meiner Persönlichkeit reizt die Vorstellung durchaus.« Ich beabsichtige es vielleicht nicht, aber ich kann auch nicht ausschließen, es in einem schwachen Moment zu versuchen. Meine Antwort gefällt Cameron nicht, denn er verzieht das Gesicht. Für ihn geht Sex mit Liebe einher und das wird er mir jeden Augenblick mitteilen. Ich finde, es lässt sich durchaus voneinander trennen.

»Das Letzte, was Abbie im Augenblick gebrauchen kann, ist ein Typ, der mit ihren Gefühlen spielt. Wenn du es nicht ernst meinst, lass die Finger von ihr. Sie ist Aspens Freundin und du bist mein Freund. Dein brillanter Verstand weiß sicher, worauf ich hinauswill.«

Ja, er möchte nicht zwischen die Fronten geraten und ich soll die Hose zulassen. Um das zu verstehen, muss man kein Genie sein.

»Wars das?«, frage ich gedehnt, weil ich es nicht ausstehen kann, wenn mir jemand sagt, was ich zu tun oder zu lassen habe. Ich bin durchaus in der Lage, eigene Entscheidungen zu treffen. Und ich gehe davon aus, dass Abbie ebenfalls dazu imstande ist. Sollten wir je an diesem Punkt landen.

»Ich hau mich wieder hin. Gute Nacht.« Inzwischen weiß Cam sehr genau, wann für mich eine Unterhaltung beendet ist.

»Gute Nacht«, erwidere ich, bevor er im Flur verschwindet, anschließend drücke ich auf *Play*, um den Dokumentarfilm weiterzuschauen.

Zwanzig Minuten später läuft der Abspann und ich nehme das Handy vom Couchtisch, um nachzusehen, ob die zweite Spielrunde von *Secret Enemy* bereits ausgewertet wurde. Ich öffne die App und tippe die kleine Glocke an, die auf dem Display auftaucht. Eine Brieftaube flattert darüber. Sie hat eine Papierrolle im Schnabel, die sich selbstständig ausrollt und eine Nachricht offenbart.

**Glückwunsch, 13gamer11.**
**Du bist weiterhin im Spiel. Dein Punktestand beträgt 5922. Damit befindest du dich aktuell auf Platz sieben. Setze die Enemys ein, um dir am Ende den Sieg zu sichern. Deine nächste Aufgabe wird um Mitternacht freigeschaltet. Ab dem Zeitpunkt, zu dem du sie abrufst, bleiben dir vierundzwanzig Stunden, um sie zu erfüllen, spätestens endet die Spielrunde jedoch Freitag null Uhr. Bedenke, je schneller du sie abschließt, desto höher fällt deine Punktzahl aus.**
**Im Laufe des Spiels müssen alle Enemys eingesetzt werden. Du findest sie unter 🎭.**

**Viel Erfolg.**

Ich klicke die Nachricht weg und scrolle mich durch die Galerie. Die Fotos und Videos sind mit den Nicknames der Teilnehmenden versehen. Das verleiht dem Ganzen den Anschein von Anonymität. Wäre da nicht die Tatsache, dass nahezu alle zum Erfüllen der Aufgaben ihr Gesicht in die Kamera halten mussten. Es war ein Leichtes herauszufinden, wer sich hinter welchem Spieleraccount verbirgt.

Ich tippe das Bild von mir und Abbie an, damit es sich vergrößert. Sie wirkt amüsiert, ich genervt. Erdnussflips. Kopfschüttelnd scrolle ich weiter. Beim nächsten Foto sieht das schon anders aus. Weder amüsiert noch genervt. Leidenschaftlich. In dem Augenblick, als meine Lippen auf ihre trafen, habe ich geahnt, dass die Distanz, die ich wahren wollte, hinfällig ist. Weil der Teufel von der Sünde angezogen wird. Und genau das ist Abbie. Vergessen wir den Teil, in dem ich meinte, es bräuchte einen schwachen Moment, um meine Chancen auszuloten. Ein Kuss hat ausgereicht, um diesen Teil von mir aus seinem Dämmerschlaf zu holen. Das macht mich nicht nur zu einem Heuchler, sondern obendrein auch noch zu einem Arschloch.

Ich schließe die Fotogalerie wieder. *Secret Enemy.* Wer denkt sich so einen Blödsinn überhaupt aus?

Die fünf Säulen des Colleges, die auf die Gründerfamilien zurückzuführen sind. Genannt: *Die Elite der zukünftigen Welt.* Eine totgeglaubte Gruppe aus ehemaligen Studierenden des Waterbury College, die offiziell Ende der Achtziger aufgelöst wurde. Augenscheinlich langweilen sich die alten Männer und führen das Spiel in einer abgeschwächten Form fort, bis sie die Spielleitung an die nächste Generation weiterreichen. Aktuell hat sie Robert Hill inne. Was erklärt, dass *Secret Enemy* inzwischen in einer App steckt. Immerhin gehört Aspens Dad eines der erfolgreichsten Softwareunternehmen auf diesem Planeten. Ich gebe zu *Die Elite der zukünftigen Welt* hat die Spuren ihrer Existenz gut verwischt. Aber sie hätte bei Papier bleiben sollen, das verteilt keine digitalen Brotkrumen.

Noah hat mir bei einem unserer Telefonate von *Secret Enemy* erzählt. Allerdings klang es in seiner Erzählung nach so viel mehr. Um ehrlich zu sein, enttäuscht mich die Auflösung. Über die Jahre hat das Spiel eindeutig seinen ursprünglichen Charakter verloren. Ich habe hinter dem Spiel mehr als eine Spaßveranstaltung erwartet. Ein Blick in die Fotogalerie beweist, wie albern der ganze Mist ist.

Ich schließe die App und sehe auf die Uhr. Noch sieben Minuten bis Mitternacht. Strategisch betrachtet ist es unklug, die Neugier gewinnen zu lassen und einen Blick auf die Aufgabe zu werfen. Allerdings gehe ich davon aus, dass die meisten genau das tun werden. Der Mensch ist von Natur aus ungeduldig. Geben die Mitspielenden dem Drang nach, verkürzt sich ihre Zeit für die Erfüllung der Aufgabe zwangsläufig. Die nächste Runde ohne Aufwand zu erreichen, scheint mir unwahrscheinlich. Der Schwierigkeitsgrad ist ansteigend, dafür sorgen allein schon die sogenannten Enemys. Es bedarf vermutlich mehr als eines Selfies, auf dem man sich Erdnussflips in die Nase steckt, oder ein paar Löcher auf dem Golfplatz, die man mit Sand füllt.

Eine Textnachricht ploppt im Vorschaufenster auf.

**Abbie: Du bist deinem Ziel, den Thron zu besteigen, also näher gekommen. Gratuliere.**

Dass sie den Kontakt zu mir sucht, sollte mir kein Lächeln ins Gesicht zaubern. Damit reicht sie dem Teufel die Hand, die er ergreift, weil er sich von ihr Absolution erhofft.

Verdiene ich die? Gewiss nicht. Und genau deswegen sollte ich die Reißleine ziehen und uns einander nicht noch näherbringen. Aber der Teufel ist ein egoistischer Bastard, der sich holt, was ihm beliebt. Und im Augenblick ist das die Vergebung dieser Frau. Weil er will, dass sie noch etwas anderes als den Mistkerl in ihm sieht, der ihr Leben mit wenigen Klicks aus den Angeln gehoben hat.

**Ich: Wirst du versuchen es zu verhindern?**

**Abbie: Davon kannst du ausgehen.**

**Ich: Viel Erfolg.**

**Abbie: Dito.**

Um nicht noch tiefer in die Sache hineinzuschlittern, als ich ohnehin schon drinstecke, lege ich das Handy zurück auf den Couchtisch. Ich ignoriere den Impuls, unsere Unterhaltung zu vertiefen, indem ich sie frage, warum sie meine Nachricht von Freitag ignoriert hat, wie es ihr geht oder was sie seit unserer letzten Begegnung getrieben hat. Ob sie klarkommt oder es einen weiteren Dirty-Dancing-Moment braucht, um das Grau in Schach zu halten. Ob sie Hilfe beim Erschaffen von farbigen Momenten benötigt. Würde sie mich darum bitten, würde ich keine Sekunde zögern.

Okay, ich habe ein viel größeres Problem. Denn ich will eindeutig mehr, als etwas geradezubiegen, ihre Vergebung oder sie flachzulegen. Wie genau dieses *Mehr* sich im Detail definiert, werde ich noch herausfinden müssen, denn das Bild ist aktuell sehr verpixelt.

Bevor ich mich vollends in meinen Gedanken verliere oder doch wieder zum Handy greife, starte ich den erstbesten Film, der mir von Cams Netflix-Account vorgeschlagen wird, strecke mich auf dem Sofa aus und sehe so lange auf den Bildschirm, bis mir die Augen zufallen.

# 15.

## ABBIE

Nachdenklich starre ich auf das leere Blatt vor mir, während Professor Henson seit geraumer Zeit einen Vortrag zum Thema makroökonomische Theorie hält. Zugehört habe ich ihm nicht wirklich. Stattdessen überlege ich, wie ich innerhalb von elf Stunden hundertelf Plastikenten auftreibe.

Nachdem Henry gestern Abend vor unserer Tür stand und Aspen eine kurze Nachricht im Gruppenchat hinterlassen hat, dass sie bei Cameron schläft und wir uns erst im Wirtschaftskurs sehen, war ich mal wieder auf mich allein gestellt. Meine Ungeduld hat das Zeitfenster zum Erfüllen der Aufgabe schrumpfen lassen. Taktisch war es extrem unklug, Punkt Mitternacht die Quest freizuschalten. Mit meinem Klick auf das Rad erschien ein Countdown, der nun unermüdlich die Stunden und Minuten herunterzählt. So wie es aussieht, endet es in einer Nullrunde, denn ich habe keine Ahnung, wie ich die Aufgabe bewerkstelligen soll. Das bereitet mir Bauchschmerzen, weil ich das Geld wirklich brauche, um meiner Mom zu helfen.

»Hey, ihr zwei«, flüstert Aspen, die in der Reihe hinter uns sitzt. Zeitgleich drehen Dion und ich uns zu ihr um.

»Das habe ich euch noch gar nicht erzählt, aber wisst ihr, was heute Morgen im Schauspielkurs passiert ist?«

»Nein, wir waren schließlich nicht da. Aber du wirst es uns sicher jeden Augenblick verraten«, antwortet Dion mit einer deutlichen Portion Sarkasmus.

»Die Scheinwerfer, die oberhalb der Bühne an einem Gestänge befestigt sind, haben im Takt zu Beethovens *Für Elise* in Regenbogenfarben geleuchtet.«

»Und warum?«, hake ich nach.

»Keine Ahnung, vielleicht war es eine Aufgabe aus eurem Spiel.

Das war ziemlich cool. Professorin Simmons war begeistert und dachte, jemand aus dem Kurs hätte an der Technik herumgefummelt. Aber alle schwören, es nicht gewesen zu sein.«

Wenn Aspen recht hat, dann bin ich mit der Enten-Nummer deutlich besser dran. Denn ich wüsste nicht einmal ansatzweise, wie ich das bewerkstelligen sollte. Dafür benötigt man ein gewisses technisches Know-how. Wie koppelt man die Scheinwerfer an eine Melodie? Funktioniert das über eine Reihenschaltung? Man müsste dem Gerät, das die Lampen steuert, irgendwie mitteilen, wann und wie lange sie in welcher Farbe leuchten sollen.

Wer denkt sich eigentlich die Aufgaben aus? Kann man die irgendwo einreichen, und dann werden die besten ausgewählt? Eine wirklich gute Frage.

»Du bist schon wieder abgelenkt«, sagt Dion neben mir.

»Was ist deine Aufgabe?« Als ich heute Morgen zu meiner Physikvorlesung gegangen bin, hat sie noch tief und fest geschlafen. Dion nimmt es nicht so genau und lässt ihre Kurse auch gerne mal ausfallen.

»Habe noch nicht nachgesehen, du etwa?«

»Ja, Punkt Mitternacht.«

»Da war ich anderweitig beschäftigt.«

»War nicht zu überhören«, murmle ich leise. Nur deswegen war ich überhaupt noch wach und weil ich mich dazu durchgerungen habe, Jasper zu schreiben. Allerdings hat er sich als weniger kommunikativ entpuppt, als ich gehofft hatte. Wenn er beleidigt ist, weil ich seine Nachricht von Freitag ignoriert habe, kann ich ihm das nicht einmal verübeln. Er hat mir eine einfache Frage gestellt und ich habe sie nicht beantwortet. Und das, nachdem er für mich da war. Aber genau darin lag das Problem, auch wenn das überhaupt keinen Sinn ergibt. Im Augenblick werde ich aus mir selbst nicht schlau.

»Wie lautet deine Aufgabe?«, fragt Aspen.

Ich ziehe das Handy aus meinem Rucksack und öffne die App.

»Lasse hundertelf Enten im Hallenbad schwimmen«, lese ich das Wichtigste vor.

»Echte Enten?«, fragt Dion entsetzt.

»Ich hoffe nicht. Ich weiß nicht einmal, wo ich so kurzfristig unechte auftreiben soll«, seufze ich.

»Bestell sie online«, schlägt Aspen vor.

Bevor ich sagen kann, dass ich darüber auch bereits nachgedacht habe, checkt Dion mit ihrem Handy die Angebote.

»Okay, vergiss es. Die Versandzeit beträgt aktuell zwei Tage. Das muss mir jemand erklären. Hämorrhoidencreme könntest du heute Nachmittag haben.«

»Was?«

»Wird mir als alternativer Artikel vorgeschlagen, weiß der Teufel, warum«, lacht sie und dreht das Display in meine Richtung.

»Miss Carmichael, es freut mich, dass Sie die Konjunkturzyklen amüsieren.«

»Klingt definitiv unterhaltsamer als mein Zyklus, der unterliegt nämlich massiven Schwankungen. Planungssicherheit gleich null. Reflektieren Sie das mal auf die Wirtschaft. Gerade wenn Sie denken, Sie sind am Break-even-Point angekommen und können nun so richtig durchstarten, rutschen Sie wieder in den roten Bereich und das Spiel beginnt von vorn. Wirklich nervig, sag ich Ihnen.«

Nicht nur Professor Henson klappt der Mund auf, meiner steht ebenfalls offen, während Gelächter durch den Raum hallt.

»Nun gut, fahren wir fort«, verkündet der Prof, als er seine Fassung wiedererlangt hat.

»Warum siehst du mich so entsetzt an?«

»Du weißt, was der Break-even-Point ist?«

»Natürlich. Meine Familie besitzt ein Wirtschaftsunternehmen. Was glaubst du, worüber meine Eltern beim Abendessen reden?«

»Darüber habe ich mir noch nie Gedanken gemacht«, gebe ich zu. Den Carmichaels gehört eines der größten Modehäuser der Welt. Dass Dion sich für etwas anderes interessiert als die Produkte, die dort verkauft werden, ist mir bisher nie in den Sinn gekommen. Aber offenbar habe ich meine Freundin unterschätzt.

»Mom schwärmt von teuren Stoffen und Dad erklärt ihr, wie viele Kleider sie mindestens verkaufen muss, um die Fixkosten zu decken, was meine Mom weniger interessiert. Sie ist die Kreative und Dad jongliert so lange mit den Zahlen, bis sie ihren Willen bekommt.«

Immer noch ungläubig sehe ich Dion an.

»Hast du Einsteins Gesicht gesehen? Das hat er nicht erwartet«, sagt sie stolz. So wird Professor Henson von den Studierenden genannt. Was nicht ausschließlich an seinem Sachverstand liegt. Seine äußerliche Ähnlichkeit zu besagtem Genie unterstreicht der Spitzname zusätzlich.

»Ich weiß nicht, ob es unbedingt von Vorteil ist, ihn immer wieder zu provozieren. Immerhin ist er derjenige, der deine Leistung am Ende beurteilt.«

»Da hat Abbie nicht ganz unrecht. So unterhaltsam eure Schlagabtausche auch sind, Einstein sitzt am längeren Hebel«, pflichtet mir Aspen bei.

»Möglich. Aber den Kurs bestehe ich mit links«, versichert sie und ich hoffe, sie behält recht.

* * *

Mittags lasse ich meinen Blick durch die Mensa schweifen, beobachte die Schlange an der Essensausgabe, bis ich an Cameron hängen bleibe, der zielstrebig auf unseren Tisch zukommt.

»Sein neuer Look ist irgendwie scharf. Hat Bad-Boy-Nerd-Vibes.«

Damit hat Dion nicht ganz unrecht. Die kurz geschorenen Haare, die lässigen Klamotten und der Bartschatten passen gut zu ihm.

»Du sabberst«, erwidert Aspen scherzhaft.

»Ich sorge dafür, dass später jemand die Pfütze aufwischt«, antwortet Dion trocken.

»Hi«, begrüßt Cameron uns und bleibt mit einem unsicheren Ausdruck im Gesicht neben dem Tisch stehen. Als wäre er sich nicht sicher, ob ihm ein Platz in unserer Gegenwart zusteht.

»Hey, möchtest du dich zu uns setzen?«, erwidere ich freundlich, damit er sich nicht unwillkommen fühlt. Selbst Dion bedenkt ihn mit einem schlichten Hallo, ohne erhabenen Unterton. Mein Gefühl sagt mir, er wird sie früher oder später um den Finger wickeln.

Aspen zieht ihn an seinem dunkelgrünen Hoodie zu sich heran. Ein Lächeln erscheint auf seinen Lippen, als er sich zu ihr runterbeugt und sie küsst.

»Okay, Kinder, könnt ihr das auf nachher verschieben? Sonst verlange ich Eintritt für die Show«, unterbricht Dion die beiden.

Aspen lacht und bedeutet Cameron mit einer Kopfbewegung, dass er sich hinsetzen soll.

»Sorry, ich muss zu Geschichte. Ich wollte mir nur schnell eine Kleinigkeit zu essen holen.« Zum Beweis präsentiert er uns einen eingewickelten Wrap. »Also dann, ich bin spät dran.«

Aspen wedelt mit der Hand in Dions Blickfeld herum, die Cameron nachsieht, während er die Mensa verlässt.

»Ich gebe zu, ihr habt hervorragende Arbeit geleistet. Wenn ich es nicht wüsste, würde ich ihn niemals mit dem floralen Hemdträger in Verbindung bringen.«

»Ich mag seinen neuen Look.«

»Ja, du mochtest auch Aspens Secondhandjeans. Wenn ich daran zurückdenke, wird mir ganz schwindlig«, erinnert Dion mich an das Drama um die Hose, die bereits Aspens Mom getragen hat.

»Vielleicht ziehe ich ab morgen Camerons Hoodies an«, zieht Aspen Dion mit einem breiten Grinsen auf.

»Du willst mich umbringen, oder?«

»Die sind extrem kuschelig. Du wärst überrascht.«

»Bevor ich meinen Körper in die Klamotten eines Kerls hülle, friert die Hölle zu. Ich verstehe diese Marotte nicht.«

»Es ist eine Geste der Zuneigung«, werfe ich ein.

»Wirklich? Hast du schon mal gesehen, dass Typen die Kleidung ihrer Freundin tragen? Diese Liebesbekundung ist eine Einbahnstraße.«

»Liegt möglicherweise daran, dass es andersherum albern aussieht. Stell dir Henry mal in deiner rosafarbenen Fransenjacke vor.«

Aspen lacht laut über meinen Kommentar.

Dion verzieht das Gesicht. »Sei nicht albern. Ich sehe darin wie eine Königin aus, Henry maximal wie ein aufgeplusterter Flamingo«, antwortet sie todernst. Es dauert genau eine halbe Sekunde, bis sich das Bild in unseren Köpfen formt und wir gemeinsam in Gelächter ausbrechen.

Als hätten wir ihn heraufbeschworen, taucht Henry vor unserem Tisch auf und lässt sich auf dem freien Platz neben Dion nieder. »Worüber lacht ihr?«

»Über nichts Bestimmtes«, sage ich schnell, weil Dion zuzutrauen ist, dass sie ihn mit einem Flamingo vergleicht.

Mit einem herausfordernden Grinsen legt er einen Arm um Dions Schultern. »Und, Babe, schon einen Blick auf deine Aufgabe bei *Secret Enemy* geworfen?«

Sie schiebt seinen Arm von ihrer Schulter. »Nein, aber das werde ich jetzt tun.« Sie holt das Handy aus ihrer silbern funkelnden Handtasche. »Was ist mit dir?«, fragt sie ihn und öffnet die App.

»Bin schon durch.«

»Echt? Was musstest du denn tun?«, will ich wissen.

Er lehnt sich nach vorne, um mich anzusehen. Henry gehört zu der Kategorie *übermäßig attraktiv*. Die vollkommene Symmetrie seines Gesichts erweckt den Eindruck, jemand hätte mit Photoshop nachgeholfen. Er und Dion passen perfekt zusammen und irgendwie auch nicht.

»Ich musste *Robinson Crusoe* aus der Bibliothek mitgehen lassen.«

»Die Mitnahme von Büchern ist verboten«, merke ich an. Ich habe im vergangenen Semester vergebens versucht, mir etwas auszuleihen. Die Bibliothekarin hat mir erklärt, dass das nicht gehe. Die Bibliothek biete wunderbare Möglichkeiten, sich vor Ort voll und ganz auf die Lektüre zu konzentrieren. Womit sie recht hat. Es ist gemütlich dort.

»Die Aufgabe wäre überflüssig, wenn man einfach mit dem Buch in der Hand rausmarschieren könnte.«

Habe ich schon seine herablassende Art erwähnt und dass er alle für ihm geistig unterlegen hält? Seine Überheblichkeit ist nervtötend.

»Und wie hast du es geschafft?«, frage ich, da die Ausgabe der Bücher streng überwacht wird. Es ist quasi unmöglich, an sie heranzukommen, ohne um Hilfe zu bitten, weil der Bereich, in dem sie aufbewahrt werden, durch eine Glaswand abgegrenzt ist. Man sieht die meterhohen Regale zwar von den kleinen gepolsterten Sitzgruppen aus, aber man kann nicht in ihnen herumstöbern. Wohl oder übel muss man zur Bibliothekarin Ms Larson gehen und sich von ihr das Buch gegen Vorlage des Studierendenausweises geben lassen.

Henry holt einen Schlüsselbund aus seiner Hosentasche und lässt ihn klimpern. »Generalschlüssel. Es hat durchaus Vorteile, wenn man der Sohn der Collegeleitung ist. Ms Larson arbeitet pünktlich wie ein Uhrwerk. Zwischen zehn und zehn Uhr fünfzehn gönnt sie sich eine Zigarettenpause hinter dem Bibliotheksgebäude.«

»Du hast einen Generalschlüssel?«, fragt Dion erstaunt.

»Jap«, antwortet er stolz.

»Das ist ziemlich unfair«, merke ich an.

Darauf erwidert er nichts, stattdessen lehnt er sich mit einem breiten Grinsen wieder im Stuhl zurück. *Gago!*

»Okay, los gehts«, sagt Dion und legt das Handy für alle sichtbar auf den Tisch. Statt das Glücksrad anzutippen, öffnet sie die Enemys und wählt *Zeit halbieren* aus. Anschließend ruft sie die Aufgabe ab.

Aspen beugt sich vor, um besser sehen zu können. Wie gebannt starren wir auf das Display und warten darauf, dass das Glücksrad aufhört sich zu drehen und die Herausforderung offenbart.

**Willkommen zurück, QueenD!on.**
**Zeit für eine Schlacht. Wie genau die aussieht, bleibt deiner Kreativität überlassen. Je größer das Gefecht ausfällt, desto höher wird die Punktzahl sein. Zeige das Ausmaß anhand einer kurzen Videosequenz, die du über hochlädst. Du hast vierundzwanzig Stunden. Deine Zeit läuft. Viel Erfolg!**

»Blickt jemand durch und hat eine zündende Idee?«, fragt Dion und sieht uns einen nach dem anderen an.

»Du sollst in die Schlacht ziehen«, fasst Aspen die Aufgabe zusammen.

»Ja, so weit bin ich mitgekommen. Aber was soll ich tun, Holzschwerter verteilen und den Bürgerkrieg nachstellen?«

»Wäre eine Idee«, antworte ich scherzhaft.

»Die einzige Schlacht, in die ich je geraten bin, war ein Ausverkauf in meiner Lieblingsboutique.«

Verwundert sehen wir sie an.

»Wirklich, rote Preisschilder lassen Menschen zu hungrigen Hyänen werden.«

»Wir befinden uns in der Mensa. Es wimmelt hier nur so von Leuten«, gibt Henry ihr einen Hinweis.

»Und?«

»Essensschlacht«, antwortet er und zuckt grinsend mit den Schultern.

»Bist du übergeschnappt? Ich zettle doch keine Essensschlacht an, wenn ich einen Overall aus Seide trage. Die Flecken gehen nie wieder raus.«

»Hast du einen besseren Vorschlag?«

Dion blickt erst Aspen und dann mich Hilfe suchend an. Wir schütteln den Kopf.

»Es wäre eine schnelle und effektive Lösung. Bringt dir sicher eine hohe Punktzahl ein«, sagt Aspen. Ganz nüchtern betrachtet hat sie damit völlig recht. Ist es gemein, wenn ich hoffe, dass Dion die eben nicht bekommt und im Ranking hinter mir landet? Sie braucht das Geld nicht, ich hingegen schon. Sie nimmt nur wegen des Spaßfaktors teil.

Ein Seufzen entweicht Dion, bevor sie sich Henry zuwendet. »Zieh deinen Pullover aus«, fordert sie von ihm.

Er macht große Augen. »Warum?«

»Weil ich Schutzkleidung brauche.«

Ohne zu zögern, entledigt sich Henry seines Pullovers und reicht ihn Dion. Sie schlüpft hinein. Aspen und ich beginnen gleichzeitig zu kichern und kassieren dafür einen strengen Blick von unserer Freundin.

»Nur damit eins klar ist: Das ist nicht romantisch, sondern eine Notwendigkeit.«

»Natürlich«, sagt Aspen ernst, kann sich dennoch ein Grinsen nicht verkneifen.

»Du willst ernsthaft Essen durch den Raum werfen?«, hake ich nach.

»Klar. Wird sicher lustig«, antwortet sie mit einem Schulterzucken.

»Weißt du, wie viele Menschen auf der Welt Hunger leiden? Elf Prozent«, werfe ich ein. Ein Aspekt, den man bei einer solchen Aktion keinesfalls außer Acht lassen sollte. Klar, niemandem in diesem Raum schadet es, das Mittagessen ausfallen zu lassen. Aber das trifft nicht auf die komplette Weltbevölkerung zu.

»Bist du beruhigt, wenn ich als Entschädigung einen Scheck an die Welthungerhilfe schicke?«, fragt sie beschwichtigend.

Nein, ich bin kein Fan dieser Idee, aber ich werde sie nicht davon abhalten können. Es hätte sicher eine andere Lösung gegeben. Sie hätte sich nur etwas mehr Zeit zum Nachdenken nehmen müssen. Aber Dion ist an Sturheit nicht zu übertreffen. Es ist, als würde man mit einer Wand reden, wenn sie sich erst einmal etwas in den Kopf gesetzt hat.

»Abgemacht. Und sei bloß nicht geizig«, ermahne ich sie.

Dion verdreht die Augen, dann greift sie nach ihrem Sandwich. Sie zögert und ich hege die Hoffnung, dass sie zur Besinnung kommt und nicht wirklich à la Teeniefilm eine Essensschlacht in der Mensa anzettelt.

Am Ende ist es Henry, der auf den Tisch klettert, quer durch den Raum brüllt und damit die Schlacht eröffnet. Wenige Augenblicke später werde ich nur haarscharf von einer Bananenschale verfehlt. Da ich bei dem Quatsch keinesfalls mitmachen werde, verkrieche ich mich erst unter dem Tisch und suche schließlich das Weite.

# 16.

## JASPER

Statt zum Psychologiekurs zu gehen, habe ich einen Blick auf den Belegungsplan des Theaters geworfen und den Vormittag damit verbracht, die Aufgabe für *Secret Enemy* zu lösen.

Sie war nicht sonderlich schwer, aber originell. Die Challenge war, die Theaterbühne in Regenbogenfarben leuchten zu lassen. Etwas kniffelig war es, die Lichter zu Beethoven tanzen zu lassen. Das war zwar nicht Bestandteil der Aufgabe, aber ich brauchte wenigstens eine kleine Herausforderung. Und wenn ich mir schon die Mühe mache, dann doch gerne mit Publikum. Also habe ich die Sache durchgezogen, als im Theatersaal der Schauspielkurs stattfand.

Letztendlich bedurfte es nichts weiter als einer kurzen Frequenzanalyse, die sich easy mit einer Plug-in-Software umsetzen ließ. Was die technische Ausstattung betrifft, ist das Waterbury College nicht so eingestaubt, wie das alte Gebäude den Anschein macht. Das Einzige, was man benötigt, ist der Zugang zum Technikraum, einen Laptop und ein Datenkabel. Innerhalb von zehn Minuten dröhnte Beethoven aus den Boxen und die Bühne erstrahlte in bunten Farben.

Die Lichtanlage bringt eine Menge Spaß. Sie wäre durchaus ein Grund, den Kurs zu besuchen, hätte Cameron sich nicht bereits im vergangenen Semester als Romeo versucht.

Da die Mittagspause gleich vorbei ist und die Mensa inzwischen nicht mehr überfüllt sein sollte, will ich noch einen kurzen Abstecher dorthin machen. Gerade als ich die wenigen Stufen zum Eingang hinaufgehe, kommt Abbie durch die Tür. Rund tausend Menschen tummeln sich auf dem Campus und ich laufe ausgerechnet ihr in die Arme. Dabei habe ich heute Morgen beschlossen, auf Abstand zu gehen, bis sich der Nebel in meinem Verstand lichtet. Oder wenigstens so lange, bis ich mir ein paar Dinge, die mit Abbie zusammenhängen, aus dem Kopf geschlagen habe. Das hier ist also der denkbar ungünstigste Moment, um ihr zu begegnen.

»Hey. Geh da bloß nicht rein«, warnt sie und kommt mir lächelnd entgegen. Wirklich ein beschissener Zeitpunkt. Wieder einmal brüllt mir mein Verstand entgegen: *Lass sie in Ruhe und geh.* Aber der verräterische Mistkerl, der im Schatten lauert, flüstert: *Sei etwas netter, damit sie dich mag.* Es dauert den Bruchteil einer Sekunde, bis ich mich für eine Richtung entschieden habe. Mein Verstand stöhnt frustriert auf.

»Warum, ist das Essen ungenießbar?«

»Nein, aber da drinnen tobt gerade eine Schlacht.«

Fragend hebe ich eine Augenbraue. »Dion hat bei *Secret Enemy* die Aufgabe erspielt, eine Schlacht ins Leben zu rufen«, erklärt sie, was in meinem Kopf mehr Fragen auslöst, als ihre Aussage mir Antworten beschert.

»Und?«, hake ich nach.

»Sie liefert sich gerade eine Essensschlacht.«

Mein Blick wandert an Abbie hinab. Augenscheinlich konnte sie sich retten, denn ich entdecke keinerlei Essensreste auf ihrer Kleidung.

»Wie erwachsen«, sage ich gedehnt.

»Es war Henrys Idee«, verteidigt sie ihre Freundin.

»Macht es nicht besser, wenn man bedenkt, dass elf Prozent der Weltbevölkerung Hunger leiden.«

Ein Grinsen schleicht sich auf ihre Lippen. Verdammt! Gedanklich löse ich das Ticket für den Trip ins Chaos.

»Das Gleiche habe ich auch gesagt. Sie hat versprochen, einen dicken Scheck an die Welthungerhilfe auszustellen.«

Jetzt kann ich mir ein Schmunzeln nicht verkneifen.

»Gut, da die Mensa ausfällt, werde ich mir woanders etwas zu essen besorgen. Man sieht sich«, verabschiede ich mich und wende mich zum Gehen, weil Abbie einen Blick auf ihre Uhr wirft, als müsste sie dringend irgendwohin.

»Was ist deine Aufgabe?«

»Abgeschlossen«, antworte ich und weiche einer Gruppe Studierender aus, die gerade aus dem Gebäude stürmen und mich beinahe über den Haufen rennen. Instinktiv greife ich nach Abbies Unterarm und ziehe sie mit mir, damit sie ihnen nicht zum Opfer fällt. Dann gebe ich sie wieder frei und nehme die wenigen Stufen nach unten. Weg von dem Eingang, aus dem immer mehr mit Essen beschmierte Leute herausstolpern, laut lachend oder fluchend.

»Abgeschlossen, was soll das bedeuten?«

Von der Seite sehe ich sie unauffällig an, als sie neben mir herläuft. *Was wird das hier, Abbie Westing? Suchst du meine Nähe oder verfolgst du ein Ziel?* Aus der Frau werde ich einfach nicht schlau.

»Dass ich sie bereits beendet habe.«

»Mmh«, murmelt sie.

Ich schlage den Weg zum Café ein.

»Hast du deine Aufgabe schon gemeistert?«, frage ich sie, da sie keine Anstalten macht, sich zu verabschieden, und stattdessen auf eine Unterhaltung aus zu sein scheint.

»Nein, es hapert etwas an der Umsetzung.«

Darauf will sie also hinaus, sie braucht Hilfe. Nicht mehr und nicht weniger. Das Gefühl, das sich gerade meine Kehle hinaufkämpft, schlucke ich mit aller Kraft hinunter.

»Das bedeutet?« Als wir das Café erreichen, halte ich ihr die Tür auf.

»Danke. Dass ich hundertelf Plastikenten auftreiben muss, um sie anschließend im Hallenbad schwimmen zu lassen«, antwortet sie und seufzt.

Automatisch verziehen sich meine Lippen zu einem Grinsen. Es ist wie eine Wenn-dann-sonst-Formel. Wenn Abbie seufzt, dann muss ich schmunzeln. Nur das Sonst steht noch aus.

»Und worin genau besteht dein Problem?«

»Dass ich nicht zufällig eine Horde Plastikenten unter meinem Bett lagere.«

»Hey, was bekommt ihr?«, unterbricht die Bedienung unser Gespräch.

»Guten Tag.« Ich werfe einen Blick in die Auslage. »Einen Frischkäsebagel und ein stilles Wasser, bitte.« Abwartend sehe ich zu Abbie, die allerdings nicht versteht, was ich von ihr will. »Was nimmst du?«

»Hmm …« Sie beäugt die Auswahl. »Ein Stück Apfelkuchen und einen Schokochino.«

»Kommt sofort. Wollt ihr euch einen Platz suchen? Dann bringe ich es an den Tisch.«

»Wir warten hier auf die Bestellung und tragen sie selbst zum Tisch. Danke«, erwidere ich und ernte dafür von Abbie einen verwunderten Blick.

Schweigend stehen wir für die nächsten Minuten nebeneinander. Abbie tritt ungeduldig von einem Fuß auf den anderen, als ginge es ihr nicht schnell genug. Ich unterdrücke den Impuls, sie davon abzuhalten herumzuzappeln, weil Ungeduld mich wahnsinnig macht.

»Danke«, sage ich, bezahle die Rechnung und nehme das Tablett entgegen. »Wo möchtest du sitzen?«, frage ich Abbie.

»Egal.«

Kurz sehe ich mich um und wähle einen Tisch in der Ecke. Ich setze mich auf den Platz, bei dem ich die Wand im Rücken habe. Gewohnheiten legt man nur schwer ab. Abbie setzt sich mir gegenüber und kramt ihre Geldbörse aus dem Rucksack.

Als sie zehn Dollar vor mir ablegt, sehe ich sie missbilligend an. »Willst du mich beleidigen?«

»Ich möchte nicht, dass du denkst, mich einladen zu müssen«, antwortet sie kleinlaut.

Ich schiebe den Schein zu ihr. »Ich denke grundsätzlich nicht, irgendwas zu müssen. Ich verfüge über einen sehr ausgeprägten freien Willen.«

*Sei nett,* erinnert mich das Flüstern. Ich gebe zu, dass mir das im Augenblick schwerfällt, da ich ihre Absichten erahne. Diese Unterhaltung führen wir nicht aus gegenseitigem Interesse, sondern weil Abbie sich einen Nutzen davon erhofft. Und das geht mir gewaltig gegen den Strich. Erstaunlich, wenn man bedenkt, dass ich der Typ bin, der falschspielt und nicht alle Karten auf den Tisch packt. Ich bin wirklich der Letzte, der Abbie einen Strick aus ihren Absichten drehen sollte.

»Und der verbietet dir, dich von anderen bedienen zu lassen?«, schlussfolgert sie. Vermutlich spielt sie damit auf die Situation beim Abendessen in den Hamptons an, weil ich da ganz ähnlich reagiert habe wie vor wenigen Minuten.

»Nein, er sagt mir, dass ich durchaus selbst dazu in der Lage bin, ein Tablett an einen Tisch zu tragen, wenn hinter mir siebzehn Menschen in der Warteschlange stehen und die Bedienung augenscheinlich allein den Laden schmeißt.«

Als wolle sie meine Aussage überprüfen, sieht sie sich um, dann mustert sie mich. Zu intensiv, als dass es oberflächlich wirkt.

»Wo waren wir stehen geblieben?«, lenke ich das Thema um. »Ach ja, Quietscheenten.«

Wieder dieses kaum hörbare Seufzen, das ein Schmunzeln folgen lässt.

»Du könntest welche online bestellen«, schlage ich vor.

»Es ist realistischer, innerhalb der verbleibenden Zeit Hämorrhoidencreme geliefert zu bekommen.«

»Wie bitte?«

»Frag lieber nicht.« Als würde sie sich an etwas erinnern, lacht sie leise, und damit hat sie mich. Egal, was sie will, ich werde einknicken und ihr helfen. »Mir bleiben noch …«, sie sieht auf die Uhr, »neun Stunden und achtunddreißig Minuten.«

»In der Innenstadt von Waterbury gibt es drei Spielzeuggeschäfte.«

»Woher weißt du das? Ich bin im zweiten Semester und war bisher kein einziges Mal im Stadtkern, weil der sich gefühlt auf dem Mars befindet.«

»Ganz so weit ist es nicht.« Es sind nur ein paar Meilen.

Abbie kramt erneut in ihrem Rucksack herum und holt ihr Handy heraus. »Du hast recht.«

»Natürlich habe ich recht.«

»Stöberst du in deiner Freizeit durch Spielzeugläden?«

»Mein Hobby beläuft sich auf etwas anderes. Aber ich verschaffe mir gerne einen Überblick von der Gegend, in der ich mich aufhalte.«

Kurz sieht sie mich nachdenklich an und ich befürchte, sie könnte mir auf den Zahn fühlen wollen. »Gut, ich frage Aspen, ob sie mir ihren Wagen borgt.«

Dass sie nicht nachhakt, überrascht mich, weil die Neugier ihr deutlich ins Gesicht geschrieben steht.

»Da wirst du nicht viel Erfolg haben. Cameron hat mir vorhin eine Nachricht geschickt, dass die beiden einen Ausflug machen, um sich eine Gedenkstätte anzusehen.«

»*Pakshet!*«, flucht sie. Jedenfalls glaube ich, dass sie flucht. Der Tonfall deutet auf *Fuck!* oder Ähnliches hin, nur dass es so um einiges charmanter klingt.

Als sie das amüsierte Zucken meiner Mundwinkel bemerkt, weil ich mir gerade ein Lachen verkneife, sieht sie mich aus schmalen Augen an. »Ich werde das nicht übersetzen«, stellt sie klar und grinst plötzlich.

»Nicht nötig, ich habe so eine Ahnung, was dir gerade herausgerutscht ist.«

Ein paar Sekunden sehen wir einander an. Ihr Blick hält meinen gefangen, bis sie die Verbindung kappt. Abbie nimmt einen Schluck von ihrem Schokochino. Ich beiße in meinen Bagel und würde ihn am liebsten direkt beiseitelegen.

»Hast du kein eigenes Auto?«, lenke ich das Gespräch zum eigentlichen Kern zurück.

»Doch, aber das steht in Manhattan.«

»Und wie kommst du am Wochenende nach Hause?«

»Liam nimmt mich mit.«

»Dein Freund?« Und damit wäre klar, wie tief ich bereits im Chaos stecke. Denn sonst hätte ich die Frage nicht gestellt und ihre Antwort würde mich nicht so brennend interessieren.

Abbies Wangen gewinnen an Farbe. Ich konzentriere mich auf den Bagel, klappe ihn auf und fummle die Gurken herunter.

»Liam ist der Chauffeur der Carmichaels. Fahrgemeinschaften sind umweltfreundlicher«, klärt sie mich auf.

Statt zu antworten, greife ich nach dem Wasserglas, um den Geschmack der Salatgurke loszuwerden.

»Du hast nicht zufällig ein Auto?«

Ich halte in der Bewegung inne und sehe sie über den Rand des Glases hinweg an. »Warum?«

»Würdest du es mir leihen?«, fragt sie hoffnungsvoll.

»Nein.«

»Auch nicht, wenn ich dich hiermit besteche?« Mit einem zuckersüßen Lächeln schiebt sie den Teller mit dem Apfelkuchen näher zu mir.

»Dir ist bewusst, dass es keine Bestechung ist, weil ich den Kuchen bezahlt habe, oder?«

»Ich *wollte* ihn ja bezahlen. Der Wille zählt, oder?«

»Nein.« Doch, aber das werde ich ihr nicht verraten.

»Nein, der Wille zählt nicht, oder ich komme mit meinem Bestechungsversuch nicht durch?«

»Nein wie *ich leihe dir nicht meinen Wagen.*«

Sie schiebt den Teller noch ein Stück in meine Richtung. »Sicher? Der Bagel schmeckt dir ganz offensichtlich nicht und ich biete dir eine Alternative an.«

Die Art, wie sie mit mir zu verhandeln versucht, gefällt mir. Wie schnell gibt sie auf? Und wie weit würde sie gehen, um ihren Willen zu bekommen?

»Ich könnte aufstehen und mir etwas anderes holen.«

Sie stützt ihre Ellenbogen auf die Tischplatte und bettet ihr Kinn in ihre Handflächen. Auf ihren Lippen liegt ein herausforderndes Lächeln. »Was ist aus unserer Abmachung geworden, das Spiel gemeinsam durchzuziehen?«

»Die hast du gebrochen, als du Adam im Alleingang eine Federboa verpasst hast.« Um ehrlich zu sein, hatte ich nicht angenommen, dass unsere Abmachung über die Party hinaus Bestand haben würde. Es war einfach dem Moment geschuldet.

»Du hast mich auch nicht mit auf den Golfplatz genommen.«

»Warum hätte ich das tun sollen, nachdem unsere Abmachung hinfällig war?«, lasse ich sie zappeln.

»Dann beleben wir sie eben wieder.«

Ja, darauf wird es hinauslaufen.

»Nein.« *Sag Bitte.*

»Herrje, bist du stur!«, stöhnt sie frustriert auf.

»Kleiner Tipp: Wenn du etwas von mir möchtest, hast du in der Regel mehr Erfolg, wenn du mich darum bittest, anstatt mich bestechen zu wollen. Aber ich bin kein Unmensch. Also mache ich dir einen Gegenvorschlag. Ich leihe dir nicht meinen Wagen, dafür stelle ich mich als Fahrer zur Verfügung.«

»Wirklich, das würdest du tun?«, fragt sie überrascht.

»Ja, das würde ich tun.«

Grinsend tauscht sie den Teller mit dem Bagel, von dem ich nur einmal abgebissen habe, mit dem, auf dem sich der Apfelkuchen befindet. »Keine Bestechung. Ein Dankeschön«, erklärt sie, als ich mahnend eine Augenbraue hochziehe.

Ich grinse zurück, dann beuge ich mich über den Tisch und greife nach der Kuchengabel. Abbie legt die Gurken zurück auf den angebissenen Bagel und klappt ihn zusammen, damit er wieder ein Ganzes bildet. Verwundert sehe ich sie an.

»Wäre schade drum.« Mit einem Schulterzucken beißt sie hinein.

Sekundenlang starre ich sie einfach nur an, sehe dabei zu, wie sie mein Mittagessen verputzt und sich nicht daran stört, dass ich bereits davon abgebissen habe. Als würden wir über eine Vertrauensbasis verfügen, die solche Dinge nicht seltsam erscheinen lässt. Aber die haben wir nicht. Vier Begegnungen reichen nicht aus, um diese Ebene zu erreichen.

*Hast du sie deswegen bei der zweiten geküsst und bei der dritten tröstend in deinen Armen gehalten?*, hallt eine vertraute Stimme durch meinen Kopf, bevor Noahs Gesicht vor meinem geistigen Auge auftaucht. Ich würde ihm gerne antworten, dass er mich nicht so angrinsen soll.

»Isst du nichts?«

Ich löse den Blick von ihr und widme mich kommentarlos dem Kuchenstück vor mir. Die nächsten Minuten verbringen wir schweigend, was weniger unangenehm ist, als ich erwartet hätte. Dennoch entgeht mir nicht, wie Abbie mich neugierig mustert. Geduldig wartet sie, bis ich aufgegessen habe, bevor sie die Unterhaltung erneut in Gang bringt.

»Und, hat er geschmeckt?«

»Nicht so gut wie der von Granny El«, antworte ich ehrlich, bereue es aber augenblicklich, weil Camerons Familie niemanden etwas angeht und er sie ganz bewusst aus Unterhaltungen heraushält. Ich bin mir ziemlich sicher, dass Aspen ihren Freundinnen nichts über Granny El, Kaden und Cassie oder den Tod seiner Eltern erzählt hat. Dennoch, das Industrieprodukt reicht nicht mal ansatzweise an den selbst gebackenen Kuchen der alten Dame heran. In ihrem steckt Herzblut, in diesem hier ausschließlich verschiedene Zutaten.

»Ist Granny El deine Grandma?«

»Nein.« Flüchtig werfe ich einen Blick auf die Uhr. »Ich habe noch etwas zu erledigen, danach können wir in die Stadt fahren«, weiche ich ihrer Frage aus.

»Geht klar. Soll ich zu dir kommen?«

»Wir treffen uns am Tor.« Ich stehe vom Stuhl auf, stelle das dreckige Geschirr auf das Tablett. »Um vier. Sei pünktlich, sonst blase ich die Sache ab und du musst dir eine andere Option suchen.« Um meinen Worten die Härte zu nehmen, lächle ich sie an.

»Ich werde da sein.«

Ich nehme das Tablett, bringe es zur Geschirrrückgabe und verlasse das Café.

# 17.

## ABBIE

Da ich Jasper durchaus zutraue, mich hängen zu lassen, sollte ich auch nur eine Sekunde zu spät sein, stehe ich seit geschlagenen fünfzehn Minuten neben dem Haupteingang in der eisigen Kälte. Ich wickle den Schal so, dass ich einen Großteil meines Gesichts darin vergraben kann, zusätzlich ziehe ich mir die Mütze tiefer in die Stirn. Mittags war es noch einigermaßen mild, jetzt riecht es nach Schnee. Mein Blick wandert zum Himmel. Keine Flocken in Sicht, aber ich bin mir sicher, dass es nicht mehr lange dauern wird.

Dass ein Wagen neben mir hält, merke ich erst, als jemand von innen die Beifahrertür aufstößt. Hastig pausiere ich das Hörbuch, nehme die Kopfhörer ab und verstaue sie in meinem Rucksack. Er fährt tatsächlich einen schwarzen Mustang. Dion hat nicht gelogen, um mich aus der Reserve zu locken.

»Hey«, sage ich, sobald ich auf den Beifahrersitz geklettert bin. Weil ich die Handschuhe vergessen habe und meine Finger sich taub anfühlen, halte ich die Hände über die Lüftung. Vergebens.

Ich sehe zu Jasper, der mich ansieht, als würde er mich gerne wieder aus dem Auto schubsen. Dabei hatte ich letzte Woche das Gefühl, dass sich etwas zwischen uns verändert hat. Wir haben einen farbigen Moment geschaffen, aber irgendwas ist danach passiert, das uns zwei Schritte zurückgeworfen hat. Und ich würde gerne wissen, was. Eine unbeantwortete Nachricht wird nicht der Grund dafür sein, dass er so unterkühlt wirkt. Jasper ist nicht der Typ, der sich wie ein bockiges Kind verhält. Aber die Atmosphäre passt perfekt zu den Temperaturen im Fahrzeug. Zu frieren scheint er jedoch nicht, denn er trägt lediglich einen Pullover – mit unzähligen winzigen Papageien darauf, um genau zu sein.

Ein Räuspern hallt durch das Wageninnere, bevor er den Arm ausstreckt und die Heizung einschaltet.

»Danke.«

»Ich habe mich bei den Läden erkundigt, alle drei haben Enten vorrätig, aber um auf die geforderte Anzahl zu kommen, müssen wir möglicherweise noch die Supermärkte abklappern.«

»Du hast bei den Geschäften nachgefragt?« Ich gebe zu, dass mich das überrascht, und es ärgert mich, dass ich nicht von selbst darauf gekommen bin. Stattdessen habe ich einfach auf ein Quäntchen Glück gesetzt.

»Natürlich, ich verschwende ungern Zeit.«

Bevor wir das Gelände verlassen, reichen wir dem Wachposten unsere Studierendenausweise, der sie durch ein Lesegerät schiebt, womit er unsere Abwesenheit registriert. Er fragt uns, wohin wir wollen, und erinnert uns daran, wann wir spätestens zurück sein müssen, um nicht vor verschlossener Tür zu stehen. Eine reine Vorsichtsmaßnahme, immerhin tummeln sich hier die reichsten Kids des Landes. Sollte jemand abhandenkommen, aus welchen Gründen auch immer, würde das College unverzüglich Maßnahmen ergreifen.

Gerade als ich überlege, wie ich eine zwanglose Unterhaltung mit Jasper starte, schallt Musik aus den Boxen. Ein eindeutiges Zeichen, dass er nicht an einem Gespräch mit mir interessiert ist. Warum hat er mir seine Hilfe angeboten?

Wenn ich genau darüber nachdenke, hat er das gar nicht, ich habe ihm mehr oder weniger keine andere Wahl gelassen.

Schlagartig verspüre ich das Bedürfnis, mich bei ihm dafür zu entschuldigen, also drehe ich das Radio leiser. Wie auf Kommando sieht er kurz zu mir, bevor er seinen Blick wieder auf die Straße richtet.

»Hast du das Gefühl, ich hätte dich hierzu gezwungen?«

»Glaubst du, ich würde mich zwingen lassen?«

»Ich weiß nicht, aber du scheinst nicht viel Wert auf meine Gesellschaft zu legen. Immerhin hast du die Musik so laut aufgedreht, dass eine Unterhaltung ausfällt, außer wir brüllen uns an.«

»Ich kann mich besser auf das Wesentliche konzentrieren, wenn Musik im Hintergrund läuft.«

»Und was ist das Wesentliche?«, frage ich, weil ich ihm nicht ganz folgen kann.

»Im Augenblick, Autofahren«, antwortet er und dreht die Musik wieder lauter.

Auch wenn ich ihm das nicht abnehme, belasse ich es dabei und schaue stattdessen aus dem Fenster. Bäume, so weit das Auge reicht. Anfangs fand ich die Abgeschiedenheit des Colleges perfekt. Keine Ablenkung von außerhalb. Fokus auf den Collegealltag. Inzwischen sehe ich das ein bisschen anders. Die Tage verlaufen in immer wiederkehrenden Mustern, weil es keine Abwechslung gibt. Von Henrys Partys abgesehen. Von Montag bis Freitag derselbe Trott. Aufstehen. Dion zur Eile drängen, damit sie nicht ewig das Bad blockiert. Das Frühstück ausfallen lassen, weil wir ohnehin immer zu spät dran sind. Die erste Vorlesung besuchen. Am Automaten im Haupthaus einen kleinen Snack organisieren. Zur nächsten Vorlesung gehen. Mittagessen in der Mensa. Anschließend noch eine Veranstaltung. Es ist, als würde man in einer Endlosschleife feststecken. Irgendwie hatte ich mir diesen Lebensabschnitt aufregender vorgestellt.

Wenn es richtig übel kommt, werde ich in den nächsten Monaten ein einsames Dasein fristen. Die NYU klingt immer verlockender, allerdings warte ich noch auf eine Rückmeldung. Macht es mich zu einer miesen Freundin, wenn ich insgeheim auf eine Zusage hoffe, um der Einöde zu entkommen, und nicht ausschließlich, um Kosten einzusparen? Vielleicht. Aber auf der anderen Seite – Dion hat im vergangenen Semester schon ständig mit Henry rumgehangen und Aspen, tja, sie hat nun Cameron.

Mein Blick wandert zu Jasper. Vielleicht könnten wir … Nein, das ist eine bescheuerte Idee. Jasper hat sicher wenig Interesse daran, den Lückenfüller für meine Freundinnen zu spielen, damit ich nicht vor Langeweile sterbe. Möglicherweise hat er sich letzte Woche nur aus Mitleid um mich gekümmert und ich habe schlichtweg zu viel in die Sache hineininterpretiert. Und jetzt beanspruche ich ihn erneut, um mir aus der Patsche zu helfen. Er kann sich sicher etwas Aufregenderes vorstellen, als in seiner Freizeit mit mir auf Entenjagd zu gehen.

Er dreht die Musik leiser. »Worüber denkst du nach?«

»Nichts Bestimmtes«, sage ich, weil ich ihm unmöglich beichten kann, dass ich gerade darüber philosophiert habe, mich mit ihm anzufreunden. Davon mal abgesehen, würde das in einem Chaos enden, denn Jasper ruft in mir nicht den Wunsch einer platonischen Annäherung hervor. Annäherung ja, aber definitiv nicht platonisch.

Jasper wendet sich mir zu, als wir an einer roten Ampel halten. »Dafür, dass du über nichts Bestimmtes nachdenkst, ziehst du die Stirn ganz schön kraus.«

Ein paar Sekunden lang sehen wir einander an. Die freundlichen tiefbraunen Augen passen so gar nicht zu seinen ernsten Gesichtszügen. Und plötzlich frage ich mich, was seine Geschichte ist. Dass er eine hat, da bin ich mir sicher. Jeder hat eine. Allerdings bezweifle ich, dass er sie mir erzählen wird, wenn ich ihn danach frage.

Und wenn doch? Zwischenmenschliche Beziehungen basieren auf einem Geben und Nehmen. Möglicherweise bekomme ich von ihm etwas zurück, wenn ich ihm etwas von mir gebe. Also atme ich einmal tief durch und wage einen Schritt in Richtung platonische Annäherung.

»Um ehrlich zu sein, habe ich darüber nachgedacht, wie dieses Semester laufen wir. Dion hat Henry, Aspen Cameron und ich – na ja, ich bin ich.«

»Du bist du?«, fragt er und setzt den Blinker, um rechts abzubiegen. Inzwischen befinden wir uns im Stadtzentrum von Waterbury. Ich sehe erneut aus dem Beifahrerfenster. Besonders hübsch ist es hier nicht. Alte, hohe Häuser, wenig Farbe. Es wirkt trist und ich vermute, dass es nicht nur an der Jahreszeit liegt. Hier herrscht eindeutig die Atmosphäre der Zeit, als die Industrie ihren Boom erlebt hat.

»Abbie?«

»Hmm?«, frage ich. Irgendwie habe ich den Faden verloren. Wieder einmal hat meine Aufmerksamkeit nur wenige Augenblicke angehalten und ich bin gedanklich weitergezogen. Hoffentlich hält er mich nicht für unhöflich oder noch schlimmer – seltsam.

»Was meinst du mit ›Du bist du‹?«, hakt er nach.

»Dass ich nicht unbedingt zu den Menschen zähle, die munter neue Kontakte knüpfen, nur weil die alten gerade unpässlich sind. Das wird also ein sehr einsames Dasein am College.«

»Man lernt viel über sich, wenn man sich die Zeit nimmt, sich selbst zuzuhören«, erwidert er. Ich habe keine Ahnung, was genau er mir damit sagen will.

»Ich glaube, wenn ich mir selbst zuhören müsste, würde ich zwangsläufig Dion zustimmen, die meint, dass ich seltsam bin«, antworte ich scherzhaft. Er findet meine Aussage allerdings weniger amüsant, denn ich kann sehen, wie er seine Kiefer aufeinanderpresst, als würde er sich davon abhalten, etwas zu sagen. Stattdessen schweigt er die nächsten Minuten konsequent, bis wir auf den Parkplatz des Einkaufszentrums einbiegen.

»Bereit für Mission Quietscheente?«, fragt er in einem verschwörerischen Ton, sobald er den Wagen geparkt hat.

»Mission Quietscheente?« Ich kann mir ein Lachen nicht verkneifen.

»Hast du einen besseren Vorschlag?«

»Nein, aber ich hätte dir deutlich weniger Humor zugetraut«, necke ich ihn.

»Ich werde grundsätzlich unterschätzt. Liegt an den Klamotten«, antwortet er trocken und ich pruste laut los.

»Entschuldige«, presse ich hervor und lache erneut.

Jasper steigt aus dem Wagen, öffnet die hintere Tür, nimmt einen blau-grün karierten Mantel heraus und zieht ihn über den Papageien-Pulli.

»Ich schwöre, ich lache nicht wegen deiner Kleidung«, sage ich und klettere aus dem Mustang.

»Sondern?«

»Okay, vielleicht ein bisschen, aber nicht, weil du darin komisch aussiehst.«

»Sondern?«, wiederholt er.

»Können wir das Thema wechseln?«, bitte ich ihn, während wir auf den Eingang zulaufen.

»Können wir nicht, da mich die Antwort interessiert.«

»Es ist nur, dass deine Persönlichkeit nicht zu deiner Optik passt.«

Jasper bleibt abrupt stehen und sieht mich mit ernster Miene an. »Inwiefern?«

»Ich muss wirklich darauf antworten, oder?«, frage ich und seufze. Ein Grinsen schleicht sich auf seine Lippen. Diese Unterhaltung kann ich nur verlieren. »Also rein optisch betrachtet wirkst du wie ein leicht verpeilter, netter Kerl mit Sinn für Humor und einem Faible für Muster, aber wenn du den Mund aufmachst, kommt das Gegenteil zum Vorschein. Du redest kontrolliert, als würdest du vorher gründlich über jedes Wort nachdenken. Deine Äußerungen sind irreführend und in ihnen schwingt ein Unterton mit, als müsste man selbst auf die Lösung kommen. Du guckst immer ernst, als hättest du nie Spaß. Und wenn du doch mal grinst, dann wirkt es, als könntest du selbst nicht glauben, dass sich deine Mundwinkel dazu herabgelassen haben. Du bist der reinste Widerspruch. So, jetzt weißt du es. Und ich möchte anmerken, dass ich das nicht wertend meine oder so. Es ist nur das, was mir bei unseren Begegnungen aufgefallen ist.«

»Gut analysiert, Abbie Westing, du solltest über eine Karriere im Profiling nachdenken.«

»Ich schaue gerne True-Crime-Dokus«, antworte ich und zucke mit den Schultern.

»In einer Sache liegst du allerdings falsch. Ich weiß sehr wohl, wie man Spaß hat. Er fällt bei mir nur etwas anders aus, als es dein Vorstellungsvermögen hergibt.«

Genau das meine ich. Er gibt eine Antwort, die dafür sorgt, dass sich weitere Fragen auftun.

Wir betreten das Einkaufszentrum und sofort werde ich von Wärme eingehüllt. Während ich stehen bleibe, um mir einen Überblick zu verschaffen, läuft Jasper weiter. Ich haste hinter ihm her. Aus dem Augenwinkel entdecke ich ein Pult, auf dem sich ein digitaler Lageplan befindet.

»Vielleicht sollten wir auf der Infotafel nachsehen, damit wir den Spielzeugladen nicht suchen müssen. Du verschwendest ja ungern Zeit«, sage ich und schlage bereits deren Richtung ein. Allerdings komme ich nicht sehr weit, denn Jasper umfasst meinen Ellenbogen und zieht mich mit sich.

»Wir müssen links entlang«, erwidert er erstaunlich sanft, lässt von mir ab und vergräbt im nächsten Augenblick seine Hände in den Manteltaschen.

In dem Einkaufszentrum reiht sich ein Geschäft an das andere. Alle eher für den alltäglichen Bedarf ausgelegt. Keine Luxusmarken. Keine Feinkostläden. Im Vorbeigehen blicke ich neugierig durch die Schaufenster. In den meisten Geschäften tummeln sich nur eine Handvoll Menschen. Allgemein ist hier eher weniger los.

»Abbie!«, höre ich Jasper hinter mir sagen.

Suchend sehe ich mich nach ihm um. Er wartet vor dem Spielwarengeschäft, das ich übersehen habe, weil ich damit beschäftigt war, eine dreiköpfige Familie zu beobachten. Die Eltern halten das Kind an den Händen und lassen es immer wieder vor und zurück schwingen, damit es in die Luft fliegt. Das herzliche Lachen hat meine Aufmerksamkeit erregt.

Diese Szene von Unbeschwertheit erinnert mich an meinen Dad, der mich auch immer zum Lachen gebracht hat. An manchen Tagen vermisse ich ihn schrecklich, aber an den meisten denke ich nicht an ihn. Oft fühlt es sich an, als hätte ich ihn vergessen. Aber das habe ich nicht. Ich glaube, man macht einfach weiter. Und mit jedem Tag, der verstreicht, verblasst der Schmerz und nimmt einen Teil der Erinnerungen mit sich. Welche Wahl hat man denn auch? Lässt man sich in das dunkle Loch ziehen, das nichts als Leere für einen bereithält, kommt man alleine nur schwer wieder heraus.

Meine Mom ist dafür das beste Beispiel. Seit acht Jahren habe ich sie kaum lächeln sehen. Sie hat keine Dates, keine Hobbys und nur eine Handvoll Freunde. Wenn sie ausgeht, dann hängt es immer mit der Stiftung zusammen. Sie hat verlernt, was es heißt zu leben. Stattdessen erstickt sie ihre Trauer mit Arbeit. So wie es aktuell um die Stiftung steht, wird sie sich noch mehr darin verkriechen, und das macht mir etwas Angst. Weil sie sich immer mehr verliert. Aber von Waterbury aus ist es nahezu unmöglich, auf sie aufzupassen oder für die nötige Ablenkung zu sorgen. Oder wie Jasper es nennt: ›farbige Momente zu schaffen‹. Ich mag diesen Gedanken wirklich. Es klingt so leicht.

Ein letztes Mal sehe ich in die Richtung der kleinen Familie, aber sie ist bereits verschwunden. Bevor ich zu Jasper gehe, atme ich einmal kurz durch.

»Alles in Ordnung?«, fragt er und bedenkt mich mit einem besorgten Blick.

»Ja, nur ein kurzer Anflug von Melancholie. Ist gleich wieder vorbei«, antworte ich und lächle tapfer.

»Es ist okay, nicht okay zu sein.« Zum ersten Mal heute wirkt das Lächeln auf seinen Lippen aufrichtig, aber der Ausdruck in seinen Augen spiegelt das wider, was ich gerade fühle. Traurigkeit.

Wen hat er verloren? Kommt man deswegen so schwer an ihn heran? Hat er Angst und lässt deshalb keine Nähe zu? Die Fragen in meinem Kopf stapeln sich zunehmend, dennoch behalte ich sie vorerst für mich und gebe stattdessen etwas von mir preis.

»Mein Dad ist vor ein paar Jahren gestorben und ich musste gerade an ihn denken. Das ist alles. Lass uns die Enten besorgen, bevor die Zeit abläuft.«

Weil Jasper keine Anstalten macht, sich von der Stelle zu bewegen, gehe ich voran und betrete das Geschäft. Tatsächlich dauert es wenige Sekunden, bis er mir folgt. Kurz darauf umfasst er erneut meinen Ellenbogen und zwingt mich zum Stehenbleiben. Vorsichtig sehe ich ihn an. Die braunen Augen haben ihre Freundlichkeit eingebüßt, stattdessen wirken sie aufgebracht. Als hätte man eine Portion Wut hineingestreut. Woher kommt sie so plötzlich? Mit meinen Worten habe ich irgendwas hervorgelockt, das seine aalglatte Fassade bröckeln lässt. Allerdings bin ich unschlüssig, ob ich Zeugin davon werden will, sollte sie einstürzen. Ich bin nicht sehr gut darin, Menschen aufzufangen, wenn sie fallen.

Für länger als einen Wimpernschlag schließt er die Augen. In dem Moment, als er sie wieder öffnet, ist das freundliche Braun zurück. Wow, er kann seine Emotionen wie auf Knopfdruck kontrollieren. Das ist beeindruckend und beängstigend.

»Du solltest das Gefühl nicht ignorieren, weil du glaubst, traurig zu sein, wäre eine Schwäche.« Die Sanftheit seiner Worte steht im Kontrast zu der ausdruckslosen Miene, die ich vor Augen habe.

»Tue ich auch nicht. Ich muss mich nur hin und wieder selbst daran erinnern, dass traurig zu sein gleichzeitig bedeutet, ihn nicht vergessen zu haben.«

Statt zu antworten, nickt er lediglich, lässt mich los und läuft zielstrebig auf den Bereich zu, über dem ein Schild mit dem Aufdruck *Info* hängt. Ein Kerl in einem hellblauen Hemd und knallroter Fliege begrüßt uns freundlich.

»Guten Tag, ich hatte vorhin bezüglich der Quietscheenten angerufen«, teilt Jasper unser Anliegen mit.

»Ja, einen Moment, bitte.« Der Mitarbeiter des Spielzeuggeschäfts tritt hinter dem Infostand hervor und verschwindet durch eine Tür nur wenige Schritte rechts von uns. Keine Minute später kommt er mit einem Karton zurück.

»Es sind einunddreißig. Wollt ihr nachzählen?«

Jasper sieht mich fragend an.

»Nein. Wie viel bekommen Sie?«, frage ich und krame das Portemonnaie aus der Handtasche.

»Achtundzwanzig Dollar. Ich habe euch einen kleinen Rabatt rausgeholt«, erwidert er mit einem stolzen Lächeln.

»Vielen Dank, das ist sehr nett.«

Jasper nimmt den Karton an sich. »Fehlen nur noch achtzig«, sagt er, sobald wir den Laden verlassen haben.

»Klingt nach zu vielen. Es bleiben weniger als sieben Stunden.«

»Gibst du schon auf?«

»Nein, ich ziehe es lediglich in Betracht zu scheitern.«

»Ein bisschen mehr Optimismus, Ms Westing, wir haben eine Mission zu erfüllen.«

»Täusche ich mich oder hast du gerade Spaß?«

Statt zu antworten, schenkt er mir ein breites Lächeln, das diesmal auch seine Augen erreicht. Ich kann gar nicht anders, als es zu erwidern. Mein Herz gerät aus dem Takt, bevor es ein, zwei Schläge aussetzt. Verräter!

Als er für den Bruchteil einer Sekunde sehnsüchtig meine Lippen fixiert, überschlägt es sich mehrfach.

Freundschaft definitiv ausgeschlossen. Denn gerade formen sich in meinem Kopf Bilder davon, was passieren würde, gäbe er dem

Verlangen nach, das mir ungefiltert entgegenschlägt, als er mir wieder in die Augen sieht.

»Bereit?«, durchbricht er die Stille zwischen uns.

Blinzelnd sehe ich ihn an. »Wofür?« *Dich zu küssen?*

»Die Läden abzuklappern, um die fehlenden Enten aufzutreiben?«

»Ach so, das meinst du«, rutscht es mir enttäuscht heraus. Wenn Jasper in meiner Nähe ist, habe ich ein massives Problem, mich zu konzentrieren. Zum Beispiel darauf, warum ich das hier alles mache. Ich will das Preisgeld gewinnen und nicht Jaspers Herz. Möglicherweise will ich aber auch beides.

Ein wissendes Grinsen schleicht sich auf seine Lippen.

»Was dachtest du denn, was ich meine?«, fragt er herausfordernd. Das macht er absichtlich. Mich in Verlegenheit zu bringen, bereitet ihm Freude. Statt ihn zu küssen, würde ich ihm jetzt gerne den Hals umdrehen.

Wir verlassen das Einkaufszentrum und gehen die wenigen Schritte über den Parkplatz.

»Darüber werden wir nicht reden!«, antworte ich entschlossen, öffne die Beifahrertür, als wir den Mustang erreichen, und steige ein. Ich kann ihn leise lachen hören, als er den Karton auf die Rückbank stellt, bevor er hinter dem Steuer Platz nimmt und den Motor startet.

»Schade, dein Gedankengang wäre sicher spannend.«

»Vielleicht schaltest du einfach die Musik ein, damit du dich auf das Wesentliche konzentrieren kannst.«

Noch während wir vom Parkplatz rollen, dröhnt ein Indierocksong durch das Wageninnere und wird von einem Popsong und schließlich von klassischen Klängen abgelöst. Mein erster Gedanke ist: *Der Kerl hat einen vielseitigen Musikgeschmack.* Mein zweiter ist: *Warte, das ist* Für Elise.

Ich drehe die Lautstärke herunter.

»Du warst das!«

»Was war ich?«

»Das im Theatersaal.«

»Was bringt dich zu der Annahme?«

»Aspen hat erzählt, dass heute Morgen jemand im Takt von Beethoven die Lichter der Scheinwerfer hat leuchten lassen. Und da du nicht nachfragst, was im Theatersaal vorgefallen ist, weißt du es bereits. Dass ausgerechnet *Für Elise* in deiner Playlist auftaucht, ist bestimmt kein Zufall.«

»Clever kombiniert, Sherlock.«

»Wie hast du das angestellt? Das ist nichts, was man mal eben aus dem Ärmel schüttelt.«

»Ich mag Technik«, antwortet er gepresst. Bevor ich weiter nachhaken kann, dreht er die Musik wieder lauter und beendet damit unsere Unterhaltung.

Ich kann spüren, dass die Stimmung wieder einmal gekippt ist. Aber ich habe keine Ahnung, was diesmal der Grund dafür ist. Und diese beklemmende Atmosphäre verschwindet auch nicht, als wir das nächste Spielzeuggeschäft erreichen, um dort weitere Enten zu besorgen. Jasper ist auf eine distanzierte Art still und sagt nicht mehr als unbedingt nötig. Und das ist extrem anstrengend. Weil ich befürchte, mit jedem weiteren Wort könnte sich das Unbehagen zwischen uns weiter ausbreiten.

Zweieinhalb Stunden später haben wir alle Geschäfte abgeklappert und zwei Kartons voller Plastikenten stehen auf der Rückbank. Kurz vor acht erreichen wir den Campus. Statt mich am Haupttor rauszulassen, fährt Jasper bis zum Bungalow.

»Also dann, viel Erfolg und fröhliches Planschenlassen«, verabschiedet er sich.

Ich wende mich ihm zu. »Danke für deine Hilfe.«

Wir sehen einander an und mit jeder Sekunde, die vergeht, verschmälert sich der Graben, der uns trennt. Die Distanz zwischen uns schrumpft. Ich kann in seinen Augen sehen, wie der freundlich Jasper die Oberhand gewinnt. Der, der mein Herz immer wieder aus dem Takt bringt, bis der unnahbare Jasper zum Vorschein kommt und mich zu ersticken droht.

»Du hast was gut bei mir.«

Seine Mundwinkel zucken, als müsste er sich ein Lächeln verkneifen.

»Ich meine es ernst, solltest du mal meine Hilfe brauchen, ruf an.«

»Ich werde es im Hinterkopf behalten, und jetzt raus aus meinem Wagen«, antwortet er. Und dann lächelt er doch.

# 18.

## JASPER

Es ist kurz nach neun. In der vergangenen Stunde habe ich immer wieder auf die Uhr gesehen und mich gefragt, ob Abbie in der Lage ist, die Aufgabe durchzuziehen. Ich bin zu der Erkenntnis gekommen, dass sie es nicht ist. Sie wird nicht in das Hallenbad marschieren und einen Karton voller Quietscheenten ins Wasser kippen. Eigentlich kann es mir auch egal sein, ob sie scheitert. Nein, es sollte mir egal sein. Ist es aber nicht. Weil sie vorhin einen winzigen Augenblick lang ihre Selbstkontrolle verloren hat und mir ihre Verletzlichkeit ungefiltert entgegenschlug. Damit hat sie bei mir eindeutig einen empfindlichen Nerv getroffen.

*Du kannst nicht jeden retten, das weißt du, oder?*, hat Noah zu mir gesagt.

*Ja, aber versuchen werde ich es dennoch,* habe ich ihm geantwortet und nur wenige Monate später versagt. Vermutlich habe ich nur deswegen Cameron unter die Arme gegriffen. Als eine Art Wiedergutmachung. Allerdings hatte es nicht den gewünschten Effekt. Der Parasit, der sich Schuld nennt, sitzt nach wie vor in meinem Verstand und macht sich in den unpassendsten Momenten bemerkbar. So wie vorhin bei Abbie.

Sie hat mir eine einfache Frage gestellt und ich habe die Schotten dicht gemacht. Nichts an meinem Verhalten hatte etwas mit ihr zu tun, aber sie glaubt das. Als wir im Auto saßen und sie mich angesehen hat, stand es ihr so deutlich ins Gesicht geschrieben. Und für einen Moment habe ich darüber nachgedacht, es ihr zu erklären. Dass es Momente gibt, in denen ich einfach nur darauf warte, dass der Sturm vorüberzieht, der in meinem Inneren tobt, und hoffe, dass die Verwüstung, die er hinterlässt, erträglich ist.

Aber wie genau hätte ich ihr das verdeutlichen sollen, ohne mit Details herauszurücken, was die Ursache dafür ist? Nämlich dass in meinem Verstand neuerdings ein Kampf zwischen dem stattfindet, der ich einmal war, und dem, der ich geworden bin. Und ich habe keine Ahnung, wer am Ende gewinnen wird. Ob es überhaupt einen Sieger geben wird.

Cam hat mit seinem Auftauchen einiges durcheinandergebracht, das ich zwanghaft ausgelebt habe. Zwischenmenschliche Kontakte oberflächlich zu halten, hatte ich perfektioniert. Jedenfalls habe ich das angenommen. Perfektion ist eine Illusion. So viel weiß ich inzwischen. Denn hätte ich es derart beherrscht, würde mir diese Art von Überheblichkeit nicht jeden Tag ein bisschen mehr um die Ohren fliegen.

»Jasper, bist du da?«, höre ich Cams Stimme aus dem Flur.

»In der Küche«, antworte ich. Keine Minute später kommt er mit zwei Einkaufstüten gefolgt von Aspen durch die Tür.

»Hier, mach dich nützlich und pack die aus.« Er drückt mir eine der Tüten in die Hand.

»Wie war euer Ausflug?«, frage ich und beginne die Lebensmittel wegzuräumen.

»Großartig. Wir haben uns eine alte Kupfermine angesehen. Anschließend waren wir einkaufen und haben in einem schäbigen Diner zu Abend gegessen«, antwortet Aspen.

»Klingt aufregend.«

»Nicht so aufregend, wie Quietscheenten zu jagen«, erwidert Aspen und mustert mich argwöhnisch, weil unser Verhältnis einen Knacks erlitten hat. Natürlich hat Abbie ihr davon berichtet, weil sie keine Ahnung hat, dass es Spannungen zwischen ihrer Freundin und mir gibt.

»Hatte schon spannendere Abenteuer«, entgegne ich mit einem Schulterzucken.

»Will ich wissen, warum du Abbie bei der Beschaffung von Plastikenten geholfen hast?«, fragt Cam verwirrt.

»Weil ich ein hilfsbereiter Mensch bin.«

»Und deswegen hast du sie auch geküsst?«

Mich wundert es, dass Aspen mich nicht längst darauf angesprochen hat. Zum Beispiel, als sie mir unmissverständlich klargemacht hat, dass ich die Sache in Ordnung bringen soll. Wahrscheinlich hat sie auf den richtigen Moment gewartet. Warum sie genau diesen hier dazu auserkoren hat, erschließt sich mir noch nicht ganz. In der Regel verfolgt sie ein Ziel, das ich ziemlich schnell durchschaue. Aber sie hat in den vergangenen Wochen dazugelernt und macht es mir immer schwerer. Sie hat Spaß an dieser Art von Kräftemessen. Etwas, das wir gemeinsam haben, was ich im Augenblick allerdings als anstrengend und unangemessen empfinde. Abbie sollte nicht der Mittelpunkt dieses Spiels zwischen uns sein.

»Genau«, beantworte ich ihre Frage und blicke sie ermahnend an, damit sie mich nicht provoziert.

»Du hast Abbie geküsst?« Verwundert sieht Cam mich an, bevor seine Miene ernst wird. Ich weiß, was er gerade denkt. Der Zeitpunkt des Kusses liegt weit vor unserem Gespräch.

»Nicht aus romantischem Interesse. Sie wollte eine Aufgabe von *Secret Enemy* abschließen und ich habe mich zur Verfügung gestellt. Nicht mehr und nicht weniger.«

Der Ausdruck in seinem Gesicht wird weicher, als er versteht, worum es in Aspens Andeutung geht. »Aspen hat mir vorhin von dem Spiel erzählt. Ich bin wirklich froh, dass du mich nicht zu dem Blödsinn verdonnert hast. *Be My Date* war schon daneben, aber das ist absoluter Schwachsinn.«

»Da kann ich dir nur zustimmen.«

»Du nimmst ebenfalls daran teil«, wirft Aspen ein.

»Echt, warum?«, hakt Cameron nach.

Und da ist er, der misstrauische Blick. Genau wie die unausgesprochenen Fragen. *Verfolgst du ein Ziel? Bist du deswegen hier? Ist* Secret Enemy *Teil deines Plans?* Um diese Situation zu umgehen, habe ich Cam nichts von meiner Teilnahme erzählt.

»Ich gewinne gerne.« Ich sehe erst zu Cam, dann zu Aspen, die auf einem der Barhocker sitzt und mich eindringlich mustert.

»Hat deine Freundin ihre heutige Aufgabe gemeistert?«, lenke ich unsere Unterhaltung zurück zu Abbie.

»Sie ist gerade auf dem Weg zum Hallenbad.«

Erneut sehe ich auf die Uhr. Die Freizeiteinrichtungen schließen

Punkt zehn. Das ist in achtunddreißig Minuten. Ich hoffe wirklich, dass sie nicht auf die Idee kommt, eine Scheibe einzuschlagen. Die Security würde sie einkassieren, bevor sie überhaupt in die Nähe des Schwimmbeckens gelangt.

»Wir wollten uns noch einen Film ansehen. Bist du dabei?«, fragt Cam und holt eine Packung Mikrowellenpopcorn aus der Einkaufstüte. Das ist sein Versuch, die Wogen zu glätten.

»Nein, ich habe andere Pläne«, lehne ich ab.

»Die da wären?«, will Aspen wissen. Ich hasse es, dass sie mir nicht mehr vertraut. Ein weiterer Fehler und unsere Beziehung erleidet endgültig Schiffbruch. Auch das sollte mir egal sein, weil ich nicht mit dem Ziel nach Waterbury gekommen bin, Freundschaften zu knüpfen. Aber in dem Punkt habe ich in dem Moment versagt, als ich mich in die Angelegenheiten zwischen Aspen und Cam eingemischt habe.

»Man sieht sich«, ignoriere ich Aspens Frage, nehme einen Apfel aus der Obstschale und verlasse die Küche.

»Viel Erfolg!«, höre ich sie noch rufen, bevor ich in meinem Schlafzimmer verschwinde.

Mit *Frankenstein* mache ich es mir auf dem Bett bequem, kann mich aber nicht aufs Lesen konzentrieren. Stattdessen spielt mein Verstand sämtliche Szenarien durch, die sich gerade beim Hallenbad abspielen könnten. Ich warte regelrecht darauf, dass der Alarm ausgelöst wird. Verdammt!

Ich strecke mich in Richtung Nachtschrank und schnappe mir das Handy. Fünf vor zehn. Dann wähle ich Abbies Nummer. Sie geht nicht ran. Großartig! Wenn die Sache schiefgeht, macht mir Aspen die Hölle heiß, weil ich ihrer Freundin dabei geholfen habe, die Plastikenten zu beschaffen. Auch wenn Abbie die Entscheidung, es durchzuziehen, ganz ohne mein Zutun getroffen hat. Aspen sähe das anders. Ihre Logik erschließt sich mir selten. Auf einen weiteren Zwist zwischen uns würde ich dennoch gerne verzichten. Ich bin kein Fan von Drama. Mir bleiben also genau zwei Möglichkeiten: Ich halte Abbie von dem Blödsinn ab oder ich helfe ihr dabei und stelle sicher, dass es nicht schiefgeht.

Die finale Entscheidung steht noch aus, als ich vom Bett aufstehe und in den Flur schleiche. Aus dem Wohnzimmer ist der Fernseher zu hören. Ich sehe an mir herab. Einen Augenblick ziehe ich es in Erwägung, die Trainingshose gegen etwas Anständiges zu tauschen, aber das würde mich wertvolle Minuten kosten. Stattdessen greife ich nach Cams schwarzem Hoodie, der auf dem Schuhschrank liegt, und ziehe ihn über.

Mein Blick bleibt an meinem Spiegelbild hängen. *Es war klar, dass es darauf hinausläuft, oder?*

Keine Antwort. Ich habe auch keine erwartet. Aber der Kerl, der mir entgegenblickt, sieht müde aus. Müde von dem Mist, der sein Leben bestimmt. Müde von der ständigen Uneinigkeit in seinem Inneren.

Ich schlüpfe in meine Laufschuhe, dann schließe ich leise die Tür hinter mir. Eine zweite Laufeinheit stand für heute nicht auf dem Plan, aber jemand, der über den Campus joggt, erregt eindeutig weniger Aufmerksamkeit als eine dunkel gekleidete Person, die in der Gegend herumschleicht. Zwei Minuten später klettere ich über die Mauer bei den Laboren, die das Bungalowviertel vom eigentlichen Campus abgrenzt. Am Hauptgebäude quetsche ich mich durch die Hecke, hinter der der Verwaltungskomplex liegt. Im Laufschritt haste ich quer über die Rasenfläche, schlüpfe durch eine weitere Hecke, renne am Theater vorbei und biege rechts ab.

Als das Hallenbad vor mir auftaucht, drossele ich das Tempo und halte nach Abbie Ausschau. Ich sehe nach, wie spät es ist. Knapp zehn Minuten habe ich gebraucht. Die Eingangstür öffnet sich, das automatische Licht schaltet sich ein und eine kleine Gruppe, die sich lautstark unterhält, tritt ins Freie. Ich mache einen Satz nach links und verstecke mich hinter einem der Buchsbäume. Ein groß gewachsener Kerl schließt die Tür ab. Es dauert eine Weile, bevor sie sich verabschieden und in unterschiedliche Richtungen verschwinden.

Wenig später kommt eine Gestalt mit einem Rucksack und einer Tasche in der Hand den Kopfsteinpflasterweg entlang und läuft geradewegs auf den Eingang des Hallenbads zu. Abbie. Ich trete aus meinem Versteck, überbrücke die Distanz, packe ihren Arm und ziehe sie zur Seite. Vor Schreck schreit sie auf. Im nächsten Augenblick lässt sie die Tasche fallen und versucht sich von mir loszureißen. Instinktiv lege ich ihr eine Hand auf den Mund und schlinge den anderen Arm um ihren Körper, presse sie an mich, um sie vom Zappeln abzuhalten.

»Abbie, ich bin es, Jasper«, sage ich leise. »Wenn du versprichst nicht zu schreien, lasse ich dich los.«

Als sie nickt, gebe ich sie frei. Sie dreht sich zu mir herum und boxt mir gegen den Oberarm.

»Bist du verrückt, mich so zu erschrecken«, zischt sie.

»Was hattest du vor, das Schloss knacken?«

»Vielleicht.«

»Nur aus Neugier, wie wolltest du das anstellen?«

Sie fasst sich an den Hinterkopf und zieht etwas hervor. »Ich habe das hier?«

Da es viel zu dunkel ist, um zu erkennen, was sie in ihrer Hand hält, würde ich auf eine Haarklemme tippen.

»Nette Idee. Hast du das schon mal gemacht?«, frage ich und kann mir ein Grinsen nicht verkneifen. Das Knacken von Schlössern steht gewiss nicht auf der Tagesordnung einer Abbie Westing. Und mit einer Haarklemme kommt sie auch nicht weit. Sie bräuchte zwei, aber selbst damit würde sie nicht mal eben das Sicherheitsschloss überlisten. Ich habe Wochen gebraucht, bis ich den Dreh raushatte.

»Wie schwer kann das schon sein? In Filmen bekommen sie das schließlich auch hin.«

Ich verkneife mir ein Lachen.

»Angenommen, du verfügst über Anfängerglück. Was ist mit dem Alarm, den du auslöst, sobald die Tür aufspringt?«

»Alarm?« Ein Anflug von Panik schwingt in ihrer Stimme mit.

»Ja, die Eingangstür ist gesichert. Deiner Reaktion entnehme ich, du hast nicht die Verbindung zur Alarmanlage gekappt.«

»Natürlich habe ich das nicht, bis vor fünf Sekunden wusste ich nicht einmal, dass das Hallenbad eine hat. Woher weißt du das überhaupt?«

»Siehst du das kleine rote Licht oben rechts? Das ist der Alarm, der nur darauf wartet, dass du dir Zutritt verschaffst.«

»Verrätst du mir, was du hier machst?«, will sie wissen, weil ihr gerade bewusst wird, dass ich hier nichts zu suchen habe, außer ich habe auf sie gewartet.

»Ich war joggen.«

»Und da bist du zufällig in dem Augenblick hier vorbeigekommen, als ich ins Hallenbad einsteigen will?«

»Ja, so ähnlich. Also, wie sieht dein Plan aus?«

»Keine Ahnung, du hast gerade mein Vorhaben gesprengt.«

Ich tippe auf das Display der Smartwatch. »Dir bleiben etwas mehr als eineinhalb Stunden für einen alternativen Plan.«

»Da du anscheinend den Durchblick hast, wie würdest du es anstellen?«

Es ist ihr herausfordernder Ton, der mich spontan antworten lässt. »Ich würde durch den Lagerraum rein.« Unterschätzt man mich, springe ich grundsätzlich darauf an, um das Gegenteil zu beweisen.

»Ach ja, und wie genau würdest du das bewerkstelligen?«

»Der Reinigungsdienst lässt über Nacht das Fenster offen. Dort gibt es keinen Alarm, sonst würde er anspringen, wenn es nicht verschlossen ist.«

»Und das weißt du, weil?« Auch wenn ich sie nur schemenhaft vor mir sehe, erahne ich ihren skeptischen Gesichtsausdruck.

»Ich sagte doch, ich verschaffe mir gerne einen Überblick über die Gegebenheiten der Gegend, in der ich mich aufhalte.«

»Wie schnell kannst du dir bitte einen Überblick verschaffen? Du bist gerade mal …« Sie macht eine kurze Pause, bis sie eins und eins zusammenzählt. »Warte, du bist im vergangenen Semester bereits über den Campus geschlichen«, schlussfolgert sie.

»Hin und wieder«, gebe ich zu. Mit der Information kann sie nichts anfangen, solange sie die Zusammenhänge nicht kennt.

»Und warum?«

»Neugier.«

»Wirst du mir verraten, warum Cameron für dich die Schulbank gedrückt hat, wenn ich dich danach frage?«

»Ich will dich wirklich nicht zur Eile antreiben, jetzt da wir hier gerade so nett plaudern, aber dir rennt die Zeit davon, falls du nicht vorhast die Sache abzublasen.«

»Wo finde ich den Lagerraum?«, fragt sie und hakt wegen der Sache mit Cam nicht weiter nach.

»An der Rückseite des Gebäudes.«

»Gut, dann schauen wir mal, ob in mir Kim Possible steckt.« Im selben Moment setzt sie einen Fuß auf den schwach beleuchteten Kopfsteinpflasterweg, von dem ich sie vor wenigen Minuten gefischt habe, bevor sie jemand entdecken konnte. Sie hebt die Tasche auf und macht erneut einen Schritt. Wenn sie so weitermacht, kommt sie nicht einmal in die Nähe eines Eingangs, bevor ihre Zeit abläuft.

Wiederholt greife ich nach ihrem Arm und ziehe sie zurück. »Hier entlang«, sage ich, nehme ihr die Tasche ab und gehe voran, ohne sie loszulassen. Um zur Rückseite zu gelangen, müssen wir die Außenanlage des Schwimmbads umrunden. Fünfzehn Minuten später haben wir das Ziel erreicht.

»Sag bloß, wir müssen über den Holzzaun klettern?«

»Ja, genau das wirst du tun. An der Hauswand befindet sich eine einzige Tür. Die führt in den Lagerraum. Rechts daneben ist das Fenster.«

»Warte, du kommst nicht mit?«

»Das Spiel ist keine Gruppenarbeit, Abbie.« Ich werfe die Reisetasche über den Zaun.

»Natürlich.« Sie nimmt den Rucksack ab und befördert ihn mit ordentlich Schwung ebenfalls über den Zaun. Dann macht sie einen Strecksprung, greift nach der Zaunkante, zieht sich problemlos hoch und klettert darüber. Kurz darauf höre ich, wie sie auf der anderen Seite auf dem Boden und vermutlich auf ihrem Hintern landet.

»Alles okay, Kim Possible?«

»Ja, alles bestens, Ron Stoppable.«

»Wer ist Ron?«

»Der Typ, der sich in die Hose macht, während Kim sich durch ein Fenster quetscht.«

Sie hat ja keine Ahnung.

»Wünsch mir Glück.«

Bevor ich antworten kann, höre ich sie davoneilen.

»Fuck!«, fluche ich leise, dann klettere ich ebenfalls über den Zaun und renne ihr hinterher.

»So viel zu dem offenen Fenster«, flüstert sie, als ich neben ihr zum Stehen komme. Dass ich ihr gefolgt bin, scheint sie weniger zu überraschen.

»Wir werden wohl improvisieren müssen«, sage ich, als ich das angekippte Fenster entdecke. Für gewöhnlich steht es weit offen, aber meine Streifzüge über das Gelände sind ein paar Monate her und die Temperaturen waren damals milder.

»Gib mir die Kordel deiner Trainingshose.«

»Was?«

»Aspen hat sich früher regelmäßig ausgesperrt. Das Fenster bekomme ich im Handumdrehen auf.«

»Na, jetzt bin ich neugierig.« Ich fummle besagte Kordel aus dem Hosenbund.

Abbie macht einen Schlaufenknoten und überprüft, ob er sich zusammenzieht.

»Eine Frage: Was hast du geglaubt, wie ich an das Fenster komme?«, will sie wissen und sieht an der Fassade empor, die von in den Boden eingelassenen Lampen angestrahlt wird. Sie spenden gerade genügend Licht, dass wir einander sehen können und alles andere um uns herum in der Dunkelheit verschwimmt.

»Ich hatte nicht einberechnet, wie winzig du bist«, gestehe ich. Abbie reicht mir gerade so bis zur Schulter und ist höchstens ein Meter sechzig groß. Das Fenster befindet sich schätzungsweise auf einer Höhe von zwei Meter fünfzig.

»Kannst du mich auf die Schultern nehmen? Vielleicht komme ich dann ran.« Sie lässt den Rucksack fallen, stellt sich unter das Fenster und sieht mich abwartend an.

Mit einem Kopfschütteln stelle ich mich vor sie. Wie genau bin ich hier hineingeraten?

Mit beiden Händen packe ich sie an der Taille und ziehe sie näher an mich heran. Unsere Blicke treffen sich, halten einander fest. Wie so oft wandern meine Gedanken in eine ganz andere Richtung. Immer wenn ich sie ansehe, erinnern sich meine Lippen daran, wie sich ihre anfühlen.

Ich räuspere mich leise, um mich selbst zu ermahnen, bei der Sache zu bleiben. Dann drehe ich sie um, hebe sie hoch und platziere sie auf meinen Schultern.

»Kommst du ran?«

»Nein, es fehlen noch ein paar Zentimeter.«

Ich umfasse ihre Knöchel, als sie die Oberschenkel anspannt und sich streckt, bis sie nicht mehr auf meinen Schultern sitzt. Abbie beugt sich vor, ihre Mitte drückt gegen meinen Hinterkopf. Wenn ich jetzt eine Neunzig-Grad-Drehung hinlege, während sie in der Position verharrt …

*Fuck! Solche Hirngespinste sind nicht hilfreich.*

»Okay, jetzt komme ich ran.«

Ich lege den Kopf so weit wie möglich in den Nacken, kann aber kaum was sehen, weil Abbies Winterjacke mir die Sicht verdeckt. Da ich nichts anderes tun kann, als abzuwarten, beginne ich die Sekunden zu zählen. Ich komme bis zweihundertsiebzehn. Für einen Augenblick löse ich die linke Hand und tippe mit der Nasenspitze auf das Display meiner Smartwatch.

»Was veranstaltest du da oben?«

»Es ist ein wenig kniffelig. Ich muss die Schlaufe über den Fenstergriff bekommen.«

»Und dann?«

»Führe ich das Band auf die andere Seite, schließe das Fenster und ziehe den Strick nach unten.«

»Und du bist dir sicher, das funktioniert?« Im Moment bin ich skeptisch, dass ihr Plan von Erfolg gekrönt sein wird.

»Wenn du nicht so zappeln würdest, hätte ich es schon.«

»Ach, jetzt ist es meine Schuld?«, necke ich sie, auch wenn das ein durchaus ungünstiger Moment ist. Aber diese Situation ist mehr als absurd. Außerdem muss ich mich ablenken, weil die körperliche Nähe mich auf wirklich dumme Ideen bringt. Auf Gedanken, die ich mir unbedingt aus dem Kopf schlagen wollte. Inzwischen glaube ich,

Abbie wird mir in dem Punkt keine Wahl lassen. Das wirklich Beschissene an der Sache ist, dass ich in ihren Augen sehe, dass wir in Sachen unanständige Gedanken einer Meinung sind.

»Nein, ich bin dir sehr dankbar, dass du mir hilfst, aber du musst still halten.«

»Genau deswegen bist du Kim und ich Robert«, ziehe ich sie auf. Ich nehme mir vor, Kim Possible und Ron Stoppable später zu googeln. Offenbar weise ich dahingehend eine massive Bildungslücke auf.

»Ron!«

»Ist er Kims Sidekick?«

»Kannst du bitte für einen Moment den Mund halten? Ich muss mich hier konzentrieren.« Abbie klingt, als würde sie mich zum Nachsitzen verdonnern, sollte ich sie weiterhin stören. Ein wirklich verlockender Gedanke.

»Natürlich.« Ich hätte das Fenster längst offen. Die Sekunden vergehen quälend langsam und ich bin kurz davor, die Sache selbst in die Hand zu nehmen.

»Jasper!«, stößt sie barsch aus.

»Was?«, frage ich unschuldig.

»Du summst *The Final Countdown*!«

Ich stehe auf den herrischen Ton. Ehrlich, das macht mich an.

»Tue ich?« Ich verkneife mir ein Lachen.

»Ich habs.«

»Halleluja.«

»Ich klettere jetzt rein«, warnt sie mich vor. Sie verlagert ihr Gewicht, stellt sich auf meine Schultern und steigt durch das offene Fenster. »Gib mir die Tasche und den Rucksack.«

Mein Blick wandert zu Abbie hinauf, die mit ausgestreckten Armen darauf wartet, dass ich ihrer Aufforderung nachkomme. Ich greife nach der Tasche und reiche sie ihr, den Rucksack ebenfalls. Sobald Abbie den Weg ins Innere frei macht, nehme ich zwei Schritte Anlauf und springe. Mit dem linken Fuß stoße ich mich von der Hauswand nach oben ab. Gerade so bekomme ich das schmale Fensterbrett zu fassen und quetsche mich im nächsten Moment durch die Öffnung.

Grinsend sieht sie mich an, als ich neben ihr auf den Füßen lande. »Das hast du nicht erwartet.«

»Du steckst voller Überraschungen, Kim Possible«, erwidere ich und grinse zurück. »Also los, bevor die Zeit abläuft.«

Gemeinsam hasten wir durch das Gebäude und stehen nur wenig später am Schwimmbecken. Abbie öffnet den Rucksack und kippt die kleinen Plastikenten hinein, während ich die Reisetasche leere. Die bunten Figuren breiten sich auf der Wasseroberfläche aus und treiben in alle Richtungen davon. »Das ist wunderschön«, sagt sie beinahe ehrfürchtig.

»Es sind Plastikenten«, erwidere ich nüchtern.

»Nein, es ist ein farbiger Moment.«

Ein seltsames Gefühl macht sich in meiner Brust breit. Es ist absurd, aber dass sie sich das gemerkt hat, macht etwas mit mir. Und ich bin mir nicht sicher, ob mir das gefällt oder Angst macht.

Aus dem Augenwinkel sehe ich zu Abbie und weiß in dem Moment, dass ich endgültig verloren habe, als sie sich mir zuwendet und mich so aufrichtig anlächelt, dass mein Herz gehörig aus dem Takt gerät. Das war nicht der Plan.

»Ja, du hast einen farbigen Moment geschaffen«, stimme ich ihr zu. Sie hat nicht den Hauch einer Ahnung, dass sie gerade dabei ist, die grauen Stellen in mir zu kolorieren.

Abbie holt ihr Handy aus der Jacke, schießt ein Foto und lädt es in der App hoch. Dann sieht sie auf die Uhr. »Geschafft«, quiekt sie.

Was als Nächstes passiert, habe ich nicht kommen sehen – Abbie springt mir in die Arme. Rein instinktiv fasse ich ihr unter den Po, damit sie Halt findet, während sie ihre Beine um meine Taille schlingt. Das ändert aber nichts daran, dass ich sie an mich drücke und nicht zurückweiche, als sie mich auf die Wange küsst. Länger, als es der Moment verlangt, verharren wir in dieser innigen Position und sehen einander an. Plötzlich kann ich nur noch daran denken, wie unbedingt ich sie küssen will. Und zwar wahrhaftig. Ohne ein Spiel als Ausrede. Aber ich würde es nicht bei einem Kuss belassen, sollte sie es gestatten. Weil es nicht ausreicht. Weil ich mehr als das will. Sie zu küssen, wäre nur der Anfang.

In ihren Augen taucht ein Funkeln auf, nachdem mein Blick wieder einmal ihre Lippen fixiert. Ein Funkeln, das sagt: *Warum tust du es nicht einfach?*

Ich setze sie ab und bringe Abstand zwischen uns. Der einzige Grund, warum ich es nicht tue, ist, dass ich vorher ein paar Dinge regeln muss und ein Gespräch angebracht wäre, damit Abbie weiß, auf wen sie sich da einlassen will. Das Hallenbad bietet dafür nicht den passenden Rahmen.

»Okay, nichts wie raus hier.«

Ich trete bereits den Rückzug an, als Abbie »Warte« sagt. »Wie viele Enten haben wir in den Läden gekauft?«

»Warum?«

»Im ersten waren es einunddreißig, im zweiten siebenundvierzig und im dritten einundzwanzig. Und im Supermarkt?«

»Fünfzehn, warum?«

»Das sind drei zu viel«, merkt sie an.

»Ich denke, niemand wird kommen und sie nachzählen«, versichere ich ihr.

»Und wenn doch? Dann war alles umsonst, weil die Aufgabe nicht als erfüllt gilt.«

»Was willst du tun, sie wieder rausfischen?«

»Genau.«

»Das ist nicht dein Ernst.«

Doch, das ist es, denn sie schält sich bereits aus ihrer Jacke und wirft sie zusammen mit ihrer Wollmütze beiseite. Als Nächstes schlüpft sie aus ihren Schuhen.

»Abbie!«

»Ich war hier noch nie schwimmen, dabei sieht es ganz nett aus.«

Was zur Hölle redet sie da?

Als Abbie den Pulli über ihren Kopf zieht und ein dunkler BH zum Vorschein kommt, drehe ich mich um.

»Bitte sag, dass du nicht noch eine Runde schwimmen willst!?«

»Und wenn doch? Leistest du mir dann Gesellschaft?«

»Nein.« Es raschelt hinter mir. »Abbie, hör auf mit dem Quatsch. Lass uns einfach verschwinden.«

Ein Platschen hallt durch das Hallenbad. Natürlich macht sie das Gegenteil von dem, worum ich sie gebeten habe, und ich weiß genau, warum sie es tut. Sie muss das Adrenalin loswerden. Ich kenne das Gefühl. Diesen Nervenkitzel und den Fall, der folgt, sobald der Rausch verebbt.

Bevor ich mich zu ihr umdrehe, atme ich einmal tief durch. »Kannst du dir einfach drei Enten schnappen und schleunigst aus dem Becken klettern?«

Nur in ihrer Unterwäsche treibt sie auf dem Rücken zwischen den bunten Quietscheenten. Das Bild werde ich wohl nie wieder aus meinem Kopf bekommen.

»Bist du immer so eine Spaßbremse?«, provoziert sie mich und lacht. Gerade würde ich sie nur zu gern an meiner Definition von Spaß teilhaben lassen. Denn der würde darin bestehen, sie übers –

Fuck!

»Ja«, antworte ich knapp, trete an den Beckenrand und beobachte Abbie dabei, wie sie sich eine Ente schnappt, die sie anschließend in meine Richtung wirft. Ich fange sie auf und stecke sie in die Bauchtasche des Hoodies. Es folgen zwei weitere. Dann schwimmt sie auf mich zu. Abbie verschränkt die Arme auf dem Beckenrand und sieht zu mir auf. Ganz automatisch fällt mein Blick auf ihre Brüste, die in dunkle Spitze gehüllt sind.

»Sicher, dass du nicht mit reinkommen willst?« Ihr Ton hat etwas Verheißungsvolles und knipst automatisch den Teil in mir an, den ich versuche unter Kontrolle zu behalten.

»Ja.« Nein, denn ich ziehe es wirklich in Betracht, mir die Kleider vom Leib zu reißen und zu ihr in den Pool zu springen. Aber wir würden nicht friedlich planschen.

»Und wenn ich Bitte sage?«

Die Art von Provokation hilft mir nicht dabei, stark zu bleiben. Warum habe ich ihr gesagt, dass sie mich nur darum bitten muss, um bei mir ans Ziel zu kommen? Ich sollte es nicht tun, dennoch gehe ich vor ihr in die Knie und suche ihren Blick. Versinke viel zu tief darin, als dass es bedeutungslos wäre. Und dann mache ich den Fehler und lasse mich auf ihre Neckerei ein.

»Wie genau würde es denn aussehen, wenn du mich um etwas bittest?«, fordere ich sie heraus.

Sie stützt sich auf dem Beckenrand ab und kommt mir damit noch näher. Mein Puls legt schlagartig an Tempo zu, weil ich in ihrem Blick ablesen kann, was ihr vorschwebt.

Ist das eine bescheuerte Idee? Ja. Trotzdem beuge ich mich ihr entgegen, weil der alte Jasper noch in mir steckt und eindeutig eine Schwäche für Abbie Westing entwickelt hat. Die neue Version von mir interessiert sich eher für ihren halb nackten Körper und was man damit alles anstellen kann. Eine denkbar ungünstige Kombination, denn für gewöhnlich sind sich diese beiden Teile meines Bewusstseins uneinig. Aber ausgerechnet in diesem Punkt kommen sie sich heute nicht in die Quere.

Wenige Millimeter bevor meine Lippen ihre berühren, halte ich inne. *Nein.* Keinesfalls werde ich ihren Adrenalinrausch ausnutzen, nur weil ich sie unbedingt vögeln will und sich mir gerade die Gelegenheit bietet.

»Netter Versuch«, sage ich sanft, greife unter ihre Arme und hebe sie aus dem Becken. Sobald sie auf ihren Füßen steht, trete ich von ihr zurück, lasse aber meinen Blick langsam über sie gleiten. Ich ignoriere das Bedürfnis, zurückzurudern und dem Verlangen nachzugeben, das bei ihrem Anblick wie eine Flutwelle über mir hereinbricht und mich unter sich begräbt.

»Zieh dich an, damit wir von hier verschwinden können.« Entschlossen wende ich mich von ihr ab, weil ich mir in diesem Augenblick selbst nicht über den Weg traue, sollte ich sie noch länger ansehen.

# 19.

## ABBIE

Wenn man sich ununterbrochen über etwas den Kopf zerbricht, bekommt man wenig von dem mit, was um einen herum passiert. So ging es mir in den vergangenen drei Tagen. Die Vorlesungen habe ich zwar besucht, aber würde man mich fragen, welche Themen abgehandelt wurden, ich könnte es nur lückenhaft wiedergeben. Dion und Aspen habe ich auch kaum zu Gesicht bekommen, weil ich die meiste Zeit in meinem Zimmer verbracht habe oder die beiden nicht zu Hause waren. Henry und Cameron gehört ihre Aufmerksamkeit und ich werde immer mehr zu einer bloßen Mitbewohnerin.

Ich weiß, dass es ungerecht ist, dass ich mich immer wieder bei dem Gedanken ertappe, ich wünschte, alles wäre wie früher und wir wären nie in Waterbury gelandet. Nur wir drei. Unser Umzug hierher war wie der Anfang vom Ende. Dabei sollte ich mich freuen, dass es bei meinen Freundinnen so gut läuft. Und das tue ich auch, aber der bittere Beigeschmack ist dennoch da. Natürlich war es klar, dass sie sich irgendwann verlieben und sich damit ihre Prioritäten verschieben würden. Aber ich hätte nichts dagegen gehabt, wenn das nicht direkt in unserem ersten Collegejahr geschehen wäre.

Dabei bin ich doch die hoffnungslose Romantikerin von uns, die immer darauf gewartet hat, dass dieser eine Kerl in ihr Leben stolpert. Inzwischen habe ich das Gefühl, von dieser Wunschvorstellung kuriert zu sein. Denn anders lässt es sich nicht erklären, dass ich ausgerechnet Jasper auf einer Party küsse und mich ihm kurz darauf regelrecht an den Hals werfe.

In den letzten Tagen habe ich mich immer wieder gefragt, was am Montagabend in mich gefahren ist. Nicht, weil ich tatsächlich in das Hallenbad des Colleges eingestiegen und zur Feier ins Schwimmbecken gesprungen bin, sondern weil ich die Initiative ergriffen und mich ihm angenähert habe. Das ist, ganz nüchtern betrachtet, noch nie vorgekommen. Außer es zählt, dass ich in der achten Klasse Wesley geküsst habe, weil ich mir sicher war, er würde mich mögen. Es stellte sich heraus, er interessierte sich eher für die Jungs aus dem Footballteam. Und genau wie damals bin ich erneut erstklassig gescheitert.

Zu glauben, Jasper würde mir Signale schicken, nur weil er mich länger als unbedingt nötig ansieht, spricht eindeutig für meine mangelnde Erfahrung im Bereich Wahrnehmen sexueller Anziehung. Gäbe es dafür Noten, würde ich durchfallen. Aber ich war mir so sicher, dass zwischen uns dieses berühmte Knistern in der Luft lag. Entpuppt hat es sich als ein laues Lüftchen. Ich meine, ich stand nur in meiner Unterwäsche vor Jasper und er hat nicht einmal mit der Wimper gezuckt. Stattdessen ist er regelrecht aus dem Hallenbad geflüchtet.

Trotzdem hat er auf mich gewartet, um mir behilflich zu sein, damit ich nicht aus dem Fenster springen musste, wobei ich mir möglicherweise das Genick gebrochen hätte. Mit ausgestreckten Armen stand er da, bereit mich aufzufangen. Als er mein Zögern bemerkte, hat er gesagt: »Komm schon, ist doch gar nichts passiert. Setzen wir es auf die Liste der Dinge, über die wir nie reden werden.«

Wenn wir so weitermachen, wird aus der Liste ein Roman. Es wäre hilfreich, die Fronten klar zu definieren, denn ich wäre vor Scham am liebsten im Erdboden versunken, als er mich nach der Sache auch noch netterweise zum Bungalow begleitet hat. So als hätten wir ein Date gehabt. Eins, das nicht optimal verlaufen ist und nach dem man weiß, dass es keine Wiederholung geben wird. Auf dem zehnminütigen Weg haben wir kein Wort miteinander gewechselt, bis er sich mit »Man sieht sich« verabschiedete und verschwand.

Seitdem habe ich mehrfach das Handy zur Hand genommen, aber ich konnte mich einfach nicht dazu durchringen, ihm zu schreiben, um die Sache zwischen uns zu bereinigen. Was hauptsächlich daran liegt, dass ich keine Ahnung habe, was genau ich ihm eigentlich sagen will. Vielleicht sollte ich aufhören darüber nachzudenken und stattdessen zur Tat schreiten, damit ich mir nicht länger den Kopf zerbreche. Das Ganze abhaken und … was auch immer tun. Das hier sollte die beste Zeit meines Lebens werden und es entwickelt sich immer mehr zu einem Desaster. Mich in meinem Zimmer zu verkriechen und Trübsal zu blasen, steht nicht auf meiner Want-to-do-Liste.

Entschlossen, es einfach hinter mich zu bringen, nehme ich das Handy vom Nachtschrank und öffne Jaspers Kontakt.

**Ich: Sollten wir über Montagabend reden?**

Bewusst wähle ich eine Formulierung, die einigermaßen neutral und nicht fordernd klingt. Ich möchte nicht, dass er denkt, er müsse mit mir in den Dialog treten.

Ungeduldig starre ich auf das Display, sehe dabei zu, wie aus einem Häkchen zwei werden, die sich wenige Sekunden später blau färben.

**Jasper schreibt …**

Und dann passiert nichts. Keine Antwort. Minutenlang warte ich darauf, dass eine Nachricht aufploppt. Schreibt er einen Essay? Sucht er nach den richtigen Worten? Löscht er seinen Text und tippt ihn neu? Für ein einfaches Ja oder Nein braucht man nur wenige Sekunden. Also was treibt er da?

Der grüne Punkt hinter seinem Namen erlischt. Sein Ernst? Wow!

Gerade als ich eine entsprechende Nachricht tippe, klopft es an der Tür, was mich davor rettet, sie abzuschicken.

Aspens Gesicht taucht auf. »Spuckst du es von alleine aus, oder muss ich raten, was am Montag zwischen dir und Jasper passiert ist?«

»Wie kommst du darauf, dass irgendwas geschehen ist?«

»Na ja, seine Miene wirkt ähnlich ernst wie deine.«

»Seine ist immer ernst.«

»Ja, aber jetzt ist sie noch ernster.«

Dass wir zusammen ins Hallenbad eingestiegen sind, habe ich bislang für mich behalten. Meine Freundinnen wissen nur, dass er mir dabei geholfen hat, die Enten aufzutreiben. Ich wollte ihnen nicht erklären, wie der Abend geendet hat. Aber so wie Aspen mich ansieht, weiß sie es.

»Was hat Jasper dir erzählt?«

»Nichts, aber das musste er auch nicht. Ich habe gehört, wie er sich Montag aus dem Bungalow geschlichen hat, nachdem ich ihm verraten habe, dass du auf dem Weg bist, eine Horde Enten freizulassen.«

Er war also nicht zufällig in der Nähe. Aber das habe ich auch nicht angenommen. Sein Auftauchen war zu offensichtlich.

»Er hat mich beim Hallenbad abgefangen und mir geholfen, damit ich nicht erwischt werde.«

»Das ist alles?«, hakt sie nach und setzt sich auf die Bettkante.

»Ja, das ist alles.«

Skeptisch mustert sie mich. »Und deswegen verkriechst du dich in deinem Zimmer?«

»Nein, ich habe nur viel zu tun«, sage ich und deute auf die aufgeschlagenen Bücher, die vor mir auf dem Bett liegen.

»Oder beschäftigt dich die Sache mit der Stiftung deiner Mom noch immer?«, fragt sie und legt ihre Hand auf meine.

»Natürlich beschäftigt mich das. Die falschen Anschuldigungen hätten beinahe den Ruf meiner Mom zerstört.« Wie es tatsächlich um die Stiftung steht, habe ich meinen Freundinnen immer noch nicht erzählt, weil es meiner Mom unangenehm wäre. Wüssten die Hills oder Carmichaels davon, würden sie uns sofort unter die Arme greifen. Und das, obwohl sie bereits regelmäßig für die Stiftung Schecks ausstellen. Unser Vermögen war nie auch nur ansatzweise so groß wie das der beiden Familien. Geld hat aber auch nie eine Rolle in unserer Freundschaft gespielt. Sie jetzt um Hilfe zu bitten, würde sich anfühlen, als würde ich um Almosen betteln.

»Kann ich irgendwas für euch tun?«

Ich hasse es, dass sie mich in diesem Augenblick mitleidig ansieht. Genau das wollte ich vermeiden.

Ich ziehe meine Hand unter ihrer hervor. »Wir kommen schon klar. Tun wir immer. Westing-Girlpower und so.«

Einen Moment fixiert sie mein Gesicht, dann atmet sie tief durch. Öffnet den Mund und schließt ihn wieder. Zögert. Sofort schrillen meine Alarmglocken. »Ich bin sicher, alles wendet sich zum Guten. Wenn du reden willst, weißt du, wo du mich findest.« Das war definitiv nicht, was sie eigentlich sagen wollte.

»Ja, bei Cameron«, rutscht es mir heraus.

»Ist das der Grund, warum du so still bist? Fühlst du dich von mir vernachlässigt?«

Seufzend klappe ich den Laptop zu, der zwei Stunden alibimäßig lief, während ich meinen Gedanken nachgehangen habe. »Nein. Ich freu mich für dich. Cameron ist toll. Es ist eher, dass ich irgendwie überflüssig geworden bin. Dion hängt andauernd mit Henry ab und du bist auch kaum hier. Ich vermisse den Trubel, den ihr beiden ständig verursacht. Das ist alles.« Das entspricht nur annähernd der Wahrheit. Waterbury erdrückt mich mit seinen Mauern und den Menschen, die innerhalb davon leben. Ich vermisse den bunten Mix an Menschen in New York. Ich vermisse das Heulen der Sirenen und das ständige Gehupe im stockenden Verkehr, weil die Leute in Eile sind. Ich vermisse es, nie zu wissen, was mich hinter der nächsten Ecke erwartet. Ich vermisse sogar den nervigen Chihuahua von gegenüber, der die meiste Zeit des Tages bellt.

Aspen überbrückt die Distanz zwischen uns und nimmt mich in die Arme. »Was hältst du davon, wenn wir uns später in unsere Pyjamas werfen, uns mit ungesundem Zeug vollstopfen und *Dirty Dancing* schauen?«

»Du musst meinetwegen nicht deine Pläne umwerfen.« Um ehrlich zu sein, möchte ich das nicht tun. Es klingt eigenartig, aber damit würde ich den farbigen Moment, den ich mit Jasper geschaffen habe, gegen einen neuen austauschen. Was Quatsch ist, weil es genau andersherum ist. Ich habe aus einer Aspen-Abbie-Dion-Tradition einen Abbie-Jasper-Moment gemacht.

»Papperlapapp. Kein Kerl der Welt ist es wert, für ihn seine beste Freundin hängen zu lassen«, imitiert sie Dion und entlockt mir damit ein Lachen. »Wo steckt unsere Queen überhaupt?«, will Aspen wissen.

»Müsste auf dem Weg ins Fitnessstudio sein«, antworte ich, nachdem ich auf die Uhr gesehen habe.

»Beeindruckend, wie konsequent sie das durchzieht.«

»Neuerdings hat sie einen Personal Trainer«, erkläre ich, wer für ihre Motivation verantwortlich ist.

Aspen grinst. »Verstehe. Ich schicke ihr eine Nachricht und weihe sie in unseren Plan ein. Vielleicht lässt sie den Muskelprotz ausnahmsweise alleine schwitzen.«

»Laut Dion ist er eine Mischung aus Jason Statham und – wie heißt der Typ, der gestrippt hat?«

»Gestrippt?« Verwirrt sieht sie mich an.

»Na, in dem Film, den wir neulich gesehen haben. Du weißt schon. Magic irgendwas.«

»Du meinst Channing Tatum.«

»Ja, genau der.«

»Der ist heiß.« Als wäre plötzlich die Temperatur im Raum gestiegen, fächelt sie sich mit der Hand Luft zu.

»Und mindestens zwanzig Jahre älter als wir«, füge ich hinzu und verdrehe die Augen, weil sie maßlos übertreibt.

»Attraktivität kennt kein Alter. Wäre Mr Tatum hier Personal Trainer, würde ich mich freiwillig im Fitnessstudio anmelden.«

»Du hast einen Freund«, erinnere ich sie.

»Dann ist es ja gut, dass Channing hier keine Hanteln stemmt«, erwidert Aspen und lacht.

Mit einem Scheppern kracht eine Tür ins Schloss. »Doppel-A, seid ihr da?«

Wenn man von der Teufelin in Prada spricht, ist sie selten weit.

»Wir sind in Abbies Zimmer.«

Im nächsten Augenblick kommt Dion durch die Tür. »Was stimmt mit den Männern nicht? Alle schreien nach unverbindlichem Sex und wenn man ihnen genau das gibt, melden sie ein Exklusivrecht an.« Mit wenigen Schritten ist sie bei uns, schiebt die Bücher beiseite und lässt sich rücklings auf das Bett fallen.

Verwundert sehe ich sie an. »Was ist so schlimm daran? Du magst Henry.«

»Was daran schlimm ist? Er will es offiziell machen.«

»Es weiß doch ohnehin bereits jeder, dass zwischen euch etwas läuft. Wo ist das Problem?«, merkt Aspen an.

»Ja, vielleicht hier in Waterbury, aber nicht außerhalb der Collegemauern.«

»Ich bin mir ziemlich sicher, dass die Neuigkeit bereits in der Upperclass angekommen und auf jeder Cocktailparty Thema ist. Immerhin hängt seine Familie in der Geldwäsche von *Anderson Real Estate* mit drin, allein das macht ihn interessant«, erklärt Aspen. Sie wirft mir einen entschuldigenden Blick zu, als ihr bewusst wird, was sie da gerade gesagt hat. In dem Punkt bewundere ich Henry, ihm scheint der ganze Rummel um seine Familie nicht das Geringste anhaben zu können. Im Gegenteil, seine Überheblichkeit hat sichtlich zugenommen.

»Solange man den Gossip nicht bestätigt, ist es nicht mehr als Tratsch. Genau deswegen habe ich Henry noch nie nach Manhattan eingeladen oder ihn auf ein Event mitgenommen. Bisher hat ihn das auch nicht gestört.«

»Und das will er jetzt ändern«, schlussfolgere ich.

»Er hat vorgeschlagen, mich zur Valentinsgala meiner Mom zu begleiten.«

»Das ist doch nett von ihm.«

»Abbs, hast du mir zugehört? Noch offizieller geht es gar nicht, als den Valentinstag gemeinsam zu verbringen.«

»Besser, als alleine zu Hause zu hocken.«

»Das könnte dir so passen. Nichts da, du kommst mit.« Dion sieht zu Aspen. »Und du ebenfalls. Ohne euch überstehe ich diesen Abend nicht.«

»Auf mich wirst du leider verzichten müssen, weil ich den Valentinstag nicht ohne meinen Freund verbringen werde.«

»Dann bring ihn halt mit«, sagt Dion, als wäre es keine große Sache. Dabei ist es genau das, weil es bedeutet, dass Cameron nun offiziell ihre Sympathie genießt.

»Wirklich?« Erstaunt sieht Aspen sie an.

»Ja, euch gibt es ja nur im Doppelpack. Der florale Hemdträger bleibt allerdings zu Hause. Der Typ ist so sympathisch wie Fußpilz«, stellt sie klar, dass sich ihre Einladung auf Cameron beschränkt.

»Du könntest Jasper wenigstens eine Chance geben«, sage ich, obwohl wir das Thema bereits in den Hamptons hatten.

»Habe ich, aber er hat sie nicht genutzt. Es gibt nun mal keine zweite Chance für den ersten Eindruck. Und der Typ schreit regelrecht nach arrogantem Schnösel mit Artikulationsdefizit.«

»Er würde deine Einladung ohnehin ausschlagen. Er kann sich sicher etwas Besseres vorstellen, als seinen Geburtstag mit deinen Zickereien zu verbringen.«

Jasper hat am Valentinstag Geburtstag? Von allen Tagen im Jahr passt der am allerwenigsten zu ihm. Damit ist er Wassermann. Das erklärt einiges.

In meinem vorletzten Highschooljahr hatte ich einen Crush auf Owen. Sein Hobby: Astrologie und Astronomie. Eigentlich alles, was mit Sternen und dem Firlefanz drum herum zu tun hat. Um ihm zu imponieren, habe ich mich mit Sternzeichen und Horoskopen beschäftigt. Aus der Zeit ist zwar nicht viel hängen geblieben, aber ich weiß noch, dass der Wassermann intellektuell, freundlich, tolerant, egoistisch, launenhaft, distanziert, kühl und charmant ist. An *freundlich* und *charmant* muss Jasper allerdings noch etwas arbeiten.

Ich bin Zwilling. Allerdings bin ich nicht ansatzweise so, wie es überall steht. Ich bin weder besonders kommunikativ oder arrogant, noch streite ich gerne oder habe immer das letzte Wort. Und eine Entertainerin oder Abenteurerin steckt schon gar nicht in mir. Aspen ist Löwe durch und durch. Charmant, wortgewandt, leidenschaftlich und selbstbewusst. Dion wäre der perfekte Zwilling, ist aber ebenfalls Löwe. Was Cameron wohl ist? Vielleicht ein Steinbock … obwohl eher Schüt-

»Abbie!«

Mein Kopf schnellt in Dions Richtung. »Hm?«

»Hörst du überhaupt zu?«

»Entschuldige, ich komme gerne«, sage ich und setze *wöchentli-*

*ches Horoskop endlich kündigen* auf meine Dringend-zu-erledigen-Liste.

»Das ist mein Mädchen«, sagt Dion und lächelt mich zufrieden an. »Außer du zauberst ebenfalls eine Begleitung aus dem Hut?«, fügt sie hinzu und mustert mich neugierig.

»Davon ist wohl eher nicht auszugehen.« Ich wüsste auch gar nicht, wen ich fragen sollte. In weniger als einer Woche werde ich keinen Frosch küssen, der sich als Prinz entpuppt.

In den letzten Jahren haben wir die Veranstaltung als Trio besucht. Die Carmichaels geben sich bei der Ausrichtung immer viel Mühe. Das Highlight in jedem Jahr ist allerdings, dass Dions Mom Amor spielt. Wer sich ohne Begleitung anmeldet, bekommt von ihr eine zugewiesen. Mir brachte das vor zwei Jahren Nathaniel Greenwater ein.

Bei dem Gedanken an Nate wird mein Herz schwer. Die Chemie zwischen uns hat sofort gestimmt. Anschließend haben wir uns regelmäßig an den Wochenenden getroffen, bis er sich von heute auf morgen nicht mehr gemeldet hat. Ich nehme an, dass es daran lag, dass ich noch zur Highschool ging, während Nate bereits das College besuchte, und er einfach das Interesse an mir verloren hat. Wenn ich genau darüber nachdenke, erkenne ich ein Muster in der Historie meiner Männerbekanntschaften.

Ich schiebe die Erinnerung beiseite und konzentriere mich wieder auf meine Freundinnen. Dion hatte letztes Jahr das Vergnügen mit Xander Hastings, ich mit Zachary Portman und Aspen … Kurz krame ich in meinem Gedächtnis.

»Wer war deine Begleitung bei der letzten Valentinsgala?«, frage ich nach.

»Ich glaube, sein Name war Sam.«

»Nein, es war Hunter Clark«, korrigiert Dion.

»Daran erinnerst du dich?«, fragt Aspen erstaunt.

»Ja, ich habe ihn an dem Abend in der Abstellkammer genauer in Augenschein genommen.« Ihr Grinsen verrät alles.

»Du hast mein Date abgeschleppt?«

»Sag bloß, du warst an ihm interessiert?«

»Nein, aber … wow … Er war mein Date.« Aspen lacht.

»Bist du an dem Abend nicht mit Hastings verschwunden?«, frage ich, denn ich kann mich noch genau daran erinnern, wie sie gemeinsam die Veranstaltung verlassen haben. Statt zu antworten, zuckt Dion mit den Schultern und grinst.

»Ihr versteht also, warum ich nicht mit Henry hingehen kann. Auf dem Event wimmelt es nur so von Möglichkeiten.«

Ja, ganz offensichtlich.

»Wie sehen eure Pläne für heute Abend aus? Nach der Sache mit Henry könnte ich einen Mädelsabend vertragen.«

»Das trifft sich gut, wir haben gerade beschlossen, genau das zu tun.«

»Pyjama, Süßkram und *Dirty Dancing*?«

»Ja, aber so was von«, erwidert Aspen, während ich unauffällig nachsehe, ob Jasper vielleicht doch noch auf meine Nachricht geantwortet hat.

Hat er nicht.

# ZWEI JAHRE UND NEUN MONATE ZUVOR

## JASPER, 17 JAHRE ALT

Wie so oft sitzt Noah auf seinem Bett und schreibt in das abgegriffene Buch mit Ledereinband, während er auf meine Rückkehr von einem Auswärtsspiel wartet. Ich würde ihn ohnehin nur wecken, wenn ich so spät in das Zimmer stolpere. Also nutzt er die Zeit, um sich seinen Gedanken zu widmen.

Am Anfang habe ich ihn belächelt, weil er Tagebuch führt, was daran lag, dass ich nicht verstanden habe, was genau er damit bezweckt. Bis Noah mir erklärt hat, dass er all die Dinge hineinschreibt, die ihn beschäftigen, um seine Gefühle zum Ausdruck zu bringen. Es hilft, sich Sachen von der Seele zu schreiben, damit sie einen nicht zerfressen. Um sich selbst daran zu erinnern, dass es in seinem Leben auch durchaus Positives gibt, schreibt er am Ende immer die letzte Sache auf, die ihn glücklich gemacht hat.

Zu meinem Geburtstag hat er mir ein leeres Buch geschenkt. *Probier es aus*, hat er gesagt. Und ich habe es wirklich versucht. In den vergangenen Monaten habe ich exakt siebeneinhalb Seiten mit meinen Gedanken gefüllt. Mein Problem ist nicht, dass ich nichts zu sagen habe, sondern es zu Papier zu bekommen.

»Wie war das Spiel?«

»Gut.«

»Verstehe. Du bist heute wieder von der redseligen Sorte.«

Ich kicke mir die Schuhe von den Füßen und lasse mich auf das gegenüberstehende Bett fallen.

»Die Scouts waren heute da«, teile ich ihm mit. Noah interessiert sich nicht sonderlich für Sport, aber er verpasst keines meiner Heimspiele.

»Und?«

»Mein Gefühl sagt, ich habe es verkackt.«

Noah klemmt den Stift zwischen die Seiten und klappt das Buch zu. »Wir wissen beide, dass du das nicht hast. Hör auf, deine persönliche Messlatte immer höher legen zu wollen, denn sie liegt bereits auf der obersten Sprosse.«

»Vielleicht reicht das aber nicht.«

»Ich glaube an dich. Die Vereine werden dir die Tür einrennen. Du wirst dich vor Angeboten nicht retten können.«

»Hoffentlich. Ich habe keinen Plan B.«

»Es gibt immer einen. Das Ende von etwas ist der Anfang von etwas anderem. Du bist in letzter Zeit viel zu verkopft.«

»Wundert dich das? Es geht um meine Zukunft. Du hast Oxford bereits in der Tasche. Ich habe nichts außer einem Traum.«

»Jetzt mal im Ernst, Jasper, ich kenne niemanden, der über deinen Ehrgeiz verfügt. Du machst dir grundlos Sorgen.«

»Und wenn das nicht reicht?«, wiederhole ich. Es nicht zu schaffen, ist meine größte Angst. Denn dann hätte mein Dad gewonnen und ich gönne ihm diesen Sieg über mich nicht.

»Dann öffnest du einfach eine neue Tür und siehst nach, was dich dahinter erwartet.«

Vermutlich nichts Erstrebenswertes. Wenn man nur ein Ziel hat, ist alles andere keine Alternative, sondern eine Bekundung, dass man sein Scheitern akzeptiert. Ein Versager bleibt man dennoch.

»Spielen wir eine Partie?« Ich deute auf das Schachbrett.

»Klar, und anschließend lässt du die negativen Gedanken raus und konzentrierst dich auf das, was du bereits geschafft hast«, sagt er und tippt auf das Tagebuch.

Später schreibe ich einen einzigen Satz auf.

*Versagen ist keine Option.*

# 20.

## JASPER

»Worüber denkst du nach?«

»Wie bitte?«

»Du wirkst schon die ganze Woche abwesend.«

Ich sehe zu Cameron, der gerade das dreckige Geschirr in die Spülmaschine einräumt, während ich auf dem Sofa sitze. Die Lektüre, die ich vor siebenunddreißig Minuten aus dem Bücherstapel neben dem Bett gezogen habe, liegt aufgeschlagen auf meinem Schoß. Gelesen habe ich keine einzige Seite. »Ist das so?«

»Du wirst es mir nicht erzählen, oder?«

»Nein.« Weil es nichts gibt, was ich ihm sagen könnte, das für ihn Sinn ergeben würde, und ich bin nicht gewillt, es Cam zu erklären. Ich klappe das Buch zu. »Was hast du heute noch vor?«, frage ich ihn, weil er, nachdem er vorhin die Gemüselasagne in den Ofen geschoben hatte, die Jogginghose gegen eine Jeans getauscht hat.

»Ich gehe rüber zu Aspen. Dion und Abbie sind zu einer von Henrys Partys. Sie hat also den Bungalow für sich.«

»Verstehe«, antworte ich. Das ist der freundliche Hinweis, dass ich ihre Zweisamkeit störe und sie deswegen ausweichen, statt wie üblich hier abzuhängen. Warum macht er nicht einfach den Mund auf, wenn ich mich verdrücken soll?

»Dir würde es im Übrigen auch nicht schaden, mal vor die Tür zu gehen, anstatt nur auf dem Sofa zu hocken.«

Mag sein, dass ihm das so vorkommt, weil ich für gewöhnlich erst dann vor die Tür gehe, wenn die Welt um mich herum schläft. Ich bevorzuge die nächtliche Stille statt den Trubel, der tagsüber auf dem Campus herrscht.

»Es wird dich vermutlich überraschen, aber ich bin sehr gerne allein.« Das ist die Wahrheit. Die meiste Zeit meines Lebens habe ich in Häusern verbracht, in denen es nur so von Menschen wimmelte.

Zu den wenigsten davon pflegte ich ein enges Verhältnis. Sie waren lediglich ein Bestandteil der Umgebung, in der ich mich befand.

Rückblickend gab es nur eine Person, zu der ich eine Verbindung gespürt habe, bis sie gekappt wurde. Mit jedem Tag, den man mit sich selbst verbringt, lernt man das Alleinsein zu schätzen. Meistens jedenfalls. Denn dann bin ich Cameron begegnet und die Dinge haben sich schleichend verschoben. Anfangs habe ich ihn als Mittel zum Zweck betrachtet. Inzwischen würde ich sagen, er ist aktuell der einzige Mensch, den ich über einen längeren Zeitraum in meiner Nähe ertrage. Was überwiegend daran liegt, dass Cam ein unaufdringliches Wesen besitzt. Er ist nicht laut oder dauerpräsent, aber vor allem ist er bescheiden. Nichts ist für ihn selbstverständlich und er fordert nichts ein. Weder von mir noch von der Welt um ihn herum. Das macht seine Gegenwart angenehm.

Cam löst bei mir eine Art Jo-Jo-Effekt aus. Ich habe ihn gerne um mich. Ein Zeichen, dass ich sozial gesehen nicht völlig inkompetent bin. Das würde ich als die Aufwärtsbewegung bezeichnen. Aber bevor Cameron mich zu fassen bekommt, bin ich längst in der Abwärtsbewegung und tauche auf unbestimmte Zeit unter. Weil er mir zu viel ist. Dass wir uns jetzt einen Bungalow teilen, ist, als hätte ich zwei Knoten in die Schnur gemacht. Seitdem kann ich mich nur noch innerhalb dieser beiden Punkte bewegen. Ich stecke fest. Es geht nicht weiter aufwärts, aber auch nicht weiter abwärts. Und ich wusste, dass es so sein würde. Wochenlang habe ich darüber nachgedacht. Mir den Kopf zerbrochen. Risiken abgewogen. Schlussendlich bin ich zu der Erkenntnis gekommen, dass die Beziehung zu Cameron die einzige Variable in meinem Leben ist, die ich nicht manipulieren werde.

Cameron lässt sich neben mir auf das Sofa fallen. Für einen winzigen Augenblick sehen wir einander an, bis ich mit einem tiefen Atemzug aufstehe, um Abstand zwischen uns zu bringen. Es geschieht eher aus Reflex, als dass ich es beabsichtige. Gewohnheiten legt man nur schwer ab.

»Grüß Aspen von mir.« Mit wenigen Schritten durchquere ich den Raum und gehe auf den Flur zu. Bevor er darauf etwas erwidern kann, bin ich längst in meinem Zimmer verschwunden, lasse die Tür aber einen Spaltbreit offen.

Ohne das Licht einzuschalten, trete ich an das bodentiefe Fenster und sehe in die Dunkelheit hinaus. Diese Pseudoidylle geht mir auf den Zeiger. Von meinem Zimmer aus blickt man die Straße hinunter. Cam hingegen genießt die Aussicht ins Grüne. Er hat angeboten zu tauschen, aber ich mag das Gefühl von Kontrolle. Asphalt, der zu einem Ziel führt, versprüht davon mehr als endlos scheinende Baumreihen. Die leuchtenden Straßenlaternen tauchen die Umgebung in ein trügerisches Gesamtbild. Es vermittelt den Eindruck, hier sei die Welt in Ordnung. Als hätte man alles Schlechte auf der anderen Seite der Mauern gelassen. Dabei sitzt der Teufel mitten unter uns, zieht die Strippen und lässt die Puppen für sich tanzen.

Ich reiße den Blick vom Fenster los, schalte das Licht ein und beschließe, die restlichen Sachen auszupacken, die seit meiner Ankunft darauf warten, dass ich mich ihrer annehme. Für einen Moment frage ich mich, wozu das Ganze, weil ich ohnehin nicht vorhabe länger als nötig hierzubleiben. Der Grund, warum ich es dennoch tue, ist, dass mich dieses Chaos nervt und ich es ordentlich bevorzuge.

Zehn Minuten später habe ich die Kleidung in den Schrank eingeräumt. Als Nächstes ist die halb volle Bücherkiste dran. Einen Teil der Bücher stelle ich in das Regal neben dem Schreibtisch, die anderen packe ich auf den Stapel rechts vom Bett. Das Tagebuch verstaue ich im untersten Fach des Nachtschranks. Ich schließe gerade die Schublade, als es leise an der Tür klopft.

»Alles gut zwischen uns?« Cameron ist ein Harmoniejunkie. Er würde sich selbst für Dinge entschuldigen, die nicht auf seine Kappe gehen, um den Frieden wiederherzustellen.

»Ja«, antworte ich knapp und lasse mich rücklings aufs Bett fallen, drehe mich auf die Seite und hangle nach dem obersten Buch auf dem Stapel. »Ich werde es mir hiermit gemütlich machen.« Ich halte den dicken Wälzer in die Höhe. Ein Geschenk von Noah. Er meinte, ich sollte wenigstens einmal die Geschichte von Bastian Balthasar Bux gelesen haben. Ich gebe zu, ich habe sie mehrfach angefangen, aber nicht beendet. So richtig angekommen bin ich in

Phantásien nie und kann Noahs Begeisterung deshalb nur bedingt nachvollziehen.

»Klingt nach einem spannenden Abend«, erwidert Cam ironisch. »Warte nicht auf mich. Ich übernachte bei Aspen.«

»Ich bin nicht Granny El, bei der du dich abmelden musst.«

»Nein, aber ich bin mir sicher, ihre Abendgestaltung ähnelt deiner«, zieht er mich auf, bevor er in den Flur verschwindet. Kaum fällt die Eingangstür ins Schloss, atme ich tief durch und lausche der Stille, genieße sie für einen Moment. Dann schlage ich das Buch auf.

Am Ende schaffe ich genau hundertdreiundachtzig Seiten, bevor mich diese innere Unruhe überkommt, die mich zum Aufstehen zwingt. Ein Uhr morgens. Zeit für eine anständige Tasse Tee. Das Buch lege ich auf dem Nachtschrank ab.

Gerade als ich aus dem Zimmer trete, kündigt mein Handy eine Textnachricht an. Wenn Cam mir jetzt Nachrichten schickt, um sich zu vergewissern, dass es mir gut geht, werde ich sein Smartphone lahmlegen. Dennoch gehe ich zurück und nehme das Telefon vom Bett.

Es ist nicht Cameron. Ich stecke das Handy weg, laufe in die Küche und stelle den Wasserkocher an. Darauf werde ich mich nicht einlassen. Nein, ich sollte es nicht. Dass ich es dennoch tun werde, davon bin ich überzeugt. Es gibt nur eine Sache, die es schafft, mein Handeln in eine andere Richtung zu beeinflussen, als ich es ursprünglich geplant habe: wenn jemand sich nicht so verhält, wie ich erwarte. Dieser Umstand macht mich wahnsinnig und sorgt dafür, dass mein Tun eine Eigendynamik entwickelt. Und genau das führt in diesem Augenblick dazu, dass ich das Handy wieder aus der Hosentasche ziehe, während ich darauf warte, dass das Teewasser heiß wird.

**Abbie: Ich hasse Partys.**

Der Wasserkocher schaltet sich mit einem klickenden Geräusch aus. Ich nehme das Tee-Ei aus dem Schrank. Sobald ich es mit Schwarztee gefüllt habe, hänge ich es in die Tasse und gieße das Wasser darüber. Anschließend stelle ich den Timer auf vier Minuten.

Ich: Dann ist es vielleicht besser, du gehst nicht hin.

Abbie: Habe ich versucht, ließ sich aus Gründen aber nicht vermeiden.

Ich: Will ich die Gründe hören?

Abbie: Aspen hat mich aus dem Bungalow geworfen, weil du das Sofa blockierst.

Ich: Hat sie das so gesagt?

Abbie: Nicht direkt.

Kurz überlege ich, die Unterhaltung fortzuführen, belasse es aber dabei und lege das Handy auf der Arbeitsfläche ab. Stattdessen beobachte ich den Tee beim Ziehen, bis das Wasser einen bräunlichen Ton annimmt.

Erneut piept es.

Abbie: Was machst du gerade?

Ich: Okay, was wird das hier?

Abbie: Ich betreibe Konversation.

Ich: Das merke ich, aber warum?

Abbie: Ich schinde Zeit.

Ich: Und warum tust du das?

Abbie: Weil Dion mich zum Flaschendrehen überreden will. Ich hasse Partyspiele. Die enden darin, dass ich jemanden küssen muss.

Auch wenn ich es nicht will, schleicht sich bei der Erinnerung an den Abend unseres Kusses ein Grinsen in mein Gesicht.

**Ich: Wo bist du gerade?**

**Abbie: Ich habe mich im Badezimmer verschanzt.**

**Ich: Dir ist bewusst, dass du dich dort nicht ewig verstecken kannst?**

**Abbie: Ja, aber ich kann es wenigstens versuchen.**

Menschenansammlungen sind offenbar nicht unbedingt Abbies Ding. Denn bei unserem Aufeinandertreffen auf der Party war sie ebenfalls auf der Flucht und hat sich auf die Terrasse verdrückt. Bei dem Versuch ist sie mir wortwörtlich in die Arme gefallen. Und damit hat sie mich direkt in ein Szenario katapultiert, das nicht in meine Pläne passt. Anfänglich dachte ich wirklich, die Frau würde nicht zum Problem werden, inzwischen steht sie auf der Liste ganz oben. Denn Abbie löst in mir das Verlangen aus, sie um den Verstand zu bringen, bis sie meinen Namen stöhnt. Und gerade laufe ich Gefahr, endgültig einzuknicken.

**Ich: Oder du gehst nach Hause.**

**Abbie: Kann ich nicht. Cameron ist bei uns und Aspen duldet keine Störung ihres »romantischen Abends«.**

**Ich: Verstehe.**

**Abbie: Und selbst wenn, müsste ich es erst mal an Dion vorbeischaffen.**

**Ich: Klingt dramatisch.**

**Abbie: Du kennst Dion nicht. Sie hat ihre Augen überall.**

Darüber ließe sich streiten. Ich weiß mehr über ihre Freundin, als ihr lieb sein dürfte.

**Ich: Hunde, die bellen, beißen nicht.**

**Abbie: Dion hat bereits mehrfach an die Badezimmertür geklopft und ich befürchte, sie könnte gleich die Tür eintreten. Sie beißt also sehr wohl.**

**Ich: Kann ich dir irgendwie bei deinem Problem helfen?**

Denn offensichtlich erhofft sie sich Hilfe von mir. Ganz leise klopft die Vernunft an. Denn jedes Mal, wenn wir aufeinandertreffen, endet es damit, dass die Distanz zu ihr geringer wird. Wie lange es wohl noch dauert, bis sie sich gänzlich in Luft aufgelöst hat? Und dann?

**Abbie: Du könntest einen Notfall vortäuschen.**

Mit der Antwort entlockt sie mir tatsächlich ein Lachen.

**Ich: Welche Art von Notfall schwebt dir denn vor?**

**Abbie: Du bist von der Leiter gefallen?**

**Ich: Nein. Ich koche mir im Augenblick einen Tee.**

**Abbie: Was?**

**Ich: Beim Teekochen fällt man eher selten von einer Leiter.**

Ich: Außerdem vergisst du einen Aspekt: Warum genau würde ich dich bei einem Notfall anrufen? Wir kennen uns kaum.

*Und sollten es dabei belassen,* füge ich gedanklich hinzu.

Abbie: Ein berechtigter Einwand. Aber ich stecke nur hier fest, weil du offenbar ein notorischer Stubenhocker bist, der selten das Haus verlässt.

Möglicherweise werde ich Cam den Hals umdrehen, sobald ich ihn in die Finger bekomme.

Ich: Soll ich die Party crashen?

Abbie: Würdest du?

Ich: Nein.

Abbie: Dann drück mir bitte die Daumen, dass sie mich weder mit jemandem in einen Wandschrank stecken noch zum Küssen zwingen.

Die Vorstellung, dass sie mit einem Typen im Wandschrank rummacht, könnte mir nicht weniger gefallen. Stattdessen taucht das Bild, wie sie vor mir kniet, vor meinem geistigen Auge auf. Es ist wirklich nur noch eine Frage der Zeit, bis ich es auf einen Versuch ankommen lasse.

Ich: Du könntest durch das Fenster flüchten.

Abbie: Klinge ich verzweifelt, wenn ich sage, dass ich das bereits in Betracht gezogen habe? Allerdings befinde ich mich im ersten Stock.

**Ich: Was würde Kim Possible tun?**

**Abbie: Sie würde Ron antexten, damit er eine Leiter organisiert.**

**Ich: Dieselbe Leiter, von der er angeblich herunter-gefallen ist, um einen Notfall vorzutäuschen?**

**Abbie: Genau.**

Mein Lachen hallt durch die Stille, während ich tatsächlich darüber nachdenke, ob es im Bungalow eine Leiter gibt, mit der ich ihr zu Hilfe eilen könnte. Das gäbe wirklich ein amüsantes Bild ab.

**Abbie: Ich muss los, Dion hat Verstärkung geholt. Genieß deinen Schwarztee.**

Kurz stutze ich und sehe mich ernsthaft um, um sicherzugehen, dass ich mich alleine im Raum befinde. Woher weiß sie, welche Teesorte ich mir gerade zubereite?

**Ich: Wie kommst du darauf, dass es sich um schwarzen Tee handelt?**

**Abbie: Ich habe geraten?**

**Ich: Ist das eine Frage?**

Keine Antwort.

**Ich: Wir wissen beide, dass du nicht geraten hast.**

Als die Uhr an meinem Handgelenk vibriert, nehme ich das Tee-Ei aus der Tasse und packe es in die Spüle. In der einen Hand mein Getränk, in der anderen das Handy gehe ich auf die Couch zu. Ich stelle den Tee auf dem flachen Tisch ab, setze mich und starre nachdenklich auf den Chatverlauf. Minuten vergehen. Wahrscheinlich hat sie ihren Widerstand aufgegeben und sitzt nun gemütlich in einem Kreis, während jemand die Flasche in der Mitte dreht.

Ich schließe den Chat und nehme stattdessen das Buch zur Hand, das ich vorhin auf dem Sofa zurückgelassen habe, als ich vor Cameron Reißaus genommen habe. *Frankenstein.* Inzwischen dürfte es das siebte Mal sein. Und doch schafft es das Buch immer wieder, meine Sichtweise auf den Inhalt zu ändern, weil sich jedes Mal neue Details offenbaren, die ich zuvor nicht wahrgenommen habe. Es gehört eindeutig in die Kategorie *Bücher, die man gelesen haben sollte.*

Auch die Entstehungsgeschichte ist äußerst interessant. Nicht, weil es von einer Frau geschrieben wurde, sondern weil es im Rahmen eines Schreibwettbewerbs unter Bekannten entstanden ist. Dank eines Vulkanausbruchs in Indonesien herrschte zu jener Zeit eher Endzeitstimmung anstelle von rosigen Aussichten. Man könnte das Jahr ohne Sommer als die Geburtsstunde der Schauergeschichten betrachten.

Tatsächlich ist es so, dass mich die Entstehung von Dingen mehr fasziniert als das Endprodukt. Wenn mein Grandpa in seinem Schaukelstuhl saß und das Stück Holz zwischen seinen Fingern mit dem Messer in eine Figur verwandelt hat, war ich am meisten am Prozess des Schnitzens interessiert. Daran, an welcher Stelle das Material weichen musste, damit es am Ende zu dem wurde, was Grandpa erschaffen wollte. Später habe ich eine deutlich ausgeprägtere Faszination für das Programmieren entwickelt.

Die Smartwatch vibriert erneut an meinem Handgelenk. Flüchtig werfe ich einen Blick auf die Vorschauanzeige.

**Abbie: Okay, ich habe nicht**

Vorerst ignoriere ich die Nachricht, weil ich das Kapitel zu Ende lesen will. Doch dann erscheint eine weitere Mitteilung auf dem kleinen Display, die eindeutig meine Aufmerksamkeit verdient.

Abbie: Du schmeckst nach s

*Was zur Hölle …* Ich nehme das Handy vom Couchtisch, um die vollständige Nachricht zu lesen, und tippe den Text an.

Nachricht wurde gelöscht.

In dieser Sekunde erscheint eine weitere Mitteilung im Chat.

Abbie: Du bist Engländer, ihr liebt Earl Grey.

Okay! Jetzt weiß ich, worauf sie hinauswill, und zwar ganz gewiss nicht auf meine Herkunft. Ihre Annahme beruht auf unserem Kuss. Ich bin mir verdammt sicher, in der gelöschten Nachricht stand, ich würde nach schwarzem Tee schmecken. *Fuck! Abbie Westing, solche Anspielungen solltest du nicht machen, wenn du nicht darauf abzielst, nackt unter mir zu enden.*

Ganz automatisch wandern meine Gedanken zu dem Moment, als unser Kuss sich gewandelt hat und eine Intimität zwischen uns entstanden ist. Sie hat nach Erdbeerbowle geschmeckt. Ja, eindeutig. Süß, fruchtig und champagnerartig.

Da wir vereinbart haben, kein Wort darüber zu verlieren, werde ich einfach so tun, als hätte ich nicht den blassesten Schimmer, was in der gelöschten Nachricht stand.

Ich: Erwischt. Ich bin ein wandelndes britisches Klischee.

Abbie: Du stehst also auf schlechte Witze und ausgefallene Kleidung?

Ich: Ist das nicht offensichtlich?

Abbie: Stimmt.

**Ich: Warst du bereits im Wandschrank?**

Okay, unsere Unterhaltung verläuft eindeutig in die falsche Richtung. Oder vielleicht auch in die richtige. Da bin ich mir noch nicht ganz sicher.

**Abbie: Nein. Aber ich musste ausgerechnet mit Dion die Klamotten tauschen.**

Definitiv die falsche Richtung, dennoch grinse ich amüsiert vor mich hin. Ich mag Abbies Art, offen mit mir zu kommunizieren. Es wirkt, als würde sie nie über ihre Worte nachdenken. Jedenfalls, wenn sie dazu nicht vor mir steht, denn in solchen Momenten zeigt sich ihre Unsicherheit. Als wüsste sie nicht, wie sie mit mir umgehen soll. Und das beruht auf Gegenseitigkeit. Das hier ist um so vieles leichter, bringt mich aber immer mehr in Bedrängnis, mit Abbie ein klärendes Gespräch zu führen.

Die erste Chance ließ ich in dem Moment verstreichen, als ich sie in der Mensa abgefangen und den Retter gespielt habe. Die zweite, als wir im Café saßen und ich mich als Fahrer angeboten habe. Und die dritte, als sie mir überschwänglich in die Arme gesprungen ist, weil sie dank meiner Hilfe ins Hallenbad eingestiegen war.

Es ist ein Muster zu erkennen. Statt mit der Wahrheit herauszurücken, spiele ich den Helden. Wie leicht es doch ist, eine Illusion zu schaffen und sich darin zu verlieren.

**Ich: Was hast du jetzt an?**

Erst als ich die Nachricht abgeschickt habe, fällt mir auf, wonach das klingt. Dirty Talk mit Abbie, während sie auf einer Party festsitzt und ich *Frankenstein* lese. Das könnte aus einer mittelmäßigen Teeniekomödie stammen.

**Ich: Vergiss meine letzte Nachricht. Falsches Thema.**

Erneut schließe ich den Chat und lege das Handy zurück auf den Couchtisch. Starre es an. Versuche, diese innere Unruhe zu ignorieren. Fünf Minuten später gebe ich es auf. Ich schnappe mir das Handy, springe vom Sofa auf und haste in den Flur, weil ich es hier drin keine Minute länger aushalte. Ich schlüpfe in meine Schuhe, nehme die Jacke von der Garderobe und taste in den Taschen nach der Schachtel, in der sich die In-Ear-Kopfhörer befinden.

Die eisige Nachtluft peitscht mir ins Gesicht, als ich den Bungalow verlasse. Mit den ersten Klängen von Chopin schließe ich für einen winzigen Moment die Augen, dann gehe ich die Einfahrt entlang und biege nach rechts in die Dunkelheit ab. Es dauert nur wenige Songs, bis ich in meinen Gedanken versinke, die sich auf eine wohltuende Weise leer anfühlen. Anhand der einzelnen Tracks zähle ich die Minuten mit, während ich ziellos durch die Gegend laufe. Sieben … dreizehn … zwanzig.

Ich zucke zusammen, als es an meinem Handgelenk vibriert. *Lass es,* ermahne ich mich selbst.

Ich kann nicht. Alles in mir sträubt sich dagegen, Abbie Westing zu ignorieren. Also hole ich das Handy aus der Jackentasche.

**Abbie: Weißt du, was Karma ist?**

**Ich: Ja, aber ich nehme an, darauf willst du nicht hinaus.**

**Abbie: Karma ist, wenn man sich im Badezimmer einschließt, um sich vor der besten Freundin zu verstecken, weil man sie für ein Biest hält, und dann beim Flaschendrehen in ihre Klamotten gesteckt wird, bevor die Runde eine Partie Strip-Poker ausruft.**

**Ich: Klingt, als wäre heute nicht dein Tag.**

Ich zwinge meinen Verstand dazu, sich keine strippende Abbie vorzustellen. Vergebens.

**Abbie: Willst du den krönenden Abschluss hören, der für den Abend geplant ist?**

**Ich: Unbedingt.**

**Abbie: Ich bin dazu verdammt, mir später mit Trinity Burns eins der Gästezimmer zu teilen. Und ich befürchte, sie wird mich im Schlaf mit dem Kissen ersticken.**

**Ich: Warum sollte sie das tun?**

**Abbie: Weil du ihr auf der Party einen Korb gegeben und behauptet hast, wir seien zusammen**

Ich kann mich nicht erinnern, etwas in der Richtung gesagt zu haben. Aber ich erinnere mich an die Art, wie die Brünette Abbie gemustert hat, was mir gehörig gegen den Strich ging. Das führte dazu, dass ich besitzergreifend einen Arm um Abbie gelegt habe. Bereits da hätte ich wissen müssen, dass ich mit dieser Abzweigung letztlich genau hier enden würde.

**Abbie: Dorf**

Verwirrt starre ich auf ihre Nachricht.

**Abbie: wir seien zusammen DORT. Blöde Autokorrektur.**

Mein Lachen hallt durch die Nacht. Abbie trifft eindeutig meinen etwas eigensinnigen Humor.

**Ich: Kommt es mir nur so vor oder machst du mich für den katastrophalen Abend verantwortlich, der möglicherweise mit deinem Ableben endet?**

**Abbie: Nein, ich wollte dir nur mitteilen, dass es nichts Persönliches ist, wenn du nichts mehr von mir hörst, und bei der Gelegenheit die Liste der Verdächtigen eingrenzen.**
**Trinitys Blick sagt eindeutig, sie hat noch eine Rechnung mit mir offen.**

Die Frau sieht zu viele True-Crime-Dokus. Allerdings zaubert sie mir gerade ein Dauergrinsen ins Gesicht. Verdammt!

**Ich: Besteht die Möglichkeit, dass du maßlos übertreibst und die Frau völlig harmlos ist?**

**Abbie: Vielleicht gebe ich ihr deine Telefonnummer, dann kannst du es selbst herausfinden.**

**Ich: Untersteh dich, wenn du nicht willst, dass ich dich übers Knie lege.**

Fuck! Das kommt dabei heraus, wenn der Verstand sich in die Sendepause verabschiedet. Glücklicherweise haben sich die Häkchen noch nicht blau gefärbt. Schnell rufe ich die Nachricht zurück und tippe eine andere Antwort.

**Ich: Vielleicht gehst du lieber nach Hause und minimierst dadurch das Risiko, im Schlaf erstickt zu werden.**

**Abbie: Es ist mitten in der Nacht.**

Was genau erwartet sie eigentlich von mir? Von Henrys Haus bis zu ihrem Bungalow sind es maximal zwanzig Minuten zu Fuß. Leider ist der Campus nicht so angelegt, dass man ihn mit dem Auto befahren kann. Die einzigen Straßen sind die Zufahrtswege vom Haupttor, die bis zu den Bungalowkomplexen reichen. Walls' Haus liegt am Rande des Geländes und ist nur von außerhalb der Grundstücksmauern über eine Straße zu erreichen. Wenn man sich innerhalb der Mauern befindet, muss man wohl oder übel einen Spaziergang in Kauf nehmen, um auf eine von Henrys Partys zu gelangen.

**Ich: Und das ist ein Problem, weil?**

**Abbie: Weißt du, wie hoch die Wahrscheinlichkeit ist, Opfer eines Verbrechens zu werden, wenn man im Dunkeln durch die Gegend rennt?**

**Ich: Du befindest dich auf dem sichersten Campus des Landes.**

**Abbie: Sagt wer?**

**Ich: Die Statistik.**

**Abbie: Statistiken kann man fälschen, um Dinge zu beschönigen. Glaubst du, irgendwer würde so viel Geld hinblättern, wenn bekannt wäre, wie unsicher es hier ist?**

Ich würde ihr gerne widersprechen, aber sie hat recht. Man kann mit dem nötigen Kleingeld so einiges unter den Teppich kehren, um den Schein zu wahren.

**Ich: Dann geh mit jemanden mit, der ebenfalls nach Hause will.**

**Abbie: Hast du mir gerade zugehört? In Crime-Dokus ist das der häufigste Fehler. Man geht mit jemandem mit, dem man vertraut, weil er völlig harmlos aussieht.**

Ich bleibe stehen und sehe mich um. Das Hauptgebäude und die Sportanlagen habe ich bereits hinter mir gelassen. Bis zu Walls' Haus ist es nicht mehr als ein Katzensprung.

**Ich: Wie dringend willst du von dort weg?**

**Abbie: Auf einer Skala von eins bis zehn ist es mindestens eine zwölf.**

Das Letzte, was ich tun sollte, ist das, was mir gerade in den Sinn kommt. Aber mein nächtlicher Spaziergang musste auf diese Weise enden, denn sonst wäre ich nicht in die Richtung gelaufen, die mich Abbie näher bringt.

**Ich: Okay, ich hole dich ab. Gib mir zehn Minuten.**

# 21.

## ABBIE

Ungläubig starre ich auf Jaspers Nachricht. Er holt mich ab. Mitten in der Nacht. Darauf habe ich nicht abgezielt. Eigentlich wollte ich mich zur Beschäftigung nur mit jemandem unterhalten. Dass die Wahl auf Jasper gefallen ist, hat sich irgendwie ergeben. Ich hatte nicht mal mit einer Reaktion von ihm gerechnet, nachdem er meine letzte Nachricht nicht beantwortet hat. Dann sind meine Finger regelrecht über die Tasten geflogen und plötzlich hat es sich zu einem Selbstläufer entwickelt.

Für gewöhnlich bin ich weniger kommunikativ, weil mir oft die richtigen Worte fehlen. Dass es sich mit Jasper so leicht und nicht verkrampft anfühlt, hat sein Übriges dazu beigetragen. Vielleicht liegt es aber auch daran, dass es deutlich leichter ist, eine Konversation zu führen, wenn die andere Person sich nicht im selben Raum befindet. Oder an den zwei Gläsern Wein. Ganz sicher bin ich mir nicht. Beim Strip-Poker habe ich gekniffen. Jeder Spaß hat seine Grenzen. Meine war an diesem Punkt eindeutig erreicht.

Ich zupfe an dem Stoff des Oberteils, um ihn nach unten zu zerren. Wie kann es sein, dass Dion einen Kopf größer ist als ich, aber ihre Klamotten an mir sitzen, als wären sie mindestens eine Nummer zu klein? Wirklich. Für dieses Phänomen hätte ich gerne eine Erklärung.

Da sie mit Henry verschwunden ist, bevor wie unsere Kleidung zurücktauschen konnten, stecke ich in goldenen, mit Pailletten besetzten Hotpants und einem Top fest, das gerade so meinen Bauchnabel bedeckt. Wortwörtlich. Ich bezweifle nämlich, dass ich die Shorts ohne Hilfe über meine Schenkel ausgezogen bekomme.

»Hey, du hockst schon wieder in der Ecke rum.« Dion reicht mir ein Glas, bevor sie sich auf das Sofa setzt.

»Ich genieße die Show aus der ersten Reihe.« Unauffällig deute ich auf das Paar, das auf dem Sessel gegenüber miteinander rummacht. Dann nippe ich vorsichtig an dem Getränk. Als ich Wasser schmecke, nehme ich einen großen Schluck. Alkohol hatte ich für diesen Abend genug. Der hat nämlich dafür gesorgt, dass ich überhaupt den Mut aufgebracht habe, Jasper anzuschreiben.

»Miguel nimmt echt jede Gelegenheit mit. Das ist schon die dritte diesen Abend«, äußert sie angewidert.

»Er scheint seine Qualitäten zu haben«, antworte ich und kann ein Kichern nicht unterdrücken. Miguels Lippen kleben unermüdlich am Hals der Blondine auf seinem Schoß. Als sie den Kopf zur Seite neigt, folgt meiner automatisch ihrer Bewegung. Skeptisch betrachte ich das Schauspiel. »Das gibt einen riesigen Knutschfleck«, schlussfolgere ich, als er an ihrer Haut zu saugen beginnt. »Jemand sollte ihr sagen, dass sie eine Hirn-, Lungen- oder Herzembolie erleiden könnte.«

»Wow, Abbs, du bist echt unglaublich. Andere kommen bei dem Anblick in Stimmung und du denkst über medizinische Folgen nach.« Dion lacht, dann nimmt sie einen Schluck aus ihrem Weinglas.

»Eine Gefahreneinschätzung kann Leben retten.«

»Ich glaube nicht, dass wir in den nächsten Minuten einen Krankenwagen rufen müssen.«

»Nein, aber vielleicht die Sitte«, erwidere ich, als Miguel eine Hand unter ihren Rock schiebt.

»Wenn du weiter so in ihre Richtung starrst, wird er dich fragen, ob du mitmachen willst. Ich habe gehört, der Womanizer ist einem Dreier nie abgeneigt.«

Sofort reiße ich den Blick von ihm los und sehe stattdessen zu Dion, die nach wie vor in meinem Strickkleid steckt.

Unter meinem Oberschenkel vibriert es. Das Handy habe ich in dem Moment daruntergeschoben, als Dion sich zu mir gesetzt hat. Eine Vorsichtsmaßnahme, die ich unbewusst ergriffen habe. Aber es ist besser, sie weiß nichts von Jasper.

»Hast du mich noch lieb, wenn ich jetzt nach Hause gehe?«, frage ich hoffnungsvoll.

»Du willst also die romantische Zweisamkeit crashen?« Ein verschwörerisches Schmunzeln erscheint auf ihren Lippen.

»Nein, aber ich würde gerne vermeiden, mir mit Trinity ein Zimmer zu teilen. Sie kann mich nicht ausstehen.«

»Das stimmt nicht.«

Erneut vibriert es unter meinem Oberschenkel.

»Ich glaube, du solltest los. Da wird jemand ungeduldig«, sagt Dion, grinst wissend und drückt mir einen Kuss auf die Wange, bevor sie aufsteht und zu Henry geht, der sich angeregt mit Easton unterhält.

Ich ziehe das Handy hervor. Inzwischen ist es drei Uhr morgens.

**Jasper: Jetzt wäre der perfekte Moment, um sich rauszuschleichen.**

**Jasper: Du hast fünf Minuten.**

Sofort komme ich in Bewegung, hole meine Jacke aus der Garderobe und verlasse das Haus. Eisige Luft schlägt mir entgegen, Jasper kann ich jedoch nicht entdecken. Wenn er mich an der Nase herumführt, drehe ich ihm den Hals um.

Ich schlüpfe in die Jacke und gehe die Eingangsstufen hinab. Der Kies knirscht unter meinen Schuhen, als ich mich wenige Meter von dem Haus entferne. Musik und Gelächter aus dem Inneren hallen zu mir herüber. Aus dem Augenwinkel nehme ich eine Bewegung wahr und fahre erschrocken herum.

»Musst du dich immer so anschleichen?!«, keuche ich und boxe Jasper aus Reflex gegen den Oberarm.

»Du wusstest doch, dass ich vor der Tür warte.«

»Ja, aber nicht, dass du hinter einem Baum lauerst.«

»Entschuldige, normalerweise habe ich eine Leuchtfackel dabei, die mein Auftauchen ankündigt. Deine Rettung kam unerwartet«, zieht er mich auf.

»Sehr witzig.« Der Kerl hat einen seltsamen Humor.

»Wollen wir oder möchtest du zurück auf die Party?«

Stimmengewirr ertönt hinter uns. Ich werfe einen Blick in Richtung Haus, aus dem eine kleine Gruppe herauskommt und den Weg zum Campus einschlägt. Ich sehe ihnen nach, bis sie in der Dunkelheit verschwinden.

»Abbie?«

»Hmm?«

»Gehen oder bleiben?«

Einen Moment mustere ich Jaspers Gesicht, das im Halbdunkel liegt und dadurch härter wirkt als im Tageslicht. Es hat beinahe etwas Bedrohliches. Für einen winzigen Augenblick überkommen mich Zweifel, ob das hier wirklich eine gute Idee ist. Vielleicht hätte ich Dion oder wenigstens Aspen informieren sollen, mit wem ich davonschleiche. Erst letzte Woche habe ich in den Nachrichten gehört, dass es zu Übergriffen an einem College in Chicago gekommen ist. Wie viel weiß ich wirklich über den Kerl, der mir gegenübersteht?

Okay, jetzt werde ich paranoid. Wir haben genügend Zeit miteinander verbracht. Dennoch habe ich nicht das Gefühl, ihn tatsächlich zu kennen. Auf der anderen Seite – Psychopathen gewinnen auch oft erst das Vertrauen ihrer Opfer, bevor sie zuschlagen.

»Du bist kein Killer, oder?«, rutscht es mir heraus.

»Meinst du, ich würde es dir verraten, wenn es so wäre?« Ich kann die Belustigung in seiner Stimme hören.

»Das ist nicht lustig!«

»Glaub mir, Abbie, ich bin niemand, vor dem *du* Angst haben musst«, erwidert er. Dass er das *Du* extra betont, irritiert mich. Camerons Worte kommen mir in den Sinn. *Es gibt genau zwei Dinge, die man über Jasper wissen muss. Erstens: Versuch gar nicht erst, aus ihm schlau zu werden, denn er wird nicht zulassen, dass du ihn verstehst. Er wird nie so handeln, wie du es erwartest. Zweitens: Wenn er auf deiner Seite steht, gehört dir seine Loyalität. Machst du ihn dir zum Feind, geh in Deckung.*

»Andere schon?«, frage ich vorsichtig.

»Ja.« Kurz. Knapp. Ehrlich. Und ich gebe zu, dass mich seine Antwort nicht überrascht. Weil ihn diese Aura umgibt. Abschätzig. Distanziert. Düster. Eindeutig ein Film noir.

»Wer zum Beispiel?«

»Du bist ziemlich neugierig.«

»Ich versuche nur herauszufinden, mit wem ich es in Wirklichkeit zu tun habe«, gebe ich zu.

»Gerade bin ich der Typ, der dafür sorgen wird, dass du in einem Stück zu Hause ankommst.« Jasper sagt das mit einer Überzeugung, dass mir ein Schauer über die Wirbelsäule läuft und sich eine Wärme in meinem Inneren ausbreitet, die ich zuvor noch nie so intensiv gespürt hatte.

»Okay«, willige ich ein und mache einen Schritt auf den Pfad zu, auf dem die Gruppe vor wenigen Minuten verschwunden ist. Aber ich komme nicht weit, weil sich Jaspers Finger um meinen Unterarm schließen und mich zurückhalten.

»Wir nehmen eine Abkürzung«, sagt er und zieht mich sanft, aber bestimmt zu sich heran, bevor er sich in Bewegung setzt. Als er sich sicher ist, dass ich ihm folge, lässt er mich los.

Die Musik und das Gelächter, die von dem Gebäude zu uns herüberhallen, werden leiser, je weiter wir uns entfernen. Und dann setzt Stille ein. Nur das Geräusch, das der Boden von sich gibt, sobald unsere Schuhe auf den feuchten Untergrund treffen, durchbricht die Ruhe. Sollten wir uns nicht unterhalten, statt uns anzuschweigen? Nur worüber? Mit einem Display zwischen uns war das so viel leichter.

Jasper biegt nach rechts ab und verschwindet in den dichten Baumreihen. Plötzlich ist es nicht nur still, sondern auch stockdunkel, weil die Baumkronen das Mondlicht verschlucken. Ich kann kaum die Hand vor Augen sehen. Aber ich kann hören, in welche Richtung sich Jasper bewegt. Ein Ast knackt unter meinem Schuh und erschreckt mich damit beinahe zu Tode.

»Und du bist dir sicher zu wissen, wo wir entlangmüssen?« Meine Stimme klingt in der Stille des Waldes, als hätte ich die Worte hinausgeschrien.

»Ja«, antwortet Jasper.

»Du hast nicht zufällig eine Taschenlampe dabei?«, will ich wissen.

Es raschelt rechts neben mir im Gestrüpp. Instinktiv mache ich einen Schritt nach links, stoße gegen Jasper und gerate ins Straucheln. Dann wird es hell. Jasper hat die Taschenlampe seines Handys eingeschaltet. Da hätte ich auch von selbst draufkommen können. Ich hole mein Handy aus der Jackentasche, nur um im nächsten Moment festzustellen, dass der Akku inzwischen leer ist.

»Großartig!«, entfährt es mir leise.

»Hier, bevor du dir den Hals brichst und ich mein Versprechen nicht einhalten kann.« Er hält mir sein Handy entgegen.

Dankend nehme ich sein Angebot an, weil ich erneut über irgendwas stolpere. Vermutlich ein Stein. Jasper hingegen schlängelt sich um die Bäume, als würde er jeden Winkel des Gebiets kennen. Erneute Stille. Und ich gebe zu, dass sie mich nervös macht. Nicht die zwischen mir und Jasper, sondern die unserer Umgebung. Nachtwanderungen habe ich früher schon gehasst, weil man pausenlos damit rechnet, dass jemand aus dem Gebüsch springt und einen erschreckt. In dem einen Augenblick, in dem man abgelenkt ist, passiert es, und einem fährt der Schreck durch Mark und Bein. Genauso fühlt es sich gerade an. Wie lange wird es dauern, bis jemand mit einer Maske unseren Weg kreuzt und ich mir vor Angst in die Hose mache? Vielleicht hätte ich sicherheitshalber vorher noch mal aufs Klo gehen sollen.

»Wie war dein Tag so?«, versuche ich die Stille zu durchbrechen, aber vor allem, um mich abzulenken.

»Gut.« Jasper klettert über einen umgekippten Baum, der uns den Weg versperrt. Da er um einiges größer als ich ist, sieht es bei ihm eleganter aus als bei mir.

»Was hast du gemacht?«

»Gelesen.«

»Du liest?«, frage ich überrascht. Er sieht nicht aus wie jemand, der seine Nase in Bücher steckt.

»Jedenfalls habe ich das, bis eine Frau in Not meine Aufmerksamkeit eingefordert hat.« Der amüsierte Tonfall entgeht mir nicht.

»Und was liest du momentan?«

»*Frankenstein*«, antwortet er trocken. Klingt nach der passenden Lektüre für unseren nächtlichen Ausflug durch den finsteren Wald.

»Ich bevorzuge Hörbücher, da hat man die Hände für andere Dinge frei«, erkläre ich.

Habe ich das gerade wirklich gesagt? Gott, wie gut, dass er keine Ahnung hat, was man mit den freien Händen anstellen kann. Meine Wangen beginnen wie auf Knopfdruck zu glühen und ich bin sehr froh, dass Jasper es nicht sehen kann.

Zehn Minuten später laufen wir immer noch durch das Dickicht und allmählich frage ich mich, ob es sich hierbei tatsächlich um eine Abkürzung handelt.

»Befinden wir uns auf dem Weg nach Oz?«

»Wie bitte?«

»Na ja, der Weg fühlt sich eher länger als kürzer an. Werden wir gleich gegen böse Hexen kämpfen?«, erwidere ich gespielt euphorisch.

»Du hast also Lust auf ein kleines Abenteuer?« Jasper biegt so abrupt nach links ab, dass ich zwei Schritte weiter geradeaus laufe, bis ich es bemerke.

»Was? Das habe ich überhaupt nicht gesagt«, protestiere ich, dennoch eile ich ihm hinterher.

»Doch, Dorothy, hast du!« Der Ton, in dem er das sagt, beunruhigt mich ein bisschen. Weil es klingt, als hätte er gerade den Spaß seines Lebens, während ich keinen blassen Schimmer habe, was Jasper mit »ein kleines Abenteuer« meint.

Als Jasper unerwartet stehen bleibt, laufe ich beinahe in ihn hinein, weil ich darauf bedacht war, nicht über meine eigenen Füße zu stolpern. Er bückt sich, wischt mit der Hand das Laub des vergangenen Herbstes beiseite und hebt plötzlich einen Metalldeckel an, der dazwischen zum Vorschein kommt. Mit der Taschenlampe leuchte ich in das Loch, das sich darunter verbirgt, dann auf Jasper. Seine Hand schnellt nach oben, weil ich ihn blende. Rasch lasse ich das Handy sinken.

»Nach dir«, sagt er auffordernd.

Mein Blick wandert zu dem Erdloch. »Ich glaube, ich kann dir nicht ganz folgen«, gebe ich zu, dass ich keine Ahnung habe, was genau er von mir will.

»Du wolltest ein Abenteuer, hier ist es«, klärt er mich auf.

»Vergiss es.«

»Angst vor Ratten?«, fragt er amüsiert. Sein Humor ist wirklich gewöhnungsbedürftig.

»Ich klettere doch nicht in ein Erdloch!«

»Es ist kein Erdloch. Es ist der Zugang zum Tunnelgewölbe des ehemaligen Klosters.«

»Will ich wissen, woher du von unterirdischen Gängen weißt?«

»Angelesenes Wissen.«

»Wirklich?« Skeptisch sehe ich ihn an.

»1675 – das Labyrinth von St. Mary's. Du kannst dir das Buch in der Bibliothek ausleihen.«

»Nimmst du mich gerade auf den Arm?«

»Ich ziehe es in Betracht, wenn du nicht von alleine hinunterkletterst und wir stattdessen darüber debattieren, ob meine Aussage stimmt.«

Das würde er niemals tun. Oder etwa doch?

»Du gehst vor«, sage ich und verschränke die Arme unter der Brust, was dafür sorgt, dass die Taschenlampe den Baum links von mir anstrahlt.

»Gern.« Kaum hat das Wort seine Lippen verlassen, verschwindet er in der Tiefe. Sofort überbrücke ich die Distanz und halte das Licht über die Öffnung.

Jasper hat recht, es ist kein Loch, sondern ein Schacht. In die Wand sind Metallgriffe eingefasst, die den Ab- und Aufstieg erleichtern. Ich kann nicht glauben, was hier passiert. Die brave Abbie erleidet erneut Schnappatmung. Die Teilnahme an einem Spiel namens *Secret Enemy*. Ein verbotener Kuss. Und jetzt steige ich in die Unterwelt ab. Was kommt als Nächstes?

Die Schultern gestrafft atme ich tief durch, stecke Jaspers Handy in meine Jackentasche und klettere hinunter. Es ist stockdunkel, weshalb ich die Sprossen in der Wand vorsichtig ertasten muss.

Siebzehn. Es sind exakt siebzehn Sprossen, dann spüre keinen

Boden unter meinem linken Fuß und trete ins Leere. Was ich allerdings spüre, sind zwei Hände an meinen Oberschenkeln, die langsam nach oben wandern, bis sie meine Hüfte umfassen. Augenblicklich beschleunigt sich mein Puls. Nicht, weil ich gerade in einen Schacht klettere und mein Körper Adrenalin ausschüttet, sondern weil diese Berührung sämtliche Nervenenden in mir zum Vibrieren bringt.

»Die letzte Sprosse fehlt.« Gedämpft, als würde Jaspers Stimme von der Dunkelheit geschluckt werden, dringen seine Worte in mein Ohr. Dann wird sein Griff fester und ich verliere den Halt. Schwebe für einen winzigen Augenblick in der Luft, bevor ich festen Boden unter den Füßen habe.

Mein Herz rast, als seine Hände sich aufwärtsbewegen, so weit, bis er sie unter meine Jacke schiebt und kühle Finger auf meine überhitzte Haut treffen. Gänsehaut breitet sich bis in meine Zehenspitzen aus, während wir in dieser Position verharren.

»Alles okay?«, fragt er und tritt an mich heran. So nah, dass ich an meinen Schultern wahrnehme, wie sich sein Brustkorb hebt und senkt. Viel zu schnell, um als gleichmäßig, und zu langsam, um als hektisch durchzugehen. Es ist irgendwas dazwischen und spiegelt damit exakt meine eigene Atmung wider.

Für den Bruchteil einer Sekunde streicht er federleicht mit den Fingerspitzen über meinen Bauch. Ich lehne mich gegen ihn. Und für länger als einen Wimpernschlag wächst in mir das Verlangen, er würde seine Finger tiefer wandern lassen, den Knopf meiner Hotpants öffnen, den Reißverschluss nach unten ziehen und seine Hand in meinen Slip schieben. Da Jasper hinter mir tief durchatmet, bin ich mir sicher, er weiß es. Sein warmer Atem kitzelt meinen Nacken, als er mich wieder freigibt, und jagt mir damit erneut einen Schauer über den Rücken. Dann sind seine Hände verschwunden und er mit ihnen.

Rasch drehe ich mich um, zerre das Handy aus der Jackentasche und erleuchte damit den Tunnel. Es wirkt, als hätte ihn jemand in mühsamer Handarbeit erschaffen. Ein modriger Geruch steigt mir in die Nase. Der Gang ist gerade einmal so breit, dass eine Person hindurchgehen kann, und so hoch, dass ich zwar aufrecht stehen kann, Jasper aber leicht gebückt gehen muss. Da er sich bereits mehrere Schritte entfernt hat, lässt er mir gar keine andere Wahl, als ihm hinterherzulaufen.

Während er schweigend vorangeht, kreisen meine Gedanken um das, was da gerade zwischen uns passiert ist. Oder beinahe passiert wäre. Mal wieder. Wir hüpfen ständig zwischen heiß und kalt hin und her. Als wäre es eine Art Vorspiel. Eins, das das Verlangen vorantreibt, über die letzte Hürde zu springen, zuzulassen, was auch immer das zwischen uns ist. Empfindet er genauso?

Mit jedem Schritt wird die Luft im Tunnel dünner und die Luftfeuchtigkeit höher. Als der Weg sich in drei Richtungen gabelt, bleibt Jasper stehen.

»Und jetzt?«, frage ich und versuche an ihm vorbei einen Blick in die Abzweigungen zu werfen. »Wenn wir uns deinetwegen verlaufen und nie wieder Tageslicht sehen –«

»Wir müssen rechts lang«, unterbricht er die Schimpftirade, die ich gerade loslassen wollte.

»Was macht dich da so sicher?«

»Oben an den Wänden befinden sich Wegweiser.«

Mit dem Handylicht suche ich danach. Tatsächlich finde ich Symbole, nur dass sie für mich keinerlei Sinn ergeben. »Und was bedeuten die Zeichen?«

Jasper dreht sich zu mir um. »Wer bin ich, ein Touristenguide?«, erwidert er ernst, aber seine Mundwinkel zucken amüsiert. »Das hier«, er deutet auf etwas, das starke Ähnlichkeit mit einem Pferd hat, »steht für die Stallungen.«

Verwundert sehe ich ihn an. Ich kann mich nicht erinnern, auf dem Gelände etwas gesehen zu haben, das auch nur annähernd an einen Stall erinnert.

»Dort steht mittlerweile der Supermarkt«, klärt er mich auf. Als Nächstes tippt er auf ein Kreuz mit einem Kreis darunter. »Früher Kapelle, heute Fitnesscenter.« Jasper dreht sich um neunzig Grad und zeigt auf ein weiteres Symbol. Ebenfalls ein Kreuz. »Der Gang führt zu der Klosterruine hinter den Sportanlagen.« Grinsend biegt er nach rechts ab. »Der Gang bringt uns direkt in den Weinkeller.

Die Mönche hatten offenbar einen kleinen Eigenanbau in den Klostergärten.«

Am Ende gabelt sich der Weg weitere drei Mal und ich verliere völlig die Orientierung. Jasper hingegen kennt sich in den Gängen bestens aus und mir drängt sich zunehmend die Frage nach dem Warum auf. Unser Weg endet an einer Tür, die unter der Feuchtigkeit mächtig gelitten hat und den Anschein erweckt, als würde sie zerfallen, sollte man sie auch nur anfassen. Jasper schiebt sie auf und plötzlich befinden wir uns in einem Keller. Der Weinkeller. Unschwer an den Holzfässern zu erkennen, die hier lagern, allerdings nicht so aussehen, als würden sie noch genutzt werden.

Bevor ich mich genauer umsehen kann, geht Jasper auf die Treppe zu, die nach oben führt. Mit schnellen Schritten folge ich ihm. Er schiebt den Riegel der massiven Holzluke zurück, stemmt sich mit der Schulter dagegen, bis sie aufspringt.

»So, da wären wir«, sagt er und tritt beiseite, damit ich ihm nach draußen folgen kann.

Verdutzt sehe ich mich in dem achteckigen Gewölbe um.

»Die Mönche haben ihre Sünden gut versteckt.«

Das kann man wohl sagen, denn wir stehen inmitten einer Krypta. Mit dem Handylicht inspiziere ich die in Stein gehauenen Namen. Gregorius, Theotmar, Uuolfarm, Alubert, Bendict. »Freunde von dir?«, frage ich scherzhaft.

»Ja, ich mag ihre stille Art«, schießt er trocken zurück und entlockt mir damit ein Lachen. Jasper bückt sich und tastet den Boden ab.

»Wonach suchst du?« Instinktiv halte ich die Taschenlampe über die Stelle neben der Tür.

»Nach dem Schlüssel.«

Kaum hat er es ausgesprochen, blitzt etwas Messingfarbenes in seiner Hand auf und er erhebt sich. Er steckt den Schlüssel ins Schloss und öffnet die Tür. Plötzlich stehen wir im schwach beleuchteten Vorraum der Bibliothek.

Jasper legt den Schlüssel wieder an seinen Platz zurück und schließt die Tür. Einen Moment starre ich das Wandgemälde an.

Deswegen ist mir die Tür nicht aufgefallen. Sie befindet sich hinter dem Gemälde. Mein Blick wandert durch den Vorraum, in dem ich drei weitere Bilder entdecke, die bodentief aufgehängt wurden.

»Und wie geht es nun weiter?«, möchte ich wissen und wende mich Jasper zu.

Er wirft einen Blick auf seine Uhr. »Warten wir, bis der Reinigungstrupp uns die Vordertür aufschließt.«

»Und wann ist das?«

Mit zwei Schritten steht er vor mir, greift nach meiner Kapuze und setzt sie mir auf. Mein Blick findet seinen, hält ihn fest. Das Funkeln in seinen Augen verrät, dass ihn die Situation amüsiert, während mir nicht wohl bei der Sache ist.

»Drei.« Jasper greift nach seiner eigenen Kapuze. »Zwei.« Ein Grinsen erscheint auf seinen Lippen. »Eins.« Er dreht seinen Kopf in Richtung Eingangstür. Gedämpfte Stimmen. Als die Tür sich öffnet, schießt mein Puls so unkontrolliert in die Höhe, dass ich kurz Sterne sehe und beinahe ohnmächtig werde. Jemand mit einer Bommelmütze kommt zum Vorschein, gefolgt von einer weiteren Person in einer gelben Jacke. Wie erstarrt stehe ich da, als die beiden bemerken, dass sie nicht alleine im Gebäude sind.

Jasper greift nach meiner Hand. »Lauf«, sagt er leise, während seine Finger meine fest umschließen, und dann rennt er los. Zieht mich mit sich. Den Flur entlang. Geradewegs auf die Putzkolonne zu. Unsere Schritte hallen laut und in kurzen Abständen über den alten Dielenboden.

»Hey, stehen bleiben!«, brüllt eine tiefe Stimme hinter uns, aber wir sind längst durch die Vordertür hinaus. Unbeirrt rennen wir über das Kopfsteinpflaster, vorbei am Hauptgebäude und dem Café. Kurz darauf biegen wir in den Bungalowkomplex ab. Jasper verlangsamt seinen Schritt, bis er schließlich vor Nummer 27 zum Stehen kommt. Seine Finger gleiten aus meinen. Im nächsten Augenblick verpasse ich ihm einen Fausthieb gegen den Oberarm.

»Bist du verrückt geworden?! Was, wenn sie uns geschnappt hätten?« Mein Körper beginnt zu zittern, als das Adrenalin verpufft.

Statt zu antworten, zieht Jasper sich die Kapuze vom Kopf. Mit den Fingern fährt er sich durch die Haare. Dann lacht er. Laut, ungehalten und anscheinend ansteckend, denn ich falle in sein Lachen mit ein. Die Anspannung weicht aus meinen Gliedern und zurück bleibt das Gefühl von Befriedigung. Ergibt das Sinn? Aber anders lässt sich die Wonne, die mich durchströmt, nicht beschreiben.

»Dank mir später für den Trip«, sagt er, dreht sich um, macht einen Schritt vorwärts und sieht dann über seine Schulter. »Gute Nacht, Abbie.« Mit einem schiefen Grinsen auf den Lippen verschwindet er in der Nacht, illuminiert vom Schein der Straßenlaternen.

# 22.

## ABBIE

Zu sagen, dass ich mich auf den Valentinsball freue, den die Carmichaels veranstalten, wäre maßlos übertrieben. Wider Erwarten bin ich nämlich die Einzige, die kein Date hat. Wie auch immer Henry es geschafft hat, Dion zu überzeugen, aber er ist für den heutigen Abend ihre Begleitung. Aspen bringt Cameron mit. Die beiden sind bereits vor zwei Stunden nach Manhattan aufgebrochen, um sich vorher noch mit Aspens Mom zu treffen.

Niedergeschlagen sitze ich auf dem Bett, das Handy in der Hand, und überlege, wie ich eine neutrale, und doch aussagekräftige Nachricht an Jasper verfasse. Er hat heute Geburtstag. Theoretisch sollte es sich nicht zu einer Herausforderung entwickeln, simple Glückwünsche zu verschicken. Wenn man aber eine nachhaltige Wirkung erzielen möchte, wird es zu einer Mammutaufgabe. Jedenfalls fühlt es sich danach an. Meine Gedanken haben sich in den vergangenen Tagen hauptsächlich um Jasper gedreht. Als würde ich in einem Vakuum feststecken. Einem, in dem nur er und ich existieren. Und das wird zunehmend anstrengend.

Wir sind nicht über das Wochenende nach Manhattan gefahren. Die Carmichaels waren im Vorbereitungsstress für den Valentinsball und Dion meinte, ihre Mom sei nicht zu ertragen. Meine Mom ist in Los Angeles für ein Meeting mit einem Pharmaunternehmen. Ich hoffe, sie hat Erfolg. Sie sagt zwar, das Schlimmste sei überstanden, aber so richtig glaube ich es ihr nicht. Daher würde ich nach wie vor gerne das Preisgeld bei *Secret Enemy* gewinnen. Auf eine Antwort der NYU warte ich auch immer noch. Um mich abzulenken, habe ich mich bei Netflix auf den aktuellen Stand gebracht und die längst überfälligen Staffeln diverser Serien nachgeholt. Es ist erstaunlich, wie rasch man ein Defizit ausgleicht, wenn man das ganze Wochenende nichts anderes tut, als auf einen Bildschirm zu starren.

»Hier bist du«, sagt Dion, die wie aus dem Nichts in meinem Zimmer steht.

»Wo sollte ich denn sonst sein?«, erwidere ich mit einem Seufzen und lege das Handy beiseite.

»Ich glaube, du könntest recht haben.«

»Womit?«

Dion setzt sich zu mir aufs Bett. »Mit *Secret Enemy*.«

Die Wochenaufgabe haben wir noch nicht freigeschaltet, weil Dion zu sehr mit ihren persönlichen Vorbereitungen für den Valentinsball beschäftigt war, deswegen haben wir es auf Donnerstag verschoben.

»Was ist mit *Secret Enemy*?«, frage ich, weil Dion nicht weiterspricht.

»Es bringt Geheimnisse ans Licht.«

»Wie kommst du darauf?« Ich setze mich aufrechter hin.

»Miguel Perez wurde gestern verhaftet.«

»Wegen Erregung öffentlichen Ärgernisses?«, scherze ich, als ich an seine Vorstellung auf der Party letzte Woche denke. Oh! Oder hatte der Knutschfleck, den er dem Mädchen verpasst hat, doch schwerwiegende Folgen?

»Was? Nein! Er hat Drogen auf dem Campus vertickt.«

Dass Miguel dealt, überrascht mich nicht. Er hat diese Ausstrahlung, die verrät, dass er Dreck am Stecken hat.

»Und was hat das Spiel damit zu tun?«

»Er war nach der letzten Runde Führender im Ranking.«

»Wo ist der Zusammenhang?«

»Gott, Abbs, seit wann muss ich denn deinen Job in Sachen Verschwörungstheorienaufstellen machen?«

»Seit mein Hirn voll mit anderen Dingen ist«, gebe ich zu, was Dion gekonnt überhört.

»Erst Paula, jetzt Miguel. Die Nächste könnte Trinity sein.«

»Wie kommst du darauf?«

»Na, weil sie aktuell auf Platz zwei liegt. Hast du nicht nachgesehen?«

»Nein, weil du gesagt hast, wir schalten die nächste Runde zusammen frei.« Im Gegensatz zu ihr halte ich mich an unsere Absprachen. Jetzt packt mich allerdings die Neugier, also nehme ich das Handy vom Nachtschrank.

**Willkommen zurück, BlackbirdShadow.**
**Glückwunsch, du hast deine Aufgabe gemeistert und belegst im Ranking mit 7461 Punkten aktuell Platz 4. Damit gehörst du zu den besten Teilnehmenden. Weiter so, denn die nächste Runde erreichen nur die Top 5. Wir nähern uns dem Showdown.**
**Bedenke: Nur wer alle Enemys einsetzt, kann am Ende gewinnen.**
**Viel Erfolg!**

Wow, das nenne ich einen Sprung nach oben. Die Quietscheenten haben mich unter die Top fünf katapultiert. Das Preisgeld rückt in greifbare Nähe. Ich gebe zu, es juckt mir in den Fingern, einen Blick auf die nächste Aufgabe zu werfen. Allerding wäre das mehr als unklug, weil ich die drei Enemys noch einsetzen muss und somit hoffen müsste, für die Erfüllung nichts besorgen zu müssen. Wenn ich jetzt den Campus verlasse, schaffe ich es sicherlich nicht pünktlich zurück. Der beste Tag ist Donnerstag, da habe ich am Nachmittag keine Vorlesungen.

Dion schnipst mit dem Finger vor meinem Gesicht herum, als sie bemerkt, dass ich schon wieder abgelenkt bin.

»Auf welchem Platz bist du?«, frage ich sie.

»Auf sieben abgerutscht«, stöhnt sie frustriert.

Als ich die Nachricht schließe, ploppt das Ranking auf. Jasper ist auf Platz sechs.

| | |
|---|---|
| **🥇 Winner275** | **8925 Punkte** |
| **🥈 Darkrose** | **8912 Punkte** |
| **🥉 KingHenryDerErste** | **8168 Punkte** |

| | |
|---|---|
| 4. BlackbirdShadow | 7461 Punkte |
| 5. WSJr | 7405 Punkte |
| 6. 13gamer11 | 7354 Punkte |
| 7. QueenD!on | 7222 Punkte |
| 8. SexDrugs&Dollars | 7017 Punkte |
| 9. !GoodGirl! | 6899 Punkte |
| 10. JustPlayAgain | 6896 Punkte |

Ich schließe die App und lege das Handy auf den Nachtschrank, damit ich nicht doch in Versuchung gerate, einen Blick auf die nächste Aufgabe zu werfen und mein Zeitfenster unnötig zu minimieren. Geduld entwickelt sich allmählich zu meinem zweiten Vornamen.

»Okay, angenommen, es ist wirklich etwas dran, warum nehmen die Studierenden trotzdem jedes Jahr an diesem Spiel teil, wenn sie befürchten müssen, dass jemand die Leichen aus ihrem Keller holt? Das ergibt überhaupt keinen Sinn«, sage ich und zweifle im selben Moment meine eigenen Worte an.

»Also Darcy Quinn behauptet, Paula hat einen dieser dunkelblauen Umschläge erhalten. Erinnerst du dich? Die Einladungen waren in solchen Umschlägen.«

»Und was war in dem Kuvert?«

»Eine Botschaft.«

»Wie lautet die?« Jetzt hat sie doch mein Interesse geweckt, denn das klingt mehr als seltsam.

Dion holt ihr Handy aus der Gesäßtasche. »Warte. Darcy hat mir einen Screenshot geschickt.« Einen Augenblick später hält sie mir das Handy unter die Nase.

»Was dich betrifft, mein verzinkter Freund, du willst ein Herz. Du weißt nicht, wie viel Glück du hast, wenn du kein Herz hast. Herzen werden niemals praktisch sein, bis sie unzerbrechlich gemacht werden«, lese ich laut, was auf dem antik aussehenden Papier steht, das auf dem Foto zu sehen ist, das Paula zuletzt hochgeladen hat. Vage kommt mir das Zitat bekannt vor. Als ich das Datum unter dem Bild entdecke, stutze ich und greife nach meinem Handy. »Wann genau wurde Paula suspendiert?«, spreche ich meinen Gedanken aus. Gleichzeitig öffne ich die Kalender-App in meinem Handy.

»Vor zwei Wochen, warum?«, hakt Dion nach und sieht neugierig auf das Bild.

»Ich glaube, du hast gesagt, es war der Freitag, nach dem wir Aufgabe zwei erfüllt haben. Das Foto ist von Donnerstag. Da waren die Ergebnisse noch gar nicht online.«

»Und das ist jetzt seltsam, weil …?«

»… zu dem Zeitpunkt niemand wusste, dass Paula das Ranking anführen würde, und deine Theorie somit nicht stimmt.«

»Und warum lädt Paula so eine Botschaft hoch und fliegt am nächsten Tag vom College?«, wirft Dion ein.

»Wäre das hier ein True-Crime-Doku-Fall, wäre es jemand anderes gewesen, der ihren Account dafür genutzt hat. Bleibt nur die Frage: Wer und vor allem warum?«

»Vielleicht eine Warnung an alle Teilnehmenden, dass jemand ihre Geheimnisse ausgräbt?«, schlägt Dion als Lösung vor.

»Wer hätte denn ein Interesse daran, Paula zu schaden, indem er sie auffliegen lässt?« Vielleicht ist, was Dion sagt, doch gar nicht so weit hergeholt.

»Jemand, der mit seinem Prüfungsergebnis nicht zufrieden war.« So weit waren wir schon mal.

Ich weiß nicht, warum, aber Henry kommt mir in den Sinn. Vielleicht hatte er von Paula die Prüfungsaufgaben und ist dennoch durchgefallen? Was hat er auf der Party gesagt? – Er sei wider Erwarten durch Psychologie gerasselt.

»Würdest du deswegen so viel Aufwand betreiben? Ich meine, sie zu verpetzen, reicht doch völlig aus. Warum die Verbindung zu *Secret Enemy*, wenn es hier nur um eine verpatzte Klausur geht?«

Das klingt viel zu einfach, als dass es die Lösung sein kann. Henry ist ein arroganter Mistkerl, aber Rache passt nicht zu ihm. Dafür scheint ihm alles viel zu gleichgültig zu sein. Ich würde sogar sagen, er genießt seinen verlängerten Aufenthalt am College. Schließlich ist er King of the Campus. Ist das der Grund? Dieser bescheuerte imaginäre Thron? Henry hat drei Jahre in Folge gewonnen, und das vermutlich, weil er entweder verdammt gut ist oder einen Weg gefunden hat zu schummeln. Betrügt er, indem er die Konkurrenz ausschaltet?

Was ist mit Miguel? Hat er auch eine Botschaft erhalten?

Erneut öffne ich die App, tippe auf die Galerie und scrolle mich durch die Bilder. Lange suchen muss ich nicht, denn viele haben die Wochenaufgabe bisher noch nicht erfüllt und die Anzahl an Teilnehmenden ist inzwischen überschaubar. Ich zeige meinen Fund Dion.

»Nein, man spürt nichts. Es fehlt einem eben nur etwas. Und jeden Tag fehlt einem mehr, wenn man davon einmal befallen ist. Bald werden wir gar nicht mehr vorhanden sein.«

»Hast du eine Ahnung, was die Zitate bedeuten sollen?«

»Nein. Vielleicht hilft uns die Herkunft, das Rätsel zu lösen.« Ich schließe die App und gebe den Spruch bei Google ein. »Es stammt aus *Die unendliche Geschichte*.«

Als Nächstes tippe ich den Spruch ein, den Paula erhalten hat. *Der Zauberer von Oz*. Deswegen kam er mir bekannt vor.

»Und?«, fragt Dion und beugt sich zu mir herüber.

»Der Verfasser liest gerne alte Literatur«, antworte ich und zucke mit den Schultern.

»Ja, aber was will er uns damit sagen?«

»Vielleicht, dass Paula kein Herz hat, weil sie mit den Gefühlen von Erickson gespielt hat, und dass Miguel mit seiner Dealerei dafür sorgt, dass Menschen nichts mehr fühlen und aufhören zu existieren.«

»Bleibt immer noch das große Rätsel um das Warum.«

»Glaubst du, Henry könnte dahinterstecken?«, frage ich sie und spreche damit meinen Verdacht aus.

»Henry? Niemals. Das Bücherregal in seinem Wohnzimmer ist nur Dekoration, um den Charme des alten Hauses zu unterstreichen. Wie kommst du darauf?«

»Ich habe mich nur gefragt, wie er es geschafft hat, drei Jahre hintereinander zu gewinnen.«

»Bestimmt nicht, indem er die Konkurrenz ausgeschaltet hat. Außerdem ist er seit seiner Kindheit mit Paula und Miguel befreundet. Er verrät sie doch nicht, um ein Spiel zu gewinnen.«

»Und wenn Henry als Spielausstatter Zugriff auf die Profile der Teilnehmenden hat? Denn so richtig wissen wir nicht, was genau seine Aufgaben im Zusammenhang mit *Secret Enemy* sind. Wir haben uns lediglich auf seine Aussagen verlassen«

»Ha, da ist sie ja wieder, die Verschwörungstheoretikerin. Aber mit Henry irrst du dich. Vielleicht ist jemand scharf auf das Preisgeld und schaltet die Topleute aus«, wirft sie ein.

Ja, das wäre denkbar. Nur dass höchstwahrscheinlich niemand das Geld benötigt. Nahezu jeder auf diesem College verfügt über Reichtum. Alle außer vielleicht den Teilnehmenden des Förderprogramms, von denen aber sicher niemand auf der Party war und eine Einladung zu *Secret Enemy* erhalten hat. Außerdem müsste es jemand sein, der genügend Zeit hatte, hinter die Geheimnisse der Teilnehmenden zu kommen.

»Mmh, ich glaube nicht, dass Geld das Motiv ist.

»Sondern?«

»Es kommen noch Rache, Eifersucht und Liebe infrage. Aber was verbindet Paula mit Miguel?«

»Sie waren mal ein Paar. Also Eifersucht eines verschmähten Liebhabers?«, mutmaßt Dion und grinst.

»Oder Liebhaberin?«, ergänze ich, dass es sich auch um eine Täterin handeln könnte. Oder wir sind völlig auf dem Holzweg und sehen Gespenster, wo gar keine sind.

»Wie auch immer, nach der Sache mit Paula und Miguel drücke ich lieber den Exit-Button.«

»Warum?«, frage ich grinsend. Eine panische Dion ist mir gänzlich neu.

»Sweetheart, ich habe so viele Leichen im Keller, die reichen für einen privaten Friedhof«, antwortet sie trocken.

»Wirklich? Welche denn?«, necke ich sie.

Sie beugt sich zu mir herüber und sieht mir tief in die Augen. »Wenn ich dir das verrate, muss ich dich töten und dazupacken«, sagt sie geheimnisvoll und entlockt mir ein Lachen. »Was ist mit dir?«, fragt sie plötzlich.

»Was soll mit mir sein?«

»Keine Angst um deine Geheimnisse?«

»Ich glaube nicht, dass ich über Geheimnisse verfüge, die von öffentlichem Interesse sind.« Das einzige Geheimnis, das ich hüte, ist, dass ich mich an der NYU beworben habe und meine Freundinnen nichts davon wissen. Ich ignoriere die leise Stimme, die mir mitteilt, dass dies ein guter Zeitpunkt wäre, um damit herauszurücken. Aber noch habe ich keine Antwort von der Uni. Also wozu das Drama heraufbeschwören, wenn es am Ende möglicherweise völlig unnötig ist, sollte ich eine Absage erhalten?

»Stimmt, dir müssten wir schon etwas Brauchbares andichten. Du bist der Inbegriff von anständig.«

Das Piepen ihres Handys unterbricht unsere Unterhaltung.

»Genau deswegen wollte ich Henry heute Abend nicht dabeihaben«, poltert Dion ungehalten, nachdem sie auf das Display gesehen hat. Anschließend lässt sie das Handy neben sich aufs Bett fallen.

»Was ist mit Henry?«, weiche ich ihrer Frage aus.

»Er ist unzuverlässig«, mault sie.

»Hat er abgesagt?« Für meinen hoffnungsvollen Ton würde ich mich gerne selbst rügen. Am Valentinstag sitzen gelassen zu werden, ist schlimmer als an allen anderen Tagen im Jahr.

»Nein, aber er verspätet sich, obwohl ich ihm einen detaillierten Zeitplan geschickt habe mit der Notiz, dass er zwingend einzuhalten ist. Also, wie wichtig ist ihm das Ganze, wenn er nicht pünktlich ist? Es war seine Idee mitzukommen, ich habe ihn nicht darum gebeten.«

»Wie stark verspätet er sich denn?«, frage ich, weil Dion einen Hang zur Dramatik hat.

»Zehn Minuten«, schnaubt sie.

Ich verkneife mir ein Lachen, weil ich es geahnt habe.

»Die holt ihr sicher auf der Fahrt nach Manhattan wieder raus«, sage ich. Was genau ich da gesagt habe, wird mir erst klar, als Dions Kopf in meine Richtung schnellt und sie mich ansieht, als hätte ich die oberste Freundinnenregel gebrochen. *Lass deine Freundinnen niemals hängen.* Und genau das habe ich gerade angedeutet.

»Warte – warum bist du noch nicht umgezogen?«, fragt sie verdutzt, als sie bemerkt, dass ich in einer Leggings und Schlabberpulli auf dem Bett sitze.

»Ähm …«

»Heißt das, du kommst nicht mit?«

»Ja, ich denke, das bedeutet es.«

»Du denkst?« Ihr Ton ist eine Mischung aus missbilligend und enttäuscht.

»Na ja, Aspen hat Cameron, du hast Henry und ich bin nicht sonderlich scharf darauf, dass deine Mom jemanden für mich organisiert.«

»Warum hast du nicht jemanden gefragt, nachdem klar war, dass du als Einzige kein richtiges Date hast?«

Meint sie die Frage ernst? Dafür gibt es genau drei Gründe. Erstens: Wen hätte ich fragen sollen? Der einzige Kerl, mit dem ich gewissermaßen in Kontakt stehe, ist Jasper. Dion hat sehr deutlich gemacht, dass er unerwünscht ist. Zweitens: Er hat sicher bessere Pläne, schließlich hat er heute Geburtstag. Drittens – und das ist der entscheidende Grund: Es gibt keine vernünftige Erklärung, warum ich ihn hätte fragen sollen. Davon abgesehen, dass ich mich das ohnehin nicht getraut hätte.

»Weil da niemand ist.«

Skeptisch mustert sie mich. Meine beste Freundin glaubt mir nicht. Sie selbst hat gesagt, noch offizieller als der Valentinsball gehe nicht.

Jasper übt eine Anziehung auf mich aus, aber geht es auch darüber hinaus? Angenommen, es wäre so, bleibt die Frage: Beruht das Ganze auf Gegenseitigkeit? Es gibt Augenblicke, da würde ich Ja sagen, allerdings gibt es mindestens genauso viele, die ein Nein vermuten lassen. Es ist zum Verrücktwerden und ich habe keine Ahnung, wie ich unauffällig herausfinden kann, was genau das zwischen uns ist. Ob da überhaupt etwas zwischen uns ist.

Ich kann nicht an seine Tür klopfen und fragen: *Hey, können wir kurz klären, ob wir aufeinander stehen?* Das wäre, was Dion tun würde. Aber ich? Unwahrscheinlich. Ich würde vor Jasper stehen und kein Wort herausbringen.

»Woran hast du gemerkt, dass Henry an dir interessiert ist?«, frage ich, ohne darüber nachzudenken. In der nächsten Sekunde steigt mir die Röte ins Gesicht. Das ist kein Thema, über das wir normalerweise sprechen.

Ein Grinsen erscheint auf den dunkelvioletten Lippen meiner Freundin. Weil ich damit höchstwahrscheinlich ihren Verdacht, dass da sehr wohl jemand ist, bestätigt habe. Als Jasper mich von der Party abgeholt hat, hat sie eine Andeutung gemacht, als wüsste sie etwas. Aber ahnt sie auch, um wen es sich handelt? Nein, sie hätte mich sonst längst daran erinnert, dass *wir* Jasper nicht mögen.

»War er nicht. Ich bin sehr hartnäckig, wenn ich etwas will.«

Ungläubig sehe ich sie an, weil ich mir nicht vorstellen kann, dass Henry damals kein Auge auf sie geworfen hat. Ich meine, er sieht sie an, als wäre sie sein verdammtes Universum.

»Und wie hast du ihn umgestimmt?« Okay, das klingt, als wäre ich verzweifelt. Was ich nicht bin. Maximal verwirrt, aber nicht verzweifelt.

»Ich habe ihn geküsst«, antwortet sie und zuckt mit den Schultern, als wäre es selbsterklärend.

Bei mir hat das Chaos, in dem ich stecke, genau damit angefangen, dass ich Jasper geküsst habe. Nein, er hat mich geküsst. Macht das einen Unterschied? Vielleicht. Fakt ist allerdings, wir haben es nicht getan, um das Feuer der Leidenschaft zwischen uns zu entfachen, sondern weil es Teil von *Secret Enemy* war. Dennoch, irgendwas haben wir damit ins Rollen gebracht.

Das Klingeln an der Tür lässt uns zusammenzucken. Dion sieht auf ihre goldene Armbanduhr und erhebt sich vom Bett.

»Sieben Minuten. Ich werde ihn später zappeln lassen, damit er lernt, pünktlich zu sein.«

Es dauert einen Augenblick, bis ich verstehe, was genau sie damit meint. »Bist du enttäuscht, dass ich nicht mitkomme?«

Dion geht um das Bett herum, bis sie neben mir steht, dann beugt sie sich zu mir herab und umarmt mich. »Du könntest mich niemals enttäuschen, Abbs. Du bist meine beste Freundin und ich liebe dich, vergiss das nie.«

Dion hat durchaus auch eine einfühlsame Seite, allerdings versteckt sie die häufig hinter ihrer toughen Art. Zuneigung verteilt sie in geringen Dosen, aber dafür sind sie umso bedeutungsvoller.

Als es erneut klingelt, schnaubt sie genervt. »Erst verspäten und dann drängeln.« Mit einem Kopfschütteln geht sie auf die Tür zu, bleibt stehen und dreht sich noch mal zu mir um. »Es gibt im Übrigen kein Gesetz, das besagt, dass der erste Schritt nicht auch von dir ausgehen kann. Wenn du wissen willst, ob jemand scharf auf dich ist, schmeiß dich in sexy Klamotten und sende ein eindeutiges Signal, in welche Richtung dein Interesse geht.« Sie schenkt mir ein ermutigendes Lächeln, das ich erwidere.

»Habt einen schönen Abend und grüß deine Mom von mir.«

»Tu nichts, was ich nicht auch tun würde.« Und dann verschwindet sie aus dem Zimmer. Zwei Minuten später fällt die Eingangstür ins Schloss.

*Okay, Abbie Westing, lass uns mutig sein.*

# 23.

## JASPER

Waterbury. Wie ich dieses College hasse. Nach Boston steht es auf Platz zwei meiner Liste unliebsamer Orte.

Es ist kurz nach neun, als ich auf das Gelände fahre. Der Campus ist wie leer gefegt, weil der Großteil der Studierenden den Tag der Liebe außerhalb feiert und die Vorlesungen morgen ausfallen.

Mein Kopf fühlt sich an, als würde er jeden Moment explodieren. Boston hat immer diesen Effekt auf mich. Jedes Mal, wenn das übergroße Schild am Straßenrand mich begrüßt, fühlt es sich an, als hätte man mir einen Strick um den Hals gelegt, der sich mit jeder Sekunde enger zusammenzieht. Diese Stadt ruft in mir keinesfalls das Gefühl von Nachhausekommen hervor, eher das Gegenteil ist der Fall.

In der Ferne, hübsch eingebettet in die Skyline, prangt das Logo von *Anderson Real Estate* auf einem der Wolkenkratzer. Auch wenn es in dem Dunst, der über den Dächern hängt, nicht zu erkennen ist, weiß ich, dass es da ist. Wie ein Mahnmal, das mich daran erinnert, dass ich schleunigst von hier verschwinden sollte, weil ich nicht erwünscht bin. Der einzige Grund, warum ich immer wieder in den Wagen steige und nach Boston fahre, ist meine Mom. Ohne sie würde mich niemand auch nur in die Nähe bekommen. Dieselbe Luft zu atmen wie Elijah, fühlt sich jedes Mal wie ersticken an, und dazu muss er nicht einmal im selben Raum sein. Dieselbe Stadt reicht völlig aus, um mich in ein nervöses Wrack zu verwandeln, das sich dreimal umsieht, ob er nicht hinter irgendeiner Ecke lauert.

Ich habe den Tag mit meiner Mom verbracht und bis sie auf Elijah zu sprechen kam, war es auch wirklich nett. Aber sie braucht bloß seinen Namen zu erwähnen und meine Stimmung kippt nicht nur, nein, sie rauscht ungebremst in den Keller. Weil ich einfach nicht verstehe, warum sie sich an einen Menschen klammert, der pures

Gift ist. Genauso wenig, wie sie nachvollziehen kann, dass ich mich mit aller Macht von Elijah losreißen will.

Mit gemäßigtem Tempo nähere ich mich dem Bungalow. Sofort fällt mir die Gestalt auf, die sich vor dem Eingang herumtreibt. Cameron ist mit Aspen in Manhattan, um am Valentinsball der Carmichaels teilzunehmen. Dass er immer mehr in diese Kreise rutscht, bereitet mir Unbehagen, ohne genau zu wissen, woher das Gefühl von Missbilligung kommt. Vielleicht, weil ich Sorge habe, er könnte sich selbst untreu werden und sich in eine Gesellschaft hineinziehen lassen, die sich über Macht, Glamour und Intrigen, aber vor allem über Geld definiert. Nichts, womit ich mich identifizieren kann.

Ich werde langsamer und beobachte das Treiben vor der Haustür. Die Person schleicht zum Fenster.

*Okay, wer bist du und was soll das werden?*

In dem Augenblick, als ich in die Einfahrt biege, erfasst der Scheinwerfer meines Wagens den ungebetenen Gast.

»Fuck!«, entfährt es mir. Sobald ich geparkt habe, stelle ich den Motor ab, steige aber nicht sofort aus. Stattdessen lasse ich den Kopf gegen die Kopfstütze sinken. Nach so einem Tag ausgerechnet auf Abbie zu treffen, ist ein schlechter Witz. Weil mein Verstand sich in einer Art Leerlauf befindet und ich auf egal, was sich gleich ereignen wird, nicht vorbereitet bin. Denn sie steht sicher nicht grundlos vor der Tür.

Ich atme einmal tief durch, dann öffne ich die Fahrertür und klettere aus dem Mustang.

»Hey, Aschenputtel, solltest du nicht einen Prinzen daten und auf einem Ball tanzen?« Genau solche Anspielungen muss ich unterlassen, wenn ich sie auf Abstand halten will.

»Und solltest du nicht eine Geburtstagsfete schmeißen, anstatt allein abzuhängen?«, erwidert sie und lächelt frech.

»In der Regel haben alle an diesem Tag andere Pläne. Also, warum bist du hier und nicht in Manhattan?« Der miese Verräter kriecht aus seiner Ecke hervor und streut den Gedanken, dass sie meinetwegen auf einen Abend voller Love-Vibes verzichtet hat. Dass sie jetzt hier ist, spricht dafür, aber es könnte auch unzählige andere Gründe geben.

*Die da wären?*, wirft die Stimme in meinem Kopf ein.

Ich ignoriere sie, auch wenn es mir zunehmend schwerfällt, ihr nicht zuzuhören.

»Ich tue dem armen Kerl einen Gefallen und erspare ihm meine Gesellschaft.«

»Ich fürchte, ich kann dir nicht ganz folgen.« Die eigentliche Frage, die mir auf den Lippen liegt, ist, von welchem Kerl sie da redet.

Ich gehe auf Abbie zu und bleibe mit genügend Abstand vor ihr stehen.

»Na ja, wenn man auf dem Valentinsball der Carmichaels ohne Date auftaucht, bekommt man von Dions Mom eins zugewiesen«, erklärt sie und verzieht dabei kaum merklich das Gesicht.

»Verstehe, Tinder für Superreiche. Nur dass man sich das Match nicht selbst aussuchen kann. Klingt spannend.« Was für ein Nonsens.

»Ja, so in etwa, aber es kann durchaus spaßig werden.«

»Wirklich? Warum bist du dann hier bei einem Kerl, der angeblich nicht weiß, wie man Spaß hat?«, rutscht es mir viel zu schroff heraus. Jedenfalls hat sie das kürzlich behauptet, als sie eine Kurzanalyse meiner Persönlichkeit vorgenommen hat.

Das Lächeln in ihrem Gesicht verrutscht. Schlagartig habe ich ein schlechtes Gewissen, sie zum Blitzableiter für meine miese Laune gemacht zu haben. Abbie kann am allerwenigsten dafür, dass mein Geburtstag bisher eher desaströs statt denkwürdig war.

»Sorry, war ein langer Tag, ich habe es nicht so gemeint.«

»Dann komm ich ein anderes Mal wieder.« Ein winziger Anflug von Erleichterung schwingt in ihrer Stimme mit.

Warum ist sie hier, wenn sie es nicht sein will? Nachdenklich sehe ich sie an. Ich sollte sie nach Hause schicken.

»Lass uns drinnen bei einer Tasse Tee weiterreden«, sage ich stattdessen und deute mit einer Kopfbewegung in Richtung Bungalow.

Abbie seufzt leise und sieht unsicher zwischen mir und der Tür hin und her.

»Außer du hast dich zufällig hierher verirrt und bist nicht scharf auf meine Gesellschaft. Sollte ich in einem ungünstigen Moment zurückgekommen sein, gehe ich jetzt rein und tue so, als hätte ich dich nicht gesehen.« Einen Moment grinse ich sie an, dann gehe ich auf den Eingang zu.

Ich kann hören, wie Abbie hinter mir tief durchatmet, bevor ich ihre Schritte wahrnehme. Das mulmige Gefühl, das sich urplötzlich bemerkbar macht, ist wie eine Warnung. Weil Abbie mein heutiger Farbklecks in dem ganzen Grau ist und sie mich zerstört, sollte sie aufhören mein Innerstes zu kolorieren, bevor sie ihr Werk beendet hat. Vermutlich ergibt das keinerlei Sinn. Aber ich will nicht als ein unfertiges Gemälde in der Versenkung enden. So wie die unzähligen Programme auf meiner Festplatte, die nicht funktionieren und darauf warten, dass ich sie zum Laufen bringe oder in den Papierkorb verbanne.

Im Bungalow zögert sie, den Mantel auszuziehen. Ihre Finger verkrampfen sich um den Reißverschluss. Irritiert hebe ich eine Augenbraue und betrachte sie eingehend. Erst jetzt registriere ich, dass sie auffälliger als gewöhnlich geschminkt ist. Die zusätzliche Farbe nimmt ihr den unschuldigen Ausdruck und lässt sie älter wirken. Vielleicht auch ein bisschen verruchter, dominanter. Dennoch gefällt mir, was ich sehe. Mehr als es sollte. Aber so richtig bekomme ich nicht zu fassen, welche Wirkung sie gerade auf mich ausübt. Welchen Teil von mir diese Version ihres Gesichts anzieht. Den, der sie kennenlernen, oder den, der sie flachlegen will. Höchstwahrscheinlich beide. Was trägt sie unter dem Mantel? Etwa nichts? Ich kann nicht verhindern, dass mir dieses Bild durchaus zusagt.

»Alles okay?«, frage ich und hänge meine Jacke an die Garderobe.

Ein Grinsen erscheint auf ihren rosa glänzenden Lippen, als ihr Blick über mich wandert. Ich sehe an mir herab, kann aber nichts entdecken, was ein derartiges Schmunzeln rechtfertigen würde.

»Hübsches Hemd«, sagt sie betont ernst, obwohl sie sich sichtlich ein Lachen verkneift.

Das Hemd war ein Geschenk von Cameron. Er hat es bei einer Shoppingtour mit Aspen entdeckt. Für ihn war es eher ein Scherz, aber ich mag das Teil. Es ist schwarz und zeigt die Bad Guys von *Super Mario* in kleinen Abbildungen. Cam meinte, es unterstreiche meine Persönlichkeit. Mich erinnert es an die vielen Stunden vor der Spielekonsole mit meinem Grandpa.

»Ja, hatte vorhin eine Verabredung und wollte mich aussagekräftig kleiden«, schieße ich zurück, wohl wissend, dass ich diese Neckereien lassen sollte.

»Ah … und … wie lief es?« Neugier mit einer Spur Unsicherheit und vielleicht auch einem Hauch Eifersucht.

»Es war nett«, äußere ich vage und heize damit Abbies Missfallen an. Denn dass ihr die Vorstellung, ich könnte tatsächlich jemanden gedatet haben, gegen den Strich geht, steht ihr für eine Nanosekunde ins Gesicht geschrieben. Und mir sollte dieser Umstand kein Lächeln ins Gesicht zaubern. Meine Gesichtsregung entgeht ihr nicht, sie interpretiert sie aber eindeutig falsch, denn sie macht einen Schritt auf die Tür zu. Okay, hier läuft gerade etwas schief.

»Vielleicht gehe ich doch besser«, sagt sie zögerlich und ich fühle mich plötzlich wie der größte Arsch auf dem Planeten. Sie ist aus einem bestimmten Grund hier bei mir und nicht in Manhattan. Man muss kein Genie sein, um dahinterzukommen, warum sie ausgerechnet heute vor meiner Tür stand, gesunder Menschenverstand reicht aus. Aber der entscheidende Punkt ist, ich will nicht, dass Abbie geht.

Mit zwei Schritten überbrücke ich die Distanz zwischen uns. »Und ich denke, du bleibst«, sage ich, greife nach dem Reißverschluss ihres Mantels und ziehe ihn langsam nach unten. Unsere Blicke treffen sich. In ihrem lässt sich die Frage ablesen: *Was tust du da?* Wenn ich das wüsste. Das Einzige, was ich weiß, ist, dass ich die Ausfahrt, die mich weg von ihr führt, längst verpasst habe.

»Ich war in Boston mit meiner Mom zum Essen verabredet«, kläre ich sie auf, auch wenn ich ihr keine Rechenschaft schuldig bin. Aber mich stört der Gedanke, Abbie könnte annehmen, ich würde von einem Bett ins nächste hüpfen.

Sie nickt. Mir wäre es lieber, sie würde etwas sagen.

Ich öffne den Mantel, als würde ich ein Paket auspacken. Mein erster Impuls ist, den Reißverschluss wieder zuzuziehen, als ich Haut erspähe. Abbie trägt ein rosafarbenes schulterfreies Kleid, das ihr bis zu den Knien reicht. Der tiefe Herzausschnitt ist wie eine Einladung, die Kuhle zwischen ihren Brüsten mit der Zunge zu erkunden. Beim Anblick ihrer Winterboots muss ich schmunzeln, weil sie nicht zum Rest passen, der sie wie ein gottverdammtes Geschenk des Himmels aussehen lässt.

Als ich ihr wieder ins Gesicht sehe, haben ihre Wangen den Farbton ihres Kleides angenommen.

*Was hattest du vor, Abbie Westing, als du dich so zurechtgemacht hast? Wolltest du mir gefallen? Oder war das Outfit für dein arrangiertes Date auf dem Ball bestimmt? Hast du spontan entschlossen deine Pläne zu ändern? Fuck! Sag, dass das hier nur für mich ist. Denn ich ertrage den Gedanken nicht, es könnte für einen anderen sein.*

Nichts davon kommt mir über die Lippen, stattdessen ziehe ich ihr den Mantel aus und streiche dabei mit den Fingerspitzen über ihre Schultern. Sie erschaudert und eine Gänsehaut breitet sich auf ihrem Dekolleté aus. Weiche, warme Haut, die in mir das Verlangen nach mehr als unschuldigen Berührungen weckt. Bevor ich ihm nachgebe, um ein paar Antworten auf die unzähligen Fragen zu bekommen, die mir seit Wochen den Verstand rauben, wende ich mich ab und hänge den Mantel an die Garderobe.

Als ich mich wieder zu ihr umdrehe, treffen ihre Lippen auf meine, bevor ich zurückweichen kann. Meine Hände landen an ihrer Taille, ziehen sie näher zu mir heran, bis ich ihren Körper an meinem spüre. Ich erwidere ihren Kuss, weil in diesem Augenblick der Teil von mir gewinnt, der Abbie als die Farbpalette betrachtet, die sein abgefucktes Leben bunter macht.

Abbies Lippen teilen sich, ihre Zunge taucht in meinen Mund, als ich ihn öffne und zulasse, dass dieser Kuss zu mehr wird. Zu was genau, darüber denke ich gerade nicht nach. Stattdessen konzentriere ich mich darauf, wie sie schmeckt und wie sie sich unter meinen Fingern anfühlt.

Ein leises Stöhnen entweicht ihr, als ich eine Hand in ihren Nacken schiebe und die Führung des Kusses übernehme, um das vorsichtige Herantasten zu beschleunigen. In meiner Fantasie habe ich sie schon hundertfach geküsst, habe ihr die Kleider vom Leib gerissen, bin mit ihrem Körper verschmolzen. Fuck, ich habe mir sogar vorgestellt, wie es klänge, würde sie meinen Namen stöhnen und mich anflehen, sie endlich zu ficken. Aber mindestens genauso oft habe ich mir vorgestellt, wie es wäre, sie ganz langsam auszuziehen, jeden Zentimeter von ihr zu küssen, als hätte ich alle Zeit der Welt, weil es nicht darum geht, sie flachzulegen, sondern darum, sie zu lieben. Dieser Strudel aus rohem Verlangen und Gefühlen, die ich nicht kontrollieren kann, reißt mich regelmäßig mit sich, bis er mich ausspuckt und ohne eine allumfassende Erkenntnis zurücklässt. Weil ich darauf niemals eine Antwort finden werde, solange ich mir den Kopf darüber zerbreche, anstatt ein paar Grenzen zu übertreten.

Abbie drängt mich zurück, als hätte sie gerade eine ganz ähnliche Eingebung gehabt. Mit der Hüfte stoße ich erst gegen den Schuhschrank, dann gegen die Wand hinter mir, weil Abbie planlos ist, wo genau sie eigentlich mit mir hinwill. Ihre Hände streichen über meine Brust, tasten nach den Knöpfen des Hemdes, während meine ihr Gesicht umfassen, während ich von ihrem Mund Besitz ergreife. Ungehemmt und getrieben von Begierde, die sich wie ein Flächenbrand zwischen uns ausbreitet, siegt die Ungeduld.

Abbie hat inzwischen mein Hemd weit genug aufgeknöpft, dass sie ihre Finger unter den Stoff schieben und über meine Schlüsselbeine streichen kann. Sie wandern weiter. Tiefer. Jetzt bin ich es, der in ihren Mund stöhnt, als sie mit den Fingerspitzen meine Brustwarzen streift, die unter der Berührung wie auf Knopfdruck hart werden.

Fuck! Ich will diese Frau mit jedem Teil von mir und ich will jeden Teil von ihr, als wären wir ein verfluchtes Puzzle, das nun zusammengesetzt werden kann, weil das fehlende Stück aufgetaucht ist.

Ich komme in Bewegung, ziehe sie mit mir, stolpere rückwärts durch den Flur, bis wir an meiner Zimmertür angelangen. Sie prallt mit dem Rücken dagegen, als ich sie herumwirble und gleichzeitig einen Schritt nach vorn mache, ohne auch nur eine Sekunde meine Lippen von ihren zu lösen. Weil Abbie zu küssen sich anfühlt wie Atmen und nicht wie das Gefühl des Erstickens, das mich stetig begleitet. Weil Abbies Küsse wie bunte Farbspritzer auf grauem Untergrund sind. Lauter farbige Momente, die sich in meinem Innersten einnisten. Weil alles an Abbie sich wie der längst überfällige Neustart nach einem Software-Update anfühlt. Einem, von dem ich mir inzwischen sicher bin, es zu brauchen, um nicht weiter an etwas festzuhalten, das sich wie ein Virus durch meine Seele frisst.

Ich greife um sie herum nach der Klinke und drücke sie nach unten. Die Tür springt auf, zeitgleich schlinge ich einen Arm um ihre Körpermitte, damit sie nicht in den Raum hineinfällt, weil sie den Halt im Rücken verliert, und taste nach dem Lichtschalter. Das Nächste, was ich spüre, ist der Bettrahmen, weil ich mit den Waden dagegenstoße, und kurz darauf die Matratze unter sowie Abbies Gewicht auf mir.

Die Arme neben meine Schultern abgestützt sieht sie auf mich herab. Der Lipgloss ist verschwunden, stattdessen glänzen ihre leicht geschwollenen Lippen feucht von unseren Küssen. Ihre Wangen sind gerötet und die dunklen Haare rahmen ihr Gesicht ein. Verlangen lässt ihre Augen noch dunkler wirken und gleichzeitig funkeln. Ich fand sie schon bei unserer ersten Begegnung hübsch, aber jetzt ist sie das Schönste, was ich je gesehen habe. Und was wir hier im Begriff sind zu tun, ist absolut falsch. Shit!

Abbie schließt die Lücke zwischen uns, küsst mich, aber diesmal erwidere ich es nicht. Mein Gewissen gewinnt die Oberhand. Sie bemerkt es und löst sich von mir.

»Habe ich was falsch gemacht?«, flüstert sie und sucht meinen Blick.

Wie kommt sie nur darauf, sie hätte etwas falsch gemacht? Abbie ist perfekt. Nur eben nicht für mich. Weil sie es nicht verdient hat, dass ich sie in die ganze Scheiße mit hineinziehe, die hinter dem Rücken aller läuft.

*Heuchler. Das hast du längst!*

Ja, das hatte ich in den letzten Minuten erfolgreich verdrängt.

Aber es ist ein Gesetz, dass dich das Karma fickt, wenn du am wenigsten damit rechnest.

Ich schließe die Augen und atme einmal tief durch, ohne dabei wirklich Sauerstoff in meine Lungen zu pumpen. Das Gefühl des Erstickens ist zurück.

»Nein«, antworte ich erschöpft. Und zum ersten Mal weiß ich, woher diese Müdigkeit kommt. Ich bin von mir selbst ausgelaugt. Davon, jemand zu sein und niemand zu sein.

»Ich habe dich überrumpelt.«

»Nein.« Ja, es kam unerwartet, aber hätte ich es nicht gewollt, wäre sie nicht in die Nähe meiner Lippen gekommen.

»Ich hätte vorher fragen müssen«, plappert sie weiter.

»Was?« In meinen Ohren beginnt es zu rauschen.

»Ich weiß auch nicht, was ich mir dabei gedacht habe.« Hastig rückt sie von mir ab und klettert vom Bett.

»Lass das, Abbie«, sage ich und setze mich auf.

»Es tut mir leid, ich hätte das nicht tun sollen.«

Es fühlt sich an, als würde sich in meinem Kopf ein dichter Nebel bilden, während eine Entschuldigung nach der anderen ihren Mund verlässt.

»Abbie, hör bitte auf dich zu entschuldigen. Du hast nichts falsch gemacht. Ich will das hier, aber es geht nicht … nicht so.« Ich mache eine kurze Pause, damit sich mein Verstand klärt und ich kein noch größeres Chaos anrichte, weil ich meine Worte nicht überdacht habe. Denn aus der Sache kommen wir beide nur halbwegs unbeschadet heraus, wenn ich endlich reinen Tisch mache.

»Du hast recht, das hier ist unüberlegt. Du und ich … wir –«

»Abbie, kannst du mir vielleicht einfach ganz kurz zuhören?«, unterbreche ich sie. Denn egal, was sie sagen will, es wird sich ändern, sobald sie die Wahrheit kennt. Es war nie meine Absicht, Abbie wehzutun, aber genau das wird in weniger als einer Minute der Fall sein.

»Das mit deiner Mom ist meine Schuld.« Das nennt man *die Wahrheit nicht in Watte packen plus fehlende Einleitung*. Kurz und schmerzlos ist es dennoch nicht. Großartig, auf der Empathielinie habe ich soeben einen gewaltigen Schlenker gemacht und bin vom Kurs abgekommen.

Abbies Augen weiten sich. »Wie meinst du das, es ist deine Schuld?« Ihre Stimme bricht, weil sie ahnt, dass wir jeden Augenblick aus der Balance geraten.

»Ich habe den Geldwäscheskandal von *Anderson Real Estate* und dem Waterbury College aufgedeckt.«

»Du hast was?«, fragt sie überrascht. »Warum?«, fügt sie vorsichtig hinzu, nicht sicher, ob sie die Antwort auch tatsächlich hören will.

»Ich hatte meine Gründe.« Die Details würde ich gerne für mich behalten, auch wenn sie es dann eher verstehen würde.

»Welche denn?«, hakt sie nun entschlossener nach.

»Das ist nicht wichtig«, erwidere ich bestimmt.

»Ich denke schon. Mich würde nämlich interessieren, was wir dir getan haben, dass wir zu einer deiner Zielscheiben geworden sind.«

Genau das habe ich befürchtet – sie reagiert emotional, nicht rational. Ich kann ihr nicht verübeln, dass sie ihre statt meiner Familie in den Fokus rückt.

»Du musst wissen, ich habe nicht geahnt, dass die Stiftung deiner Mom in die Sache mit hineingezogen werden würde. Aber, und das ist die Wahrheit, zu dem Zeitpunkt war es mir auch egal, wie groß die Schneise sein würde, die ich schlagen musste. Mir ging es nur um *Anderson Real Estate*.«

»Hasst du deine Familie so sehr, dass du sie zerstörst?« Abbie starrt mich fassungslos an, weil es außerhalb ihrer Vorstellungskraft liegt, etwas anderes als Liebe für die eigene Familie zu empfinden.

Ich könnte ihr sagen, dass sich mein Hass nur gegen Elijah richtet, aber was macht das schon für einen Unterschied? Es macht weder ungeschehen, dass sie und ihre Mom zwischen die Fronten geraten sind, noch ändert es die Situation, in der wir uns augenblicklich befinden. Es ist nicht mehr als ein überflüssiges Detail.

»Du musst darauf nicht antworten. Es ist offensichtlich.«

Ich stehe vom Bett auf und mache einen Schritt auf Abbie zu. Sie weicht zurück und hebt abwehrend die Hand, damit ich mich ihr nicht nähere.

»Es tut mir leid«, sage ich, suche ihren Blick, aber sie lässt nicht zu, dass ich ihn finde.

»Was genau? Dass du beinahe die Existenz meiner Familie ruiniert hast oder dass du dich trotz allem in mein Leben geschlichen und nichts gesagt hast, obwohl du mehrfach die Gelegenheit dazu hattest?«

»Es tut mir leid, Abbie«, wiederhole ich, weil ich ihr nicht widersprechen kann, denn genau so war es.

»Warum, Jasper? Wolltest du dein Gewissen erleichtern, indem du dich als Beschützer und Retter aufspielst?«

Auch dem habe ich nichts entgegenzusetzen, wenngleich es nur ein Teil der Wahrheit ist. Sie würde mir nicht glauben, dass ich sie mag, sollte ich es ihr jetzt sagen. Damit würde ich dem Ganzen unnötig die Krone aufsetzen.

»Ich bringe es wieder in Ordnung.«

»Vielleicht hättest du vorher darüber nachdenken sollen, welche Konsequenzen dein Handeln für andere haben kann.«

»Du verstehst das nicht.«

»Nein, das tue ich wirklich nicht.«

Ich öffne den Mund und schließe ihn wieder, weil ich keine Ahnung habe, was ich sagen kann, um die Wogen zu glätten. Im Grunde wäre es auch egal, weil Abbie sich gerade in einem Zustand aus Verwirrung, Wut und Unverständnis befindet. Der Versuch, dieser Unterhaltung eine andere Richtung zu geben, hätte nicht den gewünschten Erfolg. Vernünftiger ist es, ihr Zeit zu geben, damit sie ihre Gedanken sortieren kann, und dann neu anzusetzen. Und genau diesem Impuls folgt sie instinktiv, denn sie geht auf die Tür zu.

»Was auch immer dir deine Eltern angetan haben, es hätte sicher einen anderen Weg gegeben, als einen derartigen Rachefeldzug zu starten.«

Ich sehe ihr nach, hadere mit mir, ob ich sie aufhalten oder gehen lassen soll. Sie sieht über die Schulter. Diesmal treffen sich unsere Blicke. Sekunden vergehen, in denen wir uns ansehen. Versuchen, das zwischen uns festzuhalten und gleichzeitig loszulassen. Weil wir einander nicht egal sind. Weil da immer noch dieser magnetische

Sog existiert. Weil Abbie und ich einzeln grau und zusammen bunt sind. Sie weiß das und ich ebenfalls.

»Soll ich dir verraten, was das Tragische an diesem Moment ist? Mein Bauchgefühl hat mich vor dir gewarnt, und trotzdem bin ich meinem Herzen gefolgt.« Dann verschwindet sie durch die offene Tür.

Für den Bruchteil eines Augenblicks starre ich auf die Stelle, wo sie stand, bevor sie entschieden hat, aus meinem Leben zu verschwinden. Dann folge ich ihr, obwohl ich es nicht sollte.

»Warte!«

»Worauf? Auf eine weitere Entschuldigung? Du kannst es nicht rückgängig machen.«

Nein, das kann ich nicht, aber das wirklich Tragische ist, ich würde es auch nicht tun, selbst wenn ich könnte. Nicht einmal für Abbie. Und genau deswegen verdiene ich ihre Vergebung nicht.

»Wir sind hier fertig und ich werde jetzt gehen, bevor einer von uns beiden etwas sagt, das er später bereut.«

Sie nimmt ihren Mantel vom Haken, zieht ihn an und greift in die Tasche, dann sieht sie mich mit einem schwachen, aber traurigen Lächeln an. »Ich hätte mir einen anderen Abschluss für diesen Abend gewünscht.« Ein leises Seufzen. Im nächsten Augenblick zieht sie eine der übrig gebliebenen Plastikenten aus ihrer Manteltasche und stellt sie auf dem Schuhschrank ab. Grau mit bunten Punkten. Eine kleine Karte baumelt am Hals des Spielzeugs, genau wie ein Stift.

Als die Tür hinter ihr ins Schloss fällt, bleibt kurzzeitig mein Herz stehen. Weil es sich wie Sterben anfühlt, von ihr verlassen zu werden. Und mit jedem Schritt, den ich auf die Quietscheente zu mache, poltert es schmerzhaft in meiner Brust.

Ich nehme die Ente in die Hand und werfe einen Blick auf die Karte.

*Wenn das Grau dich zu verschlucken droht, halt mit bunten Farben dagegen.*
*Happy Birthday, Jasper.*
*PS: Hiermit hast du offiziell einen farbigen Punkt bei mir frei.*

Was meint sie damit? Ich sehe mir die Ente genauer an. Es befinden sich drei Punkte darauf. Nicht aufgedruckt, sondern gemalt. Ich drehe das Kärtchen um.

Grün – Dirty-Dancing-Moment
Lila – Schwimmhalle
Weiß – Labyrinth
Blau –

Ich ziehe die Kappe des Stiftes ab – Blau.

Fuck, ich bin so ein Idiot!

# ZWEI JAHRE UND ACHT MONATE ZUVOR

## JASPER, 18 JAHRE ALT

»Mach nicht so ein Gesicht«, sagt Noah und zieht den Reißverschluss des Koffers zu.

»Wie soll ich denn sonst gucken, wenn sich mein bester Freund auf einen anderen Kontinent verpisst?«

»Ich verpisse mich nicht, ich gehe aufs College.«

»Ja, aber warum muss es ausgerechnet dieses sein? In England gibt es eine Menge guter Universitäten«, maule ich, denn das war unser Plan. Er hatte bereits die Zusage für Oxford. Wir wollten uns eine gemeinsame Wohnung nehmen, sobald ich meinen Abschluss gemacht habe. Und plötzlich hat er alles über den Haufen geworfen.

»Weil ich es will«, wiederholt er.

Diese Unterhaltung haben wir in den vergangenen Wochen immer wieder geführt. Wir haben die Sommerferien auf dem Landsitz meines Großvaters verbracht. Überraschenderweise waren meine Eltern ebenfalls für drei Wochen angereist. Ich kann mich nicht dran erinnern, wann wir zuletzt gemeinsam so viel Zeit miteinander verbracht haben. Ihre Besuche beliefen sich nie auf länger als ein Wochenende.

Mein Dad war wie ausgewechselt und ich hegte die Hoffnung, die Dinge würden nun anders laufen. Die Kluft zwischen uns könnte sich möglicherweise schließen. Er würde nachgeben und mich meinen Traum leben lassen, anstatt mir eine Zukunft aufzwingen zu wollen.

Am Anfang habe ich mir nichts dabei gedacht, als mein Dad plötzlich Sympathie für Noah entwickelte. Es ist unmöglich, Noah nicht zu mögen. Er ist höflich, bescheiden und intelligent. Kein Proll wie die meisten Jungs in unserem Alter. Inzwischen bin ich schlauer und weiß, dass mein Dad nur ein Ziel verfolgt hat: mich und

Noah zu trennen. Er hat ihm das Waterbury College regelrecht aufgeschwatzt, indem er von der Exklusivität und den Möglichkeiten geschwärmt hat.

Mein Dad hat in Waterbury seinen Abschluss gemacht, bevor er nach England ging, um in einer der Niederlassungen des Familienimperiums die Leitung zu übernehmen. Dort hat er meine Mom kennengelernt. Als sein Vater verstorben ist, hat er den Hauptsitz in Boston übernommen und ist zurück in die Staaten. Meine Mom hat er mitgenommen, mich nicht.

Mit einem siegessicheren Grinsen bot er Noah an, ein Empfehlungsschreiben aufzusetzen und bei der Collegeleitung ein gutes Wort für ihn einzulegen, damit er noch in diesem Jahr einen Platz erhält. Und Noah hat angebissen.

»Und ich will, dass du in meiner Nähe bleibst.« Ich kann mir einfach nicht vorstellen, wie es ist, die Tür zu meiner Zukunft zu öffnen und ohne Noah hindurchzugehen. Und das ist es, worauf mein Dad setzt. Noah ist sein Druckmittel, um mir seinen Willen aufzuzwingen, damit ich ebenfalls meine Koffer packe, mich in den Flieger setze und das College besuche. Ich mache Noah keinen Vorwurf, dass er auf Elijah hereingefallen ist. Manipulation beherrscht er in Perfektion. Inzwischen bin ich immun dagegen, weil sich hinter allem, was den Mund meines Dads verlässt, eine Absicht zu seinem Vorteil versteckt.

»In einem Jahr spielst du in der Profiliga Cricket und hast ohnehin keine Zeit mehr für deinen langweiligen Kumpel«, versucht er mich zu besänftigen.

»Für dich habe ich immer Zeit.«

»Drei Jahre sind keine Ewigkeit. Wir bekommen das hin.«

Für mich fühlt es sich aber gerade genau danach an.

»Und wer soll dir die Prolls vom Leib halten?«

»Irgendwann muss ich lernen, ohne dich zu überleben. Außerdem habe ich einiges von dir gelernt. Meine Rechte ist nicht zu unterschätzen.« Um seine Worte zu untermauern, täuscht er einen rechten Haken an und tänzelt unbeholfen herum, als befände er sich in einem Boxring.

»Mmh.« Ja, Noah weiß sich zu helfen, dennoch ist mir nicht wohl dabei, zum ersten Mal seit sieben Jahren kein Auge mehr auf ihn zu haben. Noah ist Familie. Mein Seelenvertrauter. Alles, was ich habe. Es fällt mir schwer, ihn loszulassen.

Er setzt sich zu mir aufs Bett und legt einen Arm um meine Schultern. »Sind wir beste Freunde oder beste Freunde?«

»Deswegen muss ich keine Luftsprünge machen. Ich freu mich ja für dich, aber eine geringere Distanz wäre mir lieber.«

»Du wirst sehen, die Zeit vergeht wie im Flug. Wir beide gegen den Rest der Welt ist nicht vom Tisch, wir pausieren nur für eine Weile.«

# 24.

## ABBIE

Dass der Valentinstag so für mich endet, hätte ich nicht erwartet. Ich wollte nur ein Mal mutig sein. Was habe ich jetzt davon? Enttäuschung. Das ist das dominierende Gefühl. Dabei sollte ich wütend auf Jasper sein. Aber das bin ich nicht, ich bin enttäuscht. Von ihm, weil er es so weit hat kommen lassen, dass ich Gefühle für ihn entwickle, obwohl er mir etwas verheimlicht. Von mir, weil ich es geahnt und ignoriert habe.

Dabei verletzt mich nicht einmal die Tatsache, dass er dafür verantwortlich ist, dass die Stiftung meiner Mom in Schieflage geraten ist. Ich glaube ihm, dass es nicht seine Absicht war, uns mit hineinzuziehen. Was mich verletzt, ist, dass er nicht ehrlich war, weil ich jetzt jedes seiner Worte infrage stelle. Was ist wahr und was hat er gesagt, weil er angenommen hat, ich wolle es hören? Was hat dazu gedient, sein Gewissen zu bereinigen? Waren seine Annäherungsversuche aufrichtig oder nur Mittel zum Zweck?

Die Art, wie er mich geküsst hat, wirkte echt. Das Bedauern in seinem Blick ebenfalls. Aber mein Urteilsvermögen ist anscheinend eine Vollkatastrophe. Jasper hat eine nette Illusion geschaffen, indem er mich glauben ließ, wir säßen im selben Boot. Im Traum wäre ich nicht darauf gekommen, er könnte der Steuermann sein.

Das Schlimmste an der Sache ist allerdings, dass ich nun mit einem bunten Haufen an Gefühlen dasitze und keine Ahnung habe, was ich damit anfangen soll. Denn zwischen all der Verwirrung, Enttäuschung und den Zweifeln verstecken sich Zuneigung, Verständnis und Hoffnung. Eine Mischung, die nicht zusammenpasst und dennoch dafür sorgt, dass ich nicht aus der Balance gerate. Was verrückt ist, weil es keinen Sinn ergibt. Jasper hat mich enttäuscht und ich mag ihn nach wie vor. Gleichzeitig hoffe ich, dass am Ende alles gut wird. Aber für wen genau?

Mein Handy vibriert auf dem Badschrank. Auch ohne auf das Display zu sehen, weiß ich, dass es Jasper ist. Seit ich gestern Abend gegangen bin, hat er bereits viermal angerufen. Dass ich ein hoffnungsloser Fall bin, wurde mir in dem Augenblick klar, als ich mich dabei ertappt habe, mir zu wünschen, er stünde vor der Tür, statt anzurufen. Gott, ich kann sogar noch seine Haut unter meinen Fingern und seine Lippen auf meinen spüren.

Als das Vibrieren verstummt, nehme ich das Telefon zur Hand und stelle es aus, weil ich früher oder später schwach werden und seinen Anruf entgegennehmen würde.

Die sich plötzlich öffnende Badezimmertür lässt mich zusammenzucken.

»Hey, warum bist du hier statt in deiner Vorlesung?«, fragt Dion überrascht, als sie mich beim Zähneputzen entdeckt.

Ich spucke den Schaum ins Waschbecken und spüle mir den Mund mit Wasser aus. »Hab verschlafen«, antworte ich knapp und löse das Handtuch von meinem Kopf.

»Du hast was?« Dass ich eine Vorlesung sausen lasse, ist noch nie vorgekommen. Aber ich gebe zu, ich befinde mich in einem Motivationsloch. Zum einen, weil ich mich frage, wozu das Ganze, wenn wir uns möglicherweise das nächste Semester nicht leisten können. Zum anderen ist mein Kopf voll mit anderen Dingen.

Seufzend wende ich mich ihr zu. »Ich dachte, du kommst erst heute Abend aus Manhattan zurück.«

»Ich habe es nicht länger ertragen. Es ist mir ein Rätsel, wie es Paare 24/7 miteinander aushalten.«

Dion durchquert das Badezimmer, klappt den Toilettendeckel hoch und knöpft im nächsten Moment ihre Jeans auf. Ich drehe ihr den Rücken zu, um ihr die nötige Privatsphäre zu gewähren, auch wenn es Dion herzlich egal ist. Grundsätzlich würde ich sagen, meiner Freundin ist nichts unangenehm.

»Babe, habt ihr irgendwo Milch?«, ruft Henry aus der Ferne.

»Im Kühlschrank«, antwortet sie ihm.

»Da habe ich gerade nachgesehen.«

»Dann sieh genauer hin!«, stößt sie genervt aus.

Ich verkneife mir ein Lachen. Dion drückt die Klospülung und tritt neben mich ans Waschbecken.

»Brauchen wir einen Müllsack und einen Spaten?«, fragt sie und lächelt aufmunternd.

»Wie kommst du darauf?«

»Weil du aussiehst, als hätte dir jemand wehgetan.«

»Nein, ich habe nur schlecht geschlafen.« Dion glaubt mir nicht, denn sie zieht ihre rechte Augenbraue hoch. Natürlich nimmt sie es mir nicht ab. Sie ist Dion, Meisterin im Durchschauen. Ihr wäre Jaspers falsches Spiel nicht entgangen. Sie hatte von Anfang an recht, was ihn betrifft.

Das Klopfen an der Tür erspart mir ein Kreuzverhör. »Alles okay, da drinnen?«

Dion verdreht die Augen. »Wäre er nicht so fantastisch im Bett, hätte ich ihn längst in die Wüste geschickt«, sagt sie so laut, dass ich mir sicher bin, dass Henry es gehört hat.

»Nein, hättest du nicht, du liebst ihn«, flüstere ich.

Dions Miene wird ernst. »Sweetheart, wenn ich mir in einer Sache sicher bin, dann darin, dass das, was ich für Henry empfinde, weit entfernt von Liebe ist. Aspen und Cameron, das ist Liebe. Henry und ich sind höchstens eine Zwischenstation auf der Suche nach der Endhaltestelle. Verrat mich nicht, aber ich habe auf dem Valentinsball darüber nachgedacht, mich heimlich mit Hastings aus dem Staub zu machen.«

»Dion!«, entfährt es mir geschockt.

»Was? Ich schwöre, ich habe brav an meinem Pinot genippt und über seine schlechten Witze gelacht. Mir ist bisher nie aufgefallen, wie gerne Henry sich selbst reden hört. Und er macht seltsame Geräusche beim Essen. Das Schlimmste ist allerdings, meine Mom findet ihn ganz *reizend*. Weißt du, was das bedeutet, Abbs?«

»Nein«, antworte ich und kann mir ein Grinsen nicht länger verkneifen, weil Dion mich gerade, ohne es zu wissen, von den schweren Gedanken ablenkt.

»Reizend bedeutet, dass sie nächste Woche an ihrem Zeichenbrett Entwürfe für ein Brautkleid macht.«

»Ja, das bietet sich an, sie ist Designerin. Oder wäre dir jemand anders lieber?«, frage ich todernst.

»Hast du mir gerade zugehört? Henry schmatzt beim Essen und liebt Flachwitze.«

Wir sehen einander an und dann lachen wir. Henry und Dion werden keinesfalls vor dem Traualtar enden. Ich bin mir nicht mal sicher, ob die beiden das Ende der Woche erleben.

Erneut klopft es.

»Möglicherweise werde ich Henry in meinem Leichenkeller verscharren, wenn er mir weiterhin auf die Nerven geht.«

»Ich schweige wie ein Grab, sollte er spurlos verschwinden.«

»Okay, ich werde ihm jetzt helfen, die Milch im Kühlschrank zu finden, und ihn dann aus dem Haus werfen.«

Es vergehen zehn Minuten, bis ich das Bad verlasse und in meinem Zimmer verschwinde, um mir frische Sachen anzuziehen. Als ich die Küche betrete, sitzt Dion mit dem Handy in der Hand allein am Tisch.

»Wo ist Henry?«, frage ich und öffne den Hängeschrank. Ich nehme die bunten Frühstücksflocken heraus, mustere sie und stelle sie wieder zurück, weil sie mich zwangsläufig an Jasper erinnern. Im Kühlschrank finde ich einen Joghurt mit Schokoladensplittern und beschließe, dass er die Alternative zu den bunten Kringeln wird.

»Ich habe es mir anders überlegt und ihn direkt vor die Tür gesetzt«, klärt meine Freundin Henrys Verbleib auf.

»Verstehe«, sage ich und setze mich neben sie.

»Was machst du da?«, fragt Dion, als ich *Secret Enemy* auf meinem Handy öffne und das Enemy-Symbol antippe.

»Ich schalte die nächste Aufgabe frei.«

»Das wirst du nicht!« Sie nimmt mir das Handy aus der Hand.

»Und warum nicht?«

»Weil wir ganz sicher nicht die Nächsten auf der Liste des Verrückten sein werden.«

»Wir haben doch nichts zu verbergen.« Amüsiert grinse ich sie an, weil sie mich ansieht, als wäre ich übergeschnappt.

»Wir vielleicht nicht. Aber wir wissen, dass Cameron sich vergangenes Semester unter falschem Namen ins College geschlichen hat. Was wir nicht wissen, ist, warum. Aber was, wenn der Sprücheschreibende es weiß und es enthüllt, sollte eine von uns das Ranking anführen. Glaubst du wirklich, Cameron und der florale Hemdträger haben hier nicht irgendein Ding gedreht?«

Bis gestern Abend hätte ich gesagt, dass nichts Großes hinter dem Rollentausch gesteckt hat, aber irgendwie muss Jasper sich die Informationen zu der Geldwäsche beschafft haben. Und da das College in die Sache verwickelt ist und er sich ein bisschen zu gut auf dem Campus und in den Gebäuden auskennt, liegt der Verdacht nah, dass es eine Verbindung gibt. Wenn ich Dion davon erzähle, wird sie fragen, woher ich das weiß. Sie würde eins und eins zusammenzählen und mir einen Vortrag darüber halten, wie dumm es ist, sich in Jasper zu verlieben, und dass sie von Anfang an recht damit hatte, dass man ihm nicht trauen kann. Aber der eigentliche Grund, warum ich es ihr nicht verrate, ist, dass ich nicht will, dass sie Cameron auf ihre Blacklist setzt, jetzt, da sie ihm eine Chance gegeben hat. Und weil mein bescheuertes Herz hofft, dass in Jasper ein guter Mensch steckt, der eine unüberlegte Entscheidung getroffen und deren Konsequenzen nicht einkalkuliert hat.

»Aber das Geheimnis betrifft uns nicht direkt. Wir sind höchstens Mitwisser. Paula und Miguel haben die Dinge selbst getan und nicht nur davon gewusst. Also warum sollte X uns für das Geheimnis einer anderen Person bestrafen? Das ergibt keinen Sinn.«

»Und wenn X weiß, dass wir im vergangenen Semester *Be My Date* sabotiert haben und somit vermutlich die Ergebnisse des letzten Abschlussjahrgangs in die Tonne gehören? Was glaubst du, ist *die* Sache nah genug an uns dran, um dafür vom College zu fliegen?«

Daran hatte ich noch gar nicht gedacht. Dann wäre William Sullivan ebenfalls mit dran, weil er so nett war, uns zu helfen. Er sitzt in Informatik neben mir, ist eine Quasselstrippe und der Überflieger in unserem Kurs. Die meiste Zeit beschäftigt er sich damit, nebenbei eine App für seinen Bruder zu entwickeln. Ich hatte ihm ein paar Fragen gestellt. Zum Beispiel, wie man in ein Programm hineinkommt, zu dem man keinen Zugang hat, oder ob es möglich sei, einen Algorithmus auszutricksen, und wenn ja, wie man es anstellen müsse. Natürlich wollte er wissen, warum genau mich das interessiert.

Will ist ein netter, ehrlicher Kerl. Und ein Romantiker. Er hat eine vertrauenserweckende Ausstrahlung. Vermutlich habe ich ihn deswegen in unser Vorhaben eingeweiht. Sein Freund Jason war im Abschlussjahrgang und hat dabei geholfen, Will ins Programm zu schleusen. Wie genau das Ganze am Ende funktioniert hat, keine Ahnung. Das weiß ich wirklich nicht. Aber wenn Dions Theorie stimmt und Person X davon weiß, sollten wir keinesfalls das Risiko eingehen weiterzuspielen. Damit wäre meine Chance auf das Preisgeld dahin.

Klingt nach einer Geld-oder-Liebe-Entscheidung. Nur ohne Liebe. Und ohne Geld, denn wenn wirklich die führenden Spielenden ausgeschaltet werden, dann, damit X *Secret Enemy* am Ende gewinnt. Und damit wäre ich wieder bei Henry als Drahtzieher des Ganzen. Man gewinnt das Spiel sicher nicht dreimal in Folge, ohne nachzuhelfen.

»Abbs, du hörst mir schon wieder nicht zu.«

»Entschuldige, ich habe nur gerade darüber nachgedacht, ob überhaupt jemand außer der Person, die die Nachrichten verschickt, *Secret Enemy* gewinnen kann.«

»Zum Wohle unserer Freundin und zu unserer eigenen Sicherheit werden wir es nicht darauf ankommen lassen.« Dion tippt auf ihrem Handy herum.

»Was machst du da?«

»Ich habe den Exit-Button gedrückt.« Abwartend sieht sie mich an.

»Ich habe in dem Punkt noch keine finale Entscheidung getroffen«, sage ich und schließe die App.

»Du willst weiterspielen?«

»In erster Linie will ich herausfinden, wer dahintersteckt.« *Und das Preisgeld gewinnen*, füge ich in Gedanken hinzu. Immerhin besteht die Möglichkeit, dass wir uns irren.

»Und wie genau willst du das anstellen?«

»Darüber denke ich aktuell nach.« Ich werde eine Strategie brauchen, um an möglichst viele Punkte zu kommen.

Ich sehe auf die Uhr. Da ich unter anderem noch den Zeit-halbieren-Enemy einsetzen muss, rechne ich kurz die Stunden aus, die mir bleiben, um eine finale Entscheidung zu treffen.

# 25.

## JASPER

Völlig gerädert quäle ich mich vom Sofa hoch. Wie lange habe ich geschlafen? Zu wenig, denn ich fühle mich wie ausgekotzt. Abbie hat in den vergangenen zwei Tagen keinen meiner Anrufe entgegengenommen. Vielleicht sollte ich es dabei belassen, aber das kann ich nicht. Ich würde die Sache mit ihr gerne ins Reine bringen. Wenn sie sich dennoch von mir abwendet, werde ich die bittere Pille schlucken müssen.

Also mache ich mich zum ersten Mal, seit ich hier bin, auf den Weg zu einer Vorlesung. Nicht um daran teilzunehmen, sondern um mich persönlich bei Abbie zu entschuldigen.

Pünktlich um elf stehe ich vor Raum 31 und warte darauf, dass sich die Tür öffnet und ein Strom aus Studierenden herausgespült wird, der den leeren Gang mit Leben füllt. Es dauert nur wenige Augenblicke, bis ich von Menschen umgeben bin, die auf dem Weg zur nächsten Vorlesung sind. Wie gebannt halte ich nach Abbie Ausschau. Keine Minute später kommt sie direkt auf mich zu.

»Natürlich werde ich da sein«, sagt sie, das Handy am Ohr, als sie vorbeigeht, ohne von mir Notiz zu nehmen.

Ich folge ihr in den Raum.

»Ich muss auflegen, meine Vorlesung beginnt gleich. Wir sehen uns am Wochenende.« Zielstrebig läuft sie auf eine der mittleren Sitzreihen zu. »Ich dich auch.«

Schlagartig frage ich mich, wer am anderen Ende der Leitung ist, und versuche den Anflug von Eifersucht im Keim zu ersticken.

Als sie sich auf einen der Stühle setzt, lasse ich mich auf dem rechts neben ihr nieder. Es dauert einen kurzen Moment, bis sie meine Anwesenheit bemerkt. Aus großen Augen sieht sie mich an.

»Was machst du hier?«, fragt sie panisch, während sie das Handy in dem Rucksack auf ihrem Schoß verstaut. Irgendwie habe ich mit einer anderen Reaktion gerechnet. Verachtung, Missfallen, Wut, aber keinesfalls mit Panik.

»Ich besuche die Vorlesung.«

»Nein, du verschwindest sofort wieder!«, widerspricht sie, klingt jedoch nervös. Sie sieht sich suchend um. Wonach? Einem anderen Platz, weil sie es in meiner Nähe nicht aushält? Denkbar und nachvollziehbar.

»Ich bin mir ziemlich sicher, mich in Mathematik eingeschrieben zu haben«, antworte ich und hole demonstrativ einen Block, Kugelschreiber und das iPad aus meiner Umhängetasche, dann stelle ich sie neben mir auf dem Boden ab. Ich denke gar nicht daran, mich zu erheben.

Bevor sie antworten kann, wobei ich mir nicht einmal sicher bin, dass sie es überhaupt vorhatte, fällt die Tür laut ins Schloss. Mein Blick schwenkt in die Richtung, aus der ein Räuspern ertönt.

»Fuck!« Automatisch rutsche ich auf dem Stuhl etwas nach vorne, um mich kleiner zu machen. Hinter dem Pult steht ein Kerl mit weißen Haaren, die ihm wild vom Kopf abstehen, und lässt den Blick über die Reihen wandern. Professor Henson.

»Genau deswegen solltest du verschwinden«, flüstert Abbie neben mir. Und ich dachte, sie wolle mich loswerden. Warum hat sie das nicht gleich gesagt? Dann wäre ich längst über alle Berge. Aber jetzt sitze ich die nächsten neunzig Minuten hier fest.

»Du hättest mich warnen können«, flüstere ich zurück.

»Das habe ich versucht. Du hast mir nicht zugehört.«

»›Professor Henson hat Ericksons Kurs übernommen und kommt jeden Augenblick durch die Tür‹ wäre ein klares Statement gewesen. ›Du verschwindest sofort wieder‹ lässt nach unserer letzten Begegnung eine Menge Raum für Spekulation.«

Henson hat den Ruf, niemals einen Studierenden zu vergessen, und laut Cameron hat sich das Einstein-Double im vergangenen Semester mächtig auf ihn eingeschossen. Es war ihm ein Vergnügen, Cam in endlose Gespräche zu verwickeln. Er würde sicher sofort merken, dass etwas nicht stimmt, sobald ich den Mund aufmache. Bleibt nur zu hoffen, dass er mich nicht entdeckt.

»Nein, verschwinde heißt verschwinde!«, sagt sie etwas zu laut und erregt damit die Aufmerksamkeit der Reihe vor uns, aus der nun jeder neugierig über die Schulter blickt.

»Sorry«, nuschelt sie und rutscht ebenfalls auf dem Stuhl nach unten, als wolle sie sich in Luft auflösen.

Professor Henson beginnt die Vorlesung zum heutigen Thema. Lineare Algebra. Großartig. Fünfundvierzig Minuten lang kaut er die Geschichte dazu durch, bevor er sich praktischen Beispielen widmet, indem er Gleichungssysteme an die weiße Wand hinter sich projiziert und diese nach und nach löst.

Immer wieder sehe ich zu Abbie, die mich ignoriert, während sie mit den Fingernägeln nervös auf dem Tisch herumtrommelt. Das Geräusch nervt mich zunehmend, bis ich es nicht mehr ertrage und eine Hand auf ihre lege, damit sie endlich aufhört. Ihr Kopf schnellt in meine Richtung, dann blickt sie auf meine Hand, die ihre unter sich begräbt.

»Du machst mich wahnsinnig«, flüstere ich.

Blitzschnell färben sich Abbies Wangen zartrosa, bevor sie ihre Hand unter meiner hervorzieht und auf ihrem Oberschenkel ablegt.

»Warum ignorierst du meine Anrufe?«, frage ich leise.

»Ist das eine ernst gemeinte Frage?«

»Ja, ist es.«

»Vielleicht, weil ich die Neuigkeiten erst einmal verdauen muss und dir bis dahin nichts zu sagen habe?«

Das ist eindeutig kein ›Ich verachte dich bis in alle Ewigkeit und will dich nie wieder sehen‹. Es ist ein ›Gib mir ein bisschen Zeit‹.

»Ich würde das gerne klären«, sage ich sanft.

»Aber ganz bestimmt nicht jetzt«, erwidert sie schroff.

»Okay, dann eben in einundachtzig Minuten.«

»Wir reden darüber, wenn ich dir nicht mehr den Hals umdrehen will.« Ihren Worten fehlt die nötige Schärfe, um sie auch wirklich ernst zu meinen.

»Und wann, denkst du, ist das?«

»Ich werde es dich wissen lassen, und jetzt sei still und verhalt dich unauffällig.« Zum ersten Mal sieht sie mich bewusst an und ich ertappe mich dabei, dass ich die Hände an ihre Wangen legen, sie zu mir heranziehen und küssen will. Es ist mir scheißegal, dass wir in einem überfüllten Hörsaal sitzen und uns jeder sehen kann.

»Darf ich noch eine Sache sagen?«

Ein fragender Ausdruck erscheint in ihrem Gesicht, den ich als ein Ja deute.

»Ich mag dein Geschenk und den Gedanken dahinter. Es erinnert mich daran, dass wir selbst die Künstler unseres Lebens sind und entscheiden können, wie bunt es sein soll. Danke.«

Für einen winzigen Augenblick lächelt sie und ich erwidere es. Und dann weiß ich, was dieses *Alles* ist.

»Du bist blau.«

»Ich bin was?«

»Du bist der blaue Punkt in meinem Grau.«

Habe ich das gerade wirklich gesagt? Ja, denn Abbie blinzelt hektisch, als hätten meine Worte in ihrem Verstand einen Kurzschluss verursacht. Statt zu antworten, nickt sie und richtet den Blick nach vorn, während ich sie weiterhin ansehe und mich frage, was zum Teufel gerade in mich gefahren ist.

Bis zum Ende der Vorlesung rührt Abbie sich nicht mehr und ich befürchte, dass sie zusätzlich das Atmen eingestellt hat. Jedenfalls bis Professor Henson uns offiziell entlässt, dann stößt sie sichtlich erleichtert die Luft aus. Ich entspanne mich ebenfalls, packe zusammen und stehe auf. Abbie stopft hastig ihre Sachen in den Rucksack und springt von ihrem Stuhl hoch. Einen Wimpernschlag lang blickt sie mich an, dann zwängt sie sich an mir vorbei. Ich sehe ihr nach und bin gerade im Begriff, ihr zu folgen, als Henson mich anspricht. Shit!

»Mr Anderson, welch Freude, Sie in diesem Jahr erneut in einem meiner Kurse begrüßen zu dürfen.«

Ich schließe die Augen und atme einmal tief durch, dann wende ich mich ihm zu. Ich öffne den Mund, um zu einer Antwort anzusetzen.

»Professor Henson, ich hätte da noch eine Frage zum heutigen Thema«, rettet mich ausgerechnet Abbie.

Die Augen des Einstein-Imitats leuchten begeistert, weil sich jemand ernsthaft für seinen Unterricht zu interessieren zu scheint. »Sie entschuldigen mich, Mr Anderson, Miss Westing erfordert meine Aufmerksamkeit.«

Ich sehe zu Abbie, die neben dem Pult steht und mich mit einer Miene ansieht, als wolle sie mich am liebsten dem Erdboden gleichmachen.

Mit schnellen Schritten durchquere ich den Raum und bringe mich in Sicherheit.

Als sie Minuten später durch die Tür kommt, stoße ich mich von der gegenüberliegenden Wand ab und gehe auf sie zu. Bevor ich ausweichen kann, boxt sie mir gegen den Oberarm.

»Wofür war das?«, frage ich, obwohl ich die Antwort kenne.

»Dafür, dass ich mir deinetwegen einen Privatvortrag zum Thema lineare Gleichungen anhören durfte«, zischt sie und entlockt mir mit ihrem Tonfall ein Lachen. Sie stapft davon und ich eile ihr hinterher.

»Hör auf zu lachen, sonst verpasse ich dir noch eine!«

Eine angepisste Abbie hat durchaus ihren Reiz.

»Professor Henson hat dein Interesse an der Mathematik sichtlich genossen«, ziehe ich sie auf, obwohl ich meine Dankbarkeit äußern sollte.

»Was willst du eigentlich von mir, Jasper?«, fragt sie und klingt plötzlich erschöpft.

»Mich entschuldigen und eine Chance.«

»Die hattest du. Nenn mir einen Grund, warum ich dir eine weitere einräumen sollte.«

»Weil da etwas zwischen uns ist, das wir beide nicht ignorieren können.«

»Gerade kann ich nicht ignorieren, dass du mich hintergangen hast. Du hast mich in dem Glauben gelassen, wir würden in der gleichen Situation stecken. Du hast mich in den Arm genommen, statt mir zu sagen, dass die Sache auf deine Kappe geht. Ich habe dir vertraut, aber du mir nicht. Denn es gibt keine andere Erklärung, warum du es mir nicht gesagt hast, als du die Chance dazu hattest. Und selbst als du damit herausgerückt bist, hast du nicht einmal versucht es mir zu erklären. Also, was auch immer zwischen uns ist, ist augenscheinlich nicht genug, damit du dich mir gegenüber öffnest.«

Ich stelle mich ihr in den Weg. »Ich hatte Angst, okay?«

»Wovor denn, Jasper?«

*Davor, dass du mich nicht lieben kannst, wenn du alles von mir weißt.* Der Gedanke schießt mir so unerwartet durch den Kopf, dass er mich kalt erwischt. Aber er ist in seiner Substanz so roh und ehrlich, dass ich keinen Zweifel daran habe, dass es die Wahrheit ist. Mir ist klar, dass ich ihr genau das sagen sollte, aber es kommt mir nicht über die Lippen. Denn es würde bedeuten, dass ich ihr die ganze Geschichte erzählen muss. Jedes gottverdammte Detail, das mich nach Waterbury geführt hat. *Würdest du mich verstehen, Abbie?*

Während ich in meinen Gedanken feststecke und nicht weiß, in welche Richtung ich rennen soll, nutzt Abbie den Moment der Ablenkung, um mich beiseitezuschieben. »Wenn du mich entschuldigst, ich habe noch eine Aufgabe zu erfüllen und mit jeder Sekunde, in der ich vergebens auf eine Antwort von dir hoffe, reduziert sich mein Zeitfenster.«

Es dauert einen Augenblick, bis ich verstehe, dass sie von *Secret Enemy* spricht. Bei all dem Chaos der letzten Tage habe ich vergessen, die nächste Challenge freizuschalten. Damit bin ich raus aus dem Spiel. Aber ich habe im Augenblick weitaus größere Sorgen als diesen Quatsch.

Als sie mich ohne ein weiteres Wort stehen lässt, sehe ich ihr hinterher. Ich würde sie gerne gehen lassen, aber ich kann nicht.

# 26.

## ABBIE

Jaspers selbstgefällige Art ist die Krönung. Für einen Moment habe ich wirklich darüber nachgedacht, ihn zu erwürgen. Ich, die brave Abbie, die noch nie körperliche Gewalt in Betracht gezogen hat. Gleichzeitig hat mein Herz einen begeisterten Hüpfer gemacht, als er im Kurs aufgetaucht ist. Es ist zum Verrücktwerden. Ich will ihn nicht mögen, aber ich bekomme es einfach nicht hin, wütend auf ihn zu sein. Er muss mich nur aus diesen freundlichen braunen Augen ansehen und ich bin verloren.

Es wäre wesentlich einfacher, ihn von mir zu stoßen, wenn ich mich nicht in ihn verliebt hätte. Dabei bin ich mir nicht einmal sicher, wann genau es passiert war. Vermutlich irgendwann zwischen der ersten Textnachricht und unserem Ausflug in die unterirdischen Gänge des Colleges. Vielleicht aber auch erst vor einer Stunde, als er mir sagte, ich sei das Blau in seinem Grau. Mein erster Gedanke war, dass Blau ab sofort meine Lieblingsfarbe ist.

Innerhalb von vier Wochen lagen meine Nerven blank, und das nicht nur wegen der Situation, in die Jasper meine Familie hineinmanövriert hat, sondern weil sich meine Gedanken trotzdem um Jasper drehen. Gleichzeitig ist da dieser Funken Hoffnung, dass er mir sein Zutun bei der Enthüllung des Geldwäscheskandals gebeichtet hat, weil er nicht wollte, dass etwas zwischen uns steht, bevor wir uns aufeinander einlassen. Weil er mich mag. Vielleicht auch ein bisschen mehr als das. Und dieser Gedankengang fühlt sich verrückt; aber echt an.

Ich krame das Handy aus meinem Rucksack, um mir die Aufgabenstellung noch einmal genau durchzulesen.

**Willkommen zurück, BlackbirdShadow.**
**Zeit für ein aussagekräftiges Statement. Welche Botschaft du senden möchtest, steht dir frei. Aber sie sollte gut sichtbar sein. Zwei Dinge gilt es zu beachten: Deine Botschaft darf weder digital noch auf Papier niedergeschrieben sein. Halte dein Statement in einem Foto fest und lade es über hoch. Du hast zwölf Stunden. Deine Zeit läuft.**
**Die nächste Spielrunde erreichen nur die fünf Besten.**
**Viel Erfolg!**

»Das ist deine Aufgabe?«

Erschrocken fahre ich herum. Ich habe nicht einmal bemerkt, dass er mir gefolgt ist, nachdem ich ihn habe stehen lassen, weil er ganz offensichtlich nicht gewillt war, meine Frage zu beantworten.

»Hör auf mir nachzulaufen!«, zische ich ihn an.

»Kann ich nicht. Wir haben eine Abmachung.«

»Nein, haben wir nicht.« Er kann unmöglich ernsthaft glauben, ich würde mir nach allem, was passiert ist, von ihm helfen lassen. Ich bin heute Morgen extra früh aufgestanden, um die Aufgabe für *Secret Enemy* freizuschalten, und habe es sogar geschafft, alles dafür vorzubereiten.

»Doch ich erinnere mich, dass du sie hast wieder aufleben lassen.«

Einen Moment lang sehe ich ihn an und frage mich, was genau er eigentlich bezwecken will. Glaubt er, dass wir weitermachen wie bisher? Dafür ist es zu spät.

»Lass es einfach gut sein, Jasper.«

Ohne auf eine Antwort von ihm zu warten, setze ich meinen Weg zum Verwaltungsgebäude fort. Nach eingehender Überlegung bin ich zu der Erkenntnis gekommen, dass man womöglich eine höhere Punktzahl erspielt, wenn man die Quest am helllichten Tag und bei Betriebsamkeit auf dem Campusgelände erledigt.

Nach fünf Minuten habe ich mein Ziel erreicht. Skeptisch betrachte ich den Eingang und sehe dann an der Fassade empor. Nach dem Hauptgebäude ist das der Verwaltung am höchsten. Da das

Hauptgebäude, in dem ein Großteil der Vorlesungen stattfindet, über ein Spitzdach verfügt, ist es eher schwierig, da hinaufzukommen. Denn das ist mein Plan. Auf dem Flachdach des grauen Betonklotzes befindet sich ein Fahnenmast. Meine Idee ist, das Collegelogo gegen mein Statement auszutauschen. Dazu habe ich zwei Bettlaken umgestaltet, die sich in meinem Rucksack befinden und auf ihren Einsatz warten.

»Wie sieht dein Plan aus?«, ertönt Jaspers Stimme hinter mir, bevor er plötzlich neben mir auftaucht.

Habe ich wirklich gedacht, ich werde ihn so leicht los? Aber noch viel schlimmer ist, dass der Funken Hoffnung in mir genau das wollte. Und dann wäre da noch die Tatsache, dass Jasper clever ist und sich als nützlich erweisen könnte.

»Was glaubst du denn, wie mein Plan aussieht?« Auch wenn es zwischen uns aktuell schwierig ist, ergreife ich die Möglichkeit, die sich mir augenblicklich bietet. Ist das fair? Nein. Aber er war mir gegenüber ja auch nicht immer fair. Ohne ihn würde ich nämlich gar nicht erst in der Situation stecken, dringend Geld zu benötigen. Ohne ihn würde ich jetzt mit Dion und Aspen zu Mittag essen, statt eine Fahne zu hissen.

»Dass du hoffst, einfach in die Verwaltung zu marschieren und problemlos auf das Dach zu gelangen.«

»Und du denkst, das schaffe ich nicht?« Das lässt sich aus seinem Ton eindeutig heraushören.

»Ich weiß nicht. Kennst du denn den Code für den Fahrstuhl oder für die Sicherheitstür zum Treppenhaus?«

Mein Kopf schnellt in seine Richtung. Ich nahm an, beide Bereiche wären frei zugänglich und ich müsste mich lediglich unauffällig zum Fahrstuhl schleichen. Bisher war ich nur ein einziges Mal in dem Gebäude, und zwar, als ich unsere Anmeldungen zu *Be My Date* abgegeben habe. Allerdings habe ich mich da weniger für die Räumlichkeiten interessiert. Zu dem Zeitpunkt wäre ich nicht mal im Traum darauf gekommen, dass ich mir Monate später unerlaubten Zutritt zum Gebäude verschaffen müsste.

»Dachte ich mir.«

Langsam würde ich ihm wirklich gerne sein selbstgefälliges Grinsen aus dem Gesicht wischen.

»Es gibt zwei Möglichkeiten. Erstens: Du hast einen Termin und erhältst von der Information die Schlüsselkarte für den Fahrstuhl. Zweitens: Du kennst den vierstelligen Code für das Bedienfeld.«

»Will ich wissen, woher du das weißt?«

Statt zu antworten, zuckt er mit den Schultern. »Also, Kim Possible, was tust du jetzt?«

Ich werfe einen Blick auf die Uhr. Mir bleiben noch vier Stunden, um einen alternativen Plan aus dem Ärmel zu schütteln, oder ich versuche einfach mein Glück.

»Ich gehe rein, sage, ich hätte ein wichtiges Anliegen und müsse dringend mit der Studierendenberatung sprechen.« Ja, das könnte funktionieren.

»Keine schlechte Idee. Allerdings ist heute Freitag und die Studierendenberatung nur bis zwölf besetzt. Wir haben bereits halb zwei.«

»Dann möchte ich halt mit Professorin Simmons sprechen!«

»Du meinst die Professorin Simmons, die gerade das Gebäude verlässt?«

Mein Blick folgt Jaspers. Verflucht, er hat recht. Sie läuft soeben in Richtung Theater, das sich nur wenige Meter links von uns befindet.

»Also gut, da du anscheinend das Genie von uns beiden bist, was schlägst du vor?« Herausfordernd blicke ich ihn an.

»Jetzt möchtest du meine Hilfe also doch?« Ein Lächeln schleicht sich auf seine Lippen. Ich würde mich gerne selbst schütteln, weil mein Herz wie ein Flummi in meiner Brust auf und ab hüpft, weil ich es nach wie vor mag, wenn sich seine Mundwinkel auf diese Art verziehen.

»Da ich dich nicht loswerde, mach dich doch bitte nützlich.«

Als das Grinsen in seinem Gesicht erlischt, bereue ich meine Worte sofort. Für eine kleine Ewigkeit sehen wir einander an. Seine sonst so freundlichen braunen Augen wirken schuldbewusst, aber vor allem erwecken sie gerade den Anschein, als würde Jasper glauben, er hätte es verdient, so von mir behandelt zu werden. Mein

Gewissen meldet sich. Obwohl ich jedes Recht dazu habe, verletzt zu sein, weil er mir nicht von Anfang an die Wahrheit gesagt hat, fühlt es sich falsch an, ihn dafür zu bestrafen. Aber noch kann ich nicht über meinen Schatten springen und diejenige sein, die nachgibt und uns wieder auf Kurs bringt.

Jasper atmet tief durch, unterbricht unseren Blickkontakt und sieht zum Eingang. »Okay, ich gehe rein, lenke Gloria vom Empfang ab und du kommst in zwei Minuten nach. Der Code für den Fahrstuhl lautet 1875.«

»Du kennst die Empfangsdame und den Code für den Fahrstuhl?«

»Ja«, antwortet er knapp.

»Woher?« Es ist mehr als unangebracht, dass sich Eifersucht in mir breitmacht, nur weil er ihren Vornamen kennt. Doch wenn ich mich recht erinnere, ist besagte Gloria kaum älter als wir und bildhübsch, und Jasper ist ein Magnet für schöne Frauen. Den Rest spinnt sich mein Verstand gerade selbst zusammen.

»Willst du das wirklich wissen?«

Nein, wahrscheinlich nicht. Aber es klingt ohnehin, als würde er meine Vermutung bestätigen.

»Okay, du hast zwei Minuten. Aber lass uns eines klarstellen: Dass wir das hier gemeinsam durchziehen, ändert nichts. Ich nehme deine Hilfe nur an, weil ich *Secret Enemy* gewinnen will, um an das Preisgeld zu kommen.«

Erst als Jasper mich verwundert ansieht, merke ich, was ich ihm gerade mitgeteilt habe.

Er öffnet den Mund, um etwas zu sagen, aber ich hebe abwehrend die Hand. »Du hast nicht wirklich geglaubt, deine Aktion würde keine Kollateralschäden verursachen? Die Anschuldigungen gegen meine Mom haben ein Loch in die Stiftungskasse gerissen. Wenn ich das Geld gewinne, kann ich ihr etwas unter die Arme greifen, auch wenn es nicht mehr als ein Tropfen auf dem heißen Stein ist.«

»Ich –«

»Können wir das einfach so stehen lassen und die finanziellen Schwierigkeiten meiner Familie nicht weiter thematisieren?«, unterbreche ich ihn.

»Abbie –«

»Nein, Jasper. Ich meine es ernst. Lass uns das hier gemeinsam durchziehen und anschließend getrennte Wege gehen«, schneide ich ihm erneut das Wort ab. Das Letzte, was ich jetzt gebrauchen kann, ist Mitleid.

Statt zu antworten, nickt Jasper. Ein weiteres Mal sehen wir einander an. In seinem Blick liegen Bedauern, Schuld und Entschlossenheit. Ohne ein weiteres Wort geht er auf den Eingang zu, nimmt die wenigen Stufen nach oben und verschwindet kurz darauf in dem Gebäude.

Ich sehe auf die Uhr. Mit jeder Sekunde, die vergeht, klettert mein Puls vor Aufregung in die Höhe. Es ist eindeutig etwas anderes, sich im Dunkeln in Sicherheit zu wiegen, als am helllichten Tag wo einzusteigen. Die Wahrscheinlichkeit, erwischt zu werden, ist deutlich höher.

Als Jaspers Zeit abgelaufen ist, setze ich mich mit einem mulmigen Gefühl in Bewegung. Bevor ich in die Eingangshalle trete, atme ich tief durch. Unauffällig schiele ich zum Empfangstresen und entdecke Jasper, der lässig dagegenlehnt und sich mit Gloria unterhält. Sie lacht über etwas, das er gesagt hat, und klemmt sich eine ihrer dunklen Locken hinters Ohr. Mein Auftauchen hat sie nicht einmal bemerkt, weil sie zu sehr damit beschäftigt ist, Jasper anzulächeln. Und ich kann es ihr nicht einmal verübeln, denn wenn Jasper in meiner Nähe ist, habe ich auch das Gefühl, dass um mich herum nichts weiter existiert.

Statt den Plan zu verfolgen, beobachte ich die beiden. Jasper stützt sich mit dem Ellenbogen auf der Marmorplatte ab und beugt sich ihr entgegen. Sie schiebt mit dem Zeigefinger die runde Brille auf ihrer Nase zurecht, bevor sie sich ebenfalls nach vorne beugt. Ich sehe kurz zum Fahrstuhl und zögere. Nicht, weil ich die Sache abblasen will, sondern weil ich wissen will, wie weit Jasper für sein Ablenkungsmanöver gehen würde. Aber vor allem interessiert mich, ob er es genießt. Argh, warum kann er mir nicht einfach egal sein?

Ohne meinen Blick von den beiden abzuwenden, setze ich einen

Fuß vor den anderen. Jasper lehnt sich so weit über den Tresen, dass er Gloria etwas ins Ohr flüstern kann und damit die Sicht auf mich verdeckt. Ich unterdrücke das Bedürfnis dazwischenzugehen und mache einen weiteren Schritt auf den Lift zu. Im nächsten Moment laufe ich gegen einen der gelben Cocktailsessel.

Wie in Zeitlupe sehe ich, wie Gloria aufschreckt und ihren Kopf in meine Richtung dreht. Blitzschnell verstecke ich mich hinter dem Möbelstück, über das ich gestolpert bin, und zähle bis zwanzig. Ein Scheppern lässt mich zusammenzucken. Vorsichtig luge ich hinter dem Sessel hervor, um nachzusehen, was das Geräusch verursacht hat. Auf dem Boden liegt eine zerbrochene Vase, die zuvor auf dem Tresen gestanden hat. Jasper geht gerade in die Knie, um die Schnittblumen aufzusammeln. Gloria kann ich nicht entdecken.

Unsere Blicke treffen sich und Jasper deutet mit einer Kopfbewegung in Richtung Fahrstuhl. Hastig komme ich auf die Füße und sprinte zum Lift. Mit zittrigen Fingern drücke ich auf den Knopf. Als die Tür aufgleitet, husche ich hinein und atme kurz durch. Quälend langsam schließt sich der Fahrstuhl. In der letzten Sekunde schlüpft Jasper herein. Seine Brust hebt und senkt sich schnell.

»Alles okay?«, fragt er, tippt den Code ins Tastenfeld ein und drückt anschließend auf die vierte Etage.

»Was machen wir, wenn jemand zusteigt?«, will ich wissen, während ich auf die Anzeige sehe, die langsam nach oben zählt.

»Um die Zeit befinden sich alle außer Gloria in der Mittagspause.«

»Du verschaffst dir wirklich einen sehr genauen Überblick über deine Umgebung, was?«, sage ich bissiger, als ich beabsichtigt habe. Eifersucht ist ein Verräter.

Ich bin mir ziemlich sicher, dass Jasper es spürt, denn er stellt sich direkt vor mich und sucht meinen Blick. Ich weiche ihm aus, weil ich befürchte, er könnte darin lesen, dass mir missfällt, dass er die Empfangsdame ein bisschen zu persönlich kennt.

Die Tür öffnet sich. Wortlos gehe ich an Jasper vorbei und sehe mich im Flur um, dann blicke ich zur Decke.

»Wie kommen wir auf das Dach?« Jetzt wird mir klar, dass ich meinen Plan nicht ganz durchdacht habe. Nein, eigentlich bestand er nur darin, dass ich das Endergebnis vor Augen hatte. Der Weg dorthin war mehr als neblig.

»Über die Feuertreppe.«

»Es gibt eine Feuertreppe? Warum haben wir nicht die, sondern den Fahrstuhl genommen?«

»Wo wäre da der Spaß gewesen?«, antwortet er mit einem Schulterzucken und geht auf die Metalltür links von uns zu.

In diesem Augenblick würde ich ihm gern einen Tritt gegen das Schienbein verpassen. Spaß hatte eindeutig nur er beim Flirt mit Gloria. Ich habe vor Anspannung beinahe einen Herzinfarkt erlitten.

Erneut tippt er den Code ein. Mit einem Klicken springt die Tür auf. Frische Luft schlägt uns entgegen, als Jasper ins Freie tritt. Mein Blick fällt auf die sehr schmale Plattform, auf der er steht. Durch das Gitter kann ich in die Tiefe sehen. Mir wird schlecht.

»Abbie?«

»Gibt es noch einen anderen Zugang zum Dach?«

»Nicht dass ich wüsste.«

Ohne es zu wollen, weiche ich einen Schritt zurück in Richtung Fahrstuhl.

»Wir sollten uns beeilen.« Jasper sieht auf seine Uhr. »Die Mittagspause ist in fünfzehn Minuten vorbei.« Er mustert mich, während ich den Kopf schüttle.

»Akrophobie«, schlussfolgert er aus meinem Verhalten.

»Vielleicht habe ich ein bisschen Höhenangst«, gebe ich zu.

»Okay, dann geh ich alleine aufs Dach und du wartest hier.«

»Was? Keine klugen Ratschläge von wegen ›sieh einfach nicht nach unten, die Treppe ist sicher‹ und demonstratives Hüpfen, um deine Worte glaubhaft wirken zu lassen?« *Natürlich, warum bin ich da nicht von selbst draufgekommen? Wenn ich nicht hinsehe, ist die Angst nicht real.* Diese Tipps sind lächerlich. Als könnte man mal eben den Schalter umlegen.

Ein leises Lachen verlässt seine Lippen. »Würde dir das denn helfen, deine Angst zu überwinden?«

»Nein.«

»Dachte ich mir. Und da uns gerade etwas die Zeit davonrennt, hast du entweder einen besseren Vorschlag oder ich übernehme die Sache.«

Mein Blick wandert den Flur entlang. »Was ist mit den Büros?«

»Hast du denn deine Haarklemme dabei?«, fragt er und grinst frech. Ich ignoriere das Flattern in meiner Magengegend, das sich bei seiner Neckerei bemerkbar macht.

»Nein, aber vielleicht hat jemand nicht abgeschlossen.« Noch während ich rede, gehe ich auf die erste Tür zu. Verschlossen. Die nächste ebenfalls. Wäre auch zu einfach. Bei der dritten habe ich tatsächlich Glück.

»Ha! Na, wer sagts denn.«

»Nicht schlecht, Kim Possible«, würdigt Jasper meinen Einfall und folgt mir in den Raum. Ich nehme den Rucksack ab, öffne ihn, nehme die zwei zusammengetackerten Bettlaken heraus und sehe zu den beiden Doppelfenstern, die circa einen Meter weit auseinanderliegen. Es ist zwar nicht der Fahnenmast, aber ich denke, es zeigt trotzdem Wirkung.

Jasper öffnet das eine Fenster und ich das andere. Unsere Blicke verschmelzen miteinander.

Seine Lippen verziehen sich zu einem schiefen Grinsen. »Gib mir das eine Ende, dann klemme ich es zwischen Rahmen und Scheibe«, fordert er mich auf.

Ich zögere kurz, bevor ich mich etwas hinausbeuge, um ihm den Stoff zu reichen. Keine Minute später prangt das Statement an der Fassade des Verwaltungsgebäudes.

»Das hätten wir. Und jetzt nichts wie raus hier«, sagt Jasper und wirkt plötzlich ernst.

Ich schnappe mir meinen Rucksack, folge ihm in den Flur und gehe auf den Fahrstuhl zu. Gerade als er auf den Rufknopf drücken will, entfährt ihm ein leises »Shit!«.

»Was ist?« Dann weiß ich, was er meint. Die Anzeige, die sich über der Fahrstuhltür befindet, wechselt von zwei auf drei.

Er greift nach meinem Handgelenk und zieht mich mit sich. Gemeinsam rennen wir in die Richtung, aus der wir gerade gekommen sind, direkt auf die Glastür zu, hinter der sich das Treppenhaus befindet.

Ein leises *Ping* ertönt und kündigt das Sichöffnen der Fahrstuhltür an. Ich kann hören, wie sie aufgleitet. Das wars. Wir werden jeden Moment erwischt.

Jasper tippt eine Zahlenkombination in das Tastenfeld, das sich an der Wand befindet. Im nächsten Augenblick spüre ich ein erneutes Ziehen an meinem Handgelenk, als Jasper ins Treppenhaus tritt und die Stufen nach unten hastet. Erst als wir im Erdgeschoss ankommen, lässt er mich los.

»Wie kommen wir unbemerkt aus dem Gebäude? Ein weiteres Ablenkungsmanöver bei der Empfangsdame?« Gott, ich sollte aufhören ihm unterschwellig meine Eifersucht unter die Nase zu reiben.

Auf sein bestätigendes Schmunzeln hin schießt mir die Hitze in die Wangen. Ich wende den Blick von ihm ab und sehe mich nach einer Fluchtmöglichkeit um, die uns nicht durch die Eingangshalle führt.

»Wir nehmen den Seiteneingang«, sagt er und deutet auf die Tür links von uns.

Gemeinsam setzen wir uns in Bewegung. Erneut bleibt Jasper stehen, während ich zielstrebig auf die Tür zugehe.

»Ich wollte schon immer mal einen Feueralarm auslösen.« Er hat die Worte kaum ausgesprochen, da dröhnt ein ohrenbetäubender Lärm durch das Gebäude. Mein Kopf schnellt zu Jasper und dann zu dem kleinen Glaskasten, in dem sich der Knopf für den Alarm befindet.

Lachend kommt er auf mich zu, öffnet die Seitentür und schiebt mich hindurch. Perplex sehe ich ihn an.

»Also dann, Kim Possible, unsere Wege trennen sich hier.«

Bevor ich darauf etwas antworten kann, eilt er davon. Einen Moment sehe ich ihm fassungslos hinterher. Bewege mich nicht von der Stelle, bis mir einfällt, dass ich mich schleunigst aus dem Staub machen sollte.

Mit hastigen Schritten begebe ich mich auf die Vorderseite des Gebäudes, um noch ein Foto für *Secret Enemy* zu knipsen. Vor dem

Haupteingang hat sich bereits eine Menschentraube gebildet. Mein Blick wandert die graue Fassade empor, während ich das Handy herauskrame.

Ein Grinsen schleicht sich auf meine Lippen, als ich mein Statement entdecke, das zwischen die Fenster der obersten Etage gespannt auf den Bettlaken steht.

*Be free. Be wild. Be yourself.*

# 27.

## JASPER

Je näher ich New York komme, desto größer wird der Druck in meiner Brust. Meine Mom rief mich bereits vor Stunden an, um mir mitzuteilen, dass sie im Penthouse wartet. Sie musste mir erst die Adresse nennen, zu der mich nun das Navi führt. Witzig, dass meine Familie Immobilien im ganzen Land besitzt und ich bisher nur die protzige Villa in Boston von innen gesehen habe. Aber es ist auch nicht so, als hätte ich viel Zeit meines Lebens in den Staaten verbracht.

Nichts hier fühlt sich vertraut oder nach Heimat an. Ich bin nicht mehr als ein Tourist auf der Durchreise, der darauf wartet, dass ein Flieger ihn dorthin zurückbringt, wo er hingehört. Aber immer wenn ich über meine Abreise nachdenke, schleicht sich die Frage ein, ob es nicht auch irgendwie anders geht. Der Auslöser dafür sind die unvorhergesehenen Dinge, die sich in den vergangenen Wochen entwickelt haben, deren Ursprung bei Abbie liegen. Es ist ein ständiges Hin und Her zwischen *Was wäre, wenn?* und *Auf keinen Fall*, das mich mürbemacht. Abbie plus Jasper ist eine Gleichung, in der die entscheidende Variable fehlt.

Nachdem ich ihr letzten Freitag bei der Erfüllung der Aufgabe für *Secret Enemy* geholfen hatte, habe ich genau das getan, was sie wollte. An diesem Nachmittag haben sich unsere Wege getrennt, ohne dass ich einen weiteren Versuch gestartet hatte, die Sache mit ihr ins Reine zu bringen. Es war schlichtweg der falsche Moment. Weil ich nach wie vor nicht bereit dazu bin, ihre Fragen zu beantworten. *Warum das Ganze? Wovor hast du Angst? Was genau ist das zwischen uns?* Eine Unterhaltung hätte uns nicht weitergebracht.

Meinetwegen steckt die Stiftung ihrer Mom in finanziellen Schwierigkeiten, und das macht mich wahnsinnig. Die Westings hätten niemals mit hineingezogen werden sollen. Das ist nichts, was man mal eben aus der Welt räumt. Das Geschehene steht wie eine Wand zwischen uns. Ich konnte es in Abbies Blick sehen. Diese Mischung aus *Ich will, aber ich kann nicht*. Und ich habe keine Ahnung, welcher Teil am Ende siegen wird. Nur deswegen bin ich gegangen. Die Entscheidung muss sie alleine treffen. Ihre Nähe zu suchen und sie damit zusätzlich zu verwirren, wäre kontraproduktiv.

Sonntag habe ich einen Blick auf das Ranking geworfen. Ihr Statement *Be free. Be wild. Be yourself.* hat Abbie auf Platz sechs im Gesamtranking befördert. Damit ist sie in der nächsten Runde nicht dabei, denn die erreichen nur die besten fünf. Die Offenbarung, dass Abbie es auf das Preisgeld abgesehen hatte, um ihrer Mom zu helfen, hat sich angefühlt, als würde man mir ohne Vorwarnung in den Magen treten. Es wäre ein Leichtes, einen Scheck rüberzuschieben, aber ich bezweifle, dass mir das zum jetzigen Zeitpunkt Sympathiepunkte einbringen würde. Für sie würde es den Eindruck erwecken, als versuche ich mein Gewissen reinzuwaschen. Ich werde mir etwas einfallen lassen, wie ich ihr unauffällig unter die Arme greife, um ihr die Sorge um die Existenz ihrer Familie zu nehmen.

Mein Blick wandert zum Display in der Mittelkonsole. Verbleibende Fahrzeit: sechsunddreißig Minuten. Bei unserem gemeinsamen Mittagessen in Boston habe ich meiner Mom zugesagt, sie zu einer Veranstaltung zu begleiten. Aus Gründen, an denen ich nicht ganz unschuldig bin, ist Elijah Anderson aktuell keine angemessene Gesellschaft. Nur deswegen habe ich zugesagt. Ich bin nicht sonderlich scharf auf die Kreise, in denen sich meine Eltern bewegen.

Warum sich meine Mom nach allem, was passiert ist, noch zu diesen Anlässen blicken lässt, ist mir ein Rätsel. Sie braucht nur durch die Tür zu treten und das Getuschel beginnt. Dessen muss sie sich doch bewusst sein. Ich würde gerne sagen, dass meine Mom das Bauernopfer ist, das ich erbringen musste, aber so ist es nicht. Was sie bisher nicht realisiert hat, ist die Möglichkeit, die sich ihr nun bietet. Der einzige Grund, warum ich heute Abend einen Smoking tragen werde, ist also, um sie an die Hand zu nehmen und ihr eine Richtung zu zeigen. Ein Leben ohne einen Mann, der nichts verdient außer der Hölle, die ihn erwartet. Die Tür habe ich ihm bereits geöffnet.

Als mich ein Schild in New York begrüßt, wird die Luft im Mustang zunehmend dünner und ein beklemmendes Gefühl macht sich in meiner Brust breit. Nicht, weil ich meine Mom nicht sehen möchte, sondern weil ich nicht in einer Horde Menschen stehen und mich angaffen lassen will. Menschen, die sich in einer Welt bewegen, in der ich mich nicht wohlfühle. Die ich nicht verstehe. Mit der mich nichts verbindet und zu der ich dennoch gehöre.

Ich setze den Blinker und nehme die Ausfahrt Richtung Manhattan. Dort schlängle ich mich durch den stockenden Verkehr. Am Ende brauche ich fast eine Stunde, bis ich in die Tiefgarage fahre und den Mustang neben dem weißen Aston Martin meiner Mom einparke. Durch die Frontscheibe starre ich auf die graue Betonwand vor mir, dann nehme ich das Handy aus der Halterung und öffne meine Playlist für Situationen wie diese. Momente, in denen ich kneifen, wegrennen oder mich in Luft auflösen will.

Mein Kopf sinkt gegen die Kopfstütze. Ich schließe die Augen und atme ein paarmal tief durch, während *World Gone Mad* von Bastille durch das Wageninnere dröhnt. Für eine Weile knipse ich die Welt aus, damit sie sich in einen schwarzen Bildschirm verwandelt.

Keine Ahnung, wie lange es dauert, bis ich mich dazu aufraffe, aus dem Auto zu steigen. Fünfzehn Minuten. Zwanzig. Noch länger. Als ich die wenigen Meter zum Fahrstuhl gehe, fühlt es sich nach nicht lange genug an.

Ich gebe den Code für das Penthouse ein, den mir meine Mom geschickt hat. Im nächsten Augenblick schließt sich die Fahrstuhltür. Mein Blick trifft auf das Bild, das sich mir im Spiegel bietet. Cam hat recht, ich sehe müde aus. Aber was ich verspüre, ist nicht die Art von Müdigkeit, die man mit genügend Schlaf in den Griff bekommt. Ich bin erschöpft von der Person, die ich erschaffen habe, um mich unverwundbar zu machen. Und je weiter die Müdigkeit fortschreitet, desto mehr zerfallen die Mauern um mein Innerstes zu Staub.

Mit den Fingern fahre ich mir durch die Haare, um sie in Form zu bekommen, dann hole ich die Fliege aus meiner Hosentasche und binde sie mir um den Hals. Eine automatische Stimme begrüßt mich im Penthouse, als sich die Tür zum Penthouse öffnet und den Blick in einen Flur freigibt. Kurz sehe ich mich um, bevor ich ihn durchquere und in einem großzügigen Wohnbereich lande. Weiße Wände, schwarze Möbel, silberne Akzente – unpersönlich. Damit unterscheidet sich die Inneneinrichtung nicht von dem Haus in Boston. Auf dem Glastisch liegt ein Stapel Zeitschriften. Das Gesicht, das meinem viel zu ähnlich sieht, blickt mir entgegen. Die Schlagzeile lautet: *Elijah Anderson, CEO von* Anderson Real Estate, *äußert sich exklusiv zu den Vorwürfen*. Ich nehme die Zeitschrift in die Hand. Auf der darunterliegenden prangt ebenfalls ein Foto von ihm. *Staatsanwaltschaft bereitet Anklage vor.* Ein zufriedenes Grinsen schleicht sich auf meine Lippen, als ich den Zeitungsstapel durchsehe.

Flüchtig überfliege ich den Artikel der heutigen *New York Times*, in dem neue Details zu den Machenschaften des Mannes, den ich verachte, offenbart werden. Weitere fünf Firmen werden erwähnt, die angeblich ebenfalls in der Sache mit drinstecken, genauso wie mehrere Scheinfirmen, deren Transaktionen zur Verschleierung dienten. Die Ermittlungen dauern weiterhin an. Das *angeblich* kann getrost gestrichen werden. Die Info mit den entsprechenden Beweisen habe ich letzte Woche anonym an die zuständige Ermittlungsbehörde geschickt. Wenn man jemanden vernichten will, muss man ihn stückchenweise zerstören. Legt man alle Karten, die man auf der Hand hat, gleichzeitig auf den Tisch, sitzt der Schlag nur für den Augenblick. Effektiver ist es, erneut zuzuschlagen, sobald das Gegenüber sich sicher fühlt. Nur so zwingt man es endgültig in die Knie. Eine Strategie, die ich von Elijah persönlich gelernt habe.

»Sieh dir das nicht an«, erklingt wie aus dem Nichts die Stimme meiner Mutter.

Ich lege die Zeitung zurück auf den Tisch und wende mich ihr zu. »Hey, Mom«, sage ich, überbrücke die Distanz zwischen uns und küsse sie auf die Wange.

»Du bist spät«, merkt sie an.

»Viel Verkehr«, antworte ich knapp und lächle.

»Gut siehst du aus.« Sie greift nach meiner Fliege und zupft sie zurecht. »So erwachsen«, fügt sie hinzu.

»Ich bin erwachsen.«

»Natürlich. Kann ich dir etwas zu trinken anbieten?«

»Ein Wasser wäre nett.«

Unsere Konversationen brauchen in der Regel ihre Zeit, bis sie sich von verkrampft über erträglich zu herzlich verwandeln. Als bräuchten wir eine gewisse Aufwärmphase. Diese leicht unterkühlte Art ist eindeutig auf die Blutlinie Fernsby zurückzuführen.

Ich folge ihr in die Küche. Eine weiße Kücheninsel trennt das Wohnzimmer vom Essbereich. Während sie mir ein Wasser und sich selbst ein Glas Rotwein einschenkt, nehme ich auf einem der Barhocker Platz.

»Wie läuft das College?«, will sie wissen und lächelt.

»Gut.« Ich lächle nicht zurück, weil ich es hasse, sie anzulügen.

Die nächsten dreißig Minuten verbringe ich damit, brav die Fragen meiner Mom zu meinem Alltag in Waterbury zu beantworten. Dass ich die Wahrheit mehr als nur einmal verdrehe, gefällt mir zwar nicht, aber es ist unumgänglich. Denn die Wahrheit ist, ich besuche keine Kurse, knüpfe keine Freundschaften und habe keine schöne Zeit. Ich hasse es dort. Dieser Ort ist wie ein Schraubstock, der sich jeden Tag eine Windung enger dreht und mich zusammendrückt, bis ich nicht mehr atmen kann.

Einzig Cam und Aspen machen das Ganze erträglich. *Und Abbie*, meldet sich meine innere Stimme. Ja, vor allem sie, allerdings auf einer völlig anderen Ebene. Sie sorgt dafür, dass mein Verstand nicht pausenlos auf Hochtouren arbeitet, sondern sich regelmäßig in den Stand-by-Modus begibt, sobald sie in meiner Nähe ist. Das Kuriose daran ist, dass es mich wahnsinnig macht, dass sie diesen Effekt auf mich ausübt. Gleichzeitig genieße ich diese Ruhepause in meinem Kopf. Die Auszeit von meinen Gedanken, Erinnerungen und der Suche nach Antworten. Und ich ertappe mich immer öfter dabei, dass ich diesen Zustand herbeisehne, wie ein Junkie, der nach seinem nächsten Rausch lechzt.

Allerdings befinden wir uns aktuell in einer rückläufigen Phase. Als stünden wir wieder am Anfang und irgendwie auch nicht. Weil unsere Ausgangsbasis sich verändert hat. Momentan weiß ich nicht, ob das gut oder schlecht ist. Aber es ist anstrengend und ermüdend, wenn man bedenkt, wie einfach es wäre, könnte man alles streichen, bis nur dieses eine Gefühl übrig bleibt. Vertrauen. Denn daran scheitern wir gerade. Abbie vertraut mir nicht. Jedenfalls nicht in dem Maße, in dem es nötig wäre, um eine gemeinsame Richtung festzulegen. Wie auch immer die letztlich aussehen mag.

»Wir sollten langsam los«, sage ich, nachdem ich einen Blick auf die Uhr geworfen habe.

Mom schiebt den Ärmel ihres dunkelroten Kleides etwas zurück und sieht ebenfalls auf ihre Armbanduhr. »Oh, schon so spät.«

Mein Magen zieht sich zusammen, als ich die blauen Flecken an ihrem Handgelenk entdecke. Mein Verstand katapultiert sich in Rekordgeschwindigkeit um zweieinhalb Jahre zurück und ich kann absolut nichts dagegen tun, als die Erinnerung aufploppt.

*Mittwoch. Es schneit. Dabei sollte es mit dem sich ankündigenden Frühling allmählich wärmer werden. Ich sehe aus dem Fenster, beobachte die Schneeflocken, die sich an der Scheibe sammeln. Miss Burton hat meine Aufmerksamkeit schon vor zwanzig Minuten verloren.*

*»… prüfungsrelevant.«*

*Schlagartig bin ich hellwach und richte meinen Blick auf die Tafel.*

*»Wie ich sehe, sind die Herren aus der letzten Reihe aus ihrem Dämmerschlaf erwacht.«*

*Ein Lachen hallt durch den Klassenraum, das erst verstummt, als die Tür sich öffnet und die Rektorin im Rahmen erscheint. Ihre Miene ist ernst, während ihr Blick über die Reihen wandert und schließlich an mir hängen bleibt. Sofort macht sich ein ungutes Gefühl in meiner Brust breit.*

*Miss Burton geht zu ihr. Die beiden wechseln wenige Worte miteinander, dann sieht die Lehrerin zu mir. Ein mitleidiger Ausdruck zeichnet sich auf ihrem Gesicht ab. Mein Herz setzt für zwei Schläge aus und kommt polternd wieder in Bewegung.*

*»Jasper, pack bitte zusammen und begleite Miss Turnbull«, sagt sie so sanft, dass sich eine Gänsehaut auf meinen Unterarmen ausbreitet. Wenn die Rektorin dich höchstpersönlich aus dem Unterricht holt, dann gibt es dafür genau zwei mögliche Gründe. Erstens: Du*

*hast richtig Mist gebaut. Zweitens: Es ist etwas passiert. Möglichkeit eins kann ich ausschließen.*

*Schweigend folge ich Miss Turnbull an den anderen Klassenräumen vorbei den langen Flur hinunter, der zu ihrem Büro führt. Dabei zähle ich die Schritte. Es sind einundvierzig. Mit jedem einzelnen beschleunigt sich mein Herzschlag. Schnürt mir die Luft zum Atmen ab. In meinem Geist formen sich Szenarien, die mich erwarten könnten.*

*Wortlos öffnet die Rektorin die Tür. Das Erste, was ich erspähe, ist Mom. Sie spielt gedankenverloren mit dem rechten Ärmel ihres Kleides, schiebt ihn hoch und wieder herunter. Es ist das erste Mal, dass ich die blauen Flecken an ihren Unterarmen entdecke. Und es ist die Bestätigung dessen, was ich längst geahnt habe.*

*»Mrs Anderson.«*

*Hastig zieht sie den Stoff über ihr Handgelenk. Unsere Blicke treffen sich. Ihre Augen sind gerötet. Sie sieht müde aus. Vielleicht liegt es an dem dunklen Hosenanzug, dass sie so viel älter aussieht, als ich sie in Erinnerung habe. Mom trägt nie Schwarz, sie liebt freundliche Farben. Blumen. Muster. Kleider.*

*Regungslos verharre ich in meiner Position, unsicher, ob ich mich setzen oder lieber stehen bleiben soll, weil somit der Weg nach draußen kürzer ist. Ein schwaches Lächeln erscheint auf ihren Lippen, als sie sich erhebt und die Distanz zwischen uns überbrückt. Sie legt die Arme um mich und für einen Wimpernschlag zögere ich, die Umarmung zu erwidern. Dann weint sie. Irgendjemand ist tot, ist mein erster Gedanke. Der zweite:* Bitte, lass es meinen Dad sein.

*Er ist es nicht. Es ist Maxwell Fernsby. Mein Großvater. Mein Anker. Mein Verbündeter. Mein Vorbild. Mein Alles.*

»Jasper?« In der Art, wie meine Mutter meinen Namen ausspricht, schwingt ein Flehen mit, ihr diesen Abend nicht kaputtzumachen. Nicht wieder eine Diskussion über Elijah anzuzetteln. Denn genau das ist an meinem Geburtstag geschehen.

Sie liebt ihn. Ich verachte ihn.

Sie verteidigt ihn. Ich klage ihn an.

Ich reiße meinen Blick von ihrem Unterarm los und schlucke die Worte herunter, die mir auf der Zunge liegen. Seit ich es weiß, habe ich sie mehrfach darauf angesprochen. Es ist beängstigend, wie viele Ausreden sie für das Offensichtliche erfindet. Natürlich habe ich darüber nachgedacht, der Polizei einen Tipp zu geben, aber Elijah ist, wer er ist. Und solange er dazu fähig ist, sie zu manipulieren, würde es rein gar nichts ändern. Ich hasse dieses Gefühl von Hilflosigkeit und klammere mich daran fest, dass er in der Hölle schmoren wird, wenn mein Plan aufgeht. Für das, was er meiner Mom antut, und für das, was er mir angetan hat.

Im Flur blickt sie unsicher in den Spiegel. »Wie sehe ich aus?«, fragt sie, als sich unsere Blicke treffen.

»Wunderschön.« Aber sie wäre noch schöner, würde sie nicht in diesem mit Gold getarnten Käfig stecken.

Ich gebe ihr einen Kuss auf die Wange, dann helfe ich ihr in den Mantel und schiebe sie aus der Tür.

# 28.

## ABBIE

Platz sechs. Kein Preisgeld. Kein Jasper. Kein rein gar nichts. *Secret Enemy* ist für mich vorbei.

Ich habe es nicht in die nächste Runde geschafft. Dabei dachte ich wirklich, die Aktion würde mir viele Punkte einbringen. Aber für ein aussagekräftiges Statement hätte ich wahrscheinlich die Verwaltung niederbrennen müssen.

Dion hat meinen Frust bemerkt, also kam ich nicht drum herum, ihr zu verraten, dass ich weitergespielt und ihre Bedenken bezüglich X ignoriert habe. Sie hat mit ihrer typisch dramatischen Art reagiert und anschließend drei Tage lang geschmollt. Nach aktuellem Stand gewinnt Henry zum vierten Mal in Folge *Secret Enemy*. Ich glaube immer noch, er hat einen Weg gefunden zu schummeln. Dennoch bin ich froh, dass das Spiel für mich vorbei ist. Für mich war Aufgabe vier schon eine nervliche Zerreißprobe und ich will nicht wissen, was mich in Runde fünf und sechs erwartet hätte.

Das Geldproblem löst sich mit meinem Ausscheiden allerdings nicht in Luft auf und das bereitet mir massives Kopfzerbrechen. Heute Morgen habe ich bereits eine Liste der Dinge in meinem Besitz erstellt, die ich verkaufen könnte. Aber viel kommt da auch nicht zusammen. Ein prall gefüllter Designerkleiderschrank wie der von Dion mit lauter limitierten Klamotten und Taschen ist sicher die reinste Goldgrube. Ich hingegen habe dreihundert Dollar weniger auf dem Konto vorzuweisen, die ich für die Teilnahme am Spiel blechen musste.

Ein leises Klopfen an der Tür lenkt meine Gedanken wieder zu meinem Spiegelbild. Unsicher sehe ich an mir herab, streiche den Stoff des taupefarbenen, ärmellosen Kleides glatt, das meine Mom für den heutigen Abend für mich ausgewählt hat. Es ist hübsch. Schlicht und nicht zu freizügig. Lediglich der Rückenausschnitt zeigt etwas mehr Haut als nötig. Aber nicht so viel, dass ich mich damit unwohl fühle. Die Vorderseite hingegen verdeckt vollständig mein Dekolleté.

»Du siehst bezaubernd aus«, ertönt die Stimme meiner Mom hinter mir.

Ich drehe mich zu ihr um und lächle sie an. »Es ist auch ein sehr schönes Kleid«, erwidere ich.

Meine Mom mag in ihrer Erziehung streng gewesen sein, aber sie hat mir nie das Gefühl gegeben, sie würde mich nicht lieben. Sie hat lediglich sehr klare Vorstellungen, wie ich zu sein habe. Und grundsätzlich teile ich ihre Meinung. Es ist nichts verkehrt daran, höflich, bescheiden und strebsam zu sein, aber es fühlt sich oft an, als wäre ich die langweiligste Person auf diesem Planeten.

»Wenn dein Dad dich sehen könnte, würde er sagen …« Sie verstummt und betrachtet mich wehmütig.

»Was für eine *magandang babae* ich bin«, beende ich ihren Satz. Eines Tages wirst du eine *wunderschöne junge Frau* sein. Das hat er immer zu mir gesagt, wenn ich über mein Aussehen gemeckert habe, weil ich nicht so eine schöne blonde Mähne wie Aspen habe, die in weichen Wellen über meine Schultern fällt, sondern Haare, die schwer und starr herunterhängen. Oder weil ich nicht wie Dion makellose Haut hatte, sondern sich auf meiner Stirn ein Pickel an den nächsten reihte.

Über den Spiegel blicke ich in das Gesicht meiner Mom, das meinem nur bedingt ähnelt, weil sich die optischen Merkmale von Dad durchgesetzt haben. Die schwarzbraunen Haare, die dunklen Augen, die breite Nase und die Gesichtsform. Von Mom habe ich die geringe Körpergröße und die zierliche Statur. Nach dem Tod meines Dads war es schwer für meine Mom, mich anzusehen, ohne in Tränen auszubrechen.

Als ihre Augen verdächtig glänzen, wende ich den Blick ab, gehe zum Kleiderschrank und nehme den Mantel heraus.

»Da ist übrigens gestern ein Brief für dich angekommen.«

Oh, oh, ich ahne, wer der Absender ist.

»Willst du mir vielleicht erklären, warum dir die NYU Unterlagen für die Aufnahme eines Studiums schickt?«

»Heißt das, ich wurde angenommen?«, entfährt es mir etwas zu euphorisch und lasse ihre Frage unbeantwortet.

»Ja, aber ich würde gerne wissen, warum du dich überhaupt an der NYU beworben hast.«

»Versprich mir, dass du nicht böse bist?«

»Natürlich bin ich nicht böse auf dich, ich würde allerdings gerne deine Beweggründe für diesen Schritt erfahren.«

»Zuerst war es nur eine fixe Idee. Ich dachte, ein Wechsel an die NYU wäre eine finanzielle Entlastung und ich könnte dich besser unterstützen, wenn ich nicht die ganze Woche in Waterbury festsitze«, beginne ich und sehe sie entschuldigend an.

»Gott, Abbie, hast du etwa gedacht, ich kann dein College nicht bezahlen? Wie kommst du denn darauf?« Sie klingt nicht so aufgebracht, wie ich erwartet hätte.

»Ich habe dein Telefonat mit Mrs Stanley belauscht. Du hast gesagt, dir brechen die Geldgeber weg und du weißt nicht, wie du die Löcher stopfen sollst. Die Studiengebühren in Waterbury sind dreimal so hoch wie an der NYU.«

»Und deswegen hast du dich sofort dort beworben?«

»Ja, irgendwie schon. Aber das ist nicht der einzige Grund. Ich vermisse dich. Ich vermisse New York. Um ehrlich zu sein, habe ich das Gefühl, nicht nach Waterbury zu gehören.«

»Aber deine Freundinnen sind doch dort«, sagt sie irritiert.

»Und ich glaube, das ist das Problem. Seit dem Kindergarten hängen wir aufeinander. Es fühlt sich an, als hätte ich nie eigenständig existiert, immer nur in Verbindung mit den beiden. Im Gegensatz zu mir kommen Aspen und Dion wunderbar alleine klar. Ich denke, ich brauche mal etwas Zeit für mich, um herauszufinden, wer ich eigentlich bin. Ich liebe meine Freundinnen, aber im Augenblick sind sie mir zu viel«, offenbare ich meiner Mom die Wahrheit.

Ein Lächeln erscheint auf ihren Lippen. »Warum hast du denn nicht gesagt, dass du am College unglücklich bist?«

»Ich wollte dich nicht enttäuschen. Du warst dort. Dad war dort. Ihr habt euch dort verliebt. Ich habe immer geglaubt, ich müsste nach Waterbury, um dort ebenfalls mein Glück zu finden.« Ich zucke mit den Schultern. All die Jahre hat sich die Vorstellung in meinem Kopf richtig angefühlt. Aber eben nur so lange, bis ich in meiner Zukunft angekommen war.

Mom nimmt mich in die Arme. »Die Entscheidungen, die du triffst, sollen dich glücklich machen und dir nicht vernünftig erscheinen. Okay. Ob Waterbury oder die NYU, selbst wenn du kein College besuchen willst und andere Wege gehst, ich werde immer stolz auf dich sein, weil du mein tapferes, kluges Mädchen bist.«

»Du bist also wirklich nicht sauer, wenn ich die Uni schmeiße und stattdessen im Central Park als Pantomimin arbeite?«, frage ich scherzhaft, weil das als Kind eine sehr lange Zeit mein Traumberuf war.

»Vielleicht reden wir darüber, wenn du es ernsthaft in Betracht ziehst«, erwidert sie und lacht. Ihr Lachen wirkt fremd, weil ich es zuletzt vor langer Zeit gehört habe. Aber es klingt schön.

Ich drücke sie fest an mich, weil ich erleichtert bin, dieses Gespräch nun hinter mir zu haben. Die Vorstellung der Reaktion meiner Mom, sollte ich an der NYU angenommen werden, hat mir einige Bauchschmerzen bereitet. Dass sie so locker damit umgeht, hätte ich nicht erwartet. Meine Mom ist in ihren Ansichten mehr als gerade. Es stand nie ein anderes College zur Debatte. Ich bin quasi schon mit der Einschreibung für Waterbury auf die Welt gekommen. Jetzt meinen eigenen Weg zu gehen, egal wie er letztlich aussehen wird, fühlt sich seltsam befreiend an. Seit ich ausgezogen bin, hat Mom sich verändert. Als würde der neu geschaffene Raum uns beiden guttun. Wenn ich an die NYU wechsele, werde ich mir eine kleine Wohnung suchen und nicht zurück in mein Kinderzimmer ziehen.

Ist es verrückt, dass ich Vorfreude empfinde, obwohl es bedeutet, Aspen und Dion vorerst hinter mir zu lassen?

»Wollen wir los, bevor sich die Stanleys über das Buffet hermachen und wir an einem Salatblatt knabbern müssen?«

Mom sieht auf ihre Uhr. »Oh, das Taxi wartet auch bereits«, sagt sie und eilt aus dem Zimmer.

*»Miss kita«*, flüstere ich und sehe zu dem Foto auf dem Nachtschrank. Ich vermisse meinen Dad wirklich, aber ich glaube, dass er

gerade auf seiner Wolke sitzt und zufrieden lächelt. Kurz atme ich durch, dann folge ich meiner Mom.

Dreißig Minuten später hält der Fahrer vor dem *The Shed*, einem abstrakt aussehenden Gebäude, das im Grunde eine mit viel Glas versehene Stahlkonstruktion ist, über die jemand lieblos einen weißen gesteppten Überwurf gestülpt hat. Direkt daneben befindet sich eine gigantische nicht weniger abstrakte Treppenkonstruktion, die an einen Trichter erinnert und deren Stufen kein Ziel haben. Es ist nicht mehr als eine Touristenattraktion, die interessant anzusehen ist.

»Na gut, lass uns Hände schütteln und freundlich lächeln, um ein paar neue Gönner aufzutreiben«, sagt Mom, sobald sie neben mich auf den Bürgersteig tritt.

»Wir schaffen das schon«, spreche ich ihr Mut zu, nehme ihre Hand und gehe auf den Eingang zu. Unser Ziel ist die oberste Etage. Jonathan und Carmen Stanley feiern heute ihren zwanzigsten Hochzeitstag. Sie unterstützen die Stiftung seit der Gründung, weil ihr jüngster Sohn ungefähr zur selben Zeit wie mein Dad an Bauchspeicheldrüsenkrebs verstorben ist. Es war ihre Idee, dass wir heute kommen und die Gelegenheit nutzen, um neue Kontakte zu knüpfen.

Als wir den Saal betreten, ist er gut gefüllt. Die Blumendekoration in Weiß, Gold und Rosa ist so omnipräsent, dass man sie gar nicht übersehen kann. Unzählige runde Tische, helles Porzellan, poliertes Besteck. Eine Bühne im vorderen Bereich, auf der eine Band in weißen Anzügen für musikalische Unterhaltung sorgt. Bedienungen, die sich mit vollen Tabletts durch die Gäste schlängeln und deren Ausdruck zwischen freundlich und genervt schwankt.

Eine Servicekraft hält uns ein Tablett entgegen, auf dem sich kleine Glasschälchen befinden. Mit einem Lächeln nehme ich eins davon und rieche unauffällig an dem Inhalt. Ein Shrimpscocktail. Da ich zuletzt zu Mittag etwas gegessen habe, verschlinge ich ihn regelrecht. Bevor die Bedienung mit dem Tablett weiterzieht, schnappe ich mir ein weiteres Schälchen und stelle das leere darauf ab. Meine Mom sieht mich erstaunt an. Statt etwas zu sagen, zucke ich mit den Schultern und gehe weiter.

Auf einer langen Tafel türmen sich hübsch eingepackte Geschenke. Abrupt bleibe ich stehen und wende mich meiner Mom zu. »Wir haben kein Geschenk dabei«, sage ich leise.

Einen Moment sieht sie mich verwundert an, als wüsste sie nicht, wovon ich rede. Mit einem Nicken deute ich in die richtige Richtung.

»Ach, das meinst du. Jonathan und Carmen haben gesagt, dass sie kein Geschenk wollen.«

»Augenscheinlich haben sich daran nicht alle gehalten.«

»Lynn, meine Liebe«, dringt eine schrille Stimme an mein Ohr. Im nächsten Moment tritt Mrs Stanley mit ausgebreiteten Armen aus der Menge und stürmt regelrecht auf uns zu. Der Hosenanzug, den sie trägt, erinnert stark an eine Diskokugel aus den Siebzigern. Ihr schlohweißes Haar hat sie akkurat hochgesteckt. Das Highlight bildet allerdings das mit blauen Steinen besetzte Diadem, das perfekt zu ihren High Heels passt, die denselben Farbton aufweisen. Plötzlich komme ich mir in meinem taupefarbenen Kleid underdressed vor.

»Es ist so schön, dass ihr gekommen seid.« Küsschen rechts, Küsschen links. Widerwillig halte ich erst die eine, dann die andere Wange hin.

»Danke für die Einladung, ich weiß eure Hilfe sehr zu schätzen.«

»Liebes, Jonathan und ich helfen gern.«

»Ich weiß, trotzdem, mir bedeutet das viel.«

Einer der Kellner bleibt neben uns stehen. Carmen greift nach einem Glas Champagner, meine Mom ebenfalls. Als er nicht weitergeht, sehe ich ihn an. Sein Gesicht ist freundlich. Strohblonde Haare, die ihm wirr in die Stirn hängen, als wäre er erst kurz zuvor mit den Fingern hindurchgefahren. Hohe Wangenknochen. Volle Lippen, die einen frechen Zug haben. Unsere Blicke treffen sich. Tiefbraune Augen, wie flüssige Schokolade. Aber es sind nicht die braunen Augen, die mich in meinen Träumen um den Verstand bringen. Ich hatte gehofft, mit dem nötigen Abstand würde es sich legen, dass Jasper meine Gedanken beherrscht.

Auffordernd hält mir der Kellner das Tablett entgegen.

»Damit lässt sich der Abend besser überstehen«, flüstert er kaum hörbar und grinst. So ganz unrecht hat er mit seiner Aussage nicht.

Er zwinkert mir zu, als ich nach einer Champagnerflöte greife. Gleichzeitig nimmt er mir das leere Schälchen ab.

»Danke.«

»Ich komme später noch mal und versorge dich mit Nachschub.« Und dann verschwindet er zwischen den Leuten.

Ich sehe ihm nach, bis mein Blick an einer anderen Person hängen bleibt. Jasper. Unsere letzte Begegnung ist eine Woche her. Er hat Wort gehalten, als er, nachdem er mir bei der Erfüllung der vierten Aufgabe geholfen hatte, meinte, unsere Wege würden sich hier trennen. Kein zufälliges Aufeinandertreffen. Kein Anruf. Keine Textnachricht. Als hätte unsere Verbindung nie existiert. Als wäre sie nicht mehr als eine Illusion gewesen.

Das Verrückte ist, dass ich sie jetzt, da er nur wenige Schritte von mir entfernt steht, überdeutlich spüre. Mein Herz sehnt sich nach seiner Nähe. Mein Verstand hingegen will dem Gefühl nicht nachgeben. Für einen Moment wünschte ich, er würde in meine Richtung sehen und mir die Entscheidung abnehmen, indem er die Distanz zwischen uns überbrückt. Was er nicht tun wird, denn er ist in Begleitung einer Frau. Auch wenn ich kein Recht dazu habe, verspüre ich Eifersucht beim Anblick der beiden.

Ihr Gesicht kann ich nicht sehen, weil sie mir den Rücken zugedreht hat. Das kastanienbraune Haar fällt lockig über ihre Schultern. Sie trägt ein langärmliges, enges bernsteinfarbenes Etuikleid und High Heels in schwindelerregender Höhe. Dennoch ist sie einen halben Kopf kleiner als Jasper, der zu meinem Leidwesen in dem schwarzen Smoking umwerfend aussieht. Er wirkt abwesend, während sich sein Date mit jemandem unterhält.

»Abbie, Schatz, wo bist du denn mit deinen Gedanken?«, höre ich meine Mom neben mir sagen.

»Ich dachte, ich hätte eine Freundin gesehen, habe mich aber geirrt«, antworte ich.

»Carmen hat gerade erzählt, dass sie die Geschenke nachher verlosen und der Erlös der Stiftung zugutekommt. Ist das nicht großartig?«

»Ja, ganz großartig«, erwidere ich abgelenkt, weil mein Kopf sich automatisch wieder in Jaspers Richtung dreht. An der Stelle, wo er bis vor wenigen Sekunden stand, steht nun jedoch ein Kerl mit Halbglatze. Ich suche den Raum nach ihm ab, kann ihn aber unter den vielen Leuten nicht ausmachen.

»Sucht doch schon mal euren Tisch. Wir haben Platzkarten aufgestellt. Es müsste einer der äußeren sein. Wir eröffnen gleich das Buffet«, sagt Carmen und lächelt freundlich.

Die Stanleys sind wirklich nett und haben das Herz am richtigen Fleck. In den vergangenen Jahren bin ich ihnen ein paarmal begegnet und es war immer herzlich. Carmen ist etwas überdreht, aber der seelenruhige Jonathan gleicht das aus.

»Carmen gibt sich bei der Dekoration so unglaublich viel Mühe, findest du nicht auch?«

»Mhm«, brumme ich und suche erneut den Raum nach Jasper ab, ohne zu wissen, zu welchem Zweck. Er ist mit einer anderen hier, als hätte er mich ersetzt. Was Quatsch ist, weil wir nie mehr waren als die wenigen farbigen Momente, die wir gemeinsam erschaffen haben. Momente, die daraus entstanden sind, dass er sein Gewissen erleichtern wollte. Aber er hat auch gesagt, dass etwas zwischen uns ist, das sich nicht ignorieren lässt. Anscheinend kann er es doch.

Er ist wie ein Chamäleon. Immer wenn ich denke, ich hätte ihn durchschaut, verändert sich sein Wesen. Seine unberechenbare Art macht mich mindestens so wahnsinnig, wie sie mich fasziniert. Es ist mir ein Rätsel, wie jemand anziehend und abstoßend zugleich sein kann. Manchmal habe ich den Eindruck, dass er genau das in seinem Gegenüber auslösen will. Diese Verwirrung. Diese Neugier. Diesen Drang dahinterzukommen, welches Spiel er spielt. Wohl wissend, dass es unmöglich ist, weil er die Regeln aufstellt und somit allen immer einen Schritt voraus ist.

Mom schiebt mich weiter in den Saal hinein und auf die Tischgruppe zu, die Carmen erwähnt hat. Neugierig lese ich die Platzkarten und halte nach unseren Namen Ausschau. *Fitzgerald.* Hoffentlich sitzen wir nicht mit Ava an einem Tisch. Sie redet wie ein Wasserfall, und das am liebsten über sich selbst. *Gonzales.* Sind das die mit den Luxusautohäusern oder die mit der Restaurantkette?

*Hastings.* Vielleicht sollte ich Dion anrufen? Bei dem Gedanken muss ich schmunzeln.

Nach drei weiteren Tischen verstehe ich das System. Sie sind alphabetisch eingeteilt. Deswegen sitzen die Fitzgeralds, Gonzales und Hastings gemeinsam an einem Tisch. Damit sinkt die Wahrscheinlichkeit, ausgerechnet mit Jasper an einem Tisch zu landen, auf unmöglich. Die Erkenntnis lässt mich tatsächlich erleichtert aufatmen. Ich würde ungern mit ihm und seinem Date an einem Tisch sitzen. Gedanklich gehe ich die möglichen Nachnamen durch. *Young.* Die sind ganz nett. *Wilson.* Wäre auch okay. *White.* Nur nicht die Walkers.

»Lynn«, unterbricht eine vorsichtig klingende Stimme meinen Gedankengang. Ich sehe auf und direkt in Jaspers Gesicht.

»Scarlett«, entfährt es meiner Mom überrascht.

Mein Blick landet auf der Frau neben ihm. Kastanienbraunes Haar, bernsteinfarbenes Etuikleid und wunderschön. Das ist seine Mom, kein Date. Die Ähnlichkeit zu Jasper ist nicht zu übersehen. Er ist ihr Ebenbild, nur mit härteren Konturen und dunklem Haar. Diese Erkenntnis sollte mich nicht derart erleichtern, genauso wenig, wie mein Herz bei seinem Anblick Fahrt aufnehmen sollte. Aber genau das passiert, als sich unsere Blicke festhalten, als hätten sie einander vermisst.

»Du erinnerst dich an Jasper? Ihr habt euch letzten Sommer in Cincinnati kennengelernt.«

»Ja, natürlich. Freut mich, dich wiederzusehen.«

»Das ist –«

»Hallo, Abbie«, schneidet Jasper meiner Mom mit einem selbstgefälligen Grinsen das Wort ab.

Ihr Kopf schnellt raketenartig in meine Richtung. »Ihr kennt euch?«

Aus mir völlig unerklärlichen Gründen beginnen meine Wangen zu glühen. »Nicht wirklich«, behaupte ich.

Jasper zieht nur die linke Augenbraue hoch, wahrscheinlich weil wir uns für *nicht wirklich* ziemlich nahegekommen sind.

»Jasper besucht auch das Waterbury College«, erklärt Mrs Anderson und lächelt stolz.

»Scheint ein kleiner Campus zu sein«, antwortet meine Mom. Ich kann ihren skeptischen Blick auf mir spüren. Sie fragt sich gerade, ob Jasper der Grund dafür ist, dass ich so dringend das College wechseln will. Aber Jasper hat damit rein gar nichts zu tun. Im Gegenteil. Dem Teil, der ihn zu sehr mag, gefällt die Vorstellung nämlich nicht, ihn nicht mehr zu sehen.

»Ja, ist sehr überschaubar. Man läuft immer wieder denselben Menschen über den Weg.« Seiner Stimme hört man klar und deutlich ein Grinsen an.

Ich würde ihm gerne sagen, dass er den Mund halten soll, weil meine Mom sehr wohl eins und eins zusammenzählen kann.

»Wo sitzt ihr?«, unterbricht Mrs Anderson die Unterhaltung, bevor es unangenehm wird.

»Wir suchen gerade unseren Tisch«, antwortet meine Mom.

Aus dem Augenwinkel beobachte ich, wie Jasper nach einer der Tischkarten greift und sie in den Fingern dreht, bis die Schrift lesbar ist. *Westing.*

»Ich nehme an, es ist dieser«, sagt er gedehnt und stellt die Karte neben eine weitere. *Anderson.*

»Das muss ein Fehler sein. Die Tische sind alphabetisch eingeteilt. A kommt am Anfang und W am Ende des Alphabets«, plappere ich drauflos und kassiere dafür einen amüsierten Blick. Seine selbstgefällige Art hasse ich mindestens so sehr, wie ich es liebe, wenn sich seine Mundwinkel auf diese Art verziehen. Als hätte nur ich die Macht, ihn zum Lächeln zu bringen. Ich schwöre, ich habe ihn noch nie jemanden anderen mit diesem Funkeln in den Augen anlächeln sehen.

»Wie schön, ihr habt euch bereits zusammengefunden.«

Nahezu zeitgleich drehen wir die Köpfe zu Carmen, die mit einem strahlenden Lächeln neben dem Tisch steht. Bevor einer von uns antworten kann, ergreift sie erneut das Wort.

»Ich hoffe, es ist okay für euch. In Anbetracht der aktuellen Umstände wollte ich Scarlett mit jemandem zusammenbringen, den sie kennt und der eine gute Seele hat.« Sie sieht zu meiner Mom. Wir wissen alle, welche Umstände sie meint. Es zeugt schon von Stärke, dass Mrs Anderson hier ist. Ich kann mir vorstellen, dass sie nicht nur mit neugierigen Blicken, sondern auch mit unangenehmen Fragen konfrontiert wird. Ist Jasper mitgekommen, um seiner Mom beizustehen? Das passt allerdings nicht dazu, dass er sie überhaupt erst in die Situation gebracht hat. Also, was steckt dahinter, dass er seine Familie derart bloßstellt? Dass er gerade den Abstand zu ihr verringert, als wolle er sie beschützen, verwirrt mich zusätzlich.

»Natürlich, ich könnte mir keine bessere Gesellschaft vorstellen«, antwortet meine Mom.

Ich könnte das sehr wohl.

Seine Mom lächelt Carmen dankbar an. Plötzlich bereue ich meinen letzten Gedanken. Ich möchte nicht mit den Andersons tauschen. Wir sind mit einem blauen Auge davongekommen, sie stecken nach wie vor mitten im Desaster.

»Und Sie, junger Mann, sind der Freund unserer bezaubernden Abbie?«

*Unserer?* Das klingt mehr als seltsam, aber ich verkneife mir einen Kommentar. »Was? Nein!«, platze ich stattdessen heraus, was Jasper ein leises Lachen entlockt. Ich würde ihm wirklich gerne vor das Schienbein treten oder ins Gesicht boxen. Okay, nicht ins Gesicht, wäre schade drum. Aber in den Magen. Das geht klar. Warum kitzelt der Kerl ausgerechnet diese Seite an mir hervor? Im Traum hätte ich nicht gedacht, dass ich überhaupt zu solchen Gedanken fähig bin. Ihm ins Gesicht boxen, ernsthaft?

»Das ist Jasper, mein Sohn.«

»Ach wie schön. Sind Sie aus London zu Besuch?«

»Nein, er besucht das Waterbury College.«

Jasper atmet sichtlich tief durch und setzt dann ein Lächeln auf, das auf seinen Lippen völlig deplatziert wirkt.

»Freut mich, Sie kennenzulernen, Mrs Stanley. Danke für die Einladung«, sagt er steif. Fühlt er sich etwa unwohl?

»Carmen, Mrs Stanley war meine Schwiegermutter. Gott habe sie selig, den Drachen.«

Ich kann mir ein Kichern nicht verkneifen. »Entschuldigung«, schiebe ich hinterher und sehe zu Jasper, der aufrichtig grinst.

»Nun gut, ihr Lieben, genießt den Abend. Ich suche Jonathan, damit er endlich das Buffet eröffnet, bevor jemand vor Hunger ohnmächtig wird.«

Meine Mom ist die Erste, die sich setzt. Ich kann Jaspers Blick auf mir spüren, als ich mich ebenfalls hinsetze und das halb volle Glas vor mir abstelle. Er wählt den Platz mir gegenüber. Irgendwie habe ich nichts anderes erwartet, denn mich aus der Reserve zu locken, erheitert ihn und scheint für heute sein Ziel zu sein. Seine Mom lässt sich neben ihm nieder. Ein Geräusch, als würde jemand mit einer Gabel gegen ein Glas tippen, dringt durch die Lautsprecher. Ein Mikro pfeift. Autsch!

»Entschuldigt, die Technik ist mir heute nicht wohlgesonnen«, hallt Jonathans Stimme durch den Saal. »Aber wir freuen uns sehr, dass ihr alle gekommen seid, um gemeinsam mit uns unser Jubiläum zu feiern. Ich sehe auch ein paar Gesichter, die bereits bei unserer Hochzeit dabei waren. Zwanzig Jahre, wo ist die Zeit nur geblieben? Ich kann voller Stolz sagen, dass es die beste Entscheidung meines Lebens war, dieser Frau auf einer Verbindungsparty auf die Designerschuhe zu kotzen!«

Gelächter hallt durch den Saal.

»Wenn eine Frau dich heiratet, obwohl du ihre Lieblingsschuhe ruiniert hast, ist es Liebe. Merkt euch diesen Rat fürs Leben.«

»Brauchst du Nachschub?«

Erschrocken zucke ich zusammen, als nicht nur die Worte in mein Ohr dringen, sondern ich auch einen warmen Windhauch auf der Wange spüre. Ich lehne mich etwas nach rechts, um den Kellner von vorhin ansehen zu können, der sich zu mir heruntergebeugt hat. Dann huscht mein Blick für nicht länger als einen Wimpernschlag zu Jasper. Dennoch entgeht mir nicht, wie er missbilligend die Augenbrauen zusammenzieht.

Ich greife nach meinem Glas, trinke es in einem Zug aus und reiche es dem blonden Kerl mit einem breiten Lächeln.

»Unbedingt. Die Gesellschaft heute Abend ist nicht besonders sympathisch«, flüstere ich laut genug, dass er und auch Jasper es hören.

»Wenn dir die Party hier zu lahm ist, ich habe in zwei Stunden Feierabend.«

Okay, vielleicht war es doch keine gute Idee, Jasper provozieren zu wollen, wenn dabei ein Angebot für einen One-Night-Stand herausspringt. Ich rutsche unbeholfen auf dem Stuhl herum und denke darüber nach, wie ich höflich ablehne.

Ein Räuspern, das eindeutig aus Jaspers Richtung kommt, lässt den Kellner den Blick von mir abwenden und zu ihm schauen. Die Rede von Jonathan rückt augenblicklich in den Hintergrund, als sich meine Aufmerksamkeit auf das Blickduell der beiden Männer am Tisch richtet.

»Ich störe nur ungern diesen plumpen Annäherungsversuch, aber besteht die Möglichkeit, eine Tasse Tee zu bekommen?«, fragt Jasper gelangweilt.

»Was?«, entgegnet der Kellner perplex.

»Ich hätte gerne einen Earl Grey.«

»Nein, ich glaube nicht, dass es Tee gibt.«

»Es macht Ihnen doch sicher nichts aus, kurz nachzufragen.«

Wow, Jaspers stoische Arroganz beeindruckt nicht nur mich, sondern auch den Kerl neben mir.

»Natürlich«, sagt er kleinlaut.

»Danke, sehr freundlich.« Lässig lehnt er sich im Stuhl zurück, holt sein Handy hervor und ignoriert die Tatsache, dass ich ihn anstarre. Ich reiße meinen Blick von ihm los und sehe dem Kellner nach, vermute aber, dass er nicht zurückkommen wird.

»Lange Rede, kurzer Sinn: Das Buffet ist eröffnet.«

Schlagartig kommt Bewegung in den Saal. Stühle werden zurückgeschoben und alle scheinen dasselbe Ziel zu haben.

»Wie geht es denn Elijah?«, fragt meine Mom an Mrs Anderson gewandt.

»Die Sache nimmt ihn mit und er vergräbt sich noch mehr in Arbeit. Da die Ermittlungen weiterhin andauern, sind ihm in vielen Dingen die Hände gebunden. Das macht ihn wahnsinnig.«

»Wisst ihr denn inzwischen, wie es zu den Anschuldigungen gekommen ist?«

»Nein, es war wohl ein anonymer Hinweis.«

Ich sehe zu Jasper, dessen Mundwinkel zucken, während er starr auf das Display sieht.

»Du wirst sehen, am Ende wird alles gut«, sagt meine Mom, greift über den Tisch und legt ihre Hand auf die von Scarlett, die sie dankbar anlächelt.

»Ja, ganz gewiss. Es tut mir leid, dass du in die Sache mit hineingezogen wurdest. Wenn ich irgendwas tun kann ... Carmen meinte, die Stiftung leide darunter und dir brechen wichtige Gelder weg.«

Jasper sieht zu seiner Mom und dann zu mir. Er mustert mich, als warte er darauf, dass ich etwas dazu sage. Ihn auffliegen lasse. Einen Moment halte ich seinem Blick stand, dann stehe ich von meinem Stuhl auf.

»Ich plündere mal die Häppchen«, verkünde ich und deute in Richtung Buffet. Kurz darauf quetsche ich mich zwischen den Leuten hindurch und stelle mich in die Schlange.

»Alles okay?«, fragt Jasper hinter mir. Ich hätte wissen müssen, dass er mir folgen würde.

»Musste das wirklich sein?«, erwidere ich, ohne ihn anzusehen.

»Was genau?«

»Den armen Kerl mit deiner Arroganz zu bestrafen«, spreche ich die Situation mit dem Kellner an und lasse bewusst die Unterhaltung unserer Mütter aus, weil es ohnehin zu nichts führen würde. Ihm tut es leid, aber es ändert nichts an dem, was geschehen ist. Er verrät mir nicht das Warum und ich brauche die Antwort darauf, um ihn zu verstehen. Und das würde ich gerne, weil ich die Tatsache, dass ich in ihn verliebt bin, weder ausblenden noch rückgängig machen kann.

Jasper verringert offenbar den Abstand zwischen uns, denn ich spüre plötzlich seinen Oberkörper in meinem Rücken. Er beugt sich vor.

»Wäre es dir lieber gewesen, wenn in der nächsten Sekunde eine Hand unter dein Kleid gewandert wäre?«

Genau wie vorhin spüre ich einen warmen Windhauch, als Jaspers Atem meine Wange streift. Nur dass sich diesmal eine Gänsehaut auf meinem Hals bildet, die sich langsam über den Rest meines Körpers ausbreitet.

»Wie kommst du darauf, dass er das vorhatte?«, frage ich heiser, weil seine Nähe mich nicht kaltlässt. Ganz und gar nicht. Hitze wandert von den Zehenspitzen hinauf bis zu meinen Wangen, als ich seine Hände an meiner Taille wahrnehme. Jasper weiß genau, welche Wirkung er auf mich hat, und nutzt sie gerade zu seinem Vorteil.

»Er wollte mit den Fingerspitzen über die Innenseite deiner Schenkel streichen, um sich zu vergewissern, ob die Haut dort so zart ist wie in seiner Fantasie«, flüstert er und entfacht damit ein Feuer in meinem Inneren, das mich niederbrennt und gleichzeitig dafür sorgt, dass ich mich lebendig fühle. Jasper Anderson geht mir auf eine Art unter die Haut wie niemand sonst. Ich wünschte, es wäre möglich, bei null anzufangen. Doch würden wir uns nach wie vor wie Magnete anziehen, wenn alles, was uns zusammengeführt hat, auch nicht mehr existieren würde?

»Was macht dich da so sicher?« Meine Brust hebt und senkt sich viel zu schnell, als seine Lippen mein Ohrläppchen streifen.

»Weil ich seit unserer ersten Begegnung an nichts anderes denken kann.« Seine Hände streichen von meiner Taille abwärts zu den Außenseiten meiner Oberschenkel und wieder hinauf. »Das und noch viel mehr will ich herausfinden.«

Die Worte vibrieren in meinem Ohr und breiten sich wellenartig in Brust, Bauch und zwischen besagten Schenkeln aus. *Und warum tust du es nicht?* Wo der Gedanke herkommt, darüber muss ich gar nicht nachdenken, die Antwort kenne ich längst.

»Und ich werde es, wenn du mich lässt. Abbie. Eine Chance, obwohl ich die nicht verdiene, und ich beweise dir, dass du mir vertrauen kannst. Ich werde deine Fragen –«

Er verstummt abrupt, aber ich glaube, er wollte sagen, dass ich die Antworten von ihm bekomme, die ich brauche, damit wir zueinanderfinden. Dass er diesen Schritt auf mich zu machen, sich nicht länger verschließen will und mir erklären wird, warum er es getan hat. Mehr habe ich nie verlangt. Er soll die Dinge nicht ungeschehen machen. Was ich will, ist Ehrlichkeit.

Der Griff um meine Taille wird fester. Weil ich mehr von ihm spüren will, lehne ich mich kaum merklich gegen ihn und werde im selben Augenblick nach vorne geschoben. Weg von ihm. Ein protestierender Laut entweicht mir, als er die Verbindung zwischen uns kappt.

Er atmet tief durch. »Wir führen unsere Unterhaltung später fort«, sagt er und klingt plötzlich nervös.

Ich blicke über meine Schulter und sehe gerade noch, wie Jasper aus der Warteschlange tritt und in der Menge verschwindet.

Das könnte ihm so passen! Er kann nicht das, was auch immer er gerade mit mir angestellt hat, tun und sich danach einfach aus dem Staub machen. Ohne zu wissen, was genau ich ihm eigentlich sagen will, folge ich Jasper, sehe mich nach ihm um und laufe wenige Sekunden später prompt in ihn hinein. Seine Hand schnellt zurück, landet an meiner Hüfte. Er hält mich an Ort und Stelle, als wolle er mich hinter sich verstecken. Ich bin mir zumindest ziemlich sicher, dass er weiß, dass es meine Brüste und nicht die einer anderen sind, die sich in diesem Augenblick gegen seinen Rücken drängen.

An seiner rechten Schulter vorbei werfe ich einen Blick auf das, was ihn wie erstarrt im Raum hat anhalten lassen. Schwarzer Anzug. Ebenso hochgewachsen wie Jasper. Die gleichen markanten Konturen. Rabenschwarzes Haar. Spitzes Kinn. Strenger Zug um die Lippen. Mein Blick trifft auf den des Mannes, der vor Jasper steht. Braun, kühl, neugierig, erhaben, aber vor allem missbilligend. Eine Mischung, die dafür sorgt, dass sich meine Nackenhaare aufstellen. Das Unbehagen verstärkt sich, als sich Jaspers Finger beinahe schmerzhaft in mein Fleisch bohren.

»Ich wollte gerade gehen.« Jaspers Ton ist scharf wie eine Messerklinge, als er mit seinem Dad spricht. Es ist unmöglich, nicht zu wissen, wer Elijah Anderson ist. Auch ohne die aktuellen Medienberichte ist sein Gesicht eins der bekanntesten des Landes.

Mit einem gezielten Blick versucht Mr Anderson seinen Sohn in die Knie zu zwingen. Ich frage mich, was genau zwischen den beiden vorgefallen ist, dass Jasper seinen Dad den Wölfen zum Fraß vorwirft, denn ich bin mir ziemlich sicher, dass sich alles um ihn dreht.

Jaspers Blick kann ich nicht sehen, aber er wird dem seines Dads mit seiner typischen Abgeklärtheit standhalten.

In dem Moment, als Mr Anderson den Kopf zur Seite neigt und mich damit vollends ins Visier nimmt, dreht sich Jasper abrupt um. Ich weiche nicht zurück, obwohl ich es vermutlich sollte. Noch nie habe ich so viel Hass vermischt mit Schmerz gesehen wie in dieser Sekunde in seinen Augen. Aber ich weiß, dass er nicht mir, sondern seinem Dad gilt. Das freundliche Braun ist einem Schwarz gewichen, das einen in die Tiefe zu ziehen droht, sobald man es wagt, sich auf die Schlucht zuzubewegen. Und in diesem Augenblick stehe ich gemeinsam mit ihm an der Klippe.

Jaspers Blick fixiert mich, wird weicher und voller Emotionen, die ungefiltert auf mich einstürzen. Eisern halte ich ihnen stand. Es fühlt sich an, als träfen wir eine stumme Übereinkunft. Eine, die uns aneinanderkettet und dazu zwingt, das Offensichtliche nicht länger zu ignorieren: dass das zwischen uns tiefer geht. Das klingt mindestens so verrückt, wie es sich anfühlt, denn bis vor wenigen Minuten hätte ich geschworen, dass Jasper nicht dasselbe empfindet wie ich. Etwas, das über körperliche Anziehung hinausgeht.

Und dann passiert es: Ich wehre mich nicht länger gegen meine Gefühle, vertraue Jasper mein Herz an und hoffe, dass er uns am Ende nicht beide in dieses dunkle Nichts stößt, das ihn gerade umgibt.

»Deine Freundin?«

Der herablassende Ton seines Vaters jagt mir einen Schauer über den Rücken. Keinen der angenehmen Art.

Jasper sieht zu seinem Dad, antwortet aber nicht.

»Hübsch, die Kleine. Offensichtlich hast du wenigstens den Frauengeschmack von mir geerbt, mein Sohn.« Die Bezeichnung *Sohn* spuckt er Jasper spöttisch vor die Füße. Was zur … »Wenn ich mich vorstellen darf, Elijah –«

»Wag es ja nicht!«, schneidet Jasper ihm das Wort ab, greift nach meiner Hand und zieht mich ohne Vorwarnung mit sich durch die Menge. Weg von seinem Dad. Raus aus dem Saal, bis mir kühle Luft entgegenschlägt. Er hastet die Treppenstufen vor dem *The Shed* hinunter. Ich stolpere hinter ihm her, weil er seine Finger nach wie vor fest um meine geschlossen hat. Sobald mein Fuß den Gehweg berührt, bleibt er abrupt stehen.

»Fuck!«, brüllt er, wirbelt herum und lässt mich so ruckartig los, als hätte er sich verbrannt. Er weicht einen Schritt zurück, als ich einen auf ihn zu mache.

Dann sehe ich sie – Angst. Roh. Wild. Brutal. Verletzend. Grausam.

»Was war das gerade?«, presse ich hervor, weil der Anblick eines gefallenen Jasper mir die Luft abschnürt. Er ist in die dunklen Tiefen des Abgrunds gestürzt, in den ich vor wenigen Sekunden einen Blick werfen durfte.

»Ich sollte nicht hier sein … du solltest nicht hier sein … wir sollten nicht hier sein«, redet er wirr, geht auf den Bordstein zu und hebt einen Arm, als sich ein Taxi nähert.

»Jasper, was ist da drinnen mit deinem Dad passiert?«, frage ich erneut, weil ich es gerne verstehen würde.

Ich greife nach seinem Unterarm, um ihn von der Straße zurückzuziehen. Grob schlägt er meine Hand weg. Ich stolpere rückwärts und verliere beinahe das Gleichgewicht.

Entsetzen spiegelt sich in Jaspers Gesicht wider, dann wendet er sich von mir ab. »Geh wieder rein, Abbie«, sagt er schroff.

»Nein«, widerspreche ich.

»Ich habe gesagt, du sollst verdammt noch mal zurück auf die Party gehen!« Verzweiflung liegt in jedem einzelnen Wort und fährt mir bis ins Mark. Was ist ihm bloß widerfahren, dass er vor meinen Augen gerade derart die Kontrolle verliert?

»Das werde ich nicht, bevor ich weiß, ob es dir gut geht.« Ich kann das Zittern in meiner Stimme hören. Es rührt nicht von der Kälte her, sondern daher, dass ich jetzt diejenige bin, die Angst hat. Angst um ihn. Und sie wird nicht weniger, als er sich zu mir umdreht.

Für einen Moment schließt er die Augen, atmet tief durch, sieht mich an. Und da ist er wieder, der abgeklärte Ausdruck in seinem Gesicht, der den Anschein erweckt, nichts auf der Welt könne ihm etwas anhaben. Aber es ist zu spät. Ich weiß jetzt, dass es nicht so ist. Dass hinter der Fassade ein Abgrund lauert, der beängstigend ist.

Das Taxi hält neben ihm.

»Abbie, lass mich gehen. Bitte«, sagt er unendlich sanft. Es steht damit im völligen Kontrast zu dem Ton, den er eben noch an den Tag gelegt hat.

Mein Herz zieht sich schmerzhaft zusammen. Weil ich ihn nicht gehen lassen will. Weil er nicht bei mir bleiben will. Weil er längst weg ist. Er hat die zarten Ketten, die uns vor wenigen Minuten noch zusammengehalten haben, gesprengt. Und ich habe keine Ahnung, warum. Was ihm derart Angst macht, dass er davonläuft. Vor mir. Vor seinem Dad. Vielleicht sogar vor der ganzen Welt.

»Tu das nicht«, flüstere ich und schlucke die Enge in meinem Hals herunter, bevor sie mich endgültig erstickt.

Einen winzigen Augenblick zögert er, dann steigt er in das wartende Taxi und verschwindet auf den endlosen Straßen New Yorks.

# ZWEI JAHRE UND VIER MONATE ZUVOR

## JASPER, 18 JAHRE ALT

Da am Wochenende ein wichtiges Spiel ansteht, habe ich alleine weitertrainiert. Laut Coach ist meine Kondition im Keller und er hat recht. Keine Ahnung, woher das Formtief so plötzlich kommt, aber ich habe nicht vor, es einfach so hinzunehmen und darauf zu warten, dass es vorübergeht.

Es regnet, als ich das Trainingsgelände verlasse. Meine Teamkollegen sind bereits vor einer halben Stunde gegangen, als der Coach das Ende eingeläutet hat. Die Tropfen laufen mir übers Gesicht, mischen sich mit Schweiß. Ich kann das Salz auf meinen Lippen schmecken, als ich mit der Zunge darüberfahre. Das Einzige, wonach ich mich jetzt sehne, ist eine heiße Dusche und ein Telefonat mit Noah, bevor er ins Bett geht. Zeitverschiebungen sind ätzend.

Ich biege nach links zu den Kabinen ab und bleibe sofort stehen, als ich den Wagen auf dem sonst leeren Parkplatz entdecke. Die Fahrertür öffnet sich und mein Dad steigt aus. Mein Blick wandert zu der Eingangstür, die mich von einer Dusche und sauberen Klamotten trennt. Fünf Minuten. Länger dauern unsere Gespräche ohnehin nicht. Dreihundert Sekunden, vielleicht auch zwanzig mehr, und dann bin ich ihn los. Für eine Weile jedenfalls. Die Abstände zwischen unseren Treffen sind kürzer geworden. Angeblich, weil er in der Niederlassung in London zu tun hat und nach mir sehen will. Lächerlich. Ich glaube, er wird so lange hier auftauchen, bis er seinen Willen durchgesetzt hat. Aber ich habe nicht vor nachzugeben und das College zu besuchen, das er für mich vorgesehen hat. Ich will überhaupt keins besuchen. Was ich will, ist Cricket spielen, mit Noah abhängen und vielleicht ein nettes Mädchen finden, das in meinen Zeitplan passt. Später ein Haus auf dem Land. Zwei Kinder. Eine englische Bulldogge. Solche Dinge. Ich will alles, nur nicht das, was der Mann, der am Wagen auf mich wartet, von mir verlangt.

»Du ziehst das also wirklich durch?«

»Ja«, antworte ich knapp. Genau wie ich ist er ein Einzelkind. Sein Vater war es ebenfalls. Manchmal frage ich mich, ob er so versessen darauf wäre, über mich zu bestimmen, hätte ich Geschwister, die *Anderson Real Estate* in die nächste Generation führen könnten. Ob sein Antrieb allein daher rührt, dass die Ära mit ihm zu Ende geht. Dass sein Vermächtnis in Hände übergeht, die nicht der Blutlinie folgen. Dass das, was seine Familie erschaffen hat, in Vergessenheit gerät.

»Du stellst den Sport über die Familie?«

»Nein, ich stelle ihn nur über dich.«

»Und bist du jetzt stolz?«

»Hängt davon ab, wie angepisst dein Ego ist, dass dein Plan, mir Noah wegzunehmen, damit ich einknicke, nicht aufgegangen ist«, antworte ich gelangweilt. Denn in Wahrheit ist es mir scheißegal, wie es um Elijah Andersons Ego steht.

»Sprich nicht in dem Ton mit mir!«, herrscht er mich an.

»Sonst was? Schlägst du dann zu?«, provoziere ich ihn und es funktioniert. Seine sonst undurchdringbare Fassade bekommt Risse. Er ballt die Hände zu Fäusten. Ich bin nicht mehr der kleine Junge, der Angst vor ihm hat, und das weiß er. »Glaub nicht, ich wüsste nicht, dass du Mom misshandelst. Geht dir dabei einer ab?«

Er verringert den Abstand zwischen uns, aber diesmal weiche ich nicht zurück, sondern biete ihm die Stirn.

»Sobald ich an das Erbe von Großvater komme, nehme ich sie dir weg und werde dafür sorgen, dass du in der Hölle schmorst.« Würde meine Mom ihn jetzt verlassen, bliebe ihr nichts. Elijah würde sie zerstören, nur damit er gewinnt. Er ist ein Narzisst, der sich in seiner Macht über andere suhlt. Aber das Geld, das mir der alte Fernsby hinterlassen hat, reicht für Mom und mich, um entspannt, aber vor allem ohne den Drecksack zu leben. Es gibt nur einen Haken: Laut Testament kann ich erst mit einundzwanzig frei darüber verfügen. Bis dahin gibt es eine Treuhandreglung, die zwar anständig etwas abwirft, aber bei Weitem nicht genug. Am Anfang habe ich nicht verstanden, warum mein Großvater mich zum Alleinerben gemacht hat, aber inzwischen glaube ich, er wusste, dass meine Mom keinen Penny sehen würde.

»Ist das eine Drohung?«

»Ein Versprechen«, antworte ich. Zufrieden grinse ich, als ich zum ersten Mal Zeuge davon werde, dass er nervös ist.

»Lass den Blödsinn und komm endlich zur Vernunft.« Den Ton kenne ich nicht von ihm, aber es klingt wie eine verzweifelte Warnung.

Ich lache.

Und dann mache ich den Fehler und wende für den Bruchteil einer Sekunde den Blick von ihm ab. Er reißt mir den Cricketschläger aus der Hand. Holt aus. Hält inne.

»Na los, schlag zu! Im Gegensatz zu Mom weiß ich, wie man sich wehrt«, sage ich gedehnt und fordere seine Selbstbeherrschung heraus.

# 29.

## JASPER

»Sie können mich hier rauslassen«, sage ich zu dem Taxifahrer, weil ich es in der Enge nicht mehr aushalte. Ich brauche dringend etwas Bewegung, um meinen Verstand wieder mit meiner Gefühlswelt in Einklang zu bringen.

»Sind Sie sicher? Das hier ist keine gute Gegend«, erklärt er und fummelt nervös an seiner Mütze herum, als könne er selbst nicht schnell genug von hier wegkommen.

»Ja«, versichere ich ihm und reiche ihm fünfzig Dollar. »Stimmt so. Und danke fürs Mitnehmen.«

Ohne zu zögern, steige ich aus dem Wagen, atme die kühle Nachtluft ein und sehe mich um. Der Fahrer hat recht, ich sollte mich keinesfalls hier herumtreiben, dennoch gehe ich die Straße entlang. Vorbei an den heruntergekommenen Häusern. Stecke zwanzig Dollar in den Pappbecher eines Kerls, der auf dem Boden sitzt und mich nach ein bisschen Kleingeld fragt. Höchstwahrscheinlich kauft er sich davon Alkohol, denn neben ihm steht eine leere Flasche. Aber wer bin ich, darüber zu urteilen, worin er Halt findet?

Egal wie viel Zeit vergangen ist, es war nicht genug, um mich auf ein Wiedersehen mit dem Mann vorzubereiten, den ich einst als meinen Vater bezeichnet habe und der mich seit jenem Tag, an dem ich in den Abgrund gestürzt bin, mit purer Verachtung straft. In dem Augenblick, als er vor mir stand, war alles wieder da. Die Bilder. Das Bersten. Der Schmerz. Die Monate, die folgten. Nicht mehr zu wissen, wer ich bin, wer ich sein will. Ob ich überhaupt noch sein will. Noah. Der Fall. Das Liegenbleiben. Das Wiederaufstehen. Der Kampf gegen mich selbst. Jedes noch so kleine Detail.

Und dann war sie da, Abbie, und mit ihr die Angst. Es war die Art, wie er sie angesehen hat, die in meinem Verstand einen Kurzschluss verursacht und mich die Kontrolle hat verlieren lassen. Dieses zerstörerische Funkeln in seinen Augen. Als hätte ich ihn zu einer weiteren Runde herausgefordert, mir alles zu nehmen. Und ich hasse mich dafür, dass ich ihm mit meiner Reaktion verraten habe, dass Abbie mein Schwachpunkt ist. Wie groß der tatsächlich ist, habe ich erst so richtig verstanden, als der Kellner sie abschleppen wollte und ich beinahe meinen Anspruch angemeldet hätte. Eifersucht – ein effektives Mittel, um unterdrückte Gefühle an die Oberfläche zu befördern, die man krampfhaft für sich zu behalten versucht.

Und ich war eifersüchtig. Allein die Vorstellung, der Typ könnte Erfolg bei ihr haben, hat mich wahnsinnig gemacht. Nur deswegen bin ich ihr zum Buffet gefolgt, um die Wogen zwischen uns zu glätten und sie für mich zu gewinnen. Um reinen Tisch zu machen. Ihr all die Antworten zu geben, nach denen sie so verzweifelt sucht und die sie davon abhalten, über ihren Schatten zu springen und sich auf mich zuzubewegen. Ich wollte mich ihr öffnen. Zehn Minuten später habe ich nicht nur einen Schritt zurück gemacht, sondern zusätzlich einen Burggraben zwischen uns ausgehoben. Ich habe keine Ahnung, ob ich eine Brücke bauen werde, weil ich nicht weiß, wie ich sie vor Elijah beschützen soll, sollte mein Plan nicht funktionieren und er davonkommen.

Ich hatte mich darauf verlassen, dass er heute nicht auftauchen würde. Dass er in Boston bleiben würde. Jetzt frage ich mich, ob meine Mom bewusst gelogen hat oder es ebenfalls nicht wusste. Wir haben nie darüber geredet, was an jenem Tag vor über zwei Jahren nach dem Training passiert ist. Nicht, weil ich es nicht wollte, sondern weil bereits eine andere Version der Geschichte im Umlauf war, als ich Tage später im Krankenhaus aufgewacht bin. Eine, die den Täter zum Retter macht.

Hätte ich aufklären können, dass ich nicht mit einer Gruppe Jugendlicher aneinandergeraten bin? Sicher. Und dann? Hätte man mir geglaubt? Dem Jungen, der ständig genau in solchen Situationen steckte und von seinem Dad rausgeboxt wurde? Dem Jungen, der gegen seinen Dad rebelliert und keine Gelegenheit auslässt, um ihm eins auszuwischen? Vielleicht. Fakt ist, meine Weste ist nicht so strahlend weiß wie die des Täters. Elijah wäre mit einem Klaps auf die Finger davongekommen.

Ich hatte selbst oft genug erlebt, wie es läuft. Wie dein Status dich unantastbar macht, wenn ausreichend Geld fließt. Diesen Krieg hätte ich verloren, genau wie die Schlacht, die in den Monaten darauf folgte. Schmerztherapie, Physiotherapie, Reha, Psychotherapie, das volle Programm. Mit dem Ergebnis, ich würde nie wieder Cricket spielen. Damit hat er genau das erreicht, was er wollte.

Die gebrochene Rippe, die sich in meinen Lungenflügel gebohrt und sie damit zum Kollabieren gebracht hat, war das kleinere Übel. Die blauen Flecken nicht der Rede wert. Ein zertrümmertes Gelenk des Schlagarms zerstört Träume. Niemand bietet dir einen Vertrag an, wenn du beim Schwingen eines Minigolfschlägers an deine Belastbarkeitsgrenze stößt. Zu diesem Zeitpunkt habe ich geglaubt, dies wäre das Ende. Ich habe mich geirrt. Es folgte erst zehn Monate später. Auch darüber redet meine Mom nie. Denn wenn man nicht über Dinge spricht, scheinen sie weniger real. Ich kann es ihr nicht verübeln. Die Methode, Dinge zu verdrängen, wende ich selbst an.

»Hast du dich verlaufen?«, spricht mich ein Typ an. Als ich nicht reagiere, läuft er neben mir her.

Flüchtig sehe ich ihn an. Ich erkenne einen Dealer, wenn er vor mir steht. Die Art, wie er sich unauffällig umsieht, ob die Cops um die Ecke kommen.

»Alles klar bei dir?«

Das vorsichtige Herantasten. Und Dealer spüren, wenn sie einen potenziellen Kunden vor sich haben.

»Oder brauchst du etwas?«

Ich bleibe stehen, wende mich ihm zu und sehe ihn offen an. Versuche gar nicht erst irgendwas zu verbergen. Weil es egal ist. Weil sich unsere Wege kein zweites Mal kreuzen werden. Aus nervösen Augen mustert er mein Gesicht. Seine Lippen zucken, während er nicht still stehen kann und leicht hin und her wippt. Es ist offensichtlich, dass sich nicht nur andere Leute an dem Zeug erfreuen, das er vertickt. Und ich kann es verstehen. Diesen Weg des Vergessens habe ich ebenfalls ausprobiert. Jedenfalls für eine Weile.

Die erste Pille tut nicht weh, die zweite auch nicht. Es sind all jene, die danach kommen, die dich schleichend in die Abhängigkeit ziehen. Dir vorgaukeln, dass du die Leere kontrollierst, nicht sie dich. Durch die dir plötzlich alles möglich erscheint. Die dich mit neuem Leben füllen. Sobald der Rausch verfliegt, krachst du in die Wirklichkeit und realisierst, dass du sie nur erträgst, wenn du nicht daran teilnimmst. Wenn du dich ausklinkst. Fliehst. So lange, bis du nicht mehr davonlaufen kannst. Oder schlimmer – nicht zurückkommst.

Bevor du begreifst, dass du rein gar nichts kontrollierst, weil Kontrolle nicht mehr als eine Illusion ist, steckst du bereits viel zu tief drin. Es ist wie ein Hamsterrad, aus dem du nicht aussteigen kannst, weil der Versuch dir das Genick brechen könnte. Irgendwann gelangst du an den Punkt, an dem du entweder gewinnst oder verlierst.

Auf diese Phase meiner Vergangenheit bin ich wahrlich nicht stolz, aber als ich mich in diesem Schwebezustand meiner Existenz befand, bin ich als eine völlig andere Person zurückgekehrt. Eine, die das Nichts in sich als Teil ihres Ichs angenommen und den verlorenen Jungen weggesperrt hat, damit ihn niemand mehr verletzen kann. Aber jetzt ist er frei und ich befürchte, er lässt sich nicht wieder einfangen.

Eins hat sich mit seiner Rückkehr dennoch nicht verändert: die Entschlossenheit, kein weiteres Mal zu verlieren. Nicht gegen Elijah.

Für einen Moment schließe ich die Augen, atme tief durch, vergrabe die Hände in meinen Hosentaschen, balle sie zu Fäusten. Bis sich der Schmerz in meinen Handinnenflächen ausbreitet. Dann sehe ich den Typ vor mir an und frage mich, wie nah er am Abgrund balanciert.

»Nein, kein Interesse.« Ich lasse ihn stehen.

»Wenn du es dir anders überlegst, ich bin hier, mein Freund«, ruft er mir nach, als wären wir alte Bekannte.

Ohne Ziel laufe ich weiter. Wo sollte ich auch hin? Mein Wissen über New York beläuft sich auf Reportagen und Fotos. In London kenne ich jede Ecke. Die guten wie die schlechten. Die, die man sich ansehen, und jene, von denen man sich fernhalten sollte. Mein Blick fällt auf die flackernde Reklamebeleuchtung eines Diners. Statt weiterzugehen, bleibe ich stehen, sehe durch das Schaufenster. In dem Laden sitzen eine Handvoll Leute. Keiner davon sieht aus, als wäre er angenehme Gesellschaft. Vermutlich müsste ich nur durch die Tür gehen und falsch gucken und sie würden mich aus dem Laden prügeln.

Das Vibrieren meines Handys verhindert, dass ich die Tür öffne und es auf einen Versuch ankommen lasse.

**Abbie: Sag mir nur, dass du okay bist.**

Ich antworte ihr nicht, weil ich lügen müsste. Nichts ist okay. Absolut gar nichts. Nach kurzem Zögern wähle ich Camerons Nummer. Er hebt beim dritten Klingeln ab.

»Alles okay?« Kein Hallo. Kein dummer Kommentar.

»Nein.« Ein Wort, das unsere Basis verändern wird. Weil ich nicht in das Loch zurückkann, aus dem ich gekrochen bin. Aber vor allem, weil ich es nicht alleine schaffen werde, nicht erneut hineinzufallen. Weil der Jasper, der sich hinter der Person versteckt, die ich erschaffen habe, aus dem Schatten getreten ist. Und mit ihm alles, was ihn zerstört hat.

»Wie schlimm ist es?«

Dass er nicht fragt, was los ist, überrascht mich nicht. Cameron hat es längst geahnt, nur nie ausgesprochen, weil ich ihm nie die Gelegenheit dazu gegeben habe, Fragen zu stellen. Aber mehr als einmal stand es ihm ins Gesicht geschrieben. *Was ist mit dir passiert? Was versteckst du? Was übersehe ich? Bist du okay?*

Es raschelt im Hintergrund. Wahrscheinlich, weil er gerade aus dem Bett klettert, um das Zimmer zu verlassen, während er mit mir spricht.

»Erzähl mir, wie dein Tag war«, sage ich und setze meinen Weg nach Nirgendwo fort.

»Was? Warum?« Cam klingt so verwirrt, wie ich mich fühle.

»Weil ich sonst umdrehe und mir entweder die Fresse polieren lasse oder ein paar Pillen besorge, um mir für eine Weile das Hirn wegzupusten«, antworte ich von mir selbst angepisst, da ich ernsthaft in Erwägung gezogen habe, in alte Muster zurückzufallen. Wenn auch nur für einen winzigen Moment. Aber das macht es nicht besser.

»Du machst was?«, fragt er panisch. Erneut raschelt es. Müsste ich raten, würde ich sagen, er zieht sich gerade die Jeans an.

»Du hast gesagt, ich soll anrufen, wenn ich vorhabe etwas Dummes zu tun. Ist es gerade unpassend?« Plötzlich bin ich mir nicht mehr sicher, ob es eine gute Idee ist, Cam in die Sache mit hineinzuziehen.

»Was? Natürlich nicht! Bist du in Waterbury?« Cameron ist gestern mit Aspen zu einem romantischen Wochenende nach Plymouth aufgebrochen. Dass ich nach New York muss, hatte ich nicht erwähnt. Es erschien mir nicht wichtig.

»Nein«, antworte ich und sehe nach links und rechts, als sich der Weg gabelt. Ich entscheide mich ohne einen bestimmten Grund für links.

»Wo bist du dann?«, will Cam wissen.

»New York.«

»Du hockst in New York, während du darüber nachdenkst, dir Drogen zu besorgen und dich verprügeln zu lassen? Du wolltest ein verdammtes Buch lesen!« Dass ihn mein Ausbruch in Aufruhr versetzt, bringt mich zum Grinsen. Dennoch – das fasst es ganz gut zusammen. »Warte mal kurz.« Ein dumpfes Geräusch, dann herrscht Stille. »Bist du noch dran?«

»Ja. Will ich wissen, was du gerade machst, dass du so gehetzt klingst?«

»Ich ziehe mich an.«

»Und warum tust du das?« Ich habe so eine Ahnung.

»Weil ich in den Wagen steige, um dich abzuholen.«

Das ist völlig überzogen.

»Wirst du nicht. Ich bin mit dem Auto hier und werde später zurück nach Waterbury fahren.« Ich biege in den Park ab, der plötzlich vor mir auftaucht, und setze mich auf die erste Bank, die meinen Weg kreuzt.

»Gib mir deinen Standort, damit ich weiß, wohin ich den Suchtrupp schicken muss, sollte ich dich nicht über das Telefon davon abhalten können, riesige Scheiße zu bauen.«

Nicht die schlechteste Idee. Die Wahrscheinlichkeit, in dieser Gegend einem Verbrechen zum Opfer zu fallen, ist durchaus hoch. Immerhin trage ich einen Smoking und auf meiner Stirn klebt ein Rich-Kid-Label. Damit Cameron sich etwas beruhigt, komme ich seiner Bitte nach.

»Okay, und jetzt?«

»Unterhalten wir uns.«

»Worüber möchtest du reden?«

»Noah.« Mit ihm beginnt meine Geschichte und ich werde sie Cam erzählen. Das bin ich ihm schuldig. Irgendwie.

# 30.

## ABBIE

Von allen Stadtbezirken musste Jasper ausgerechnet in Harlem stranden. Sein Ziel hatte ich mir ein bisschen anders vorgestellt. Manhattan hätte ich hundertfach vorgezogen. Nur einen Wimpernschlag lang habe ich gezögert, bis ich zum nächsten Taxi gerannt bin und den Fahrer angewiesen habe, dem Wagen zu folgen. Als wären wir in einem Hollywoodstreifen. Gerade frage ich mich, was in mich gefahren ist, ihm hinterherzujagen. In meiner romantischen Vorstellung läuft das in der Regel exakt andersherum ab. Aber das reale Leben ist selten eine Nicholas-Sparks-Verfilmung.

Meiner Mom habe ich während der Fahrt eine Nachricht geschickt, mir sei von dem Shrimpscocktail schlecht und ich sei nach Hause gefahren, aber sie solle sich keine Sorgen machen und den Abend genießen. Dass sie mir das wirklich abkauft, bezweifle ich. Sie wird sich fragen, warum Jasper ebenfalls verschwunden ist. Wie ich es ihr erkläre, darüber werde ich mir später den Kopf zerbrechen. Jetzt möchte ich einfach nur Jasper finden und … keine Ahnung … ihm beistehen, ihn in den Arm nehmen. Sein Blau sein.

»Steigen Sie aus, Miss, oder möchten Sie doch woandershin?«

Wir hatten bereits nach wenigen Kreuzungen das Taxi aus den Augen verloren. Der Fahrer hat daraufhin in der Zentrale nachgefragt, wo sein Kollege Jasper abgesetzt hat. Es gibt über zwölftausend Taxis in New York und wir landen zufällig in zwei Fahrzeugen, die zu einem Unternehmen gehören. Ich würde es gerne als Wink des Schicksals bezeichnen, aber so ganz sicher bin ich mir da nicht.

Ich sehe durch die Scheibe hinaus in die Dunkelheit und ignoriere das mulmige Gefühl.

»Was bekommen Sie?«

Der Fahrer tippt auf das Taxameter. Ich krame in der Handtasche nach meinem Portemonnaie, um den Fahrer zu bezahlen, dann atme ich tief durch und öffne die Tür. Eisige Luft schlägt mir entgegen, weil mein Mantel in der Garderobe des *The Shed* hängt. Das kommt dabei raus, wenn man spontan statt überlegt handelt. Sollte ich mir eine Lungenentzündung holen, geschähe es mir recht.

In dem Moment, als ich auf den Bordstein trete, bete ich, dass ich weder verschleppt noch überfallen werde. Unentschlossen blicke ich nach rechts und links. *In welche Richtung bist du verschwunden?* Die Chance, dass ich ihn finde, geht gen null. Er könnte überall sein. In einem letzten Versuch schicke ich ihm eine Nachricht.

**Ich: Verrätst du mir, wo du bist? Ich mache mir Sorgen.**

Wider Erwarten ploppt eine Antwort auf.

**Jasper: In einem Park. Mit mir ist alles okay.**

Statt zu antworten, öffne ich Google Maps, um nachzusehen, welcher Park sich in unmittelbarer Nähe befindet. Der Marcus Garvey Park liegt nur ein paar Blocks entfernt.

Vier Minuten später ist mein Adrenalinspiegel so hoch, dass ich befürchte, jeden Augenblick ohnmächtig zu werden. Niemand sollte um diese Uhrzeit in diesem Viertel unterwegs sein. Beinahe zwanghaft rechne ich die Wahrscheinlichkeit aus, dass ich Opfer eines Verbrechens werde, bevor ich Jasper finde. Vorausgesetzt, ich mache ihn überhaupt ausfindig. Die Größe des Geländes entspricht nicht gerade der eines Kleingartens. Obendrein ist es stockdunkel und die Beleuchtung miserabel, weil die meisten Laternen nicht funktionieren.

Ein Jogger kommt mir entgegen. Kurz denke ich darüber nach, ihn aufzuhalten und zu fragen, ob er einen Typen im Smoking gesehen hat. Aber bis ich mich dazu durchringen kann, ist er längst an mir vorbei.

Als Nächstes kreuzt eine Gruppe meinen Weg. Ein Kerl pfeift mir hinterher. Ein anderer brüllt: »Na, Süße, hast du dich verlaufen oder bist du auf der Suche nach Spaß mit richtigen Männern?«

Ich beschleunige meinen Schritt und verspüre zunehmend das

Bedürfnis, Jasper den Hals umzudrehen, obwohl er mich nicht darum gebeten hat, ihm nachzulaufen. Und trotzdem setzt mein Herz vor Erleichterung einen Schlag aus, als ich ihn zehn Minuten später entdecke. Er sitzt auf einer Bank, falls man das, was er da macht, überhaupt so bezeichnen kann. Die Beine hat er über die Rückenlehne geschwungen, sein Kopf schwebt über dem Boden. Der hat echt Nerven! Ich mache mir Sorgen um ihn und er macht Verrenkungen auf einer Parkbank? Was stimmt mit dem Kerl nicht?

Je näher ich ihm komme, desto mehr Gesprächsfetzen dringen an mein Ohr. Telefoniert er? Ich trete an ihn heran und sehe auf ihn hinab. Jasper zuckt zusammen und fällt beinahe von der Bank, als er mich bemerkt.

»Was machst du hier?« Ohne seine Position zu verändern, sieht er kopfüber zu mir.

»Das wollte ich dich auch gerade fragen.«

»Ich bringe meinen Verstand wieder ins Lot.«

»Du tust was?«

»Es löst den Nebel.«

»Was?«, wiederhole ich.

»Los, probier es mal aus.«

»Hast du eigentlich eine Ahnung, wie hoch die Wahrscheinlichkeit ist, dass du in dieser Gegend von New York ausgeraubt wirst?«, plappere ich einfach drauflos.

»Ich vermute, nicht so hoch wie bei dir«, antwortet er völlig unbeeindruckt und macht keine Anstalten, sich anständig hinzusetzen oder aufzustehen.

Genervt stoße ich die Luft aus meinen Lungen. Ich hätte wirklich nichts dagegen einzuwenden, wenn wir schnellstmöglich von hier verschwänden.

»Um ehrlich zu sein, diskutiert meine Vernunft mit den Sternen«, sagt er, seufzt und ändert seine Körperhaltung in einer fließenden Bewegung, bis er vor mir steht. Völlig unerwartet grinst er mich breit an.

»Und wer gewinnt?« Keine Ahnung, was passiert ist, nachdem er in das Taxi gestiegen ist, aber er wirkt wie ausgewechselt. Und damit meine ich nicht, dass er sich hinter seiner Fassade verkriecht, sondern dass es scheint, als hätte er sie komplett fallen lassen. Selbst seine Gesichtszüge haben ihre Härte verloren. Und ich weiß nicht, ob mir der Umstand Angst macht oder mich beruhigt. Es ist irgendwas dazwischen.

»Dein knurrender Magen, der stört die Kommunikation.«

*Mein Bauch hat nichts dergleichen …* Ich habe den Gedanken noch nicht zu Ende gebracht, da höre ich das Geräusch ebenfalls und spüre das Glucksen.

»Wie hast du mich gefunden?«

»Ich wollte schon immer mal zu einem Taxifahrer sagen: ›Folgen Sie dem Wagen da vorn‹«, erwidere ich und kann mir ein Schmunzeln nicht verkneifen. Er hingegen zieht lediglich eine Augenbraue nach oben. »Das ist die Wahrheit. Den Tipp mit dem Park habe ich von dir. Den Rest hat mir Google verraten.«

Für eine winzige Ewigkeit sieht er mich im Schein der flackernden Laterne rechts von uns an. Nachdenklich. Unentschlossen. Erschöpft. Dann lächelt er, zieht sein Jackett aus und legt es locker um meine Schultern. Sofort schlüpfe ich hinein und wickle den Stoff eng um meinen Körper. Ich gebe einen zufriedenen Laut von mir, als die Wärme, die Jasper darin hinterlassen hat, mich umhüllt.

»Los, lass uns dafür sorgen, dass du in einem Stück zu Hause ankommst, Kim Possible.« Er lacht, als er bemerkt, dass dieser Spitzname inzwischen ein Running Gag ist. »Das hier ist eindeutig die falsche Gegend für jemanden wie dich.«

Zwei Schritte lang sehe ich Jasper hinterher, als er einfach losmarschiert. Dann folge ich ihm hastig.

»Aber für dich ist es die richtige Gegend?«, erwidere ich trotzig, ohne es eigentlich zu wollen. Weil es stimmt, aus seinem Mund allerdings spöttisch klingt. Dabei bin ich mir nicht einmal sicher, ob sein Spott sich gegen mich oder sich selbst richtet.

Eine Antwort bleibt er mir schuldig, stattdessen läuft er schweigend neben mir her, die Hände tief in den Hosentaschen vergraben. Jedenfalls so lange, bis wir auf die Gruppe Männer zulaufen, denen ich zuvor schon begegnet bin. Bevor ich es realisiere, liegt sein Arm um meine Schultern und zieht mich zu sich heran, bis sich die Lücke zwischen uns vollständig schließt. Jasper hüllt mich ein. Beschützt mich. Und ganz automatisch schlinge ich den Arm um seine Taille, als wäre es das Normalste der Welt, ihm so nah zu sein. Einer der Typen sagt etwas, von dem ich nur Fetzen verstehe, weil meine Sinne ausschließlich auf den Menschen neben mir gepolt sind. Mein Herz pocht so heftig, dass ich befürchte, er könnte hören, dass es mir jeden Augenblick aus der Brust zu springen droht. Und das liegt nicht an den Kerlen oder an der zwielichtigen Gegend, sondern allein an Jasper.

Kaum haben wir die Gruppe hinter uns gelassen, entzieht er mir seine Nähe und bringt mehr Abstand als nötig zwischen uns, vergräbt die Hände wieder in seinen Hosentaschen. Aber viel schlimmer ist diese Stille, die folgt, und das Gefühl, etwas sagen zu müssen, allerdings nicht zu wissen, was. Es verursacht eine bedrückende Enge in meiner Brust, die zu einem Kloß im Hals wird.

»Ich war mal ein ziemlich guter Cricketspieler, wusstest du das?«, erzählt Jasper wie aus dem Nichts.

»Nein.« Jedenfalls kann ich mich nicht daran erinnern, dass Aspen etwas in der Richtung erwähnt hat.

»Ja, ich wäre beinahe Profispieler geworden«, fährt er fort.

Ich frage mich, worauf er hinauswill. Ist es lediglich ein Small-Talk-Versuch?

»Warum nur beinahe?«

Einen Moment verfällt er zurück ins Schweigen. Dann höre ich, wie er einmal tief durchatmet. Das ist nicht der Versuch einer zwanglosen Unterhaltung, sondern der Schlüssel zu dem Warum. Meine Eingeweide verkrampfen sich, weil ich ahne, dass die Wahrheit übel wird. Weil ich mir nicht vorstellen kann, dass Jasper dazu neigt überzureagieren. Er ist der Inbegriff von kontrolliert.

»Elijah war kein großer Fan meiner Zukunftspläne.«

»Also hast du seinetwegen deinen Traum aufgegeben«, schlussfolgere ich, weil es mir logisch erscheint und gleichzeitig nicht. Jasper ist nicht der fügsame Typ. Er hat diese Niemand-sagt-mir-was-ich-tun-soll-Aura. Und das in einem wirklich beeindruckenden

Ausmaß. Aber die hat sein Dad auch. Nein, Elijah Anderson verkörpert das.

»Ich war ein sehr sturer Teenager. Er hat dafür gesorgt, dass ich aufgebe.«

Warum klingt es aus seinem Mund, als ginge es nicht nur um eine verpatzte Cricketkarriere, sondern um mehr? Ich bin mir nicht sicher, ob ich noch immer alle Antworten hören will.

»Und wie?«, frage ich leise und zögerlich. »Du musst es mir nicht erzählen, wenn du nicht willst«, schiebe ich hinterher, weil ich tatsächlich nicht möchte, dass er sich dazu verpflichtet fühlt, und ich Angst davor habe, dass ich mit meinen Fragen erneut etwas in Jasper auslöse, das er nicht kontrollieren kann. Ich weiß nicht, ob ich diejenige sein kann, die ihn auffängt, sollte er fallen.

»Ich werde es dir erzählen, damit du verstehst, warum ich Elijah so sehr verachte und nicht atmen kann, wenn er in meiner Nähe ist. Denn das ist es, was du vorhin mitangesehen hast. Ersticken. Anders lässt sich dieses Gefühl, das er in mir auslöst, nicht beschreiben. Zuletzt stand ich ihm vor eineinhalb Jahren persönlich gegenüber und ich gebe zu, ich war nicht darauf vorbereitet, dass heute der Tag sein würde, an dem wir wieder aufeinandertreffen. Den Zeitpunkt dafür hätte ich gerne selbst gewählt. Aber wir müssen noch etwas weiter zurück.

Ich war in meinem letzten Schuljahr in England. Mein bester Freund hatte unsere gemeinsamen Pläne von Oxford verworfen und ist in die Staaten aufs College. Elijah hat bei seiner Entscheidung ein bisschen nachgeholfen, in der Hoffnung, ich würde Noah nach Waterbury folgen. Ich hielt an meinem Traum fest und habe einen Dreck auf das Familienimperium gegeben, das ich seiner Meinung nach zu gegebener Zeit übernehmen sollte. Das Los des Einzelkindes in einer Familie voller Macht, deren Oberhaupt ein Narzisst ist, der Widerstand nicht duldet.«

Er macht eine Pause, als uns ein Paar lachend entgegenkommt. Ich weiß nicht, wer von uns den Abstand zwischen uns verringert hat, aber als ich einen winzigen Schritt nach rechts mache, stößt meine Schulter gegen seinen Oberarm.

Ich sehe dem Pärchen hinterher, das erneut lacht, während es sich an den Händen hält. Ein Schmunzeln schleicht sich auf meine Lippen, weil die beiden höchstwahrscheinlich einen netten Abend und einen leichten Schwips haben. Dann sehe ich wieder zu Jasper und für einen winzigen Moment oder auch etwas länger denke ich darüber nach, meine Finger mit seinen zu verschränken und zu sagen: *Wir kriegen das zusammen hin.*

Allerdings habe ich nicht die leiseste Ahnung, was genau mich erwartet. Ihn. Uns. Und doch würde ich ihn gerne wissen lassen, dass ich möglicherweise nicht verhindern kann, dass er in den Abgrund stürzt, aber dass ich ihn nicht loslassen werde, solange er meine Hand hält. Allerdings bin ich mir nicht sicher, ob Jasper das überhaupt will, weil es bedeuten würde, er und ich wären ein Wir. Was wir nicht sind. Also behalte ich meinen Gedanken für mich.

»Deswegen hast du die Geldwäsche aufgedeckt? Um der Firma zu schaden, weil du nicht in seine Fußstapfen treten willst?« Das klingt logisch, aber auch übertrieben. Sein Dad kann ihn ja nicht dazu zwingen und ich glaube auch nicht, dass er damit bei Jasper Erfolg hätte.

»Glaubst du das?«

»Nein, ich glaube, dass er dir sehr wehgetan hat.« Und zwar so sehr, dass er ihn nicht mehr als seinen Dad betrachtet. Denn diese Bezeichnung ist ihm bisher kein einziges Mal über die Lippen gekommen.

»Er hat nicht nur meine Träume, sondern auch mich zerstört, körperlich und seelisch, indem er mir genommen hat, was ich liebte. Noah, Cricket, England, mich. Ich war mal ein ziemlich netter Kerl, auch wenn das schwer zu glauben ist.« Den letzten Satz sagt er mit einem Anflug von Belustigung.

»Ich denke, du bist es immer noch, hast aber so deine Methoden, zu verhindern, dass man dich mag.«

Dass Jasper stehen geblieben ist, bemerke ich erst, als sich seine Finger um mein Handgelenk schließen und mich am Weitergehen hindern. Ich drehe mich zu ihm um. Er verharrt genau unter einer der Laternen. Seine Miene wirkt in dem Lichtkegel nachdenklich.

»Wolltest du eine andere Antwort hören? Dann nehme ich es zurück und behaupte, dass ich dich nicht mag, weil du ein *gago* bist«, sage ich und grinse ihn an.

Ein winziges Lächeln erscheint auf seinen Lippen, bis seine Züge wieder ernst werden und er sich erneut in Bewegung setzt. Nach wenigen Schritten erreichen wir den Ausgang des Parks. Sein Blick wandert nach rechts und links, als hielte er nach etwas Ausschau, dann sieht er auf seine Uhr. Muss er noch irgendwohin?

»Gib mir fünf Minuten, in denen du mir einfach nur zuhörst und keine Fragen stellst. Anschließend denkst du in Ruhe darüber nach, ob es die richtige Entscheidung ist, mich zu mögen, oder ob du einen Bogen um mich machen willst.«

Jetzt macht er mir Angst. Welche Leichen könnte er im Keller haben, die es rechtfertigen würden, ihn bewusst zu meiden?

Er legt den Kopf schrägt und sieht mich abwartend an.

»Fünf Minuten. Nur zuhören. Keine Fragen. Verstanden«, sage ich und atme einmal tief durch.

»Ich erinnere mich noch, dass es geregnet hat, als ich an dem Tag das Trainingsgelände verlassen habe, und mein einziger Gedanke war, dass ich eine heiße Dusche brauche. Elijah hat an seinem Wagen auf mich gewartet. Wir haben uns gestritten, weil keiner von uns beiden nachgeben wollte. Das Ganze ist eskaliert und er hat mir den Cricketschläger aus den Händen gerissen. Ich höre noch heute das Zischen, das Holz verursacht, wenn man in einer schnellen Bewegung die Luft teilt. Der erste Schlag traf mich im Rücken und ich fiel nach vorn auf die Knie. Der nächste Hieb krachte seitlich gegen meine Rippen. Der stechende Schmerz breitete sich so schnell in meiner Brust aus, dass mir die Luft wegblieb.

Ich habe ihn angefleht aufzuhören. Er hat immer weitergemacht. Der Grat auf der Rückseite des Schlägers, der eine Kante bildet, krachte auf meinen Ellenbogen. Das berstende Geräusch, das Knochen verursachen, wenn sie splittern, hallt noch heute durch meinen Kopf, wenn mein Verstand in der Stille versinkt, genau wie ich noch immer den Schmerz fühle.

Elijah hat so lange auf mich eingeprügelt, bis ich das Bewusstsein verloren habe. Als ich im Krankenhaus aufgewacht bin, hatte er allen erzählt, ich sei mit ein paar Kids aneinandergeraten und er habe mich in dem Zustand vorgefunden und sie verscheucht. Die Geschichte klang plausibel, weil ich mein ganzes Leben in solche Situationen geraten war. Keine Ahnung, warum ich nichts gesagt habe. Vielleicht, weil ich es selbst nicht glauben konnte oder weil wir eine Familie waren. Fakt ist, ich habe nie jemandem erzählt, was tatsächlich geschehen ist. Stattdessen habe ich mich monatelang durch die Reha gekämpft, mit dem Ergebnis, dass ich nie wieder Cricket spielen werde.

In der Zeit darauf bin ich in ein tiefes Loch gefallen und habe alles gehasst. Tage, Wochen, Monate. Die meiste Zeit habe ich mich gefragt, ob ich überhaupt noch existiere. Oft war es mir auch einfach egal, was aus mir wird. Am Geburtstag meiner Mom habe ich mich ihr zuliebe in den Flieger gesetzt. Ihre Arme waren nicht zum ersten Mal mit blauen Flecken übersät. Ich bin durchgedreht und habe Elijah angegriffen.«

Eine weitere Pause. Er schließt die Augen, atmet tief durch, und als er weiterspricht, wirkt es, als würde er einen Teil der Geschichte auslassen. »Das war der Moment, in dem ich mich entscheiden musste. Entweder ich verliere mich für immer oder ich breche aus der Hölle aus, die er für mich erschaffen hat. Meine Wahl ist auf *Ich rette mich und meine Mom und töte das Monster* gefallen.

Ich bin zurück nach England, habe mir ein für mich erträgliches Ich zugelegt und beschlossen Elijah zu vernichten. Das ist jetzt etwas mehr als eineinhalb Jahre her. Ich war regelrecht besessen davon, etwas zu finden, das ihn zu Fall brächte, und habe, als meine Mom und er verreist waren, die Villa verwanzt und mit Minikameras ausgestattet. Anschließend habe ich mir Zugang zu den Firmendaten verschafft. Allerdings ist es, wie eine Nadel im Heuhaufen zu finden, wenn man nicht weiß, wonach man genau sucht.

Die Lösung ist mir mehr oder weniger in den Schoß gefallen, als ich eine Unterhaltung zwischen Walls und ihm mitangehört habe. Ich habe Wochen damit verbracht, mich ins College zu hacken, ohne Erfolg. Dann habe ich von *Be My Date* erfahren. Ich kenne den Typ, der den Algorithmus programmieren sollte, und habe ihn überredet, mich das machen zu lassen. Ich habe eine Backdoor eingebaut, die mich an der Firewall vorbeischleusen sollte. Zusätzlich habe ich mich ins College eingeschrieben, um an die fehlenden Informationen zu kommen.

Dann bin ich Cameron begegnet und hatte plötzlich die Chance, an zwei Orten gleichzeitig zu sein und mich noch um eine andere Angelegenheit zu kümmern. Cameron hatte keine Ahnung, bis ihm in Waterbury nach und nach alles um die Ohren geflogen ist. Sicher hätte es auch einen anderen Weg der Vergeltung gegeben, aber ich erachte es als nur fair, Elijahs Lebenswerk zu zerstören, wie er es mit meinen Träumen gemacht hat. Und ich bereue es nicht. Ich würde es wieder tun. Auch mit dem Wissen, das ich heute habe, obwohl es bedeutet, dass deine Familie mit hineingezogen wird.«

Mein Blick findet seinen. In seinen dunklen Augen ist die Frage, wie mein Urteil ausfällt, deutlich erkennbar. Aber ich werde nicht über ihn urteilen, weil das seine Geschichte ist und ich nicht den Hauch einer Ahnung habe, was er in den vergangenen Jahren oder vielleicht auch sein ganzes Leben durchgemacht hat. Ich kenne nur die Version von ihm, die in diesem Augenblick einen winzigen Schritt zurückweicht, weil sie glaubt, dass ich sie nun weniger mag, nachdem er sich mir gegenüber geöffnet hat. Mir ist sehr wohl bewusst, dass er gerade zugegeben hat, er würde alles genauso wieder tun. Er würde meinetwegen keinen anderen Weg einschlagen. Wir seien der Kollateralschaden, den er in Kauf nimmt. Seltsamerweise ist es okay. Es ging mir nicht darum, dass er beteuert, alles zu bereuen. Ich wollte nur verstehen, warum er diesen Weg gewählt hat. Und ich denke, das tue ich. Jedenfalls fühlt es sich an, als wäre die Kluft zwischen uns deutlich kleiner geworden. Plötzlich wirkt sie nicht mehr unüberwindbar.

Was mich allerdings überrascht, ist, dass dieser Kerl ganz und gar nicht in das Bild eines Nerds passt, der neben dem Programmieren versucht den Collegeserver zu hacken. Er hat zwar gesagt, er möge Technik, allerdings hatte ich angenommen … Um ehrlich zu sein, habe ich nie ernsthaft darüber nachgedacht, wie seine Hobbys aussehen könnten. Aber ich verstehe jetzt, was er damit gemeint hat, seine Definition von Spaß liege außerhalb meiner Vorstellungskraft. Mag ich ihn jetzt weniger? Nein.

Ohne darüber nachzudenken, was er davon hält, überbrücke ich die Distanz zu ihm und schlinge die Arme um seine Taille, drücke mich fest an ihn.

»Wofür ist das?«, fragt er und erwidert die Geste.

»Ich dachte, du könntest eine Umarmung gebrauchen … Und ich auch irgendwie«, flüstere ich, weil meine eigene Anspannung in seinen Armen nachlässt.

Darauf antwortet er nicht, sondern hält mich einfach nur fest. Eine kleine Ewigkeit verharren wir in der Position, bis er mich sanft von sich schiebt und mich besorgt mustert.

»Lass uns von hier verschwinden«, sage ich, weil ich nicht ohne ihn gehen werde. Nicht nach allem, was er mir erzählt hat, und wenn ich befürchten muss, dass das Grau ihn zu verschlucken droht. Ich sehe mich nach einem Taxi um, kann aber keins entdecken, also hole ich mein Handy aus der Handtasche, um uns eins zu rufen.

»Können wir mit der U-Bahn fahren?«, fragt er und deutet mit dem Kinn in Richtung Straßenschild, das auf die nahe gelegene Station hinweist.

»Du möchtest U-Bahn fahren?«, frage ich ungläubig, weil er nicht wie jemand wirkt, der gerne die öffentlichen Verkehrsmittel nutzt.

»Ja, es beruhigt mich, die Leute darin zu beobachten«, antwortet er und zuckt mit den Schultern.

Wenn ich an die U-Bahn denke, dann daran, wie überfüllt sie ist, dass sie unangenehm riecht und dass es ewig dauert, bis man sein Ziel erreicht. *Beruhigend* ist definitiv nicht das erste Wort, das mir in den Sinn kommt. Dennoch nicke ich. In diesem Moment würde ich alles tun, damit er sich besser fühlt, weil er genau dasselbe für mich tun würde. Ich weiß es einfach.

Zehn Minuten später stehen wir eingequetscht zwischen Menschen. Immer wieder stößt der Typ vor mir mich an, wenn jemand ein- oder aussteigt. Sein Ellenbogen streift wiederholt meine rechte Brust, was mir mehr als unangenehm ist. Und jedes Mal rücke ich ein Stück weiter von ihm ab und somit näher an Jasper heran, der hinter mir steht.

»Du fährst nicht oft mit der U-Bahn, oder?«, stellt Jasper amüsiert fest.

»Nein. Ich bin kein Fan von unfreiwilligem Körperkontakt«, erwidere ich, schiele zu dem Typ vor mir und seufze, als dieser erneut einen Schritt zurück macht und mich berührt. Nur, dass er sich diesmal zu mir umsieht und provokant lächelt. Als wäre es ihm ein Vergnügen, mit mir auf Tuchfühlung zu gehen. Jasper entgeht das nicht, denn plötzlich liegen seine Hände an meiner Taille und er zieht mich sanft zu sich. Mein Rücken ruht an seiner Brust. Ich kann spüren, wie sie sich gleichmäßig hebt und senkt, während er ein- und ausatmet. Einen winzigen Moment bewegt sich niemand von uns, bis er hinter mir hervortritt, sich an dem Typen vorbeidrängt und meinen vorherigen Platz einnimmt. Allerdings wendet er sich mir so zu, dass ich ihm ins Gesicht sehen kann. Sobald ich damit aufhöre, seine Brust anzustarren, die sich unmittelbar in meinem Blickfeld befindet.

Erst jetzt fällt mir auf, dass das Hemd, das er trägt, nicht reinweiß ist, sondern in den Stoff ein nahezu unsichtbares Blumenmuster eingewebt ist. Man erkennt es nur, wenn man genau hinsieht oder wie ich keine andere Möglichkeit hat, weil Jaspers Körper mir die Sicht auf alles andere versperrt. Mein Blick wandert, bleibt an der akkurat gebundenen Fliege hängen, gleitet zu seinem glatt rasierten Kinn über die perfekt geschwungenen Lippen, höher zu seiner Nasenspitze, bis sich unsere Blicke treffen. Im Tiefbraun seiner Augen liegt dieses klitzekleine Funkeln, das mich um den Verstand bringt. Als wäre ich alles, was er will.

Entschlossen sehe ich wieder auf seine Brust, die sich nun deutlich schneller auf und ab bewegt, als er den Abstand zwischen uns auf eine Handbreite verringert. Und ich hasse meinen Körper dafür, dass er zuverlässig ohne weitere Aufforderung auf Jaspers Nähe reagiert. Gedanklich rufe ich das Bild seiner Lippen auf meinen ab. Wie sie sich anfühlen. Wie sie schmecken.

Jasper beugt sich vor. Ich halte den Atem an.

»Das vorhin tut mir leid«, sagt er kaum hörbar.

Als ich den Kopf leicht in den Nacken lege und zu ihm aufsehe, weiß ich, dass es das Dümmste ist, was ich hätte tun können. Mein Gesicht ist seinem viel zu nah. So nah, dass sein Aftershave wie eine Einladung in meiner Nase kribbelt.

»Was genau?«, frage ich gepresst, weil die U-Bahn natürlich genau in diesen Augenblick mit einem kräftigen Ruck zum Stehen kommt und Jasper damit ein weiteres Stück in meine Richtung befördert. Seine Arme schnellen nach vorne, stützen sich rechts und links neben meinen Schultern ab, um zu verhindern, dass er mich mit seinem Gewicht zerquetscht. Gleichzeitig pralle ich unsanft mit den Rücken gegen die Automatiktür, die sich unmittelbar hinter mir befindet. Meine Lippen machen Bekanntschaft mit seinem Kiefer. Weiche Haut, die sich unter der Berührung strafft, als er die Muskeln anspannt, die sich an dieser Stelle befinden. So als würde er die Kiefer fest aufeinanderpressen.

Wie erstarrt rühre ich mich nicht vom Fleck. Warte, dass er zurückweicht, wie gewohnt Abstand zwischen uns bringt und mit dieser Abgeklärtheit auf mich herabsieht. Nichts dergleichen passiert, als die Bahn sich wieder in Bewegung und somit ihre Fahrt Richtung Manhattan fortsetzt. Stattdessen lässt er den Kopf sinken. Sein Atem trifft wie eine unschuldige Liebkosung auf meinen Hals.

»Dass ich dich von mir gestoßen und dir Angst gemacht habe, statt es dir zu erklären. Dabei ist das Letzte, was ich will, dich von mir zu stoßen und dass du Angst vor mir hast«, beantwortet er die Frage, die ich ihm gestellt habe.

»Ich hatte keine Angst *vor* dir, sondern *um* dich, weil ich dich mag.« Die Worte kommen mir so leicht und entschlossen über die Lippen, dass es mich selbst überrascht. Aber so ist es. Nichts von dem, was er gesagt hat, ändert etwas an meinen Gefühlen für ihn. Es hat nur dafür gesorgt, dass ich ihn verstehe und nun weiß, auf wen ich mich einlasse.

»Es wäre um einiges einfacher, wäre es nicht so.«

Ich kann spüren, wie sich seine Worte auf meiner Haut zu diesem Satz formen, der mir einen Schauer über den Rücken jagt. Wenn ich mir in einer Sache inzwischen sicher bin, dann darin, dass ich bereits viel zu tief im Gefühlschaos stecke, um dort mit einem »Klar, kein Problem, dann bin ich eben nicht in dich verliebt« herauszukommen.

»Für einen Rückzieher ist es zu spät«, sage ich leise und offenbare ihm damit mehr oder weniger, dass er etwas in mir auslöst, das ich nicht länger ignorieren will.

Bevor er antworten kann, ertönt die Lautsprecherdurchsage, die mitteilt, dass wir meine Haltestelle erreicht haben. Die gegenüberliegende Tür öffnet sich. Kühle Luft schlägt uns entgegen. Menschen zwängen sich an den Fahrgästen vorbei, um nach draußen zu gelangen.

»Wir müssen hier aussteigen«, flüstere ich, weil ich diesen Moment nicht zerstören will.

Als meine Worte bei ihm ankommen, lässt er die Arme sinken, gibt mich frei und tritt einen Schritt zurück. Für den Bruchteil einer Sekunde versinke ich in Jaspers dunklen Augen, die mir wehmütig, aber vor allem unentschlossen entgegenblicken. Dann treffe ich eine Entscheidung für uns beide.

Wortlos greife ich nach seiner Hand und ziehe ihn hinter mir her, als ich mich durch die Leute kämpfe, die den Ausgang versperren.

# 31.

## JASPER

Wenn ich mir zweier Dinge zu hundert Prozent bewusst bin, dann dass das hier keine gute Idee ist und ich es um ihretwillen unterbinden sollte. Stattdessen umklammere ich Abbies Hand wie ein Ertrinkender. Lasse mich von ihr durch die dunklen Straßen von Manhattan führen, in der Hoffnung, am Ende könnte irgendwo ein Licht auf mich warten. Eins, das all das Grau verschwinden lässt, das mich antreibt. Den Hass, der mein Betriebssystem zwar am Laufen hält und doch dafür sorgt, dass ich immer nur einen Klick davon entfernt bin, dass es sich endgültig aufhängt. Das Bedürfnis nach Rache, das sich wie ein Virus durch meine Festplatte frisst.

Abbie mit in mein Chaos zu ziehen, ist nicht fair. Mein Verstand weiß, dass dies der ungünstigste Moment ist, sie in mein Leben zu lassen, ohne ihr eine Hintertür anzubieten. Denn die gibt es nicht. Keine Backdoor, die sie notfalls auf einen sicheren Server umleitet. Wenn ich abstürze, dann fällt sie mit mir.

Wie ich darauf komme? Ich habe es in ihren Augen gesehen. Diese Entschlossenheit, alles auf eine Karte zu setzen. Der alte Jasper schäumt über vor Glück, weil sich dieses nette Mädchen trotz allem für ihn interessiert. Der neue macht sich höchstwahrscheinlich aus dem Staub, bevor es brenzlig wird. Und ich habe keine Ahnung, welcher von beiden sich am Ende durchsetzen wird. Diese Ungewissheit macht mich wahnsinnig.

Dennoch halte ich Abbie nicht auf, als sie auf einen Hauseingang zugeht und im nächsten Augenblick den Code zum Öffnen der Tür eintippt. Keine Sekunde später finde ich mich in einem Flur wieder. Ich sehe mich um. Antike Möbel aus dunklem Holz. Parkettboden im Fischgrätdesign und auf Hochglanz poliert. Eine silberne Vase mit frischen Blumen steht auf einer Kommode. Ein gerahmtes Foto der Westings aus alten Tagen hängt darüber.

Abbie entzieht mir ihre Hand und lenkt damit meine Aufmerksamkeit auf sich, weil ich nicht will, dass sie mich loslässt. Sie schält sich aus dem Sakko. Mein Blick gleitet über sie. Ihr Gesicht ist von der Kälte leicht gerötet. Unsicher lächelt sie mich an. Letzte Chance, um einen Rückzieher zu machen. Die Distanz zwischen uns auf dem Level zu lassen, auf dem es um einiges sicherer ist.

»Hast du Hunger? Es ist noch was vom Mittag da. Ich könnte es uns schnell warm machen«, plappert sie so hastig, dass ich Mühe habe hinterherzukommen. Vermutlich hat sie ihren Entschluss, mich aus der U-Bahn zu zerren, nicht bis zum Schluss durchdacht. Wenn ich ihr eines nicht zutraue, dann, Kerle für ein bisschen Spaß abzuschleppen. Damit wäre sie bei mir allerdings an der richtigen Adresse.

Das, was hier gerade abläuft, ist nicht mein Ding. Andererseits kann ich das gar nicht wissen, weil ich es noch nie ausprobiert habe. Dafür war ich in den vergangenen Jahren zu sehr mit mir selbst beschäftigt. Für mehr hatte ich keinen Platz. Alles, was meine Gefühlswelt durcheinanderbringen könnte, hätte gleichzeitig bedeutet, einen Teil der mühsam zurückerlangten Kontrolle abzugeben. Aber ich habe aufgehört zu ignorieren, dass Abbie meine Gedanken immer wieder in eine andere Richtung wandern lässt. Eine, die mir ein Bild von ihr und mir ins Hirn projiziert. Damit meine ich nicht, dass sie nackt auf mir sitzt. Okay, das auch. Aber nicht ausschließlich. Es ist eher eine Vorstellung, die ich dank Cam und Aspen permanent vor Augen habe. Vermehrt erwische ich mich dabei, dass ich neidisch auf das bin, was die beiden haben. Wobei neidisch der falsche Ausdruck ist. Es ist eine Art unterschwellige Sehnsucht nach Vertrautheit.

»Essen klingt super«, sage ich und lasse damit die Option zur Flucht verstreichen. Ich mache einen Schritt auf Abbie zu, die erleichtert aussieht, als hätte sie eine andere Reaktion erwartet. Dabei sollte ihr längst klar sein, dass ich ihr mit jedem Atemzug mehr verfalle.

»Gut, dann hier entlang.«

Die High Heels an ihren Füßen erzeugen hallende Laute auf dem Parkettboden, als sie durch den Flur in die Küche geht. Mit etwas

Abstand folge ich ihr und schaue mich um. Ich bleibe an einer Pinnwand stehen, an der unzählige Postkarten hängen. Aus dem Augenwinkel sehe ich, wie Abbie nach links abbiegt. Ich entferne eine der Pinnnadeln und drehe die Karte um. Sie ist von ihrem Dad, der liebe Grüße aus seiner Heimat schickt und sich freut, sie bald wieder in die Arme schließen zu können. Laut Poststempel hat er sie vor zehn Jahren abgeschickt.

»Warst du schon mal auf den Philippinen?«, ertönt Abbies Stimme hinter mir. Sofort befestige ich die Karte wieder an der Stelle, wo ich sie weggenommen habe.

»Nein. Sorry, ich wollte nicht neugierig sein«, sage ich und könnte mich selbst ohrfeigen, weil es respektlos ist herumzuschnüffeln. Aber Abbie lächelt einfach nur und stellt sich neben mich.

»Mein Dad hat es geliebt, Postkarten von seinen Reisen zu schicken.« Sie tippt auf eine der Karten. »Die hier ist aus Parang, da kommt seine Familie ursprünglich her. In den Sechzigern sind sie in die Staaten gekommen, um sich hier eine Zukunft aufzubauen.«

»Warst du schon mal dort?«, frage ich sie.

»Ja, Mom und ich fliegen jedes Jahr rüber und besuchen meine *lola* … ähm … meine Grandma zu ihrem Geburtstag. Du kannst dir nicht vorstellen, was da los ist. Das ganze Dorf ist eingeladen. Statt Geschenken bringt jeder etwas zu essen mit. Mein Onkel sorgt für musikalische Unterhaltung. Niemand verhaut so zielsicher die Töne wie Carlos. Trotzdem ist er in Parang so was wie der DJ für alle Veranstaltungen.«

In ihren Worten schwingt so viel Liebe für ihre Familie mit. Wenn ich an meine denke, ist da diese unüberwindbare Kluft, die mir mit jedem Tag größer erscheint. Zu groß, um jemals auf die andere Seite zu gelangen.

Ich sehe zu Abbie, die lächelnd die Pinnwand betrachtet und dennoch traurig wirkt, weil in diesem Augenblick ein ganzer Schwall an Erinnerungen freigesetzt wird. Gerne würde ich sagen, dass ich weiß, wie sie sich fühlt, aber so ist es nicht. Die Erinnerungen an ihren Dad sind herzlich, die an meinen zerstörerisch.

Bevor die Stimmung gänzlich kippt, lege ich eine Hand auf Abbies Rücken. Fühle ihre warme und zarte Haut unter meinen Fingern, weil das Kleid über einen Ausschnitt verfügt, der bis zu ihrer Taille reicht. Der Anblick hat mich vorhin schon aus dem Konzept gebracht, als ich am Buffet hinter ihr stand. Nur mit Mühe habe ich der Versuchung widerstanden, mit den Fingerspitzen ihre Wirbelsäule nachzufahren, um herauszufinden, wie sie auf meine Berührung reagiert. Stattdessen habe ich ihr Dinge zugeflüstert, die der Wahrheit entsprechen, aber absolut unangebracht waren. In meiner Fantasie habe ich die Hand unter den Stoff geschoben. Bin mit den Fingern ihren Oberschenkel hinaufgewandert, bis sie in ihrem Slip verschwanden. Es war die reinste Folter, genau das nicht tun zu können. Aber jetzt kann ich nicht widerstehen.

Sanft streiche ich über ihre Haut. Einmal. Zweimal. Sie zuckt leicht zusammen, dreht ihren Kopf und mustert mein Gesicht. Ihr Blick fixiert meine Lippen. Als Reaktion darauf beschleunigt sich mein Puls. Ich hätte wirklich nichts dagegen einzuwenden, sie an mich zu ziehen, zu küssen und ihren Körper aus dem Kleid zu befreien. Aber mein Verstand hat diesbezüglich noch keine endgültige Entscheidung getroffen. Eins weiß ich mit Sicherheit: Ich will diese Frau. Aber ich habe keinen Schimmer, wie sich die Sache am Ende gestalten wird. Oberflächlich oder tiefergehend.

»Wie war das mit dem Essen?«, zögere ich es weiter hinaus und schiebe sie in die Richtung, die sie vor wenigen Minuten eingeschlagen hat. Langsam setzt sie einen Fuß vor den anderen. Ich ziehe die Hand zurück, vergrabe beide in meinen Hosentaschen, um nicht doch schwach zu werden.

Wir betreten einen großzügigen Wohn- und Essbereich. Der Stil des Flurs setzt sich auch hier fort. Abbies Mom scheint ein Faible für Antiquitäten zu haben. Ich würde auf Barock tippen, darauf festnageln kann ich mich allerdings nicht. Die Einrichtung trifft nicht unbedingt meinen Geschmack, wirkt aber gemütlich. Die Küche hingegen ist modern und passt somit keinesfalls ins Gesamtbild.

Abbie hängt das Sakko im Vorbeigehen über eine Stuhllehne, dann öffnet sie den Kühlschrank und nimmt eine Dose heraus. Anschließend holt sie zwei Teller aus einem der Hängeschränke.

»Kann ich dir irgendwie behilflich sein?« Unschlüssig stehe ich im Raum und beobachte sie.

»Setz dich einfach hin. Ich mach nur schnell das Pancit warm«, weist sie mich an.

»Das was?«

»Pancit ist das philippinische Nationalgericht. Die Geschichte besagt, dass die Nudeln einem ein langes Leben versprechen. Daher wird es zu Geburtstagen serviert.«

»Also hat heute jemand Geburtstag?«, frage ich. Abbie ist es nicht. Ihrer ist erst im Juni.

»Nein, meine Mom kocht es jeden Samstag, weil es ihr Lieblingsgericht ist.«

»Wenn du mir verrätst, wo ich das Besteck finde, kümmere ich mich darum.«

»Du hast wirklich ein Problem damit, dich bedienen zu lassen«, erwidert sie und lacht leise. »Die oberste Schublade neben dem Herd.« Sie verteilt das Nudelgericht auf die Teller, bevor sie den ersten in die Mikrowelle stellt. »Gläser befinden sich im Schrank darüber.«

Während ich den Tisch decke, erwärmt Abbie das Essen. Die Situation ist surreal. Ich kann mich nicht erinnern, je mit einer Frau mitgegangen zu sein, die mich verköstigt, statt mich in ihr Bett zu zerren. Es überrascht mich, dass mir das gefällt, weil es eine andere Basis von Vertrautheit schafft. Weniger oberflächlich. Und dann spüre ich, worauf das mit Abbie hinausläuft. Auf alles oder nichts. Irgendwas dazwischen, ausgeschlossen.

Eine Mischung aus Angst und Mut macht sich in mir breit. Angst, weil es schiefgehen könnte. Mut, weil ich das Risiko eingehen werde.

Ich setze mich an den Küchentisch. Mein erster Gedanke, als Abbie den Teller vor mir abstellt, ist: *Fuck*. Mein zweiter: *Reiß dich zusammen*. Vielleicht hätte ich vorher erwähnen sollen, dass ich weder Fleisch noch Fisch esse, denn ich erspähe Garnelen zwischen den Nudeln.

»Alles okay?«

»Sieht lecker aus.« Das ist nicht gelogen, wenn man die Zutaten mag. Aber wenn einem jemand als Kind Fischinnereien in den Rucksack kippt und das Gesicht mit Schweineblut beschmiert, entwickelt man zwangsläufig ein gestörtes Verhältnis zu Tieren, auch wenn sie absolut nichts dafürkönnen und selbst Opfer des Ganzen sind.

»Warum guckst du dann, als wolle ich dich vergiften?«

»Ich bin kein Freund von Meerestieren«, gebe ich zu.

»Oh!«

»Ich esse einfach drum herum. Kein Problem.« Allein bei dem Gedanken wird mir übel. Die Garnelen auszusortieren, hätte nur einen geringfügigen Effekt auf mein Wohlbefinden. Ich will das nicht essen. Aber ich möchte auch nicht wie ein undankbares Arschloch rüberkommen, nachdem Abbie sich die Mühe gemacht hat, etwas auf den Tisch zu zaubern.

»Oder wir gehen direkt zum Nachtisch über.«

Mir ist klar, dass sie die Worte nicht so meint, wie sie gerade bei mir ankommen, dennoch sorgen sie dafür, dass mir ein Schauer über den Rücken läuft und ein ganz bestimmter Körperteil schlagartig seine Chance wittert.

Bevor ich darauf antworten kann, steht Abbie von ihrem Stuhl auf, nimmt die Teller und räumt sie wieder ab. Großartig, jetzt verzichtet sie meinetwegen auf das Essen. Abbie öffnet den Kühlschrank, bückt sich und verschwindet damit aus meinem Sichtfeld, weil die Kücheninsel im Weg ist. Als sie sich wieder aufrichtet, hält sie einen Becher in der Hand. Auch auf die Entfernung erkenne ich die Eispackung. Ganz automatisch schleicht sich ein Grinsen in mein Gesicht. Im nächsten Moment zieht sie die Besteckschublade auf und nimmt zwei Löffel heraus. Sie sieht zur Mikrowelle.

»Mitkommen«, sagt sie fordernd, lächelt aber.

»Wohin?«, frage ich irritiert.

»Nach oben. Meine Mom kommt jeden Augenblick zur Tür herein. Sie hält nie länger als bis eins durch.«

Kurz sehe ich auf die Uhr, dann stehe ich auf, schnappe mir mein Jackett und bedeute Abbie mit einer Kopfbewegung, dass sie vorangehen soll. Die sicherere Variante wäre, den Abend genau an diesem Punkt zu beenden. Dass ich es nicht tue, würde ich gerne darauf schieben, scharf auf die Eiscreme zu sein. Allerdings entspricht das nicht der Wahrheit. Fakt ist, ich mag Abbies Gesellschaft. Weil ich nicht das Gefühl habe, ihr etwas beweisen zu müssen. Ein weiterer Fakt ist, ich will sie nach wie vor aus dem Kleid schälen. Ich bin so richtig am Arsch, würde Cam sagen. Ausnahmsweise würde ich nicht widersprechen, denn genau so ist es. Die Frau hat mich am Haken und ich bin mir sicher, sie ahnt es nicht einmal.

Ich folge ihr die Treppe nach oben und schließlich in ihr Zimmer. Flüchtig sehe ich mich um. Es ist ordentlich. Nicht so akribisch aufgeräumt, wie ich es von mir selbst gewohnt bin, aber bei Weitem nicht so chaotisch wie bei Cam, der seine Kleidung überall herumliegen lässt. Abbie mag Grün, denn egal, wo ich hinsehe, findet sich diese Farbe. Vorhänge. Die Wand hinter dem Bett. Der runde Teppich vor dem Kleiderschrank. Die Möbel hingegen sind weiß und schlicht. Auf dem Nachtschrank steht dasselbe Foto wie in Waterbury.

Ich sehe zum Schreibtischstuhl, werfe das Sakko darauf und blicke Abbie unschlüssig an. »Und jetzt?« Grundsätzlich wüsste ich genau, wie der weitere Ablauf aussieht. Ich würde die Lücke zwischen uns schließen, mit beiden Händen ihr Gesicht umfassen. Sie küssen, bis sie mehr einfordert. Meine Finger würden ihre Haut erkunden und das Kleid von ihrem Körper streifen. Ich würde sie bis zur Wand zurückdrängen, während ich den Knopf meiner Hose öffne. Als Nächstes würde ich ihr unter den Po fassen, sie auf meinen Hüften platzieren und –

Sofort ziehe ich den Stecker für das Kopfkino und atme einmal tief durch. Wenn es um Abbie geht, hangle ich mich von einer Situation zur nächsten, statt ein paar Etappen zu überspringen.

Sie stellt die Eispackung auf dem Nachtschrank ab, bevor sie aus den High Heels schlüpft und sich anschließend auf das Bett setzt. Mit dem Rücken lehnt sie sich an das Kopfteil und streckt die Beine auf der Matratze aus. Dann klopft sie auf die andere Betthälfte.

»Essen wir Eis.« In ihrem Blick liegt ein Funkeln, das ich ganz klar als Vorfreude einordnen würde. Sie greift sich den Becher und nimmt den Deckel ab. Genau wie ich in den Hamptons hält sie mir einen Löffel entgegen. Eine Sekunde zögere ich, dann nehme ich ihn ihr ab und gehe um das Bett herum. Ich kicke mir die Schuhe von den Füßen und setze mich. Rutsche so weit zurück, bis ich auf Widerstand stoße.

Wortlos hält sie mir den Becher entgegen, während der Löffel in ihren Mund wandert. Ein Seufzen entfährt ihr, was diesmal kein Lächeln bei mir auslöst, sondern ohne Vorwarnung zwei Etagen tiefer einschlägt. »Verrat es nicht meiner Mom, aber das hier ist tausendmal besser als Pancit.«

In meinen Ohren klingt dieser genüssliche Laut wie ein leises Stöhnen. Und gerade bin ich neidisch auf die Eiscreme, weil ich dafür verantwortlich sein möchte, dass sie solche Geräusche von sich gibt.

»Ich schweige wie ein Grab«, erwidere ich und tauche den Löffel ebenfalls in den Becher.

»Halt mal.« Sie hat es kaum ausgesprochen, da drückt sie mir die Packung in die Hand. Etwas umständlich verändert sie ihre Position und krabbelt auf allen vieren ans Fußende. Der Anblick, den sie mir damit auf ihren Hintern bietet, ist Folter, weil mein Kopfkino schlagartig ein paar weitere nicht jugendfreie Bilder abspielt. Und es wird nicht besser, als sie sich flach auf den Bauch legt und nach der Fernbedienung hangelt, die auf dem Sideboard liegt.

»Was wird das?«, frage ich.

»Irgendwo läuft sicher eine Reportage, die dir ein Lächeln ins Gesicht zaubert«, antwortet sie angestrengt, während sie wie ein Fisch auf dem Trockenen zappelt. Ich kann mir bei ihrem Anblick ein leises Lachen nicht verkneifen, allerdings verstumme ich schlagartig, als ihr Kleid verdächtig nach oben rutscht und ich unfreiwillig einen Blick auf weiße Spitze erhasche.

*Fuck!* Hat sie überhaupt eine Ahnung, dass sie mich gerade quält? Nein, Abbie versucht nicht mich scharfzumachen. Das passt nicht zu ihr. Leider bezweckt diese Unschuld, dass meine Selbstbeherrschung massive Risse bekommt.

Um das Ganze zu beenden, stehe ich vom Bett auf, gehe zum Sideboard und greife nach der Fernbedienung. »Hast du es darauf abgesehen?« Grinsend stelle ich mich vor sie.

Womit ich nicht gerechnet habe, ist, dass sie sich auf das Bett kniet, langsam den Blick hebt und mich ansieht, als hätte sie es auf mich abgesehen. Das Verlangen, das in ihren Augen lodert, schlägt ohne Verzögerung auf mich über. Eine gewaltige Abrissbirne rammt meine Selbstbeherrschung und legt sie in Trümmer. Sind wir ehrlich, dieses Knistern liegt seit unserer ersten Begegnung penetrant in der Luft. Wir haben es laienhaft eingedämmt. Bis jetzt. Denn gerade bäumt es sich zu einem unbändigen Gewitter auf. Wir sehen einander an. Warten darauf, dass einer von uns den ersten Schritt macht. Am Ende übertreten wir beide die Grenze.

Sie streckt die Hand nach mir aus, ergreift den Bund meiner Hose und zieht mich zu sich heran – wofür sie nicht viel Kraft aufwenden muss, weil ich bereits im Begriff war, die Lücke zwischen uns zu schließen. Mit den Fingerspitzen fahre ich die Kontur ihres Kiefers entlang, bevor ich sie in ihren Nacken schiebe. Sie lässt den Kopf nach hinten sinken. Als sie sich sehnsüchtig über die Lippen leckt, verfalle ich ihr endgültig. Fuck! Noch nie habe ich eine Frau so sehr gewollt wie die, die vor mir kniet. Abbie. Alles von ihr. Jeden verfluchten Zentimeter.

Ich beuge mich herab, bis mein Gesicht vor ihrem schwebt. »Wenn ich dich jetzt küsse, gibt es kein Zurück mehr. Weil ich dich schon den ganzen Abend aus diesem Kleid schälen will, um mit der Zunge die Innenseite deiner Schenkel zu erkunden. Ich will wissen, wie du schmeckst. Dich unter meinen Fingern anfühlst. Aber am meisten will ich, dass du meinetwegen stöhnst und nicht wegen einer Packung Eiscreme.«

Ein leises Keuchen entfährt ihr, als ich federleicht mit den Lippen über ihre streiche.

»Letzte Chance, um zu kneifen.«

»Okay«, haucht sie und verwirrt mich damit.

»Okay was?« Ich rücke ein winziges Stück von ihr ab, um sie anzusehen.

Abbie krallt die Hände in mein Hemd und zieht mich wieder zu sich heran, dann liegen ihre Lippen auf meinen. Nicht so sanft, wie ich erwartet habe, aber ich werde mich nicht beschweren, wenn sie den Teil der zaghaften Annäherung überspringt. Das hier ist nicht unser erster Kuss und irgendwie ist er es doch. Weil sich seitdem ein paar Dinge verändert haben. Mit ihrer unbeschwerten Art hat sie den alten Jasper hervorgeholt, von dem ich dachte, er käme nie wieder ans Licht. Noch bin ich mir nicht sicher, ob ich die Wandlung mag, aber in diesem Moment bin ich froh, dass er die Oberhand hat. Das zwischen Abbie und mir wird kein weiterer oberflächlicher Fick. Das hier fühlt sich nach so viel mehr an.

Als Abbie den Kuss vertieft und mit ihrer Zunge nach meiner tastet, lege ich die Hände unter ihren Po und hebe sie vom Bett. Ihre Arme legt sie um meinen Hals, ihre Finger vergräbt sie in meinen Haaren, gleichzeitig schlingt sie die Beine um meine Taille. Langsam sinke ich auf die Knie, ohne unseren Kuss zu unterbrechen, und setze sie auf der Bettkante ab. Ich greife nach Abbies nackten Oberschenkeln, löse ihre Umklammerung und lasse anschließend meine Finger abwärts zu ihren Waden und dann wieder hinauf wandern. Abbie stöhnt in meinen Mund, als sich meine Hände unter den Stoff des Kleides schieben. Sanft beißt sie mir in die Unterlippe, während ich die weiche Spitze ihres Slips nachfahre. Ihr Körper drängt sich mir entgegen, verlangt nach mehr.

Ich beende den Kuss, lasse mich auf die Fersen sinken und sauge ihren Anblick in mich auf, denn jetzt bin ich es, der zu ihr aufsieht. Mit verhangenem Blick schaut sie zu mir herab. Mir gefällt der Gedanke, dass ich für ihre geschwollenen, feuchten Lippen, die geröteten Wangen und diesen verträumten Ausdruck in ihren Augen verantwortlich bin. Meine Hände umfassen ihre Knie, üben gerade so viel Druck aus, dass sie versteht, was ich vorhabe, und von selbst die Beine weiter spreizt.

Für einen Moment halte ich inne, suche ich in ihrem Blick nach etwas, das mich zurückhält. Ich finde nichts dergleichen. Was ich aber erkenne, ist Verlangen, Anspannung und Neugier. Und plötzlich bildet sich in meinem Kopf die Frage, ob sie auf diese Weise bereits jemand berührt hat.

»Wurdest du hier schon einmal geküsst?« Federleicht platziere ich meine Lippen auf ihrem rechten Knie, ohne sie dabei aus den Augen zu lassen.

Sie schüttelt leicht den Kopf. Dachte ich mir.

»Und hier?« Mit der Zungenspitze fahre ich wenige Zentimeter über die Innenseite ihres Schenkels.

Ein leises Stöhnen entfährt ihr, während sie erneut verneint. Ich gebe zu, es macht mich an, dass ich gerade auf jungfräuliches Terrain stoße. Mit einem Schmunzeln schiebe ich das Kleid höher, bis es weiße Spitze entblößt.

»Wenn du jetzt sagst, dass das hier dein erstes Mal wird, bringst du mich um.« Ich bin definitiv der Falsche, um ihr die Unschuld zu rauben, und doch reizt mich die Vorstellung.

Als ich keine Antwort bekomme, hebe ich mahnend eine Augenbraue und rücke etwas von ihr ab.

»Hängt davon ab, worauf genau sich deine Frage bezieht.« Auf ihren Lippen liegt plötzlich ein freches Grinsen, während ihre Augen herausfordernd funkeln und eindeutig sagen: *Find es selbst heraus!*

Okay, damit ist die Jungfrau-Theorie vom Tisch. Stattdessen öffnet sie die Schenkel noch etwas weiter für mich. Mein Blick heftet sich auf den feuchten Fleck zwischen ihren Beinen, der einer Einladung gleichkommt. Eine, die ich mit dem größten Vergnügen annehme.

Erneut platziere ich die Lippen auf ihrem Knie. Diesmal auf dem linken. Ich küsse mich ihren Oberschenkel hinauf. Langsam. Behutsam. Lasse das eigentliche Ziel aus. Ignoriere sowohl ihren köstlichen Duft als auch den protestierenden Laut, den Abbie von sich gibt, als ich die Seite wechsle und die süße Folter von vorn beginne, um den Moment, in dem ich sie auf meiner Zunge kommen lasse, noch etwas hinauszuzögern. Ich genieße das hier gerade zu sehr, um es jetzt schon zu Ende zu bringen. Immer wieder lecke, küsse und sauge ich an ihrer Haut, die unter meinen Lippen zu glühen scheint.

Als Abbie wiederholt frustriert aufstöhnt und ich Gefahr laufe, dass sie mein Gesicht packt, um es auf ihre Mitte zu pressen, kürze ich die Sache ab. Mit beiden Händen umfasse ich ihre Kniekehlen und ziehe sie mit einem Ruck näher zu mir heran, bis ihr Po über der Bettkante schwebt. Abbie sackt nach hinten, als ich mit der Zungenspitze die feuchte Spitze ihres Höschens erkunde. Ich kann ihre Hitze auf der Zunge spüren. Sie wimmert leise und hebt ihr Becken an. Drängt ihre Scham gegen mein Gesicht. Stöhnt, als ich mehr Druck auf die Stelle ausübe, die unter meiner Berührung anschwillt und zu pulsieren scheint.

»Jasper«, haucht sie immer wieder.

O ja, das hier ist ganz nach meinem Geschmack. Ich stehe darauf, dass Abbie die Kontrolle verliert und sie mir überlässt. Verdammt, das ist der einzige Kick, den ich wirklich brauche. Das ist besser als jeder Hack.

Um das störende Stück Stoff loszuwerden, dass sich zwischen ihr und mir befindet, hake ich die Finger in den Bund. Mein Blick heftet sich auf die Stelle, die feucht glänzt und nur darauf wartet, dass ich ihr Lust, aber vor allem Befriedigung verschaffe. Und nicht weniger als das habe ich vor. Ich will ihr dabei zusehen, wie sie durch meine Berührungen zum Höhepunkt kommt.

Gerade als ich das Höschen über ihre Oberschenkel ziehen will, klopft es an der Tür.

»Fuck!«, entfährt es mir leise.

Bevor ich reagieren kann, stößt Abbie mich von sich. Sofort komme ich auf die Füße.

»Schatz, alles okay da drinnen? Ist dir immer noch schlecht?«, ertönt die Stimme ihrer Mom gedämpft aus dem Flur.

Panisch starrt Abbie mich an. Ganz nachvollziehen kann ich es nicht. Sie ist angezogen, ich bin es ebenfalls. Sollte ihre Mom zur Tür hereinkommen, sähe sie nichts Verwerfliches. Wobei ich gerne noch ein paar Minuten mehr zur Verfügung gehabt hätte, um unanständige Dinge mit ihrer Tochter zu tun. Macht mich das zu einem Arschloch? Vielleicht. Vielleicht auch nicht.

»Ich liege schon im Bett«, erwidert Abbie hektisch und springt auf. In der nächsten Sekunde schiebt sie mich in Richtung Kleiderschrank. Ihr Ernst? Sie öffnet ihn und deutet mit einem Nicken an, was ich befürchtet habe. Ich soll mich verstecken. Wie alt sind wir, fünfzehn? Dennoch mache ich, was sie verlangt, und quetsche mich zwischen die Kleiderbügel. Dann wird es um mich herum dunkel. Ich kann hören, wie Abbie durch den Raum hastet und in der nächsten Sekunde unter die Decke kriecht.

»Ich koche dir einen Tee. Wir haben auch noch irgendwo Magentropfen«, höre ich ihre Mom nun deutlicher. Höchstwahrscheinlich steht sie jetzt im Zimmer.

»Nicht nötig. Ich will einfach schlafen«, versucht Abbie sie abzuwimmeln.

»Dein Gesicht ist ja ganz rot. Hast du Fieber?«

Ein Grinsen schleicht sich auf meine Lippen.

»Mom, mir geht es gut.«

Das hoffe ich doch. Immerhin war ich gerade dabei, an diesem katastrophalen Abend wenigstens für einen Höhepunkt zu sorgen.

»Du hast dir sicher was eingefangen. Soll ich den Arzt anrufen?«

»Nein. Ich bin wirklich müde.«

Als ich mir der Situation bewusst werde, in der ich mich gerade befinde, unterdrücke ich ein Lachen.

Ich hocke mit einem Ständer in der Hose in einem Kleiderschrank. Das ist eindeutig mein ganz persönliches Highlight des Abends.

# 32.

## ABBIE

Das ist mit Abstand das Peinlichste, was hätte passieren können. Nicht unbedingt der Umstand, dass meine Mom vor der Tür stand, sondern alles, was anschließend in Form einer Kurzschlusshandlung stattgefunden hat.

Ich öffne die Tür des Kleiderschranks, in den ich Jasper gesperrt habe. »Sorry«, sage ich kleinlaut.

»Ist die Luft rein?« Er lacht leise, als er herauskommt. In seinen Augen blitzt kindlicher Schalk auf. Ich wünschte, ich fände die Situation nur halb so lustig.

»Entschuldige, ich weiß nicht, was in mich gefahren ist.« Beschämt wende ich den Blick ab.

»Komm schon, Abbie, guck nicht so. Das war schräg, aber amüsant«, sagt Jasper bemüht ernst.

Was denkt er jetzt von mir? Das ich verklemmt bin? Übergeschnappt? Seltsam?

»Muss ich später durch das Fenster verschwinden?«, zieht er mich auf.

Ich verpasse ihm einen leichten Tritt gegen das Schienbein.

»Autsch, wofür war das?«

»Du hast gesagt, ich soll dir vor das Schienbein treten, wenn du dich wie ein *gago* benimmst.«

»Ich wurde noch nie von einer Frau in den Kleiderschrank gesteckt, weil jemand an die Tür geklopft hat.«

»Und ich habe noch nie einen Kerl im Kleiderschrank versteckt«, erwidere ich, dass es auch für mich eine Premiere ist. Ich habe auch noch nie einen Jungen mit nach Hause genommen, aber die Information behalte ich für mich.

Ein sanftes Lächeln erscheint auf seinen Lippen. Plötzlich habe ich das Gefühl, ihm einen Ausweg anbieten zu müssen. Ihm klarzumachen, dass ich nicht erwarte, dass wir dort ansetzen, wo wir vor wenigen Minuten unterbrochen wurden.

»Es ist okay, wenn du die *Dinge* nicht mehr tun willst.«

In der nächsten Sekunde steht er vor mir, umfasst mein Kinn und hebt es an, damit ich ihn ansehe. »Willst du denn, dass ich *Dinge* mit dir tue?«

Mein Herz stellt schlagartig seinen Dienst ein. Kein Sprint. Kein Poltern. Es hat einfach aufgehört zu schlagen. Unsere Blicke verschmelzen miteinander, bis dieses Funkeln in seinen Augen erscheint, dem ich hoffnungslos verfallen bin. Dieses Verlangen, das mir zuflüstert: *Ich will dich.*

»Ja.«

Ein einziges Wort, und doch fühlt es sich an, als würde ich mein Innerstes vor ihm offenbaren. Eine Welt aus Gefühlen, Sehnsüchten und Hoffnung. Vielleicht sogar mehr.

»Was genau?«

Erwartet er wirklich, dass ich darauf antworte?

»Was soll ich mit dir tun, Abbie?« Sein Gesicht nähert sich meinem. »Jetzt. In diesem Augenblick.« Sanft streifen seine Lippen über meine. »Verrat es mir.«

Mit jedem Wort füttert er das Verlangen, bis ich ungeduldig werde. Als ich nicht antworte, lässt er von mir ab, weicht einen Schritt zurück und sieht mich abwartend an. Mich hat noch kein Mann gefragt, was er mit mir tun soll. Es war eher so, dass sie sehr genau wussten, was sie wollten, und die Richtung vorgegeben haben. Aber so wie Jasper mich ansieht, passiert absolut nichts, solange ich es nicht äußere.

Ich kann spüren, wie mir die Röte ins Gesicht steigt, als sich meine Lippen teilen und zu einer Antwort ansetzen. »Ich will, dass du mich küsst. Mich berührst.«

»Wo soll ich dich küssen und berühren?«

Sein intensiver Blick gleitet über mich. Ganz automatisch presse ich die Schenkel zusammen, als das Verlangen in sanften Wellen durch meinen Körper fließt und sich zwischen meinen Beinen sammelt. Weil es genau die Stelle ist, an der ich Jasper spüren will.

»Überall«, flüstere ich.

Seine Augen weiten sich, als er meine Botschaft versteht. Aufregung macht sich in mir breit, als wäre ich kurz davor, in eine Achterbahn zu steigen. Eine, die harmlos aussieht, aber sobald man drinsitzt, weiß man nicht mehr, wo oben und unten ist. Mit Jasper ist es genau so. Ein Mix aus Adrenalin und Endorphinen. Ein Rausch. Weiche Knie beim Aussteigen. Danach süchtig werden.

Ohne Vorwarnung zieht Jasper mich an sich und finden seine Lippen meine. Meine Finger vergraben sich in seinen Haaren und ich küsse ihn, als hinge mein Leben davon ab. Als wäre er die Luft, die ich zum Atmen brauche. Als würde ich nur gemeinsam mit ihm als ein Ganzes existieren.

Jasper drängt mich zurück, bis ich die Tür im Rücken spüre. Plötzlich sind da nur noch Hände, die ungeduldig über Körper wandern. Zungen, die miteinander tanzen, sich necken, sich erkunden. Lippen, die sich perfekt aufeinander anfühlen. Er stöhnt in meinen Mund und ab diesem Moment ist mir völlig egal, ob uns jemand erwischt oder worauf das mit uns letztlich hinausläuft. Weil es in mir so laut *Jasper* schreit, dass meine Gefühle explodieren und in Fetzen um mich herumfliegen

Er presst sein Becken gegen meins, lässt mich spüren, dass ich nicht die Einzige bin, die erregt ist. Ist es unvernünftig, was wir im Begriff sind zu tun? Möglich. Aber warum fühlt es sich dann so richtig an?

Seine Hände wandern über meine Seiten, halten inne. Jasper unterbricht unseren Kuss und rückt nur so weit von mir ab, dass wir einander ins Gesicht blicken können.

»Letzte Chance, um zu kneifen.« Frech grinst er mich an.

Genau so weit waren wir bereits. Wenn ich eins mit absoluter Sicherheit weiß, dann, dass ich keinen Rückzieher machen werde. Ich streiche mit den Händen über seine Brust, ziehe ich ihn wieder zu mir heran. Küsse ihn, bis er sich erneut von mir löst. Mit den Händen stützt er sich rechts und links neben mir ab, nimmt mich zwischen seinen Armen gefangen.

»Sag mir, was genau du willst?«, fragt er leicht außer Atem.

Ich schlucke, während sich meine Brust hastig hebt und senkt. Seine Lippen streichen federleicht über meinen Hals. Ein Keuchen entweicht mir, als er sanft hineinbeißt.

»Sag es, Abbie«, fordert er mich zu einer Antwort auf.

»Ich will, dass du vor mir auf die Knie gehst und beendest, was du begonnen hast«, flüstere ich und kann kaum glauben, dass die Worte meinen Mund verlassen haben.

»Nichts lieber als das«, erwidert er und stößt sich von der Tür ab. Ich stehe einfach nur da, als sich Jaspers Hände unter mein Kleid schieben und den Slip nach unten ziehen, während er tatsächlich vor mir auf die Knie geht.

Seine Finger wandern von meinen Waden bis zu meinen Oberschenkeln und wieder zurück, umfassen meine Knöchel und schieben meine Beine auseinander. Das hier passiert wirklich. O mein Gott! Bevor die Information vollständig in meinem Verstand ankommt, spüre ich seinen Mund auf der Innenseite meines rechten Schenkels, wo er sich aufwärts küsst. Eine brennende Spur auf meiner Haut hinterlässt. Mich in ein Knäuel aus Verlangen, Ungeduld und Ekstase verwandelt. Ich kippe mein Becken vor, weil ich ihn endlich dort spüren will, wo anscheinend all meine Nervenenden zusammenlaufen und nach einer einzigen Sache lechzen: Jaspers Mund.

Mit beiden Händen packt er meinen Po, drückt einen Wimpernschlag lang zu, bevor seine feuchtwarme Zungenspitze Bekanntschaft mit meiner Mitte macht. Bei der Berührung zucke ich zusammen. Auch wenn ich sie erwartet habe, fühlt es sich an, als hätte er damit einen Stromschlag durch meinen Körper gejagt. Jasper weicht zurück, weil er meine Reaktion falsch interpretiert. Und dann tue ich etwas, womit ich niemals gerechnet hätte: Ich lege die Hände an seinen Hinterkopf und ziehe ihn wieder an meinen Körper.

Er lacht leise. Es klingt nicht so, als würde er mich auslachen, sondern als hätte ich ihn überrascht. Aber er zögert nicht, lässt stattdessen seine Zunge über die pulsierende Stelle kreisen. Langsam. Schneller. Noch langsamer. Er leckt, saugt. Erst mit mehr Druck, dann kaum spürbar. Weil ich mich irgendwo festhalten muss, vergrabe ich meine Finger in seinen Haaren. Jedes Mal, wenn er einen

Punkt trifft, der mich unter einer weiteren Welle der Lust begräbt, bis ich nur noch aus Keuchen und Stöhnen bestehe, ziehe ich leicht daran. Sein Zungenspiel ist Folter und Genuss gleichermaßen, weil es sich anfühlt, als zögere er es absichtlich hinaus. Als wüsste er ganz genau, wann ich am Rand der Klippe stehe, nur um mich im letzten Moment zurückzuziehen. Und ich bin mir sicher, dass er es genießt, diese Macht über meinen Körper zu haben.

Mit der linken Hand streicht er meinen Schenkel entlang, greift in die Kniekehle und hebt mein Bein an. Indem er es auf seiner Schulter ablegt und zusätzlich meine Beine weiter spreizt, öffnet er mich ganz für ihn. Als er den Druck mit der Zunge erhöht, zieht sich meine Mitte zusammen. Mit aller Macht halte ich mich davon ab, meine Gefühle herauszuschreien, als der Höhepunkt mich regelrecht überrollt und dafür sorgt, dass meine Knie unter mir nachgeben. Jasper fängt mich auf, hält mich aufrecht, während sich meine Beine wie Wackelpudding anfühlen und mein Körper bebt.

Er gönnt mir keine Verschnaufpause, denn er küsst mich. Sanft, aber doch mit der Botschaft, dass wir hier noch nicht fertig sind. Ich kann mich selbst schmecken, als seine Zunge nach meiner tastet und er den Kuss vertieft. Das Wissen um das, was wir gerade getan haben, feuert mein Verlangen erneut an. So sehr, dass ich auch den Rest von ihm will.

Ich greife nach seinem Gürtel und öffne ihn. Als Jasper seine Hand auf meine legt, überkommt mich Unsicherheit in Bezug darauf, was er will.

»Wir müssen nicht … es ist okay«, presse ich hervor und will schon die Hand wegziehen, aber er hält sie fest, drückt sie gegen seine Erektion. Seufzt leise.

»Ich hätte unser erstes Mal gerne romantisch gestaltet, aber … fuck … ich habe dich in meinen Fantasien so oft gevögelt und keine davon war auch nur ansatzweise romantisch.«

Ich kann ihm nicht ganz folgen, also drehe ich den Spieß um. »Was willst du, jetzt in diesem Augenblick?«

Minimal verringert er den Abstand zwischen uns, beugt sich vor, bis seine Lippen mein Ohr streifen.

»Ich will dich auf meinen Hüften platzieren, gegen diese Tür pressen und ficken, bis keiner von uns beiden mehr weiß, wo der eine anfängt und der andere aufhört.«

Vielleicht sollte mich seine Direktheit erschrecken, aber das Gegenteil ist der Fall. Jasper hat einfach diesen Effekt auf mich. Nähe gepaart mit anzüglichen Worten, und ich gehe in Flammen auf.

»Warum tust du es dann nicht?«, flüstere ich und drehe meinen Kopf so, dass meine Lippen seinen Kiefer streifen. Im selben Atemzug öffne ich seine Hose, schiebe die Hand in seine Boxershorts, umfasse seine Erektion und bewege die Finger auf und ab.

Jasper stöhnt leise, bevor er meine Hand löst. »Warte kurz«, stößt er aus, hastet zum Schreibtisch und holt etwas aus der Innentasche seines Jacketts. Als es knistert, ahne ich, um was es sich handelt. Der Kerl ist wirklich auf alles vorbereitet. Egal, ob es sich dabei um einen spontanen Einbruch oder ungeplanten Sex handelt.

Er drängt mich zurück, bis ich die Tür im Rücken spüre. Mit einem diabolischen Grinsen schiebt er die Hose samt Boxershorts über seine Hüften, dann reißt er das Folienpäckchen auf und rollt das Kondom von der Penisspitze über seinen Schaft ab. Anschließend leckt er sich über die Lippen. Aus Reflex halte ich die Luft an, während ich spüre, wie ich ohne sein Zutun erneut feucht zwischen den Beinen werde.

Er umfasst mein Gesicht, küsst mich, geht gleichzeitig leicht in die Knie. Seine Hände verschwinden unter meinen Schenkeln und heben mich hoch. Halt suchend schlinge ich die Beine um seine Taille und meine Arme um seinen Hals. Sein Blick fixiert meinen, als er sich in Position bringt. Ein letztes Mal hält er inne. Wie ein Schraubstock übe ich mit den Beinen genügend Druck aus, nehme ihn Zentimeter für Zentimeter in mich auf, spüre, wie er mich dehnt und ausfüllt. Jasper zieht scharf die Luft ein. Ich gebe uns beiden einen Moment, um uns an das Gefühl des jeweils anderen zu gewöhnen. Das letzte Stück übernimmt Jasper selbst.

»Du fühlst dich verdammt gut an«, presst er hervor, weil er gerade sichtlich um Beherrschung ringt. Aber ich will, was er mir vor wenigen Augenblicken in Aussicht gestellt hat.

»Und jetzt fick mich«, flüstere ich. Und exakt das tut er.

Seine Stöße sind nicht sanft, sie sind roh, kraftvoll. Genau im richtigen Tempo. Ich kralle mich an ihm fest, während sich seine Finger in meine Schenkel bohren. Mit dem Rücken knalle ich immer wieder gegen die Tür. Ein dumpfer Schmerz breitet sich in meinen Schultern aus, wird aber von dem Verlangen geschluckt, das mit jedem Mal wächst, das er in mich hinein- und wieder hinausgleitet.

Er vergräbt sein Gesicht an meinem Hals. Sein warmer Atem prallt stoßweise auf meine Haut. Mein Stöhnen mischt sich mit seinem. Das Tempo, mit dem er sich in mir bewegt, nimmt zu, katapultiert mich näher und näher an die Klippe, lässt mich darauf balancieren, bis ich falle, während er mich fest- und irgendwie auch zusammenhält. Er hatte recht, denn im Augenblick habe ich keine Ahnung, wo ich aufhöre und er anfängt, weil wir eins sind.

Die Stöße werden unkontrollierter. Meine Muskeln pulsieren um ihn, spüren, wie er weiter anschwillt. Er versteift sich, gibt einen gequälten Laut von sich, stößt erneut in mich und folgt mir über die Klippe. Seine Stirn sinkt gegen meine Schulter. Eine kleine Ewigkeit verharren wir in dieser Position, bis er sich aus mir zurückzieht und mich auf die Füße stellt. Er legt eine Hand an meine Wange, streicht darüber, bis zu meinem Kinn, hebt es an, damit ich ihn ansehe.

»Du bringst mich um den Verstand, weißt du das?« Flüchtig küsst er mich auf die Lippen, bevor er Abstand zwischen uns bringt, das Kondom abstreift, zuknotet und unachtsam auf den Boden fallen lässt. Mein Blick wandert über ihn. Ich kann mir ein Grinsen nicht verkneifen. Das Hemd brav bis zum Hals zugeknöpft, während die die Hose um seine Knöchel baumelt. Das Verlangen nacheinander war so heftig, wir haben es nicht einmal geschafft, uns auszuziehen.

Jasper streift die Boxershorts wieder über seine Hüften. Die Hose nicht. Verwundert sehe ich ihn an.

»Oder möchtest du, dass ich verschwinde?«, fragt er und mustert mich unsicher.

Ich schüttle den Kopf. Nein, das möchte ich nicht, aber ich habe angenommen, dass es so laufen würde.

»Gut, ich habe nämlich auch nicht vor zu gehen.« Im nächsten

Moment läuft er zum Bett, schlägt die Decke zurück und kriecht darunter. Ich gebe zu, das Bild, das sich mir gerade bietet, fühlt sich surreal an. Surreal gut. »Kommst du her oder schläfst du auf dem Sofa?«

Mit einem breiten Lächeln schlüpfe ich zu ihm unter die Decke und kuschle mich an ihn. Er zieht mich an seine Brust und küsst mich auf die Stirn.

# 33.

## JASPER

Noch ungefähr eine Stunde trennt mich von Waterbury. Ich biege in eine Tankstelle ab, weil die Anzeige bereits so weit im roten Bereich liegt, dass ich höchstwahrscheinlich innerhalb der nächsten zwanzig Minuten liegen bleibe. Stundenlang bin ich ziellos durch die Gegend gefahren, um das Chaos in meinem Kopf aufzuräumen und eine neue Strategie zu entwickeln. Eine, mit der ich beides haben kann, Abbie und meine Freiheit. Allerdings tappe ich, was das angeht, immer noch im Dunkeln. Das Einzige, was ich weiß, ist, dass ich mit der Vergangenheit abschließen muss.

Während ich tanke, informiere ich Cameron über meine Ankunftszeit. Ich habe ihm bereits mitten in der Nacht in einer Nachricht geschrieben, dass er sich keine Sorgen machen muss. Ich bin mir sicher, er tut es nach unserem Telefonat trotzdem. Der Punkt ist, dass ich mich noch nicht bereit gefühlt habe, das Gespräch mit ihm zu führen, das längst überfällig ist. Denn das ist der Teil der Geschichte, der meine Schwächen offenbart und mich angreifbar macht. Auch wenn ich weiß, dass Cam weder über mich urteilen noch das Wissen zu seinem Vorteil nutzen würde, ist da diese Schwelle, über die ich bisher nicht springen konnte.

Letzte Nacht hat sich einiges in meinem Kopf verschoben. Abbie habe ich heute Morgen eine Nachricht geschickt und mich dafür entschuldigt, dass ich mich davongeschlichen habe. Ich wollte sie nicht wecken oder später ihrer Mom in die Arme laufen und sie dadurch in Erklärungsnot bringen. Sie hat geantwortet, ihre Mom habe den Frühstückstisch für drei Personen eingedeckt, was mich auflachen ließ.

Als sich das Eisentor vor mir auftut, auf dem das Waterbury-Logo prangt, kehrt schlagartig das beklemmende Gefühl zurück, das dieser Ort in mir auslöst. Wird Zeit, die Sache zu beschleunigen und endgültig von hier zu verschwinden. In den vergangenen Tagen habe ich mich gefragt, wie es anschließend weitergeht. Es gibt zwei Dinge, denen ich mir zu hundert Prozent sicher bin. Erstens: Ich will Abbie Westing. Zweitens: Ich kann nicht hierbleiben. Und ich habe keine Ahnung, wie sich das miteinander vereinen lässt.

Ich parke den Mustang in der Einfahrt des Bungalows und nehme die kleine Reisetasche von der Rückbank. Die Sonne geht gerade unter. Im Wohnzimmer brennt Licht. Das Empfangskomitee wartet bereits. Nichts anderes habe ich erwartet.

Bevor ich die Tür aufschließe, atme ich kurz durch. Im Flur stolpere ich beinahe über Cams Chucks, doch statt davon genervt zu sein, fühlt es sich vertraut an. Ich gebe es ungern zu, aber ich habe seine Gesellschaft vermisst.

»Jasper?«, ruft er, bevor er im Flur auftaucht.

»Hast du jemand anderen erwartet? Dann verschwinde ich wieder«, erwidere ich und stelle die Tasche ab.

»Lass den Quatsch! Ich habe mir Sorgen gemacht«, zischt er und verschränkt die Arme vor der Brust.

»Und ich habe gesagt, dass du das nicht musst.« Ich hänge den Mantel an die Garderobe und schlüpfe aus meinen Schuhen.

»Entschuldige, dass ich nach unserem letzten Gespräch nicht entspannt die Füße hochgelegt habe.«

»Solange du sie nicht auf dem Couchtisch –«

»Können wir den Teil überspringen und direkt dazu übergehen, dass du meine Fragen beantwortest?«, schneidet er mir das Wort ab und erinnert mich damit sehr an mich selbst. Belanglosen Small Talk, um Zeit zu schinden, kann ich nicht ausstehen. Ich bevorzuge Unterhaltungen ohne Schnickschnack.

»Unbedingt«, antworte ich und grinse ihn an. »Was hältst du davon: Du setzt Teewasser auf und ich mache mich kurz frisch.«

Cameron nickt und verschwindet Richtung Küche. Ich nehme die Tasche, um sie in mein Zimmer zu bringen. Der Raum sieht genauso aus, wie ich ihn verlassen habe. Als wäre ich nie weg gewesen. Die leere Tasse steht immer noch auf dem Schreibtisch. Mit wenigen Schritten durchquere ich das Zimmer. Im Vorbeigehen stelle ich die

Reisetasche auf dem Bett ab. In dem Moment, als ich nach der Tasse greife, fällt mein Blick auf das Schachbrett. Noch etwas ist mir in den letzten Wochen klar geworden. Egal wie viel Zeit vergeht, Noah und ich werden diese Partie nicht beenden. Denn wäre das eine Möglichkeit, wäre ich nicht hier. Manche Menschen muss man aufgeben. Nicht, weil man sie nicht mehr liebt, sondern weil man daran kaputtgeht, wenn man sie festhält.

Mit dem Zeigefinger stoße ich den schwarzen König auf dem Spielbrett um. »Sorry, Kumpel, es wird Zeit für eine neue Partie«, flüstere ich und stelle die Tasse wieder ab. Dann positioniere ich die Figuren in ihren Anfangspositionen, bevor ich das Schachbrett vom Schreibtisch nehme.

Noah gehört zu einem Kapitel, das unbeendet ist und mich nur zur Ruhe kommen lassen wird, wenn ich es eigenständig abschließe, damit ich zum nächsten übergehen kann. Dennoch ist das hier ist nicht mehr als ein Versuch, alle Stränge miteinander zu verknüpfen, statt mich in losen Fäden zu verfangen.

Cameron sieht mich verwundert an, als ich das Brett auf dem Küchentisch abstelle.

»Schwarz oder Weiß?«

Er zögert einen Moment. In seinem Gesicht ploppen die Fragen wie Spam-Meldungen auf.

»Pro Zug eine Antwort.«

»Klingt fair.« Bevor er sich mir gegenübersetzt, stellt er die Teekanne und zwei Tassen auf den Tisch.

»Also?«

Cameron dreht das Schachbrett, bis die schwarzen Figuren vor ihm stehen, was bedeutet, dass ich die Partie eröffnen werde. Mir ist es lieber, zu reagieren, als zu agieren, weil ein Spiel berechenbarer ist, wenn man den nächsten Zug seines Gegners erahnt.

Ich setze meinen Bauern auf e4, Cameron seinen auf d5. Damit wählt er die skandinavische Verteidigung. Das könnte eine spannende Partie werden.

Abwartend sehe ich ihn an.

»Okay, bei unserem Telefonat sind wir an der Stelle stehen geblieben, dass Noah ans Waterbury College gegangen ist. Da er nicht hier ist, wo ist er?«

»In London.« Ich stelle meinen Springer auf c3.

Dame auf d5. »Was macht er dort?«

»Nichts. Er liegt seit achtzehn Monaten auf dem städtischen Friedhof.« Es überrascht mich selbst, wie leicht mir die Worte über die Lippen kommen. Als wären sie bedeutungslos. Aber das sind sie nicht.

Läufer auf c4.

Cameron hält in der Bewegung inne. »Es tut mir leid, dass du deinen Freund verloren hast. Ich weiß, wie du dich fühlst. Wann immer du jemanden brauchst, der dich versteht, ich bin da.«

Cams Vergangenheit und meine überschneiden sich exakt in diesem Punkt, obwohl sie sich nicht gleichen. Wir teilen ein Schicksal, und doch gehen wir völlig unterschiedlich damit um. Das war es, was mich nach unserer ersten Begegnung fasziniert hat und warum ich seine Nähe gesucht habe. Ich wollte verstehen, wie zwei Menschen, die etwas nahezu Identisches erlebt haben, verschiedene Richtungen einschlagen. Cam will Frieden, ich Rache.

*Rache ist etwas, das vor allem denjenigen am Leben hindert, der auf sie aus ist, mein Junge,* hat Granny El mal zu mir gesagt, als ich sie bei einem meiner Besuche gefragt habe, ob sie je das Bedürfnis hatte, sich an dem Fahrer des Wagens zu rächen. Der Kerl, der Cams Eltern auf dem Gewissen hat, ist im Vollrausch in ihren SUV gekracht und abgehauen. Hat sie sterben lassen, statt den Rettungsdienst zu verständigen. Vielleicht wären sie heute noch am Leben, hätte er nicht wie ein Feigling gehandelt. Aber Granny El hat recht. Rache ist ein Parasit, der sich von der Essenz des Lebens ernährt, bis man nur noch eine tote Hülle ist.

Und noch etwas ist von einem meiner Gespräche mit Cams Grandma hängen geblieben: Sie meinte, ich hätte mich irgendwann selbst verloren, und ich wollte wissen, wie sie darauf kommt, denn ich hatte das Gefühl, mich in meiner Rache endlich wiedergefunden zu haben. Jetzt weiß ich, dass sie in diesem Punkt ebenfalls richtiglag.

*Augen sind der Spiegel der Seele, Jasper. Du musst nur mutig ge-*

*nug sein, selbst hineinzusehen. Die Seele ist das Zarteste, was wir in uns tragen. Sie hat Narben von all den Dingen, die uns verletzt haben, aber sie ist auch voll mit schönen Erinnerungen, die uns widerfahren sind. Sie kann heilen. Deine Seele ist so viel stärker, als du denkst. Aber du musst ihr gestatten, dein Herz an die Hand zu nehmen. Denn nur zusammen können sie zurückbringen, was verloren scheint.*

*Und das wäre?*, habe ich sie gefragt.

*Das Gefühl des Glücklichseins.*

Das Problem an der Sache war, dass sich meine Seele und mein Herz an zwei verschiedenen Orten befanden und sich deswegen nicht die Hände reichen konnten. Aber jetzt sind sie sich näher als je zuvor. Weil sich zwischen all die Wut, den Hass und den Wunsch nach Rache weitere Gefühle gemischt haben. Zuneigung, Freundschaft und Hoffnung. Vielleicht auch Liebe. Da bin ich mir nicht ganz sicher, aber die Möglichkeit schließe ich längst nicht mehr aus. Und zum ersten Mal macht mir die Zukunft keine Angst. Denn ich werde Cam nicht länger ausschließen und akzeptiere, was wir sind. Freunde.

»Keine Einbahnstraße mehr, versprochen.« Ich grinse ihn an und er erwidert es, dann wird seine Miene ernst.

»Was ist ihm passiert?« Die Frage kommt so leise über seine Lippen, als wäre er sich nicht sicher, ob er es wirklich wissen will.

»Er war in Waterbury mit dem Fahrrad unterwegs, als ihn ein Auto erfasst hat.«

Cameron zuckt kurz zusammen und in dem Moment weiß ich, das hier ist eine bescheuerte Idee, weil ich ihn damit zwangsläufig auch an den schlimmsten Tag in seinem Leben erinnere. Und doch muss er es wissen, um mich zu verstehen.

»Hat man die Person erwischt?«, fragt er zögerlich, obwohl ich mir sicher bin, er kennt die Antwort. Cam hat immer gespürt, dass wir uns ähnlicher sind, als es den Anschein macht. Unser beider Abgründe haben uns zu einer Einheit werden lassen, ohne dass wir sie uns offenbaren mussten.

»Zug«, ermahne ich ihn, nicht gegen unsere Abmachung zu verstoßen. Bauer auf c6. »Nicht offiziell.«

Cameron greift nach dem Turm, als Reaktion ziehe ich eine Augenbraue hoch. Dieser Spielzug wäre taktisch unklug, wenn er diese Unterhaltung weiterführen möchte. Er bemerkt seinen Fehler, stellt die Figur zurück und wählt einen anderen Zug. Ich schlage seinen Bauern.

»Deswegen bist du hier. Es war jemand aus dem College.«

»Ja.«

Nachdenklich mustert mich Cameron. Ich halte seinem Blick stand. Warte, bis er die Puzzlestücke zusammenfügt. Er nickt kaum merklich, während er meinen Springer ins Visier nimmt.

»Du hast also nicht nur nach eigenartigen Geldströmen gesucht, sondern nach der Person, die deinen Freund auf dem Gewissen hat. Bist du fündig geworden?«

»Ja. Es hat sich als nützlich erwiesen, an zwei Orten gleichzeitig sein zu können und doch am selben.«

»Du warst die ganze Zeit hier, während ich du war?«

»Sagen wir, ich war nie weit weg und hatte immer ein Auge auf dich.«

Läufer auf e6. »Und ich dachte wirklich, du lässt dir irgendwo die Sonne auf den Bauch scheinen. Verrätst du mir, wer es war und was genau du vorhast?«

Ich zögere einen Moment. »Ich nehme die Verantwortlichen einen nach dem anderen vom Spielbrett.«

Cameron sieht mich eindringlich an, dann nickt er erneut. »Ich würde ja jetzt sagen, dass es Aufgabe der Polizei ist, die Verantwortlichen zur Strecke zu bringen, aber inzwischen weiß ich, du überlässt die Dinge ungern anderen und regelst stattdessen alles selbst. Daher spare ich mir einen Vortrag, weil ich dich ohnehin nicht davon abhalten kann. Aber ich hoffe, du bringst dich nicht selbst in Schwierigkeiten.«

»Hätte die Polizei ihren Job gemacht, statt beim Vertuschen der Sache zu helfen, müsste ich nicht dafür sorgen, dass die Wahrheit ans Licht kommt.«

»Und wie sieht die aus?«

»Dass ein paar Kids vom College im Drogenrausch eine Spritztour gemacht haben, bei der sie Noah über den Haufen gefahren und ihn haben liegen lassen, um ihren Arsch zu retten.«

»Und wie bist du dahintergekommen?«

»Ich würde sagen, es war Glück. Auf der Suche nach etwas, das ich gegen Elijah verwenden konnte, bin ich über Ungereimtheiten in Noahs Fall gestolpert. Dinge, die darauf hinweisen, dass das College die Angelegenheit vertuscht hat.« Ich greife nach der Tasse Tee und nehme einen Schluck, während Cam mich eindringlich mustert.

»Darf ich dir noch eine Frage stellen?«

Jetzt kommen wir zu dem Part, den ich bei unserem Telefonat angedeutet, aber nicht weiter vertieft habe. Weil das nichts ist, was man mal eben am Telefon offenbart. »Du möchtest wissen, warum ich Elijah so sehr hasse, dass ich ihn brennen sehen will?«

Er nickt. Ein paar Sekunden sehen wir einander an, dann atme ich tief durch und erzähle ihm alles, was ich Abbie bei unserem nächtlichen Spaziergang durch den schäbigen Teil von New York erzählt habe, allerdings weniger beschönigt, sondern in seiner vollen Härte. Wie Elijah mein Leben kontrolliert hat. Dass er meine Mom misshandelt. Und dass er mich innerhalb weniger Minuten mit einem Cricketschläger seelisch und körperlich zerstört hat. Wie ich monatelang am Abgrund balanciert und schließlich freiwillig hinuntergesprungen bin. Niemand hat mich gestoßen. Ich wünschte, es wäre so. Dann könnte ich jemandem die Schuld dafür geben, dass ich mir die Pillen wie Karamellbonbons eingeworfen habe. Dass ich zu sehr damit beschäftigt war, meine Zukunft zu hassen und meine Vergangenheit aus meinem Leben zu streichen. Ich steckte im Nirgendwo fest.

Elijah hat sich mein ganzes Leben lang wie mein persönlicher Endgegner in einem Computerspiel angefühlt und dieses Pochen in meinem Kopf entwickelte sich immer mehr zur Qual. Ich hatte nicht nur meine Träume, sondern auch mich selbst verloren. Am Ende war es Noah, der mich gerettet hat. Die Nachricht von seinem Tod hatte einen Effekt auf mich, als wäre ich aufgewacht und hätte die Hölle, in der ich festsaß, endlich erkannt. Es gab Tage, an denen ich mir sicher war, sie nie wieder zu verlassen. Tage, an denen ich dachte, sie verdient zu haben. Tage, an denen ich aufgeben wollte. Aber an den meisten Tagen hatte ich ein Ziel: sie zu überleben.

»An dem Tag als Noah beerdigt wurde, ist Elijah in London aufgetaucht. Er wollte es sich nicht nehmen lassen, sich an meinem Leid zu ergötzen. Alles, was er zu mir gesagt hat, war, endlich sei der Junge nicht mehr mein Problem. Dass Noah nur in einem Sarg liege, weil ich es mir zur Aufgabe gemacht hätte, ihn zu beschützen, woran ich gescheitert sei.«

»Ich weiß gar nicht, was ich dazu sagen soll, außer dass es mir leidtut.« Das Entsetzen steht Cameron deutlich ins Gesicht geschrieben.

Ich sehe auf die Uhr. Mein nächster Zug besteht darin, meinen König vom Spielbrett zu nehme und danebenzustellen. Dann stehe ich auf.

»Das Spiel ist noch nicht vorbei«, merkt Cameron an.

»Doch, ist es«, antworte ich und gehe in mein Zimmer. Dort ziehe ich die untere Schublade des Nachtschranks auf. Kurz denke ich darüber nach, einen Rückzieher zu machen. Dafür ist es allerdings zu spät. Also nehme ich das Tagebuch heraus, das ich seit jenem Tag führe, als ich meine Träume aufgeben musste. Noah hat recht, es hilft, sich den Mist von der Seele zu schreiben. Was mir allerdings bisher schwerfiel, war, am Ende jedes Eintrags die Sache aufzuschreiben, die mich zuletzt glücklich gemacht hat. Denn da war einfach nichts. Bis jetzt, denn gestern, als Abbie in meinen Armen eingeschlafen ist, habe ich es zum ersten Mal wieder gespürt.

Als ich erneut die Küche betrete, hat Cameron sich nicht vom Fleck bewegt.

»Hier steht alles drin, was du sonst noch wissen willst. Ich bin nicht besonders gut darin, diesen Teil meiner Vergangenheit rational zu betrachten. Sagen wir, ich bin ein Schiffbrüchiger, der sich mit Mühe und Not über Wasser hält«, erkläre ich und lege das in Leder eingebundene Buch vor ihm auf den Tisch.

Für einen Augenblick sieht er mich an, dann schlägt er die erste Seite auf, liest ein paar Zeilen und starrt mich ungläubig an. »Du möchtest, dass ich dein Tagebuch lese?«

»In erster Linie möchte ich, dass nichts mehr zwischen uns steht.«

Cam klappt das Buch zu und hält es mir entgegen. »Vergiss es! Ich werde es nicht lesen. Was hier drinsteht, gehört dir allein. Wir alle haben Geheimnisse. Sie für sich zu behalten, bedeutet nicht zwangsläufig, dass man einer anderen Person nicht vertraut. Oft heißt es einfach, dass man sich ihnen erst selbst stellen muss, bevor man sie mit anderen teilt.«

»Okay.« Ich ringe mich zu einem Lächeln durch und nehme das Tagebuch wieder an mich.

»Hör auf so hart zu dir zu sein. Denn den Kampf gegen dich selbst wirst du nicht gewinnen, solange du dich selbst als den Feind siehst. Glaub mir, ich weiß, wovon ich rede. Manchmal muss man sich verlieren, um sich wiederzufinden.«

»Ich werde es im Hinterkopf behalten, wenn der Mistkerl mir das nächste Mal eine Knarre an die Schläfe hält.«

Cam reißt die Augen auf. In Anbetracht dessen, was ich ihm gerade erzählt habe, sollte ich auf derartige Metaphern verzichten.

»Entspann dich, Cam. Ich wollte damit sagen, dass ich mir bewusst bin, dass nicht jeder, gegen den ich kämpfe, auch tatsächlich mein Feind ist.« Ich sehe erneut auf die Uhr. »Wenn du mich jetzt entschuldigst, ich brauche eine Dusche und habe danach noch etwas zu erledigen.«

»Kann ich dir dabei behilflich sein?«

»Nein, ich muss das alleine durchziehen. Für Noah und mich. Ich brauche diesen Abschluss.«

Cam nickt. »Verstehe.«

Einen Moment lang sehen wir einander an, dann verschwinde ich ins Badezimmer. Ich trete vor den Spiegel, stütze mich mit den Händen auf dem Waschbecken ab und mustere den Kerl, der mir entgegenstarrt. Er fragt sich, was genau ich hier eigentlich mache. Warum ich nicht längst Waterbury den Rücken gekehrt und alle Fäden habe zusammenlaufen lassen, bevor es kompliziert wurde. Meinen Plan hätte ich innerhalb weniger Tage durchziehen können. Also warum zögere ich es unnötig hinaus?

Die Antwort ist simpel. Darüber muss ich gar nicht nachdenken.

Abbie. Sie hat mich dazu verleitet, meinen Aufenthalt zu verlängern. Zwar nicht auf unbestimmte Zeit, aber lange genug, damit ich den Fokus auf mein Vorhaben verliere. Aus *Ich helfe ihr* ist *Ich möchte sie kennenlernen* und schließlich *Ich will sie* geworden. Damit meine ich nicht die sexuelle Ebene, sondern vor allem das Drumherum. In die Zwickmühle, in der ich nun stecke, habe ich mich völlig alleine befördert.

»Und jetzt?«, frage ich mein Spiegelbild.

Am Anfang dachte ich, Abbie würde zum Problem werden, weil ich sie nicht einschätzen konnte. Jetzt weiß ich, dass ich es die ganze Zeit gewesen bin, weil ich versucht habe, etwas zu kontrollieren, das sich unmöglich kontrollieren lässt: Gefühle. Aber was mich am meisten überrascht, ist, dass ich es genieße, dass mit ihr nichts vorhersehbar ist. Dass sie nie so agiert oder reagiert, wie ich es von ihr erwarte. Sie ist dieses eine Prozent Unberechenbarkeit, das mich wahnsinnig macht, und dennoch sorgt sie dafür, dass ich das Gefühl habe, die Kontrolle über mich selbst vollends zurückzuerlangen. Als wäre sie das Systemupdate, das längst überfällig gewesen ist.

Wie nach jedem Update steht nun der Neustart aus. Und ich habe keine Ahnung, wie der aussehen wird. Mein Flugticket zurück nach London ist bereits gebucht. Sie und ich können nicht mehr sein. Und wenn doch, wie sollte das funktionieren? Abbies Leben ist hier an diesem College. Gemeinsam mit ihren Freundinnen. Die einzige Option ist, ich bleibe hier, um mit ihr zusammen zu sein.

Allein bei dem Gedanken stellen sich mir die Nackenhaare auf. Dieser Ort und ich hatten keinen guten Einstand und ich bezweifle, dass ich jemals wirklich hier ankommen würde. Selbst wenn ich es Abbie zuliebe versuchen würde, Waterbury würde mich erneut brechen. Nicht weil Noahs Geschichte hier endete, während Abbies und meine ausgerechnet ihren Anfang fand, sondern weil Elijah am Ende gewinnen würde. Mal wieder. Irgendwie jedenfalls. Selbst wenn ich ihn in den Knast befördere, wäre ich hier. Dort, wo er mich mein ganzes Leben haben wollte, wogegen ich mich so verzweifelt gewehrt habe. Ich kann einfach nicht. Dieser Teil in mir ist um so vieles stärker als meine Gefühle für Abbie.

Das wird eine Unterhaltung, die ich nicht länger vor mir herschieben kann. Denn es widerstrebt mir, sie Hoffnungen hegen zu lassen, die ich niemals erfüllen werde.

Fuck! Ich würde ihr jeden Wunsch erfüllen, aber sollte sie mich bitten zu bleiben – es ginge nicht.

»Vorschläge?«, frage ich erneut mein Spiegelbild.

Schweigen.

»Dachte ich mir.«

Ich wende den Blick ab, weil ich keine Antworten finden werde, nur weil ich mir lange genug selbst ins Gesicht starre. Dazu müsste ich in mich hineinhorchen, aber das erweist sich als schwierig, denn dort ist eine lebhafte Diskussion im Gange. Herz vs. Verstand. Wer gewinnt? Ich bin nicht der Typ für Bauchentscheidungen, also liegt die Antwort nah.

Ich schäle mich aus den Klamotten und stelle die Dusche an. Das lauwarme Wasser hüllt mich ein, als ich unter den Strahl trete. Währenddessen erreicht die Diskussion ihren Höhepunkt. *Bring es zu Ende, und dann nichts wie weg,* sagt der Verstand. *Du willst Abbie,* sagt das Herz. Man bekommt nicht immer, was man will. Die Lektion habe ich auf die harte Tour gelernt. Man hat nur so lange die Kontrolle über alles, bis jemand kommt und sie einem nimmt. Manchmal dauert es nicht länger als den Bruchteil einer Sekunde und das Leben schlägt eine Richtung ein, die man nicht hat kommen sehen. An diesem Punkt stehe ich nun erneut.

Ich drehe das Wasser ab, greife nach einem Handtuch und trockne mich grob ab. Anschließend wickle ich es mir um die Hüften und verlasse das Badezimmer. Es überrascht mich nicht, dass ich Cameron in die Arme laufe. Einen Moment blinzelt er und ich weiß, warum. Normalerweise renne ich nicht halb nackt durch das Haus. Sein Blick heftet sich auf die Narbe, die sich über meinen Brustkorb zieht. Ein kleines Andenken an den Tag, der alles veränderte. Hin und wieder habe ich darüber nachgedacht, sie ebenfalls unter Tinte zu verstecken. Aber es gibt Narben, die einen daran erinnern, dass man überlebt hat, und jene, die man nie wieder sehen will, weil sie in einem den Wunsch wecken, es wäre nicht so gewesen.

»Man ist nur ein wirklich böser Junge, wenn man Narben vorzuweisen hat«, unterbreche ich die Stille zwischen uns.

»Ich bin eher schockiert, dass du tätowiert bist«, gibt Cameron zu und schielt zu meinem rechten Arm, den von der Schulter über den Ellenbogen bis zum Handgelenk bunte Linien zieren. Das ist meine Art, dem Grau mit Farbe zu trotzen.

»Warum?« Tattoos sind nichts Verwerfliches.

»Weil du Blümchenhemden trägst und einen Stock im Arsch hast«, zieht er mich auf.

»Alles Tarnung. Hinter dieser Optik vermutet niemand einen tätowierten Bösewicht mit fragwürdigem Hobby, der sich auf einem Rachefeldzug befindet«, antworte ich und verkneife mir ein Grinsen, als er missbilligend das Gesicht verzieht. »Das war ein Scherz. Also das mit der Tarnung, aber der Rest stimmt, wie du weißt.«

Ein paar Sekunden sieht er mich eindringlich an, als würde er über etwas nachdenken.

»Wird Zeit, dem König mitzuteilen, dass ich ihn mit dem nächsten Zug matt setze.«

»Ich gebe dir ein Alibi und schwöre, dass wir den ganzen Abend zusammen waren, sollte die Sache schiefgehen.«

»Klingt verlockend. Wir beide bei Netflix and Chill.« Mit einem schiefen Grinsen zwinkere ich ihm zu und gehe die wenigen Schritte in mein Zimmer. Sobald ich saubere Kleidung angezogen habe, mache ich mich auf den Weg, um dem Ganzen ein Ende zu setzen.

Fünfundzwanzig Minuten später stehe ich vor dem Haus meiner Zielperson. In der oberen Etage brennt Licht. Das Schlafzimmer. Das Fenster steht offen. Eindeutige Geräusche dringen nach draußen. Ich sehe auf die Uhr – kurz vor acht. Seine Freundin ist es nicht, mit der er sich vergnügt, die ist um die Uhrzeit im Fitnessstudio.

Ich gehe die wenigen Stufen nach oben, hole Spanner und Dietrich aus meiner Mantelinnentasche. Keine zehn Sekunden später ertönt ein leises Klicken und die Tür springt auf. Er sollte lernen, hinter sich abzuschließen, das würde das Ganze spannender gestalten.

Vorsichtig schiebe ich die Tür auf, schlüpfe ins Innere. Gedimmtes Licht erhellt den Flur gerade so viel, dass man sich orientieren kann.

Mein Blick wandert zur Treppe, von wo aus mir ein »O ja!« entgegenhallt. Okay, lassen wir ihm seinen Spaß. Ich übe mich nur zu gern in Geduld, wenn es mir den Anblick seines nackten Hinterns erspart.

Mein Weg führt mich ins Wohnzimmer, wo das Licht der Stehlampe brennt. Ich schalte die Taschenlampe meines Handys ein, gehe auf besagte Stehlampe zu und lösche das Licht. Anschließend setze ich mich auf das Sofa und warte. Als das Schauspiel in der oberen Etage seinen Höhepunkt erreicht, schlage ich die Beine übereinander und lehne mich entspannt zurück. Schätzungsweise fünf Minuten später kommt Bewegung ins Haus. Schritte auf der Treppe folgen. Gedämpfte Stimmen. Eine Tür fällt ins Schloss.

Das Wohnzimmer erhellt sich.

»Was zur Hölle ... Wie bist du hier reingekommen?!«, entfährt es dem Kerl, der halb nackt im Türrahmen steht.

»Hallo, Henry. Du solltest die Tür abschließen. Man weiß nie, wer sich uneingeladen Zutritt verschafft.«

Fassungslos starrt er mich an. »Wer bist du?«

»Wie unhöflich von mir. Wenn ich mich kurz vorstellen darf: Noah Gibson.«

Seine Augen werden groß. »Nein, bist du nicht!«

»Mein Fehler, aber der Name sagt dir offensichtlich etwas.«

»*Wer bist du?*«, wiederholt er, diesmal deutlich nervöser.

Ich unterdrücke ein Grinsen. Es würde mich wundern, wäre er es nicht. Denn dann wäre er nicht nur ein Arschloch, sondern obendrein auch noch ein Narzisst. Ob er über so etwas wie ein Gewissen verfügt, darüber vermag ich nicht zu urteilen. Es ist mir auch egal, es macht Noah nicht wieder lebendig.

»Jemand, den du dir zum Feind gemacht hast.«

»Was soll der Scheiß?«

»Dir ist sicher nicht entgangen, dass deine Lakaien bereits aus dem Spiel genommen wurden.«

»Drohst du mir gerade?«

»Das ist nicht mein Stil.«

»Was willst du?« Sein Blick fixiert mich, als könnte er die Antwort in meinem Gesicht ablesen. »Du willst Geld«, schlussfolgert er und könnte damit nicht weiter danebenliegen.

Langsam stehe ich vom Sofa auf, knöpfe meinen Mantel zu und durchquere den Raum. Sein Blick folgt mir aufmerksam.

»Weißt du, was mich an Menschen wie dir stört? Dass sie glauben, Geld mache sie unantastbar, und dass sie über die Arroganz verfügen anzunehmen, sie hätten die absolute Kontrolle.«

Henry öffnet den Mund und schließt ihn wieder.

»Ich brauche nicht länger als fünf Minuten, um dir zu demonstrieren, dass du weder das eine bist noch über das andere verfügst.«

»Bist du hier, um mir einen Vortrag zu halten?«, spottet er und grinst. Auch wenn er sich bemüht es zu verbergen, spiegelt sich in seinen bernsteinfarbenen Augen die Angst.

Ich stelle mich direkt vor ihn, mustere ihn abschätzig. Sekunden vergehen, in denen ich ihn ansehe, ohne etwas zu sagen. Aber das muss ich auch nicht, die Ader an seinem Hals pulsiert. Nichts ist effektiver, als mit der Angst von Menschen zu spielen. Angst setzt das rationale Handeln außer Kraft und lässt sie unvorsichtig werden. Ich kann an seinem Blick ablesen, dass ich mein Ziel erreicht habe.

»Ich bin hier, damit du niemals das Gesicht vergisst, das deine Illusion von Macht und Kontrolle wie eine Seifenblase platzen lassen wird.«

Einen Moment starrt er mich an, länger dauert es nicht, bis Henry die Bedeutung meiner Worte versteht und die Angst gewinnen lässt.

In einer schnellen Bewegung weiche ich ihm aus, als er mich packen will. »Na, na, kein Grund, handgreiflich zu werden.«

»*Ich mach dich fertig!*«, brüllt er und stürmt erneut auf mich zu.

Ein Schritt nach rechts reicht und er rennt ins Leere. »Netter Versuch.«

Aus schmalen Augen fixiert er mich. Seine Brust hebt und senkt sich hektisch. Es überrascht mich, dass er keinen erneuten Angriff wagt. Aber er würde mich ohnehin nicht zu fassen bekommen, egal wie oft er es versucht. In dem Punkt habe ich einiges dazugelernt.

»Du hast zweiundsiebzig Stunden, um die richtige Entscheidung zu treffen, bevor ich sie dir abnehme.«

»Fahr zur Hölle!«, zischt er.

»Da war ich bereits«, erwidere ich gedehnt. Dann verlasse ich das alte Herrenhaus, ohne die Tür hinter mir zu schließen.

# 34.

## ABBIE

Mal wieder verbringe ich den Abend alleine. Aspen ist bei Cameron und Dion ist nach dem Abendessen zu Henry verschwunden. Dieses Gefühl, in Waterbury festzusitzen, wird mit jedem Tag intensiver. In New York könnte ich … keine Ahnung … irgendwas tun, statt auf dem Bett zu sitzen und zum ersten Mal seit fünf Jahren mein Hörbuch-Abo im vollen Umfang zu nutzen. Das hier ist wie Stubenarrest. Aber das ist dann wohl die Quittung dafür, dass man sich an seine Freundinnen klammert, die plötzlich neue Wege einschlagen, während man selbst noch an der Kreuzung steht und auf ein Signal hofft, in welcher Richtung der Honigtopf wartet.

Seit die Zusage für die NYU in meiner Schreibtischschublade liegt, überlege ich, wie ich Dion und Aspen die Neuigkeiten beibringe. Ich weiß, dass Aspens erste Wahl die NYU war und dass sie nur mit nach Waterbury gekommen ist, um unsere Freundschaft nicht zu zerreißen. Ich war es, die sie überredet hat mitzukommen, und jetzt bin ich diejenige, die es hier nicht aushält. Es fühlt sich unfair an, sie hängen zu lassen. Das Geld, das meine Mom dadurch sparen würde, ist zwar ein gutes Argument und die beiden würden es verstehen, aber es ist längst nicht mehr der Hauptgrund.

Dion ist der Ansicht, ich sollte mich von meiner Mom abnabeln. Ich hingegen bin mir inzwischen sicher, mir würde etwas Distanz zu Aspen und Dion guttun. Das wird mir immer dann bewusst, wenn ich auf Jasper treffe und er in mir nicht die Freundin der beiden sieht, sondern Abbie. Seit dem Kindergarten versuche ich mit ihnen mitzuhalten, wohl wissend, dass ich immer zwei Schritte zurückbleiben werde. Nicht, weil sie mir absichtlich das Gefühl geben. Es ist eher … hach, ich weiß auch nicht. Als befände ich mich in einer Art Dämmerschlaf und würde immer nur dann wach, wenn Jasper in meiner Nähe ist, um mich herauszufordern und dennoch keinerlei Erwartungen an mich zu stellen. Bei ihm habe ich nicht den Eindruck, die nicht aneckende Person sein zu müssen, die andere in mir sehen. In den letzten Monaten habe ich mich häufig gefragt, wann genau es angefangen hat, dass ich leiser wurde, mich selbst zurückgenommen habe, um allen anderen mehr Raum zu geben.

Ein dumpfes Geräusch erweckt meine Aufmerksamkeit. Ich nehme die Kopfhörer ab und lege sie auf dem Nachtschrank ab. Dann sehe ich mich danach um, ob irgendwas umgefallen ist. Nichts, stattdessen höre ich den Regen, der leise gegen die Scheibe prasselt. Der zugezogene Vorhang bewegt sich, als hätte ihn ein Windstoß erfasst. Ein Knacken, das nicht von Tropfen herrührt, die auf Glas treffen, lässt meinen Puls in die Höhe schießen.

Hastig springe ich aus dem Bett und eile durch das Zimmer. Mit einem Ruck reiße ich den schweren Stoff genau in dem Augenblick beiseite, als sich das bodentiefe Fenster öffnet und eine dunkle Gestalt versucht ins Innere zu gelangen. Erschrocken schreie ich auf und weiche zurück, denke bereits darüber nach, was ich als Waffe benutzen könnte, um der Person, die jetzt den Kopf hebt und mich angrinst, eins überzuziehen.

»Gott, kannst du nicht wie jeder Mensch an der Tür klingeln?«, entfährt es mir, als ich direkt in Jaspers Gesicht blicke.

»Ich wollte unbedingt einmal den Trick mit dem Strick ausprobieren«, erwidert er und hebt die Hand, an der eine dünne Kordel baumelt. In einer schnellen Bewegung schüttelt er sich das Wasser aus den Haaren und bringt sie anschließend mit den Fingern wieder in Form. Mein Blick wandert über ihn. Er ist völlig durchnässt. Die Sportkleidung klebt an seinem Körper. Zu seinen Füßen bildet sich eine kleine Pfütze.

»Du tropfst alles voll«, merke ich an.

»Ich wurde vom Regen überrascht und dein Bungalow war näher als meiner«, antwortet er und zuckt mit den Schultern.

»Du suchst also Unterschlupf?«

»Ja, das auch.« Mit der rechten Hand greift er sich in den Nacken und zieht den nassen Pulli über den Kopf. Dabei rutscht sein Langarmshirt nach oben und gibt den Blick auf sein Sixpack frei. Als er merkt, woran meine Aufmerksamkeit hängen geblieben ist, zieht er den Stoff herunter und schmunzelt. »Ich würde gerne mit dir über etwas sprechen.«

»Mmh«, sage ich, weil ich gedanklich noch bei dem Anblick von Haut festhänge, die sich über feste Muskeln spannt.

»Ich meine es ernst.«

Blinzelnd sehe ich ihn an. Gerade schlüpft er aus den Laufschuhen und begutachtet seine nassen Socken, bis er sich ihrer ebenfalls entledigt.

»Du willst reden?«, frage ich ungläubig, als er nach dem Bund der Trainingshose greift.

»Ja.« Er schiebt sie nach unten.

»Warum ziehst du dich dann aus?«, poltert es aus mir heraus.

»In der Zwischenzeit trockne ich meine Kleidung auf der Heizung.«

Das kann unmöglich sein Ernst sein. Doch, ist es, denn er hängt tatsächlich seine Klamotten über die Heizung.

»Und du glaubst, ich kann eine Unterhaltung mit dir führen, während du halb nackt vor mir stehst?«

»Ich kann mich auch komplett ausziehen.« Ein freches Grinsen erscheint auf seinen Lippen, als er die Daumen in den Gummibund seiner Boxershorts einhakt.

»Untersteh dich!«, ermahne ich ihn. »Warte hier!«, weise ich ihn an, bevor ich aus dem Zimmer eile und ins Bad husche, um ein großes Handtuch zu holen. Bevor ich zurückgehe, werfe ich einen Blick in den Spiegel und überlege, ob ich wenigstens Wimperntusche auftragen sollte. Ich verwerfe den Gedanken allerdings, als ich an mir herabsehe und den gepunkteten Pyjama entdecke. Das ist noch so ein schlechter Running Gag zwischen uns. Warum taucht er immer dann auf, wenn ich das Teil aus dem Kleiderschrank krame? Ich besitze durchaus auch Nachtwäsche, die wenigstens sexy angehaucht ist. Zwar nur dezent, aber besser als das Modell, in dem ich wie eine Teenagerin aussehe – was daran liegt, dass der Schlafanzug aus genau der Zeit stammt und ich es nicht übers Herz bringe, ihn auszusortieren.

Nachdem Jasper sich gestern Morgen aus meinem Bett geschlichen hat, haben sich in meinem Kopf jede Menge Szenarien abgespielt, aber in keinem kam er durch ein Fenster geklettert, zog sich aus und sagte: *Wir müssen reden.* Wobei ich die Vorstellung durchaus heiß finde, auch wenn meine Fantasie in eine andere Richtung geht, als er möglicherweise beabsichtigt.

Als ich das Zimmer wieder betrete, steht Jasper neben dem Bett und hat meine pinken Kopfhörer auf. *Bitte lass Enya und Jonah nicht das tun, was sich vor wenigen Minuten bereits angekündigt hat.* Jasper grinst so breit, als er mich im Türrahmen entdeckt, dass mir schwindlig wird. Hitze schießt mir in die Wangen, weil er sich sichtlich ein Lachen verkneift und für einen winzigen Augenblick die Unterlippe zwischen die Zähne zieht.

»Und ich dachte, du stehst auf True-Crime-Podcasts«, sagt er eine Spur zu laut, vermutlich weil die Kopfhörer ihm das Gefühl für seine eigene Lautstärke nehmen.

Ich werfe das Handtuch auf den Schreibtischstuhl und gehe auf ihn zu. »Gib sie her!«, sage ich und unterstreiche meine Worte, indem ich nach den Kopfhörern greife.

Geschickt weicht er aus. »Vergiss es, es wird gerade spannend.«

Wie ich dieses herausfordernde Schmunzeln hasse und gleichzeitig liebe.

»Lass den Quatsch!« Erneut mache ich einen Schritt auf ihn zu, dann schiele ich zum Nachtschrank, auf dem mein Handy liegt. Er muss geahnt haben, was ich vorhabe, denn er ist schneller und nimmt es an sich.

»Willst du wissen, was die beiden gerade treiben?«

Energisch schüttle ich den Kopf, weil ich es bereits ahne. Er sieht das anders, denn es erscheint ein teuflisches Funkeln in seinen Augen, als er auf mich zukommt. Im Vorbeigehen wirft er das Handy aufs Bett. Ich weiß nicht, woran es liegt, aber mein Körper reagiert mit einem Kribbeln, das sich verdächtig nach Vorfreude anfühlt.

Jaspers Blick gleitet über mich und bleibt kurz an meinen Brüsten hängen, bevor er mir in die Augen sieht. Ein Schritt. Noch einer. Dann steht er vor mir.

»Er hat ihr seine Liebe gestanden«, sagt er nun deutlich leiser. Mein Herz setzt für einen Schlag aus und kommt polternd wieder in Bewegung. »Und sie erwidert sie.« Das Braun seiner Augen wird noch dunkler. Er schiebt seine Hand in meinen Nacken, zieht mich zu sich heran. Ganz automatisch neige ich den Kopf, um ihn ansehen zu können. »Er küsst sie.«

Im nächsten Moment streichen seine Lippen über meine. Hinterlassen die Sehnsucht nach mehr. Er greift mit der freien Hand nach meiner und führt sie unter sein Shirt. Meine Finger treffen auf warme, regenfeuchte Haut. Jasper schiebt sie höher, lässt sie seine Bauchmuskeln erkunden. Stöhnt leise, als ich mit den Nägeln zärtlich darüberkratze.

Erneut küsst er mich, diesmal fordernder. Mit den Fingerspitzen ertaste ich eine Unebenheit auf seinem Brustkorb. Er zieht scharf die Luft ein, schiebt meine Hand minimal nach links, bis ich seinen Herzschlag spüren kann. Schnell. Kräftig. Genau wie meiner. Unsere Finger verschränken sich und für einen Moment frage ich mich, ob er spiegelt, was er hört, oder sein eigenes Skript schreibt.

Egal wie die Antwort ausfällt, das Verlangen, das mich durchströmt, lässt sich nicht zurückdrängen. Ich stöhne in seinen Mund. Spätestens jetzt ist ihm klar, dass mich dieses Spiel zwischen uns erregt. Der Kuss wird sanfter, bis er ihn beendet und einen winzigen Schritt zurücktritt.

»Er zieht sich aus«, sagt er und lässt den Blick erneut über mich gleiten. Meine Brustwarzen richten sich unter dem dünnen Top auf. Einer seiner Mundwinkel zuckt. »Willst du, dass ich mich ausziehe, Abbie?«

»Ja«, formen meine Lippen, weil ich alles von ihm sehen will. Mit beiden Händen greift er nach dem Kragen seines Shirts, weitet ihn und zieht es sich schließlich in einer fließenden Bewegung über den Kopf. Mein Blick folgt dem Stoff, der Zentimeter für Zentimeter mehr Haut freilegt. Für wenige Sekunden bleibt meine Aufmerksamkeit an der Unebenheit hängen, die ich ertastet habe. Die Narbe beginnt auf seinen Rippen und endet zwei Finger breit unter seiner Brustwarze. Ich zwinge mich, nicht länger auf die Stelle zu starren.

Mein Herz bricht ein bisschen bei dem Anblick, denn ich habe so eine Ahnung, wem er sie verdankt. In diesem Moment hasse ich Elijah Anderson dafür, was er seinem Sohn angetan hat.

Mit einer Handbewegung fordert Jasper mich auf, ebenfalls mein Shirt auszuziehen. Ich zögere, weil ich von den bunten Linien, die seinen rechten Arm bis zum Handgelenk vollständig bedecken, fasziniert, aber vor allem überrascht bin. Ein Tattoo steht im völligen Kontrast zu dem, was er verkörpert. Angezogen fällt er in die Kategorie konservativer Upperclass Boy, nackt schreit er regelrecht nach unbezwingbarem Rebell. Und ich gebe zu, beide Versionen üben einen Reiz auf mich aus, aber die, die gerade vor mir steht, bringt mich augenblicklich mit einem unschuldigen Lächeln endgültig um den Verstand.

Jasper nimmt die Kopfhörer ab, schließt die Lücke zwischen uns und beugt sich zu mir herab. Inzwischen schlägt mir mein Herz bis zum Hals, während mein Körper in Flammen aufgeht, als sein warmer Atem auf meine Haut trifft.

»Ich will, dass du dich für mich ausziehst«, flüstert er mir ins Ohr. Federleicht wandern seine Lippen über meinen Hals, hinab zur Schulter, treffen auf den schmalen Träger des Tops. Mit der Zungenspitze schiebt er ihn beiseite, bis er über die Rundung meiner Schulter rutscht. »Ich will deinen Mund auf mir spüren. Und ich wüsste zu gern …« Er ergreift mein Handgelenk, küsst meine Fingerknöchel, bevor er meine Hand auf seine Brust legt und sie nach unten schiebt. »… wie es sich anfühlt, wenn sich deine Lippen um …«

Er lässt den Satz unbeendet, als sich mein Blick auf seine Erektion heftet, die sich deutlich unter den Boxershorts abzeichnet. Ich ziehe die Hand zurück, umfasse im nächsten Augenblick sein Gesicht und küsse ihn. Tief. Innig. Und unmissverständlich.

Etwas fällt zu Boden. Vermutlich die Kopfhörer. Dann liegen seine Hände auf meinem Po, pressen mich an ihn. Seine Erektion spüre ich hart an meinem Bauch. Das Wissen, dass ich ihn derart errege, lässt mich mutiger werden. Bisher habe ich in Sachen Sex nie die Führung übernommen. Es hat mich auch nie gereizt. Aber Jasper weckt in mir den Wunsch herauszufinden, wie weit ich gehen kann. Mit ihm. Nur mit ihm. Weil nur er dieses Verlangen in mir auslöst.

Ich dränge ihn in Richtung Bett, bis er mit den Waden gegen den Rahmen stößt. Meine Hände landen auf seinen Schultern und fordern ihn mit sanftem Druck auf, sich hinzusetzen. Grinsend sieht er zu mir auf. Ein Funkeln liegt in den Augen, das verrät: *Ich will dich*. Und ich will ihn nicht weniger.

Ohne den Blick von ihm zu lösen, greife ich nach dem Saum meines Tops und ziehe es aus.

Jasper stößt ein »Fuck!« aus.

Ich schlucke, als er meine Brüste fixiert und seine Zungenspitze für den Bruchteil einer Sekunde hervorblitzt, um seine Lippen zu befeuchten. Unter seinem intensiven Blick erschaudere ich und sehne mich danach, nicht nur angesehen, sondern berührt zu werden.

Als kenne er meine Gedanken, umfasst er meine Hüften, schiebt mit den Knien meine Beine auseinander und platziert mich auf seinem Schoß. Seine Finger vergräbt er in meinem Nacken. Als ich ihn küssen will, hält er mich davon ab.

»Wir verschieben die Unterhaltung, aber lass uns zumindest eine Sache klären«, flüstert er.

»Okay«, hauche ich.

»Normalerweise bin ich kein egoistischer Mensch, aber in diesem Fall teile ich nicht. Weil ich durchdrehen würde, wenn dich ein anderer so berühren dürfte wie ich. Du gehörst mir allein oder wir lassen es.« Seine Worte klingen sicher schärfer, als er beabsichtigt hat, denn mit den Fingerknöcheln streicht er gleichzeitig liebevoll über meine Wange.

Das wäre jetzt der Augenblick, in dem ich ihm sagen sollte, dass ich Waterbury verlassen werde.

Dass ich es nicht tue und stattdessen nicke, ist ihm gegenüber nicht fair. Ich fühle mich wie eine Heuchlerin, als ich mich erst von ihm küssen und schließlich vollständig ausziehen lasse. Mein Herz bricht ein bisschen mehr, als er sich über mich schiebt und sich in seinen Augen so viel mehr als Verlangen entdecken lässt.

Als unsere Körper eins werden, ist es gleichermaßen In-Richtung-Himmel-Fliegen und In-die-Hölle-Stürzen. Bittersüß. Weil es nicht nur Sex, sondern Liebe ist. Und es fühlt sich nach Sterben an, als ich eine kleine Ewigkeit später in seinen Armen einschlafe.

# 35.

## ABBIE

Ein Kitzeln an der Schulter weckt mich. Ich drehe mich auf die Seite und kuschle mich an Jaspers warmen Körper. Sanft kneift er mir in die Wange und ich schlage endgültig die Augen auf.

»Guten Morgen. Ich muss los und wollte nicht abhauen, ohne mich zu verabschieden«, flüstert er und streicht eine Haarsträhne aus meinem Gesicht.

»Mmh. Noch fünf Minuten«, sage ich und lasse meine Fingerspitzen über seine Brust zu den Bauchmuskeln wandern.

Er umfasst mein Handgelenk, um mich davon abzuhalten, ihn zum Bleiben zu überreden. Vorsichtig schiebt er mich von sich und steht auf. Mein Blick fällt auf seinen nackten Hintern, als er sich nach den Boxershorts bückt. Ich beobachte ihn dabei, wie er seine Sachen von der Heizung nimmt und sich anzieht.

Anschließend geht er um das Bett herum und kniet sich hin. »Schlaf weiter. Wir sehen uns später und dann holen wir das Gespräch nach« Ein Lächeln erscheint auf seinen Lippen, das dafür sorgt, dass sich mein Herz gequält zusammenzieht und es gleichzeitig mit bedingungsloser Zuneigung für ihn überflutet wird. Wir sollten wirklich dringend über ein paar Dinge reden.

»Okay«, hauche ich.

Jasper küsst mich auf die Stirn und ich würde ihn wirklich gerne festhalten, als er durch das Fenster verschwindet. Mit einem Seufzen rutsche ich auf die Bettseite, auf der zuvor Jasper gelegen hat, vergrabe mein Gesicht tief im Kissen und atme das, was von ihm zurückgeblieben ist, tief ein. Bis mir die Augen wieder zufallen und ich in einen sanften Schlaf sinke.

**Jasper: Möglicherweise wirst du deiner Mitbewohnerin erklären müssen, warum ich**

**im Morgengrauen aus deinem Schlafzimmer schleiche. Sorry.**

Ein leises Lachen entweicht mir, als ich Stunden später Jaspers Nachricht lese. Erwischt zu werden, entwickelt sich augenscheinlich zu unserem Ding. Erst meine Mom und jetzt – Dion oder Aspen? Das hätte er vielleicht erwähnen sollen.

Ich werfe einen Blick auf die Uhr. Es ist bereits nach zwölf. Meine Vorlesungen habe ich verpasst. Ein schlechtes Gewissen habe ich allerdings nicht.

**Ich: Welche von beiden?**

**Jasper: Dion.**

**Ich: 😂**

**Jasper: Die Frau ist schlimmer als jedes Boulevardblatt. Ich bin heute Morgen auch Aspen in die Arme gelaufen und sie wusste bereits Bescheid.**

Erneut muss ich lachen, weil ich mir nicht sicher bin, wer von uns beiden den Schwarzen Peter gezogen hat.

Ich tippe gerade eine Antwort, als die Tür aufgerissen wird.

»Gut, du bist wach!« Dion marschiert direkt in mein Zimmer.

»Komm doch rein«, sage ich gespielt freundlich und ziehe die Decke höher, um meine Nacktheit zu bedecken.

»Ernsthaft? Was hast du dir nur dabei gedacht?« Ihr Ton schwankt zwischen entsetzt und amüsiert.

»Ich wusste nicht, dass ich mir vorher bei dir eine Einverständniserklärung holen muss«, spotte ich.

»Ich dachte, ich sehe nicht richtig, als ausgerechnet der florale Hemdträger heute Morgen durch dein Fenster getürmt ist.«

Ich: Dion ist gerade in mein Zimmer gestürmt. Wenn du in einer Stunde kein Lebenszeichen von mir erhältst, such nach mir.

Jasper: Ich finde dich. Versprochen.

Ich: Folge der Brotkrumenspur.

Jasper: Alles klar.

»Hörst du mir überhaupt zu?«, sagt Dion laut.

»Um ehrlich zu sein, nein«, gestehe ich und lege das Handy auf den Nachtschrank.

»Ich habe gerade gesagt, dass mit dem Kerl eindeutig was nicht stimmt, und du fängst was mit ihm an.«

»Vielleicht solltest du dich zur Abwechslung mal um deinen eigenen Kram kümmern, anstatt mir ständig mitzuteilen, was ich tun soll oder eben nicht«, rutscht es mir forsch heraus. Normalerweise würde ich jetzt sofort zurückrudern, mich entschuldigen und beteuern, dass ich es nicht so gemeint habe, aber ich *habe* jedes Wort genau so gemeint, wie es meinen Mund verlassen hat.

»Ich will doch nur das Beste für dich. Der Kerl ist es ganz bestimmt nicht.«

»Woher weißt du eigentlich immer so genau, was das Beste für mich ist?«, frage ich gereizt.

»Ich kenne dich mein ganzes Leben lang«, entfährt es ihr, als hätte ich sie beleidigt.

»Überraschung, ich mich auch«, fahre ich sie an.

»Wow, der Typ kitzelt echt eine neue Abbie aus dir heraus. Das bist doch nicht du!«

»Vielleicht bin ich aber auch endlich ich selbst«, entgegne ich. Denn genau so ist es. Zum ersten Mal habe ich das Gefühl, kein blasser Schatten zu sein, sondern in strahlenden Farben zu leuchten. Dion wollte unbedingt, dass ich aus meiner Ecke hervorkomme, und jetzt, wo ich mich nicht mehr vor aller Welt verstecke, gefällt es ihr nicht.

»Das ist also dein wahres Ich?«, fragt sie ungläubig.

»Was ist eigentlich dein Problem, Dion? Dass ich nicht mehr nach deiner Pfeife tanze oder dass ich mich in einen Kerl verliebt habe, der auf deiner Blacklist steht?«

Sie lacht. »Gott, du bist in den floralen Hemdträger verknallt? Das meinst du doch nicht ernst! Der Typ ist eine wandelnde Red Flag.«

»Weil du ihn ja auch so gut kennst. Hast du dich ein einziges Mal mit Jasper unterhalten, bevor du ihn in eine deiner Schubladen gesteckt hast?«

»Muss ich dich daran erinnern, dass er im vergangenen Semester alle an der Nase herumgeführt hat? Wer gibt dir also die Garantie, dass er es ernst mit dir meint?«

»Niemand. Aber wofür im Leben gibt es schon eine Garantie? Ich werde es einfach drauf ankommen lassen.«

Dion seufzt hörbar, bückt sich, hebt das dunkle Shirt vom Boden auf und verzieht prompt das Gesicht, als sie feststellt, dass es nicht meins ist. Angewidert wirft sie es zu mir aufs Bett. Ich hangle danach und schlüpfe hinein. Es riecht nach getrockneten Regentropfen und nach Jasper.

»Okay, eigentlich wollte ich es dir nicht erzählen, aber irgendjemand muss deiner romantischen Vorstellung von dem Kerl einen Realitätscheck verpassen. Letztes Wochenende habe ich mich mit Grant Taylor auf einen Soja-Latte in dem neuen Café auf der –«

»Ich will nicht wissen, was Grant Taylor über Jasper gesagt hat. Behalt den Gossip für dich!«, schneide ich ihr das Wort ab. Ich will das wirklich nicht hören. Jasper hat mir alles erzählt, was ich wissen muss, und ich vertraue ihm, dass da nicht noch mehr ist, was meinen Glauben in ihn erschüttern könnte. Das zwischen uns fühlt sich echt und nicht nach einem Spiel an.

»Aber –«

»Nein! Grant und du solltet vor eurer eigenen Haustür kehren und nicht ständig den Dreck anderer Leute unter dem Abtreter hervorholen.«

»Gut, dann warten wir halt, bis du auf die Nase fällst«, teilt sie einen Seitenhieb aus, der mich zusammenzucken lässt. »Entschuldige, das war unfair. Ich will nur nicht, dass er dir das Herz bricht.«

»Ich bin erwachsen und kann sehr gut selbst auf mein Herz aufpassen.«

»Warum bist du nur so stur?«

»Warum bist du es?«, schieße ich zurück, denn sie hält ebenso an ihrem Standpunkt fest wie ich.

»Weil ich dir diese Erfahrung ersparen will.«

»Du hast selbst gesagt, ich soll welche machen, aber du hast wohl vergessen, mir mitzuteilen, dass du entscheidest, wie die auszusehen haben.« Ich kann mich nicht erinnern, je mit Dion gestritten zu haben, aber es fühlt sich an, als wäre es längst überfällig, ihr Grenzen aufzuzeigen.

»Das stimmt nicht!«, widerspricht sie.

»Gut, dann habe ich hier noch ein paar News für dich: Ich verlasse Waterbury.« So, jetzt ist es raus. Es war zwar nicht mein Plan, es ihr auf diese Art an den Kopf zu knallen, aber ich befürchte, den richtigen Moment gibt es ohnehin nicht. Kurz herrscht Stille, als müsste Dion die Information erst auf ihre Echtheit überprüfen.

»*Was?*«, fragt sie entsetzt.

»Ich habe eine Zusage für die NYU.«

»Warum?«

»Weil ich mich hier nicht wohlfühle«, antworte ich ehrlich.

»Aber Aspen und ich sind hier.« Die Verwirrung steht ihr ins makellose Gesicht geschrieben. Das ist das Letzte, womit sie gerechnet hat.

»Es stimmt, ich muss mich abnabeln. Aber nicht von meiner Mom, sondern von euch.«

»Was?«

Jetzt, da es ausgesprochen ist, fühlt sich mein Herz nicht mehr so schwer an, aber auch nicht unbedingt leicht. Denn nun ist es real. Nichtsdestotrotz sind da ganz viele kleine Funken, die sich in meiner Brust verteilen. Als wäre die Hülle, von der ich nicht einmal wusste, dass sie sich um mein Herz gelegt und zugedrückt hat, auf wundersame Weise gesprengt worden.

»Ich liebe euch beide, aber ich habe das Gefühl, immer zwei Schritte hinter euch zu sein.«

Dion setzt sich zu mir aufs Bett. »Warum hast du denn nie was gesagt?«

»Was hätte ich denn sagen sollen? ›Könntet ihr bitte mal stehen bleiben, damit ich mit euch mithalten kann‹? Das Problem seid doch nicht ihr, sondern dass ich mich nie gefragt habe, wer ich sein will. Vielmehr habe ich gedacht, jemand sein zu müssen, ohne genau zu wissen, wie dieser Mensch aussieht. Ich bin auf der Suche nach mir selbst herumgeirrt. Dann ist Jasper aufgetaucht und plötzlich hatte ich das Gefühl, *niemand* sein zu müssen. Als wäre ich eine leere Seite, die ich ohne externe Vorgaben nach meinen Vorstellungen füllen kann.«

»Und deswegen musst du direkt alles hinwerfen und ohne deine Freundinnen in New York neu anfangen?«, fragt sie ungläubig. »Ist das nicht ein bisschen überzogen?«, fügt sie hinzu, als ich nicht sofort darauf antworte.

»Waterbury erdrückt mich mit seinen Mauern und seinen Bewohnern. Ich habe nicht das Gefühl, irgendwo dazuzugehören. Aspen hat Cameron und du hast Henry. Ich vermisse den bunten Mix an Menschen in New York. Ich vermisse das Heulen der Sirenen und das ständige Gehupe im stockenden Verkehr, weil die Leute in Eile sind. Ich vermisse es, nie zu wissen, was mich hinter der nächsten Ecke erwartet. Ich vermisse den nervigen Chihuahua von gegenüber, der die meiste Zeit des Tages bellt. Ich vermisse New York und meine Mom. Und ich glaube, ich muss eine Weile ohne meine besten Freundinnen sein. Was nicht heißt, dass ich euch nicht mehr lieb habe und euch nicht schrecklich vermissen werde, aber ich denke, es ist der Weg, den ich für mich selbst gehen muss.«

»Dein Entschluss steht also fest?«

»Ja, ich denke schon.«

»Mir gefällt sie zwar nicht, aber ich akzeptiere deine Entscheidung, weil ich will, dass du glücklich bist. Doch versprich mir, dass wir uns niemals aus den Augen verlieren. Ich brauche dich, Abbs.«

Statt zu antworten, nicke ich.

Wir sehen einander an, bis der Ausdruck in ihrem Gesicht weich wird und sie mich in die Arme nimmt. »Und jetzt erzähl mir alles über New York und wie viel Zeit uns noch bleibt.«

Die nächste halbe Stunde beantworte ich ihre Fragen und erzähle ihr wie gewünscht alles. Bis auf das, was Jasper mir anvertraut hat, obwohl ich mir sicher bin, dass Dion ihn dann in einem anderen Licht sehen würde. Aber es steht mir nicht zu, sie in seine Geschichte einzuweihen.

»Weiß Jasper von deinen Plänen?«

»Du hast ihn Jasper genannt«, erwidere ich amüsiert.

»Ja, wenn du den floralen Hemdträger liebst, werde ich ihm eine Chance geben, seinen miesen Start zu korrigieren. Möglicherweise habe ich mich ihm gegenüber auch nicht von meiner besten Seite gezeigt.«

»Danke«, sage ich, weil ich weiß, dass sie es mir zuliebe versucht. Normalerweise ist Dion in dem Punkt äußerst starrköpfig. Hat man es sich mit ihr verscherzt, dann auf Lebenszeit.

»Also, weiß er über New York Bescheid?«

»Nein, es hat sich bisher noch nicht ergeben, es anzusprechen.« Aber das werde ich schnellstmöglich nachholen, weil es nicht fair ist, die Sache weiterlaufen zu lassen, ohne ihn in mein Vorhaben einzuweihen.

Ein Grinsen schleicht sich auf ihre Lippen. »Ich habe so eine Ahnung, warum.« Sie zwinkert mir zu und ich verdrehe als Reaktion auf ihre Anspielung die Augen.

»Auch wenn ich dir jetzt wieder vorschreibe, was du tun sollst, aber du musst es ihm sagen, bevor es so richtig ernst zwischen euch wird. Fernbeziehungen mag nicht jeder. Und Liebeskummer ist ein Bastard.«

»Mmh. Ich weiß ja nicht mal, was das zwischen Jasper und mir genau ist«, gebe ich zu.

»Das wirst du nur herausfinden, wenn ihr darüber redet.«

* * *

Später bedeutet in etwa dasselbe wie irgendwann, außer es liegt eine Spezifikation vor wie *später am Abend*. Es liegt ferner in der Zukunft als *gleich*. Jedenfalls behauptet das Google, als ich die Definition des Wortes klären wollte. Denn als Jasper am Dienstagmorgen gegangen ist, meinte er, wir würden uns später sehen.

Nachdem ich mich mit Dion ausgesprochen hatte, habe ich Jasper nach seinen Plänen für den Abend gefragt und keine Reaktion darauf erhalten. Ich weiß nicht, was ich erwartet habe, aber nicht, dass es jetzt so zwischen uns läuft. Ich weiß jedoch auch nicht, wie ich will, dass es läuft. In weniger als zwei Monaten bin ich weg, und dann? Mein Gefühl sagt, je mehr wir was auch immer das zwischen uns ist vertiefen, umso komplizierter wird es. Gestern habe ich sogar zeitweise ernsthaft in Erwägung gezogen, New York sausen zu lassen und doch in Waterbury zu bleiben. Allerdings hat sich bei der Vorstellung mein Magen verkrampft.

Egal wie viel ich für Jasper empfinde, es ist keine Option. Und New York ist auch nicht am Ende der Welt. Wir könnten es versuchen. Es besteht immerhin die Möglichkeit, dass es funktioniert. Mit einem Gespräch ließe sich die Frage einfach klären, und doch schiebe ich es vor mir her. Warte darauf, dass Jasper die Funkstille bricht oder aufrechterhält. So ganz sicher bin ich mir nicht, was mir lieber ist.

Dion vertritt die Drei-Tage-Regel. Meldet man sich vorher, wirkt man verzweifelt oder aufdringlich. Ich frage mich, ob Jasper einer ähnlichen Strategie folgt oder ob etwas anderes dahintersteckt.

Als könnte er meine Gedanken lesen, ploppt in diesem Augenblick eine Nachricht auf.

**Jasper: Sorry, war beschäftigt. Wir reden später.**

Womit war er bitte den ganzen Tag beschäftigt, dass er keine Zeit für zwei Sätze hatte? Und schon wieder dieses später.

Ich tippe eine Antwort. Lösche sie wieder. Beginne von vorn.

**Ich: Kein Problem. Hatte auch viel zu tun.**

Das ist die Lüge des Jahrhunderts, denn ich habe rein gar nichts getan, außer stundenlang im Schlafanzug auf meinem Bett zu sitzen und zu grübeln.

**Jasper schreibt ...**

Mein Herz legt mit jeder Sekunde, die verstreicht, an Tempo zu. Als zwei Minuten später keine Nachricht auf meinem Display aufleuchtet, setzt es aus.

Sein Ernst? Warum macht er das immer wieder? Er muss doch wissen, dass ich das Handy in der Hand habe und mitbekomme, dass er eine Antwort verfasst und dann nicht abschickt.

Ich lege das Smartphone auf den Nachtschrank und stehe vom Bett auf, um nachzusehen, ob sich im Kühlschrank noch etwas Essbares auftreiben lässt. Aspen hat wieder einmal vergessen einzukaufen. Danach werde ich Jasper einen Besuch abstatten und das längst überfällige Gespräch führen.

# 36.

## JASPER

Seit dreißig Minuten starre ich nachdenklich auf den Bildschirm meines Laptops. Das liegt hauptsächlich daran, dass ich nach wie vor keinen Plan habe, wie ich mit Abbie zusammen sein kann, wenn ich nicht in den Staaten bleibe. London ist nicht gerade um die Ecke. Und wie schwer es ist, in Kontakt zu bleiben, wenn man sich in verschiedenen Zeitzonen befindet, musste ich bereits bei Noah feststellen. Eine ernsthafte Beziehung auf verschiedenen Kontinenten erscheint mir schier unmöglich. Vor allem, wenn sie sich noch im Entwicklungsstadium befindet.

Die andere Sache ist, dass ich glaube, meinem Leben zuerst eine neue Richtung geben zu müssen, um Abbie gerecht zu werden. Denn mein Verstand ist immer noch zu sehr damit beschäftigt, all die offenen Tabs zu schließen. Es erscheint mir nicht fair, ihr nicht die Priorität einzuräumen, die sie verdient. Und gerade versuche ich, das irgendwie in einer Textnachricht auszudrücken, was armselig ist. Also lösche ich die Worte wieder. Ich werde Abbie, sobald ich den heutigen Abend überstanden habe, einen Besuch abstatten und mit ihr das Gespräch führen, das ich angedeutet habe, bevor wir eine andere Richtung einschlugen.

»Worüber denkst du so angestrengt nach?«, ertönt Camerons Stimme hinter mir.

»Musst du dich immer so anschleichen?«, motze ich ihn an, lege das Handy beiseite und klappe den Laptop zu.

»Habe ich nicht, ich habe extra laut den Kühlschrank geschlossen.«

»Sorry, ich wollte dich nicht anfahren. Ich versuche nur gerade eine Lösung für ein Problem zu finden.«

»Kann ich dir dabei irgendwie behilflich sein?«

»Nein, oder vielleicht doch«, sage ich, stehe vom Sofa auf und setze mich zu Cam an den Küchentisch. Er sieht mich kurz an und taucht dann den Löffel in die Schüssel mit den Cornflakes. »Aktuell beschäftigt mich die Frage, wie kompatibel ich mit einem Leben in Waterbury bin.«

»Willst du meine Meinung dazu hören?«

»Ja«, antworte ich, weil mich seine Ansicht interessiert und ein anderer Blickwinkel durchaus hilfreich sein kann.

»Gar nicht.« Cam schiebt sich eine weitere Ladung Cornflakes in den Mund, während ich ihn abwartend ansehe.

»Kannst du das genauer definieren?«

Er legt den Löffel beiseite und fokussiert sich auf mein Gesicht. »Weil du nicht hier sein willst.«

»Das wolltest du auch nicht, und doch scheinst du jetzt glücklich zu sein.«

»Ich wollte nicht als du hier sein. Klar, am Anfang war es seltsam in Waterbury, aber ich habe mich gefragt, wie es wäre, als ich selbst dieses College zu besuchen. Ich wäre auch hier, wenn ich mich nicht in Aspen verliebt hätte, sofern sich mir trotzdem die Chance auf einen Platz geboten hätte. Aber Aspen ist ein wirklich netter Bonus. Du hingegen überlegst hierzubleiben, weil du dich in Abbie verguckt hast. Es ist vielleicht nicht das, was du hören willst, aber es wird nicht funktionieren. Ich saß lange genug in Bellbrook fest, weil ich bei den Menschen sein wollte, die ich liebe, und habe mich dabei selbst verloren. Dann hast du mich hierhergeschickt und ich habe mich daran erinnert, dass ich vor dem Tod meiner Eltern Ziele hatte. Und das war nicht für ein paar lausige Dollar im Truckstop zu schuften. Was ist mit dir?«

»Ich habe ein Flugticket nach London.« Wenn ich hierbleibe, bekomme ich möglicherweise Abbie, aber sie bekommt nicht alles von mir, weil ich immer nur einen Atemzug davon entfernt wäre, meine Koffer zu packen.

»Ja, so was in der Art habe ich vermutet.«

»Hast du?«, frage ich erstaunt, weil ich mich nicht erinnern kann, je erwähnt zu haben, dass ich die Staaten wieder verlassen werde.

»Für mich hast du schon immer wie jemand auf der Durchreise

gewirkt, und da es dir in Waterbury nicht gefällt, war mir klar, es ist nur eine Frage der Zeit, bis du die Segel streichst und weiterziehst. Ich vermute, du wärst längst nicht mehr hier, wäre die Stiftung von Abbies Mom nicht in Mitleidenschaft gezogen worden. Irgendwo auf deiner Mission, es geradezubiegen, sind Gefühle entstanden, die dir jetzt in die Quere kommen. Die Zwickmühle, in der du steckst, lautet bleiben oder in den Flieger steigen.«

»Ja, das fasst es ganz gut zusammen.«

Cam lacht. »Gott, es fühlt sich verdammt gut an, dass du ein Mal keine Lösung parat hast. Ich habe schon daran gezweifelt, ob du tatsächlich ein Mensch bist oder doch eher ein Roboter, der über eine beängstigend hohe künstliche Intelligenz verfügt. So wie in dem Film, du weißt schon.«

»Nein, weiß ich nicht, aber es freut mich, dass ich zu deiner Unterhaltung beitrage.«

Das Grinsen verblasst. Cameron legt die Stirn in Falten, während er nachdenklich auf seiner Unterlippe kaut. Es macht ein schnalzendes Geräusch, als er sie wieder freigibt und mich ansieht, als wäre ihm ein Licht aufgegangen.

»Okay, lass mich an deinem Geistesblitz teilhaben. Vielleicht lässt sich damit ausnahmsweise mal etwas anfangen«, ziehe ich ihn auf. Für gewöhnlich sind die Einfälle meines Freundes nicht unbedingt zu gebrauchen.

»Möglicherweise lautet die Lösung, beides zu tun.«

»Ich fürchte, ich kann dir nicht folgen.«

»Vielleicht solltest du in den Flieger steigen, so viel Zeit mit dir allein verbringen, wie es braucht, um dich zu finden. Komm mal zur Ruhe und denk darüber nach, was du vom Leben erwartest. Und wenn du darauf eine Antwort gefunden hast, komm zurück.«

»Du klingst wie Granny El.«

»Ja, habe ich auch gerade bemerkt.«

Wir lachen beide.

»Schade, dass du nicht backen kannst und miesen Tee zubereitest.«

»Ich überlasse dir gerne für eine Weile mein altes Zimmer.«

»Rundumservice von Granny El klingt verlockend, aber ich glaube, du hast recht.«

»Was ist mit der anderen Sache, die du regeln willst?«

»Der Stein rollt bereits. Der König hat noch achtundzwanzig Stunden, um die richtige Entscheidung zu treffen, bevor ich seinem Leben eine andere Richtung gebe.«

»Und dann haust du ab?«

»Mein Flieger geht morgen Abend. Ich warte nur noch darauf, dass Elijah hier auftaucht und mir erklärt, dass ich mich nicht in seine Angelegenheiten einmischen soll.«

»Wie kommst du darauf, dass er sich die Mühe macht, nach Waterbury zu kommen?«

»Weil seine Anwälte ihn heute Mittag darüber informiert haben sollten, dass ich in seinem Prozess als Zeuge der Staatsanwaltschaft aussagen werde, nachdem ich die Info habe durchsickern lassen.«

»Wann rechnest du mit seinem Besuch?«

Ich stehe auf, stelle mich ans Fenster und warte.

»Jetzt«, sage ich, denn in diesem Augenblick nähern sich dem Bungalow die Scheinwerfer eines Autos.

»Was?«, entfährt es Cam. Er tritt neben mich. »Warum steigt er nicht aus?«, fragt er, als sich nichts tut.

»Machtspielchen. Er wartet, bis ich aus dem Haus komme, erst dann steigt er aus dem Auto«, antworte ich, wende mich ab und durchquere das Wohnzimmer. Dann atme ich einmal tief durch, nehme den Mantel von der Garderobe und ziehe mir die Schuhe an. Ich habe die Finger bereits auf der Türklinke, dann zögere ich. Ich schließe für einen Moment die Augen und hole ein letztes Mal den Kerl aus der Ecke, der es mit Elijah aufnehmen kann.

Ich ziehe die Tür hinter mir zu, weil ich nicht vorhabe ihn hereinzubitten oder ihn auf Cameron treffen zu lassen. Während ich in Gedanken die Sekunden zähle, schiebe ich meine Hände in die Manteltaschen und balle sie zu Fäusten.

*Sechsunddreißig. Siebenunddreißig. Achtunddreißig.*

Die hintere Tür des Luxuswagens öffnet sich.

*Neununddreißig. Vierzig.*

Er steigt aus, sieht nicht mal in meine Richtung, sondern dreht mir den Rücken zu, das Handy am Ohr.

»Machen Sie Ihren Job, schließlich bezahle ich Sie dafür«, sagt er schroff. Ich bin froh, dass er nicht bemerkt, wie ich bei dem Klang seiner Stimme zusammenzucke.

Die Schultern gestrafft warte ich darauf, dass er sich zu mir umdreht. Es dauert weitere vier Sekunden. Sein Blick ist auf das Display geheftet. Ich weiß, was er hier gerade versucht. Die Demonstration dessen, wie belanglos ich für ihn bin, habe ich öfter erlebt, als ich zählen kann. Dabei habe ich keine Ahnung, wann genau das angefangen hat. Was der Auslöser für diese Ablehnung war. Ich bin mir nicht einmal sicher, ob er es selbst weiß. Ob es überhaupt einen gibt.

»Du hast zwei Minuten«, sage ich, weil mich sein Gehabe nervt.

Er steckt das Handy in die Innentasche seines Sakkos, dann sieht er mich an. Ich unterdrücke den Impuls, den Blick abzuwenden.

»Ich bin nicht von Boston hierhergefahren, um mir von dir das Zeitfenster für eine Unterredung vorschreiben zu lassen.«

Ich hasse diesen spöttischen, provozierenden Ton, den ich ebenso gut beherrsche. Diese Art von Dominanz verfehlt selten ihre Wirkung.

»Und ich denke, du bist nicht in der Position, Forderungen zu stellen«, erwidere ich gedehnt, damit er weiß, dass ich von seinem persönlichen Auftauchen unbeeindruckt bin. Er ist nur hier, weil ich es will. Diese Art von Manipulation habe ich ebenfalls von ihm gelernt. Ich wusste, dass er herkommen und versuchen würde mich einzuschüchtern, sobald die Neuigkeiten bei ihm ankommen. Anders als bei unserer letzten Begegnung bin ich diesmal darauf vorbereitet.

»Gut, überspringen wir den Teil mit den höflichen Floskeln. Warum wirst du als Zeuge der Staatsanwaltschaft aufgeführt?«

»Möglicherweise, weil ich etwas zu sagen habe«, antworte ich und verziehe die Mundwinkel dabei bewusst zu einem herausfordernden Grinsen.

»Was weißt du schon, was von Bedeutung sein könnte?« Das ist keine Frage, sondern ein *Du bist ein Nichts*.

»Du erinnerst dich an das Versprechen, das ich dir an jenem Tag gegeben habe?«

Ein verwirrter Ausdruck erscheint auf seinem Gesicht.

»Ich halte meine Versprechen und ich hoffe, du genießt die Hölle, die ich für dich erschaffen habe.«

Es dauert ein paar Sekunden, bis meine Worte bei ihm ankommen, dann macht er einen Schritt auf mich zu. »Du steckst hinter allem!«

»Ich erachte es als nur fair, dir deinen Lebenstraum zu entreißen, wie du es mit meinem getan hast.«

Noch ein Schritt, während ich mich nicht von der Stelle bewege. Er wird nicht die Beherrschung verlieren, wenn Cam am Fenster und der Fahrer im Auto uns beobachten. Dennoch macht sich ein beklemmendes Gefühl in meiner Brust breit.

»Hast du auch nur eine Minute darüber nachgedacht, was du deiner Mutter damit antust?«

Dass er es über die Schiene versucht, hätte ich ihm gar nicht zugetraut.

»Du meinst, im Gegensatz zu dir?«, spiele ich den Ball zu ihm zurück.

Seine Miene wird starr. An diesem Punkt waren wir schon einmal und es endete damit, dass ich eine Woche später im Krankenhaus aufgewacht bin. Jetzt bin ich es, der die Distanz zwischen uns verkürzt. Entschlossen sehe ich ihm in die Augen. Ich werde keinen Rückzieher machen.

»Ich werde dir alles nehmen. Mom. Die Firma. Deine Freiheit. Deinen Ruf. Einfach alles. Und ich werde es mit einem Lächeln tun.«

Und dann stürzt seine abgebrühte Fassade vollends ein. Er packt mich am Kragen, doch ich zucke nicht einmal mit der Wimper. Da ist keine Angst. Das Monster hat seinen Schrecken verloren.

*»Du«*, presst er aus zusammengebissenen Zähnen hervor. »Ich hätte dich undankbaren Bastard auf dem Parkplatz des Sportgeländes liegen lassen sollen, statt den Krankenwagen zu rufen.«

Und dann zucke ich doch zusammen, aber nicht wegen seiner Worte, sondern wegen der Stimme, die durch die Dunkelheit hallt und meinen Namen ruft. Fuck!

Mein Kopf schnellt in die Richtung, aus der Abbie auf uns zugerannt kommt.

»Lassen Sie ihn sofort los oder ich rufe die Campuspolizei!«

Ich verkneife mir ein Lachen, als sie Elijah einen Fausthieb gegen die Schulter verpasst, woraufhin er mich eher aus Reflex und nicht wegen ihrer Androhung loslässt.

»Miss Westing, wie schön, Sie wiederzusehen«, sagt er, als hätte er mich nicht gerade am Schlafittchen gepackt, sondern eine simple Unterhaltung mit mir geführt. Eindringlich mustert er sie. Ganz automatisch schrillen bei mir alle Alarmglocken.

Als Nächstes schwingt die Tür hinter uns auf und fällt wenig später wieder ins Schloss. Plötzlich steht Cameron neben mir. »Alles in Ordnung hier draußen?«, fragt er und sieht zwischen mir und Elijah hin und her. Was hat er mit dem Schuhanzieher vor?

»Bring Abbie ins Haus, ich komme gleich nach.«

Für einen winzigen Moment zögert sie und sucht meinen Blick. Mit einem Nicken bedeute ich ihr, Cam zu folgen. Ein leises Seufzen entweicht ihr, bevor sie meiner Aufforderung nachkommt.

Ich sehe wieder zu Elijah, der den beiden hinterherschaut, während sie im Bungalow verschwinden.

»Hübsches Ding. Was Ernstes?« In seinem Blick spiegelt sich der abfällige Ton wider. »Weiß sie, dass du das Ansehen deiner Familie mit Füßen trittst, obwohl sie dir all das hier ermöglicht? Oder dass ihre Familie deinetwegen in der Krise steckt, weil du dich für eine Belanglosigkeit bei mir rächen willst?«

Mir die Seele aus dem Leib zu prügeln, ist für ihn also nicht mehr als eine Belanglosigkeit.

»Dir ist hoffentlich bewusst, dass du keinen Cent mehr von mir erhältst, solltest du vor Gericht auftauchen. Außerdem werde ich eine Unterhaltung mit deiner kleinen Abbie führen.«

Das Erste, was ich getan habe, nachdem ich über mein Erbe verfügen konnte, war, meiner Mom Zugang zu dem Geld zu verschaffen, damit sie zukünftig finanziell unabhängig von dem Mistkerl ist. Darüber haben wir an meinem Geburtstag ebenfalls gestritten. Sie wollte es nicht annehmen und nach wie vor nicht wahrhaben, dass Elijah pures Gift ist. Ich hoffe wirklich, dass man ihn wegsperrt und meine Mom sich von ihm befreit. Emotionale Abhängigkeit unterscheidet sich nicht von der von chemischen Substanzen. Beides macht dich kaputt. Nimmt dir den Bezug zur Realität. Kapselt dich ab. Kontrolliert dich. Ein Teil von dir weiß, wie ungesund die Beziehung ist, der andere kann ohne sie nicht existieren. Diese Mischung aus Angst, Hilflosigkeit und Sucht weicht irgendwann der Akzeptanz und lässt dich zu einer Marionette werden, deren Fäden der Teufel höchstpersönlich in den Händen hält.

»Wenn du dich Abbie näherst, spendiere ich dir einen Grabstein mit deinem Namen drauf. Und jetzt verpiss dich aus meinem Leben. Wir sind quitt.« Entschlossen wende ich mich von ihm ab.

Das Zweite, was ich getan habe, war, einen Scheck über eine Summe auszustellen, bei deren Anblick mir übel wurde. Auch wenn ich seit dem Tod meines Großvaters keinen Cent von Elijah ausgegeben habe, hat sich in den Jahren zuvor einiges angesammelt. Die genaue Höhe seines Investments in mich ist mir zwar unbekannt, aber ich denke, ich habe großzügig kalkuliert, um mir meine Freiheit von ihm zu erkaufen. Für ihn ist es dennoch nicht mehr als ein Taschengeld in Millionenhöhe.

»Die Unterhaltung ist noch nicht beendet!«

»Doch ist sie. Ich habe dir nichts mehr zu sagen. Wir sehen uns vor Gericht.«

Dann gehe ich. Lasse ihn zurück. Und endlich habe ich das Gefühl, dass das Gewicht auf meinen Schultern deutlich leichter geworden ist. Zwar habe ich Elijah nicht besiegt, aber er weiß jetzt, dass ich ein ernst zu nehmender Gegner bin.

# 37.

## ABBIE

Als Jasper zur Tür hereinkommt, atme ich erleichtert auf. Als ich dann auch noch feststelle, dass er unversehrt ist, falle ich ihm vor Erleichterung in die Arme. Statt meine Umarmung zu erwidern, schiebt er mich jedoch sanft von sich und zieht seinen Mantel aus. Nachdem er ihn aufgehängt hat, sieht er an mir vorbei zu Cameron, der nur wenige Schritte hinter mir steht.

»Ich lass euch dann mal alleine.«

Die Art, wie Cameron es sagt, lässt meinen Puls in die Höhe schießen. Weil es klingt, als würde etwas auf mich zukommen, das unangenehm wird. Als Jasper meinem Blick ausweicht, verstärkt sich das ungute Gefühl in meiner Brust.

Ich folge ihm durch den Flur und schließlich in sein Zimmer. Flüchtig sehe ich mich um und stelle fest, dass es nicht wie in einem dieser düsteren Filme aussieht. Eigentlich sieht es aus wie meins. Weiße Wände. Weiße Möbel. Neben dem Bett steht ein Stapel Bücher auf dem Fußboden. Weitere befinden sich im Regal neben dem Schreibtisch. Er hat also die Wahrheit gesagt, als er meinte, er lese gerne. Bei seinem Hobby hätte ich erwartet, dass der Raum voller Bildschirme und voll von anderem Technikkram ist. Auf dem Nachtschrank entdecke ich die Plastikente, die ich ihm zum Geburtstag geschenkt habe.

»Kann ich dir etwas zu trinken anbieten?«

Ich wende mich ihm zu. Jasper lehnt lässig am Türrahmen, aber seine Gesichtszüge wirken angespannt.

»Geht es dir gut?«, frage ich und mache einen Schritt auf ihn zu, halte jedoch inne, als seine Körperhaltung sich sichtlich anspannt.

»Begegnungen mit Elijah sind anstrengend. Tut mir leid. Ich wusste nicht, dass du vorbeikommst, sonst hätte ich euer Aufeinandertreffen verhindert.«

In seinen Worten schwingt ein unterschwelliger Vorwurf mit. Wobei, ich habe nicht das Gefühl, dass er mir gilt, sondern eher sich selbst. Als wäre es seine Schuld, dass ich unangemeldet aufgetaucht bin.

»Ich hätte vorher anrufen sollen«, sage ich und versuche mich an einem beschwichtigenden Lächeln.

Und dann lässt er zu, dass sich unsere Blicke treffen. Das freundliche Braun ist aufgewühlt und wirkt in dem Chaos, das in seinen Augen lodert, verloren. So unendlich verloren, dass ich nicht länger hinsehen kann. Das Chaos wird jeden Moment über uns hereinbrechen.

»Ein Wasser wäre nett«, beantworte ich die von ihm zuvor gestellte Frage und schinde damit lediglich Zeit, um mich innerlich für das zu wappnen, was in den nächsten Minuten geschehen wird.

»Bin gleich zurück.« Er zögert, seine Lippen teilen sich, als wolle er noch etwas sagen. Dann presst er sie fest aufeinander und verlässt den Raum.

Unschlüssig, ob ich mich setzen oder stehen bleiben soll, trete ich von einem Fuß auf den anderen. Schließlich gewinnt die Neugier und ich sehe mich um. Zuerst nehme ich das Bücherregal genauer unter die Lupe. Ein bunter Mix aus Klassikern, Thrillern, Comics, Jugendbüchern und Fachliteratur aus den Bereichen Informatik, Mathe, Psychologie und Elektronik. Einige der Bücher sind abgegriffener als andere. So als hätte er sie mehrfach gelesen.

Ich nehme einen Comic aus dem Regal und blättere ihn flüchtig durch. Mein jüngeres Ich ist total auf Marvel abgefahren, mein jetziges Ich liest nur, was auf der Literaturliste der einzelnen Fächer des Colleges steht. Außer Hörbücher zählen ebenfalls irgendwie als gelesen.

Mein Blick wandert zum Schreibtisch, auf dem ein Schachbrett steht. Ich stelle das Heft wieder an seinen Platz zurück und gehe zum Bett. Nach kurzem Zögern setze ich mich und werfe einen genaueren Blick auf den Bücherstapel. *Frankenstein.* Ich erinnere mich, dass er mir erzählt hat, dass er dabei war, es zu lesen, als er mich von der Party abgeholt hat.

Ich nehme es von dem Stapel. So ganz grob kenne ich den Inhalt aus einer Verfilmung. Ich schlage es an der Stelle auf, an der etwas zwischen den Seiten steckt, und stutze, weil es sich dabei um einen dunkelblauen Umschlag handelt. Mir ist durchaus bewusst, dass mich der Inhalt nichts angeht, aber das Kuvert sieht genau wie die von *Secret Enemy* aus. Ich öffne es und eine Karte kommt zum Vorschein.

»Nichts ist für den menschlichen Geist so schmerzhaft wie eine große und plötzliche Veränderung.«

Mein erster Gedanke ist, jemand kennt Jaspers Geheimnis und hat ihm genau wie Paula und Miguel eine Nachricht geschickt. Dann fällt mein Blick auf die Buchseite, auf der genau dieser Satz mit Bleistift unterstrichen wurde.

Als Nächstes sehe ich zum Bücherstapel. Ich lege *Frankenstein* neben mir auf dem Bett ab und nehme stattdessen das nächste Buch in die Hand. *Der Zauberer von Oz* und direkt darunter *Die unendliche Geschichte*. Zufall? Wohl eher nicht.

Jasper ist X. Vielleicht habe ich für den Bruchteil einer Sekunde sogar in Betracht gezogen, dass er dahintersteckt, es jedoch im selben Augenblick ignoriert, weil – ich weiß auch nicht – ich ihn dann mit anderen Augen gesehen hätte. Vielleicht hätte ich ihn weniger gemocht und mich sogar von ihm abgewandt. Vermutlich ergibt das keinerlei Sinn, aber ich denke, so ist es gewesen. Ich hatte von Anfang an das Gefühl, etwas zu übersehen, habe es aber nie zu greifen bekommen. Genau wie die Antwort auf die Frage, die nach seiner Offenbarung offenblieb: *Warum ist er hier, wenn er doch längst gefunden hat, wonach er gesucht hat, und niemals hier aufs College gehen wollte?*

Ich denke, ich habe gerade das Rätsel gelöst. Er ist noch nicht fertig.

Wie lang ist die Liste der Menschen, deren Leben er zerstören will? Warum ausgerechnet Paula und Miguel? Und für wen ist die Botschaft, die er in seiner Ausgabe von *Frankenstein* versteckt? Befinden sich in den anderen Büchern weitere?

Als ich *Die unendliche Geschichte* durchblättere, stolpere ich über ein Foto. Zwei Jungs in einer Schuluniform grinsen breit in die Kamera. Einer davon ist eindeutig Jasper. Eine Version, die jünger ist, deren Gesicht weniger harte Konturen aufweist, die glücklich aussieht. Ich drehe das Foto um.

»›Denn Zeit ist Leben. Und das Leben wohnt im Herzen‹«, ertönt Jaspers Stimme hinter mir.

Als hätte mir jemand mit einer Nadel in den Hintern gepikt, springe ich vom Bett auf und lasse dabei sowohl das Buch als auch das Foto fallen. Hastig hebe ich beides auf, stecke das Bild wieder zwischen die Seiten und lege das Buch zurück auf den Stapel. Dann drehe ich mich zu Jasper um.

Er lehnt abermals mit der Schulter am Türrahmen, die Beine lässig überkreuzt, und hält zwei Wassergläser in den Händen. »Entschuldige. Ich wollte dich nicht erschrecken. Das Zitat stammt aus *Momo* von Michael Ende.«

»Ich wollte nicht herumschnüffeln. Es tut mir leid.«

»Weißt du, was das Problem mit der Neugier ist? Dass man vorher nie weiß, ob die Antworten, die man auf der Suche nach ihnen erhält, einem am Ende auch gefallen. Und wenn man sie erst einmal hat, kann man sie nicht dorthin zurückpacken, wo man sie gefunden hat.«

Sofort habe ich ein schlechtes Gewissen. In einem hat er jedoch recht: Mir gefällt nicht, was ich entdeckt habe, und bin mir nicht sicher, ob ich die Geschichte dazu hören möchte. Gleichzeitig glaube ich, dass ich sie kennen muss.

»Warum bist du wirklich in Waterbury?«, frage ich, dann nehme ich den blauen Umschlag vom Bett. »Und was hat es hiermit auf sich?« Meine Worte klingen erstaunlich ruhig dafür, dass in mir ein Sturm aus Gefühlen tobt, die ich nicht auseinanderhalten kann. Als würde ich alles fühlen und wäre dennoch leer. Ich weiß nicht, was genau diese Empfindung auslöst. Vielleicht das Wissen, dass wir am Rande des Abgrunds stehen, oder die Erkenntnis, dass wir uns nie davon wegbewegt hatten.

Jasper geht an mir vorbei und stellt die Gläser auf dem Schreibtisch ab. Dann schließt er die Tür, lehnt sich dagegen und senkt den

Blick. Er atmet tief durch. Es folgen Sekunden der Stille. Gerade als ich ihn auffordern will, mir zu antworten, beginnt er zu reden.

»Das auf dem Foto ist Noah. Wir waren zusammen auf dem Internat. Er war ein Jahrgang über mir. Unser Plan war, gemeinsam nach Oxford zu ziehen. Er, um zu studieren, ich, um Cricket zu spielen. Den Sommer davor haben wir bei meinem Grandpa verbracht. Elijah ist aufgetaucht, hat sich von seiner charmanten Seite gezeigt und Noah Waterbury schmackhaft gemacht. Immerhin sind die ganz großen Macher hier gewesen.

Mein Freund ist in die Falle getappt. Elijah hat ihm ein Empfehlungsschreiben verfasst und seine Beziehungen spielen lassen. Nicht, weil er Noah mochte und ihm den Weg in eine rosige Zukunft ebnen wollte, sondern um uns zu entzweien. Elijah hat Noah nie akzeptiert, weil seine Familie nicht über die finanziellen Mittel verfügte, um in der Liga der Andersons mitzuspielen. Was nicht heißt, dass die Gibsons nicht vermögend sind. Das sind sie durchaus. Bei Elijah herrscht eine festgelegte Rangordnung innerhalb der Gesellschaft. Bewegt man sich nicht auf derselben Stufe, dient eine Verbindung ausschließlich dem geschäftlichen Zweck.

Kindern ist das ziemlich egal, sie entscheiden nach Sympathie und nicht nach dem Kontostand. Noah war nicht nur mein bester Freund, sondern meine Familie. Mein Seelenmensch. Als er nach Waterbury ging, war es, als hätte man meine Seele in zwei Hälften geteilt. Niemals hätte ich gedacht, dass man mit jemandem derart verbunden sein kann, dass man ohne ihn nicht existieren kann. Denn genauso haben sich die ersten Monate angefühlt. Ich war ein Schatten meiner selbst. Als befände ich mich auf Entzug.

Meine Konzentration war im Keller. Meine Motivation noch eine Etage tiefer. Meine Leistungen im Cricket fielen ab. Ständig bin ich mit meinen Teamkollegen aneinandergeraten, um den Frust loszuwerden. Eine Schlägerei mit einem Gegenspieler, die ich offensichtlich provoziert hatte, hat mich für drei Spiele auf die Tribüne befördert. Der Coach war kurz davor, mich aus dem Team zu werfen. Talent gibt dir keinen Freibrief, dich wie ein Arschloch aufzuführen. Plötzlich stand ich auf der Liste der Scouts nicht mehr ganz oben.

Elijah hat mit seinem Schachzug mein Leben aus den Angeln gehoben und ich habe zunehmend die Kontrolle darüber verloren, wer ich war und wofür ich all die Jahre gekämpft hatte. Und es hat tatsächlich einen Moment gegeben, in dem ich meine eigenen Ziele aufgeben und mich dem Willen Elijahs beugen wollte, um den Teil zurückzubekommen, den er mir entrissen hat.

Am Ende war es Noah, der mich davon abgehalten hat. Also habe ich mich zusammengerissen, das Chaos in meinem Kopf sortiert und meine Gefühlsausbrüche in den Griff bekommen. Einmal alles auf null und neu starten. Noah würde nach dem College zurückkommen und alles wäre wie früher. Das war der neue Plan. Und daran habe ich mich geklammert.

Sechs Monate später war ich wieder auf Kurs und habe meinen ersten Profivertrag für die kommende Saison unterschrieben. Elijah hat Wind davon bekommen, ist in London aufgetaucht und hat mich ins Krankenhaus befördert. Den Teil kennst du bereits. Was ich dir verschwiegen habe, ist, was zwischen meinem Karriereende und dem Start des Rachefeldzugs geschehen ist.

Noah war in seinem dritten Semester und ich steckte mitten in der Reha. Unser Kontakt war eher sporadisch geworden. Unsere Leben fanden in zwei verschiedenen Welten statt. Meine war grau und neblig. Meist hatte ich das Gefühl, nicht einmal den nächsten Tag vor mir zu sehen. Noahs war bunt und voller neuer Ereignisse, während ich auf der Stelle zu treten schien. Oft war er mir mit seiner optimistischen Art zu viel. Obwohl ich wusste, dass er mir all die Dinge erzählte, um mir zu verdeutlichen, dass ein geplatzter Traum nicht das Ende ist und man nur hinsehen muss, um neue Möglichkeiten zu erkennen. Aber das Letzte, was ich wollte, war eine Alternative oder die Aussicht, dass sich alles zum Guten fügen würde. In der Hölle festzusitzen, bedeutet auch, dass du nicht noch tiefer fallen kannst. Das ist auf eine kranke Art beruhigend.

Egal wie oft ich Noah von mir gestoßen habe, er hat mich nicht aufgegeben, weil ich ihm nie zu viel war. Das war einerseits die Gewissheit, die ich brauchte, und bedeutete andererseits enormen Druck, es schaffen zu müssen. Ich hatte immer mehr das Gefühl, zu ersticken. Bin in alte Muster verfallen. Mein Leben war ein verfluchtes Hamsterrad mit wiederkehrenden Szenarien.

Bis ich die Nachricht erhielt, dass Noah verunglückt war. Das war der Moment, in dem mein Verstand sich über das Bedürfnis der Selbstzerstörung stellte, in der ich mich befand, und beschlossen hat, den Kampf aufzunehmen. Elijah fertigzumachen. Rache ist ein bemerkenswerter Antrieb.

Noah fuhr täglich mit dem Rad die Strecke zwischen dem College und Waterbury, um den Nachmittag in der Stadt zu verbringen, weil er den Campus nicht ausstehen konnte. Wir hatten unser ganzes Leben in dieser Art von Käfig verbracht. Teure Privatschulen. Abgelegene Internate. Menschen, die einer bestimmten Schicht angehören. Im Prinzip hatten wir keine Ahnung von der Welt, die nicht die unsere war.

Er liebte es, sich mit den Bewohnern von Waterbury zu unterhalten oder in einem Schnellimbiss einen lauwarmen Kaffee für zwei Dollar zu trinken. Als er auf dem Heimweg von einem seiner Ausflüge war, wurde er von einem Auto erfasst und starb an der Unfallstelle. Keine zwei Meilen von hier entfernt. Bei meinen Nachforschungen, um etwas gegen Elijah in der Hand zu haben, bin ich neben der Sache mit der Geldwäsche über Ungereimtheiten bezüglich Noahs Tod gestolpert.

Vor Monaten habe ich die Villa meiner Familie in Boston verwanzt und ein Gespräch zwischen Walls und Elijah aufgezeichnet. Walls wollte aus der Geldwäscherei aussteigen und Elijah hat ihn daran erinnert, dass er ihm dabei geholfen hat, die Sache mit dem Autounfall zu vertuschen, um den Ruf des Colleges zu wahren, indem er seine Kontakte hat spielen lassen. Er hat ihm mit einem Video gedroht. Es hat eine Weile gedauert, bis ich die Puzzleteile zusammenhatte. Dass es sich bei der Vertuschungsaktion um Noahs Tod handelte und dass Studierende des Colleges in die Sache verwickelt sind. Und da kam Cam mir wie gerufen.

Während ich mich augenscheinlich dem Willen meiner Familie gebeugt habe, indem er für mich das College besuchte, hatte ich Zeit für andere Dinge. Was ich nicht gefunden habe, ist die Antwort darauf, warum Walls so ein großes Interesse daran hat, dass nicht herauskommt, dass einer der Studierenden Fahrerflucht begangen hat. Ein Einzelfall ruiniert nicht gleich ein ganzes College. Daher habe ich angenommen, er hat einen persönlichen Bezug dazu. Die Vermutung, dass es sich dabei um Henry handelt, lag nah. Also habe ich den verwöhnten Scheißer genauer unter die Lupe genommen.

Er hat bereits eine Vorstrafe wegen Alkohol am Steuer und sein Audi war, zwei Tage nachdem Noah verunglückt ist, zur Reparatur in der Werkstatt. Vor zwei Jahren hat er eine Dashcam gekauft, allerdings ist die nicht in dem Sportwagen verbaut. Ich habe mich gefragt, was daraus geworden ist, und vermutet, dass Elijah davon geredet hat, als er von einem Video sprach. Auf einer von Henrys Partys habe ich mich in dem Haus umgesehen und danach gesucht. Ich bin aber nicht fündig geworden.

Dann habe ich mich an seine Kontobewegungen erinnert. Henry zahlt jeden Monat ein kleines Vermögen an Miguel Perez. Ich dachte, er erkauft sich sein Schweigen, dabei schiebt er ihm Kohle aus ihren gemeinsamen Drogengeschäften rüber. Jemand sollte den beiden erklären, dass Bargeld die bessere Variante ist, wenn man nicht auffliegen möchte. Gleiches gilt für Paula Stuart, die Geld aus ihrem Geschäft mit dem Verkauf von Prüfungsaufgaben an Henry abdrückt. Sie hat tatsächlich eine Art Kassenbuch geführt und dieses in ihrer Cloud gespeichert.

Da ich mir sicher war, dass die Dashcam der Schlüssel ist, habe ich mir das Modell, das Henry gekauft hatte, genauer angesehen. Es verfügt zusätzlich über eine App-Steuerung, was bedeutet, dass die Daten nicht nur auf der integrierten SD-Karte, sondern zusätzlich auf seinem Handy gespeichert werden. Als ich mich in dem alten Herrenhaus umgesehen habe, ist mir aufgefallen, dass der Typ jeden technischen Schnickschnack hat und total auf Smart Homes abfährt. Das Einzige, was ich brauchte, war ein Zugang zu seinem WLAN-Netzwerk und ein bisschen Glück, dass er seine Handydaten regelmäßig mit einer Cloud synchronisiert und dumm genug ist, sie nicht auszumisten.

Am Tag der New-Year-Party haben sich so viele in seinem Netzwerk getummelt, dass es nahezu unmöglich ist herauszufinden, wer sich tatsächlich an seinen Daten bedient hat. Mithilfe eines hübschen Programms haben verschiedene Leute darauf zugegriffen und über eine kleine Pipeline direkt zu mir fließen lassen. Da die Dashcam für den Fall eines Unfalls über einen Schreibschutz verfügt und Henry sie entweder entsorgt hat oder, was ich für wahrscheinlicher halte, sie im Besitz von Elijah ist, war das relevante Video das letzte, das aufgezeichnet und gespeichert wurde.

Ich habe es mir angesehen. Henry ist aus dem Wagen gestiegen und mit ihm Paula und Miguel. Gemeinsam haben sie erst das Fahrrad und anschließend Noah im Graben entsorgt. Das Ganze hat nicht länger als vier Minuten gedauert. Sie haben nicht einmal gezögert, Abbie. Sie haben Noah zurückgelassen, um ihren eigenen Arsch zu retten. Was für Menschen tun so etwas?«

Zum ersten Mal macht Jasper eine Pause und sucht meinen Blick, statt den Boden anzustarren. Ich fühle mich, als hätte man mich eingefroren. Unfähig, etwas zu sagen, obwohl ich es sollte. Also schlucke ich den Kloß und mit ihm die Enge in meinem Hals herunter.

»Was deinem Freund widerfahren ist, ist furchtbar und es tut mir leid, dass du ihn verloren hast. Hast du Paula und Miguel verraten, weil sie davongekommen sind?«, frage ich, obwohl die Antwort auf der Hand liegt.

Er nickt, statt zu antworten.

»Und der Umschlag ist für Henry, nehme ich an?«

Wieder nickt er.

Ausgerechnet Henry. Ich bin zwar kein großer Fan von ihm, aber dass er dazu fähig ist, kann ich kaum glauben. Jasper hat jedoch keinen Grund, sich eine derartige Geschichte auszudenken. Vielleicht ist es verrückt oder naiv, aber ich halte es für die Wahrheit.

»Ja, in weniger als zwei Tagen geht ein Video, das den Unfall zeigt, direkt an die Staatsanwaltschaft. Dann liegt sein Schicksal in den Händen der Justiz.«

»Weiß er davon?«

»Ich habe ihm vor ein paar Tagen ein Ultimatum gestellt. Entweder er klärt die Sache auf oder ich tue es. Die Entscheidung liegt bei ihm.«

Weiß Dion, was Henry getan hat? Niemals. O mein Gott, ich will mir gar nicht vorstellen, wie sie sich fühlt, sobald sie es erfährt.

»Warum die Botschaften auf *Secret Enemy*?«, will ich wissen, weil mir kein plausibler Grund einfällt, weshalb Jasper die Fotos hochgeladen hat. Dass er es war und nicht Paula und Miguel selbst, ist offensichtlich.

»Das diente nur dazu, ein bisschen Spannung in die Sache zu bringen und dem Spiel seinen ursprünglichen Charakter zurückzugeben. Mir gefiel der Gedanke, dass alle rätseln, wessen Geheimnis als nächstes ans Licht kommt. Gleichzeitig war das Hochladen der Fotos eine Erinnerung daran, dass das von mir gestellte Ultimatum, reinen Tisch zu machen, abläuft. Ich bin ein Spieler, war ich schon immer. Meinem Gegenüber überlegen und einen Schritt voraus zu sein, ist meine Art von Spaßhaben.«

Er zuckt mit den Schultern und grinst.

»Und was passiert, wenn du hier fertig bist?« Was ich eigentlich fragen will, ist, ob ich auch nicht mehr als ein Teil eines Spiels gewesen bin, das ihm den nötigen Nervenkitzel verschafft hat. Eine Gelegenheit, die ihn reizt. Nicht mehr und nicht weniger.

Der Ausdruck in seinem Gesicht wird ernst und er mustert mich nachdenklich. Ich bin mir sicher, er weiß genau, was gerade in meinem Kopf vor sich geht. Vermutlich weiß er es jedes Mal. Weil es das ist, was er beherrscht. Weil er Menschen liest, wie eins der Bücher in seinem Besitz.

Ich kann spüren, wie Enttäuschung durch meinen Körper strömt. Hat er mich manipuliert, ohne dass ich es bemerkt habe? War irgendwas von dem zwischen uns echt?

Jasper überbrückt mit wenigen Schritten die Distanz, die uns trennt, bis er dicht vor mir steht. Mein erster Impuls ist zurückzuweichen, aber in seinen braunen Augen liegt eine Zerrissenheit, die er unmöglich vortäuschen kann.

»Egal, was gerade in deinem hübschen Kopf vor sich geht, nichts davon trifft zu.« Sein Ton ist sanft und dennoch gedankenschwer.

Unsere Blicke verschmelzen miteinander. Er legt eine Hand an meine Wange und ganz automatisch lehne ich mich in die Berührung. Mit dem Daumen streicht er über meine Lippen und entlockt mir damit ein leises Seufzen.

»Das mit uns habe ich weder geplant noch kommen sehen. Du bist einfach passiert. Und du hättest keinen schlechteren Zeitpunkt dafür wählen können, um in mein Leben zu platzen. Ich würde gerne sagen, dass sich dadurch alles verändert hat, aber so ist es nicht.« Er zieht seine Hand zurück. Alles, was von der Berührung bleibt, ist die Erinnerung von dem Gefühl seiner Finger, die über meine Haut streichen. Ich hasse mein Herz dafür, dass es für ihn schlägt, obwohl mein Verstand weiß, dass er es mir jeden Augenblick brechen wird.

»Manchmal trifft man den richtigen Menschen zum falschen Zeitpunkt und ich denke, bei uns ist es genau das. Unsere Zeit ist nicht jetzt. Auch wenn du bist, was mein Herz will, ist mein Kopf nicht bereit dazu, sich auf die Gefühle einzulassen, die du in mir auslöst. Es dennoch zu versuchen, wäre dir gegenüber nicht fair. Ich wünschte, ich könnte einfach einen Cut machen und dich so lieben, wie du es verdienst. Weil es das ist, was ich für dich empfinde. Aber ich kann es nicht. Ich stecke noch viel zu tief in der Vergangenheit fest, um die Richtung für eine Zukunft sehen zu können. Ich muss das alte Kapitel für mich erst abschließen, bevor ich ein neues aufschlage, und deswegen werde ich gehen. Mein Flieger zurück nach London geht morgen Abend.«

Und dann passiert, was ich befürchtet habe: Mein Herz zerspringt so heftig in meiner Brust, dass mir der Schmerz den Atem raubt. Für ein paar Sekunden starre ich ihm ins Gesicht, warte darauf, dass die Worte, die wie eine dunkle Wolke über uns schweben, sich in Luft auflösen. Aber das tun sie nicht.

»Du gehst nach London?«, presse ich hervor und weiche einen Schritt zurück, als ein entschuldigender Ausdruck in seinem Gesicht erscheint. Dann ist sie da, die Wut. »Das kannst du nicht machen!«

»Ich muss eine Weile alleine sein, um mein Leben ins Lot zu bringen.« Er schließt die Lücke zwischen uns.

Bevor ich es realisiere, liegen meine Hände auf seiner Brust und verpassen ihm einen Stoß. Ab diesem Moment sprudeln die Worte ungefiltert aus mir heraus. Als wäre etwas in mir eingestürzt, das zuvor meine Gefühle kontrolliert hat. Ich will ihm wehtun, so wie er mir wehgetan hat.

»Du kannst nicht gestehen, dass du mich liebst, und gleichzeitig sagen, dass du den verdammten Kontinent verlässt!« Erneut verpasse ich ihm einen Stoß. »Und ich habe mir den Kopf darüber zerbrochen, ob wir eine Chance haben, wenn ich zurück nach New York gehe, dabei hattest du nie vor in Waterbury zu bleiben.« Die Wut fließt so unkontrolliert durch meinen Körper, dass ich ihm immer wieder einen Stoß verpasse. Wortlos lässt er es über sich ergehen. »Du hast uns von Anfang an ein Ablaufdatum verpasst.« Stoß. »Warum hast du zugelassen, dass ich mich in dich verliebe, wenn du wusstest, dass du das zwischen uns kaputtmachen würdest?!« Stoß. »Das ist nicht fair!« Stoß. »Hörst du, das ist nicht fair!« Stoß. »Du kannst nicht einfach gehen, als wären wir nichts!« Stoß. »Ich hasse dich!«

Als ich diesmal die Hände gegen seine Brust stemme, schließt er seine Finger um meine Handgelenke.

»Okay, das reicht«, sagt er bestimmt. Im nächsten Augenblick zieht Jasper mich in seine Arme und ich lasse zu, dass er mich festhält. Ich erwidere seine Umarmung, obwohl ich es nicht sollte. Mein Körper bebt, während sein rasendes Herz an meiner Wange pulsiert. Seine Hand ruht auf meinem Hinterkopf, sein Kinn auf meinem Scheitel.

»Es tut mir leid, dass ich es dir nicht früher gesagt habe. Ich habe bis zuletzt gehofft, ich bekomme einen Neustart hin, wenn ich ihn erzwinge. Aber das habe ich schon einmal versucht und das Grau hat mich verschluckt. Ich kann mich nicht noch einmal selbst verlieren, weil ich mich kein weiteres Mal wiederfinden werde. Ich liebe dich und mein Herz will bei dir bleiben, aber meine Seele muss zur Ruhe kommen und mein Verstand braucht eine Pause. Und das funktioniert nur, wenn ich mich eine Weile mit mir selbst beschäftige. Dabei kannst du mir nicht helfen. Weil Liebe nicht das Heilmittel für einen kranken Geist ist. Die wahre Stärke, die es braucht, um zu heilen, steckt in uns selbst, wir müssen nur lernen, dem Flüstern, das in uns wohnt, zuzuhören. Ich weiß, ich habe dir wehgetan, aber bitte hass mich nicht. Weil dieses Gefühl wie ein Parasit ist, der dich schleichend zerfrisst, bis von dir nur noch eine Hülle übrig bleibt. Sei enttäuscht von mir, weil ich es dir erst jetzt gesagt habe. Sei traurig, weil ich dich verletzt habe. Sei wütend, weil ich gehen muss. Aber hass mich nicht, weil du mich liebst, Abbie.«

Ich löse mich nur so weit von ihm, dass ich ihn ansehen kann. »Ich hasse dich nicht wirklich«, flüstere ich. Und es ist die Wahrheit. Tut es weh? Ja. Bin ich enttäuscht, weil er mir so viel verschwiegen hat? Ja. Bin ich traurig, weil seine Gefühle nicht ausreichen, um bei mir zu bleiben? Ja. Liebe ich ihn jetzt weniger? Nein. Bin ich wütend, weil er geht? Nein. Denn wenn ich dem Flüstern in mir lausche, sagt es, dass Jasper recht hat. Dass Liebe nur funktioniert, wenn man bereit dafür ist. Und wenn ich noch tiefer in mich hineinhorche, merke ich, dass ich genauso wenig bereit dafür bin wie Jasper. Für mich steht in den nächsten Monaten ein eigener Neustart an, den es zu meistern gilt. Ohne meine Freundinnen. Ohne ihn. Nur ich. Denn auch ich muss eine Weile alleine sein, um mein Leben ins Lot zu bringen.

Ein Lächeln erscheint auf seinen Lippen, als wüsste er genau, welche Erkenntnis mich gerade getroffen hat. Ich erwidere sein Lächeln.

»New York also?« Ein winziges Funkeln blitzt im Tiefbraun seiner Augen auf. Mein Herz fühlt sich leichter und ein bisschen weniger gebrochen an, weil dieses Funkeln Hoffnung in mir schürt, dass irgendwann unsere Zeit kommt. Sie ist eben nur nicht jetzt.

»Ja, ich wechsle zum nächsten Semester das College. Waterbury ist nicht das, was ich mir erhofft habe. So wie es aussieht, brauche ich ebenfalls einen Neuanfang.«

»Interessant«, murmelt er leise und zieht mich näher zu sich heran, dabei schiebt er seine Finger ein winziges Stück unter meinen Pullover. Augenblicklich reagiert mein Körper auf diese Berührung. Er sehnt sich nach mehr, als von ihm in den Armen gehalten zu werden.

Meine Hände wandern von seinem Rücken zu seiner Brust, bis sie sein Gesicht umfassen. Jaspers Blick wird dunkler, intensiver, sehnsüchtig, als er zwischen meinen Augen und meinen Lippen hin und her sieht. Vielleicht ist es dumm, dem Verlangen nachzugeben. Oder aber es ist genau das, was wir brauchen, um uns für eine Weile loslassen zu können.

Sein Griff wird fester, als ich ihn küsse. Er erwidert ihn nicht sofort, als er es schließlich tut, bleibt die Welt stehen. Nicht lange, aber lange genug, dass wir für den Bruchteil einer Sekunde fallen. Zusammen. Nicht jeder für sich. Dieser Augenblick reicht, damit wir uns aneinanderklammern. An das Hier und das Jetzt. Das Danach ausblenden.

Zeitgleich tasten unsere Zungen nacheinander und wir geben beide ein Seufzen von uns, als sie sich finden. Das hier fühlt sich nicht ansatzweise falsch oder wie ein Abschied an, sondern nach *Gib mir etwas, bis wir Alles sind.*

Meine Finger nesteln am obersten Knopf seines Hemdes herum, bis er aufspringt. Ohne unseren Kuss zu unterbrechen, gehe ich zum nächsten über. Noch einer und noch einer, bis sie alle offen sind.

Jasper legt seine Hände auf meine und hält mich davon ab, ihm das Hemd auszuziehen. »Bist du dir sicher, dass du das willst?«

»Nur, wenn du es auch möchtest.«

»Ich will diese Nacht mit dir. Aber ich werde trotzdem gehen. Ich kann dir nicht versprechen, dass ich zurückkomme, und ich verlange auch nicht, dass du auf mich wartest.«

»Gut, das hatte ich nämlich nicht vor.«

Wir sehen einander tief in die Augen. Zwischen all dem Chaos in dem Tiefbraun versteckt sich ein bisschen Blau. Und dann weiß ich, dass er gerade gelogen hat. Er wird zurückkommen. Nicht in ein paar Tagen oder in einer Woche. Vielleicht auch nicht nächsten Monat. Aber er wird zurückkehren, weil ich sein Ziel bin.

Wenn er ebenfalls genau hingesehen hat, weiß er, dass auch ich gelogen habe und auf ihn warten werde. Nicht nur ein paar Tage, eine Woche, einen Monat. Sondern so lange, wie es eben dauert, bis unsere Zeit gekommen ist.

# VIER MONATE SPÄTER

## JASPER

Als ich aus dem Flieger steige, fühle ich mich anders. Befreit. Ruhig. Zufrieden. Es ist das exakte Gegenteil des erdrückenden und aufwühlenden Gefühls, das mich beherrscht hat, als ich zuletzt hier war, um meinen Plan in die Tat umzusetzen.

Ich lasse die Passkontrolle hinter mir und gehe direkt zum Gepäckband. Es dauert zehn Minuten, bis ich meinen Koffer habe, und weitere fünf, bis ich durch die Schleuse bin, die mich von der Ankunftshalle trennt.

Ich halte nach Cameron Ausschau und muss grinsen, als ich ihn in der Menge entdecke. »Was soll das alberne Pappschild?«

»War mir unsicher, ob du mich wiedererkennst …« Er macht eine Pause und nimmt mich genauer in Augenschein. »Oder ich dich.«

Einen Moment lang sehen wir einander an, prüfend ob sich durch meine Abwesenheit unsere Basis erneut verschoben hat. Nachdem ich Waterbury verlassen hatte, habe ich mir selbst ein striktes Kontaktverbot auferlegt und ihn gebeten, sich ebenfalls daran zu halten. Mein Verstand wäre sonst in Waterbury hängen geblieben und ich hätte nicht den Abstand gehabt, den ich benötigt habe, um mich auf mich selbst zu konzentrieren. Als einzige Ausnahme galten Situationen, in denen er einen Freund brauchte. Auch wenn ich mir sicher war, Cameron würde ohne mich klarkommen.

Nervös tritt Cam von einem Fuß auf den anderen. Und dann tue ich etwas, das vor Monaten noch undenkbar gewesen wäre: Ich nehme ihn in den Arm. »Ich gebe es ungern zu, aber ich habe dich vermisst.«

»Ich dich nicht, es war so herrlich langweilig ohne dich«, zieht er mich auf und erwidert meine Umarmung. Länger, als es vielleicht nötig ist, halten wir einander fest. Es fühlt sich gut an, Cameron wieder in meiner Nähe zu wissen.

»Okay, genug mit dem sentimentalen Getue«, sage ich und gebe ihn frei.

Gemeinsam verlassen wir den Flughafen. Draußen angekommen atme ich einmal tief durch, als mir bewusst wird, dass ich tatsächlich hier bin und diesmal kein Rückflugticket in der Tasche habe. Weil in England nichts mehr auf mich wartet. Ich habe alles verkauft. Das Haus meines Grandpas, das seit seinem Tod leer stand. Die Firma, die er mir vererbt hat. Das Zweizimmerapartment in London. Einfach alles. Im Augenblick besitze ich nicht mehr als die Dinge, die sich in meinem Koffer befinden. Okay, und den schwarzen Mustang, auf den wir gerade zielstrebig zugehen. Ich hatte ihn Cameron überlassen, weil ich irgendwie an dem Wagen hänge.

Cam fischt den Schlüssel aus der Hosentasche und ich strecke ihm die Hand entgegen, damit er ihn mir gibt. Er weigert sich jedoch.

»Ich fahre und du nimmst den Beifahrersitz. Auf der Rückbank wartet eine Überraschung auf dich.«

Nachdem ich den Koffer verstaut habe, werfe ich einen Blick auf die Rückbank. Das Lächeln schleicht sich ganz automatisch in mein Gesicht, als ich die Kuchenform entdecke.

»Mit den besten Grüßen von Granny El. Ich konnte sie gerade so davon abhalten, ihn dir selbst zu überreichen. Aber ich musste ihr versprechen, dass du die Backform persönlich zurückbringst.«

»Bekomm ich hin«, sage ich und setze mich damit auf den Beifahrersitz.

»Und jetzt?«, fragt Cam, als er den Wagen startet.

Ich beuge mich vor und gebe die Adresse des Apartments in das Navi ein, das ich angemietet habe. Verwundert sieht Cameron mich an.

»Da wohne ich ab heute.«

»Mmh, wie praktisch, dass die NYU fußläufig zu erreichen ist«, merkt er an und grinst wissend vor sich hin.

»Wie gehts ihr?«

Zu Abbie hatte ich regelmäßig Kontakt. Wobei, so ganz zutreffend ist das nicht. Eigentlich hatte ich vor es mit ihr wie mit Cameron zu halten. Ich habe genau vierundzwanzig Tage durchgehalten, dann habe ich ihr ein Foto von einer blauen Tür geschickt, weil sie mich an Abbie erinnert hat. Keine Ahnung, warum es ausgerechnet eine Tür war. Vielleicht, weil mein Verstand sich die Vorstellung zusammengesponnen hat, sie würde auf der anderen Seite warten, ich müsste sie nur öffnen und hindurchgehen. Von da an haben wir uns regelmäßig Bilder geschickt. Meine waren alle blau. Ihre bunt. Kein Text.

»Gut.«

Eine etwas ausführlichere Antwort wäre nett, denn ich habe keine Ahnung, was sie in den vergangenen Monaten getrieben hat. Klar, ich hätte sie fragen können, aber ich mochte unser Nichtreden. Keine Fragen. Keine Antworten. Nur Fühlen.

Ich ziehe das Handy aus der Tasche, lasse das Fenster herunter und mache ein Foto vom strahlenden Blau des Himmels, um es ihr zu schicken. Anschließend scrolle ich durch die Bilder der vergangenen Monate.

»Sie hat niemanden, falls dich die Info interessiert«, sagt Cameron plötzlich.

Mein Herz gerät für wenige Schläge aus dem Takt. Ich hatte sie zwar nicht darum gebeten, mir etwas Zeit zu geben, damit sie auf mich wartet, dennoch habe ich gehofft, dass sie noch da ist, wenn ich zurückkomme. Dass wir dann einander gehören. Aber nur weil da gerade niemand anders ist, heißt es nicht zwangsläufig, dass sie uns eine Chance gibt. Ich habe ihr wehgetan, auch wenn ich es tun musste, um der zu werden, der ihr gerecht wird. Der sie ohne Wenn und Aber liebt. Dessen Verstand nicht pausenlos auf Hochtouren läuft, sondern auch dazu in der Lage ist, sich in den Moment fallen zu lassen.

»Wir könnten einen kleinen Umweg machen, Aspen trifft sich gerade mit ihr zum Mittagessen«, schlägt Cam vor.

Ich schüttle den Kopf. »Gib mir ein paar Tage, um in meinem neuen Leben anzukommen«, sage ich ehrlich. »Weiß Abbie, dass du mich vom Flughafen abholst?«

»Wir sind der Meinung, die Überraschung überlassen wir dir.«

»Wie schwer fällt es deiner Freundin, sich rauszuhalten?«, frage ich scherzhaft.

»Aspen hat in dem Punkt eine deutliche Entwicklung hingelegt.«

Ein leises Lachen entfährt mir. Es hat nicht mehr diesen beklemmenden Beigeschmack, denn ich darf lachen, auch ohne Noah. Dieses Kapitel abzuschließen, hat sich als schwierig erwiesen. Es ist deutlich leichter, sich von materiellen Dingen zu trennen, als seiner Seele den nötigen Detox zu verpassen, um zu heilen. Irgendwann habe ich eingesehen, dass ich es nicht alleine schaffe, und mir eine Therapeutin gesucht. Gemeinsam sind wir das Problem mit dem Loslassen und Sich-auf-Neues-Einlassen angegangen. Das Gerüst ist noch etwas wacklig, aber nicht mehr hochgradig einsturzgefährdet. Die Sitzungen werde ich in New York fortsetzen. Manche Dinge brauchen einfach länger. Aber es ist okay, das Leben in Etappen anzugehen und nicht direkt zum Ziel zu skippen.

»Wie war England?«, fragt Cam, um unsere Unterhaltung am Laufen zu halten. Eine Sache wird sich allerdings wohl nie ändern – ich hasse oberflächlichen Small Talk.

»Abschließend, würde ich sagen.« Ich denke, das trifft es ganz gut.

Damit bleibt nur noch eine Sache, die ich hinter mir lassen muss. Der Prozess gegen *Anderson Real Estate* startet nächste Woche. Parallel zur Anklage wegen Geldwäscherei hat die Staatsanwaltschaft wegen Beihilfe zur Vertuschung einer Straftat im Unfalltod von Noah Gibson Klage gegen Elijah eingereicht.

Henry Walls hat sich kurz vor Ablauf des Ultimatums selbst angezeigt und war zusätzlich in Plauderlaune, was seine Freunde und die Beteiligten der Vertuschungsaktion angeht. Damit hat er gute Karten, dass das Urteil für ihn deutlich milder ausfällt. Es fühlt sich gut an, dass es nun in den Händen anderer liegt, die Schuldigen zur Verantwortung zu ziehen. Dass ich nicht mehr diese innere Unruhe verspüre, es selbst tun zu müssen.

»Und deine Mom, kommt sie klar?«

»Ich konnte sie davon überzeugen, dass ihr eine Europareise guttun würde, um etwas Abstand zu bekommen.«

Vier Wochen nach meiner Abreise stand meine Mom vor der Tür. Sie hatte ihre Sachen gepackt und war in den Flieger gestiegen, als Elijah bei einem Termin mit seinen Anwälten war. Ich hatte gehofft, sie davon überzeugen zu können, ihn wegen häuslicher Gewalt anzuzeigen. Aber manchmal sind die Angst und das Wissen, dass dein Leben in den Medien ausgeschlachtet werden würde, sobald die Dinge nach außen sickern, größer als der Wunsch nach Gerechtigkeit. Wir haben viel Zeit miteinander verbracht und einander kennengelernt. Was seltsam ist, weil ich sie mein ganzes Leben kenne, aber ich hatte nie das Gefühl, als wüsste ich, wer sie ist.

Letzte Woche hat sie die Scheidung eingereicht und ich gebe zu, dass es sich wie ein finaler Sieg gegen Elijah angefühlt hat. Denn was hat er jetzt noch? Geld, für das er sich nicht kaufen kann, was er verloren hat. Seine Familie.

Cameron setzt den Blinker, tritt auf die Bremse und flucht, weil ihn ein Fahrradkurier schneidet. Dann hupt er, als dieser ihm den Mittelfinger zeigt. Der Typ aus dem Taxi hinter uns lehnt sich aus dem Fenster und brüllt, wir sollen nicht den Scheißverkehr aufhalten.

*Willkommen in New York.*

* * *

## ABBIE

Ich glaube, hinter mir liegen die verrücktesten vier Monate meines Lebens. Es ist so unglaublich viel passiert, dass ich kaum zum Luftholen gekommen bin. Es war ein bunter Mix aus Aufblühen und Den-Kopf-in-den-Sand-Stecken. Und doch bin ich jetzt hier.

Nachdem Jasper Waterbury verlassen hatte, war es, als wäre das Chaos ausgebrochen. Dion ist ohne ein Wort untergetaucht, als Henrys Fahrerflucht die Runde gemacht hat. Nachdem Henry aufgrund der Umstände ausgeschieden ist, hat William Sullivan jr. *Secret Enemy* gewonnen. Statt das Preisgeld hat er allerdings einen blauen Umschlag mit folgendem Zitat erhalten:

*»Wie schön ist es doch, dass niemand nicht einmal eine Sekunde lang warten muss, bevor er anfängt, die Welt zu verbessern!«*

Das Geld wurde an eine Organisation für Opferentschädigung weitergereicht. Man muss kein Genie sein, um zu wissen, wer dafür verantwortlich ist. Aspen hat zwei Wochen nicht mit mir geredet, als ich ihr von meinen Plänen mit der NYU erzählt habe. Ich hatte vergessen, meine Hausarbeit in Physik abzugeben, und war plötzlich überfordert mit dem Ungewissen. Es war anstrengend. Erst als ich meine Sachen in Waterbury ein- und in New York wieder ausgepackt habe, hatte ich das Gefühl, in Ruhe durchatmen zu können.

Das mit Jasper war kompliziert und irgendwie auch nicht. Ich glaube, dass wir es genau so brauchten. Jeder für sich, statt gemeinsam das Chaos aufzuräumen. Dennoch, vier Monate sind eine lange Zeit und ich vermisse ihn. Ich habe mehrfach darüber nachgedacht, ihm das zu sagen, aber ich wollte nicht, dass er sich unter Druck gesetzt fühlt. Meine Gefühle haben nach Jaspers Verschwinden eine Achterbahnfahrt hingelegt. Auf die Zuversicht, er würde zurückkommen, folgte die Überzeugung, er sei für immer weg. Diese beiden Zustände wechselten sich so lange ab, bis er die Stille zwischen uns mit einem Foto durchbrochen hat. Ab da wusste ich, er kommt zu mir zurück. Ich habe das Bild von der blauen Tür ausgedruckt und an den Kühlschrank meines winzigen Apartments geklebt.

Meine Mom hat zwar gehofft, ich würde wieder zu Hause einziehen, hat aber schnell eingesehen, dass uns beiden diese Art von Abstand ganz guttut. Die Stiftung ist noch nicht über den Berg, aber sie erholt sich. Was unter anderem an einer großzügigen Spende liegt. Einer anonymen. Ich bin mir sicher, Jasper hatte seine Finger im Spiel. Der Anwalt, der den Scheck überreicht hat, war Brite.

Im ersten Moment wollte ich ihn anrufen und ihm sagen, er solle sein Geld behalten. Dass wir nicht auf seine Almosen angewiesen seien, nachdem er uns erst in diese Situation gebracht hat. Aber dann habe ich den gekränkten Stolz heruntergeschluckt und es als das gesehen, was er sich dabei gedacht hat. Er konnte es vielleicht nicht ungeschehen, aber ein bisschen besser machen.

Dass Jasper aktuell in den Staaten ist oder es jedenfalls war, weiß ich. Sein Gesicht hat letzten Montag die Titelseite der *New York Times* geziert. Er hat im Prozess gegen seinen Vater ausgesagt. Irgendwie hatte ich gehofft, wir würden uns sehen. Aber es war wohl noch nicht der richtige Zeitpunkt. Wahrscheinlich ist er direkt in den nächsten Flieger nach London gestiegen. Und vielleicht ist das auch gut so, denn ich weiß nicht, ob ich ihn ein weiteres Mal hätte gehen lassen können, ohne zu wissen, wann wir uns wiedersehen.

»Das wars für heute. Genießen Sie einen sonnigen Nachmittag«, beendet die Dozentin die Vorlesung.

»Kommst du mit zu *Joe's Pizza*? Die haben gerade die Zwei-für-eine-Aktion.« Davu stopft seine Unterlagen in den Rucksack.

»Zwei für eine? Ist die Pizza so schlecht, dass man sie verschenken muss?«, hake ich nach.

Geduldig wartet er, bis ich alles ordentlich in meiner Umhängetasche verstaut habe, dann legt er einen Arm um meine Schultern, während wir den Hörsaal verlassen. »Es ist die beste Pizza. Vertrau mir.«

Davu habe ich an meinem ersten Tag an der NYU kennengelernt. Ich bin etwas planlos herumgeirrt, und das so offensichtlich, dass er sich kurzerhand als Guide angeboten hat. Er sieht gut aus, ist nett, witzig und chronisch pleite. Aber er lässt mein Herz nicht höherschlagen, weil es Jasper gehört.

Wir verlassen das Gebäude. Die Julisonne blendet mich und verursacht ein warmes Kribbeln auf meiner Haut. Und dann macht sich ein warmes Gefühl in meiner Brust breit. Es ist nicht mehr als eine Ahnung, dass Jasper hier ist.

Das Handy in meiner Umhängetasche piept. Mit rasendem Puls hole ich es heraus, weil ich weiß, dass er es ist. Er hat mir ein Foto geschickt. Es zeigt mich, wie ich vor wenigen Augenblicken das Gebäude verlasse.

Mit einer Hand schirme ich meine Augen gegen die Sonne ab und sehe mich suchend um. Mein Herz bleibt genauso schlagartig stehen, wie alles um mich herum in Stille getaucht wird, als ich Jasper entdecke.

»Ich fürchte, du wirst zwei Pizzen essen müssen. Meine Pläne haben sich gerade geändert«, informiere ich meine Begleitung.

»Ah, ich nehme an, das ist Mr Es-ist-kompliziert«, sagt Davu, als er bemerkt, an wem mein Blick hängen geblieben ist. »Bin dann mal weg. Viel Glück!«

»Wir holen das nach«, rufe ich ihm hinterher, als er sich bereits wenige Schritte entfernt hat.

Ich sehe wieder zu Jasper, der an seinen schwarzen Mustang gelehnt dasteht, mich dabei beobachtend, wie ich mich ihm nähere. Ein Schmunzeln liegt auf seinen Lippen, das sich in ein Lächeln verwandelt, als ich vor ihm haltmache.

»Was machst du hier?« Er ist hier, weil ich es bin.

Jasper nimmt die schwarze Sonnenbrille ab und klemmt sie in den Kragen seines blauen T-Shirts. »Ich habe gehört, New York ist eine gute Wahl für Neuanfänge.«

Es dauert einen Augenblick, bis die Worte bei mir ankommen und sich zu dem formen, was sie bedeuten könnten.

»Hast du vor länger zu bleiben?«, frage ich hoffnungsvoll. *Bitte sag, dass du nie wieder gehst.*

»Kein Rückflugticket. Ein Apartment zwei Blocks von hier entfernt und seit einer Stunde Gründer einer Firma für Cybersicherheit. Ich bin ready für den Neustart. Mir fehlt nur noch mein Blau. Allerdings weiß ich nicht, ob jetzt ein guter Zeitpunkt ist, dich um ein Date zu bitten.« Er klingt unsicher, wahrscheinlich weil er gerade gesehen hat, wie ich mit einem anderen Mann, der einen Arm um meine Schultern gelegt hatte, aus dem Gebäude gekommen bin. Jasper vermutet, er ist zu spät.

Ich lächle ihn so offen an, dass ihm kaum entgehen kann, was ich für ihn empfinde. Liebe.

»Du könntest es herausfinden, indem du mich fragst.«

Er stößt sich vom Wagen ab, öffnet die Tür und verschwindet für einen Augenblick mit dem Oberkörper im Wageninneren. Ich versuche einen Blick darauf zu erhaschen, was genau er da veranstaltet.

»Ich hatte gehofft, meine Chancen, dass du Ja sagst, erhöhen sich hiermit.« Ein Apple-Pie-Eisbecher kommt zum Vorschein.

»Ich werde es bei meiner Entscheidung berücksichtigen.« Ich nehme ihm den Becher ab. Grinsend hält Jasper mir einen Löffel entgegen. In seinen braunen Augen funkelt es in allen Farben. Kein Grau, das dominiert, sondern eins, das sich harmonisch einfügt. Wie sehr ich ihn tatsächlich vermisst habe, merke ich erst jetzt, da er vor mir steht.

Statt nach dem Löffel zu greifen, vergrabe ich meine Finger in dem Stoff seines Shirts und ziehe ihn zu mir heran. Weil ich ihm nah sein will. Weil ich ihn liebe. Weil er das bisschen Buntheit ist, das mir zum Glücklichsein fehlt.

»Darf ich dich erst küssen und wir essen anschließend das Eis?«, frage ich und fixiere seinen Mund. Das Gefühl seiner Lippen auf meinen hat sich auf ewig in meine Erinnerung gebrannt. Genau wie der Geschmack von schwarzem Tee. Ich wünsche mir nichts sehnlicher, als dass es nicht länger eine bloße Erinnerung ist.

In der nächsten Sekunde ist der Becher aus meiner Hand verschwunden und Jasper stellt ihn auf dem Autodach ab. Dann umfasst er mein Gesicht und küsst mich, ohne zu zögern.

Unsere Geschichte beginnt in diesem Augenblick erneut, nur dass sie diesmal voller farbiger Kapitel sein wird.

Dieser Kuss ist alles.

Alles von ihm.

Alles von mir.

Er ist grau und bunt.

Er ist Liebe.

# DANKSAGUNG

Um es mit den Worten von Snoop Dogg zu sagen:

*I wanna thank me*
*I wanna thank me for believing in me*
*I wanna thank me for doing all this hard work*
*I wanna thank me for having no days off*
*I wanna thank me for never quitting*
*I wanna thank me for always being a giver*
*And tryna give more than I receive*
*I wanna thank me for tryna do more right than wrong*
*I wanna thank me for just being me at all times*

Da ich die Seitenvorgabe für das Buch wieder einmal gesprengt habe, halte ich mich kurz.

Danke an meine wundervolle Lektorin Larissa Bendl. Ich bewundere dich für deine Geduld und dafür, dass du nicht ohnmächtig wirst, wenn ich kurzerhand das Manuskript umwerfe, obwohl es bereits auf deinem Tisch liegt. Wirklich, danke, dass du mir immer wieder den Arsch rettest und die Deadlines rockst, obwohl ich uns beide regelmäßig ins Chaos stürze. Dir widme ich dieses Buch. Weil ich ohne dich verloren wäre und Projekt Endgegner niemals ein Ende gefunden hätte. Ich bin sehr froh, dass es nicht zu Never be my End (kleiner Insider) geworden ist.

Danke an Lexis Able, dafür dass ich mir Enya und Jonah für ein Crossover ausleihen durfte. Kinder, lest *Wo sich Licht im Wasser bricht*.

Danke an Nadine Wilmschen. Die meiste Zeit weiß ich gar nicht, womit ich dich verdient habe.

Danke an meine Cheerleader-Crew, die immer mit vollem Einsatz glänzt.

Danke an Mr Corell, der nicht die Scheidung eingereicht hat, obwohl ich die vergangenen Monate nonstop an dieser Story gearbeitet habe.

Danke an den wunderbaren Carlsen Verlag für das Vertrauen in meine verrückten Ideen.

Danke dir, dass du das Buch gekauft und hoffentlich geliebt hast.

*Kisses Kate*

# CONTENT NOTE

Dieses Buch enthält Elemente, die triggern können. Diese sind:

A. *Physische und psychische häusliche Gewalt*
B. *Depressionen*
C. *Substanzmissbrauch*
D. *Cyberkriminalität*
E. *Tod, Verlust und Trauer*